BASTEI
LÜBBE

Marie Louise Fischer

Frau am Scheideweg
Unruhige Nächte
Liebe im Grandhotel

BASTEI
LÜBBE

BASTEI-LÜBBE-TASCHENBUCH
Band 12 378

Herausgeber des Sammelbandes:
Gustav Lübbe Verlag GmbH, Bergisch Gladbach
Printed in Germany August 1995
Einbandgestaltung: Manfred Peters
Titelfoto: Rolf W. Hapke, Düsseldorf
Satz: hanseatenSatz-bremen, Bremen
Druck und Bindung: Ebner Ulm
ISBN 3-404-12378-6

Der Preis dieses Bandes versteht sich einschließlich
der gesetzlichen Mehrwertsteuer.

Marie Louise Fischer

Frau am Scheideweg

BASTEI
LÜBBE

Es war einer jener in unseren Breiten seltenen Sommerabende, an denen die wohlige Wärme der Sonne über den Häusern und Gärten anhielt, noch nachdem sie längst im Westen untergegangen war. Man hatte auf der Terrasse feiern können, und als Eberhard Thomas das Holz im offenen Kamin anzündete, tat er es nicht der hereinbrechenden Kühle wegen, denn jetzt, kurz nach neun Uhr, war sie noch gar nicht zu spüren, sondern um des Effektes willen. Tatsächlich trug das bald darauf prasselnde Feuer mit dazu bei, eine gewisse feierliche Gemütlichkeit zu schaffen und die Stimmung zu erhöhen. Alle hatten der vom Hausherrn selber komponierten Gurkenbowle reichlich zugesprochen. Obwohl auch aus den anliegenden Gärten der kleinen Villensiedlung in Hamburg-Bergedorf Stimmen, Musik, Lachen und Gläserklirren zu ihnen herwehte, fühlten sie sich ganz unter sich, wie es die Menschen in grauer Vorzeit, vereint um den Feuerherd, empfunden haben mochten.

Aline Thomas war glücklich. Nicht, weil sie an diesem Tag ihren 40. Geburtstag feierte – das war eher ein Schrecknis für sie –, sondern weil sie endlich einmal wieder ihre kleine Familie um sich versammelt hatte. Die Brillanten an dem schmalen Ring, den ihr ihr Mann heute unter die Serviette gelegt hatte, verloren im Schein des Feuers ihre bläuliche Kälte; sie funkelten und strahlten in geheimnisvollem Glanz. Aline lächelte schweigend und genoß das kleine Fest, das ihr zu Ehren gefeiert wurde, während die anderen laut und lebhaft durcheinanderredeten. Sie hatte in den letzten Jahren gelernt, daß sie ohnehin keine Chance hatte, sich gegen ihre temperamentvolle Familie durchzusetzen. Es störte sie auch nicht, daß die Unterhaltung bald in eine jener Streitereien ausartete, die immer aufkamen, sobald Eberhard mit seinen erwachsenen Kindern zusammentraf. Sie waren sich alle drei so ähnlich, ohne sich im anderen zu erkennen, jeder so energisch, von sich selbst und seiner Bedeutung überzeugt, daß sie dazu neigten, den Wert und das Tun ihrer Mitmenschen grundsätzlich zu unterschätzen.

Thomas war stolz auf sein Feuer, als sei er der erste Mensch, der es vom Himmel geholt hätte. »Brennt es nicht prächtig?« fragte er wohlgefällig. »Merkt euch für die Zukunft: nur keinen Spiritus oder Petroleum oder gar Benzin hineinschütten! Trockene Holzwolle und zwei Hände voll Späne genügen, und es brennt wie die Hölle. Aber wer von euch jungen Leuten kann denn noch Späne schnitzen, ohne sich dabei in die Finger zu schneiden?«

Aline hätte ihn darauf aufmerksam machen können, daß nicht er, sondern sie selber es gewesen war, die die Späne vorbereitet und das Holz geschichtet hatte, aber sie verzichtete darauf.

Ihr Mann suchte ein besonders klobiges Scheit aus dem Korb und wollte es mit der schmiedeeisernen Zange auf das Feuer legen.

»Bloß nicht, Pa!« schrie Felix sofort.

»Hast du etwa Angst, ich könnte mir die Finger verbrennen?«

»Natürlich nicht, aber wenn du jetzt noch zulegst, müssen wir bis Mitternacht aufbleiben!«

»Na und? So jung kommen wir bestimmt nicht wieder zusammen.«

»Ich muß morgen früh raus, Pa«, erinnerte Felix.

»Hätte ich mir ja denken können. In deine verdammte Kaserne.«

»Es handelt sich um keine Kaserne, Pa, sondern um die Marine-Ortungs-Schule, wie du wissen müßtest.«

»Das macht's um nichts besser.«

»Also, ehrlich, Felix«, mischte sich Valerie ein, seine um ein Jahr ältere Schwester, »ich begreife immer noch nicht, daß ausgerechnet du dich zur Marine verpflichtet hast! Ausgerechnet heutzutage, wo jeder vernunftbegabte Junge seinen Wehrdienst so kurz und so schmerzlos wie möglich runterreißt, falls er sich nicht überhaupt drücken kann.«

»Ich gehöre nun mal nicht zu den vergammelten Typen, mit denen du dich rumtreibst.«

»Denkst du da an jemand Speziellen?«

»Überhaupt nicht! Die sind doch einer wie der andere. Schon hier in Hamburg hast du es doch mit den verweichlichten Schlappschwänzen gehabt . . .«

»Hört, hört!« rief Eberhard nicht ohne Schadenfreude dazwischen.

»Und seit du erst in München bist . . .«

»Du hast ja keine blasse Ahnung von meinen Freunden!«

»Na, eines weiß ich mit Sicherheit: Keiner von diesen Typen hätte auch nur die leiseste Chance, überhaupt bei der Marine angenommen zu werden! Darauf möchte ich meinen Kopf verwetten!«

»Sie haben eben andere Qualitäten, du Primitivling! Es besagt doch nichts, wenn jemand eine Brille tragen muß . . .«

»Hat er denn schlechte Augen?« warf der Vater ein.

»Wer denn?« fragte Valerie konsterniert.

»Dein Momentaner natürlich!« erklärte Felix feixend.

Die beiden Männer brachen in ein schallendes Gelächter aus, und Valerie warf mit einem beleidigten Ruck ihre aschblonde Mähne in den Nacken.

»Trotzdem«, sagte Eberhard, als er wieder ernst geworden war, »im Grunde muß ich Valerie recht geben, und ich habe es dir ja schon immer gesagt, Felix; du vergeudest bei der Marine nur deine Zeit!«

»Das stimmt einfach nicht! Ich lerne schließlich 'ne Menge: Navigation, Arithmetik, Seerecht . . .«

»Lauter brotloser Kram!« unterbrach der Vater ihn. »Du wirst dreiundzwanzig sein, bis du fertig bist . . . und dann?«

»Das ist ja gerade das Positive, daß ich mich nicht jetzt schon endgültig entscheiden muß. Ich habe Zeit genug, mir das gründlich zu überlegen.«

»Du lieber Himmel«, sagte Valerie, »du glaubst doch nicht etwa, daß du in drei Jahren gescheiter bist als jetzt? Nachdem du dich mit nichts anderem als Stoffeln befaßt hast?«

Aline wurde plötzlich von dem Wunsch überwältigt, ihrem Sohn zur Hilfe zu kommen. »Ein Junge muß in die Wildnis, um ein Mann zu werden«, sagte sie.

Die anderen starrten sie an, als wäre sie ein seltsamer Vogel, dem völlig unerwartet die menschliche Sprache zuteil wurde.

»Was heißt das denn nun schon wieder?« fragte ihr Mann kopfschüttelnd, nachdem er sich von seiner Verblüffung erholt hatte.

Aline hatte das Gefühl, sich verteidigen zu müssen.

»Viele Primitive sind dieser Ansicht . . .«

»Wie kommst du jetzt darauf?«

»Auch die Spartaner schickten ihre Söhne für ein Jahr aus dem elterlichen Haus und aus der Stadt, damit sie lernten, sich ganz auf sich selbst gestellt durchzuschlagen.«

»Aber das ist doch kein passender Vergleich!«

»Ich finde doch. Felix verbringt seine nächsten Jahre auf alle Fälle in einer reinen Männergesellschaft.«

»Du liest zuviel«, sagte Eberhard mißbilligend.

»Ich verstehe ja, wie du es meinst, Ma«, behauptete Felix, »aber es ist trotzdem Quatsch. Die meisten von uns haben ein Mädchen . . .«

»Ja, jetzt noch«, rief Valerie dazwischen. »Solange ihr

an Land seid. Aber warte erst mal, bis ihr herumschippert ... . über Wochen, vielleicht sogar Monate! Dann wird dir das Lachen noch vergehen.«

»Es sind deine besten Jahre, die du da leichtfertig wegwirfst«, sagte Eberhard, »was du jetzt versäumst, kannst du nie wieder aufholen!«

»Vielleicht gehe ich ja anschließend zur Handelsmarine.«

»Was ist das schon?« fragte Valerie geringschätzig.

»Ein Offizier bei der Handelsmarine ist jedenfalls mehr als eine Wald- und Wiesenjuristin!«

»Ha, ha!« machte Eberhard.

»Lach du nur!« gab sein Sohn zurück. »Ich weiß, daß du riesig stolz auf deine Tochter bist. Aber du solltest dir mal klarmachen, daß heutzutage jeder Abiturient, dem nichts Besseres einfällt, sich auf die Juristerei wirft.

Junge Juristen gibt's wie Sand am Meer, bloß, was sie später mit ihrem Studium anfangen wollen, das ist die große Frage.«

»Über meine Zukunft brauchst du dir wahrhaftig nicht den Kopf zu zerbrechen, Brüderlein!«

»Soll das heißen, du heiratest doch?« fragte der Vater. »Dann hätte ich mir die Ausgaben für dein Studium sparen können.«

»Ja, geh jetzt nur auf mich los!« rief Valerie aufgebracht. »Das mußte ja kommen!«

Aline ließ den Wortwechsel an sich vorüberrauschen und hörte nicht einmal mehr hin. Sie kannte alle Argumente und Gegenargumente und wußte, es würde unweigerlich auch dahin kommen, daß die Kinder ihrem Vater vorwarfen, daß sein Beruf – er war Fotograf – überhaupt nichts wert sei und jeder ihn ergreifen und auch mit Erfolg ausüben könnte, wenn er nur die geeignete Kamera besäße. Daraufhin würde Eberhard, wie immer, zu bedenken geben, daß er es immerhin zu einer eigenen Firma, der namhaften und florierenden Werbeagentur »Detlevson & Thomas« gebracht hatte und daß sie, seine Kinder, überhaupt erst mal mit beruflichen Erfolgen aufwarten sollten, bevor sie es sich erlauben könnten, das Maul aufzureißen und Kritik zu üben.

Es war Aline gleichgültig, was sie sich gegenseitig vorwarfen, denn sie wußte, daß sie sich dennoch liebten und einander zur Hilfe kämen, wenn es nötig werden sollte. Sie hätte sich die lauten Stimmen gerne ein wenig leiser gewünscht, hätte ihre Lieben in einer fröhlichen harmonischen Gesprächsrunde erlebt. Aber sie wußte seit langem, daß das nicht möglich war. Valerie und Felix hatten schon als kleine Kinder ständig miteinander gezankt und sich gegenseitig zu übertreffen versucht, und Eberhard hatte immer mehr von ihnen verlangt, als sie erreichen konnten. Die jungen Leute bewunderten ihren Vater und hatten von jeher um seine Anerkennung gewetteifert. Aber da sie nicht länger zu ihm aufblicken mochten, versuchten sie ihn herabzuziehen, was ihnen jedoch nicht gelang, denn er gab sich vor ihnen keine Blöße.

Die Rolle, die Aline in dieser schwierigen Familie zugefallen war, hatte immer darin bestanden, jedem das notwendige Maß an Liebe zu geben, bei Kränkungen und Fehlschlägen dazusein, zu trösten und Spannungen zu mildern. Es war ihr anfangs schwergefallen, und sie hatte mühsam lernen müssen, sich nicht in ihre Auseinandersetzungen einzumischen, denn sie hatte die Erfahrung gemacht, daß alles nur noch schlimmer wurde, wenn sie Partei ergriff.

Aber sie liebte sie alle drei von Herzen und wußte, daß sie keinen Grund hatte, sich zu beklagen. Eberhard war tüchtig und verläßlich, ein liebevoller Familienvater; er trank nie über den Durst, beschimpfte sie nicht oder stellte sie bloß, wie sie es bei anderen Ehepaaren schon erlebt hatte. Ihr einziger Kummer war, daß er zu selten zu Hause und zu oft auf Reisen war. Aber das war nun einmal berufsbedingt, und sie mußte sich damit abfinden.

Die Kinder faulenzten nicht, trieben sich nicht herum, nahmen keine Drogen und hatten ihr überhaupt niemals – von einigen Erkrankungen abgesehen, an denen sie unschuldig waren – ernsthaft Sorgen gemacht. Sie hielt sich selber für eine beneidenswerte Mutter und wurde auch tatsächlich von anderen Frauen oft beneidet.

Und wie gut sie aussahen, alle drei! Wie sie jetzt im Schein der Flammen miteinander gestikulierten, weidete Aline sich förmlich an ihrem Anblick. Sie waren auffallend groß, die Kinder beide über 1,80, der Vater wenige Zentimeter darunter, und sehr blond. Zwar hatte Eberhards Haar nicht mehr die Fülle der Jugend, und das Blau seiner Augen leuchtete nicht mehr so intensiv wie das seines Sohnes, aber die Ähnlichkeit zwischen ihnen war doch unübersehbar. Sie hatten beide die gleiche kräftige Nase, den vollippigen Mund und das Grübchen im Kinn, das einen Teil ihres Charmes ausmachte. Valerie glich ihnen auf eine weibliche, weichere Art. Das Blond ihres Haares war nicht ganz so leuchtend, und sie hatte die grünblauen Augen der Mutter geerbt. Ansonsten war auch sie – und das wurde Aline nicht zum ersten Mal an diesem Abend bewußt – ganz nach dem Vater geschlagen. Man sah ihnen an, daß sie zusammengehörten, während ein Fremder Aline sehr wohl für eine junge Stiefmutter hätte halten können.

Sie schrak zusammen, als die drei sich ihr gleichzeitig zuwandten und fast in einem Atemzug fragten: »Was sagst du dazu?«

Aline, die dem Gespräch nicht mehr gefolgt war, versuchte sich mit einem vagen »Ach, ihr habt sicher recht!« aus der Affäre zu ziehen.

Aber damit kam sie schlecht an.

»Du hast gar nicht zugehört!« schrie Felix empört.

»Typisch Ma«, stellte Valerie fest.

Eberhard sagte: »Möchte bloß wissen, wo du wieder mal mit deinen Gedanken warst, alte Träumerin.«

Das Wörtchen ›alt‹ kränkte Aline, aber sie schalt sich überempfindlich und ließ es sich nicht anmerken. Dennoch erinnerte sie sich ätzend, daß er sie früher ›meine kleine Träumerin‹ genannt hatte, was sie stets gerührt und belustigt hatte, da sie einige Zentimeter größer war als er und ihn auf Absätzen gut einen halben Kopf überragte. Jetzt hatte sie sich also damit abzufinden, daß sie in seinen Augen nicht mehr klein, sondern *alt* war.

»Oh, ich weiß genau, wovon ihr gesprochen habt«, verteidigte sie sich, »aber ich finde, ihr müßt das selbst entscheiden.«

»Du wärst also damit einverstanden, daß ich Weihnachten nicht nach Hause komme?« vergewisserte sich Valerie.

Es kostete Aline große Anstrengung, ihren Schrecken zu verbergen. »Ja, natürlich«, behauptete sie, »ich würde dich niemals zwingen wollen, wenn du keine Lust hast.«

»Aber darum geht es ja nicht! Natürlich habe ich Lust! Ich habe immer Lust, nach Hause zu kommen. Am liebsten würde ich mein ganzes Leben hier verbringen. Ich finde nur, es lohnt sich nicht für die paar Tage. Die lange Fahrt und die Unkosten.«

»Wir haben Weihnachten immer zusammen gefeiert«, protestierte Felix.

»Du weißt ja noch gar nicht, ob du überhaupt Urlaub kriegst«, konterte Valerie.

»Worauf du dich verlassen kannst! Denen würde ich was husten, wenn die mich ausgerechnet an den Feiertagen Wache schieben lassen wollten!«

»Das ist doch pures Geschwätz. In Wirklichkeit würdest du ja und amen sagen wie jeder andere brave kleine Zinnmatrose.«

»Lenk doch nicht ab! Um mich geht's ja gar nicht. Wenn ich keinen Landgang kriege, ist das höhere Gewalt. Aber du könntest in jedem Fall kommen, wenn du nur wolltest. Und red' dich nicht auf die Unkosten raus! Den Flug bezahlt Pa dir doch sowieso.«

»Aber ich brauchte nur halb soviel Geld, wenn ich mit ein paar Freunden in die Berge führe.«

»Aha! Da haben wir's. Da also liegt der Hase im Pfeffer begraben. Du möchtest lieber Skilaufen als nach Hause kommen!«

»Na und? Wieso auch nicht? Du tust gerade, als wäre das ein Verbrechen.«

»Es gehört sich einfach nicht! Nun sag du doch auch was, Ma!«

»Ich habe meine Meinung schon gesagt.«

»Aber das kann doch nicht dein Ernst sein! Pa will doch auch . . .«

Eberhard unterbrach ihn. »Valeries Vorhaben hat mich, ehrlich gestanden, zuerst einigermaßen überrascht. Aber wenn ich es mir recht überlege – ihr seid ja keine Kinder mehr –, vielleicht sollten wir Weihnachten mal ganz anders feiern.«

Alle blickten ihn überrascht an.

»Oder überhaupt nicht feiern«, fügte er entschlossen hinzu, »das Ganze ist ja schließlich nur eine Konvention, und ich fände es im Grunde gut, wenn wir uns davon freimachen würden.«

»Kein Weihnachten?« fragte Felix, und er wirkte plötzlich nicht mehr wie der erwachsene junge Mann, der er war, sondern wie ein kleiner Junge.

»Das habe ich nicht gesagt. Weihnachten können wir ja nicht aus der Welt schaffen«, stellte Eberhard richtig, »aber jeder von uns sollte es doch so feiern, wie er selber will.«

»Ich will Weihnachten bei meiner Familie sein«, beharrte Felix.

»Ja, am Heiligabend!« stichelte Valerie. »Geschenke kassieren, das ist klar. Aber schon am ersten Feiertag bist du dann wieder unterwegs. Meinst du, wir wüßten nicht alle, was dich nach Hamburg zieht? Deine Otti, und sonst gar nichts.«

»Das ist nicht wahr!«

Aline sah ihren Mann an. »Und was möchtest du Weihnachten machen?«

»Ich hatte noch keine Gelegenheit, darüber nachzudenken.«

»Wie wäre es mit einer Kreuzfahrt?« schlug Valerie vor. »Vielleicht in der Karibik? Ich stelle mir das herrlich vor.«

»Ach, weißt du, ich war beruflich schon so oft dort ... aber vielleicht wäre das was für dich, Aline?«

»Allein?«

»Warum nicht? Schließlich sind wir keine siamesischen Zwillinge.«

»Aber ein Ehepaar.«

»Das ist in Pas Augen sicher auch nur eine Konvention!« rief Felix dazwischen.

Eberhard blieb einen Augenblick stumm, hatte die Hände in den Hosentaschen und wippte auf den Fußballen, wie es seine Art war, wenn er über etwas nachdachte oder sich nicht sofort entscheiden konnte. Die anderen starrten ihn an, Valerie und Felix neugierig und belustigt, Aline mit einem Schwächegefühl, das sie aus ihren Alpträumen kannte, wenn sie auf eine Stufe treten wollte, die plötzlich nicht vorhanden war, und sie in einen schwarzen Abgrund versank.

Dann warf er den Kopf in den Nacken und lachte kurz auf: »Das wäre doch etwas übertrieben.«

»Ich bin froh, daß du es so siehst«, sagte Aline und ärgerte sich, daß ihre Stimme zitterte.

Felix legte ihr den Arm um die Schultern. »Reg dich bloß nicht auf, Ma! Du solltest unsere öden Witzeleien doch allmählich kennen.«

»Es gibt Dinge, über die man sich nicht lustig machen sollte.«

»Wie zum Beispiel über den heiligen Stand der Ehe? Du hast ja vollkommen recht, Ma, verzeih! Aber ich kann es einfach nicht lassen.«

»Und was wird nun mit Weihnachten?« wollte Valerie wissen.

»Ach, bis dahin fließt noch viel Wasser die Elbe hinunter«, erwiderte Eberhard, »warum sollen wir uns schon jetzt, im August, den Kopf darüber zerbrechen, was Weihnachten sein wird?«

»Ich möcht's aber wissen«, beharrte das Mädchen.

»Wenn du wirklich nicht kommen willst – und davon müssen wir ja wohl ausgehen –, werden wir anderen uns überlegen, wie wir das Fest ohne dich feiern.«

Valerie sprang auf, lief zu ihrem Vater hin und gab ihm einen lauten Kuß auf die Wange. »Danke, Pa!«

»Bilde dir bloß nicht ein, daß wir ohne dich aufgeschmissen sind«, sagte der Bruder.

»Weiß ich. Du könntest ja an meiner Stelle Otti mitbringen.«

»So verrückt werde ich sein!«

»Aber wieso eigentlich nicht?« fragte Eberhard. »Otti ist doch ein nettes Mädchen. Sie ist deiner Mutter und mir jederzeit herzlich willkommen, nicht wahr, Aline?«

»Nee, laßt man, das kommt nicht in Frage!« antwortete Felix anstelle seiner Mutter. »Unter dem Weihnachtsbaum . . . nee. Das könnte zu sehr nach Verlobung aussehen.«

»Und ich dachte, du wärst ganz versessen auf sie!« neckte ihn die Schwester.

»So versessen nun auch wieder nicht. Ein Seemann braucht seine Freiheit.«

Alle lachten, und die Schatten schienen fürs erste gebannt.

Am nächsten Morgen stand Aline auf, als Eberhard noch schlief.

Felix war schon fort. Es hatte sie Überwindung gekostet, nicht den Wecker so zu stellen, daß sie ihm das Frühstück machen konnte. Aber er hatte sich dagegen verwahrt, und sie hatte ihm insgeheim recht geben müssen; er war schließlich ein erwachsener junger Mann und brauchte nicht mehr bemuttert zu werden. Doch ein leiser Schmerz blieb.

Sie betrachtete sich im Spiegel über den Waschbecken, obwohl sie aus Erfahrung wußte, daß sie das besser unterlassen sollte; ungewaschen, unfrisiert und leicht verquollen präsentierte sie sich nicht gerade von ihrer besten Seite. Ihre schönen braunen Augen mit den grünen Sprenkeln rund um die Pupille wirkten klein, der Mund war blaß, die Lippen schienen schmaler geworden und das Gesicht voller; es war ihr, als hätte sie ein Doppelkinn bekommen, und sie betrachtete sich im Profil und strich sich über die Kehle.

Das war sie nun, Aline Thomas, geborene Beckmann, 40 Jahre alt, und sie mußte sich damit abfinden.

Aline wußte, daß sie in den Augen derjenigen, die sie in ihrer Jugend nicht gekannt hatten, eine zumindest noch sehr attraktive Frau war. Aber sie selber sah sich anders. Sie verglich sich nicht mit anderen Frauen, sondern immer nur mit jener Aline, die sie vor zwanzig Jahren gewesen war, einer makellosen, strahlenden Schönheit. Verglichen mit diesem Bild, das sie immer noch in sich trug, war sie nur noch ein Abglanz, eine Karikatur dessen, was sie einmal gewesen war. Kein noch so raffiniertes Make-up konnte ihr je die Frische der Jugend zurückgeben, die sie für immer verloren hatte.

Mach dir nichts draus, hätte Eberhard gesagt, wenn sie ihm ihre Gedanken anvertraut hätte, wovor sie sich aber wohlweislich hütete, du mußt ja nicht mehr von deiner Schönheit leben.

Das war zweifellos richtig, und sie wußte es auch selber, hatte es sich oft genug gesagt, aber es war kein Trost.

Als er sie kennengelernt hatte, war sie Fotomodell gewesen und er ein junger, unbekannter Fotograf. Sie hatte, obwohl fünf Jahre jünger als er, schon fast den Gipfel ihrer Karriere erreicht, während er noch auf der untersten Sprosse gestanden hatte. Schon als Kind war sie von ihrer ehrgeizigen und unerbittlichen Mutter – Valerie, nach der sie ihr erstes Kind genannt hatte – vermarktet worden, und dann, als sie sich zu einem langbeinigen, zauberhaften Teenager entwickelt hatte, immer steiler und steiler hinaufgetrieben worden. Es hatte Eberhard viel Überredung gekostet, sie überhaupt fotografieren zu dürfen, und noch mehr Überzeugungskraft, Valerie klarzumachen, daß niemand sie so herausbringen konnte wie er. Aber dann waren sie doch ein Gespann geworden, eine Troika, sie, Eberhard und unabwendlich ihre geschäftserfahrene Mutter. Der Erfolg hatte sie immer fester zusammengeschmiedet.

Bis dann das Unglück geschah. Auf der Fahrt zu einem Fototermin, schon verspätet, weil ein wichtiges Telefongespräch sie aufgehalten hatte, war das Auto auf der Bundesstraße ins Schleudern geraten und gegen einen Baum geprallt. Die Mutter, am Steuer, war sofort tot gewesen, während Aline schon vorher herausgeschleudert und mit einem komplizierten Knochenbruch im Kniegelenk davongekommen war. Noch heute schmerzte sie das linke Knie, wenn sie sich überanstrengte, und sie begann zu hinken, wenn sie müde wurde.

Damals hatte sie geglaubt, daß ihre berufliche Laufbahn zu Ende sein würde, und sie war nicht einmal traurig darüber gewesen. Viel tiefer hatte sie der Tod der Mutter geschmerzt. Es war Eberhard gewesen, der sich unablässig um sie gekümmert, sie getröstet und aufgemuntert hatte.

Aline war schon vorher in ihn verliebt gewesen, hatte ihren Gefühlen aber nicht nachgegeben, da sie unter der ständigen Mahnung aufgewachsen war, sich nur ja nicht zu ›verzetteln‹. Sie übertrug, was sie für ihre Mutter empfunden hatte, auf Eberhard, der für sie zum einzigen Menschen wurde, der für sie zählte. Es war selbstverständlich für beide, daß sie, als sie aus der Klinik entlassen worden war, zu ihm zog, in seine Atelierwohnung in Barmbek, die schon für zwei Menschen zu klein war, die aber geradezu beengend wurde, als Valerie auf die Welt kam. Und doch, wie glücklich waren sie in den ersten Jahren dort gewesen! Kurz vor Valeries Geburt hatten sie geheiratet. Es war für beide nicht mehr als eine Formalität gewesen, denn ihre innere Gewißheit, daß sie für immer zusammengehörten, war so stark, daß Siegel und Unterschrift ihnen nichts bedeuteten.

Noch in der Zeit ihrer Schwangerschaft hatte er sie immer wieder fotografiert, und ihre Bilder waren um die Welt gegangen, die Porträts einer modernen unsentimentalen Frau, die dennoch die geheimnisvolle Erwartung der Mutterschaft ausstrahlte. Auch später noch hatte er sie mit Valerie und Felix zusammen fotografiert und die Fotos für die Werbung eines Kindernahrungsmittels gut verkaufen können. Dann aber hatte die Firma sie und die beiden kleinen für Werbespots haben wollen, was überhaupt nicht auf ihrer Linie gelegen hatte. Dennoch hatte sie zugestimmt, auf Eberhards Drängen hin und des Geldes wegen; an Disziplin gewöhnt, hatte sie ihr Bestes gegeben. Felix, damals noch ein Baby, hatte es nichts ausgemacht, im Licht der Scheinwerfer und vor surrenden Kameras seinen Brei zu mampfen, aber Valerie hatte es nicht gutgetan, so im Mittelpunkt zu stehen. Sie war nervös geworden, hatte bald ihre Natürlichkeit verloren, begann unter Appetitlosigkeit zu leiden und schreckte nachts aus bösen Träumen hoch. Die Sorge um die Tochter zeichnete bald Alines Gesicht. Sie hatte aufgeatmet, als der Vertrag auslief, den zu verlängern auch nicht mehr von Interesse war, da sie aufgehört hatten, der Prototyp einer glückstrahlenden kleinen Familie zu sein. Felix hätte zwar weiter in der

Werbung arbeiten können, aber das wollte Aline nicht. Anders als die eigene Mutter war sie darauf bedacht, ihm seine Kindheit und seine Kindlichkeit zu bewahren. Darüber hatte es mit Eberhard nie eine Auseinandersetzung gegeben, denn er war ganz ihrer Meinung, und das um so mehr, da er inzwischen auch ohne Mitwirkung seiner Familie genügend Geld verdiente, um sie zu ernähren.

Endlich befreit von dem Druck, etwas darstellen zu müssen, was sie nicht empfand, hatte sie sich ganz dem häuslichen Leben gewidmet. Zwar waren immer noch Angebote gekommen, und sie hätte nicht ungern den einen oder anderen Termin wahrgenommen, aber sie hielt es für wichtiger, sich um Valerie zu kümmern, ihr Sicherheit und Geborgenheit zu geben und sie die Strapazen allzu früher Repräsentationspflichten vergessen zu lassen. Sie hatte diese Entscheidung nie bereut, und ihre Tochter hatte es ihr gedankt, indem sie sich zu einem gesunden, normalen Kind entwickelt hatte.

Doch wenn sie heute zurückdachte, dann war es ihr, als hätte sich die Beziehung zwischen Eberhard und ihr von da an allmählich verändert, erst fast unmerklich, dann immer deutlicher spürbar. Sie hatte aufgehört, für ihn der Kamerad zu sein, der all seine Schwierigkeiten verstand, seine Erfolge zu würdigen wußte und mit ihm durch dick und dünn ging. Sie war die Frau geworden, die für ihn sorgte und ihn verwöhnte, die Geliebte und die Mutter seiner Kinder. Das war immer noch genug gewesen, um glücklich zu sein, zumal da sie sich jetzt endlich das schaffen konnte, was sie in ihrer Jugend vermißt hatte: ein ruhiges, harmonisches, geordnetes häusliches Leben.

Längst wohnten sie nicht mehr in Barmbek, sondern waren in die schöne, geräumige Altbauwohnung seiner verwitweten Mutter in der Isestraße gezogen. Das Atelier allerdings hatte ihr Mann nicht aufgegeben, sondern beruflich weiter genutzt. Auch das war eine einschneidende Veränderung gewesen, durch die sie einen Anteil an seinem Leben verloren hatte. Immer mehr wurde seine Arbeit, durch die sie sich einst gefunden hatten, von ihr getrennt. Weder sie noch er hatten es jedoch damals so empfunden. Es war für beide eine große Erleichterung gewesen, nicht mehr in beengten Verhältnissen, praktisch in einem einzigen großen Zimmer neben dem Atelier schlafen, wohnen und essen zu müssen. Aline hatte sich auch nie darüber beklagt, daß er manchmal, wenn es abends spät geworden war oder er einen seiner frühen Fototermine hatte, dort übernachtete. Der Gedanke, daß sie Grund zur Eifersucht haben könnte, war ihr nie gekommen.

Das Zusammenleben mit der Schwiegermutter, Elisabeth Thomas, von allen, auch von den Enkelkindern, liebevoll ›Betsy‹ genannt, war anfangs nicht leicht gewesen. Betsy hatte alles im Haushalt so haben wollen, wie sie es sich selber wünschte und vorstellte, und hatte Aline wie ein unwissendes Schulmädchen behandelt. Aline, die so viele Jahre unter der Fuchtel einer selbstherrlichen und tyrannischen Mutter gelebt hatte, brachte die Kraft auf, es mit Geduld zu ertragen. Auch fehlte es ihr nicht an Einsicht, daß die Schwiegermutter mit häuslichen Problemen tatsächlich besser fertig wurde als sie selber. Betsys Schweinebraten war immer saftig und knusprig, ihr Weihnachtsstollen war berühmt, sie konnte köstliche Gelees und Marmeladen einkochen, und sie wußte stets mit unzweifelhafter Sicherheit, ob und wann bei einer Erkrankung der Kinder ein Arzt hinzuzuziehen war oder ob sie nur eine einfache Erkältung oder Magenverstimmung ausbrüteten.

Mehr noch als durch diese Fähigkeiten hatte sie Aline jedoch durch ihr intellektuelles Wissen imponiert. Betsy war eine sehr belesene alte Dame, hatte sich mit westlicher und fernöstlicher Philosophie befaßt und war in der Weltliteratur bewandert. Als Aline Interesse zeigte, nicht nur von ihren Kenntnissen in Haushalt und Küche zu profitieren, sondern sich auch literarisch weiterzubilden –

wobei von einer Erweiterung ihres Wissens gar nicht die Rede sein konnte, denn sie hatte in ihrem bisherigen Leben kaum je ein anspruchsvolles Buch zur Hand genommen –, hatte die Schwiegermutter zunächst belustigt reagiert. Sie hatte Alines Bestreben nicht ernst genommen, sondern darin nur den immerhin rührenden Versuch gesehen, sich bei ihr einzuschmeicheln.

Aber Aline hungerte förmlich nach Bildung. Jetzt, da es vorbei war mit den großen Reisen und den Begegnungen mit vielen, obendrein interessanten Menschen, begann sie eine Leere zu empfinden, die mit Plaudereien, alltäglichen Gesprächen und mit Kinderspielen nicht auszufüllen war. Als Betsy ihr nicht helfen wollte, sondern sie nur darauf hinwies, daß ja Bücher genug vorhanden seien und sie nur zuzugreifen brauche, wenn sie wirklich wolle, begann Aline selbständig in den Regalen zu stöbern, nahm dieses Buch, dann jenes heraus, blätterte darin, las ein paar Seiten und entschied sich endlich für Theodor Fontanes ›Effi Briest‹. Zuerst mußte sie sich an den gewählten Stil des Schriftstellers gewöhnen, seine sorgfältige und behutsame Erzählweise, die sie als langatmig empfand. Dann aber las sie mit wachsendem Interesse und Genuß.

Schwerer war es ihr dann gefallen, über das Werk zu sprechen und ihre Eindrücke wiederzugeben. Aber Betsy hatte ihr aufmerksam und mit wachsender Freude zugehört. Damals hatte sie immer noch nicht die Enttäuschung überwunden, daß ihre eigenen Kinder nie bereit gewesen waren, ihre geistigen Interessen zu teilen, sondern ausschließlich den praktischen Seiten des Lebens zugetan waren. Sie konnte es kaum glauben, daß sie jetzt in Aline eine Tochter gewonnen hatte, die bereit war, von ihr und mit ihr zu lernen. Das war der Anfang eines tiefen Verstehens zwischen den beiden so verschiedenartigen Frauen gewesen. Von da an hatte Aline jede freie Stunde in der Bibliothek der alten Dame verbracht, und die Reise durch die Welt der Literatur, die ihr grenzenlos schien, hatte ihr äußerlich ereignisloses Leben und ihren Horizont erweitert. Eberhard hatte für diese ›Sucht‹, wie er es nannte, kein Verständnis aufgebracht, wie schon bei seiner Mutter. Das machte Aline ein wenig traurig, denn gern hätte sie ihre Begeisterung mit ihm geteilt, mit ihm diskutiert, sein Urteil gehört, statt immer nur mit Betsy darüber reden zu können. Aber da es nicht sein konnte, fügte sie sich. War er zu Hause, wurde nicht gelesen und nicht über Literatur gesprochen. Dann stand nur er im Mittelpunkt ihres Interesses. Es blieben genügend Stunden, in denen sie sich mit Betsys Büchern über seine Abwesenheit hinwegtrösten mußte.

Immerhin machte er ihr keine Vorwürfe, daß sie wie seine Mutter monatlich eine kleine Summe für Neuerscheinungen ausgab, und sie war ihm dankbar dafür. Als er finanziell so weit war, daß er für seine Familie das eigene Haus in Bergedorf bauen konnte, war es für ihn ganz selbstverständlich gewesen, daß auch für die Bibliothek ein Raum geschaffen werden mußte, so, wie es für Aline selbstverständlich war, daß die Schwiegermutter mitkam. Ein halbes Jahr war sie jetzt tot, und immer noch, wenn Aline an sie dachte, kamen ihr die Tränen. »Liebe Betsy«, sagte sie lautlos, »wie schade, daß du nicht mehr bei uns bist!«

Aber sie wußte, daß es nichts half zu klagen. Das war das Schicksal, das alle Menschen ertragen mußten. Man wurde alt, Falten erschienen, die Schönheit schwand dahin, die Vitalität, der Körper verlor seine Widerstandskraft, der Geist seine Flexibilität, die Gebrechen des Alters meldeten sich, und dann kam der Tod.

Aline schauderte. Sie entdeckte zwei, drei weiße Fäden in ihrem braunen Haar und nahm die Pinzette, um sie auszuzupfen. Noch half diese Methode, aber nicht mehr lange, dann würde sie sich das Haar färben lassen müssen. Dabei war es in ihren Augen das einzig Schöne, was ihr noch geblieben war. Es hatte, besonders wenn es frisch gewaschen war, einen warmen Mahagonischimmer, wie ihn kein künstliches Mittel der Welt zu erzeugen vermochte.

Ein Geräusch aus dem Schlafzimmer ließ sie zusammenfahren. Anscheinend war Eberhard schon wach geworden. Jetzt mußte sie sich beeilen. In all den Jahren ihrer Ehe hatte sie sich ihrem Mann zwar manchmal ungeschminkt, aber niemals ungepflegt gezeigt. Im gleichen Maße, wie ihre jugendliche Schönheit schwand, verstärkte sie ihre Anstrengungen, dennoch attraktiv zu bleiben.

Eine knappe Stunde später saß das Ehepaar beim Frühstück auf der Terrasse. Valerie war noch nicht aufgestanden. Aline hatte den Kamin zwar schon ausgeräumt, aber immer noch roch es schwach nach verbranntem Holz. Es war sehr still. Die anderen Männer waren schon zur Arbeit gefahren, die größeren Kinder in der Schule und die kleineren mit ihren Müttern beim Einkaufen. Der Himmel war klar wie am Tag zuvor, die Sonne schien warm, aber es war noch nicht heiß geworden.

Aline hatte den Rasensprenger eingestellt, denn sie liebte es, wenn die Sonnenstrahlen sich in den Kaskaden winziger Wassertröpfchen brachen. Auch jetzt war sie in dieses Schauspiel versunken, während sie an einem Glas mit frisch ausgepreßtem Orangensaft nippte. Sie trug ein bodenlanges, großblumig gemustertes Gartenkleid, das ihre gebräunten glatten Schultern freigab. Das Haar hatte sie aus der Stirn zurückgebunden.

Eberhard saß hinter seiner Zeitung versteckt, und sie sah nicht mehr von ihm, als hin und wieder eine Hand, eine kräftige, leicht behaarte Hand, die nach der Kaffeetasse griff. Sie wußte, daß er ein verschossenes, kurzärmliges blaues Hemd trug, eine alte verbeulte Hose von undefinierbarer Farbe und Sandalen an den bloßen

Füßen; er liebte es, sich zu Hause gehenzulassen und es sich bequem zu machen.

Als er die Zeitung raschelnd zusammenlegte, wandte sie sich ihm sofort zu.

»Was ist los?« fragte er irritiert. »Warum siehst du mich so an?«

»Ich freue mich, dich zu sehen!« erwiderte sie lächelnd.

Er fuhr sich mit der Hand über das stoppelige Kinn. »Stört es dich, daß ich noch nicht rasiert bin?«

»Wie sollte es?«

»Was für eine Frage!«

»Ich bin doch daran gewöhnt.«

»Du hast mal wieder eine Laune!«

Sie verzichtete darauf, sich zu verteidigen oder die Dinge richtigzustellen.

Es war seine Art, die eigene Stimmung und oft sogar die Probleme auf den Partner zu projizieren. Sie schwieg einfach und wandte den Blick wieder dem Regenbogenspiel der Wassertropfen zu.

»Der Rasen müßte mal wieder gemäht werden«, stellte er fest.

»Möchtest du das tun?« hätte sie ihn beinahe gefragt, aber sie verbiß es sich und erklärte statt dessen: »Bei dieser Hitze lasse ich ihn gerne etwas länger. Dann verbrennt er nicht so leicht.«

»Schön hast du es hier! Weißt du eigentlich, daß du zu beneiden bist?« Er zündete sich eine Zigarette an.

Sie stand auf.

»Wohin willst du?« fragte er sofort.

»Die Butter ins Haus bringen. Ich nehme doch an, daß du mit dem Frühstück fertig bist. Möchtest du noch eine Tasse Kaffee?«

»Ja, schenk mir noch einmal ein! Und bleib hier! Pfeif auf die Butter. Ich hasse es, wenn du solche Unruhe verbreitest. Kannst du diesen schönen Morgen nicht einfach mal mit mir genießen?«

»Das fällt mir leichter, wenn ich nicht zusehen muß, wie die Butter dahinschmilzt.« Sie nahm den Buttertopf und den Teller mit dem Aufschnitt und brachte beides, nicht, wie sie vorgehabt hatte, in die Küche, sondern nur in das Wohnzimmer, und war sofort wieder zurück auf der Terrasse, um ihrem Mann den Rest des Kaffees einzugießen. »Danke!« sagte er. »Ist jetzt deine Hausfrauenseele zufrieden?«

Sie nahm wieder auf dem weißen Gartensessel Platz. »Es ist mir ganz neu, daß ich eine Hausfrauenseele habe.«

»Natürlich hast du. Wie kämst du sonst dazu, dich an einem so herrlichen Morgen ausgerechnet um die Butter zu sorgen?«

Sie wollte sich auf keinen Fall zu einem Streit provozieren lassen. »Du hast recht«, stimmte sie friedfertig zu, »es ist ein herrlicher Morgen, und es wird ein wunderschöner Tag werden.«

»Was hast du heute vor?«

»Kommt drauf an, wann du in die Firma mußt.«

»Erst am späten Nachmittag.«

»Das ist ja wunderbar!«

»Ich habe mir freigenommen, weil heute die Leute aus London kommen. Sie wollen die Muster sehen. Das wird ein anstrengender Abend werden, vielleicht sogar eine lange Nacht.«

Sie berührte seine Hand mit den Fingerspitzen. »Hauptsache, daß du mal hierbleiben und dich ausruhen kannst. Das ist schon lange nicht mehr vorgekommen. Ich werde dir was Schönes kochen. Wir könnten ein bißchen Federball spielen oder Tischtennis oder . . .«

»Am liebsten würde ich einfach ausruhen.«

»Soll mir auch recht sein. Auf alle Fälle werde ich meine Hausarbeit ruhen lassen, wo du ausnahmsweise mal hier bist!« Mit einem Lächeln fügte sie hinzu: »Auch auf die Gefahr hin, daß meine Hausfrauenseele darunter leidet.«

»Du könntest schon mal meine Wintersachen herunterholen.«

»Jetzt? Im August?«

»Du weißt doch, daß ich in die Antarktis muß.«

»Wohin? Nein, davon habe ich nichts gewußt.«

»Ich dachte, ich hätte dir längst davon erzählt. Ich muß dort Modeaufnahmen machen.«

»Ausgerechnet in der Antarktis?«

»Den Mädchen paßt es auch nicht. Aber ich brauche Eis und Schnee, und Steinbach hat herrliche Motive dort vorgefunden.«

»Könntest du ihm dann nicht mal die Sache überlassen? Lothar? Er wäre bestimmt glücklich darüber.«

»Und ob. Aber unsere Auftraggeber würde es bestimmt nicht glücklich machen.«

»Laß es ihn doch einmal versuchen. Er ist jetzt schon so lange bei eurer Firma!«

»Glaubst du etwa, ein guter Fotograf zu werden, wäre nichts als eine Frage der Zeit?«

»Natürlich nicht. Aber damals, als du ihn eingestellt hast, warst du doch auch überzeugt, daß er sehr begabt ist, sonst hättest du ihn ja nicht genommen.«

»Sicher ist er sehr begabt. Technisch ist er perfekt. Aber er hat einfach noch keinen eigenen Stil, und das ist es, worauf es ankommt.«

»Wenn du ihn immer weiter den Schattenschlabbes spielen läßt, wird er auch kaum je einen bekommen, es sei denn, er entschließt sich zu kündigen.«

»Das wird er nicht. Dazu sind die Chancen für junge Fotografen zu dünn gesät.« Er drückte seine Zigarette aus. »Sag mal, warum setzt du dich eigentlich so für ihn ein? Gefällt er dir? Hat er sich hinter dich gesteckt, damit du ihm hilfst? Wenn er dir schöne Augen macht, dann nur aus diesem Grund. Bilde dir nur keine Schwachheiten ein.«

Aline lachte. »Du bist äußerst liebenswürdig!«

»Ich will dich bloß vor einem Reinfall bewahren.«

»Das kann doch nicht dein Ernst sein. Als ob ich mich je für Lothar Steinbach interessiert hätte!«

»Es kam mir eben aber ganz so vor.«

»Eberhard, Schatz, mir geht es nicht um Lothar, sondern um dich. Du mutest dir mit diesen großen Reisen zu viel zu. Hast du vergessen, wie erschöpft du warst, als du das letztemal zurückkamst? Da hast du drei Tage gebraucht, um dich halbwegs zu akklimatisieren.«

»Das war nur wegen der Zeitverschiebung.«

»Ist doch egal, woher es kam. Jedenfalls warst du fix und fertig. Ich habe es regelrecht mit der Angst zu tun gekriegt.«

»Diesmal wird es nur halb so schlimm.«

»Das muß ich schon mal gehört haben.«

»Du machst es mir nicht leichter, wenn du mir auch noch was vorjammerst. Es ist mein Beruf. Ein Mann muß hinaus ins feindliche Leben und so weiter und so fort.«

»Du bist kein reiner Fotograf mehr, Eberhard, sondern Teilhaber von ›Detlevson und Thomas‹, einer florierenden Werbeagentur. Du solltest endlich mal damit anfangen, Aufträge zu delegieren. Das meint Knut Detlevson übrigens auch. Er hat mir neulich noch gesagt, daß er dich viel lieber in seiner Nähe sähe als dauernd unterwegs. Es ist ihm unangenehm, daß er dadurch gezwungen ist, wichtige Entscheidungen allein zu treffen.«

»Du scheinst wirklich mit jedermann hinter meinem Rücken über mich zu konspirieren.« Eberhard zündete sich eine Zigarette an; es war die dritte an diesem Morgen.

»Es ist doch nur natürlich, daß ich mir alles anhöre, was über dich gesagt wird. Es gibt nichts, was mich brennender interessiert als du und was in der Agentur passiert. Schließlich war es ja auch mal mein Beruf.«

»Du brauchst dich nicht hinten herum zu erkundigen. Ich erzähle dir alles, was wichtig ist.«

»Nicht genug, Eberhard, lange nicht genug.«
»Kümmere dich lieber um deine Angelegenheiten.«
»Du bist meine wichtigste Angelegenheit. Daran kannst du nun mal nichts ändern. Bitte, Eberhard, warum müssen wir uns denn an diesem schönen Morgen zanken?«
»Du zankst, nicht ich. Ich habe dich freundlich gebeten, meine Wintersachen vom Speicher zu holen, und du . . .«
»Du hast mich mit der Eröffnung überfallen, daß du mich wieder einmal für Wochen allein lassen wirst.«
»Mein Gott, so oft wird das ja nicht mehr vorkommen.«
»Das hast du mir schon oft und oft versprochen. Immer wieder hast du mir geschworen, daß es anders würde. Als du die Agentur gegründet hast, habe ich es sogar geglaubt.«
»Vielleicht ist es dein ewiges Lamentieren, das mich aus dem Haus treibt.«
Sie spürte, wie sie blaß wurde, und fand für Sekunden keine Worte.
»Ich rackere mich ab für dich und die Kinder«, fuhr er fort, »und als Dank werde ich mit ungerechten Vorwürfen überschüttet. Dabei tue ich nichts anderes als meine verdammte Pflicht und Schuldigkeit.« Er stand auf. »Tut mir jetzt schon leid, daß ich mir einen freien Tag genommen habe.«
Sie war nahe daran, sich geschlagen zu geben, aber da die Auseinandersetzung nun einmal begonnen hatte, wollte sie sie durchstehen. »Bitte, Eberhard«, flehte sie und streckte die Hand nach ihm aus, »nun sei doch nicht so! Du weißt genau, daß ich kein zänkisches Weib bin. All die Jahre habe ich dich widerstandslos ziehen lassen. Ich wußte ja, daß es sein mußte. Aber jetzt, wo du es nicht mehr nötig hast . . .«
»Wie willst du das beurteilen?«
»Ich sehe es nun mal so, und du hast mich nicht vom Gegenteil überzeugt – du versuchst es ja nicht einmal,

sondern schiebst mir einfach den Schwarzen Peter zu und beharrst auf deinem Standpunkt. Du bist nicht fair.«

Er stand vor ihr, die Zigarette im Mundwinkel, von den Fersen zu den Ballen wippend und sah auf sie herunter.

»Jetzt fehlt nur noch, daß du in Tränen ausbrichst.«

»Kannst du denn nicht verstehen, wie schrecklich es für mich ist, daß du mich immer wieder allein läßt?«

»Ich weiß wirklich nicht, worüber du dich beklagst. Du hast dein Haus, deinen Garten, deine Freundinnen . . . nicht zu vergessen deine geliebten Bücher, genügend Geld . . .«

»Aber ich bin allein!«

»Du verlangst also, daß ich meine Reisen aufgebe, um dir Gesellschaft zu leisten?«

Wieder verschlug es ihr die Sprache; sie konnte ihn nur ansehen und hatte das beklemmende Gefühl, einen Fremden vor sich zu haben.

»Ist es meine Schuld«, fragte er grausam, »daß du nichts mit dir anzufangen weißt? Du hättest was aus deinem Leben machen sollen! Andere Frauen können das doch auch.«

Es schien ihr zu billig, ihn darauf hinzuweisen, daß sie erst durch die Kinder, dann durch seine pflegebedürftige Mutter ans Haus gefesselt gewesen war, denn das konnte er nicht vergessen haben. Deshalb sagte sie nur: »Du weißt, wie gerne ich in deiner Agentur arbeiten würde.«

»Als was? Doch nicht etwa als Fotomodell?«

»Es ist überflüssig, mir vorzuwerfen, daß ich nicht mehr aussehe wie vor zwanzig Jahren.«

»Mach jetzt bloß kein Drama draus!« Er ließ den Zigarettenstummel auf den gefliesten Boden fallen und trat ihn mit dem Absatz aus. »Vielleicht könnte man dich ja zur Waschmittelwerbung oder dergleichen einsetzen. Aber möchtest du dich wirklich auf Plakaten sehen? Ist es das, was du anstrebst?«

»Nein«, sagte sie.

»Na also.«

»Ich möchte arbeiten, Eberhard, mich nützlich machen, an deinem Beruf teilnehmen.«

»Du kannst ja nicht mal Steno und Schreibmaschine.«

»Ich könnte es lernen.«

»Versuch es! Dann hast du ja was zu tun.«

»Und wenn ich es geschafft habe?«

»Das schaffst du nie.«

»Und wenn? Würdest du mich dann in die Firma nehmen?«

»Wir haben zwei sehr tüchtige Sekretärinnen, Fräulein Moll und Frau Hermann, die der Arbeit durchaus gewachsen sind. Außerdem sind sie darauf angewiesen, Geld zu verdienen. Ich werde keine von ihnen entlassen, um einer nicht mehr ganz jungen Anfängerin Platz zu machen, die es zudem gar nicht nötig hat.«

»Weder Fräulein Moll noch Frau Hermann sind kreativ.«

»Das müssen sie auch nicht sein.«

»Aber ich bin es. Knut Detlevson hat mir oft gesagt ...«

»Nur weil du hin und wieder mal einen Einfall gehabt hast? Das kommt nur, weil du den ganzen Tag nichts zu tun hast. Wenn du in der Firma säßest, wäre es damit aus und vorbei. Mach dir doch nichts vor, Aline! Du kannst nicht auf Befehl denken – unter Streß schon gar nicht.«

»Laß es mich wenigstens versuchen!«

»Ein Beruf ist kein Kinderspiel, Aline, unserer schon gar nicht. Sei froh, daß du nichts damit zu tun hast ... Genieße es, daß du still und glücklich zu Hause sitzen und dich deines Lebens freuen darfst!«

»Still, ja«, sagte sie, »aber glücklich?«

»Es ist deine eigene Schuld, wenn du nichts mit dir anzufangen weißt. Soll ich dir mal was sagen? Es geht dir einfach zu gut.«

Aline resignierte. »So kann man es auch sehen«, sagte

sie. Sie nahm das Tablett, das gegen einen Stuhl gelehnt war, stellte das gebrauchte Geschirr darauf und trug es ins Haus. In der Terrassentür wäre sie fast mit ihrer Tochter zusammengestoßen.

»Tut mir leid!« rief Valerie. »Ich habe verschlafen.« Sie war im weißen Tennisdreß und trug ein winziges Röckchen, das ihre langen Beine voll zur Geltung brachte.

»Macht nichts«, sagte Aline lächelnd, »du hast ja Ferien.«

»Guten Morgen, Ma . . . guten Morgen, Pa!«

»Hauptsache, du kommst pünktlich zu deinem Match«, bemerkte Eberhard.«

»Daß du immer stänkern mußt.«

»Soll ich dir rasch eine Tasse Kaffee machen?« erbot sich Aline.

»Ja, bitte. Und auch einen Orangensaft.«

»Das Fräulein Tochter läßt sich mal wieder bedienen.«

»Nun sei doch nicht so, Väterchen! Wie kommt es eigentlich, daß du noch nicht in der Firma bist?«

Während Aline in der Küche das Frühstück für ihre Tochter richtete, drangen die lebhaften Stimmen von Valerie und Eberhard zu ihr herein; sie konnte sich einbilden, daß ihre Welt noch in Ordnung war.

Die Verhandlungen mit den Herren Cromfield und Masters waren weder so schwierig noch so langweilig, wie Eberhard sie seiner Frau geschildert hatte. Die Entwürfe einer Werbekampagne für original schottische Cakes, das passende Gebäck zum Whisky, waren so gelungen, daß die Herren aus London nur schlecht verbergen konnten, wie angetan sie tatsächlich waren. Gegen neun Uhr abends war die Entscheidung gefallen. ›Detlevson & Thomas‹ hatten den Auftrag, den deutschen Markt für das Produkt zu erobern.

Knut Detlevson schlug einen kleinen Bummel über die Reeperbahn vor. Die Herren Cromfield und Masters sträubten sich erst ein wenig, wiesen darauf hin, daß sie Plätze für die erste Maschine am nächsten Morgen nach London gebucht hatten, aber Detlevson ließ ihren Einwand, von dem er wußte, daß er ohnehin nicht ernst gemeint war, nicht gelten. Er war ein großzügiger, gut gelaunter, trinkfester Mann, Eigenschaften, die für die Erfolge der Agentur fast ebenso stark zu Buche schlugen wie sein Ideenreichtum.

Man war schon im Aufbruch begriffen, als Eberhard den Partner zur Seite nahm. »Würde es was ausmachen, wenn ich nicht mitkäme?«

»Fast gar nichts. Immer noch besser, als daß du dir anmerken läßt, daß es dir keinen Spaß macht.«

»Tut mir leid, Knut«, sagte Eberhard und merkte selbst, daß es lahm klang.

»Was ist eigentlich los mit dir?«

»Nichts, Knut. Vielleicht werde ich für solche Unternehmungen allmählich zu alt.«

»Es wird Zeit, daß du dir deine Reisen abschminkst, die sind es, die dich schlauchen.«

»Jetzt fang du auch noch damit an!«

»Auch?«

»Aline liegt mir dauernd in den Ohren . . .«

»Recht hat sie. Wir müssen uns mal in Ruhe darüber unterhalten. Aber nicht jetzt. Unsere Freunde werden schon ungeduldig. Verabschiede dich von ihnen, und entschuldige dich.«

»Was soll ich sagen?«

»Die Wahrheit. Daß du noch ein Date hast. Ich hoffe, sie werden dafür Verständnis aufbringen.«

Das taten die Herren Cromfield und Masters. Man witzelte noch ein wenig hin und her. Eberhard wurde aufgezogen, weil man ihn beneidete, und dann drängten die Herren zum Lift. Eberhard blieb zurück und bat Fräulein Moll, die noch mit Aufräumen beschäftigt war, ihm ein Taxi zu bestellen. Das eigene Auto wollte er über Nacht in der Tiefgarage des Kontorhauses stehen lassen, in dessen elftem Stock die Werbeagentur ihre Räume hatte.

Fräulein Moll sagte zwar nichts dazu, aber ihr Blick war so mißbilligend, daß er sich veranlaßt sah, eine Erklärung abzugeben.

»Ich bin so erledigt«, sagte er mit einem gezwungenen Lächeln, »daß ich mir die Fahrt nach Bergedorf einfach nicht mehr zuzumuten wage.«

»Nach Bergedorf?« fragte Fräulein Moll spitz.

»Ja, natürlich. Was dachten Sie denn?«

»Darauf kommt es doch wohl nicht an.« Fräulein Moll hatte den Telefonhörer schon in der Hand. »Fahren Sie am besten gleich runter. Das mit dem Taxi mach' ich schon. Die Fahrer haben es nicht gern, wenn sie unnötig warten müssen.«

»Ich auch nicht«, sagte er, obwohl er wußte, daß sie recht hatte.

»Gute Nacht, Herr Thomas!« Fräulein Moll wandte ihm den Rücken zu.

Mildred Kramer, seit einigen Monaten Eberhards Geliebte, wohnte im Dachgeschoß eines Geschäftshauses am Ballindamm.

Es war eine Luxuswohnung, in der Stadtmitte gelegen. Nur ein so zielstrebiges Mädchen wie Mildred hatte so etwas ergattern können.

Er zahlte mit reichlich Trinkgeld und ließ sich eine Quittung geben, um die Taxifahrt als Geschäftsausgabe verbuchen zu können. Dann stieg er aus. Unwillkürlich warf er im Vorbeigehen einen Blick in die hellerleuchtete, elegante Auslage eines Herrenausstatters, bevor er an der Haustür klingelte. Er wartete gelassen, den Blick auf die Innenalster gerichtet und die hellen Lichter des Jungfernstiegs, die sich in dem schwarzen Wasser spiegelten. Dann, als der Summton des Türöffners nicht gleich zu hören war, erfaßte ihn unverhofft Panik. Er war zwar mit

Mildred verabredet, aber sie hatte ihm nicht versprechen können, auch tatsächlich zu Hause zu sein. Als Chefsekretärin hatte sie ungeregelte Arbeitszeiten, und es kam durchaus vor, daß sie bis in die Nacht hinein in ihrer Firma – Herbert Krump & Co., Export Import – zu tun hatte. Eberhard war nicht mißtrauisch oder eifersüchtig, im allgemeinen störte es ihn auch nicht, daß Mildred ehrgeizig und beruflich engagiert war, im Gegenteil, dadurch wurde sie ihm, anders als Aline, nie zur Belastung. Aber er hatte sich den ganzen Abend, ja den ganzen Tag auf sie gefreut, und jetzt war es ihm, als könnte er keine Sekunde länger auf sie warten.

Er klingelte noch einmal, obwohl er sich sagte, daß es unsinnig war. Wenn sie da war, mußte sie ihn gehört haben, wenn nicht, war es zwecklos. Aber er konnte es nicht lassen, klingelte immer wieder, nur um seiner Ungeduld Luft zu machen.

Gerade wollte er kehrtmachen, überlegte bereits, ob er sich die Zeit mit einem Einkaufsbummel vertreiben oder irgendwo einkehren sollte, als der Drücker doch noch summte. Es gab keine Gegensprechanlage in dem großen Gebäude, das nachts nur von Mildred und dem Hausmeisterehepaar bewohnt wurde. Er hatte sie oft gefragt, ob ihr das nicht unheimlich wäre, aber sie hatte lachend verneint und behauptet, keine Angst zu kennen.

Jetzt drückte er auf den Knopf der Treppenhausbeleuchtung, eilte auf den Lift zu und holte die Kabine herunter. Dabei vermeinte er den Sog zu spüren, den dieses tagsüber so belebte, nachts aber verlassene Haus auf ihn ausübte, ein Sog, der auf ihn fast ebenso stark wirkte wie ein luftleerer Raum, und schalt sich, weil er zu viel Phantasie hatte. Alles in allem benahm er sich wie ein Junge, der zum ersten Mal verliebt war; es war ihm ein wenig peinlich, gleichzeitig aber genoß er dieses Gefühl.

Endlich konnte er nach oben fahren. Als er im sechsten Stock ausstieg, war es schon wieder dunkel, und abermals drückte er auf den Lichtknopf. Hier hatte der Lift Endstation. Zum siebten Stock mußte er die Treppe nehmen, vorbei an den glänzend polierten Messingschildern einer Modehausverwaltung, eine steile Treppe, die nach einem Absatz nach rechts abbog, denn die oberste Etage – Mildred nannte sie gern ihr ›Penthouse‹ – war um mehr als die Hälfte kleiner als der Grundriß des Gebäudes.

Das Licht ging aus, als er die steilen Stufen erklommen hatte, aber ihre Wohnung war offen und hell erleuchtet, und in der Tür stand sie, schlank, klein und blond, das schmale Gesicht vor Feuchtigkeit schimmernd, in einen roten Bademantel gehüllt, sich mit den Händen noch die oberen Arme reibend, um sich abzutrocknen.

Er riß sie an sich und küßte ihre nassen Lippen.

»Herrje«, sagte sie, »bist du ungeduldig!«

Er stieß die Tür mit dem Fuß hinter sich zu. »Ich hab's nicht mehr ausgehalten.«

»Deshalb hättest du doch nicht wie ein Verrückter zu klingeln brauchen.«

»Ich hatte Angst, du wärst nicht zu Hause.«

»Das ist aber eine Logik!«

»Die Logik der Verliebten.« Er hob sie hoch, eine leichte Last, trug sie in ihr Schlafzimmer, warf sie auf das Bett und liebte sie, ohne sich auch nur die Zeit zu nehmen, mehr als seine Hose auszuziehen. Wie immer war sie sofort und vorbehaltlos bereit, als hätte sie genauso sehnlich darauf gewartet wie er, und es dauerte nicht lange, bis sie jene kehligen, gurrenden kleinen Schreie ausstieß, von denen er wußte, daß sie Ausdruck höchsten Glücks waren.

Nachher lagen sie eng aneinandergeschmiegt, immer noch keuchend, und warteten, daß die Wellen ihrer Leidenschaft verebbten.

»Mein Verrückter«, sagte sie, als sie die Augen aufschlug, und fuhr ihm zärtlich durch das schweißverklebte Haar.

»Stimmt. Ich bin verrückt nach dir.«

»Trotzdem mußt du dich nicht so aufführen.«

»Wie?«

»Wie ein Wilder aus dem Urwald.«

»Meinst du, die treiben es so?«

»Jedenfalls ist denen nicht die Kleidung im Weg. Sieh mal, wie deine Knöpfe mich gedrückt haben.«

Er küßte die kleinen roten Punkte, die sich in ihre weiße Haut eingegraben hatten. »Verzeih mir! Ich will es auch nicht wieder tun.«

Sie lachte leise. »Das wäre aber schade!«

»Soll ich dir mal was sagen? Jetzt habe ich Hunger.«

»Du Ungeheuer!«

»Was ist daran verkehrt?«

Sie gab ihm einen raschen, verspielten Kuß. »Manchmal habe ich Angst, du frißt mich mit Haut und Haaren.«

Er beugte sich über sie, machte ›schnapp‹ und grub seine Zähne leicht in ihre Schulter.

»Vorsicht!« rief sie. »Das kann man sehen!«

»Wem hast du vor, deine schöne Schulter zu präsentieren?«

»Niemandem!«

»Das will ich auch hoffen.«

»Würdest du sehr darunter leiden, wenn ich . . . na, du weißt schon?«

»Untersteh dich!«

»Du hast kein Recht auf mich. Wir hatten von Anfang an ausgemacht, daß unsere Beziehung unverbindlich sein soll.«

»Kann Liebe jemals unverbindlich sein?«

»Endlich!« schnurrte sie und kuschelte sich noch enger an ihn. »Endlich sprichst du von Liebe!«

Er schob sie von sich, richtete sich auf und schwang die Beine über den Bettrand. »Ich hasse abgedroschene Phrasen.«

»Wo willst du hin?«

»In die Küche. Mir was zu essen suchen.«

»Das brauchst du doch nicht!« Sie war sofort auf den Füßen. »Mach's dir im Wohnzimmer gemütlich. Ich habe uns was besorgt. Frischen Hummer, den magst du doch so gern.«

Er verschwand im Bad, um sich frisch zu machen, musterte sich unzufrieden im Spiegel, denn jetzt, da er nicht frisiert war, sah man an manchen Stellen die Kopfhaut durch das Haar schimmern, außerdem hatte er das Gefühl, Tränensäcke zu bekommen. Dann grinste er wie ein Satyr. Zum Teufel mit der Schönheit. Er war ein Mann, und solange er fähig war, eine Frau glücklich zu machen, war alles andere gleichgültig. Nur darauf kam es an. Mochte er aussehen wie ein Affe. Er rieb sich mit Eau de Toilette den Schweiß aus dem Haar, trocknete es gründlich und bürstete es durch. Dann zog er den Bademantel an, der hier für ihn hing, und tappte auf bloßen Füßen über den geheizten Boden in Mildreds großes, elegant wie aus einem Journal eingerichtetes Zimmer.

Sie hatte schon den Tisch vor der breiten, eierschalenfarbenen Couch gedeckt, der zum Essen eigentlich zu niedrig war. Aber der Hummer war ausgelöst, so daß es keine Schwierigkeiten machte, ihn zu verspeisen. Er war umkränzt von Zitronenvierteln, und daneben stand eine Schüssel mit goldgelb glänzender Mayonnaise.

Mit einem Seufzer der Zufriedenheit ließ er sich nieder.

Mildred hielt eine Flasche Weißwein in der Hand und wollte gerade einschenken, aber plötzlich hielt sie in der Bewegung inne. »Ein Chablis«, sagte sie, »oder wäre dir Champagner lieber?«

»Chablis ist genau richtig.«

Mildred trug jetzt eine hellgrüne, seidene Tunika, die die Farbe ihrer Augen betonte und ihren nackten Körper mehr als nur ahnen ließ. Sie füllte beide Gläser, stellte die angebrochene Flasche in einen Kübel mit Eis und ließ sich zu seinen Füßen nieder. »Auf unsere Liebe!« sagte sie und hob ihm ihr Glas entgegen. »Und wenn du es auch nicht hören und noch weniger aussprechen magst ... ich brauche diese abgedroschenen Phrasen. Denn woran könnte ich mich sonst halten?«

»Du müßtest spüren, wie ich zu dir stehe!« Er trank ihr zu, brach das knusprige Stangenbrot und machte sich über den Hummer her.

Sie nippte. »Du meinst ... Gefühl ist alles?«

»Ja.«

»Nur, daß Gefühle sehr wandelbar sind.«

»Eben. Sie lassen sich nur zu leicht zerreden.«

»Das glaube ich nicht.«

»Hör auf einen erfahrenen Mann!«

Sie schwieg, zog ein Bein an ihren Körper, stützte den Ellbogen auf das Knie und legte den Kopf in die Hand. »Was soll diese Pose?« fragte er. »Willst du denn nichts essen?«

»Ich denke nach.«

Er hütete sich, weiterzufragen, und widmete sich ganz seinem Hummer, dessen weißes Fleisch er mit Zitrone beträufelte und in ganz wenig Mayonnaise tunkte, bevor er die einzelnen Stücke mit der kleinen Silbergabel zum Mund führte.

Sie sprach von sich aus weiter. »Über uns beide.«

»Wozu? Wenn ich etwas an unserer ...« Er stockte, denn er mochte das Wort ›Liebe‹ nicht aussprechen.

»Beziehung«, half sie.

»Ja, an unserer Beziehung«, fuhr er erleichtert fort, »schätze, dann ihre Unkompliziertheit, und ich hoffe nur, daß es noch lange so bleiben wird.«

»Ich finde sie ganz und gar nicht unkompliziert.«

»Nein?« fragte er überrascht.

»Ist dir das wirklich noch nicht aufgefallen? Es fängt schon einmal damit an, daß du Familie hast.«

»Meine Kinder sind erwachsen. Sie brauchen mich nicht mehr, mal von den immer noch nötigen finanziellen Zuwendungen abgesehen.«

»Und deine Frau?«

»Das ist ein Thema, das ich nicht zu diskutieren wünsche.«

»Bildest du dir ein, ich könnte ihre Existenz vergessen, nur weil du sie totschweigst?«

»Sag mal, was ist eigentlich in dich gefahren?« Er nahm die Serviette und wischte sich heftig den Mund ab. »Willst du uns den schönen Abend verderben?«

»Ich will nur mit dir reden.«

»Über alles, nur nicht über meine Frau. Sie hat nichts mit dir zu tun.«

»Außer, daß sie lebt und deine Frau ist.«

»Soll ich sie umbringen? Mildred, ich kenne dich nicht wieder. Bist du noch dasselbe Mädchen, das mir wieder und wieder erklärt hat, daß sie nicht an Heirat denkt? Daß sie ihr eigenes Leben leben, ihre Freiheit, ihren Spaß haben will? Daß ihr die Karriere über alles geht? Soll das jetzt auf einmal vorbei sein?«

»Davon habe ich kein Wort gesagt.«

»Aber darauf willst du doch hinaus.«

»Nicht die Spur. Ich stehe nach wie vor zu meinen Ansichten. Ich möchte frei sein. Aber bin ich es denn wirklich noch? Du verlangst von mir Treue . . .«

Er fiel ihr ins Wort: »Das ist doch eine Selbstverständlichkeit!«

»So? Ist es das wirklich? Auch für dich? Willst du mir weismachen, daß nichts, gar nichts passiert, wenn du wochenlang unterwegs bist? Umgeben von den schönsten Mädchen?«

»Ach, die sind doch alle in festen Händen . . . oder lesbisch . . . oder karrieresüchtig.«

»Das ist keine Antwort.«

»Ich halte dieses ganze Gespräch für absolut idiotisch.«

»Kannst du mir schwören, daß diese Mädchen für dich Luft sind?«

»Schwören? Es kommt ja immer besser!«

»Oder daß du nicht doch zugreifst, wenn sich eine Gelegenheit ergibt?«

»Hör auf damit! Du bist ja schlimmer als Aline!«

»Ist sie denn eifersüchtig?«

»Nein. Jedenfalls hat sie es mir nie gezeigt. Sie weiß, daß so ein kleiner Ausrutscher gar nichts bedeutet.«

»Für ihre Ehe sicher nicht.«

»Na also.«

»Sie ist mit dir verheiratet. Siehst du nicht den Unterschied?«

»Beim besten Willen nicht.«

»Dann bist du stupider, als ich dachte.« Mildred schwang sich mit einer eleganten Bewegung auf die Füße. »Noch einen Schluck Wein?«

Statt ihr zu antworten, fragte er: »Worauf willst du eigentlich hinaus?«

»Ich will wissen, wie wir zueinander stehen.« Sie zog die Flasche aus dem Eiskübel und füllte sein Glas.

Er leerte es hastig. »Das ist doch keine Frage.«

»Für dich vielleicht nicht, aber für mich.« Sie schenkte ihm noch einmal ein, füllte auch ihr Glas und setzte sich wieder, diesmal nicht zu seinen Füßen, sondern in einen der schweren niedrigen Sessel, in dem sie sich wie ein Kätzchen zusammenrollte.

»Es ist doch bisher so gut mit uns gelaufen. Ich verstehe nicht, warum du auf einmal Schwierigkeiten machen mußt.«

»Tue ich das?« fragte sie unschuldsvoll.

»Das weißt du ganz genau.« Mechanisch steckte er ein Häppchen Hummer in den Mund, aber er schmeckte ihm nicht mehr. Plötzlich stieß er den Teller von sich.

»Das wollte ich wirklich nicht!« behauptete sie.

»Dann wollen wir davon aufhören, ja?«

»Eberhard, du bist doch ein Werbemensch, ein Fotograf, fast ein Künstler, also . . .«

»Danke!« warf er ein, durchaus nicht geschmeichelt.

Sie ließ sich nicht unterbrechen. »... man könnte also von der Annahme ausgehen ... ich habe es jedenfalls getan ... daß du über ein gewisses Maß an Phantasie verfügst.« Sie hob die Hand, als er ihr wieder ins Wort fallen wollte. »Willst du nicht versuchen, dich in meine Lage zu versetzen?«

»Du bist eine sehr selbständige, selbstbewußte, erfolgreiche junge Frau und hast einen Freund, der verrückt nach dir ist. Worüber beklagst du dich also?«

»Daß dieser Freund unsere Beziehung von sich aus für unverbindlich hält, von mir aber erwartet, daß ich mich gebunden fühle.«

»Ich genüge dir also nicht?«

»Jedenfalls nicht, wenn du dauernd unterwegs bist.«

Er stand auf, knüllte die Serviette zusammen und warf sie auf den Tisch. »So ist das also. Gut, daß ich es rechtzeitig erfahre ...«

»Rechtzeitig? Wieso das?«

»Du gehörst also zu den Frauen, die nicht imstande sind, es auch nur ein paar Wochen ohne Mann auszuhalten!«

»Und wenn es so wäre? Was ist unnatürlich daran?«

»Deine ganze Einstellung!« Er begann mit großen Schritten auf und ab zu laufen, wobei er gezwungen war, darauf zu achten, nicht an eines der Möbel zu stoßen, was seine Unsicherheit und seinen Zorn noch steigerte.

Sie beobachtete ihn gelassen, unter halb gesenkten Lidern. »Du findest es also natürlich, daß ein Mann einerseits verheiratet ist, andererseits eine Freundin hat, die er hinwiederum vernachlässigt, um in die Welt hinauszuziehen ...«

»Um meinen Beruf auszuüben«, protestierte er.

»... wobei er einige mehr oder weniger intensive Seitensprünge als unerläßlich betrachtet.«

Er blieb vor ihr stehen. »Mußt du wirklich alles so verdrehen?«

»Es tut mir leid, wenn es dir so vorkommt. Ich nenne die Dinge nur beim Namen.«

»Was verlangst du also von mir? Daß ich schwöre, dir in Alaska treu zu bleiben? Das kann ich gerne, das Klima dort wirkt nicht gerade anregend.«

»Vergiß die Iglus nicht!« spöttelte sie. »Da drinnen ist es schön warm, und man rückt sich eng auf die Pelle.«

»Wir werden nicht in Iglus hausen.«

»Du redest wieder mal haarscharf an der Sache vorbei.«

»Du willst also, daß ich dir prinzipiell schwöre, keine andere anzurühren?«

»Was könnte mir ein solcher Schwur nützen? Ich kenne dich mittlerweile schon zu gut, Eberhard. Ich weiß, daß du ihn ja doch nicht halten würdest.«

»Was also dann?«

»Daß du mir dieselben Freiheiten einräumst, die du für dich in Anspruch nimmst.«

Schweigend sah er auf sie herab und merkte selbst nicht, daß sich seine Hände zu Fäusten ballten und die Ader auf seiner Schläfe zu pochen begann.

»Bitte, versteh mich doch!« bat sie, jetzt weicher. »Ich habe ja gar nicht vor, dich zu betrügen, im Gegenteil, ich werde es tunlichst zu vermeiden suchen. Aber es würde mir einfach wohler sein, wenn ich mich frei fühlen dürfte. Es wäre auch gerechter.«

Sein Brustkorb wölbte sich, so schwer und mühsam holte er Atem. »Ich könnte es nicht ertragen«, brach es aus ihm heraus.

Sie sprang auf und warf sich in seine Arme. »Mir geht's genauso! Kannst du mich endlich verstehen?«

Als er ihren schmalen, fast nackten Körper fühlte, übermannte ihn Leidenschaft. »Mildred, mein Liebling ... meine Geliebte!« stöhnte er, und seine Lippen gruben sich in ihren Hals, seine Hände tasteten nach ihr. »Zieh das Ding aus!«

»Nein!« Sie versuchte ihn von sich zu stoßen, und als es ihr nicht gelang, machte sie sich schlaff wie eine Puppe.

»Willst du denn nicht?«

»Genausosehr wie du. Aber es bringt uns nicht weiter.«

»Laß uns nachher darüber sprechen!«

»Nein.« Mit einer gewandten Bewegung entzog sie sich ihm. »Wir müssen es jetzt hinter uns bringen oder nie. Ich will nicht unzufrieden sein. Ich will mich nicht dauernd mit dir streiten. Ich will, daß es so schön bleibt wie es war.«

»Dann hör auf, mir Forderungen zu stellen, die ich nicht erfüllen kann.«

»Weil du mich nicht liebst!«

»Weil ich in einer festgefügten Welt lebe – einem Käfig, aus dem ich nicht ausbrechen kann.«

»Du willst es gar nicht. Nicht wirklich. Warum nimmst du mich sonst nicht einfach mit auf deine Reisen? Du weißt, was ich kann. Ich würde dir bestimmt nützlich sein.«

»Und was wäre mit deinem Beruf? Ich dachte, du willst weiterkommen?«

»Das kann ich auch bei ›Detlevson und Thomas‹, besser vielleicht als anderswo.«

»Ausgeschlossen! Du kennst unsere Damen nicht. Die würden dich hinausbeißen, schneller als du denken kannst.«

»Nicht, wenn der Chef ... wenn du hinter mir stehst.«

»Knut Detlevson dürfte ich mit so was gar nicht kommen. Er war schon ziemlich ungehalten, weil ich mich heute abend gedrückt habe.«

»Ich dachte, ihr seid gleichberechtigt?«

»Eine Partnerschaft kann nur funktionieren, wenn einer auf die Wünsche des anderen Rücksicht nimmt.«

»Was sollte er denn gegen mich haben?«

»Er schätzt Aline.«

»Aha!«

»Mildred, bitte, es wäre nicht gut für das Betriebsklima, sieh das doch ein! Du stehst doch selber lange genug im Berufsleben, um zu wissen, wie so etwas läuft. Die Moll war heute schon ziemlich spitz zu mir, weil ich sie bat, mir ein Taxi zu bestellen.«

»Das verstehe ich nicht.«

»Sie hat mitgekriegt, daß ich zu dir fahren wollte.«

»Aber sie kennt mich doch gar nicht!«

»Sie weiß, daß du existierst. Wie sollte sie auch nicht, da ich versuche, dich so oft wie möglich zu sehen? So was läßt sich nicht verheimlichen.«

»Zugegeben. Aber was geht es sie an? Mir scheint, du hast dich von deinen Angestellten ganz schön unter den Pantoffel kriegen lassen.«

»Denk, was du willst!«

»So? Darf ich das wirklich?« Mildreds Augen funkelten grün. »Dann will ich dir sagen, was ich denke: Detlevson und Frau Moll ist es völlig egal, ob und mit wem du was hast. Wieso sollte es sie auch kümmern? Du willst mich nicht in deine Firma nehmen, weil deiner Frau dann was zu Ohren kommen könnte. Weil du Angst vor ihr hast. Weil sie doch nicht so großzügig ist, wie du immer behauptest.«

Er ließ sich mit einem übertriebenen Seufzer der Erschöpfung in einen der Sessel fallen. »Womit wir wieder beim Thema wären.«

»Du gibst also zu, daß Aline nichts von mir wissen soll?«

»Ja.«

»Und warum nicht? Hast du Angst, daß sie dich verlassen könnte?«

»Angst, Angst! Wieso kommst du mir immer damit? Es gibt nichts, wovor ich Angst habe . . . höchstens, daß unsere Firma in die roten Zahlen geraten könnte oder ich arbeitsunfähig werde. Alles andere . . .« Er zuckte die Achseln. »Du lieber Gott! Wovor sollte ich denn Angst haben?«

»Warum soll deine Frau dann nicht wissen, daß es mich gibt? Ich weiß ja auch, daß du verheiratet bist, und muß damit fertig werden.«

»Hältst du es für sinnvoll, einen Menschen unnötig zu verletzen?«

»Es wäre durchaus nicht unnötig, sondern es würde mir zu einem Platz in deiner Nähe und an deiner Seite verhelfen ... wenigstens im Beruf.«

»Du verrennst dich, Mildred. Selbst wenn Aline es verstehen und dulden würde ... alle anderen würden dich nur um so heftiger ablehnen. Wie ständest du dann da? Sie wäre die große Heilige und du die miese kleine Ehebrecherin.«

»Damit würde ich schon fertig werden. Was die Leute von mir denken, ist mir nämlich ziemlich schnuppe, weißt du. Es läßt mich kalt. Aber das ist nicht der Punkt. Deine Frau würde nämlich gar nicht einverstanden sein, und das weißt du ganz genau. Sie würde dich vor die Entscheidung stellen: entweder ich oder sie. Gerade dazu willst du es aber nicht kommen lassen. Ich sage nicht, daß du Angst davor hast, da du das ja energisch abstreitest. Aber du willst keine Entscheidung treffen.«

Er schwieg und zündete sich umständlich eine Zigarette an. »Soweit wären wir also«, sagte er dann.

Sie begriff, daß sie dabei war, einen Fehler zu machen. »Nicht, daß ich dich vor diese Entscheidung stellen möchte«, sagte sie rasch, »aber sie würde es tun, verlaß dich drauf.«

»Nichts könnte mich glücklicher machen.«

Einen Augenblick saß sie ganz still, dann sprang sie wie elektrisiert auf. »Was sagst du da?«

»Ich denke, du hast mich recht gut verstanden.«

Sie lief zu ihm hin und kniete sich an seine Seite. »Meinst du das wirklich so?«

»Ja.«

»Warum hast du mir das nie gesagt?«

»Wozu? Es wird nicht dazu kommen.«

»Du brauchst sie doch nur zu provozieren! Stell mich bei dir ein, Eberhard, bitte!«

»Ob du es nun glaubst oder nicht«, sagte er müde, »das würde Knut nie zulassen. Eher würde er unsere Partnerschaft lösen. Er könnte es auch seiner Frau nicht zumuten. Sie ist so eine Art Freundin von Aline. Nein, selbst wenn ich es wollte, wenn ich alles daransetzte ... es ist unmöglich.«

»Dann erzähl ihr doch einfach von mir!«

»Das kann ich nicht. Sie hat sich ja nie etwas zuschulden kommen lassen, immer ihr Bestes getan. Ich kann sie nicht so verletzen. Soll ich ihr etwa sagen, daß es eine andere Frau in meinem Leben gibt und sie sich damit abfinden oder scheiden lassen soll?«

»Ja. Genau das.«

»Unmöglich. Ich mag nicht gerade zart besaitet sein und habe gelernt, meine Ellenbogen zu gebrauchen, aber ein so rücksichtsloser Rohling bin ich nun doch wieder nicht. Wenn ich so wäre, müßtest du dann nicht fürchten, daß ich dich eines Tages genauso eiskalt auf die Straße setzen würde?«

»Ich bin nicht Aline.«

»Du kennst sie nicht. Sie ist eine wunderbare Frau.«

Mildred legte den Arm und ihr Kinn auf sein Knie und blickte zu ihm auf. »Aber warum dann ...? Jetzt verstehe ich gar nichts mehr.«

»Wir sind über zwanzig Jahre miteinander verheiratet. Das ist eine lange Zeit, eine allzu lange. Mich fesselt nichts mehr an ihr ... Ja, ich glaube, das wird es wohl sein. Sie hat aufgehört, mich zu interessieren und zu faszinieren, wie immer du es nennen willst.«

»Aber wenn es so ist, dann kann es doch nicht immer so weitergehen. Du kannst die Dinge doch nicht einfach treiben lassen. Du bist doch noch jung. Womöglich hast du erst die Hälfte deines Lebens hinter dir. Ich will dich nicht heiraten, Eberhard, wirklich nicht, ich bin nicht auf Sicherheit und Versorgung aus und auch nicht aufs Kinderkriegen. Es geht mir jetzt einzig und allein um dich. Du kannst dich doch nicht so einfach damit abfinden, für jetzt und alle Zeiten ... mit der großen Langeweile, denn darauf läuft es doch hinaus!«

Er strich ihr durch das blonde, leicht zerzauste Haar. »Es gibt Schlimmeres, mein Liebling, und dann ... wie oft bin ich denn schon zu Hause?«

»Alle Wochenenden, wenn du nicht gerade auf Reisen bist, und nach dem, was du mir gerade gestanden hast, finde ich das schlimm genug ... und die vielen Abende, an denen du dich nicht aus dem Staub machen kannst!«

»So ist nun mal das Leben. Man kann nicht immer Heitereitei haben.« Er griff über ihren Kopf hinweg und drückte seine Zigarette in der blanken kleinen Messingschale aus. »Wenn ich mich mit dir langweilen würde«, sagte sie leidenschaftlich und preßte sein Knie, »dann würde ich Schluß mit dir machen, auf der Stelle, verlaß dich drauf ... und ich würde es auch tun, wenn ich spüren müßte, daß ich dich anöde!«

»Wir sind ja auch nicht verheiratet.«

»Das ist kein Argument! Sag mal, merkt sie denn nichts?«

»Ich weiß es nicht. Wahrscheinlich denkt sie: So ist nun mal die Ehe. Damit hat sie ja auch recht.«

»Du darfst dich nicht damit abfinden.«

»Es wird mir nichts anderes übrigbleiben. Ich kann sie nicht verlassen. Ich könnte ja nicht einmal einen alten Hund aus dem Haus werfen, der zu nichts mehr nutze ist und die Teppiche vollsabbert. Wieviel weniger meine Frau verstoßen, die so viel für mich getan hat.«

»Was denn schon? Was hat sie für dich getan, was mehr als selbstverständlich war?«

»Sie hat sich mit meiner Mutter arrangiert, und das war etwas, was bestimmt nicht jede geschafft hätte. Betsy hatte ihre guten Seiten, unumstritten, aber sie war auch eine rechthaberische, herrschsüchtige Person und hat es niemandem leicht gemacht. Trotzdem hat Aline sie bis zu ihrem Tod gepflegt.«

Mildred zuckte die schmalen Schultern. »Manchen Leuten liegt eben so was.«

»Kann sein, denn sonst hätte sie es ja wohl nicht geschafft. Trotzdem rechne ich es ihr hoch an.«

»Das verstehe ich gut. Aber das heißt doch nicht, daß du dich bis zum Ende deines Lebens mit ihr mopsen mußt.«

Er zog sie zu sich hoch. »Solange ich dich habe . . .«

». . . kann es so haarig gar nicht werden!« nahm sie das Stichwort auf, schlang die Arme um seinen Hals und schmiegte sich an ihn.

»Vergiß Aline«, bat er.

»Kannst du es denn?«

»Ich denke keine einzige Sekunde an sie, wenn ich bei dir bin . . . und auch sonst denke ich nur an dich.«

»Das wird deiner Arbeit aber schlecht bekommen«, neckte sie ihn.

»Als wenn du nicht wüßtest, wie ich es meine.«

»Ja, ich weiß.« Sie küßte ihn. »Verzeih, daß ich davon angefangen habe! Es war dumm, uns den schönen Abend zu verderben.«

»Er ist ja noch nicht zu Ende.« Er streckte seinen Arm aus und angelte nach der Weinflasche. »Sie ist leer.«

Sie wollte von seinem Schoß rutschen. »Warte, ich hole eine neue!«

»Später . . . vielleicht«, sagte er und hielt sie fest.

Sie liebten sich auf der Couch, aber auch die Harmonie ihrer Körper ließ sie das, was zwischen ihnen stand, nicht vergessen.

Sie wollten es nicht wahrhaben, und doch wußten sie beide, daß der Kampf erst begonnen hatte.

Die sommerliche Hitze hielt an, und am Morgen seines Abflugs konnte Eberhard Thomas sein Frühstück noch einmal auf der Terrasse einnehmen; Aline und Valerie leisteten ihm Gesellschaft.

Aline trug ein weißes Kleid, das ihre glatte, gleichmäßig gebräunte Haut besonders gut zur Geltung brachte. Sie hatte sich sorgfältig zurechtgemacht, damit ihr Mann sie hübsch und anziehend in Erinnerung behalten sollte. Valerie, die zu seinen Ehren aufgestanden war, hatte es nicht einmal für nötig befunden, sich zu kämmen, aber die wilde Mähne betonte noch ihre jugendliche Vitalität. Sie war im Nachthemd, über das sie nur sorglos einen Morgenrock geworfen hatte, der vorne offenstand.

»Sehr sexy«, hatte ihr Vater bei ihrem Auftritt schmunzelnd bemerkt.

»Ach, laß doch«, wehrte sie ab, »es ist einfach zu heiß.«

»Um sich anständig anzuziehen?«

»Wenn ich gewußt hätte, daß du schlechte Laune hast, wäre ich gar nicht aufgestanden.«

»Es wird noch heißer werden«, bemerkte Aline, um zu schlichten.

»Ja, ihr habt's gut hier«, sagte Eberhard mit einem Seufzer.

»Mußt du denn fort?« fragte Valerie. »Und dann ausgerechnet in die Antarktis?«

»Jetzt fang bloß nicht auch noch so an wie deine Mutter!«

»Man wird doch wohl noch fragen dürfen!«

»Das könntest du dir sparen. Wenn ich nicht müßte, würde ich diese Strapazen bestimmt nicht auf mich nehmen.«

Er biß mit gutem Appetit in ein dick belegtes Brot.

»Noch eine Tasse Kaffee?« fragte Aline.

»Gern.«

Sie schenkte ihm ein.

Er blies in die Tasse und nahm einen großen Schluck.

»Das muß man dir lassen, Aline«, sagte er und wischte sich den Mund mit der Serviette ab, »dein Kaffee ist wunderbar.«

»Hui!« machte Valerie. »Was für ein Kompliment!«

»Ja«, sagte Aline mit einem Sarkasmus, der ihr sonst fremd war, »für die Maschine und die Bohnen.«

Er warf ihr einen leicht irritierten Blick zu. »Wie man es macht, ist's falsch.«

»Nein, gar nicht. Ich freue mich, wenn es dir schmeckt.«

»Warum dann diese Töne?«

»Laßt uns lieblicher anstimmen«, trällerte Valerie.

»Entschuldige!« sagte Aline und lächelte ihren Mann versöhnlich an. »Ich hab's nicht so gemeint.«

»Das will ich hoffen.«

»Liest du denn heute morgen deine Zeitung nicht?« erkundigte sich Valerie.

»Dazu habe ich Gelegenheit im Flugzeug.« Er hatte fertig gegessen, warf einen Blick auf seine Armbanduhr und zündete sich eine Zigarette an.

Aline zerbrach sich den Kopf, um ein paar herzliche, freundschaftliche Worte zum Abschied zu finden; sie kam nicht mehr dazu, sie auszusprechen.

Maya stürmte um die Ecke, jung, frisch und schön mit ihrer zierlichen Figur, dem langen, nachtschwarzen Haar und den großen Augen, deren Blau ins Violette überging. »Hallo!« rief sie. »Hab' ich's mir doch gedacht, daß ich euch hier finden würde!« Sie trug Jeans, ein einfaches T-Shirt, in der rechten Hand eine große weiche Tasche, und in der linken eine Nerzjacke, die sie hinter sich herschleifte.

Sie hatten Maya, wenn auch nur flüchtig, schon gekannt, als sie noch ein Kind gewesen war und schlicht Marie geheißen hatte; inzwischen war sie achtzehn und arbeitete als Fotomodell für ›Detlevson & Thomas‹. Sie bedachte alle rundherum mit flüchtigen, berufsmäßigen

Küßchen, wobei Eberhard ihr einen zärtlichen Klaps auf den Po gab.

Sie lachte dazu und lehnte sich ungeniert an ihn. »Können wir?«

»Laß mich bloß noch die Zigarette ausrauchen!«

Sie nahm sie ihm aus der Hand und nahm einen tiefen Zug. »Damit es schneller geht!«

Valerie krauste die Stirn und machte ein angewidertes Gesicht. »Manieren sind das!«

Aline zwang sich zu lächeln. »Wenn man aussieht wie Maya, kann man sich allerhand erlauben.« Sie empfand keine Spur von Eifersucht, denn sie wußte, daß dieses zwanglose Benehmen nur bedeuten konnte, daß Maya nichts vor ihr zu verbergen hatte, aber es schmerzte sie ein wenig, das Mädchen so jung, so schlank und so vollkommen schön zu sehen, wie sie es selber vor unendlich langer Zeit einmal gewesen war. »Wie bist du überhaupt hereingekommen?« fragte sie.

»Über das Gartentörchen geklettert.«

»Und deine Koffer?«

»Habe ich draußen stehen lassen.«

»Sehr leichtsinnig von dir!« Eberhard drückte seine Zigarette aus, schob Maya von sich und sprang auf. »Dann aber mal hurtig!«

»Reg dich bloß nicht auf! Was soll hier denn schon passieren?«

»Wenn du lesen könntest«, sagte Valerie bissig, »würdest du wissen, daß auch hier in Bergedorf schon mal eingebrochen worden ist, und ein herrenloser Koffer ist eine gefundene Beute.«

Maya zeigte ihr die Zunge. »Alte Besserwisserin!« Sie umarmte Aline. »Ich schreib' dir mal ein Kärtchen ... wenn ich dazu komme.«

»Ja, tu das bitte!«

»Es wird bestimmt fabelhaft! Huh, aber so kalt!« Sie

schauderte übertrieben. »Tschüß, Valerie! Viel Spaß mit deinen Paragraphen!«

»Ziege!« sagte Valerie.

Maya konnte es nicht mehr hören; sie war schon um die Hausecke gelaufen. Aline folgte ihr. Eberhard hatte das Auto aus der Garage gefahren und war dabei, die Koffer einzuladen. Sie öffnete das Tor zur Straße, während Maya sich schon auf den Platz neben dem Fahrersitz schwang. Aline kam zurück, als Eberhard gerade den Kofferraum zugeklappt hatte und sich aufrichtete.

Einen Augenblick lang standen sich die Eheleute etwas verlegen gegenüber, dann zog er sie kurz in die Arme und küßte sie auf die Wange, genauso flüchtig und berufsmäßig, wie Maya es getan hatte. »Mach's gut, altes Mädchen!« Er ließ sie los und sah sich nach Valerie um. »Na, was ist? Willst du mir nicht auf Wiedersehn sagen?«

Valerie lief zu ihm hin, ihr offener Morgenmantel flatterte, und das kurze Hemdchen schob sich noch höher die kräftigen Oberschenkel hinauf; sie warf ihre Arme um seinen Hals und rief: »Guten Flug, Pa, und viel Vergnügen! Besuch mich mal in München, ja?«

Aline wußte, daß Valerie ihren Vater sehr mochte, aber dieser stürmische Abschied schien ihr übertrieben und für Maya inszeniert.

»Wenn's irgend möglich ist«, versprach Eberhard leicht irritiert.

»Du mußt, Pa, du mußt! Und dann gehen wir ganz groß aus, und jeder wird mich für deine Freundin halten!«

»Na, na, na!« Er schob sie von sich, fügte aber, als er ihr enttäuschtes Gesicht sah, hinzu: »Ich werde sehen, was sich machen läßt.« Er stieg zu Maya in den Wagen.

Mutter und Tochter winkten ihm nach, als er davonfuhr. Aber nur Maya erwiderte ihren Gruß.

»Genug!« sagte Aline, als Valerie Anstalten machte,

zur Straße hinzulaufen. »Ich mach' das Tor schon selber zu. Verschwinde!«

Valerie blickte an sich herab. »Gott, bist du kleinbürgerlich.«

»Mag sein. Aber ich finde es nun mal nicht so gut, sich der Nachbarschaft im Nachthemd zu präsentieren.«

»Als wenn man im Bikini nicht viel mehr sehen ließe!«

»Das ist eine Sache des Stils.« Aline warf das Tor ins Schloß, machte auch die Garage zu und folgte ihrer Tochter dann hinter das Haus.

Valerie hatte schon wieder auf der Terrasse Platz genommen und schenkte sich ein Glas aus dem Krug mit frisch gepreßtem Orangensaft ein, in dem die Eiswürfel klirrten. »Ich an deiner Stelle würde es nicht zulassen, daß Pa mit diesem Flittchen durch die Welt zieht!« behauptete sie.

»Es gehört zu seinem Beruf«, entgegnete Aline müde.

»Wie du nur so gelassen sein kannst! Bist du denn gar nicht eifersüchtig?«

»Nein. Ich möchte nur, daß er mehr zu Hause bliebe ... daß er sich nicht immer wieder diese Strapazen antäte. Aber das steht auf einem anderen Blatt.« Aline setzte sich zu ihrer Tochter.

»Und du glaubst nicht, daß unterwegs was passiert?«

»Bestimmt nichts von Bedeutung.«

»Wenn man dich so reden hört ... Erotik bedeutet also nichts mehr für dich?«

Aline schwieg; sie wünschte, sie hätte sich nicht in diese Unterhaltung eingelassen.

»Na ja, in deinem Alter«, sagte Valerie. »Ich jedenfalls halte diese Maya für ein ganz gefährliches kleines Biest ... und die anderen Mädels sind bestimmt auch nicht besser.«

»Ach wo. Ich kenne ja die meisten. Über einen Flirt gehen die bestimmt nicht hinaus. Und was Maya betrifft ... von ihr weiß ich, daß sie ein liebes, gutes Mädchen ist.«

»Hast du denn keine Augen im Kopf? Wie sie sich an ihn rangeschmissen hat!«

»Das war doch nur Spaß!«

»Ich fand es gar nicht komisch. Ihre ganze Art!« Valerie rümpfte die Nase.

»Sie ist sehr jung, und sie ist sehr schön, und sie hat das Gefühl, daß die Welt ihr zu Füßen liegen müßte . . .«

»Ja, besonders die Männer!« warf Valerie ein.

»Das ist ja auch nur natürlich. Aber sie ist vernünftig. Sie weiß, daß ihre Zeit nicht ewig dauern wird. Sonst würde sie ja keine Schneiderlehre machen und nur gelegentlich mit Pa arbeiten, sondern nach Paris gehen oder nach New York. Sie hätte jede Chance für eine große Karriere. Aber sie denkt an ihre Zukunft.«

»Vielleicht geht's ihr aber auch nur um Pa. Sie will nicht von ihm fort. Das wäre immerhin auch eine Erklärung.«

»Nein«, sagte Aline, »ausgeschlossen. Wenn sie ein schlechtes Gewissen hätte, benähme sie sich anders.«

»Woher willst du das wissen?«

»Ein bißchen Menschenkenntnis darfst du mir schon zutrauen. Das ist einer der wenigen Vorzüge meines hohen Alters.«

»Ich mag sie nicht.«

Aline lächelte. »Das hast du dir überdeutlich anmerken lassen.«

»Soll ich ihr etwa um den Bart streichen, wenn ich sie nicht leiden kann?«

»Überhaupt nicht. Wie ich Maya kenne, ist es ihr ganz egal, wenn du dich ruppig ihr gegenüber aufführst. Es wird sie höchstens amüsieren. Aber du solltest vielleicht um deiner selbst willen lernen, daß es nicht klug ist, jeden gleich merken zu lassen, was man über ihn denkt.«

»Ich hasse Heuchelei, und ich halte sie für ganz und gar unnötig.«

»Das ist ein Standpunkt, den du dir auch nur so lange erlauben kannst, wie Vater für dich sorgt und du noch nicht im

Berufsleben stehst. Übrigens ist auch in der Liebe und in der Ehe ein bißchen Beherrschung durchaus angebracht.«

»Das glaubst du! Aber wohin hat dich deine ewige Beherrschung denn gebracht? Erst hast du dich von Betsy tyrannisieren lassen, daß es schon nicht mehr mit anzusehen war . . .«

»Ich dachte, du hättest sie lieb gehabt!«

Valerie ging nicht auf diesen Einwurf ein. ». . . und jetzt läßt du dich von Pa vernachlässigen! Das heißt, das hast du immer schon getan, bloß fällt es jetzt noch mehr auf. Du mit deiner Beherrschung! Ich würde nie zulassen, daß mein Mann mit diesen . . . diesen aufgeblasenen Nullen durch die Weltgeschichte zöge und mich zu Hause sitzen ließe! Ich an deiner Stelle hätte längst auf den Tisch geschlagen!« In ihrem Eifer hieb Valerie tatsächlich mit der Faust auf den Gartentisch, so daß die Teller und Bestecke klapperten und die Kaffeekanne ins Schwanken geriet und umgefallen wäre, wenn Aline nicht geistesgegenwärtig zugefaßt hätte. »Oh, entschuldige!« sagte Valerie, über ihr eigenes Temperament jetzt doch erschrocken.

»Mach dir nichts draus! Es ist ja nichts passiert.«

»Aber ich finde wirklich, daß du dir zuviel gefallen läßt.«

»Zwischenmenschliche Beziehungen sind nun mal komplizierter, als du dir vorstellen kannst.«

Valerie sah ihre Mutter an. »Vielleicht hast du sogar recht. In deinem Alter muß man wohl manches schlucken, wenn man nicht eines Tages ganz allein dastehen will. Arme Aline!« Mit diesen trostreichen Worten stand sie auf. »Aber genug philosophiert. Ich glaube, es wird höchste Zeit, daß ich mich in meine Klamotten werfe. Ich habe eine Verabredung im Schwimmbad. Du brauchst also heute mittag nicht für mich zu kochen. Mach dir einen gemütlichen Tag.« Sie küßte sie auf die Schläfe und lief ins Haus.

Aline machte sich daran, den Frühstückstisch abzudekken. Dabei fiel ihr ein, daß sie Valerie um Hilfe bitten könnte. Früher hatte sie ihre Kinder immer angeleitet, im Haushalt zu helfen. Anders wäre es auch gar nicht möglich gewesen, Betsy so zu umsorgen, wie sie es gewohnt war, und wie sie es verlangte. Aber die Schwiegermutter war tot und die Tochter nur noch in den Ferien zu Hause.

Also verzichtete sie darauf, Valerie einzuspannen und kümmerte sich allein darum, die Küche, die Bäder, das ganze Haus in Ordnung zu bringen.

Ein wenig resigniert sagte sie sich, daß sie ohnehin nichts Besseres zu tun hatte. Wie Valerie ihr geraten hatte, ließ sie das Mittagessen ausfallen und legte sich, als sie mit ihrer Arbeit fertig war, mit einem Buch in den Garten.

Sie versuchte sich einzureden, daß sie mit ihrem Schicksal doch sehr zufrieden sein konnte. Andere Frauen hatten Sorgen und Probleme. Ihr ging es rundherum gut. Sie mußte damit aufhören, ewig mehr vom Leben zu verlangen, als es ihr geben konnte.

Die Sonne versank hinter den Dächern, und Valerie war immer noch nicht zurück. Aline machte sich keine Sorgen um ihre Tochter, denn sie wußte, daß das große Mädchen sehr gut auf sich selber aufpassen konnte. Aber sie sehnte sich nach Gesellschaft.

Es war zu spät, Liane Detlevson oder eine der anderen Frauen ihrer Bekanntschaft aufzusuchen, denn schon näherte sich die Abendbrotzeit, und sie hatten sich um ihre Familien zu kümmern. Auch wollte sie nicht, daß Valerie in ein leeres Haus kam.

Obwohl es immer noch warm war, hatte sie keine Lust mehr, draußen zu liegen. Sie klappte ihr Buch zu, ging hinein, spülte sich unter der Dusche die Reste der Sonnenschutzcreme ab und rieb ihren braungebrannten Körper sorgfältig mit einem ›After Sun‹ ein. Dann schlüpfte sie in ein leichtes Hauskleid, ging hinunter, um den Tisch auf der Terrasse zu decken und bereitete eine Soße für den Salat vor.

Valerie war immer noch nicht zurück, und Aline machte sich klar, daß sie vielleicht gar nicht zum Abendessen erscheinen würde. Sie hatte es nicht versprochen, und es war durchaus möglich, daß sie erst in der Nacht nach Hause kommen würde.

Aline hatte jetzt Hunger, mochte sich aber nicht allein zu Tisch setzen, sondern nahm sich vor, noch eine halbe Stunde zu warten – höchstens eine halbe Stunde.

Es fiel ihr ein, daß sie morgen waschen wollte, und sie machte sich daran, die Haus- und Leibwäsche in den Keller zu transportieren und vorzusortieren. Eberhards Abwesenheit war eine gute Gelegenheit, seine leichten Sommeranzüge, die er in den letzten Wochen getragen hatte, in die Reinigung zu bringen. Sie holte sie aus dem Schrank, trug sie in die Garderobe neben der Haustür und tastete sie gewohnheitsmäßig ab. Eberhard war nicht unordentlich, aber es kam vor, daß er ein paar Münzen, einen Geldschein, eine Notiz oder eine Taxiquittung in einer seiner Taschen vergaß.

Aline wunderte sich, als sie ein hartes Stück Papier in einer seiner Außentaschen spürte, denn die pflegte er gar nicht zu benutzen, damit seine Jacken nicht die Form verloren. Sie griff hinein und fand ein Foto, kaum größer als ein Paßbild, das den Kopf einer jungen Frau zeigte.

Im ersten Augenblick dachte Aline nichts anderes, als daß es sich um ein Modell handeln müßte. Die junge Frau hatte glattes blondes Haar, große grüne Augen mit dichten, dunkel getuschten Wimpern, schöne Zähne, die sie lächelnd zeigte, und einen schmallippigen Mund. Aber auf den zweiten Blick sah sie, daß dieses Lächeln nicht gekonnt und berufsmäßig war, sondern etwas schief und daß die Nase aus einem ungünstigen Winkel aufgenommen war, die sie spitz erscheinen ließ. Also kein Modell. Gehörte das Foto vielleicht zu einer Bewerbung? Aber wie war es in Eberhards Jackentasche geraten?

Sie drehte es um und fand eine Widmung, schwungvoll

mit grüner Tinte geschrieben: »Für meinen Eberhard – damit er nicht vergißt, daß ich ihn liebe und auf ihn warte! Mildred.« Aline stand ganz ruhig da, starrte auf die Buchstaben, dann wieder auf das Foto und versuchte zu begreifen, was das zu bedeuten hatte. Eines wurde ihr rasch klar: Es gab eine Frau namens Mildred, von deren Existenz sie bisher keine Ahnung gehabt hatte und die sich ein Recht auf ihren Mann anmaßte. Das war keiner jener mehr oder weniger tiefgehenden Flirts, die sie bisher mit einem Achselzucken hatte abtun können. Jedenfalls schien Mildred dieser Auffassung zu sein.

Und Eberhard? Es sah ihm nicht ähnlich, ein Bild mit einem so brisanten Text in seinem Jackett einfach zu vergessen. Er konnte es nur mit Absicht getan haben, um sie auf die Wahrheit zu stoßen. Aber auch das entsprach nicht seiner Art. Aline, die ihn so viele Jahre kannte, hatte ihn nie für feige gehalten.

Es war sehr viel wahrscheinlicher, daß die andere ihm das Foto zugesteckt hatte, ohne daß er davon wußte. Aber warum dann ausgerechnet in eine Tasche, die er selber nie benutzt hätte?

Die Antwort lag auf der Hand: damit nicht er, sondern sie, seine Frau, es wissen sollte. Das erklärte auch den Text, der Aline sofort seltsam künstlich und maniriert vorgekommen war. Mildred hatte ihn nicht mit einem Kosewort angesprochen, wie es doch unter Verliebten üblich war, sondern seinen Namen hingeschrieben, damit bei ihr, Aline, nur ja kein Irrtum darüber aufkommen konnte, daß es sich tatsächlich um Eberhard, um ihren Mann, handelte.

Aline begriff, daß Mildreds Nachricht eine Kampfansage bedeutete. Aber sie würde genauso wenig darauf eingehen, wie auf einen anonymen Brief. Sie würde weder Nachforschungen anstellen, noch eine Szene machen. Wenn es eine andere Frau in Eberhards Leben gab, dann sollte er es ihr selber sagen. Sie glaubte, das verlangen zu können. Solange er das Thema nicht selber zur Sprache brachte, brauchte sie es nicht zur Kenntnis zu nehmen.

Aber was sollte mit dem Foto geschehen? Sie konnte es nicht unter seine Papiere stecken, so daß er es irgendwann finden mußte – nicht, ohne daß er begriff, daß sie es gesehen hatte. Natürlich wollte sie es auch nicht behalten. Sie trat in die Gästetoilette, zerriß es in Fetzen, die sie in die Schüssel warf und hinunterspülte. Aber damit, darüber täuschte sie sich nicht, war das Problem nicht gelöst.

Mildred wollte ihr den Mann nehmen, so viel war klar; sie beanspruchte Eberhard. Es war möglich, daß er sich dem widersetzte, von einem Tag auf den anderen mit ihr Schluß machte oder sich allmählich von ihr löste. Ja, das war möglich. In all den Jahren ihrer Ehe war der Gedanke an Trennung oder gar Scheidung noch nie bei ihm aufgekommen. Er hatte sie nie spüren lassen, daß er mit ihr unglücklich war.

Aber was besagte das schon. War er denn noch mit ihr glücklich?

Aline wurde schmerzhaft bewußt, wie selten sie noch miteinander schliefen, in den letzten Monaten gar nicht mehr, nicht einmal an ihrem Geburtstag. War es ihre Schuld? Sie hatte es hingenommen, weil sie es für eine deprimierende, aber natürliche Entwicklung gehalten hatte.

Anfangs hatte sie sich noch zuweilen dagegen gewehrt. Sie hatte versucht, zärtlich mit ihm zu sein und seine Leidenschaft zu wecken. Aber er hatte in einer Art reagiert, durch die sie sich gedemütigt gefühlt hatte. »Was soll denn das?« hatte er einmal gesagt, und ein andermal: »Merkst du denn nicht, daß ich müde bin?« oder auch: »Laß mich in Ruhe mit deinen Albernheiten!«

Sie hatte sich gesagt, daß sie vielleicht wirklich zuviel von ihm forderte. Ihr Verlangen war nicht so stark gewesen, daß es unbedingt erfüllt werden mußte. Wenn sie ihn nur mit Tricks und Theater dahin bringen konnte, lag ihr nichts mehr daran. Sie hätte sich sehr gewünscht, daß er sie noch begehrte. Aber da er es offensichtlich nicht mehr tat, hatte sie es für das beste gehalten, sich damit abzufinden.

Auf die Idee, daß eine andere Frau dahinterstecken konnte, war sie gar nicht gekommen. Sie hatte vielmehr geglaubt, daß er das Vergnügen an der körperlichen Liebe verloren hätte, beruflich zu gestreßt, vielleicht zu erschöpft und nicht mehr fit wäre.

Bei der jähen Erkenntnis, daß es nur sie war, die ihn nicht mehr reizen konnte, daß sein Verlangen auf eine andere Frau gerichtet war, überfiel sie, völlig unerwartet, heftige, verzweifelte Eifersucht. Sie hatte nicht geglaubt, zu einer solchen Anwandlung überhaupt fähig zu sein.

In den ersten Jahren ihrer Liebe war ihrer beider Leidenschaft so stürmisch gewesen, daß sie jedes Interesse an einer dritten Person gänzlich ausschloß. Später dann waren sie einander so vertraut geworden, daß ihre Liebe allmählich zur Gewohnheit wurde, einer wunderbaren wärmenden Gewohnheit, die sie nicht mehr in Abgründe riß, sondern ihnen die Sicherheit vermittelte, füreinander geschaffen zu sein und zueinander zu gehören.

Dennoch hatte sie in jener Zeit bisweilen gefürchtet, er könnte die Ekstase, die er bei ihr nicht mehr fand, bei einer anderen suchen. Damals war sie eifersüchtig gewesen, wenn er nachts spät nach Hause kam oder wochenlang mit seinen schönen Mädchen unterwegs war. Sie hatte gelitten, es sich aber nicht anmerken lassen, weil sie glaubte, daß Treue freiwillig gegeben werden müßte. Sie hatte ihn nicht mit Tränen und Szenen belasten, sondern ihm die Frau sein wollen, zu der er immer wieder freudig zurückkehrte, bei der er sich verstanden, geliebt und umsorgt fühlen konnte. Ihre Eifersucht war ihr kleinlich erschienen, ein primitives Gefühl, dessen sie sich schämte. Nicht einmal mit Betsy hatte sie darüber gesprochen.

Wenn er bei ihr war, gab er sich stets so zärtlich und liebevoll, daß ihr der immer wieder aufkeimende Verdacht geradezu lächerlich erschienen war. Was bedeutete es denn schon, hatte sie sich eingeredet, wenn er sich hin und wieder in seiner Einsamkeit von einer anderen trösten ließ. Sie, Aline, war und blieb doch die einzige Frau, die er liebte. Sein nachlassendes Begehren, unter dem sie litt, hatte sie auf andere Weise doch wieder beruhigt. Sie hatte es als ein Zeichen dafür genommen, daß seine Potenz nachließ, und daß nun auch die Versuchungen, denen er fern von ihr ausgesetzt war, ihm nichts mehr anhaben könnten.

Welch ein Irrtum! Aline begriff nicht mehr, wie sie so instinktlos hatte sein können. Ohne daß sie es auch nur geahnt hatte, war eine andere Frau in sein Leben getreten und hatte ihr seine Liebe genommen. Zweifellos war sie nicht einmal mit diesem Erfolg zufrieden, sondern wollte ihn ganz haben, nur für sich, mit Haut und Haaren.

Was war das für eine Frau? Aline hätte sie auf der Stelle ermorden mögen. Wie konnte diese andere es wagen, bedenkenlos in ihre Ehe einzubrechen, an die sie selber bis zu diesem Augenblick so unverbrüchlich geglaubt hatte? Woher nahm sie die Stirn, sich rücksichtslos über Gesetz und Recht, über Anstand und Sitte hinwegzusetzen?

Aline bereute, daß sie das Foto vernichtet hatte. Sie hätte es gern noch einmal angesehen, sich in die Züge jener Frau vertieft, von der sie nur wußte, daß sie Mildred hieß und daß sie ihr den Mann nehmen wollte. Sie haßte schon allein den Namen.

Sie war hübsch, diese Mildred, vielleicht ganz apart, aber keineswegs eine wirkliche Schönheit. Aber natürlich war sie jung, nicht so jung wie Maya, aber sehr viel jünger als sie selber.

War es das, was Eberhard so an ihr reizte? Ihn, der die schönsten Mädchen kannte, von denen einige – darüber hatte sich Aline nie einer Täuschung hingegeben – nur zu bereit waren, mit ihm ins Bett zu steigen, und sei es auch nur um ihres eigenen Vorteils willen.

Nein, ihre Jugend allein konnte es nicht sein, was sie für ihn so anziehend machte, sie mit ihrer spitzen Nase und dem schiefen Lächeln. Ganz sicher war sie die treibende Kraft gewesen, die Eberhard in diese Beziehung hineinmanövriert hatte. Das bewies ja auch die Tatsache, daß sie die Unverfrorenheit besessen hatte, ihr Foto mit der anmaßenden Widmung in sein Jackett zu schmuggeln. Sie konnte es nicht einmal abwarten, und sie ließ ihm keine Chance. Was für ein Biest! Sie mußte mit allen Wassern gewaschen sein, mit Tricks arbeiten, die eine anständige Frau gar nicht kannte.

Plötzlich wurde es Aline bewußt, daß sie, indem sie gegen Mildred wütete, schon eine Verteidigung für Eberhard aufbaute. Aber hatte er das verdient? War er wirklich der arme verführte Ehemann? Das Opfer einer gerissenen und skrupellosen Person?

Nein. Aline wollte sich nicht selber etwas vormachen. Sie zwang sich, Eberhard so zu sehen, wie er war und wie er sich ihr gegenüber in der vergangenen Zeit verhalten hatte. Sie erinnerte sich an seinen lieblosen, herablassenden, immer leicht spöttischen Ton, die Art, wie er ihr den Brillantring zugeschoben hatte, als wäre es für ihn nur eine Pflichterfüllung. Sie erinnerte sich wieder, wie er sofort und nahezu freudig auf Valeries Wunsch eingegangen war, das nächste Weihnachtsfest einmal nicht zusammen zu feiern. All das hatte sie sofort irritiert und war ihr gegen den Strich gegangen, aber sie hatte es eigener Überempfindlichkeit zugeschrieben.

Jetzt wußte sie, warum es ihr so schwer gefallen war, sich an dem kalten Glitzern der Brillanten zu freuen. Der Ring war kein liebevoll ausgesuchtes Geschenk, er war nur teuer, *zu* teuer. Sie hatte ihn angesteckt und getragen, um eine Dankbarkeit zu zeigen, die sie nicht wirklich empfunden hatte.

Jetzt riß sie ihn sich vom Finger, und da sie nicht sogleich wußte, wohin damit – ihr Kleid hatte keine Taschen

– warf sie ihn achtlos in die Lade des Garderobenschrankes. Mochte ihn dort finden, wer wollte, mochte sie ihn vergessen, mochte er verlorengehen. Sie wollte ihn nicht mehr. Nie mehr würde sie ihn tragen können, ohne an ihren verteufelten 40. Geburtstag zu denken und an die Entdeckung von Eberhards Treulosigkeit.

Aline hatte keinen Hunger mehr. Am liebsten hätte sie sich in ihr Schlafzimmer zurückgezogen, auf ihr Bett geworfen und im Dunkeln geweint. Das war ein Wunsch, den sie nicht mehr gehabt hatte, seit sie ein junges Mädchen gewesen war.

Aber sie war froh, daß sie ihm nicht nachgeben konnte, denn sie wußte, daß einsame Tränen keine Lösung bringen würden; sie hatten es noch nie getan.

Tatsächlich war sie schon auf der Treppe nach oben gewesen, als Valerie nach Hause kam, vergnügt und laut, das blonde Haar noch feucht und den scharfen Geruch von Chlor verbreitend. Beim Abendessen hieb sie mit gutem Appetit ein, erzählte viel und mit vollem Mund. Sie hatte Schulfreunde getroffen, die, wie sie behauptete, schon völlig verspießert waren, hatte selber groß aufgedreht, Bewunderung geerntet und sich im Glanz ihres Erfolges gesonnt. Es dauerte lange, bis sie merkte, daß die Mutter sehr still war, auf ihrem Teller herumstocherte und ihr nur mit geteilter Aufmerksamkeit zuhörte. »He, Ma!« rief sie. »Was ist los mit dir?«

Aline zwang sich zu einem Lächeln. »Ich glaube, ich bin nur müde. Aber erzähl nur weiter! Ich freue mich, daß du dich so gut amüsiert hast.«

»Müde? Wovon? Doch nicht etwa von dem bißchen Hausarbeit?«

»Ich habe wahrscheinlich zu lange in der Sonne gelegen.« Das war eine Erklärung, mit der Valerie sich sofort zufrieden gab.

Aline beobachtete sie, und ihr Lächeln löste sich und

wurde liebevoll. Sie war so jung, so gesund, so munter und so lebenstüchtig, ihre große Tochter, mit den von der Sonne geröteten Wangen und der vom Wasser zerstörten Frisur. Am liebsten wäre Aline aufgestanden und hätte sie in die Arme genommen, aber einen solchen unkontrollierten Gefühlsausbruch hätte Valerie sicher nicht verstanden, er hätte sie womöglich erschreckt.

Statt dessen sagte sie nur: »Du, ich hätte Lust auf ein Glas Wein. Willst du uns nicht eine Flasche aus dem Keller holen?«

»Ob dir das bekommt? Bei deinem Sonnenstich?«

»Nun übertreib aber nicht! Auch wenn ich etwas Kopfschmerzen habe . . . von einem Sonnenstich kann nicht die Rede sein.«

»Du mußt es ja wissen. Aber ich finde, du siehst gar nicht gut aus.« Valerie stand auf und verschwand im Haus; wenig später kam sie mit einer Flasche Weißwein zurück und hielt sie so, daß die Mutter das Etikett lesen konnte. »Ist die richtig?«

»Sehr gut.«

Sie drückte Aline die Flasche und einen Korkenzieher in die Hand. »Dann mach ihn bitte auf. Ich hole die Gläser.«

»Wenn du dann vorher rasch noch den Tisch abräumen würdest!«

Valerie folgte dieser Aufforderung, wenn auch mit einem stillen Seufzer. Sie brachte das Tablett in die Küche und kam mit zwei Gläsern und einer Schale mit Eiswürfeln zurück. Aline hatte die Flasche inzwischen geöffnet und schenkte ein.

»Mir bitte nur halb«, sagte Valerie und ließ zwei Eiswürfel in ihr Glas fallen, »ich mag euren Wein, aber er ist mir einfach nicht kalt genug.«

»Er hat genau die richtige Temperatur.«

»Fang jetzt bloß nicht wie Pa an, mir Vorträge über Wein zu halten!« – Sein kleiner Weinkeller war Eberhards

Stolz, und es gehörte zu seinen Hobbys, ihn ständig wieder sachverständig aufzufüllen.

»Entschuldige, nein, das wollte ich wirklich nicht.« Aline nahm einen Schluck. »Es tut mir nur leid, wie du den guten Tropfen verwässerst.«

»Es soll dir im Leben nichts Schlimmeres passieren!«

»Da hast du natürlich recht.«

Eine Weile saßen Mutter und Tochter schweigend beieinander. Über den Garten begannen sich jetzt schon die Schatten der Abenddämmerung zu senken, aber auf der Terrasse war es immer noch warm, denn die Steine hatten die Hitze des Tages bewahrt.

Aline leerte ihr Glas und schenkte sich noch einmal ein. »Es geht mir schon viel besser«, behauptete sie.

»Fein.«

»Wie lange bleibst du noch?«

»Bis Sonntag. Das Semester fängt zwar noch nicht an, aber ich habe einiges zu erledigen und muß mich auf ein Referat vorbereiten. In den Ferien ist nicht so ein Gedränge in den Bibliotheken. Da kriegt man die Bücher, die man braucht.« Aline hätte beinahe gefragt, ob sie sich diese Bücher nicht auch in Hamburg besorgen könnte, aber sie verbiß es sich; sie wollte in ihrer Tochter kein schlechtes Gewissen erwecken. »Schade«, sagte sie nur.

»Du weißt, wie gerne ich immer zu Hause bin, aber da wir nun mal beschlossen haben, daß ich in München studieren soll . . .« Valerie ließ den Satz ausklingen, ohne ihn zu beenden.

Aline hätte sie daran erinnern können, daß das einzig und allein ihr eigener Entschluß war und wie sehr ihr Vater, schon wegen der Kosten, dagegen gewesen war, aber sie unterließ es. »Es gefällt dir aber doch?«

»Ja. Schon. Es läßt sich aushalten.«

»Weißt du, manchmal denke ich, ob ich nicht auch nach München ziehen sollte.«

Aline hatte es ganz beiläufig gesagt, aber Valerie reagierte, als wäre eine Bombe vor ihren Füßen explodiert. Sie ging hoch, stieß dabei an den Tisch, so daß der Wein in den Gläsern schwappte, und setzte sich wieder.

»Du?« fragte sie dann, Fassungslosigkeit in der Stimme.

»Ja, und warum nicht?«

»Du gehörst doch hierher! Du hast ein Haus und alles, was dazugehört. Wie kommst du bloß auf so eine Wahnsinnsidee?«

»So abwegig kann ich sie gar nicht finden. Sieh mal, das Haus ist doch gar nicht so wichtig. Bis vor zehn Jahren hatten wir es ja noch nicht und haben trotzdem ganz glücklich gelebt.«

»Aber jetzt ist es nun mal da.«

»Deshalb muß ich doch nicht als seine Gefangene leben.«

»Also, ganz ehrlich, Ma, ich verstehe dich überhaupt nicht mehr!«

»Ist das wirklich so schwer? Stell dir nur mal vor, du solltest hier leben . . .«

Valerie unterbrach sie. »Aber das ist doch gar kein Vergleich! Ich bin jung, ich bin nicht verheiratet . . .«

»Und wenn du zwanzig Jahre älter wärst . . . würde es dir genügen, nur für ein Haus dazusein?«

»Aber das stimmt ja gar nicht! Schließlich hast du ja noch einen Mann, auch wenn er, zugegeben, viel unterwegs ist . . .«

»Ich überlege mir, ob es nicht besser wäre, mich von deinem Vater zu trennen.«

Jetzt schien Valerie gar nicht überrascht. »Weil er eine Freundin hat?«

»Wie kommst du darauf?«

»Das ist doch naheliegend.«

»Wieso?«

»Ein Mann in seinem Alter, und er sieht ja auch noch ganz gut aus und ist wirklich verdächtig viel unterwegs.

Ja, daran habe ich schon öfter gedacht, aber ich war mir eigentlich sicher, daß es dir nichts ausmacht.«

»Danke«, sagte Aline trocken.

»Bist du jetzt etwa beleidigt? Aber so war das nicht gemeint, ganz im Gegenteil, ich habe das immer sehr klug von dir gefunden! Es ist doch nur vernünftig, sich mit einer Situation abzufinden, die man ohnehin nicht ändern kann.«

»Aber ich kann das doch.«

»Indem du dich von ihm trennst?«

»Ja.«

»Willst du dich etwa sogar scheiden lassen?«

»Warum nicht?«

»Was würdest du davon schon haben?«

»Ich könnte mein eigenes Leben leben.«

»Ach, hör doch auf! Was willst du damit anfangen?«

»Das weiß ich noch nicht.«

»Hältst du das Dasein einer geschiedenen Frau etwa für beneidenswert? Hast du eine Ahnung!«

»Du bist also dagegen?«

»Absolut! Und ich bin sicher, daß Felix genauso denkt, von Pa ganz zu schweigen! Hast du überhaupt schon mit ihm darüber gesprochen?«

»Nein.«

»Der wird aus allen Wolken fallen.«

»Vielleicht wird er aber auch ganz erleichtert sein.«

»Nie und nimmer! Du, sein Haus, sein Auto, die Agentur . . .«

»Ich danke dir, daß du mich wenigstens an erster Stelle nennst!«

Valerie ließ sich nicht unterbrechen. ». . . das alles gehört doch zu seinem Prestige, und er wird nichts davon freiwillig aufgeben wollen!« In verändertem Ton fügte sie hinzu: »Die Mädchen, mit denen er herumschläft, allerdings wahrscheinlich auch nicht.«

»Und das soll ich einfach so hinnehmen?«

»Du kannst ruhig mal auf den Tisch klopfen oder ihm den Brotkorb höher hängen, wenn dir danach zumute ist. Das hätte er bestimmt verdient. Nur – erreichen wirst du damit auch nichts.«

»Ich weiß. Gerade deshalb meine ich, es wäre das beste, ich würde mich von ihm trennen.«

»Du willst aufgeben? Kampflos? Ihm das Haus und alles überlassen?«

»Fang bloß nicht wieder mit dem Haus an. Wenn du wüßtest, wie wenig es mir bedeutet.«

»Ach, mach dir doch nichts vor! Ich erinnere mich noch gut, wie du dich beim Einzug gefreut hast . . . und wie ihr vorher Pläne geschmiedet habt, du und Pa und Betsy.«

»Dann mußt du doch auch begreifen, wie sehr sich alles geändert hat! Betsy ist tot, ihr seid erwachsen, und für Pa ist das Haus nichts weiter als eine Raststätte mit Tankstelle.«

Valerie lachte. »Was für ein Vergleich!«

»Kommt aber doch so einigermaßen hin.«

»Also, wenn ich du wäre, ich würde das Haus auf alle Fälle behalten. Schon unseretwegen. Mir wäre es schrecklich, nicht mehr in den Ferien hierher kommen zu dürfen, und ich weiß, Felix würde das genauso sehen. Wirf lieber Pa hinaus, wenn es denn sein muß. Aber wieso eigentlich? Er stört doch gar nicht.«

Aline begriff, daß ihre Tochter nichts verstanden hatte, und bereute, sie ins Vertrauen gezogen zu haben.

»Also, wirklich!« sagte Valerie. »Warum siehst du mich so an?«

»Und wenn Vater nun von sich aus auf Scheidung drängt?«

»Ausgeschlossen! Das wird er nicht!«

»Aber wenn?«

»Dann sitzt du doch hier noch immer gut und warm.«

»Als geschiedene Frau? Du weißt, er könnte die Scheidung durchdrücken, ohne daß ich mir was zuschulden habe kommen lassen. Er braucht bloß in die Stadt zu ziehen, und schon wird das Gericht unsere Ehe als zerrüttet ansehen.«

»So sind nun mal unsere Gesetze.«

»Und du hältst die für gut? Oder gerecht?«

»Darüber brauchen wir nicht zu diskutieren. Sie sind nun mal so. Außerdem ist das alles doch utopisch. Tatsächlich bist doch du es, die ihn verlassen will, nicht umgekehrt.«

»Vielleicht . . . um ihm zuvorzukommen.«

»Du machst dir ganz unnötige Gedanken, Ma. Bisher ist doch immer alles ganz gut gelaufen. Wieso fängst du auf einmal an, die Dinge zu komplizieren?«

Aline hatte keine Lust, ihr von jener ominösen Mildred zu erzählen, dem Foto mit dem Liebesgruß, das sie in Eberhards Tasche geschmuggelt hatte. Deshalb sagte sie nur: »Ich habe Angst. Dein Vater und ich entfremden uns mehr und mehr. Ich weiß nicht, wie sich das noch ändern soll. Ich weiß, daß er mich finanziell nie hängen lassen würde, auch wenn die Gesetze es ihm erlauben. Aber wenn wir uns trennen . . . und dazu wird es über kurz oder lang kommen, das sehe ich ganz klar . . . werde ich noch einsamer werden. Alle meine Freunde sind auch seine Freunde, und sie würden sich auf seine Seite schlagen. Auch für meine Freundinnen würde ich nur noch eine Belastung sein. Eine Frau allein ist das meist . . . ein alleinstehender Mann dagegen ist für jede Gesellschaft ein Gewinn.«

»Du mußt dir eben einen eigenen Kreis suchen!« erklärte Valerie gerührt. »Dazu bist du schließlich doch noch nicht zu alt.«

»Gerade deshalb denke ich ja an einen Tapetenwechsel. In einer neuen Umgebung würde es mir leichter fallen.« Als Valerie ihr kein Stichwort gab, fügte sie mit Überwindung, schon entmutigt, hinzu: »In München zum Beispiel.«

»Aber dort kennst du doch keinen Menschen!«

»Außer dir.«

»Also, auf mich«, sagte Valerie entschlossen, »kannst du wirklich nicht rechnen. Während des Semesters habe ich ja nicht einmal Zeit für mich selber! Wie sollte ich mich da auch noch um dich kümmern?«

Aline hatte das Gefühl, als zöge sich ihr Herz zusammen; sie dachte an die langen Jahre, in denen sie für ihre Kinder dagewesen war, an die Vergnügungen, die Reisen, die Theaterbesuche, auf die sie ihretwegen verzichtet hatte. »Aber du könntest doch wenigstens sonntags mal zum Mittagessen kommen«, sagte sie, obwohl sie die Antwort schon im voraus wußte.

»Ausgeschlossen!« rief Valerie. »Entweder habe ich übers Wochenende zu arbeiten, und dann hau' ich mir ganz schnell was in die Pfanne, oder ich schlafe bis in die Puppen, wenn wir nicht gerade rausfahren ... an einen der Seen oder in die Berge.« Mißtrauisch runzelte sie die Stirn. »Hast du etwa geglaubt, du könntest mitkommen? Wir sind lauter junge Leute. Du würdest dich da bestimmt nicht wohl fühlen.«

Aline mochte ihrer Tochter nicht zeigen, wie verletzt sie war; sie rang sich ein Lächeln ab. »Jedenfalls bist du ehrlich.«

»War ich das nicht immer?«

›Ja‹, dachte Aline, ›ehrlich bis zur Grausamkeit.‹ »Wenn du mich wirklich brauchtest«, behauptete Valerie, »würde ich natürlich für dich da sein. Aber so doch nicht. Nach München ziehen! Quel Idee! Soll ich dir mal sagen, was ich denke?«

»Das hast du doch schon getan.«

»Daß du spinnst!«

»Danke.«

»Aber ist doch wahr! Du führst eine ganz normale Ehe, nicht glücklicher, aber bestimmt nicht unglücklicher als andere auch, und plötzlich fängst du an, von Trennung und

Scheidung zu faseln. Weißt du, was ich glaube? Es sind die Wechseljahre. Es heißt doch, daß manche Frauen da anfangen, komisch zu werden.«

»Ich bin gerade erst vierzig geworden.«

»Das besagt doch nichts. Bei einer kommen sie früher, bei der anderen später. Das ist doch bekannt. Du solltest mal zum Arzt gehen.«

»Zum Psychiater?«

»Kein Grund, ironisch zu werden. Zum Gynäkologen natürlich. Wahrscheinlich brauchst du Hormonspritzen, Östrogen oder so etwas.«

Aline gab sich geschlagen. »Gut«, sagte sie, »ich werde mit Doktor Bernstein sprechen.«

»Wirklich, Ma? Wirst du das tun? Versprichst du es mir?« Und als Aline lächelnd nickte, sprang Valerie auf und umarmte sie. »Gott sei Dank! Du warst doch immer so vernünftig! Du mußt versuchen, wieder du selber zu werden.«

›Wenn ich nur wüßte, wer ich wirklich bin‹, dachte Aline, aber laut sagte sie: »Werde ich.«

»Darf ich jetzt mal telefonieren?« fragte Valerie erleichtert.

»Natürlich.«

»Nach München, meine ich. Ich weiß, das ist ein teurer Spaß. Aber ich habe es versprochen. Jemand wartet darauf.«

Aline fragte nicht, wer dieser ›Jemand‹ war, sondern sagte nur mechanisch: »Aber nicht zu lange.«

Valerie hörte gar nicht mehr hin, sondern wirbelte ins Haus. Aline blieb allein zurück, umfangen von einem Gefühl der Hoffnungslosigkeit, das so dunkel war wie die Nacht, die sich über die Gärten senkte. Der Himmel hatte sich bezogen, und aus der Ferne, vom Elbufer her, grollten erste Donnerschläge.

Nach dem Gewitter, das sich in der Nacht entlud, schlug

das Wetter um; ein stetiger, warmer Sommerregen strömte vom Himmel.

Aline begrüßte es fast, daß die Schönwetterperiode, die so gar nicht zu ihrer Stimmung hatte passen wollen, nun vorüber war.

Valerie sagte: »Jetzt fällt mir der Abschied von Hamburg wenigstens nicht mehr schwer!«

Aus war es mit dem Frühstücken auf der Terrasse, den Abenden am offenen Kamin, dem Tennisspielen und dem Schwimmen. Die beiden Frauen waren jetzt ans Haus gebunden, abgesehen von den kurzen Fahrten zum Einkaufen und einem gemeinsamen Kinobesuch. Aline genoß das Zusammensein mit der Tochter, die sie nur allzu bald wieder verlassen würde, während Valerie ihre Ungeduld nur schwer unterdrücken konnte. Aline vermied es, noch einmal von sich selber und ihren eigenen Problemen zu sprechen, weil sie ihre Tochter nicht belasten oder, schlimmer noch, langweilen wollte. Dagegen versuchte sie Valerie zum Erzählen zu bringen und erfuhr auch einiges aus ihrer Welt, zu der sie keinen Zugang mehr hatte, wobei sie das Gefühl nicht los wurde, daß Valerie ihr Wesentliches verschwieg. Immerhin schloß Aline daraus, daß das Mädchen keine Sorgen hatte, denn sonst hätte sie sich ihr sicherlich anvertraut. Oder doch nicht? Würde sie darüber gesprochen haben, wenn der junge Dozent, der immer wieder in ihren Erzählungen auftauchte, verheiratet gewesen wäre? Würde sie einen Liebeskummer eingestanden haben, eine Blamage, eine Abfuhr? Aline mußte sich zugeben, daß sie es nicht wußte. In ihrer Schulzeit hatte sie Valerie an der Miene ablesen können, ob sie Ärger mit ihren Freundinnen oder Streit mit einem Freund gehabt hatte. Es hatte nur einer kurzen Frage bedurft, und alles war aus ihr herausgesprudelt. Die Mutter hatte raten und trösten dürfen. Das war jetzt vorbei. Valerie berichtete nur Äußerlichkeiten. Was sie wirklich bewegte, hielt sie zurück. Obwohl Aline wußte, daß dies ganz natürlich, ein

Zeichen dafür war, daß Valerie erwachsen wurde, schmerzte es sie doch wider alle Vernunft. Sie ließ es sich nicht anmerken, und so redeten beide viel, ohne einander näherzukommen.

Erst als Aline die Tochter in ihrem kleinen Auto nach Fuhlsbüttel fuhr, wurde sie schweigsam. Sie brachte nicht mehr die Kraft auf, munter zu plaudern und über Valeries Scherze zu lachen, während sich ihr das Herz zusammenzog. Valerie, aufgedreht und voll glücklicher Erwartung, merkte es scheinbar gar nicht. Die Regentropfen, die dem Scheibenwischer unermüdlich zu schaffen machten, erinnerten Aline an die Tränen, die sie nicht weinen durfte.

Auf dem Flughafen bezahlte sie noch den Gepäckträger für Valeries großen Koffer und blieb bei ihr, bis sie sich eingecheckt hatte. Valerie hatte es eilig gehabt, von zu Hause wegzukommen, um ihre Maschine nur ja nicht zu verpassen, und so blieb jetzt bis zum Abflug noch fast eine Stunde Zeit.

»Du brauchst nicht zu warten, Ma«, sagte sie, »wirklich nicht. Ich hasse lange Abschiede. Dabei kommt doch nie was heraus.«

»Ja, du hast recht«, gab Aline zu, die die Trennung gern noch aufgeschoben hätte, obwohl auch sie nicht mehr wußte, was es noch zu sagen gab.

»Ich kaufe mir einfach ein Taschenbuch.«

»Tu das.«

Valerie umarmte ihre Mutter kurz. »Mach nicht so ein Gesicht, Ma! Wenn du wüßtest, wie du aussiehst! Laß dich bloß nicht unterkriegen ... es wird schon schiefgehen.« Dann wandte sie sich ab und eilte mit langen Schritten davon.

Aline hatte das Gefühl, dringend einen Schnaps zu brauchen, aber sie versagte sich den Wunsch, weil sie an die Rückfahrt dachte. Aber später, in ihrem leeren, düsteren Haus, gegen dessen Fenster der Regen trommelte, goß sie sich, ganz gegen ihre Gewohnheit, einen Cognac ein. Sie leerte das Glas, noch im Mantel. Danach fühlte sie sich etwas besser. Sie knipste alle Lichter an und stellte das Radio an. Aber weder die Lampen, noch die Musik konnten sie darüber hinwegtäuschen, daß sie allein war.

Wenn Betsy doch noch gelebt hätte! Betsy, die sie jetzt bestimmt mit Fragen bestürmt, über ihre lange Abwesenheit geklagt, einen Teller Suppe oder eine Tasse Kaffee verlangt hätte – Betsy, mit der sie hätte reden können und die sie so sehr gebraucht hatte.

Aber es gab keine Betsy mehr, es gab niemanden mehr, der sie noch haben wollte. Aline fühlte sich sehr verloren. Sie trank noch einen Cognac und fand, daß Alkohol ein Mittel war, die Schärfe der Realität zu mildern und ihre Kanten abzustumpfen.

Allmählich fühlte sie sich ganz zufrieden mit sich allein. Aber am nächsten Morgen wußte sie nicht mehr, wie sie in ihr Bett gekommen war. Ihr Mund war völlig ausgetrocknet, und ihr Schädel schmerzte, als würde er bersten.

Sie stellte fest, daß sie die Cognacflasche fast geleert hatte und erschrak.

Obwohl Aline sich fest vorgenommen hatte, nicht mehr zu trinken, tat sie es doch wieder; es gab keinen anderen Trost. Im Garten konnte sie bei diesem Regen nicht arbeiten, im Haus gab es kaum etwas zu tun, ihre kleinen Mahlzeiten waren in wenigen Minuten angerichtet und genauso schnell verzehrt. Was ihr blieb, waren die Bücher, aber anders als früher, wo sie sich die Zeit zum Lesen hatte stehlen müssen, sollten sie jetzt dazu dienen, ihre Zeit auszufüllen. Aber sie taten es nicht. Vormals hatten die Bücher dazu gedient, ihren Horizont zu erweitern, sie aus ihrer eigenen kleinen, fest gefügten Welt herauszuführen. Jetzt, da diese Welt zerstört war, da sie den Boden unter den Füßen verloren hatte, halfen ihr die Bücher auch nicht mehr. Sie boten nur noch Fluchtwege an, sich aus ihrem Debakel herauszustehlen, keine Möglichkeiten, es zu bewältigen.

Unter Betsys Anleitung hatte sie vor vielen Jahren damit begonnen, sich durch die gesamte europäische Literatur hindurchzulesen und darüber Buch zu führen. Sie hatte von jedem Stoff eine kurze Inhaltsangabe gemacht und ihre Eindrücke beim Lesen niedergelegt, später dann mit Betsy darüber gesprochen und neue Erkenntnisse hinzugefügt. Damals hatte ihr diese Betätigung viel Freude gemacht, und sie hatte das Gefühl gehabt, sich geistig zu entwickeln.

Als sie jetzt eine der dicken, eng beschriebenen Kladden zur Hand nahm, schien ihr die ganze Arbeit völlig nutzlos. Wozu das alles. Es gab Literaturgeschichte genug, von studierten Leuten geschrieben, die etwas davon verstanden. Wozu hatte sie diese unendlichen Beschreibungen und Anmerkungen gemacht? Daß sie niemals gedruckt werden würden, hatte sie immer gewußt. Aber sie hatte doch gehofft, daß Valerie oder Felix sie einmal zur Hand nehmen, daß sie ihnen helfen oder sie doch wenigstens unterhalten würden. Aber auch das war eine Täuschung gewesen. Niemand interessierte sich dafür, was sie gelesen und was sie sich dabei gedacht hatte. Nicht einmal ihre Enkelkinder würden es tun.

Aline war nahe daran, all ihre liebevoll angelegten Kladden zu vernichten; sie unterließ es nur, weil ihr selbst dazu die Kraft fehlte.

Sie besuchte Liane Detlevson, mit der sie sich immer gut verstanden hatte. Die Frau von Eberhards Teilhaber war acht Jahre jünger als sie selber, blond, pummelig, liebenswert und sehr hausfraulich. Aline hatte sich immer gut mit ihr verstanden.

Jetzt auf einmal erschien sie ihr wie eine eigene Ausgabe von sich selber, als sie noch in ihrem Alter gewesen war. Natürlich konnte Liane sich äußerlich nicht mit ihr vergleichen; sie war nie eine Schönheit gewesen. Aber die

Art, in der sie nur für ihre Kinder da war, ganz in ihnen aufging und alle ihre Hoffnungen auf sie setzte, erinnerte Aline allzu sehr an sich selber und ihre eigenen Fehler.

»Du mit deiner Affenliebe«, hatte Eberhard früher abfällig gesagt, und sie hatte diese Äußerung empörend empfunden, und doch hätte sie dieses Wort jetzt gern Liane an den Kopf geworfen.

Aber sie wußte, daß Liane auch auf den leisesten Hinweis, daß sie doch mehr an sich selber denken sollte, feindselig reagieren würde. Sie selber hätte es ja auch nicht anders gemacht, als sie noch so jung gewesen war. Wie konnte eine Frau denn, solange die Kinder sie noch ausfüllten, auch nur einen Gedanken daran verschwenden, was mit ihr werden würde, wenn sie erwachsen waren!

Genauso wenig konnte Aline von der Freundin Verständnis für die eigene Situation erhoffen, und sie versuchte es auch erst gar nicht.

Liane erkundigte sich, nicht sehr interessiert, während sie Pflaumenmus einkochte – Aline hatte sich eine Schürze umgebunden und half beim Entsteinen –, nach Valerie und Felix. Aline berichtete.

»Was für ein Glück du mit deinen Kindern hast!« rief Liane und rührte mit einem hölzernen Löffel in dem großen Eisentopf. »Du bist wirklich zu beneiden.«

»Aber sie fehlen mir«, sagte Aline leise.

»Das ist ja nur natürlich. Trotzdem . . . ich wünschte manchmal, meine wären auch schon soweit. Dann wäre ich endlich nicht mehr so angebunden.«

»Und was würdest du dann tun?«

»Mich mehr um Knut kümmern. Er beklagt sich, daß ich zu wenig Zeit für ihn habe, und das stimmt ja auch. Eigentlich sind wir nur noch abends miteinander allein, und das auch nicht mehr lange. Albert ist bald zu groß, als daß wir ihn weiter um acht Uhr ins Bett stecken könnten. Also wird er bald bis zehn Uhr aufbleiben, und dann ist es vorbei mit der abendlichen Ruhe.«

»Ist es denn so wichtig, ob ihr zu zweit oder zu dritt fernseht?«

»Ach, da ist doch ein Unterschied. Vor den Kindern muß man sich zusammennehmen. Verliebte Späßchen kommen da nicht in Frage. Bei aller Liebe zu meinen Rangen ... ich freue mich doch auch auf die Zeit, wenn sie erst aus dem Haus sein werden, damit ich endlich wieder ganz für Knut dasein kann.«

›Falls er dann noch an dir interessiert ist‹, hätte Aline beinahe gesagt, aber sie tat es natürlich nicht. Liane war in der glücklichen Situation, sich gar nicht vorstellen zu können, daß Gefühle wandelbar sind. Aline wußte, hätte sie ihr von der wachsenden Kühle ihres Mannes erzählt, Liane wäre überzeugt gewesen, daß sie etwas falsch gemacht hätte. Wahrscheinlich hätte sie ihr einzureden versucht, daß sie nicht liebevoll, nicht gut gelaunt, nicht einfühlsam genug gewesen wäre und Eberhard auf diese Weise von sich gestoßen hätte. Vielleicht hätte sie ihr sogar vorgeschlagen, Reizwäsche zu tragen oder ihm abends einen Striptease vorzuführen, um ihn wieder auf ihre Vorzüge aufmerksam zu machen. Aber Aline wußte nur zu gut, daß dies alles nichts helfen konnte, weil es die Wurzeln ihrer Entfremdung gar nicht berührte.

So erklärte sie nur: »Genieß deine Kinder, solange sie klein sind, Liane! Knut freut sich doch auch an ihnen.«

»Ja, er ist ein wirklich guter Vater, das muß man ihm lassen. Nicht, daß er ein schlechter Ehemann wäre ...« Liane plauderte drauflos.

Aline hörte ihr zu und stellte die richtigen Zwischenfragen; aber sie fand keinen Trost bei diesem Zusammensein. Als Liane sie zum Abendessen einladen wollte, lehnte sie ab und schützte eine Verabredung vor.

In den nächsten Tagen rief sie die anderen Frauen an, mit denen sie bekannt war und die sie gelegentlich zu treffen pflegte. Eberhard nannte sie ihre ›Freundinnen‹, aber sie hatte immer gewußt, daß diese Beziehungen nur sehr oberflächlich waren. Für eine wirkliche Freundschaft hatte sie nie die Zeit und die nötige Aufmerksamkeit aufgebracht. Am Telefon kam es zu dem üblichen Geplauder, das Aline jetzt anstrengte, weil sie sich verstellen und gute Laune vortäuschen mußte. Mit keiner der Frauen stand sie gut genug, um ehrlich sagen zu können: »Du, es geht mir dreckig! Hilf mir!«, oder sie konnte sich auch nur nicht dazu überwinden. Sie war sicher, daß die anderen nur schockiert darauf reagieren würden, also machte sie gar nicht erst den Versuch. Es kam zu der einen und der anderen Verabredung, aber sie brachte auch da den Mut nicht auf, sich auszusprechen, war befangen und hatte Angst, die anderen könnten sich belästigt fühlen. Auch wenn man ihr ein Stichwort gab, sich auszusprechen, nahm sie es nicht auf. So sagte Irene Kerkhoff, eine Studienrätin, die sie zu einer sonntäglichen Kaffeestunde besuchte, sehr direkt zu ihr: »Du siehst gar nicht gut aus, Aline!«

Statt zuzugeben, daß sie sich elend fühlte, erwiderte sie ausweichend: »Man wird eben älter.« Und lächelte.

»Das meine ich nicht. Du bist attraktiv wie immer und dabei noch so hübsch braungebrannt. Aber diese Ringe unter deinen Augen . . . fehlt dir etwas?«

»Ich schlafe ziemlich schlecht in letzter Zeit.«

»Nimmst du was ein?«

»Natürlich nicht!«

»Aber das wäre doch kein Verbrechen. Ein Schlafmittel ist immer noch besser als ein Glas zu viel, und das Schlimmste ist beides zusammen.«

»Glaubst du etwa, daß ich trinke?« fragte Aline betroffen.

»Ach, i wo denn, ich habe das nur ganz allgemein gesagt, sozusagen aus meinen eigenen Erfahrungen heraus. Jeder hat mal Zeiten, wo er an Schlaflosigkeit leidet, weißt du.«

»Du auch?«

»Aber sicher. Dann liegt man nachts wach und macht sich die schwärzesten Gedanken. Ein scheußlicher Zustand.«

»Und was tut man dagegen?«

»Es gibt kein Allgemeinrezept. Wenn die Sorgen nachlassen, wird meist der Schlaf auch wieder besser. Aber du hast doch wohl keine Sorgen?«

»Nein!« behauptete Aline, und sie wußte selber nicht, warum sie das tat.

»Dann würde ich an deiner Stelle mal zum Arzt gehen und mich gründlich untersuchen lassen.«

»Das ist vielleicht eine gute Idee.«

»Schieb es nicht auf die lange Bank! Wenn man körperlich nicht fit ist, schlägt sich das auch auf das Gemüt. Ganz davon abgesehen, daß du nicht gut aussiehst, kommst du mir auch ein bißchen trübtimpelig vor.«

»Das wird anders werden, wenn ich erst wieder richtig schlafen kann.«

»Ganz sicher. Also versprich mir, daß du zum Arzt gehst.« Als Irene Kerkhoff gegangen war, bedauerte Aline, daß sie sich nicht ausgesprochen hatte. Aber dann sagte sie sich, daß Irene doch nicht helfen oder auch nur raten könnte.

Es war ein sonderbares Gefühl von Scham, das sie davor zurückhielt, ihre Wunden zu entblößen. Sie hatte gehofft, daß Irene den Abend mit ihr verbringen würde, aber sie verabschiedete sich bald, weil sie eine Karte für die Oper hatte. Aline tat es nicht einmal leid, Irenes Abgang befreite sie davon, unangenehme Fragen beantworten zu müssen. Zum Kaffee hatten beide Frauen einen Cognac genommen. Jetzt stand die Flasche so verführerisch auf dem Tisch, daß Aline nicht umhin konnte, weiterzutrinken.

Sie stellte den Fernseher an, sah die ›Tagesschau‹, die ›Sportschau‹, den ›Weltspiegel‹ und wieder die ›Tagesschau‹, ohne sich wirklich dafür zu interessieren, was außerhalb ihres kleinen Lebens vor sich ging. Aber die farbigen Bilder, die vorbeihuschenden Schatten, die Stimmen und Geräusche erfüllten den Raum doch wenigstens mit einer Scheinwirklichkeit, die ihr vorgaukelte, daß sie dazugehörte. Aline konzentrierte sich weniger auf das, was der Bildschirm ihr vorflimmerte, als darauf, so langsam wie möglich zu trinken, um sich wenigstens bis zehn Uhr aufrecht zu halten. Denn wenn sie früh zu Bett ging, das wußte sie aus bitterer Erfahrung, erwachte sie spätestens gegen fünf, und dann war an Schlaf nicht mehr zu denken. Wahrscheinlich hätte sie die Anwesenheit eines anderen Menschen im Haus gar nicht bemerkt, wenn sie sich nicht vor Beginn des Fernsehspiels dazu aufgerafft hätte, auf die Toilette zu gehen. So aber hörte sie die leisen Schritte im Keller. Erst glaubte sie, sich getäuscht zu haben, blieb aber doch unwillkürlich stehen und lauschte. Dann sah sie, daß die Tür nach unten offenstand. Schon zu beduselt, um ernstlich zu erschrecken, trat sie näher und rief: »Ist da wer?«

Auf der Kellertreppe brannte Licht.

Ihr kam die Idee, die Tür abzuschließen und die Polizei anzurufen.

Da tauchte aber schon der blonde Kopf ihres Sohnes von unten auf.

»Felix, du?« rief sie, glücklich überrascht, und legte die Hand auf das Geländer, um nicht zu schwanken. »Du hast Urlaub?«

Er kam herauf, sein heller Regenmantel glänzte vor Nässe, unter jeden Arm hatte er sich eine Weinflasche geklemmt, und eine hielt er in der linken Hand. »Kann man kaum so nennen«, sagte er mit einem verlegenen Grinsen.

»Du bist doch nicht etwa ... wie sagt man ... getürmt?«

»Wo denkst du hin. Ich habe bloß vierundzwanzig Stunden frei gekriegt. Das ist alles.«

»Und warum hast du mich dann nicht begrüßt?«

»Ich wollte dich ja nicht stören, Ma.«

»Aber ich hätte mich doch gefreut!« Sie wollte ihn küssen, aber sie hatte Angst, daß er den Cognac riechen könnte und unterließ es. »Ich bin so froh, daß du da bist, Junge!«

»Bin ich ja gar nicht, Ma! Ich meine natürlich: Ich kann nicht bleiben.«

»Du mußt schon wieder zurück?«

»Nein, Ma, versteh doch! Ich muß die paar Stunden doch ausnutzen. Das Leben ist zu kurz, um fernzusehen.«

»Wir hätten uns auch unterhalten können.«

»Bloß keine Umstände meinetwegen. Laß dir den Spaß nicht verderben. Du bist mir hoffentlich nicht böse, daß ich mir den Wein geschnappt habe? Pa hat so viel davon, er wird es gar nicht merken.«

»Schon gut«, sagte Aline.

»Tut mir leid, Ma, ich muß jetzt laufen. Sonst denkt mein Freund noch, daß mir was passiert wäre. Er wartet auf mich im Auto.«

Aline zerbrach sich den Kopf, wie sie ihn aufhalten könnte. »Wer ist es denn?«

»Einer von meiner Einheit. Du kennst ihn doch nicht. Also bis dann, Ma!« Nahe der Haustür drehte er sich noch einmal um. »Wie geht's Vater?«

»Gut.«

»Dann ist ja alles in bester Ordnung. Machst du die Tür hinter mir zu? Noch mal, Wiedersehn!« Und fort war er.

Als Aline in die offene Haustür trat, sah sie gerade noch, wie er sich in ein kleines Auto zwängte, das fast im gleichen Augenblick anfuhr.

Sie war wieder allein.

Die Begegnung mit ihrem Sohn hatte nicht länger als fünf Minuten gedauert, und in dieser kurzen Zeitspanne hatte sie Schrecken, jähe Hoffnung und Enttäuschung durchlebt. Alles war leicht gedämpft worden durch die Wolke von Alkohol, die ihr Hirn umnebelte, aber doch so nahe beieinander, daß ihr schwindelte. Sie trat ins Haus zurück. Wenn das Licht auf der Kellertreppe nicht immer noch gebrannt hätte, hätte sie glauben können, alles nur geträumt zu haben.

Sie musterte sich im Garderobenspiegel und fand, daß sie entsetzlich aussah. Ihr Gesicht war gedunsen, die Schminke verwischt, die Frisur zusammengefallen. Entsetzen packte sie und machte sie nüchtern. Hatte Felix etwas bemerkt? Ihre Zähne klapperten. Sie ging in die Küche, setzte Wasser auf und bereitete Kaffee. Ihre Hände zitterten so, daß sie die Tasse kaum zum Mund führen konnte. Erst als sie sie geleert hatte, mit winzigen Schlukken, denn der Kaffee war siedend heiß gewesen, wagte sie den Versuch, zu denken.

Nein, Felix war nichts aufgefallen, versuchte sie sich zu beruhigen, ganz bestimmt nicht. Er war viel zu sehr mit sich selber und seinen eigenen Plänen für die Nacht beschäftigt gewesen. So sehr sie sein Egoismus vorhin noch geschockt hatte, so erleichtert war sie jetzt, daß er nicht als liebevoll besorgter Sohn heimgekommen war, um ihr Gesellschaft zu leisten. Wäre er geblieben, hätte er sie bestimmt durchschaut. Nicht auszudenken, wenn er begriffen hätte, was mit ihr los war.

Erst jetzt, in ihrer neonhellen Küche, während der Lärm des Lautsprechers aus dem Wohnzimmer zu ihr herüber drang, erkannte sie selber, daß sie nahe daran war, eine haltlose Trinkerin zu werden. Sie dankte dem Himmel, daß nur sie sich darüber klar war. Hätte Eberhard sie in diesem Zustand überrascht – es konnte vorkommen, daß er, unangemeldet und früher als erwartet, von einer Reise zurückkehrte –, hätte er sofort Bescheid gewußt. Dann hätte sie auch noch seine Achtung verloren, das einzige, was ihr geblieben war. Es durfte so nicht weitergehen, sie durfte sich nicht so gehen lassen, sie mußte ihrem Schicksal eine Wende geben. Aline bereitete sich noch eine zweite Tasse Kaffee und nahm es bewußt in Kauf, daß sie danach wahrscheinlich überhaupt nicht schlafen würde. Aber was nutzte ihr schon ein Schlaf, der ihr nur Vergessen, aber keine Erneuerung schenken konnte. Es hatte keinen Sinn zu schlafen, solange sie nicht wußte, wie es mit ihr weitergehen sollte.

Sie ging ins Wohnzimmer, schaltete den Fernseher aus, stellte die Cognacflasche fort und öffnete die Fenster, um zu lüften. Dann trug sie ihr Glas in die Küche und spülte es zusammen mit dem Geschirr vom Nachmittag. Das hätte sie morgen genauso gut tun können, aber ihr war wohler, als sie es erledigt hatte.

Ihr Entschluß, keinen Schluck Alkohol mehr anzurühren, jedenfalls nicht mehr, bevor ihr Mann zurück war, stand fest. Aber sie wußte, daß damit allein nur sehr wenig gewonnen war. Sie mußte der Wahrheit ins Auge sehen. Ihr Leben hatte seinen Sinn verloren.

Was würde sie tun, wenn sie ganz allein auf der Welt stünde? Sie durfte sich nicht länger an die uneingestandene Hoffnung klammern, daß ihr Mann und die Kinder eines Tages doch reuevoll zu ihr zurückkommen und sie brauchen würden. Sie brauchten sie nicht mehr. Sie mußte sie aus ihren Gedanken ausschalten und eine Lösung für sich selber suchen.

Was konnte sie tun? Der Beruf, den sie gelernt hatte, war, sich fotografieren zu lassen. Aber damit war es längst vorbei. Selbst wenn sie noch eine Chance in dieser Branche gehabt hätte, es hätte sie nicht mehr interessiert.

Sie konnte weder Stenographie noch Schreibmaschine. Zwar traute sie es sich durchaus zu, diese Dinge noch zu lernen, aber sie bezweifelte, daß sie ihr etwas gebracht hätten. Sie sehnte sich nicht danach, Diktate aufzunehmen und Geschäftsbriefe zu tippen.

Wonach sie hungerte, waren Menschen, denen sie nützlich sein konnte und die sie brauchten. Wenn Betsy noch lebte, würde sie nie in diese Krise geraten sein, glaubte sie. Die Schwiegermutter hätte ihr mit jener Weisheit, die auch ein kluger Mensch erst im Alter erringen kann, einen Weg gewiesen.

Hätte sie das wirklich? Hätte sie nicht vielmehr gesagt: ›Denk selbst nach, Mädchen! Wozu hast du deinen Kopf? Es geht um dein Leben!‹

Ja, das wären ihre Worte gewesen. Aline versuchte sie zu beherzigen. Da sie wußte, daß sie nicht schlafen konnte, verzichtete sie darauf, zu Bett zu gehen. Die ganze Nacht verbrachte sie in ihrer Bibliothek, in der es nun, da weder Fernseher noch Radio liefen, so still war, daß sie glaubte, ihre Gedanken hören zu können, diese verzweifelten Gedanken, die wie eingesperrte Tiere im Kreis liefen und doch keinen Ausweg fanden. Es schien ihr, als hätte ihr Leben keinen Sinn mehr. Sollte sie es wegwerfen?

In den frühen Morgenstunden, als das Licht des erwachenden Tages gegen die warme Helle der Lampen ankämpfte, erschien ihr der Freitod als Lösung. Was konnte sie mit ihrem nutzlos gewordenen Leben denn noch anfangen? Sie fühlte sich unendlich matt und zerschlagen, die Hände zitterten, und sie mußte die Kiefer aufeinanderpressen, damit ihre Zähne nicht klapperten. Ein kleiner Cognac hätte sie jetzt wieder auf die Beine gebracht, davon war sie überzeugt. Aber sie wollte den Schwur nicht brechen, den sie sich selber gegeben hatte.

Die Worte Hamlets fielen ihr ein: »Sterben, schlafen und zu wissen, daß ein Schlaf das Herzweh und die tausend Stöße endet, die unsres Fleisches Erbteil . . . es wär ein Ziel, aufs Innigste zu wünschen . . .«

Noch nie hatte sie den melancholischen Prinzen besser verstanden als jetzt. Aber sie fürchtete nicht wie er die Träume, die nach dem Tod kommen könnten, sondern sie dachte an die Menschen, die sie liebte.

Nein, die Zeit für den großen Schlaf war noch nicht gekommen. Sie mußte durchhalten, auch wenn sie sich noch nie so elend gefühlt hatte. Eberhard, Valerie und Felix sollten nicht mit Mitleid und Verachtung an sie denken müssen, sondern mit Stolz.

Sie durfte nicht aufgeben. Sie war jung und gesund und leistungsfähig. Seelischer Kummer war keine Krankheit. Wenn sie sich jetzt schlecht fühlte, lag das nur daran, daß sie einen gewaltigen Kater und zu wenig Schlaf gehabt hatte.

Aline löschte die Lampen, ging nach oben, ließ heißes Wasser in die Wanne laufen und badete ausgiebig. Danach machte sie sich, ganz gegen ihre Gewohnheit, ein gewaltiges Frühstück mit Spiegeleiern und Speck und zwang sich, es zu bewältigen.

Endlich wurde ihr bewußt, daß das Selbstmitleid, in das sie sich hineingesteigert hatte, erbärmlich war. Es gab so viele Menschen, denen es erheblich schlechter ging als ihr, die Hunger litten und kein Dach über dem Kopf hatten, unheilbar krank waren.

Etwas für andere tun, das war es, was sie wollte. Ein Pflegekind nehmen? Nein. Für Kinder hatte sie nicht mehr die Nerven, das merkte sie jedesmal, wenn sie Liane besuchte. Damit fiel auch die Arbeit in einem Waisenhaus oder SOS-Kinderdorf weg. Aber für ihre Schwiegermutter hatte sie immer Verständnis aufgebracht, auch wenn die alte Dame oft sehr eigenwillig und launisch gewesen war. Aber natürlich hatte sie Betsy geliebt – ob das allein der Grund gewesen war? Ob sie auch andere alte Leute, die ihrem Herzen nicht nahestanden, mit Geduld betreuen konnte?

Plötzlich traute sie es sich zu. Ja, da lag ihre Begabung. Sie würde Altenpflegerin werden, und mit diesem Beruf ihrem Leben einen neuen Inhalt geben.

An diesem Punkt angelangt, wurde sie von einer schweren Müdigkeit überfallen. Als sie die Küche aufräumte, konnte sie kaum noch die Augen offenhalten. – ›Ich muß mich ein bißchen ausruhen!‹ dachte sie. ›Nur ganz kurz, damit ich wieder denken kann.‹ Sie legte sich auf die Couch im Wohnzimmer, deckte sich zu und schlief unmittelbar ein. Als sie erwachte, dämmerte es. Sie glaubte, daß es Abend würde. Erst als das Licht heller und heller wurde, begriff sie, daß es wieder Morgen war. Sie hatte einen Tag und eine Nacht geschlafen und fühlte sich wie ein neuer Mensch.

Aline war wie von einer schweren Last befreit. Jetzt brauchte sie nicht mehr zu grübeln, sondern sie konnte handeln.

Sie erinnerte sich, daß es in Hamburg eine Berufsfachschule für Altenpflege gab.

Sie holte ihren kleinen Wagen aus der Garage und fuhr los. Von der Schurzallee aus erblickte sie zum erstenmal den Gebäudekomplex, der sich inmitten einer großzügigen Grünanlage zwischen schönen alten Bäumen ausbreitete. Die Ziegelmauern mit ihrem warmen Rot, hie und da von weißen Fachwerkbalken durchzogen, leuchteten zwischen all dem Grün, in das sich jetzt schon die ersten herbstlich bunten Blätter mischten.

Der Parkplatz war leer, aber die Erklärung lag auf der Hand: Noch waren Semesterferien. Aline stellte ihr Auto ab und machte sich auf den Weg, das Verwaltungsgebäude zu suchen. Dabei wurde ihr bewußt, wie lange es her war, daß sie irgend etwas wirklich selbständig unternommen hatte. Bei einer Tür mit der Aufschrift ›Sekretariat‹ klopfte sie sehr energisch an, um ihre Schüchternheit zu überspielen, und trat ein. Eine junge Frau blickte von ihrer Schreibmaschine hoch; sie hatte blondes, kurz geschnittenes Haar und trug eine Brille.

Aline grüßte. »Ich möchte zur Berufsschule für Altenpflege.«

»Ach so? Aber die ist nicht hier, sondern in der Grillparzerstraße.«

Diese Auskunft war für Aline ernüchternd wie eine kalte Dusche.

»Das habe ich nicht gewußt. Entschuldigen Sie ... dann werde ich ...« Sie wandte sich wieder zur Tür.

»Dort werden Sie niemanden erreichen«, erklärte die junge Frau geduldig, »das Semester fängt ja erst in ein paar Tagen an.«

Aline drehte sich wieder um. »Ja, natürlich«, sagte sie, aus dem Konzept gebracht.

»Was wollen Sie eigentlich?«

»Altenpflege lernen.« Aline öffnete ihre Handtasche. »Ich habe alle meine Papiere dabei.«

»Sie wollen sich für die Berufsfachschule anmelden? Und da kommen Sie jetzt erst? Sie haben vielleicht Vorstellungen.«

»Wollen Sie damit sagen, daß kein Platz mehr frei ist?«

»Genau das. Seit Monaten.«

»O Gott«, sagte Aline und fühlte, wie sie blaß wurde.

»Nun setzen Sie sich mal ... ja, auf den Stuhl hier. Sie werden mir doch nicht umkippen?«

»Nein«, behauptete Aline, »mir geht es ganz gut«, nahm aber das Angebot an und setzte sich auf den Stuhl. »Ich bin bloß ... so entsetzlich enttäuscht.«

»Wissen Sie denn nicht, wie rar Ausbildungsplätze heutzutage sind?«

»Ich habe nicht daran gedacht.«

Die junge Frau griff nach dem Telefonhörer, ließ die Hand dann aber wieder sinken.

»Halten Sie mich etwa für verrückt?« fragte Aline.

»Nein, nein, ganz und gar nicht!« beteuerte die andere mit übertriebenem Nachdruck.

Aline merkte, daß ihr Verdacht nicht ganz unberechtigt war; sie lachte gequält. »Ich nehme es Ihnen ja nicht übel, wenn Sie mich für verdreht halten. Aber ich wollte so gerne ...«

»Warum?«

Es war schwer, das in wenigen Worten zu erklären. »Meine Kinder sind erwachsen und aus dem Haus ... mein Mann braucht mich nicht mehr wie früher ... ich wollte so gerne etwas Nützliches tun.«

»Und da muß es ausgerechnet Altenpflege sein?«

»Weil ich glaube, daß das etwas ist, was ich kann. Meine Schwiegermutter hat bis zu ihrem Tod bei uns gelebt. Ich habe sie monatelang gepflegt ... ihr sogar Spritzen gegeben.«

»Das ist nun etwas, was Sie als Altenpflegerin gar nicht brauchen. Das ist Sache des Arztes oder der Schwester.«

»Aber ich kann es, auch intravenös. Anfangs hat mich das viel Überwindung gekostet. Aber der Doktor hat es mir beigebracht, weil er ja nicht immer gleich zur Stelle sein konnte.«

»Krebs?«

»Ja. Man hat sie operiert. Aber es war zu spät.«

»Und da haben Sie sie nach Hause geholt?«

»Ja.«

»Aber Sie hatten doch sicher eine Schwester zur Hilfe?«

»Meine Schwiegermutter war sehr eigen. Sie konnte keine fremden Gesichter um sich ertragen.«

Die junge Frau sah sie mit neuer Achtung an. »Es tut mir wirklich leid, daß ich nichts für Sie tun kann.« Sie blätterte in einem Stoß Papiere, die neben ihrem Schreibtisch lagen.

»Auf einen Hörer mehr oder weniger kommt es doch bestimmt nicht an! Man könnte doch sicher einen Stuhl dazwischenschieben ... ich würde mich auch auf den Fußboden setzen!«

»Wir können keine Ausnahmen machen. Wo sollte das hinführen? Es sind da ja auch noch die praktischen Übungen.«

Die Seitentür öffnete sich, und ein Herr mit grauem, kurz gestutztem Bart steckte seinen Kopf herein. »Frau Helmke, würden Sie, bitte ...«

»Herr Rektor«, sagte Frau Helmke, »hier ist eine Dame, die sich zur Berufsfachschule für Altenpflege anmelden will.«

Der Rektor trat ins Zimmer und musterte Aline ein wenig überrascht.

Sie hielt seinem Blick stand. »Ja, bitte!« sagte sie. »Es ist sehr wichtig für mich. Ich habe die Mittlere Reife, hier ist mein Zeugnis . . . und ich habe auch schon Erfahrung in Alten- und Krankenpflege.«

»Nur, leider«, erklärte Frau Helmke, »Sie wissen ja, Herr Rektor, wir sind voll belegt.«

»Keine Absagen?«

»Nun ja . . .« Frau Helmke blätterte in ihren Papieren.

»Also ist ein Platz frei geworden!« rief Aline. »Bitte, bitte, geben Sie ihn mir!«

»Wir haben eine Liste mit Anwärtern, und ich habe versprochen . . .«

»Aber die sind bestimmt alle jung! Ich bin vierzig, verstehen Sie doch . . . mir läuft die Zeit davon!«

»Vielleicht könnte ich Sie in einem berufsbegleitenden Kurs unterbringen . . .«

»Ich habe keinen Beruf, das ist es ja gerade, und abends müßte ich ja doch zu Hause sein und mich um meinen Mann kümmern!«

»Sie sind verheiratet?« fragte der Rektor.

»Ja, aber mein Mann ist beruflich viel unterwegs und meine Kinder sind erwachsen.«

»Und da möchten Sie sich jetzt selbst verwirklichen, wie man das heutzutage nennt?«

»Nein, ich möchte mich nützlich machen, gebraucht werden . . . es genügt mir nicht, das Haus in Ordnung zu halten und für zwei Personen zu kochen, während es Menschen gibt, denen ich helfen könnte.«

Der Rektor wandte sich an die Sekretärin. »Frau Helmke, na, wie ist es? Sollten wir unserem Herzen nicht doch einen Stoß geben? Kommen Sie, seien Sie ehrlich! Das haben Sie doch von Anfang an gewollt, sonst hätten Sie mich doch gar nicht mit dem Fall konfrontiert! Ich kenne Sie doch!«

»Meine Liste ...« sagte Frau Helmke zögernd, »ich möchte nicht ungerecht sein.«

»Man muß auch mal eine höhere Gerechtigkeit walten lassen. Also lassen Sie das Anmeldungsformular ausfüllen, und dann kommen Sie, bitte, zu mir!«

Als Aline eine halbe Stunde später in ihr Auto stieg, war ihr zumute wie dem Reiter über dem Bodensee. Die Knie zitterten ihr, und sie blieb eine Weile einfach sitzen, bevor sie den Motor anließ. Die Papiere, die ihr Frau Helmke mitgegeben hatte, die Anmeldungsbestätigung und den Stundenplan, hatte sie auf den Nebensitz gelegt.

Wie einfach hatte sie sich alles vorgestellt, und wie schwierig war es gewesen! Und welch unvorstellbares Glück hatte sie gehabt!

Auf der Heimfahrt nach Bergedorf hätte sie singen mögen. Aber sie fuhr bewußt vorsichtig und mit Bedacht, weil ihre Stimmung einer leichten Trunkenheit glich und sie wußte, daß das Gefühl, jetzt alles zu packen, trügerisch war.

Als sie in die Schloßstraße einbog, entdeckte sie auf dem Weg neben der Parkanlage eine zierliche Gestalt auf einem Fahrrad, die ihr bekannt vorkam. Eine so nachtschwarze Mähne konnte es nicht zweimal geben. Maya! Aber das war doch unmöglich. Maya mußte doch noch Tausende von Kilometern entfernt sein.

Aline wäre gern noch langsamer gefahren, aber sie mußte sich der allgemeinen Verkehrsgeschwindigkeit anpassen, und so konnte sie das Gesicht des Mädchens nicht sehen. Aber bei einem Blick in den Rückspiegel stellte sie fest, daß sie sich nicht getäuscht hatte. Es war Maya, die da in abgeschnittenen Jeans, eine Einkaufstasche an der Lenkstange, auf dem Radweg fuhr.

Maya hob den Kopf nicht, als sie hupte. Aline fand eine Stelle am Straßenrand, wo sie parken konnte, hielt und kurbelte das Seitenfenster herunter. Maya bremste neben ihr und stemmte die langen Beine auf den Boden; sie wirkte nicht so frisch und unbekümmert wie gewöhnlich, sondern deutlich befangen.

»Hallo!« rief Aline. »Ist es die Möglichkeit? Ihr seid schon zurück?«

»Ja, . . . das heißt nein.« Maya spielte, ohne Aline anzusehen, mit ihrer Fahrradklingel. »Ich meine, *ich* bin wieder da . . .«

Aline lachte. »Unverkennbar!«

». . . aber Eberhard ist noch geblieben.«

»Wieso? Hat es ihm so gut gefallen?«

»Nein . . . ja, ich weiß nicht. Ich glaube, er hat noch was zu tun.«

»Aber die Aufnahmen sind doch wohl im Kasten?«

»Das schon.«

Aline wollte das Mädchen nicht noch mehr in Verlegenheit bringen; es war so offenkundig, wie ungern Maya schwindelte, daß es schon rührend wirkte. »Ich denke, er wird mir alles erzählen. Jetzt kann es ja nicht mehr lange dauern, bis er nach Hause kommt. Also, mach's gut, Maya! Fein, daß wir uns getroffen haben.« Sie lächelte ihr herzlich zu.

»Bis dann!« rief Maya, gab ihrem Rad Schwung und trat in die Pedale.

Aline lächelte noch, als sie ihr nachsah. Sie nahm es Maya nicht im geringsten übel, daß sie versucht hatte, Eberhard zu decken. Es war ihr natürlich schwergefallen, eine einigermaßen vernünftige Erklärung dafür zu finden, daß er nicht mit dem Team zurückgekommen war. Oder hatte er sich erst mit dieser Mildred getroffen, war bei ihr geblieben oder mit ihr verreist? Er hatte vielleicht gehofft, daß sein Aufenthalt in der Arktis noch ein paar Tage als Alibi dienen könnte. Das alles war so leicht durchschaubar, daß man gar nicht darüber nachdenken mußte.

Eines fügte sich zum anderen, aber nichts war mehr überraschend für Aline. Seit sie begriffen hatte, daß eine andere Frau im Leben ihres Mannes eine Rolle zu spielen begonnen hatte, konnte nichts mehr sie erschüttern. Das glaubte sie jedenfalls.

Mildred Kramer hatte sich zwei Tage für Eberhard frei genommen. Er war erschöpft gewesen, als er angekommen war. Das hatte sie ein wenig enttäuscht, aber sie war klug genug gewesen, es sich nicht anmerken zu lassen. Sie hatte ihn ausschlafen lassen, ihm hin und wieder kleine Mahlzeiten serviert, bis er sie endlich wieder mit neu erwachter Leidenschaft in die Arme gerissen hatte.

An diesem Abend wollten sie ausgehen und seine Rückkunft nach Hamburg und ihr Wiedersehen groß feiern. Er hatte einen Tisch im Hotel ›Vier Jahreszeiten‹ bestellt. Jetzt waren sie gerade dabei, sich umzuziehen.

»Würdest du mir bitte den Reißverschluß zumachen?« fragte sie und wandte ihm den Rücken zu.

Er tat es mit geschickten Fingern.

Sie drehte sich zu ihm um, und er trat einen Schritt zurück, um ihre Erscheinung besser würdigen zu können. Sie sah ihn etwas unsicher und um Beifall heischend an, ohne sich in Pose zu werfen, wie es ein Mannequin getan hätte, und gerade das gefiel ihm an ihr.

»Gefällt es dir nicht?« fragte sie.

»Doch. Sehr chic.«

»Nicht zu rot?«

»Es steht dir.«

Ihr Kleid war aus leuchtend roter Seide, die sich eng an ihren Oberkörper schmiegte, die Hüften sanft betonte und zu den Knien in einen plissierten Rock ausschwang.

»Es ist ein Modell«, erklärte sie, »sündhaft teuer.«

»Das sieht man.« Er liebte es nicht, wenn Aline oder Valerie Geld für Kleider ausgaben, aber bei Mildred störte es ihn nicht, da er sie ja nicht bezahlen mußte.

»Extra für dich!« sagte sie.

Er wollte sie küssen, aber sie wehrte ab.

»Nicht jetzt! Ich bin schon angemalt!« Um sich gegen das Rot des Kleides behaupten zu können, hatte sie sich kräftiger geschminkt als gewöhnlich.

Er verzog das Gesicht zu einer Grimasse.

In diesem Augenblick klingelte das Telefon.

»Ausgerechnet«, sagte sie.

»Laß es doch einfach läuten«, meinte er, »wir könnten genausogut schon weg sein.«

»Das ist doch nicht dein Ernst.« Sie ging in den Wohnraum hinüber, nahm den Hörer ab und meldete sich. »Für dich!« rief sie.

Er kam ihr nach, im Gehen damit beschäftigt, seine Krawatte zu binden. »Wer?« fragte er irritiert.

»Detlevson!« Obwohl sie die Sprechmuschel mit der Hand zuhielt, senkte sie doch unwillkürlich die Stimme.

Er nahm ihr den Hörer ab und ließ sich in den Sessel sinken. »Knut, du?«

»Ja.«

»Was ist denn los? Woher hast du überhaupt die Nummer?«

»Sei froh, daß ich sie habe, sonst könnte ich dich nicht warnen.«

»Warnen?« wiederholte er. »Wovor?« Er gab Mildred einen Wink. »Zigarette!«

»Maya hat deine Frau getroffen«, erklärte Detlevson.

»Das kann doch nicht wahr sein! Was ist ihr dabei eingefallen?«

Mildred steckte ihm die Zigarette zwischen die Lippen und zündete sie mit dem schweren Tischfeuerzeug an.

»Zufällig«, sagte Detlevson, »auf der Straße. Es war

der Kleinen scheußlich unangenehm, und sie hat sich das wohl anmerken lassen!«

Eberhard inhalierte; jetzt nahm er die Zigarette aus dem Mund. »Wie kommst du darauf?«

»Weil sie es mir gesagt hat. Sie war total verstört. Natürlich habe ich sie beruhigt. Schließlich ist sie nicht dazu da, deine Geschichten zu vertuschen.«

»Danke für dein ungemein großes Verständnis.«

»Ich habe niemals so getan, als würde ich Verständnis für diese Sache haben. Aline hat das nicht verdient.«

»Weshalb rufst du mich dann überhaupt an?«

»Denk mal darüber nach!« Detlevson hängte ein, ehe Eberhard noch etwas sagen konnte.

Er saß da, den Hörer in der Hand, als die Leitung schon tot war.

Mildred reichte ihm den Aschenbecher. »Unangenehm?« fragte sie.

»Wie man es nimmt.« Jetzt erst legte er den Hörer auf die Gabel zurück.

Sie setzte sich auf die eierschalenfarbene Couch ihm gegenüber. »Wird es nichts mit unserem Ausgehen?«

»Wie kommst du darauf?«

»Ich dachte nur.«

Sie wartete darauf, daß er ihr mehr erzählen würde. Aber er blieb stumm und schien mit seinen Gedanken weit fort zu sein.

»Wie wäre es mit einem Aperitif?«

Er nickte.

Sie stand auf, holte eine Flasche Sherry und zwei kleine Gläser und schenkte ein.

Er nahm einen Schluck, dann noch einen. »Aline weiß, daß ich zurück bin.«

Ihre Augen blitzten auf, und sie senkte rasch die Lider, um sich nicht zu verraten. »Also mußt du jetzt nach Hause?« fragte sie, ohne ihn anzusehen.

»Nein. Das würde auch nichts mehr nützen.«

»Armer Liebling.«

»Ich wollte sie morgen anrufen und so tun, als wenn ich gerade erst angekommen wäre.«

»Das geht jetzt nicht mehr? Ich meine, bist du sicher, daß sie weiß . . .«

»Sie ist nicht dumm.«

»Und was sollen wir jetzt tun?«

»Was wir vorhatten. Uns einen schönen Abend machen.«

»Hast du denn überhaupt noch Lust dazu?«

Er grinste plötzlich. »Ich habe mir sagen lassen, daß die meisten Verurteilten ihre Henkersmahlzeit noch genießen.«

»Sie wird dich doch nicht gerade umbringen.«

»Das sicher nicht.«

»Aber sie wird dir eine Riesenszene machen.«

»Zumindest wird sie eine Erklärung von mir erwarten.«

»Warum sagst du ihr nicht einfach die Wahrheit?«

»Das wäre brutal.«

»Du sagst, daß sie nicht dumm ist. Also wird sie sich doch ohnehin schon zwei und zwei zusammengerechnet haben.«

»Ja«, gab er zu, »das wird sie wohl.«

»Also kannst du es ihr doch genauso gut sagen. Das würde die Atmosphäre reinigen.«

»Vielleicht«, sagte er, »hast du sogar recht.«

»Und wie, glaubst du, wird sie reagieren?«

»Ich weiß es nicht.«

»Das kannst du nicht voraussagen? Nach all den Jahren, die ihr jetzt schon verheiratet seid?«

»Es hat nie zuvor eine solche Situation gegeben.«

»Du meinst, sie hat dich noch nie erwischt?«

»Ich habe ihr noch nie eine Untreue eingestanden.«

Sie lachte. »Dann haben wir ja heute wirklich etwas zu feiern! Endlich erlebst du mal was! Eine ganz neue Situation . . . und dazu diese Spannung, was sich daraus ergeben wird!« Sie leerte ihr Glas, stand auf, ergriff seine Hand und zog ihn hoch. »Nichts ist schlimmer als Langeweile.«

Er seufzte und lächelte zugleich. »Als wenn du nicht schon genug Wirbel in mein Leben gebracht hättest!«

Er nahm sie in die Arme und küßte sie, und sie erwiderte seine Zärtlichkeiten, ohne jetzt noch an ihr Make- up zu denken.

Mit einem sehr unguten Gefühl fuhr Eberhard Thomas am nächsten Tag nach Hause.

Er war fest entschlossen, endlich reinen Tisch zu machen, aber er haßte Auseinandersetzungen, ganz besonders, wenn er wußte, daß er dabei in der schwächeren Position war.

Er war sich darüber klar, daß Aline ein solches Ende ihrer Ehe nicht verdient hatte. Deshalb versuchte er sich schon auf dem Weg zu ihr in einen Zorn hineinzusteigern, der es ihm leichter machen sollte, mit harten Bandagen zu kämpfen. Er malte sich all die Vorwürfe und Anklagen aus, die sie ihm machen würde, und erfand dazu bitterböse und grausame Repliken.

Dann kamen ihm wieder Bedenken, ob es nicht besser sein würde, seine Liebe zu Mildred und seine Ehemüdigkeit mit ruhigen, vernünftigen Worten zu erklären. Es war doch nicht nötig, Aline zu kränken, denn es war ja nicht ihre Schuld, daß es dahin gekommen war.

Aber dann wiederum konnte er sich nicht vorstellen, daß eine solche Auseinandersetzung überhaupt friedlich verlief. Schon allein die Tatsache, daß es eine andere Frau gab, die er ihr vorzog, mußte ihr Selbstwertgefühl so sehr verletzen, daß sie unweigerlich die Fassung verlieren würde.

Aline war keine Frau, die zu großen Szenen neigte, aber diesmal schien der Krach unvermeidlich, und er haßte sie deswegen, und er haßte sich selber, und er war sogar wütend auf Mildred, ohne die er nie in eine solche Situation geraten wäre.

Vor seinem Haus am Heckenweg angekommen, hupte er dreimal, und selbst dieses Hupen hatte in seinen eigenen Ohren einen bösen, herausfordernden Klang.

Zunächst rührte sich nichts, und eine Sekunde lang hatte er die Vorstellung, daß Aline sich etwas angetan haben könnte, daß sie mit geöffneten Pulsadern in der Badewanne läge. Mit einem lauten Fluch machte er seiner Angst, seinem Entsetzen und seinem Schuldgefühl Luft.

Er wollte schon aussteigen, als die Garagentür von innen geöffnet wurde. Seine Erleichterung war so groß, daß er das Gefühl hatte, wie ein Ballon zusammenzusacken, dem die Luft ausging.

Aline lief durch den Vorgarten und machte jetzt auch das Gartentor auf. Sie trug einen weißen Baumwollkittel, ein verblichenes rotes Tuch um das Haar und wirkte jünger, als er sie in Erinnerung gehabt hatte. Ihre langen braunen Beine waren nackt, und ihre Füße steckten in einfachen Holzklappern.

Er fuhr an ihr vorbei in die Garage, sie schloß das Gartentor hinter ihm und lief dem Auto nach.

»Entschuldige, daß ich dich habe warten lassen!« sagte sie. »Ich war in der Küche!«

Er war inzwischen ausgestiegen, und sie hob ihm das Gesicht entgegen zu einem jener konventionellen Küsse, wie sie seit Jahren zwischen ihnen üblich geworden waren. »Ist alles gutgegangen?«

»Einigermaßen«, sagte er, wagte noch nicht aufzuatmen, sondern fürchtete, in einen Hinterhalt geraten zu sein.

»War es eine interessante Reise?« fragte Aline, wartete die Antwort aber nicht ab, sondern fügte gleich hinzu: »Du, ich muß wieder zu meinen Töpfen, du wirst mir später alles erzählen, ja? Deinen Koffer packe ich dir auch später aus, wenn du ihn nur nach oben bringen würdest.« Sie lächelte ihm zu, drehte sich um und verschwand im Haus.

Eberhard schloß das Garagentor und trug seinen Koffer nach oben ins Schlafzimmer. Da er einen ganz anderen Empfang erwartet hatte, war er verwirrt. Anscheinend ahnte Aline immer noch nichts. Sie hatte ihm nicht einmal einen Vorwurf gemacht, weil er seine Ankunft nicht telegrafisch oder telefonisch angemeldet hatte. Das hatte er früher auch schon manchmal versäumt, und immer hatte er dafür eine Erklärung oder Entschuldigung gewußt. Sie schien es nicht mehr so wichtig zu nehmen. Wahrscheinlich nahm sie auch einfach an, daß er aus beruflichen Gründen ein paar Tage später als Maya und die anderen nach Hause gekommen wäre. Warum sollte sie das auch nicht? Sie hatte eben Vertrauen zu ihm. Sein eigenes schlechtes Gewissen war es, das ihn auf Vorwürfe gefaßt gemacht hatte.

Was selten genug vorkam: Er schämte sich vor sich selber. Auf keinen Fall, dazu war er jetzt schon entschlossen, würde er von sich aus ein Geständnis ablegen. Wozu auch? Er wollte weder eine Trennung noch eine Scheidung. Wenn es so weiterlief wie bisher, würde er ganz zufrieden sein. Gewöhnlich nahm er, wenn er von einer Reise zurückkam, erst einmal ein Bad und legte sich dann ins Bett. Da Aline offensichtlich keinen Verdacht geschöpft hatte, mußte er sich möglichst so benehmen wie immer. Also badete er, obwohl er es gar nicht nötig hatte. Sich niederzulegen, ohne müde zu sein, schien ihm dann aber doch übertrieben. Er mochte die Komödie nicht zu weit treiben.

So rief er, nachdem er sich abgetrocknet hatte, die Treppe hinunter: »Machst du mir bitte einen Kaffee?«

Aline, die die Küchentür einen Spalt weit aufgelassen hatte, rief zurück: »Willst du auch was essen?«

»Nein!«

Als er dann später herunterkam, hatte sie den Couchtisch im Wohnzimmer für zwei Personen gedeckt.

»Puh!« sagte sie, nahm das Kopftuch ab und schüttelte sich das braune, rötlich schimmernde Haar zurecht. »Jetzt habe ich auch ein paar Minuten Zeit!« Sie sah ihn an und stellte fest, daß er seinen grauen Flanellanzug angezogen hatte. »Willst du dich nicht hinlegen?«

»Ich muß in die Firma.«

Sie schenkte ein und bediente ihn mit Sahne und Zukker.

»Ach so«, sagte sie nur.

»Sag mal, was treibst du denn eigentlich in der Küche?«

»Ich koche vor.«

»Wieso denn?«

»Weißt du, ich koche lauter einzelne kleine Mahlzeiten, und dann friere ich sie ein. Das ist billiger, als Fertiggerichte zu kaufen, und es schmeckt, so hoffe ich wenigstens, auch besser.«

Er zündete sich eine Zigarette an. »Aber wozu das Ganze?«

»Eigentlich«, sagte sie, »wollte ich es dir erst später erzählen, wenn du zur Ruhe gekommen bist . . . aber ich kann es nicht länger für mich behalten, sonst platze ich noch: Ich habe mir einen Platz auf der Berufsschule für Altenpflege erobert, stell dir das vor!«

»Was soll das?«

Sie hatte keine Begeisterung von ihm erwartet, deshalb war sie auch nicht enttäuscht. »Ich werde Altenpflegerin«, erklärte sie ruhig, »ein Jahr muß ich studieren, danach ein paar Prüfungen ablegen, und dann bin ich Altenpflegerin.«

»Jetzt verstehe ich gar nichts mehr.«

»Aber, Eberhard, das ist doch höchst einfach. Ich habe es satt, zu Hause herumzusitzen, und deshalb habe ich mich entschlossen, einen Beruf zu ergreifen.«

»Ohne mich zu fragen?«

»Ich war sicher, daß du einverstanden sein würdest.«

»Abends ein leeres Haus vorzufinden?«

Sie lachte. »Aber das wirst du doch gar nicht! Die Kurse enden spätestens um fünf.«

»Aber dann bist du abgehetzt und überanstrengt, und die Gemütlichkeit ist zum Teufel!«

»Bisher hast du diese Gemütlichkeit nicht besonders genossen.«

»Ich bin dein Mann und habe das Recht auf ein gepflegtes Heim!«

»Wenn du nicht mehr von mir willst, als das Haus in Ordnung zu halten, ist das ein bißchen wenig, findest du nicht?«

Mit einer unbeherrschten Bewegung drückte er seine Zigarette aus, zündete sich aber sofort wieder eine neue an. »Also doch eine Szene!« sagte er wütend.

»Wieso ›also doch‹?«

»Ich hatte mich doch schon gewundert, wieso du kein Wort darüber verloren hast, daß ich dich nicht von meiner Rückkunft verständigt habe . . .«

Sie unterbrach ihn. »Aber Eberhard, ich bin sicher, du hattest gute Gründe!«

»Selbstverständlich!«

»Na, siehst du, das hatte ich mir doch gedacht. Also, warum streiten? Warte es nur mal ab: Es wird auch für dich angenehmer sein, wenn du nicht mehr das Gefühl haben mußt, daß ich hier zu Hause hocke und auf dich warte . . . auf dich oder wenigstens auf einen Anruf von dir. Kannst du dir überhaupt vorstellen, was ich alles lernen muß? Psychologie, Soziologie, Gesundheitslehre, Krankheitslehre und was sonst noch. Ich werde in Zukunft ausreichend zu tun haben.« Sie streckte den Arm über den Tisch und legte ihre Hand auf seine. »Aber dir soll es trotzdem an nichts fehlen, das verspreche ich dir.«

»Wenn das eine Beschäftigungstherapie sein soll . . .«

»Nein, eine Berufsausbildung!«

»Du hast doch wohl nicht vor, als Altenpflegerin zu arbeiten?«

»Doch, Eberhard.« Sie zog ihre Hand zurück.

»Dann bist du noch weltfremder, als ich bisher angenommen hatte.«

»Das verstehe ich nicht.«

»Natürlich nicht. Weil du in den Wolken lebst. Du glaubst doch nicht etwa, daß du je eine Stellung finden wirst?«

»Und warum nicht?«

»Weil du zu alt bist! Bitte, das soll keine Beleidigung sein, sondern es ist einfach eine Tatsache. Wenn du mit deiner Ausbildung fertig bist, wirst du soviel können wie eine Zwanzigjährige. Unterstellen wir mal, daß du körperlich genauso fit wärst, was ich bezweifeln möchte, noch dazu mit deinem Bein, das dir ja auch immer wieder Beschwerden macht, aber unterstellen wir das einmal ... wer wäre bereit, dir das Doppelte zu zahlen?«

»Aber ich will ja gar nicht das Doppelte wie diese imaginäre Zwanzigjährige!«

»Na, dann sagen wir besser ... das, was eine Frau verdienen würde, die zwanzig Jahre im Beruf ist!«

»Auch darauf erhebe ich durchaus keinen Anspruch! Ich bin Anfängerin und erwarte nichts als das Gehalt einer Anfängerin.«

»Und wieviel wäre das?«

»Das weiß ich nicht genau«, mußte Aline zugeben.

»Da haben wir es! Nicht einmal danach hast du dich erkundigt! Und du traust dir zu ...«

Sie fiel ihm ins Wort. »Eberhard, bitte, versteh mich doch! Oder versuch es wenigstens! Ich will doch nicht arbeiten, um Geld zu verdienen, sondern um etwas zu tun ... um mich nützlich zu machen!«

»Das wird dir niemand abnehmen. Selbst wenn du sagst, daß du mit einem Anfängergehalt zufrieden bist, wird man dich nicht einstellen, und das mit gutem Grund. Niemand in deinem Alter kann damit zufrieden sein, nicht mehr zu verdienen als ein junges Mädchen. Zuerst würde es dir vielleicht wirklich nichts ausmachen, verrückt wie du bist, aber dann . . .« Er war aufgesprungen und gestikulierte heftig.

»Warum regst du dich eigentlich so auf?« fragte sie. »Das sind doch alles ungelegte Eier. Laß mich einfach mein Glück versuchen. Dir schadet es doch nichts.«

Er ließ die Arme sinken und starrte sie mit zusammengekniffenen Augen an. »Die ganze Sache paßt mir nicht«, sagte er, aber es klang schon ruhiger, »du wirst eine grausame Enttäuschung erleben.«

»Und wenn schon! Es wäre nicht die erste in meinem Leben.«

Er setzte sich wieder. »Wem nicht zu raten ist, dem ist nicht zu helfen.«

»Ich hätte nie gedacht, daß du noch so besorgt um mich bist«, sagte sie und schenkte ihm noch einmal Kaffee ein. Er sah sie mißtrauisch an. »Was soll denn das nun wieder heißen?«

»Was ich gesagt habe . . . ohne jeden Hintersinn.«

»Natürlich bin ich besorgt um dich. Was wundert dich daran? Schließlich bist du meine Frau.«

Beinahe hätte sie darauf gesagt: ›Ich freue mich, daß du dich daran erinnerst!‹, aber sie schluckte diese Bemerkung, weil sie das Gespräch vielleicht in Bahnen gelenkt hätte, die sie nicht betreten wollte. Deshalb sagte sie nur: »Mach dir keine Gedanken meinetwegen. Auch wenn ich keine Anstellung finde oder wenn ich die Prüfungen nicht schaffe, was ja durchaus möglich wäre, habe ich dann doch eine Menge hinzugelernt, und das wäre doch etwas.«

Nachträglich verstand Eberhard Thomas selber nicht mehr, warum ihm die Vorstellung, daß Aline einen Beruf ergreifen wollte, im ersten Augenblick so gegen den

Strich gegangen war. Er hatte ganz instinktiv reagiert. Solange er sie kannte, war sie nie wirklich selbständig gewesen, zuerst abhängig von ihrer Mutter und dann von ihm. Es störte ihn, daß sie ihr Leben und damit auch sich selber ändern wollte.

Aber warum eigentlich? Er hätte doch froh darüber sein müssen. Das sagte ihm wenigstens sein Verstand. Es konnte die Situation für ihn und Mildred nur erleichtern.

Sie hatten sich im ›Alten Kutter‹ verabredet, einem Fischrestaurant in der Cremonstraße, das nicht allzu weit von der Agentur und von dem Chemiekonzern lag, in dem sie arbeitete.

Als Eberhard gegen zwei Uhr eintrat, war es schon ruhig geworden; er durchschritt den großen Raum mit dem Tresen und ging geradewegs in das mit schön poliertem Holz getäfelte Hinterzimmer, an dessen Decke ein kunstvoll gefertigter Windjammer hing. Mildred erwartete ihn an einem Ecktisch.

»Entschuldige die Verspätung«, sagte er.

Sie lächelte zu ihm hoch. »Ich habe schon bestellt. Für dich Fischsuppe. Wie immer.«

Eine Sekunde lang ärgerte er sich über ihre Eigenmächtigkeit.

Sie sah es ihm an und fragte erstaunt: »Oder wolltest du etwas anderes?«

»Natürlich nicht«, sagte er rasch und ärgerte sich, daß er sich geärgert hatte; die Fischsuppe war eine Spezialität und schmeckte mindestens so gut wie eine Bouillabaisse. Auch eine kleine Karaffe mit dem leichten, herben Weißwein, den er liebte, stand schon auf dem blank gescheuerten Holztisch, und sie schenkte ihm ein, während er sich noch setzte.

»Nun«, fragte sie, »wie ist es ausgegangen?«

Er sah sich vorsichtig um, aber außer ihnen saßen nur noch zwei Herren, die in ein Gespräch vertieft waren, in dem kleinen Raum und ein Liebespaar, das völlig mit sich beschäftigt war. Trotzdem senkte er die Stimme, als er antwortete. »Gar nicht.«

»Wieso das?«

»Es war nichts.«

»Aber du wolltest doch . . .«

»Sie hat mir kein Stichwort gegeben.«

Mildred verzog das Gesicht, hatte sich aber sofort wieder in der Gewalt. »Du bist mir schon einer!«

»Es hat nicht an mir gelegen.«

»Sie hat dir keine Vorwürfe gemacht? Aber sie muß doch zumindest gefragt haben . . .«

»Hat sie eben nicht.«

»Dann ist sie noch schlauer, als ich gedacht habe.«

»Sie war ganz mit ihren eigenen Plänen beschäftigt.«

Ein junger Kellner servierte die Fischsuppe, und während sie aßen, erzählte er ihr.

»Gut«, sagte sie, »sehr gut.«

Er stimmte ihr zu.

»Um so leichter kannst du dich von ihr trennen.«

»Ja, das meine ich auch. Aber wir sollten ihr Zeit lassen.«

»Wie lange?«

»Bis sie eine Stellung hat. Weißt du, die finanzielle Regelung ist ja auch nicht ganz unwichtig.«

»Und wenn sie nun keine kriegt?«

»Sie wird schon«, behauptete er und merkte gar nicht, daß er Mildred genau das Gegenteil sagte, was er Aline zu bedenken gegeben hatte. »Wenn sie sich was in den Kopf gesetzt hat, dann schafft sie es auch.«

»Also noch ein Jahr«, sagte Mildred nachdenklich und rührte, ohne zu essen, mit ihrem Löffel im Teller.

»Das bedeutet ja keine Trennung.«

»Dir macht es nichts aus, aber mir. Diese verdammten langen Wochenenden und diese Feiertage!«

»Wahrscheinlich kann ich mich öfter frei machen. Sie wird ganz schön zu büffeln haben.«

»Meinst du?«

»Ich bin sicher. Schließlich ist es fast fünfundzwanzig Jahre her, seit sie zuletzt die Schulbank gedrückt hat.«

»Dann schafft sie es wahrscheinlich gar nicht.«

»Wollen wir das Beste hoffen!«

Mildred drehte ein leeres Glas zwischen den dünnen Fingern. »Weißt du, was mir an alledem nicht gefällt?«

»Ich wette, du wirst es mir sagen.«

Sie blickte ihn offen, fast herausfordernd aus ihren klaren grünen Augen an. »Daß du dich nach ihr richtest und daß du auch von mir verlangst, mein Schicksal, unser Schicksal von ihrem abhängig zu machen.«

»Du übertreibst.«

»Nein, gar nicht. Statt eine Entscheidung zu treffen, wartest du einfach ab.«

»Ich denke, ich habe mich schon für dich entschieden.«

»Dann müßtest du dich gegen deine Frau entscheiden, und genau dazu kannst du dich nicht aufraffen.«

Er spürte, daß etwas Wahres an ihrer Behauptung war, und seine Laune verschlechterte sich. Obwohl er seinen Teller noch nicht geleert hatte, zündete er sich nervös eine Zigarette an.

»Na, hör mal, was soll das?«

»Ich versuche nur klarzusehen und klar zu denken.«

»Du wußtest von Anfang an, daß ich verheiratet bin. Ich habe dir nie etwas vorgemacht.«

»Aber ich konnte nicht ahnen, daß unsere Affäre so ausarten würde!« Sie verbesserte sich hastig. »Ich meine, daß soviel mehr als eine Affäre daraus werden würde!«

»Bereust du es?«

»Du weißt, daß ich das nicht tue. Ich möchte nur wissen, wie es weitergehen soll.«

»Das haben wir doch alles schon besprochen.«

»Aber wenn es ihr nun nicht gelingt, wenn sie womöglich zusammenklappt, und sich an dich klammert . . . was dann?«

»Du hast Ideen!«

»Aber du mußt zugeben, daß das nicht ganz auszuschließen ist. Sie war zwanzig Jahre lang so beschützt, und das Berufsleben ist hart, das wissen wir beide! Wenn sie sich also nun mit einem Riesenkatzenjammer in deine Arme stürzt ...«

»... könnte ich sie nicht von mir stoßen«, sagte er ehrlich.

»Das hätte ich mir denken können!« Mildred zog sich eine Zigarette aus seinem Päckchen und hatte sie angezündet, noch ehe er ihr Feuer geben konnte.

Der Kellner eilte herbei, sah ihre halb geleerten Teller, die noch gefüllte Terrine und fragte: »Hat es nicht geschmeckt?«

»Doch. Sehr gut!« erklärte Eberhard. »Aber räumen Sie bitte ab, und bringen Sie mir einen Klaren!«

»Mir auch!« sagte Mildred.

»Möchtest du denn, daß ich so wäre?« fragte er, als sie wieder allein waren. »So kalt und herzlos? Brutal?«

»Ich möchte, daß du auch an mich denkst!«

»Aber das tue ich doch, Mildred! Dich liebe ich, Aline fühle ich mich noch verpflichtet.«

»Das müßte sie doch spüren! Wenn ein Mann nichts mehr für mich empfände, würde ich ihn freigeben.«

»Du bist nicht verheiratet.«

»Und ich will es auch nicht sein!« Tränen stiegen ihr in die Augen, aber sie wandte den Blick nicht von ihm, sondern wedelte nur mit der schmalen Hand den Rauch von ihrem Gesicht. »Wenn ich sehe, wie so etwas enden kann!«

»Bitte, weine nicht!« Er umklammerte ihr Handgelenk. »Es wird alles gut werden. Wir müssen nur Geduld haben.«

Er gab sie erst frei, als der Kellner sich näherte, um die Schnäpse zu servieren.

Sie putzte sich die Nase und lächelte mit zitternden Lippen. »Trinken wir auf unsere Liebe?«

»Auf unsere Zukunft!« sagte er und stieß mit ihr an.

Der Eintritt in die Berufsfachschule änderte Alines Leben völlig. In der ersten Woche lernte sie voller Begeisterung, in der zweiten begann sie sich überfordert zu fühlen, und in der dritten war sie so erschöpft, daß sie mit dem Gedanken spielte, den einen oder anderen Tag zu schwänzen oder gar aufzugeben. Aber sie erlaubte es sich nicht.

Schon die tägliche Fahrt zur Grillparzerstraße, entweder mit dem eigenen Auto oder den öffentlichen Verkehrsmitteln, wurde mehr und mehr zur Strapaze. Im Unterricht war sie immer wach und aufmerksam, nahm alles Neue in sich auf und freute sich, wenn ihr manches schon bekannt war. Aber sie mußte erkennen, daß es nicht genügte, nur aufzupassen.

Doppelt mühsam war es, sich Eberhard gegenüber ihre Erschöpfung nicht anmerken zu lassen, sondern sich munter und optimistisch zu geben. Er gab sich ironisch, und sie hatte das Gefühl, daß er auf ihren Zusammenbruch wartete. Der Haushalt, den sie früher als Spielerei betrachtet hatte, wurde zu einer Belastung.

So atmete sie auf, wenn ihr Mann das eine oder andere Mal abends nicht nach Hause kam, wenn sie nicht für ihn kochen und, vor allem, wenn sie sich nicht verstellen mußte. Dann aß sie nur eine Kleinigkeit und vertiefte sich gleich in ihre Bücher.

Sie hätte gerne gewußt, ob ihren Mitschülern das Lernen auch so schwerfiel. Es waren, wie Eberhard vorausgesagt hatte, meist Mädchen um die zwanzig, einige auch älter, und es gab auch ein paar Männer, die Altenpflege lernen wollten. Alle schienen sie vergnügt, redeten in den Pausen fröhliches, belangloses Zeug, hielten sich aber vor Aline zurück, die für sie aus einer anderen Welt zu kommen schien. Aline schloß keine Freundschaften, darauf war sie ja auch nicht aus gewesen. Aber der Abstand, den die anderen ihr gegenüber wahrten, gab ihr einen Vorgeschmack darauf, wie es sein würde, später mit ihnen auf der gleichen Stufe zusammen zu arbeiten.

Im Unterricht war sie gut, aber sie war bemüht, sich nicht besonders hervorzutun, um keinen Neid heraufzubeschwören. Ein bißchen mehr Wissen und Erfahrung allerdings glaubte sie aufgrund ihrer Jahre schon vorweisen zu dürfen. Deutsch wurde entgegen ihrer Erwartung nicht zu ihrem Lieblingsfach, denn in Literatur war sie den anderen denn doch zu weit voraus, und der Lehrer, Dozent Giesen, gestaltete den Unterricht dem Niveau der Klasse entsprechend, aber für ihren Geschmack viel zu simpel. Sie begriff, daß er viel mehr wußte, als er vor diesem Forum anbringen konnte. Es berührte sie sonderbar, daß auch er zu durchschauen schien, wie weit sie ihren Mitschülern überlegen war, obwohl sie sich gerade in diesem Fach ganz besondere Zurückhaltung auferlegte. Manchmal machte er eine kluge Bemerkung, die nur für sie gedacht war.

Allmählich, ganz allmählich, pendelte sich Alines Leben in einen neuen Rhythmus zwischen Schule, Hausarbeit und Lernen ein. Der Zustand der Erschöpfung war überwunden, und sie fand endlich wieder Luft, sich die Stunden selber einzuteilen. Es war immer noch anstrengend genug, aber sie hörte auf, eine Gejagte zu sein.

Eberhard merkte ihre Veränderung. »Na, dir scheint dein Studium ja gut zu bekommen«, sagte er eines Morgens hinter seiner Zeitung her.

»Es macht mir Freude«, erwiderte sie schlicht und biß in ihr Butterbrot; seit sie morgens aus dem Haus mußte, hatte sie sich angewöhnt, ein kräftiges Frühstück zu sich zu nehmen, weil sie sonst den Tag nicht durchstehen konnte.

»Sag ehrlich«, drängte er, immer noch hinter seiner Zeitung, »steckt ein Kerl dahinter?«

Sie lachte.

»Als Hausfrau und Mutter warst du nie so vergnügt!«

»Aber ja doch! Was hatten wir Spaß mit den Kindern! All die lustigen Familienferien!«

»Und was ist mit mir?«
»Wir hatten doch auch viel Spaß miteinander! Erinnere dich!«
»Aber das ist lange her.«
»Meine Schuld?«
»Das habe ich nicht sagen wollen.«
»Na also!«
»Ich komme übrigens heute abend nach Hause.«
Es schockierte sie ein wenig, daß sie sich nicht darüber freute, und sie sagte so ungezwungen wie möglich: »Fein!«
»Wirst du endlich mal wieder Zeit für mich haben? Es läuft ein Krimi im Fernsehen.«
Sie lachte wieder. »Wenn du mir meine Zeit stehlen willst, mußt du mir schon was Interessanteres bieten als einen Krimi!«
Jetzt ließ er die Zeitung sinken und sah sie an. »Habe ich dir übrigens schon erzählt . . . wir sind am Samstag bei Knut und Liane eingeladen.«
Sie hatte sich vorgenommen, am Wochenende wieder einmal vorzukochen, die Wäsche zu richten und sich in ihre Bücher zu vertiefen. Das war ein volles Programm, und die Einladung paßte so wenig hinein, daß sie unwillkürlich »Oh!« sagte.
»Keine Lust!« stellte er fest. »Das hätte ich mir denken können.«
»Lust schon«, sagte sie, »aber ich habe so viel zu tun.«
»Du hast auch gesellschaftliche Verpflichtungen!«
»Puh! Was für ein Wort. Sag doch lieber: Knut und Liane sind Freunde, und wir dürfen sie nicht vernachlässigen. Das werde ich natürlich auch nicht tun.«
»Du kommst also mit?«
»Ich denke, das ist unumgänglich.«
»Ich könnte mir auch eine andere Begleiterin suchen«, sagte er lauernd.
»Es würde dir bestimmt nicht schwerfallen, jemanden

zu finden. Aber ausgerechnet zu Detlevsons? Ich glaube nicht, daß das gut ankommen würde. Oder kennen sie sie schon?«

»Wen?« fragte er und knüllte die Zeitung zusammen.

»Das Mädchen, an das du gerade gedacht hast.«

»Ich hatte niemand Bestimmtes im Sinn.«

»Dann brauchst du dir auch nicht weiter den Kopf zu zerbrechen. Ich werde dich begleiten.« Sie warf einen Blick auf ihre Armbanduhr. »Kannst du mich mit in die Stadt nehmen?«

»Ich möchte erst noch in Ruhe eine Zigarette rauchen.«

»So viel Zeit hast du. Inzwischen werde ich das Frühstücksgeschirr in die Spülmaschine stellen.« –

Das war eine der seltenen Gelegenheiten, bei denen Mildred Kramer, auch wenn sie ungenannt blieb, ins Spiel gekommen war. Aber Aline war die Existenz der anderen ständig bewußt, doch da sie keine Auseinandersetzung über dieses Thema herbeiführen wollte, verbot sie es sich auch, gegen sie zu sticheln.

Der Abend bei Detlevsons wurde zu einem Erfolg für Aline. Sie sah gut aus in ihrem dezent geschnittenen, mattgelben Cocktailkleid, aber das war nicht der Grund. Unter den fotogenen, hübschen und auch wirklich schönen Mädchen aus der Werbebranche durch gutes Aussehen aufzufallen, wäre ein Ding der Unmöglichkeit gewesen. Es war ihr neugewonnenes Selbstbewußtsein, das sie strahlend machte. Sie verstand es nicht nur, interessiert und aufmerksam zuzuhören, was schon immer ihre Stärke gewesen war, sondern sie wußte auch fröhlich und anregend zu plaudern. Mit ihren Anekdoten über ihre Lehrer, Mitschüler und komische Zwischenfälle im Unterricht brachte sie die Gesellschaft zum Lachen.

Aline verstand es außerdem, ohne die Stimmung zu trüben, unauffällig mitzuhelfen, daß alles reibungslos verlief, daß jeder ein gefülltes Glas in der Hand hielt und auch ausreichend mit den Delikatessen vom Kalten Buffet versorgt war. »Aline, du bist fabelhaft!« flüsterte Liane ihr zu, die gerade beobachtet hatte, wie sie mit einer raschen anmutigen Bewegung Christoff, einem leicht alkoholisierten Graphiker, einen Aschenbecher hingehalten hatte, als der gerade seine brennende Zigarette auf den Boden fallen lassen wollte.

Christoff hatte es trotzdem gehört. »Ich glaube, meine Damen«, sagte er mit schwerer Zunge, »ich muß mich entschuldigen . . .«

Aline schob lachend die Hand unter seinen Arm. »Aber wieso denn? Du hattest bloß für eine Sekunde vergessen, daß du nicht in deinem Atelier, sondern auf einem Perserteppich stehst!«

»So was sollte man nicht vergessen . . .«

»Ist doch ganz unwichtig! Erzähl mir lieber was von deinen Entwürfen für die neue Zigarettenmarke!« In wenigen Minuten hatte Aline ihn abgelenkt.

»War doch ein schöner Abend«, sagte er mit der entwaffnenden Ehrlichkeit eines Betrunkenen, als er sich verabschiedete, um in ein Taxi zu steigen, das Liane ihm bestellt hatte.

»Du warst wirklich fabelhaft, Aline!« erklärte Maya. »Ich habe dich die ganze Zeit beobachtet.«

»Und ich dachte, du hättest mit Lothar geflirtet«, erwiderte Aline lächelnd.

»Ach, das mache ich doch mit links! Woher kriegst du bloß diesen Schwung?«

»Ich bin einfach gut aufgelegt.« Aline sah sich um. »Ist doch eine reizende Gesellschaft. Liane hat sich so viel Mühe gegeben.«

»Ist mit Eberhard und dir wieder alles in Ordnung?«

Die Frage kam so direkt und so unerwartet, daß Aline unwillkürlich erstarrte.

»O Gott, entschuldige!« Maya schlug sich mit der

Hand auf den Mund. »Da habe ich wohl mitten ins Fettnäpfchen getreten?«

Aline konnte schon wieder lächeln. »Du hast mich nur ein bißchen überrumpelt, weißt du. Natürlich ist mit uns alles in Ordnung. Immer gewesen.«

»Ich hätte das nicht fragen sollen!«

»Vergiß es, Maya. Du hast es ja nicht böse gemeint!«

Aber der Abend war für Aline verdorben. Es gelang ihr zwar, sich weiter gelassen und heiter zu geben, aber sie war froh, als das Fest zu Ende war. Zum ersten Mal war ihr bewußt geworden, daß Eberhards Untreue weithin bekannt war, jedenfalls in den Kreisen, in denen sie miteinander verkehrten.

Bisher war sie davon ausgegangen, daß die Spannungen in ihrer Ehe eine private Angelegenheit wären, die außer ihnen niemanden etwas anginge. Jetzt mußte sie erkennen, daß das nicht so war.

Auf dem Nachhauseweg – sie hatten das Auto in der Garage gelassen – lief sie schweigsam neben ihm her.

»Müde?« fragte er.

»Ziemlich.«

»Komm, hak dich bei mir ein.«

»Nicht nötig. Danke. Ich bin sicherer auf den Beinen als du.«

»Warum so kratzbürstig?«

Sie zog es vor, auf diesen Vorwurf nicht zu antworten.

»Du bist heute ja ganz groß rausgekommen«, sagte er, »ganz groß. Bin ordentlich stolz auf dich.«

Auch dazu sagte sie nichts.

»Wir sollten öfter zusammen ausgehen! Was meinst du? Unter die Leute kommen!« Er stolperte. »Gib mir deinen Arm!«

Das konnte sie ihm nicht verwehren, und er hängte sich schwer bei ihr ein. Zum ersten Mal spürte sie, daß ihr seine körperliche Nähe unangenehm war, und sie wunderte sich, daß er es nicht spürte. Aber der Alkohol hatte ihn unsensibel gemacht. Vielleicht war er überhaupt viel weniger empfindsam, als sie geglaubt hatte.

Plötzlich blieb er stehen, und sie mußte es ihm, wohl oder übel, gleichtun.

Er wandte sich ihr zu. »Wunderbare Nacht, altes Mädchen, wie? Wunderbare Nacht!« Sein Atem, von Alkohol und Nikotin geschwängert, stieß sie ab.

Sie wollte den Kopf zurückbiegen, aber da hatte er auch schon seine Lippen auf ihren Mund gepreßt, und seine Zunge drang in sie ein. Sie wollte sich wehren, aber es gelang ihr nicht, denn er hielt sie mit eisernem Griff. So machte sie sich schlaff, bis er sich ihrer sicher fühlte und den Griff lockerte. Dann gelang es ihr, sich mit einem heftigen, ihm unerwarteten Stoß zu befreien.

Er torkelte, und eine Schrecksekunde lang fürchtete sie, er würde stürzen. Aber er gewann, fluchend, sein Gleichgewicht zurück. Aline wartete nicht ab, bis er sich ganz gefangen hatte, sondern eilte ihm voraus dem Heckenweg zu. Sie wäre gelaufen, wenn es ihr ihre hochhackigen Abendsandaletten erlaubt hätten. Als sie die Haustür erreicht hatte und in ihrem Täschchen nach dem Schlüssel kramte, hatte er sie eingeholt.

»Was ist denn los mit dir, altes Mädchen?« fragte er.

Sie unterdrückte ihren Abscheu und ihre Empörung und sagte nur: »Ich bin wirklich sehr müde«, und schloß die Haustür auf.

»Keinen Nightcap mehr? Keinen ganz kleinen?«

»Nein.«

»Auch gut. Gehen wir gleich in die Heia.« So, wie er war, in Hut und Mantel, stolperte er die Treppe hinauf, während sie in der Garderobe ablegte.

Sie machte sich in der Küche zu schaffen, obwohl es wenig genug zu tun gab, und lauschte nach oben. Erst als sie sicher war, daß er zu Bett gegangen war, folgte sie ihm. Sehr leise zog sie sich aus, hängte ihr Kleid über einen Bügel und auf den Balkon, schminkte sich ab und wusch sich. Dann erst trat sie, schon im Nachthemd, ins Schlafzimmer.

Seine Nachttischlampe brannte, aber er hatte die Augen geschlossen. Schuhe, Hose, Weste hatte er beim Ausziehen einfach fallen lassen, und sie lagen jetzt über den Boden verteilt. Aline bückte sich und sammelte alles auf, um es wegzuräumen.

Als sie seine Nachttischlampe auslöschen wollte, griff er nach ihr. Sie sprang zurück, und ihr Nachthemd zerriß.

»Was is'n los, altes Mädchen?« murmelte er, ohne die Augen zu öffnen. »Warum so zickig?«

Sie packte Kopfkissen und Daunendecke, flüchtete ins Gästezimmer und schloß die Tür hinter sich ab. Zitternd lehnte sie sich mit dem Rücken gegen die Tür, schämte sich ihrer Schwäche und wartete ab, bis sie sich wieder gefaßt hatte. Dann erst knipste sie das Licht an, öffnete ein Fenster, nahm die Überdecke vom Bett und versuchte, es sich auf der Matratze bequem zu machen.

Aber sie war jetzt hellwach und grübelte.

Sicher hatte sie im Verlauf ihrer Ehe Tausende Male mit ihrem Mann geschlafen, oft mit leidenschaftlicher Erwartung, manchmal aber auch, obwohl ihr nicht danach zumute gewesen war, doch auch dann nie ohne Zärtlichkeit.

Warum konnte sie das jetzt nicht mehr? Warum war er ihr so zuwider? Warum empfand sie es wie eine Vergewaltigung?

So lange hatte sie gehofft, daß er sich ihr wieder nähern würde. Noch vor wenigen Monaten, an ihrem Geburtstag, sie erinnerte sich genau, wäre sie mit allen Fasern dazu bereit gewesen. Was war mit ihr geschehen? Nein, es war nicht die Tatsache, daß es eine andere Frau in seinem Leben gab, auch nicht die Erkenntnis, daß alle davon wußten, sie bemitleideten und vielleicht auch belächelten, die diese Kluft zwischen ihr und Eberhard aufgerissen hatte. Es war das Gefühl, daß er sie nicht liebte, sie nicht einmal mehr wirklich begehrte, sondern daß er sie nur wieder an sich reißen, ihr seinen Stempel aufdrücken, sie demütigen wollte. ›Nicht einmal einer Nutte gegenüber‹, dachte sie, ›darf sich ein Mann so benehmen‹.

Oder war ihr Urteil ungerecht? Kam es aus der eigenen Verbitterung? Suchte sie eine Entschuldigung für ihre Härte? Nein und tausendmal nein. Nie zuvor hatte er sich dermaßen aufgeführt.

War es falsch gewesen, daß sie geschwiegen hatte? Legte er ihre Zurückhaltung und Geduld als Schwäche aus? Glaubte er, ihr alles zumuten zu können, weil sie ihn nicht zur Rede gestellt hatte?

Das war möglich, gab sie sich zu, und sie erwog den Gedanken, gleich morgen die große Auseinandersetzung heraufzubeschwören, der sie bisher bewußt aus dem Wege gegangen war. Aber was konnten Worte bringen? Sie konnten ihn nicht zur Treue und schon gar nicht zur Liebe zwingen, sie konnten nur die Fronten klären. Aber gerade das war es, wozu sie sich noch nicht bereit fühlte. Wenn er leugnete, so konnte sie ihm nichts beweisen, und alles würde beim alten bleiben. Wenn er aber zugab, daß er eine andere liebte, so mußte sie sich entweder bereit erklären, das hinzunehmen, oder sie mußte mit Trennung und Scheidung drohen. Aber wenn auch ihre Ehe nur noch eine Farce war, wollte sie sie nicht in der ersten schweren Krise aufgeben.

Zwanzig Jahre eines gemeinsamen Lebens waren eine lange Zeit. Auch wenn es schien, als hätten sie sich jetzt nur noch sehr wenig zu sagen, waren sie doch in mancher Beziehung miteinander verwachsen. Eine Trennung würde schwere Wunden reißen und gewiß nicht nur bei ihr.

Aline hätte ihren Mann zur Rede gestellt, so glaubte sie wenigstens, wenn auch nur der Schimmer einer Hoffnung bestanden hätte, daß eine Aussprache eine positive Klärung hätte bringen können. Aber das schien ihr ganz ausgeschlossen. Eine Auseinandersetzung aber, die nur dazu diente, ihrem Herzen Luft zu machen, hatte in ihren Augen keinen Sinn. Es konnte die Situation nur noch verschlechtern, wenn sie sich gegenseitig Vorwürfe machten.

Solange sie noch keine Entscheidung getroffen hatte, hielt Aline es für klüger und besser, weiter zu schweigen.

Aber einen neuen Entschluß faßte sie doch in dieser Nacht: Sie würde das Schlafzimmer nicht länger mit ihm teilen. Bisher hatte sie geglaubt, ein Gute-Nacht-Kuß, eine kleine Zärtlichkeit, seine Hand, die die ihre suchte, könnte eine Brücke zueinander werden. Jetzt aber hatte sie begriffen, daß der Weg zurück niemals so leicht sein konnte. Mit einem Mal schien es ihr absurd, daß sie nicht schon viel früher ausgezogen war. Wie oft hatten sie sich belästigt, wenn sie zu verschiedenen Zeiten wach geworden und aufgestanden waren, wenn er abends die Lampe früh gelöscht haben, sie aber noch lesen wollte, wenn er schnarchte, während sie schlaflos lag. Was lag näher, als dem ein Ende zu machen. Wenn die Liebe nicht mehr da war, mußte erzwungene Gemeinsamkeit zur Qual werden.

Am nächsten Morgen hatte er den kleinen Eßtisch im Wohnzimmer schon gedeckt, als sie herunterkam.

»Guten Morgen«, sagte sie, sehr bemüht, einen freundlichen Ton zu treffen.

»Guten Morgen, Aline! Ich habe Frühstück gemacht.«

»Nett von dir.«

»Wenn du ein Ei möchtest . . .«

»Nein, danach ist mir nicht.«

»Mir auch nicht.«

Sie setzten sich, und Aline schenkte Kaffee ein.

»Was war eigentlich los gestern nacht?« fragte er, während er damit beschäftigt war, sich eine Scheibe Brot zu bestreichen.

»Erinnerst du dich nicht?«

»Ich muß ziemlich betrunken gewesen sein.«

»Ja, das warst du.«

»Bist du deshalb ins Gästezimmer gezogen?«

»Ja.«

»Falls ich mich schlecht benommen habe ... entschuldige.«

Sie glaubte ihm nicht, daß er alles vergessen haben sollte, denn sie wußte, daß er Alkohol vertragen konnte und noch niemals eine völlige Gedächtnislücke gehabt hatte, aber sie hielt es für besser, es dabei bewenden zu lassen. »Schon gut«, sagte sie.

»Aber es war ein gelungenes Fest!«

»Ja,« stimmte sie zu, »und es war auch sehr angenehm für mich, allein zu schlafen. Für dich nicht auch?«

»Ich habe erst in der Frühe gemerkt, daß du nicht da warst.«

»Jedenfalls werde ich mich von nun an im Gästezimmer häuslich niederlassen.«

»Wozu?« Jetzt sah er sie an.

»Sag mir lieber, wozu wir noch ein gemeinsames Schlafzimmer haben!«

»Hatten wir doch immer.«

»Das ist kein Argument. Unser Haus ist groß genug, eigentlich zu groß für uns beide. Warum sollten wir das nicht ausnutzen und uns so bequem wie möglich darin einrichten?«

»Und die Idee ist dir erst heute nacht gekommen? Ganz plötzlich?«

»Komisch, nicht wahr? Das hätte einem von uns doch schon längst einfallen sollen!«

»Du machst mir etwas vor!« behauptete er.

»Nein. Bestimmt nicht.«

»Du kannst mich nicht täuschen. Wenn eine Frau nicht länger mit ihrem Mann schlafen will, hat das immer etwas zu bedeuten!«

»Wann haben wir zuletzt zusammen geschlafen?«

»Gestern wollte ich es, wenn ich mich recht erinnere.«

»Also doch!« sagte sie. »Gerade solche Zwischenfälle möchte ich für die Zukunft verhindern.«

»Du entziehst dich mir.«

»Hast du dich mir denn nicht schon längst entzogen?«

Er warf die angebissene Scheibe Brot auf den Teller. »Verdammt noch mal, du kannst einem wirklich den Appetit verderben!«

»Nein«, widersprach sie, »das tust du selber, indem du dich über alles aufregst. Daß ich alleine schlafen will, ist doch nur ein Symptom. Wenn es dir wirklich gegen den Strich geht ... was ich mir nicht vorstellen kann ... solltest du nach den Ursachen forschen, anstatt auf dieser Belanglosigkeit herumzuhacken.« Sie aß ruhig weiter.

»Was bildest du dir eigentlich ein? Erst meldest du dich, ohne mich zu fragen, in einer Schule an, dann ziehst du aus dem Schlafzimmer aus ... was soll denn das noch für eine Ehe sein?« Er zündete sich eine Zigarette an.

»Ja, was ist das für eine Ehe?«

»Plapper mir nicht nach wie ein Papagei! Bildest du dir ein, ich weiß nicht, was dahintersteckt? Du hast einen Freund.«

Sie lachte.

»Ich finde das gar nicht komisch.«

»Merkst du wirklich nicht, wie du dich lächerlich machst? Glaubst du wirklich, ich könnte es ernst nehmen, wenn ausgerechnet du den eifersüchtigen Ehemann spielst? Das ist keine Rolle für dich, Eberhard, sie steht dir miserabel!« Wortlos sprang er auf und stürmte aus dem Zimmer. Sie zwang sich weiterzuessen, ganz ruhig zu bleiben, obwohl sie innerlich zitterte.

Wenige Minuten später war er wieder da, den Regenmantel über dem Arm. »Ich gehe fort!« verkündete er.

Sie schwieg, weil sie nicht sicher war, daß ihre Stimme ihr gehorchen würde.

»Und ich weiß nicht, ob ich heute nacht zurückkomme. Du brauchst also nicht auf mich zu warten!«

»Das hätte ich auch nicht getan, Eberhard! Ich habe es aufgegeben, mich deinetwegen verrückt zu machen. Hast du das noch nicht gemerkt?« Ihre Stimme klang ihr fremd in den eigenen Ohren, beherrscht und gelassen, ohne ihren inneren Aufruhr zu verraten.

»Du, du . . .« Er suchte nach dem passenden Schimpfwort, »Hysterikerin!« brüllte er und stürzte davon.

Sie hörte das Öffnen des schweren Garagentors, das Aufheulen des schlecht behandelten Motors, und dann war sie allein.

Der Anblick seines angebissenen Brotes, der halb geleerten Kaffeetasse und der achtlos zerknüllten Serviette bereitete ihr Übelkeit. Sie stand auf und öffnete die Tür zur Terrasse, um frische Luft zu schöpfen. Der Garten hatte die herbstlichen Farben verloren, der Rasen war grau, und Büsche und Bäume standen ohne Blätter da.

Sie wußte, daß Eberhard jetzt zu seiner Mildred fahren, daß er ihr alles erzählen würde, was passiert war, natürlich in seiner Version. Die beiden würden beratschlagen, wie es weitergehen sollte – er würde mit einer ihr fremden Person darüber sprechen, wie er sich ihr gegenüber verhalten sollte. Was für ein Hohn!

Es war gut, daß sie begonnen hatte, ihr Leben in die eigenen Hände zu nehmen. Dennoch fühlte sie sich verlassen und verraten.

Anfang Dezember winkte Dr. Arne Schneehuus, Dozent der Medizin, am Ende einer Unterrichtsstunde Aline zu sich zum Katheder. Sie ärgerte sich, daß sie ein wenig erschrak. Aber die Rolle der Schülerin, in die sie sich eingelebt hatte, brachte es mit sich, daß sie ständig von dem leisen Schuldgefühl geplagt war, nicht aufmerksam genug gewesen zu sein, schlecht gelernt oder etwas falsch verstanden zu haben. Die Lehrer, oft nicht älter als sie selber, waren für sie Respektpersonen.

Zögernd trat sie vor.

Dr. Schneehuus – spärliches blondes Haar, kluge graue Augen hinter einer randlosen Brille – war dabei, seine

Aufzeichnungen und Bücher in einer Kollegmappe zu verstauen. »Frau Thomas«, sagte er, »könnte ich Sie einmal sprechen?«

»Ja?«

»Nicht hier. Im Konferenzzimmer. In der Mittagspause?«

»Ja, Herr Doktor!« sagte Aline verwundert.

An der Tür warteten zwei Mitschülerinnen auf sie, Gerda, ein großes blondes Mädchen, zu dem sie sich hingezogen fühlte, weil es sie an Valerie erinnerte, und Bruni, eine kleine Brünette, die sie gern hatte, weil sie so besonders lustig und quirlig war.

»Was wollte der denn von Ihnen?« fragte Bruni neugierig.

»Er hat mich zu sich ins Konferenzzimmer bestellt.«

»Warum?« forschte Gerda.

»Keine Ahnung.«

»Hui!« sagte Bruni. »Jedenfalls hat das nichts Gutes zu bedeuten!«

»Woher willst du denn das wissen?« fragte Gerda, während sie schon zusammen den Gang entlanggingen.

»Weil es niemals was Gutes bedeutet, wenn die auf einen aufmerksam werden.«

»Eigentlich sind wir albern«, erklärte Aline, »wir sind erwachsene Menschen, was haben wir also zu befürchten?«

»Ein Anpfiff ist nie angenehm«, sagte Bruni.

»Und ein Rausschmiß noch weniger«, ergänzte Gerda.

»Aber ich habe doch nichts verbrochen!«

»Das kann man nie wissen«, behauptete Bruni.

Diese nicht gerade ermutigenden Kommentare führten dazu, daß Aline sehr unsicher war, als sie nach kurzem Anklopfen das Konferenzzimmer betrat.

Dr. Schneehuus war nicht allein, wie sie erwartet hatte, sondern noch einige andere Damen und Herren des Lehrkörpers verbrachten die Mittagspause rauchend, plaudernd und lesend im Konferenzzimmer. Aber der Dozent stand sofort auf, als sie eintrat und führte sie in eine Ecke neben der Bücherwand, wo sie ungestört miteinander sprechen konnten.

»Frau Thomas«, begann er, »ich habe eine ganz besondere Bitte an Sie!«

»Ah ja?« Sie lachte, und es machte ihr nichts aus, daß er ihr ihre Erleichterung anmerken mußte.

»Was hatten Sie denn gedacht?« fragte er.

»Man hat kein besonders gutes Gefühl, wenn man ins Konferenzzimmer gebeten wird.«

»Entschuldigen Sie, das war natürlich ungeschickt von mir!«

»Dumm von mir!« stellte sie richtig.

Jetzt lachten sie beide.

»Kurzum, ich habe da einen Patienten, der mir auch persönlich nahesteht, ein alter Herr . . . eigentlich ist er noch gar nicht so alt, zweiundsechzig, aber er leidet an Spondylarthritis ankylopoetica . . .« Er unterbrach sich. »Können Sie sich darunter etwas vorstellen?«

»Die Bechterew'sche Krankheit?« fragte sie unsicher.

»Sehr gut!« lobte er.

»Chronische Entzündung der Wirbelgelenke und -bänder, die zu einer fortschreitenden Versteifung der Wirbelsäule führt.«

»Ausgezeichnet! Aber ich habe Sie nicht danach gefragt, um Sie zu examinieren, sondern ich wollte mich nur vergewissern, ob Sie sich eine Vorstellung machen können. Der Patient ist schwer beweglich und braucht Pflege. Die hat er natürlich auch. Nun ist es aber so, daß seine Pflegerin in der Weihnachtszeit ihre Schwester in den Staaten besuchen will. Deshalb brauche ich jemanden, der in dieser Zeit für sie einspringt.«

»Weihnachten?« fragte Aline ein wenig töricht.

»Ja. Während der Weihnachtsferien. Ich hoffe nicht,

daß Sie verreisen wollten oder sonst etwas Besonderes vorhaben.«

»Nein. Aber ich bin ja verheiratet. Ich müßte erst mit meinem Mann darüber sprechen.«

»Sie würden nicht im Haus schlafen müssen. Der Patient lebt noch in seiner Wohnung in Uhlenhorst an der Schönen Aussicht, und er hat eine ausgezeichnete Nachtschwester. Sie würden morgens um neun kommen und um acht gehen ... oder um acht kommen und Ihren Dienst um neun beenden, das müßten Sie mit Schwester Hilde absprechen. Der Patient schläft viel, so daß Sie Zeit hätten, sich zwischendurch auszuruhen oder sich mit Ihren Büchern zu beschäftigen. Leicht wird der Dienst allerdings nicht sein, da will ich Ihnen gar nichts vormachen.«

Obwohl das alles durchaus nicht verheißungsvoll klang, begann Aline, nachdem sie ihre Überraschung überwunden hatte, Gefallen an der Vorstellung zu finden, die Weihnachtstage nicht mit Eberhard verbringen zu müssen. Es wurde ihr bewußt, daß ihr davor gegraut hatte. Valerie war bei ihrem Entschluß geblieben, zum Skilaufen in die Berge zu fahren, und Felix würde höchstens den Heiligen Abend zu Hause sein.

»Eine Frage, Herr Doktor«, sagte sie, »wie kommen Sie gerade auf mich? Ich meine, es müßte doch fertig ausgebildete Pflegerinnen oder Schwestern geben, und unter meinen Mitschülerinnen sind bestimmt einige, die sich leichter freimachen und den Verdienst dringender brauchen könnten.«

»Eine sehr berechtigte Frage, aber, Frau Thomas, sehen Sie, der alte Herr ist schwierig. Er kann diese gewisse berufsmäßige Freundlichkeit nicht ausstehen, dieses ›Na, wie geht's uns denn heute?‹, Sie wissen schon, was ich meine.«

»Aber darauf könnte man doch aufmerksam machen!«

»Es sind nicht nur die Worte, Frau Thomas, sondern ... es ist schwer auszudrücken. Seit Beginn seiner

Krankheit hat er einen unglaublichen Verschleiß an Pflegerinnen und Schwestern gehabt. Das klingt ziemlich abschreckend, ich weiß, aber für Sie wären es ja nur vierzehn Tage, höchstens drei Wochen.«

»Es schreckt mich nicht ab, im Gegenteil.«

»Ich bin sicher, Sie würden mit ihm auskommen können. Was er braucht, ist nicht nur Pflege, sondern Unterhaltung . . . einen gebildeten Menschen, mit dem er reden kann. Er ist Verleger, er liebt Bücher . . . wie Sie ja auch!«

»Woher wissen Sie das?« fragte Aline erstaunt.

»Es ist kein Geheimnis«, erklärte Dr. Schneehuus lächelnd, »Dozent Giesen hat natürlich davon berichtet, welch fabelhafte Schülerin Sie sind.«

»Oh!« sagte Aline.

»Sie werden mir helfen?«

»Ja«, sagte sie, »ich glaube, ich werde es einrichten können. Jedenfalls werde ich alles daransetzen.« Lächelnd fügte sie hinzu: »Meinen Mann kenne ich jetzt seit über zwanzig Jahren. Ich glaube, Ihr Verleger interessiert mich mehr.«

Am liebsten wäre Aline gleich nach der Schule zu ›Detlevson & Thomas‹ gefahren, um Eberhard von ihrem Plan zu erzählen. Doch sie begriff, daß es klüger war, nicht mit der Tür ins Haus zu fallen, sondern diplomatisch vorzugehen. Zum Glück erwartete sie ihn zum Abendessen. Bis zur letzten Minute fürchtete sie, daß das Telefon klingeln und er absagen könnte, wie es nur zu oft geschah. Aber dann hörte sie das Öffnen der Garagentür und atmete auf.

Bei Tisch sprachen sie über Belanglosigkeiten, um Spannungen abzubauen und das Zusammenleben einigermaßen erträglich zu machen.

Endlich ergab sich für sie die Gelegenheit, wie beiläufig zu fragen: »Was wollen wir nun eigentlich Weihnachten machen?«

»Dasselbe wie immer. Was sonst?«

»Nun, da Valerie fern bleibt, kann es nicht dasselbe sein. Außerdem sprachst du doch im Sommer davon, mal was ganz anderes zu machen.«

»Das war nur so ein Wunschtraum.«

»Warum erfüllst du ihn dir nicht?«

»Um dir noch mehr Anlaß zu geben, die Beleidigte zu spielen?«

Sie blieb sachlich. »Du möchtest also am liebsten sonstwo sein, nur nicht zu Hause.«

»Das habe ich nicht gesagt.«

»Dann sprich es endlich aus!«

»Ich will dich nicht kränken, Aline. Du hast dir immer viel Mühe gegeben, uns das Fest so schön zu gestalten, wie du es eben verstehst, mit Weihnachtsgeschichte und Liedern und Tannenbaum, obwohl die Kinder doch schon längst zu groß dafür geworden waren.«

»Sie haben sich nie beklagt.«

»Natürlich nicht. Aber das ändert doch nichts daran, daß das Ganze eigentlich nur ein Firlefanz ist.«

»Selbst wenn man an gar nichts mehr glaubt, bleibt es doch ein altes Brauchtum.«

»Ich will mich ja auch gar nicht mit dir streiten, Aline! Es ist bestimmt nicht deine Schuld, wenn mir das jetzt, nach vierundvierzig Jahren ... Betsy hatte es ja auch immer damit ... zum Hals heraushängt.«

»Also sag schon, was du statt dessen an den Feiertagen unternehmen möchtest!«

»Dasselbe wie Valerie: Ski fahren! Jetzt sieh mich bitte nicht so skeptisch an. In meiner Jugend war ich ein ganz guter Läufer. Ich habe es nur deinetwegen aufgegeben, weil du mit deinem Bein ...«

»Wirklich? Nur meinetwegen? Wir hätten doch ruhig mal alle zusammen in die Berge fahren können. Ich wäre dann einfach spazierengegangen.«

»Daran habe ich nie gedacht. Überhaupt, es ist nicht so, als hätte ich das Skilaufen furchtbar vermißt. Ich will nicht übertreiben. Aber da du mich jetzt fragst, was ich unternehmen möchte ... übrigens das erste Mal, früher hast du immer als selbstverständlich vorausgesetzt, daß wir zu Hause bleiben ... fällt es mir eben ein.«

Aline konnte der Versuchung nicht widerstehen, ihn in die Enge zu treiben. »Gut«, sagte sie, »dann fahren wir eben in die Berge.«

Er wurde so nervös, daß er beinahe das Messer zum Mund geführt hätte. »Falls es dir keinen Spaß macht ... ich meine, ich wäre dir überhaupt nicht böse, wenn du nicht mitkommen würdest.«

»Wie edel von dir!«

»Nicht dieser Ton, bitte! Schließlich sind wir beide erwachsene Menschen, und es wäre doch unsinnig, wenn wir uns aus übertriebener Rücksichtnahme die Ferien verderben würden. Für mich wäre es gar nicht lustig, Ski zu fahren, wenn ich daran denken müßte, daß du im Hotel herumhockst. Wie lange kann man denn schon am Tag spazierengehen?«

»Ich nehme an, das ist eine rhetorische Frage.«

»Es ist eine Frage, die durchaus des Überlegens wert ist.«

»Kurzum, du möchtest allein verreisen oder besser gesagt: nicht in meiner Begleitung.«

»Wie sich das bei dir anhört! Ich versuche, ein vernünftiges Arrangement für uns beide zu treffen, und du spielst wieder mal die Erhabene. Warum gibst du nicht ehrlich zu, daß du auch ganz gerne mal etwas alleine unternehmen möchtest? Selbstverständlich würde ich dir auch eine Reise bezahlen.«

Sie unterdrückte eine spöttische Bemerkung und sagte statt dessen: »Das kannst du dir sparen, Eberhard. Ich habe etwas ganz anderes vor. Doktor Schneehuus hat mir eine Stelle als Aushilfspflegerin angeboten.«

»Was?« rief er und ließ Messer und Gabel klirrend auf

den Teller fallen. »Das sagst du mir jetzt erst? Du hast es die ganze Zeit gewußt und machst mir so ein Theater?«

»Ich habe noch nicht zugesagt«, erklärte sie ruhig, »und ich würde es auch nicht tun, wenn du Wert auf meine Gesellschaft legtest.«

»Von mir aus brauchst du nicht zu arbeiten, von mir aus kannst du ruhig verreisen! Es wäre mir sogar viel lieber, du würdest dich erholen.«

»Mir wäre es auch lieber, du würdest nicht Ski fahren, Eberhard, denn ... bitte, sei mir nicht böse, wenn ich dir das ganz offen sage ... in meinen Augen bist du zu alt, diesen Sport nach all den Jahren wieder aufzunehmen. Ich werde mir Sorgen um dich machen. Aber wie du so schön sagtest: Wir sind beide erwachsene Menschen. Wir haben beide unsere Pläne, und wir wollen uns gegenseitig die Freiheit lassen, sie zu verwirklichen. Gut so?«

Er wischte sich den Mund ab. »Na ja, es paßt mir nicht sehr, aber ich glaube, es hat wenig Sinn, dich davon abbringen zu wollen.«

»Keinen, Eberhard.«

»Übrigens ... ich muß noch mal rasch weg.« Er stand auf. »Ich habe keine Zigaretten mehr.«

Sie verzichtete, ihn darauf aufmerksam zu machen, daß neben dem Fernsehapparat noch ein gerade erst angebrochenes Päckchen lag, denn sie wußte, er wollte aus dem Haus, um ungestört mit seiner Freundin telefonieren zu können, um ihr die gute Neuigkeit mitzuteilen. Er hatte sich nicht einmal erkundigt, um was für eine Pflegestelle es sich denn handelte, und das kränkte sie am meisten.

Das Haus, in dem der Verleger Friedrich Bertram lebte, war ein mächtiger alter Kasten, dessen Sandsteinfassade von Wind, Wetter und Abgasen verwittert war. Er mochte um die Jahrhundertwende oder noch früher gebaut worden sein, als reiche Familien mit viel Personal in solchen Häusern gelebt hatten. Inzwischen war es, wie Aline feststellte, als sie an der schweren Eichentür klingelte, in verschiedene Wohnungen aufgeteilt worden. Es gab keine Sprechanlage, und so mußte sie einige Zeit warten, bis ihr geöffnet wurde.

Eine Krankenschwester in gestreiftem Kleid und weißer, gestärkter Schürze begrüßte sie, ein wenig atemlos vom Treppenlaufen; sie mochte an die fünfzig sein und hatte ein freundliches Gesicht. »Sie sind sehr pünktlich«, sagte sie, »es ist erst fünf Minuten vor. Das wird Herrn Bertram freuen.«

»Ich muß noch mein Auto unterbringen. Ich kann es nicht den ganzen Tag im Parkverbot stehenlassen.«

»Fahren Sie es in die Einfahrt. Ich werde Herrn Pokorny dann die Schlüssel geben.« Sie wies mit dem Kinn auf ein Türschild. »Pokorny ist der Hausmeister. Er kann es wegfahren, wenn jemand raus will.«

Aline tat, wie ihr geheißen war, und lief dann, die Autoschlüssel in der Hand, zum Eingang zurück.

»Ich bin übrigens Schwester Hilde«, stellte die andere sich vor und nahm die Schlüssel.

»Habe ich mir gedacht!«

»Und Sie sind Frau Thomas, nicht wahr?«

»Sagen Sie Aline zu mir! Wenn ich auch noch keine fertige Schwester bin, wäre es mir doch lieber!«

»Einverstanden, Aline! Aber kommen Sie jetzt bitte ganz schnell nach oben, sonst wird Herr Bertram ungeduldig.« Das Treppenhaus war eng und düster, offenbar umgebaut worden, um Platz für die Garagen zu gewinnen. Die Wohnung im zweiten Stock dagegen, die sich vor Aline auftat, war wunderschön und großzügig angelegt: große, hohe Räume, schimmernde Parkettböden und die Dekke mit kunstvollen Stukkaturen geschmückt.

Aline wollte ihre Pelzjacke an der schön geschnitzten Flurgarderobe ablegen, aber Schwester Hilde meinte: »Das hat Zeit, zeigen Sie sich erst einmal so, wie Sie sind!«

Also nahm Aline nur ihre Kappe ab, schüttelte sich das Haar zurecht und folgte der Schwester in einen Raum, der eher einer Bibliothek als einem Krankenzimmer glich.

Friedrich Bertram, der Patient, lag auf einem ledernen Strecksessel, völlig angezogen mit Hemd, Krawatte und Strickjacke, eine Kamelhaardecke über den Beinen. Was Aline zuerst auffiel, war der krasse Gegensatz zwischen seinem weißen Haar, der hellen Haut und den sehr dunklen, durchdringend blickenden Augen.

»Das ist Schwester Aline, Herr Bertram«, verkündete die Nachtschwester.

»Schwester Aline? So?« knurrte der alte Herr. »Ich dachte, ich bekäme endlich mal einen zivilen Menschen zur Betreuung.«

»Ich bin auch keine richtige Schwester«, erklärte Aline, »ich bin noch in der Ausbildung.«

»Warum nennen Sie sich dann Schwester?«

»Weil ich mich als Kollegin von Schwester Hilde fühle und mich nicht als gnädige Frau aufspielen möchte. Wenn es Sie stört, nennen Sie mich doch einfach Aline.«

»Damit Sie Friedrich zu mir sagen können? Nein, soweit sind wir noch nicht miteinander.«

»Das würde ich niemals wagen, Herr Bertram!« erwiderte Aline mit einem ironischen Lächeln.

»Warum ziehen Sie das Ding da nicht aus? Haben Sie Angst, Sie könnten hier erfrieren?«

Aline lächelte. »Ich hatte es nur eilig, Sie kennenzulernen.«

Sie zog ihre Jacke aus, und Schwester Hilde brachte sie nach draußen.

»Einem alten Mann Honig ums Maul schmieren, so was hat man gerne.«

Sie trug ein gerade geschnittenes, ganz einfaches braunes Wollkleid, das aber ihre gute Figur nicht verbergen konnte. »Lassen Sie sich mal ansehen! Drehen Sie sich!« verlangte der alte Herr. »Sie müssen mal sehr schön gewesen sein!«

»Aber, Herr Bertram!« tadelte Schwester Hilde, die wieder hereingekommen war. »Wie können Sie so etwas sagen!«

»Und warum nicht?«

»Es stimmt ja«, sagte Aline, »ich war als junges Mädchen wirklich schön. Ich habe sogar einen Beruf daraus gemacht. Ich war Fotomodell.«

»Na, sehen Sie!« sagte Herr Bertram.

»Ich finde, Schwester Aline sieht sehr gut aus!« erklärte Schwester Hilde. »Ob sie früher schön oder unansehnlich war, spielt dabei gar keine Rolle.«

»Und wie kommt ein so schönes Kind auf die Idee, Krankenschwester zu werden?«

»Altenpflegerin, Herr Bertram!«

»Das wird sie Ihnen alles noch erzählen, Herr Bertram«, unterbrach Schwester Hilde resolut, »aber jetzt werde ich sie erst einmal einweisen. Es wird Zeit für mich, nach Hause zu fahren, und ich sollte ja auch die Autoschlüssel längst zu Pokorny gebracht haben, sonst erleben wir noch ein Hupkonzert.« Sie öffnete die eine Seite des Bücherschrankes. »Hier sind die Medikamente. Nach dem Essen muß er ein Corticotropin zu sich nehmen und ein Prednison, nur diese beiden. Wenn der Patient besondere Schmerzen haben sollte, können Sie ihm ein Amuno geben, rectal, hier sind die Zäpfchen. Der Magen sollte nicht mit Medikamenten überlastet werden. Wenn irgend etwas Besonderes ist, rufen Sie den Hausarzt an, Doktor Jonen. Die Nummer finden Sie im Telefonverzeichnis hier unter dem Apparat unter A wie Arzt. Rufen Sie ihn lieber einmal mehr als zu wenig um Hilfe.«

»Er verdient genug an mir«, bemerkte der alte Herr.

»Ich dachte, Doktor Schneehuus . . .«

»Doktor Schneehuus kümmert sich auch um den Patienten, ist aber nicht jederzeit verfügbar.«

»Und nimmt kein Geld«, kommentierte Friedrich Bertram.

»Das Telefon muß übrigens immer hier auf dem Tischchen stehen, und das Tischchen ganz nahe an der Hand des Patienten, so daß er notfalls selber abheben kann. Aber das fällt ihm nicht leicht, deshalb ist es Ihre Aufgabe.«

»Ja, natürlich.«

»Wenn Herr Bertram lesen will, müssen Sie dieses Pult vor ihn hinstellen, das Buch aufschlagen und umblättern. Wenn der Patient Stuhlgang hat, müssen Sie ihn ins Bad führen, das ist ein ziemlich langwieriger Vorgang . . . immer rechtzeitig melden, Herr Bertram!«

»Warum erzählen Sie mir das? Ich bin doch kein kleines Kind mehr!«

Schwester Hilde ließ sich nicht erschüttern. »Sie wissen schon, warum!« Sie wandte sich wieder an Aline. »Ich zeige Ihnen jetzt den Weg!«

Aline folgte ihr durch ein Schlafzimmer, das im Gegensatz zum Wohnraum weiß und steril gehalten war, mit einem teppichlosen Boden und einem verstellbaren Krankenbett. Dahinter lag das Bad, das früher zu einem Doppelschlafzimmer gehört haben mußte, denn es war sehr groß und hatte zwei Handwaschbecken. Die eingelassene Badewanne erschien Aline riesig.

»Kann er noch baden?«

»Sehr selten, und dann muß schon ein starker Mann helfen. Doktor Schneehuus oder sein Sohn.«

»Herrn Bertrams Sohn?«

»Ja. Er hat die Wohnung nach hinten heraus, auf der gleichen Etage.«

»Das ist gut.«

»Das ganze Haus gehört den Bertrams. Der junge Bertram . . . so jung ist er allerdings nun auch wieder nicht, wir nennen ihn nur so . . . leitet praktisch den ganzen Verlag, aber sein Vater will die Fäden noch nicht aus der Hand geben.«

»Weiß er eigentlich, daß seine Krankheit unheilbar ist?«

»Er ist ja nicht dumm. Aber er will nicht aufgeben. Er kämpft.«

»Sehr tapfer.«

»Ja, das ist er. Kann man wohl sagen. Denken Sie immer daran. In seiner Situation kann man sich einige Schrullen erlauben. Natürlich wäre alles einfacher für Sie, wenn er bereit wäre, sich auch tagsüber ins Bett zu legen. Aber schlagen Sie ihm das nur nicht vor!«

»Natürlich nicht. Er würde darin einen Abstieg sehen, nicht wahr?«

»Den Anfang vom Ende.«

»Aber sein Aufenthaltszimmer ist schwer sauberzumachen . . .«

»Darum brauchen Sie sich nicht zu kümmern«, unterbrach die Schwester, »das macht Frau Pokorny, morgens, bevor er noch auf ist.«

»Aber Hygiene läßt sich da doch überhaupt nicht erreichen!«

»Da haben Sie natürlich recht, aber Doktor Jonen und Doktor Schneehuus sind einhellig der Meinung, daß Gemütlichkeit, eine vertraute Umgebung, kurzum eine gewisse Lebensqualität wichtiger sind. Diese Entscheidung entbindet uns der Verantwortung. Übrigens putzt Frau Pokorny die ganze Wohnung, auch die Küche, und sie kauft ein. Aber mittags kochen müßten Sie selber.«

»Eine bestimmte Diät?«

»Nein. Aber natürlich sollten es nur kleine, leichte Mahlzeiten sein. Er darf nur ein Glas leichten Rotwein am Tag trinken, aber das besser erst abends, und dann bin ich ja wieder da. Nachmittags nimmt er eine Tasse Tee, dazu etwas Gebäck.«

»Kann ich mit ihm zusammen essen?«

»Sicher. Dann wird es ihm noch besser schmecken. Das wichtigste überhaupt ist, daß Sie ihm Gesellschaft leisten.

Halten Sie sich niemals unnötig in der Küche auf. Sie brauchen nicht abzuspülen. Lassen Sie die Verbindungstüren immer offen. Ich weiß, das klingt jetzt nach einem ziemlich anstrengenden Job. Das ist es auch, ich will Ihnen nichts vormachen.«

»Ich werde es schon schaffen.«

»Sie müssen viel Geduld haben, und verfallen Sie nie in den Fehler, ihn wie ein Kind zu behandeln. Er ist zwar körperlich hilflos, aber durchaus nicht infantil. Haben Sie übrigens einen Kittel?«

»Doch. Hier. In meiner Handtasche. Soll ich ihn anziehen?«

Schwester Hilde wurde unsicher. »Ich weiß es nicht. Wenn Sie ihn nicht brauchen, vielleicht doch lieber nicht. Er muß ja nicht immer daran erinnert werden, wie krank er ist. Also versuchen Sie ruhig, ob Sie ohne zurechtkommen. So, und jetzt zeige ich Ihnen die Küche.«

Am selben Tag, nur wenige Stunden später, trafen Eberhard Thomas und Mildred Kramer auf dem Flughafen Klothen bei Zürich ein. Hier erwartete sie der Leihwagen, den er vorbestellt hatte, ein kleiner Japaner mit Vierradantrieb und Winterreifen, der in den Bergen auf verschneiter Fahrbahn Sicherheit bot. Sie luden ihr Gepäck um, Mildred schnallte ihre Skier auf die Träger, und sie fuhren los. Ihr Ziel war Bad Scuols Tarasp im Engadin, und sie hatten diese Art zu reisen gewählt, weil sie die schnellste war. Mit dem eigenen Auto wäre ihnen die Anfahrt zu anstrengend gewesen. Andererseits wollten sie auch im Wintersport auf ein motorisiertes Beförderungsmittel nicht verzichten.

Die Paßstraße war geräumt, aber an den Seiten türmte sich der Schnee. Der Gipfel des Flüela ragte in einen wolkenlosen, fast südlich blauen Himmel.

»Ist es nicht herrlich?« rief Mildred immer wieder.

»Ich genieße es ja auch«, stimmte er ihr zu.

»Du könntest ruhig ein bißchen enthusiastischer sein! Wer hätte noch vor ein paar Monaten gedacht, daß wir dies alles zusammen erleben könnten!«

»Ich wußte, wir würden es über kurz oder lang schaffen.«

»Sei bloß nicht so blasiert! Nichts wußtest du, du konntest es höchstens hoffen.«

Er beobachtete sie lächelnd aus den Augenwinkeln; sie sah so jung und unternehmungslustig aus mit ihrer roten Wollmütze, die sie sich mit keckem Schwung auf das blonde Haar gedrückt hatte. Ihre grünen Augen blitzten, und die noch fehlende Wintersonnenbräune hatte sie durch reichlich Make-up ersetzt.

»Ich freue mich, daß du glücklich bist«, sagte er.

»Und wie! Ich kann es kaum noch erwarten, endlich wieder auf den Brettern zu stehen.«

»Ich hoffe nur, daß ich mithalten kann, weißt du, ich bin ziemlich aus der Übung.«

»Macht nichts. Wer es einmal gelernt hat, vergißt es nie wieder. Das ist genauso mit dem Radfahren und dem . . . na, du weißt schon.«

»Du mußt immer an das eine denken, wie?«

»Ja, natürlich. Du etwa nicht?«

»Du bist ein ganz schlimmes Mädchen.«

»Und genau das gefällt dir an mir! Sieh mal, da vorne ist eine Ausbuchtung. Halt da, bitte, und laß mich ans Steuer.«

»Warum?«

»Abwechslungshalber.«

»Aber ich kann sehr gut noch . . .«

»Davon brauchst du mich nicht zu überzeugen. Aber ich möchte auch mal.«

Eberhard gehörte zu den Männern, die theoretisch durchaus bereit waren, den Frauen zuzugestehen, daß sie genauso sicher am Steuer eines Fahrzeuges waren wie die Männer. Aber praktisch ließ er sich nicht gerne von einem weiblichen Wesen chauffieren, und es kostete ihn Überwindung, Mildreds Bitte zu erfüllen.

Sie lachte ihn aus. »Nun mach bloß nicht so ein Gesicht! Ich werde uns schon nicht in den Abgrund stürzen!«

»Du kennst dich nicht aus mit dem Wagen.«

»Du fährst das Modell doch auch heute zum ersten Mal! Laß es mich einfach probieren. Am besten schließt du für eine Weile die Augen.«

»Eine Paßstraße ist wirklich nicht das Richtige für eine Probefahrt.«

»Ich könnte wetten, daß ich im Leben mehr Paßstraßen gefahren bin als du. Bis vor zwei Jahren habe ich meinen Urlaub immer im Winter genommen und regelmäßig in der Schweiz verbracht.«

»Und warum hast du es aufgegeben?«

»Weil ich niemanden hatte, der mich begleitete, und allein hat es mir keinen Spaß gemacht. Man wirkt dann immer so, als ob man Anschluß sucht.«

»Ich wußte gar nicht, daß du solche Hemmungen hast.«

»Ich habe keine Hemmungen, wenn ich mir vornehme, jemanden aufzureißen. Aber ich finde es zickig, immer wieder erklären zu müssen, daß ich es nicht vorhabe, verstehst du?«

Das Auto ruckte ein wenig, als Mildred die verschiedenen Gänge durchprobierte, wobei er jedesmal übertrieben zusammenzuckte. Dann wand es sich im zweiten Gang und gleichmäßigem Tempo den Flüelapaß höher und höher hinauf.

»Du kannst die Augen wieder aufmachen«, sagte sie, »ich habe den Wagen im Griff!«

»Ich hatte sie gar nicht geschlossen.«

»Sehr, sehr mutig!« spöttelte sie. »Du wirst dich schon noch daran gewöhnen, mich fahren zu lassen. Sag, hat Aline das eigentlich nie getan?«

»Wieder einmal Aline!«

»Mir ist es ganz zufällig eingefallen. Hätte ich nicht danach fragen sollen?«

»Sie hat ihr eigenes Auto.«

»Na und? Bist du nie mit ihr gefahren?«

»Nein.«

»Und warum nicht?«

»Es hätte mich nervös gemacht.«

Mildred lachte. »Dann kann sie ja von Glück sagen, daß sie überhaupt fahren darf. Du müßtest doch eigentlich Wasser und Blut geschwitzt haben, wenn sie allein unterwegs war.«

»Nein«, sagte er, »sie ist eine ruhige und vernünftige Person und wahrscheinlich eine ausgezeichnete Fahrerin. Aber warum interessiert dich das?«

»Sie ist meine Rivalin, und da ist es doch nur natürlich, daß ich so viel wie möglich über sie wissen möchte.«

»Am Ende möchtest du sie auch noch kennenlernen.«

»Das wäre nicht schlecht. Meinst du, es ließe sich arrangieren?«

»Ich fände es geschmacklos.«

Mildred tat erschrocken. »Hui! Da habe ich wohl wieder mal ins Fettnäpfchen getreten! Kannst du mir verzeihen?«

»Wenn du jetzt endlich mit diesem Gerede über Aline aufhörst. Wir sind doch zusammen fortgefahren, um all diese Komplikationen wenigstens für eine Weile zu vergessen.«

»Nur noch eine einzige Frage: Findest du es nicht merkwürdig, daß sie es überhaupt zugelassen hat?«

»Sie ist einverstanden, daß ich allein verreise. Daß ich eine Freundin habe, kann sie ja nicht ahnen!«

»Bist du da ganz sicher?«

»Ja. Sonst hätte sie sich anders verhalten.«

»Und du findest es auch nicht weiter merkwürdig, daß sie so ohne weiteres bereit war, Weihnachten allein zu verbringen?«

»Sie hat eine Pflegestelle, wie ich dir bereits erzählt habe.«

»Wo? Bei wem?«

»Das hat sie mir nicht gesagt.«

»Und du hast sie auch nicht danach gefragt?«

»Warum sollte ich?«

»Pflegestelle, mein Lieber, ist ein sehr weiter Begriff. Ich könnte mir durchaus vorstellen, daß einem attraktiven Junggesellen an einer zärtlichen Pflege gelegen wäre.«

»Du willst andeuten, daß sie mich betrügen könnte? Ausgeschlossen. So etwas tut sie nicht.«

»Wie kannst du so sicher sein?«

»Sie hätte es mir gesagt.«

»Jedenfalls scheint ihr nicht mehr sehr viel an dir zu liegen, sonst hätte sie dich nicht allein losgeschickt.«

»Wieso beschäftigt dich das? Es wäre doch schrecklich, wenn es anders wäre! Du weißt, ich mag keine Tragödien. Seien wir also froh, daß sie sich nicht an mich klammert, mir unter Tränen beteuert, mich noch immer heiß und innig zu lieben und ohne mich nicht leben zu können!«

»Hast du das jemals befürchtet?«

»Ich habe es oft genug bei Freunden miterlebt, deren Ehen in die Brüche zu gehen drohten. Aber Aline ist eine vernünftige Frau. Eines Tages werden wir friedlich und als gute Freunde auseinandergehen.«

»Oder auch nicht«, erklärte Mildred trocken.

»Was willst du damit sagen? Daß sie am Ende doch noch verrückt spielen wird?«

»Im Gegenteil. Merkst du denn nicht, daß ihr beide dabei seid, euch zu arrangieren? Ihr laßt euch eure Freiheit. Wozu braucht ihr dann noch eine Trennung? Wozu eine Scheidung? So, wie es ist, ist es doch viel bequemer.«

»Du spinnst ja«, sagte er burschikoser, als es sonst seine Art war.

»Das mußt du mir schon näher erklären.«

»Warum sollte ich mit einer Frau zusammenbleiben wollen, die ich nicht mehr liebe?«

»Die du aber doch sehr achtest, das geht aus jedem deiner Worte hervor.«

»Und das stört dich?«

»Daß du die Dinge treiben läßt, ja, das stört mich sehr. Ich habe nicht vor, auf unabsehbare Zeit deine heimliche Geliebte zu bleiben. Du solltest mich genug kennen, um zu begreifen, daß das nicht zu mir paßt.«

»Das würde ich dir niemals zumuten!«

»Aber wie es jetzt läuft, sieht es ganz danach aus.«

»Das bildest du dir doch nur ein.«

»Nein. Ich versuche, ganz kühl und klar die Situation zu analysieren.«

»Und was erwartest du nun von mir? Was soll ich tun?«

»Endlich etwas unternehmen.«

»Ich habe schon etwas getan! Ich habe es durchgesetzt, mit dir zusammen zu verreisen, und das in einer Zeit, in der jeder normale Ehemann noch mehr als gewöhnlich an seine Familie gebunden ist.«

»Durchgesetzt nennst du das? Es hat sich für uns so ergeben, weil sie es wollte.«

Eberhard überdachte das entscheidende Gespräch mit seiner Frau, und er gab sich zu, daß Mildred recht haben mochte.

Aber er sagte: »Sie hätte diese Arbeit nicht angenommen, wenn ich, wie früher, Weihnachten hätte zu Hause verbringen wollen.«

»Eine Arbeit, über die du so gut wie nichts weißt.«

»Für die ich mich auch nicht interessiere.«

»Aber das solltest du. Du läßt deine Frau ihrer Wege gehen, weil das am einfachsten für dich ist. Eben das gefällt mir nicht. Warum versuchst du nicht herauszufinden, was sie jetzt wirklich tut? Wenn schon kein Mann dahintersteckt, dann vielleicht eine Frau? So etwas kommt doch vor, und sie scheint mir der Typ dafür zu sein.«

»Barer Unsinn.«

»Du willst es nicht wissen. Du kneifst die Augen zu. Unangenehme Wahrheiten akzeptierst du nicht. Dabei könnte es für uns doch sehr wichtig sein ... den gordischen Knoten mit einem Hieb zu lösen.«

»Du hoffst, daß Aline sich etwas zuschulden kommen läßt.«

»Ja, das tue ich. Um meinet- und um deinetwillen.«

Er schwieg.

»Wäre es nicht herrlich, wenn wir kein schlechtes Gewissen mehr zu haben brauchten?« Sie legte ihm die Hand auf das Knie. »Denn das hast du doch, gib es nur zu! Du hast es, seit du erkannt hast, daß ich mehr für dich bin als ein gewöhnlicher Seitensprung. Und mir ist der Gedanke, einer liebenden Ehefrau den Mann wegzunehmen auch alles andere als angenehm, obwohl ich so schnoddrig daherrede. Aber wenn sie nun gar nicht die liebevolle Ehefrau wäre?«

»Ich kann das einfach nicht glauben. Bitte, laß deine Hände am Steuer!«

»Das ist keine Sache von Treu und Glauben.« Sie zog ihre Hand zurück. »Wir sollten es in Erfahrung bringen!«

»Wie denn? Etwa, indem wir ihr nachspionieren?«

»Es gibt Leute, die das beruflich tun.«

»Detektive?«

»Ja, warum nicht? Ein Telegramm nach Hamburg würde genügen. Ich habe eine Adresse. Mein Chef hat schon mehr als einmal einen Detektiv zuziehen müssen.«

»Sag mal, bist du des Teufels?« Eberhard fuhr so heftig hoch, daß ihn der Schultergurt schmerzhaft zurückriß. »Zu so einer Niedertracht hältst du mich für fähig?«

»Aber, Eberhard, weshalb regst du dich auf? Wenn sie sich nichts zuschulden kommen läßt, kann es ihr gar nichts schaden, und wenn doch, wäre es doch eine ungeheure Erleichterung!«

»Wie würde es dir gefallen, wenn sie uns einen Detektiv nachhetzte?«

»Ich fände es durchaus verständlich und würde es ihr bestimmt nicht übelnehmen.«

»Bestie!«

»Na, hör mal! Wie sprichst du denn mit mir?«

»Ich fürchte, ich habe dich bisher in einem ganz falschen Licht gesehen! Bei Gott, ich ahnte nicht, was du für ein Biest bist!«

Mildred begriff, daß sie zu weit gegangen war, obwohl sie tatsächlich nicht einsehen konnte, was ihn so gegen sie aufbrachte; sie fand ihren Vorschlag nach wie vor nur vernünftig. »Vielleicht war es wirklich eine blöde Idee«, lenkte sie ein, »aber deshalb brauchst du doch nicht so auf mich loszugehen!« Im Plauderton fügte sie hinzu: »Hast du schon schlechte Erfahrungen mit einem Detektiv gemacht?«

»Nein.«

»Aha, dann begreife ich. Das sind nämlich keine zwielichtigen Figuren, sondern absolut honorige Menschen.«

»Ich könnte es nicht ertragen, wenn jemand in meinem Privatleben herumschnüffelte.«

»Bürgerliche Vorurteile«, sagte sie, aber ihr Ton war so leicht und scherzhaft, daß er ihrer Bemerkung jede Schärfe nahm.

»Was sind wir doch dumm!« Sie lachte. »Wir haben drei herrliche Urlaubswochen vor uns und lassen uns wieder mal die Laune durch Aline verderben.«

»Das ist nicht ihre Schuld.«

»Ja, ich weiß, ich habe damit angefangen. Aber begreifst du denn nicht, daß sie mir durch ihre bloße Existenz ein Dorn im Auge ist?«

»Als nächstes wirst du mir wohl vorschlagen, sie durch einen kleinen Mord aus dem Weg zu räumen.«

»Das geht zu weit!« Mildred fuhr den Wagen in eine Ausbuchtung und bremste.

»Was ist los?« fragte er. »Willst du nicht mehr fahren?«

»Ich kann nicht!« Sie blickte ihn an, und Tränen schimmerten in ihren grünen Augen. »Glaubst du, daß ich in diesem Zustand fahren kann?« Sie schluchzte auf.

»Ja, aber . . .« Er war solche Gefühlsbewegungen nicht gewohnt, weder von seiner Frau, noch von den Mädchen, bei denen er flüchtige Abenteuer gesucht und gefunden hatte.

»Ich liebe dich so«, schluchzte sie, »und ich will doch bloß, daß du glücklich bist . . . daß du bei mir bleiben kannst und nicht immer wieder in dieses verhaßte Bergedorf zurück mußt! Ich weiß doch, wie du darunter leidest! Und du hast Besseres zu tun, als mich zu beschimpfen!«

»Aber das habe ich doch gar nicht getan!«

»Bestie hast du mich genannt und Biest und . . . und . . . und Mörderin!«

»Das ist nicht wahr!« Unsicher fügte er hinzu: »Jedenfalls habe ich es nicht so gemeint.«

»Wenn du so von mir denkst«, sagte sie mit tränenerstickter Stimme, »ist es besser, wir trennen uns!«

Er öffnete den Gurt und legte seinen Arm um ihre Schultern. »Mildred, mein Liebling, was redest du denn da?«

Um Fassung kämpfend sagte sie: »Ich glaube, es wäre wirklich das beste. Dann wäre das ewige Hickhack vorbei. Du gehst zurück zu deiner vortrefflichen Aline, und ich habe meine Freiheit wieder.«

Er versuchte die Auseinandersetzung ins Komische zu ziehen. »Hier oben auf dem Flüela wäre das wirklich die günstigste Gelegenheit! Du hast also vor, dein Gepäck und deine Skier zu nehmen und auszusteigen?«

»Und warum nicht?« Sie tupfte sich die Tränen ab, behutsam, um ihr Make-up nicht zu verschmieren, und putzte sich energisch die Nase. »Ich finde schon jemanden, der mich mitnimmt.«

»Und was wird aus mir?«

»Du kannst tun und lassen, was du willst.«

»Sehr großmütig von dir!« Er lachte gezwungen. »Sei doch vernünftig, Liebling! Verdirb uns nicht alles!«

»Ich habe dir nichts getan! Du hast mich beschimpft . . .«

Er fiel ihr ins Wort. »Wie oft soll ich mich noch entschuldigen?«

»Und wenn du mich tausendmal um Verzeihung bitten würdest, es würde doch nichts nutzen. Jetzt weiß ich, was du von mir hältst, und damit ist es aus.«

Er wußte nicht, wie ihm geschah; eben noch war er zornig auf Mildred gewesen, und das mit gutem Grund, wie er geglaubt hatte, und jetzt war er es, der auf der Anklagebank saß. »Aber ich liebe dich«, sagte er hilflos.

»Das glaube ich dir nicht mehr.«

»Ich werde es dir beweisen! Ich werde mit Aline reden und sie bitten, mich freizugeben.«

»Wann?«

»Sobald wir zurückkommen.«

»Dafür ist es zu spät«, sagte sie düster.

»Gut«, sagte er, »dann mache ich dir einen anderen Vorschlag: Wir wenden und fahren nach Zürich. Morgen früh nehmen wir die erste Maschine nach Hamburg . . . vielleicht können wir ja sogar noch heute nacht fliegen.«

Sie blickte ihn mit staunender Bewunderung an. »Das willst du wirklich tun?«

»Ja. Und jetzt laß mich ans Steuer!« Er stieg aus und zündete sich eine Zigarette an.

Auch sie kletterte aus dem Auto und trat neben ihn.

Schon war eine blaue, sanfte Dämmerung hereingebrochen. In den Tälern gingen die Lichter an. Viele reihten sich wie goldene Perlen einer schimmernden Kette in die Schneelandschaft, andere, auf Einsiedlerhöfen, schienen Leuchtzeichen zu senden. Am Himmel wurden die ersten Sterne sichtbar. Es war sehr kalt.

Mildred schlug sich mit den Händen auf die Arme und stampfte mit den Füßen. »Schön hier, nicht?«

»Ja.«

»Und da willst du in die Stadt zurück!«

»Ich muß wohl.«

»Nicht meinetwegen.«

»Nur deinetwegen. Du hast es so gewollt.«

»Und was wird aus unseren Ferien?«

»Da du mich nicht mehr liebst . . .«

Sie unterbrach ihn leidenschaftlich: »Ich wollte, ich könnte es . . . ich könnte aufhören, dich zu lieben! Aber wie fang ich das an? Sag mir, wie ich das machen soll?«

Er warf seine brennende Zigarette in hohem Bogen in den Schnee. »Gar nicht, Liebling! Ich bitte dich, tu es nicht!« Er riß sie in die Arme. »Hör nie auf, mich zu lieben . . . nie, nie, nie!«

Sie küßten sich unter dem hohen Sternenhimmel, und alles, was sie trennte, wurde unwesentlich und klein.

Friedrich Bertram war kein geduldiger Patient, aber das hatte Aline auch gar nicht erwartet. Er jammerte nicht, wenn er Schmerzen hatte oder sich besonders schlecht fühlte, sondern er fluchte. Oft beschimpfte er sie, behauptete, sie sei ungeschickt und behandle ihn lieblos. Er tat so, als begriffe er nicht, wie Dr. Schneehuus ihm eine so unerfahrene und unbegabte Kraft habe ins Haus schicken können.

Aline nahm es schweigend hin, denn sie schrieb es seiner Krankheit zu, aber es verunsicherte sie doch.

Einmal, bei einem besonders heftigen und ungerechten Ausbruch, riß ihr die Geduld: »Ich bedaure es sehr, aber ich glaube, es ist besser, Sie sehen sich nach einer anderen Pflegerin um.«

»Schon genug von der tätigen Menschenliebe, wie?« krächzte er. »Das hätte ich mir denken können! Die gnädige Frau hat erwartet, daß ich vor Dankbarkeit überfließen würde! Nichts da! Schließlich werden Sie bezahlt.«

»Ich bin auf Ihr Geld nicht angewiesen!«

»Das ist eben das Schlimme mit Ihnen! Sie haben es nicht nötig zu arbeiten, das ist es doch, was Sie mir dauernd unter die Nase reiben!«

Für Sekunden verschlug es Aline den Atem. »Das ist einfach nicht wahr!« empörte sie sich dann. »Nie habe ich so etwas auch nur angedeutet!«

»Was heißt hier ›angedeutet‹? Gerade eben haben Sie es mir doch überdeutlich vorgeworfen.«

»Das war das erste und das einzige Mal! Es mußte einfach heraus, weil Sie sich einzubilden scheinen, Sie können sich alles erlauben.«

»Sehr schön, sehr schön!« Der alte Herr lachte überraschend. »Ein Temperamentsausbruch! Ich wußte doch, daß Sie durchaus nicht so sanft sind, wie Sie tun.«

»Ich gebe mein Bestes, aber wenn es nicht gut genug ist, werde ich gehen.«

»Das können Sie gar nicht. Ich habe Sie engagiert.«

»Ich werde kündigen!«

»Das werden Sie nicht! Sie werden diese drei Wochen durchhalten, sonst mache ich Sie als Pflegerin unmöglich. Aber vielleicht ist Ihnen das ja egal. Vielleicht haben Sie ohnehin schon erkannt, daß Sie den falschen Beruf erwählt haben.«

Aline hätte tatsächlich am liebsten das Handtuch geworfen, aber ihr Mitleid mit dem vom Schicksal so sehr geschlagenen Mann siegte, und sie lenkte ein. »Da können Sie schon recht haben, Herr Bertram«, gab sie zu, »so schwer habe ich mir die Aufgabe nicht vorgestellt.«

»Sie haben erwartet, daß ich es Ihnen leichtmachen würde? Irrtum! Mir macht es auch niemand leicht!«

Trotzdem nahm er sich danach etwas zusammen.

Am Nachmittag kam Dr. Schneehuus vorbei; er konnte nicht viel für den Patienten tun, aber er plauderte mit ihm und munterte ihn auf. Als er sich verabschiedet hatte, folgte Aline ihm in die Diele hinaus und zog die Tür hinter sich ins Schloß.

»Offenlassen!« brüllte der alte Herr sofort.

Aber diesmal gehorchte Aline ihm nicht; sie wollte ungestört mit dem Arzt reden. »Ich fürchte, ich schaffe es nicht«, bekannte sie.

»Nun sagen Sie mir nicht so was!«

»Es tut mir leid. Ich hatte den besten Willen. Aber ich muß etwas an mir haben, was Herrn Bertram dauernd gegen mich aufbringt.«

»Das liegt nicht an Ihnen, Frau Thomas! Er kann es nur so schwer ertragen, daß er auf andere Menschen ... daß er auf Sie angewiesen ist.«

»Ich bin nicht so geschickt, wie ich gedacht habe.«

»Das kann ich nicht beurteilen. Der Patient ist jedenfalls sehr zufrieden mit Ihnen.«

»Tatsächlich?« fragte Aline erleichtert.

»Er hat es mir selber gesagt ... vorhin, als Sie in der Küche waren.«

»Mir gegenüber benimmt er sich aber nicht so.«

»Daran werden Sie sich schon noch gewöhnen. Denken Sie immer daran, daß er es nicht so meint.«

Als Aline ins Zimmer zurückkehrte, empfing der alte Herr sie natürlich mit einer Schimpfkanonade, beschwerte sich darüber, daß sie Heimlichkeiten habe und mit dem Arzt Intrigen gegen ihn spönne. Aber Aline nahm es nicht mehr tragisch.

Friedrich Bertram las viel, meist Manuskripte oder auch ausländische Bücher; es dauerte einige Zeit, bis Aline herausfand, daß es sich um Werke handelte, die vom Lektorat seines Verlages ausgewählt worden waren. Friedrich Bertram, der Chef, behielt sich das letzte Wort vor. Aline verstand, wie schwierig und lästig das für seinen Sohn sein mochte. Aber sie bewunderte auch den alten Herrn für die Energie, mit der er sich um diese Entscheidungen kümmerte. Dabei fiel ihm das Lesen nicht leicht, und er ermüdete rasch.

»Warum sehen Sie mir dauernd über die Schultern?« beschwerte er sich einmal. »Das ist mir ganz und gar nicht angenehm.«

»Ich möchte nur herausfinden, in welchem Rhythmus Sie lesen, damit Sie nicht jedesmal ›bitte‹ sagen müssen.«

»Ach, geben Sie es doch zu, Sie sind neugierig!«

»Bin ich auch. Ich lese gern.«

»Romanheftchen, wie?«

Aline begnügte sich damit, »nein« zu sagen.

»Hohe Literatur vielleicht? Ach, machen Sie mir doch nichts vor.«

»Ich lese so ziemlich alles. Lachen Sie mich ruhig aus, aber ich habe eine Literaturgeschichte für den Hausgebrauch geschrieben.«

»Die möchte ich sehen!«

»Es ist mit der Hand geschrieben, Herr Bertram, und viele Beurteilungen sind bestimmt überholt. Ich habe als ganz junge Frau damit angefangen.«

»Und wie sind Sie darauf gekommen?«

»Durch meine Schwiegermutter. Sie war der Meinung, es lohne sich nicht, einfach drauflos zu lesen. Man müßte seine Eindrücke festhalten.«

»Hat sie das selber auch getan?«

»Nein. Sie ist zu spät darauf gekommen. Aber sie hat es immer sehr bedauert.«

Herr Bertram lächelte, was selten genug vorkam. »Ja, so sind die alten Leute. Gute Ratschläge geben und andere arbeiten lassen.«

»Meine Schwiegermutter war sehr nett.«

»Anzunehmen, denn sonst hätten Sie sich wohl kaum von ihr beeinflussen lassen.«

»Ich hatte sie lieb«, sagte Aline.

Sie sprachen dann noch eine Weile über Bücher, und die Unterhaltung schien dem alten Herrn gutzutun und ihn von seiner Krankheit abzulenken.

»Vielleicht könnte ich Ihnen vorlesen«, regte Aline an.

»Die Schwarte kommt aus Amerika.«

»Daß ich jedes Wort verstehe, kann ich Ihnen zwar nicht versprechen, aber immerhin, englisch kann ich ganz gut und amerikanisch auch. Man braucht das ja in der Werbebranche. Wenn ich etwas nicht aussprechen kann, werde ich Sie fragen.«

»In so einem Fall sollten wir dann doch wohl besser ein Wörterbuch zu Rate ziehen. Da drüben steht eins im Regal. Aber so genau kommt es nicht darauf an. Hauptsache, wir können der Handlung folgen und erfassen ihren Sinn.«

So kam es, daß Aline dem Patienten jeden Tag ein paar Stunden vorlas. Das beanspruchte zwar ihre Stimme und seine Aufmerksamkeit, aber beide hatten Spaß daran.

Manchmal sagte er auch: »So, jetzt habe ich für eine Weile genug! Lesen Sie allein weiter!«

Wenn er sich dann ausgeruht hatte, erzählte Aline, was inzwischen geschehen war und begann an der Stelle weiterzulesen, wo sie selber aufgehört hatte.

Zuweilen fragte er Aline auch nach ihrer Meinung, und sie sagte sie ihm, wobei sie deutlich empfand, wie subjektiv das Urteil war.

Jedenfalls machten ihr das gemeinsame Lesen und der Gedankenaustausch Freude und wog die Übellaunigkeit des Patienten bei weitem auf.

Im Engadin war der Himmel klar geblieben, aber da der Schnee meterhoch lag, sehnte kein Skifahrer eine Wolke herbei.

Mildred und Eberhard pflegten den ganzen Tag auf der Motta Naluns zu verbringen. Morgens fuhren sie nach dem unvermeidlichen Anstehen an der Talstation mit der Kabinenbahn auf den Berg hinauf, um dann das großzügig ausgebaute Skikarussell auszunutzen. Mildred, die eine hervorragende Skifahrerin war, nahm Rücksicht auf Eberhards schwächere Kondition. Es kam beiden nicht darauf an, sportliche Leistungen zu vollbringen. Sie freuten sich an der körperlichen Bewegung in der unglaublich klaren Luft, genossen die Sonne, gegen deren ultraviolette Strahlen sie sich mit dick aufgetragenen Cremes schützten und wurden von Tag zu Tag brauner und erholter. In der Mittagszeit nahmen sie auf der Terrasse des Bergrestaurants einen kleinen Imbiß zu sich, wobei sie sich die Sonne ins Gesicht scheinen ließen.

Jeden Tag wieder nahmen sie sich vor, abends zum Tanz zu gehen, und jeden Abend waren sie dann doch wieder zu müde und froh, wenn sie nach dem deftigen schweizerischen Essen und ein paar Gläsern Wein ins Bett sinken konnten. Meist brachten sie gerade noch die Kraft und die Lust dazu auf, in den gemütlichen, wenn auch etwas düsteren Aufenthaltsräumen des ›Hotels Guardaval‹, in dem sie wohnten, eine Partie Rummy zu spielen. Das neblige Hamburg und der graue Alltag waren ihnen in so weite Ferne gerückt, daß beide das Gefühl hatten, ihre Probleme würden sich ganz von selber auflösen.

Eberhards Befürchtung, Mildred würde noch einmal das Thema Aline aufgreifen, bestätigte sich nicht. Es schien, als hätte sie vergessen, daß er verheiratet war. Er selber fühlte sich um Jahre jünger und gänzlich ungebunden.

Als sie am Morgen des 24. Dezember beim Frühstück saßen, sagte Mildred: »Ich fürchte, du mußt heute mal ohne mich losziehen.«

»Was ist los? Willst du zum Friseur oder so etwas?«

»Nein, aber ich muß meine Eltern anrufen, zumindest meine Mutter, und wer weiß, wie lange es dauert, bis ich nach London durchkomme. Heute abend sind bestimmt alle Leitungen besetzt.« Mildreds Mutter, eine gebürtige Engländerin, war nach der Scheidung in ihre Heimat zurückgekehrt. »Immerhin ist heute Heiliger Abend, und sie wird traurig sein, wenn sie nichts von mir hört.«

Er war etwas überrascht, denn er hatte nicht gewußt,

daß zwischen ihr und ihren Eltern, von denen sie kaum je sprach, noch eine gefühlsmäßige Bindung bestand, aber er sagte nur: »Dann tue, was du nicht lassen kannst.«

»Ich werde zum Postamt gehen. Da ist es billiger.«

»Gute Idee. Ich werde dich begleiten.«

»Willst du auch telefonieren?«

»Mit wem?«

»Du weißt schon! Wir wollten den Namen nicht mehr erwähnen.«

Er war gerührt, denn er spürte, daß der Vorschlag sie Überwindung gekostet hatte. »Lieb von dir!« sagte er, beugte sich zu ihr und küßte sie auf die Wange. »Aber mal davon abgesehen, daß sie tagsüber nicht zu Hause ist, habe ich auch gar nicht das Bedürfnis, mit ihr zu sprechen.«

Das ›Hotel Guardaval‹ lag oberhalb des Dorfes Scuols, zu dem sie dann später hinunterwanderten. Eberhard kehrte im Café ein, während Mildred telefonierte, trank eine Tasse Kaffee, aß ein Stück Nußtorte und rauchte etliche Zigaretten, bis sie ihn abholte.

Tatsächlich hatte es eine gute Weile gedauert, bis sie ihre Mutter erreicht und mit ihr gesprochen hatte. Als sie die Station der Kabinenbahn erreichten, ging es bereits auf elf Uhr zu, und auf der Motta Naluns angekommen, blieb ihnen nur noch eine knappe Stunde Zeit bis zur Mittagspause, in der der Seilbahnbetrieb eingestellt wurde.

Deshalb blieben sie am Abend bis zur letzten Minute, als die Sonne schon hinter dem Berggipfel verschwand und sich blaue Schatten über die Pisten breiteten. Die Kabinenbahn lag längst still, als sie die Abfahrt ins Tal antraten. Außer ihnen waren nur noch einige wenige Nachzügler unterwegs.

Mildred wandte den Kopf zu ihm um. »Ist das nicht herrlich? Endlich könnte man meinen, wir wären allein auf dem Berg! Fahr vorsichtig, ja? Wir treffen uns unten ... bei der Station!« Sie stieß sich mit den Stöcken ab und sauste los. Er begriff, daß sie heute noch gar nicht ermüdet war und die Gelegenheit zu einer wirklich rasanten Fahrt nutzen wollte; er folgte ihr langsamer. Aber als er sie dann aus den Augen verlor – es wurde immer dunkler –, legte er Tempo zu, denn er wollte auf keinen Fall mit einem allzugroßen Abstand nach ihr ankommen. Er fürchtete, sich lächerlich zu machen, und er hatte plötzlich den Eindruck, daß sie bisher mehr Rücksicht auf ihn genommen hatte, als nötig gewesen wäre.

Plötzlich merkte er, daß er nicht mehr bremsen konnte. Die Bretter trugen ihn in rasender Fahrt zu Tal. Gleichzeitig überfiel ihn das unheimliche Gefühl, daß ihm die Strecke unbekannt war. Tag für Tag war er die breite Piste hinabgefahren, aber mit einem Mal sah alles so anders aus. War es die hereinbrechende Nacht, die ihn verwirrte? War es die entsetzliche Erkenntnis, nicht mehr Herr seiner selbst zu sein? In Sekundenschnelle durchzuckten diese Gedanken gleichzeitig sein Hirn. Aber dann erkannte er den Zaun, einen Zaun, den er nie zuvor gesehen hatte. Er war tatsächlich von der Piste abgekommen.

Unfähig, seinen Kurs zu ändern, sich hinzuwerfen, überhaupt nur nachzudenken, raste er auf den Zaun zu, dessen Pfosten ihn geradezu magnetisch anzuziehen schien und prallte mit unglaublicher Gewalt dagegen. Mit einem Schrei fiel er rückwärts nieder. Die Bindungen seiner Skier hatten sich gelöst, die schmalen Bretter machten sich selbständig und setzten die Fahrt ohne ihn fort.

Eberhard verlor das Bewußtsein.

Es dauerte eine gute halbe Stunde, bis Mildred erst seine Skier und dann ihn selber fand. Sie hatte einige Zeit an der Talstation gewartet, bis sie ängstlich geworden war und sich auf die Suche gemacht hatte. Dann war sie nicht den steilen Hang hinaufgeklettert, sondern den verschneiten Weg entlanggefahren, aus der Überlegung heraus, daß er an einer falschen Stelle angekommen sein müßte. So stieß sie auf seine Skier, die sich in den

Schneewall an der dem Tal zugewandten Seite des Weges gebohrt hatten. Sie sammelte sie ein und machte sich an den Aufstieg. Als sie Eberhard erreichte, war er erwacht und versuchte sich aufzuraffen.

Mildred sah den Zaun, erriet ungefähr, was geschehen war, und ohne lange zu fragen, half sie Eberhard auf die Beine. Er stöhnte.

»Na, siehst du!« sagte sie mit gespielter Munterkeit, denn auch ihr war der Schreck in die Glieder gefahren. »Noch einmal Glück gehabt! Gebrochen hast du dir jedenfalls nichts!«

»Scheint so«, stimmte er mühsam und kaum verständlich zu.

Aber als sie ihm auf die Skier helfen wollte, schwankte er. Sie versuchte, ihn zu halten, aber er war zu schwer für sie. »Laß mich!« bat er. »Es geht nicht!«

Sie ließ ihn los, und er warf sich hin.

»Ich werde Hilfe holen!« erklärte sie entschlossen, zog sich ihren Anorak aus und deckte ihn damit zu, steckte seine Skier neben ihn in den Schnee und sauste los.

Die Zeit, bis sie wiederkam, schien ihm endlos. Tatsächlich war sie in einer knappen Viertelstunde zurück, begleitet von zwei jungen Männern, die einen großen Schlitten zogen, auf den sie Eberhard packten.

»Gebrochen hat er sich nichts?« fragte der eine, den Mildred unter dem Namen Toni kannte.

»Er konnte noch stehen«, erklärte sie.

»Na, dann fahren wir ihn am besten ins Hotel. Wo wohnen Sie?«

»›Guardaval‹!«

Toni wandte sich an seinen Begleiter. »Ruf du gleich von der Station aus den Doktor an, daß er ins ›Guardaval‹ kommt!«

Zehn Minuten später erreichten sie das Hotel. Rechts von Mildred, links von Toni gestützt, gelang es Eberhard, sein Zimmer zu erreichen. Sie legten ihn auf das Bett.

Schon wenig später erschien Dr. Sarott, einer der praktischen Ärzte von Scuols, ein kräftiger Mann mit einem schwarzen, kurz gestutzten Bart; er grüßte, stellte sich vor, legte seine Bereitschaftstasche auf die Kommode und fragte: »Na, was ist denn passiert?«

»Es ist mir sehr unangenehm, Herr Doktor«, entschuldigte sich Mildred, »daß wir Sie ausgerechnet heute abend . . .«

»Schon gut, schon gut«, schnitt er ihr das Wort ab, »das bin ich gewohnt. Feiertage sind Ferientage, und das bedeutet für uns Hochsaison. Also, was gibt es?«

»Mein Mann muß von der Piste abgekommen sein . . . wie das passiert ist, weiß ich auch nicht . . . jedenfalls ist er gegen einen Zaun geknallt.«

»Na, dann lassen Sie uns mal allein.«

Etwas widerstrebend verließ Mildred das Zimmer.

Dr. Sarott wandte sich dem Patienten zu.

Eberhards Gesicht war bläulich-rot verfärbt und schmerzlich verzerrt. Auf der linken Gesichtsseite rannen ihm Schweißtropfen herunter.

Dr. Sarott fühlte den Puls; er war langsam und etwas unregelmäßig.

»Na, nun erzählen Sie mal, was Sie angestellt haben«, bat der Doktor.

»Komisch, ich kann mich nicht mehr genau erinnern. Ich bin hinuntergefahren, ziemlich schnell, glaube ich, es wurde schon dunkel, und plötzlich hat es furchtbar gekracht. Hier!« Er deutete auf seinen Unterleib. »Dann bin ich mit dem Kopf aufgeschlagen, und es ist mir schwarz vor Augen geworden. Ich glaube, ich bin in Ohnmacht gefallen. Wie lange, weiß ich nicht. Als ich wieder zu mir kam, war mir furchtbar übel.«

Eberhard berichtete sehr langsam, stockend und mit großen Pausen.

Dr. Sarott hörte ihm geduldig zu, ohne ihn zu unterbrechen. »Und wo tut's nun weh?«

»Mir brummt der Schädel ... und ich habe so einen Druck auf der Brust ... das gemeinste ist aber dieser Schmerz an meinem Glied! Der zieht bis zum Bauch hinauf. Mir ist speiübel, Herr Doktor, am liebsten möchte ich brechen.«

»Sie stehen noch unter Schock, mein Lieber, da ist es ganz natürlich, daß Ihnen schlecht ist. Versuchen Sie sich zu beruhigen. Sie liegen ja schon sicher und geborgen in Ihrem Bettchen. Das Schlimmste ist also überstanden.«

»Das sagen Sie so!«

»Ich meine es auch. Jetzt werde ich Sie erst mal untersuchen.« Dr. Sarott hob sacht Eberhards Kopf vom Kissen und tastete ihn ab. »Keine Impressionen«, murmelte er, »keine Knochenfraktur.« Lauter fügte er hinzu: »Jetzt sehen Sie mich mal an! Augen so weit auf, wie Sie können! So ist es gut! Pupillen sind weit!«

»Was hat das zu bedeuten?« fragte Eberhard schwach.

»Wenn die Pupillen verengt sind, kann das ein Zeichen für eine Gehirnblutung oder eine Gehirnverletzung sein. Aber das ist bei Ihnen nicht der Fall.«

»Gott sei Dank!«

»Dann schauen Sie jetzt mal auf meinen Zeigefinger!«

Eberhard versuchte es. Dr. Sarott bewegte den Zeigefinger vor seiner Nase hin und her. Aber Eberhard vermochte der Bewegung nicht immer zu folgen; er konnte sich nicht konzentrieren.

Dr. Sarott untersuchte Ohren und Nasenlöcher. Sie waren frei. Er fand auch keine Blutergüsse um die Augen. Nichts wies auf eine Schädelbasisfraktur hin. Er überprüfte die Reflexe des Patienten, die alle lebhaft waren. Nur der Achillessehnenreflex war sehr, sehr schwach und fiel auch nach mehrmaligen gewissenhaften Versuchen nicht stärker aus. »Ja, also, eine Gehirnerschütterung haben Sie mit Sicherheit«, stellte Dr. Sarott fest, »daran ist nicht zu zweifeln. Aber es hätte entschieden schlimmer kommen können.«

»Heißt das, daß ich im Bett bleiben muß?«

»Unbedingt! Aber es wird Ihnen wohl in den nächsten Tagen ohnehin nicht nach Aufstehen zumute sein. Jetzt wollen wir mal versuchen, Sie auszuziehen.«

Mildred hatte Eberhard so, wie er war, auf das Bett verfrachtet; nur die Mütze und die Handschuhe hatte sie ihm abgenommen. Jetzt stützte der Arzt ihn und half ihm aus Anorak und Pullover. Dann legte er ihm eine Presse um den Oberarm und prüfte den Blutdruck. Er wiederholte den Vorgang einige Male, ohne sich dazu zu äußern. Eberhards Blutdruckwerte schwankten von 180/120 bis 150/190.

»Was ist?« fragte Eberhard ängstlich.

»Sie sind vegetativ einigermaßen durcheinander«, sagte der Doktor. »Nun wollen wir uns mal den Bauch ansehen.«

Eberhard zerrte an seinem Reißverschluß, konnte aber nicht damit zurechtkommen. Der Doktor wollte ihm helfen.

Der Patient schrie leise auf. »Vorsicht, bitte! Das tut verdammt weh!«

»Ich habe sie ja noch gar nicht berührt!«

Eberhard krümmte sich.

»Ich werde schon aufpassen!« versprach Dr. Sarott. »Ich mache das ganz, ganz behutsam. Versuchen Sie bitte, sich zu entspannen.« Mit einer geschickten Bewegung zog er den Reißverschluß auf und streifte Eberhard dann erst die Skihose, danach die Unterhose bis zu den Knien herunter. Eberhard wagte nicht an sich herabzublicken.

»Tja, da haben wir es«, sagte der Arzt.

»Was?«

»Sie haben mir doch von einem Krachen erzählt . . .«

»Ja, mir war, als wenn es von da unten hergekommen wäre.«

»Sehr gut beobachtet.«

»Reden Sie endlich! Was ist passiert?«

»Die bindegewebigen Umhüllungen des Schwellkörpers sind zerrissen.«

»O Gott!«

»Die werden schon wieder heilen.« Dr. Sarott öffnete Eberhards Schuhe und zog sie ihm aus.

»Warum machen Sie das?«

»Nun, Sie können doch nicht so liegenbleiben, und außerdem muß ich Sie bitten, ganz kurz aufzustehen.« Er zog Eberhard die Hosen vollends aus und half ihm, sich aufzurichten. »Stützen Sie sich auf mich! Gehen Sie vorsichtig, Schritt für Schritt!«

»Wohin?«

»Zur Toilette. Versuchen Sie, Wasser zu lassen.«

Bis zum Bad waren es nur wenige Schritte, und mit Hilfe des Arztes legte Eberhard sie auch problemlos zurück. Aber mit dem Urinieren hatte er Schwierigkeiten.

»Ich kann nicht, Herr Doktor«, behauptete er, »wirklich nicht!«

»Sie haben nur Angst!«

»Natürlich habe ich Angst!« Eberhard schrie es heraus. »Mir tut alles weh, und da soll ich . . .«

»Sie müssen!« Dr. Sarott drehte einen Hahn auf und ließ einen dünnen Strahl in das Waschbecken schießen. »Denken Sie daran, wie lange es her ist, seit Sie das letzte Mal waren!«

Er pfiff leise durch die Zähne.

Nach einigen Minuten und weiterem guten Zureden des Doktors und mit Hilfe des anregenden Geräusches gelang es dem Patienten, endlich doch das Kunststück zu vollbringen.

»Na, fabelhaft!« rief der Arzt. »Wunderbar!«

»Daß ich noch pinkeln kann?«

»Es beweist nur, daß wenigstens Ihre Harnröhre unverletzt geblieben ist. Anders wäre es eine schlimme Geschichte.«

»Mir reicht es auch so!«

Als der Doktor ihn vorsichtig wieder auf das Bett gesetzt hatte, wagte Eberhard endlich doch einen Blick nach unten; sein Glied war stark angeschwollen, im oberen

Drittel verbogen und blaurot verfärbt. Auch sein rechter Hoden sah schlimm aus.

Ihm wurde übel, und er schloß die Augen. »Oh mein Gott!«

»Nun werden Sie nicht gleich wieder ohnmächtig!« mahnte der Doktor. »Legen Sie sich hin! Strecken Sie sich aus! Ich helfe Ihnen bei den Beinen!«

»Seien Sie ehrlich, Doktor, werde ich je wieder . . .?«

»Aber ja! Nur keine Sorge! Ein gesunder Körper verfügt über wunderbare Heilkräfte. Jetzt gebe ich Ihnen erst einmal eine Spritze, damit Sie sich beruhigen und entspannen, und auf den Bluterguß lege ich einen Umschlag mit Arnika. Der sollte alle zwei Stunden erneuert werden. Natürlich nicht nachts. Es ist nicht nötig, daß Sie deswegen geweckt werden.« Dr. Sarott hatte seine Bereitschaftstasche geöffnet und zog eine Spritze auf. »Morgen früh komme ich wieder vorbei!« Er kam zum Bett zurück, drehte den Patienten leicht zur Seite, desinfizierte eine Stelle seines Gesäßes und stach zu.

Als Mildred später ins Zimmer kam, lag Eberhard gut versorgt in seinem Bett. Dr. Sarott hatte ihm noch in seine Schlafanzugjacke geholfen und ihn zugedeckt.

Sie setzte sich zu ihm auf den Bettrand. »Wie fühlst du dich?«

»Gut . . . sehr gut«, sagte er schläfrig.

Sie beugte sich über ihn und wollte ihn küssen.

Er riß die Augen auf und wehrte erschrocken ab. »Nicht! Bitte, nicht!«

»Was ist denn?«

»Mein Bauch!«

»Ich bin doch gar nicht an deinen Bauch gekommen.«

»Doch!« behauptete er. »Er ist . . . furchtbar schmerzempfindlich.«

»Ich dachte, du fühltest dich gut.«

»Ja, jetzt nach der Spritze, aber trotzdem . . .«

Sie schlug die Decke zurück und nahm die Kompresse fort; sekundenlang war sie fassungslos. Dann sagte sie, so heiter, wie es ihr möglich war: »Eine schöne Bescherung!«

Auch er versuchte es mit Humor, aber es klang kläglich: »Und das am Heiligen Abend!«

Sie deckte ihn wieder zu. »Kann ich irgend etwas für dich tun?«

»Danke, nein. Gar nichts. Laß mich schlafen, ja?«

»Soll ich nicht . . .«

»Nein.«

»Willst du denn nichts essen?«

»Nein.« Mit Anstrengung fügte er hinzu: »Mach dich schön und geh nach unten. Heute ist sicher einiges los. Versuch dich zu amüsieren!«

»Ausgerechnet!« sagte sie.

Sie stand auf, sammelte seine Kleidungsstücke ein und schaffte Ordnung. Danach setzte sie sich still in einen Sessel und versuchte ihre Gedanken zu ordnen. Aber als sie schon sehr bald feststellen konnte, daß er eingeschlafen war, sprang sie auf und zog sich um. Es würde ihm nicht helfen, dachte sie, wenn sie bei ihm blieb.

Aline verbrachte den Heiligen Abend mit ihrem Sohn. Sie hatte eine winzige Tanne geschmückt, die sie im Frühjahr in den Garten pflanzen wollte. Da eine Gans für zwei Personen zu mächtig gewesen wäre, hatte sie ein Champagnerhuhn gekocht. Die Bescherung fiel fort, weil Felix wie auch seine Schwester sich zu Weihnachten nichts als einen Scheck gewünscht hatten. Aline schien das eine sehr lieblose Lösung, aber sie hatte sich gefügt. Sie hätte ihm gern wenigstens eine Kleinigkeit gekauft, aber er brauchte weder Taschentücher noch Krawatten, Bücher interessierten ihn nicht, und eine Musikkassette wagte sie nicht für ihn auszusuchen, weil sein Geschmack sehr rasch wechselte.

Auch er hatte nichts für sie. »Tut mir leid, Ma«, sagte er, »aber ich hatte einfach keine Zeit, was zu besorgen.«

»Ich auch nicht«, erklärte sie und erzählte ihm von ihrer Arbeitsstelle, aber es schien ihn nur mäßig zu interessieren. Er aß mit gutem Appetit die klare Brühe mit Markklößchen, das Champagnerhuhn und auch die Rote Grütze, die Aline zum Nachtisch gemacht hatte. Dann fragte er: »Was gibt es heute im Fernsehen?«

»Keine Ahnung.«

Felix wischte sich den Mund ab und zerknüllte achtlos die Serviette, wie es sein Vater zu tun pflegte. »Na, irgend etwas werden sie uns schon bieten.«

Aline hätte sich lieber mit ihm unterhalten, aber da er keine Lust zu haben schien, leistete sie ihm beim Fernsehen Gesellschaft. Sie tranken Wein dabei, knabberten Weihnachtsplätzchen und wechselten hin und wieder ein paar Worte. Um elf Uhr sagte Aline: »Sei mir nicht böse, Felix, aber ich möchte jetzt schlafen gehen.« Sie stand auf.

Felix wand sich aus seinem Sessel. »Schon?«

»Du weißt, ich arbeite.«

»Wozu das gut sein soll!«

»Ich werde es dir ein andermal ... morgen, wenn du willst ... gerne erklären. Jetzt bin ich wirklich zu müde.«

»Aber es war ein gemütlicher Abend.«

»Sehr«, stimmte Aline freundlich zu.

»Weißt du, manchmal meine ich, Otti könnte sich eine Scheibe von dir abschneiden.«

»Inwiefern?«

»Du redest kein unnützes Zeug.«

Aline lachte. »Das ist aber mal ein Kompliment!«

»Im Ernst. Weißt du, worauf ich mich heute schon freue? Wenn du erst Großmutter bist.«

»Sieht es danach aus?«

»Nicht bei mir, keine Bange. Aber wie ich die Mädchen kenne, wird Valerie dich bald mit einem Schwiegersohn beglücken, und dann . . .«

». . . wird sie ihr Studium trotzdem hoffentlich nicht aufgeben.«

»Erst nicht. Erst wird sie große Töne spucken, wie alle es tun. Aber dann . . . schwuppdiwupp . . . wird ein Baby unterwegs sein, und von da an haben die viel gepriesenen Mutterpflichten natürlich Vorrang.«

»Ich schätze Valerie anders ein.«

»Du überschätzt sie, Ma! Du hast sie immer überschätzt, mich übrigens auch. Du bildest dir ein, wir müßten was Tolles ausbraten, warum, weiß ich wirklich nicht. Vielleicht, weil du selber so klug bist und Vater so tüchtig. Deshalb freu' ich mich schon jetzt für dich mit, daß du bald Großmutter wirst. Dann kannst du deine Hoffnungen in deine Enkel stecken, ihnen all die Geschichten erzählen, wie du es bei uns getan hast, die alten Lieder singen, die alten Spiele spielen . . . wirklich, Ma, du wirst eine prachtvolle Großmutter sein!«

Daß ihr Sohn sie schon als Großmutter sah, schmerzte ein wenig, aber Aline mußte doch auch über seine Naivität lächeln.

»Du irrst dich, Felix«, sagte sie, »ich stelle mir meine Zukunft anders vor.«

»Deine . . . was?« fragte er erstaunt.

»Meine Zukunft!« erklärte sie ruhig. »Ich habe durchaus nicht vor, für anderer Leute Kinder dazusein . . . entschuldige, wenn ich Valerie und dich mal so bezeichne, aber ihr seid für mich doch andere Leute . . . sondern ich will mein eigenes Leben leben.«

»Und wie soll das aussehen?«

»Weiß ich noch nicht. Ich versuche gerade, es herauszufinden.«

»Du erstaunst mich, Ma!«

»Das freut mich.«

Felix stellte den Fernseher ab.

»Kommst du auch zu Bett?« fragte Aline.

»Nein, ich glaube, ich gehe noch ein bißchen aus. Man muß seinen Urlaub ausnutzen, weißt du.«

»Wie lange kannst du bleiben?«

»Nur fünf Tage, alles in allem, leider nicht über Silvester.«

»Dann kannst du mir einen Gefallen tun. Ich habe wenig Zeit. Besorg mir bitte die Neuerscheinungen des Verlages ›Bertram und Sohn‹, die Romane und Jugendbücher.«

»Wozu?«

»Weil ich sie lesen möchte. Ich lege einen Prospekt in dein Zimmer. Auf die Sachbücher kann ich verzichten, davon verstehe ich nichts.«

»Ich begreife immer noch nicht, was das soll.«

»Der Verleger Bertram ist mein Patient.«

»Dann laß dir die Bücher doch schenken.«

»Das möchte ich nicht.«

»Zumindest könntest du sie über den Verleger billiger bekommen.«

»Ich weiß. Aber das möchte ich auch nicht. Ich will, daß du in eine Buchhandlung gehst und sie kaufst. Ist das klar?«

»Wenn ich nur einen Sinn darin sehen könnte!«

»Nimm es einfach als Auftrag, ja! Bei der Marine wirst du ja auch nicht bei jedem Befehl nach dem Sinn fragen oder eine Erklärung verlangen.«

Felix nahm Haltung an und legte die Hand an den blonden Schopf. »Aye aye, Sir!«

Sie lachte und umarmte ihn. Im allgemeinen lehnte er mütterliche Zärtlichkeiten ab, aber in dieser besonderen Situation glaubte sie sie sich herausnehmen zu können.

Tatsächlich erwiderte er ihre Umarmung und sagte mit zärtlichem Spott: »Du bist mir schon ’ne Marke!«

Eberhard gab sich alle Mühe, seine Verletzung und die

ihm streng verordnete Bettruhe wenn nicht heiter, so doch wenigstens gelassen und beherrscht zu ertragen. Aber er brachte es nicht fertig.

Er wollte nicht, daß Mildred ihm Gesellschaft leistete. Das hätte ein Opfer für sie bedeutet, das ihn belastet und bedrückt hätte.

Sie hatte sich angeboten, bei ihm zu bleiben, und er wußte, daß sie es auch klaglos getan hätte. Trotzdem schickte er sie fort. Dann aber ärgerte er sich, daß sie ihn allein ließ. Er haßte Selbstmitleid, und doch verfiel er ihm und haderte mit seinem Schicksal.

In der ersten Zeit nach seinem Sturz verbrachte er den größten Teil des Tages in einer Art Halbschlummer. Aber je mehr sich seine Gesundheit besserte, desto größer wurde sein Kummer. Er räumte Mildred ein, daß es ihr gutes Recht war, ihren Urlaub in den Bergen auszunützen. Er hätte es gar nicht anders gewollt, aber er konnte nicht verhindern, daß er sich verlassen und verloren fühlte.

Obwohl er wußte, daß er Mildred damit unrecht tat, verglich er sie manchmal mit Aline. Wäre er mit Aline verreist, sie hätte ihn nicht allein gelassen. Natürlich lag das vor allem daran, daß Aline keine Skifahrerin war. Sie hätte wohl morgens und nachmittags einen Spaziergang gemacht, aber die übrige Zeit wäre sie bei ihm geblieben oder hätte doch wenigstens immer wieder nach ihm geschaut. Sie hatte ein natürliches Talent zur Krankenpflege.

Aber, zum Teufel, sagte er sich immer wieder, wenn seine Gedanken bis zu diesem Punkt gediehen waren, was konnte Mildred dafür. Sie hatte ja nie vorgegeben, Krankenpflegerin zu sein, und eine Krankenpflegerin hatte er auch nie in ihr gesehen, sondern eine muntere, intelligente, temperamentvolle und tüchtige junge Frau. Wie konnte er von ihr verlangen, daß sie sich seinetwegen völlig umstellte und eine andere wurde, bloß weil er diesen blödsinnigen Skiunfall gehabt hatte?

Nur daß sie nicht daran dachte, wie ihm zumute war, das verübelte er ihr doch. Das Lesen hatte ihm der Arzt verboten, einmal ganz davon abgesehen, daß er sich nichts aus Büchern machte, Fernsehen gab es nicht, und so blieb ihm nichts anderes übrig, als zu grübeln und ständig auf die mit Zirbelholz verkleidete Decke und die Wände der Engadiner Stube zu starren.

Außer den Stubenmädchen, die die Betten machten und die Wäsche wechselten, sah er tagsüber nur die Hoteliersfrau, die gelegentlich hereinschaute und sich nach seinem Befinden erkundigte, und dann natürlich den Arzt.

Dr. Sarott nahm sich stets Zeit für ihn und schien auch zu wissen, was ihn am meisten bewegte: die Angst vor dem Verlust der Potenz.

»Das kommt alles wieder in Ordnung«, pflegte er zu sagen, »aber nicht von heute auf morgen. Es braucht seine Zeit.«

»Sind Sie ganz sicher? Können Sie es schwören?«

»Es sieht doch ganz gut aus da unten. Die Schwellungen und Verfärbungen nehmen von Tag zu Tag ab.«

»Ja, das sehe ich auch. Aber ich will wissen . . .«

»Das wichtigste ist jetzt erst mal, daß Sie mit der Gehirnerschütterung fertig werden. Der Kopf ist doch wohl ihr edelstes Teil, nicht wahr? Sobald Sie sich wieder wohler fühlen, werde ich den Schellogtest mit Ihnen machen . . .«

»Was ist das?«

»Eine bewährte Methode der Kreislauffunktionsprüfung. Tut nicht weh. Ich werde Ihren Blutdruck und Ihren Pulsschlag messen, wenn Sie liegen, wenn Sie aufstehen und nach dem Treppensteigen. Sobald Sie sich dazu stark genug fühlen, werden wir es versuchen.«

»Warum nicht jetzt gleich?«

Der Doktor sah ihn durchdringend an. »Trauen Sie sich das zu?«

Eberhard dachte daran, daß ihm immer noch leicht schwindelig wurde, wenn er kurz aufstand und schwieg.

»Da sehen Sie!« sagte Dr. Sarott. »Es wäre noch verfrüht. Geduld, Geduld, das ist die Tugend, zu der ich meinen Patienten immer wieder raten muß.« –

Einige Tage später aber war es dann soweit, daß Eberhard es nicht länger im Bett aushielt. Er zog sich seinen Morgenmantel an und setzte sich in einen Sessel, begann, mutiger geworden, durch die verlassenen Gänge des verwinkelten Hauses zu spazieren und wagte sich sogar ans Treppensteigen. Als Dr. Sarott kam, stellte er sich dem Schellogtest und bestand ihn.

»Gratuliere!« sagte der Arzt. »Sie sind als geheilt entlassen.«

»Kann ich auch wieder Ski fahren?«

»Wollen Sie das wirklich?«

Tatsächlich hatte Eberhard keine Lust dazu, wollte es sich und noch weniger Mildred zugeben und hoffte, daß der Doktor es verbieten würde. Trotzdem sagte er: »Ja.«

»Ich würde es langsam angehen lassen, erst mal ein kleiner Spaziergang, dann ein längerer. Sie werden feststellen, daß es Sie ganz schön anstrengen wird.« Dr. Sarott packte den Blutdruckmesser ein. »Wie lange können Sie noch in unserem schönen Engadin bleiben?«

»Fünf Tage.«

»Das ist knapp. Falls Sie keinen Nachurlaub machen können, wozu ich Ihnen dringend raten würde, sollten Sie die Skier stehen lassen.« Er reichte Eberhard die Hand. »Also, machen Sie's gut. Sie werden hoffentlich verstehen, daß ich Ihnen meine Liquidation gleich morgen ins Hotel schicken werde.«

»Und was ist mit meiner Potenz? Sie haben mir gesagt, wenn die Gehirnerschütterung erst behoben ist . . .«

». . . wird auch alles andere wieder in Ordnung kommen. Da haben Sie mich ganz richtig verstanden. Aber ich habe nicht gesagt, daß es gleichzeitig, Zug um Zug, geschehen wird. Ihr Penis ist empfindlicher als Ihr Hirn und hat den stärkeren Schock abbekommen.«

»Aber Sie können mir garantieren ...«

Dr. Sarott zögerte einen Atemzug lang. »Nein«, sagte er dann, »da muß ich Sie enttäuschen. Garantieren kann ich nichts.«

Eberhard erschrak so sehr, daß er totenblaß wurde. »Ich bin impotent?«

»Aber, aber!« Der Doktor drückte ihn in den Sessel. »Ganz ruhig bleiben. Sie haben eine Garantie von mir verlangt, die ich Ihnen nicht geben kann. Das ist alles. Von Impotenz kann keine Rede sein.«

»Reden Sie nicht länger um den heißen Brei! Ich will die Wahrheit wissen!«

»Lieber Herr Thomas, das verstehe ich ja. Aber ich bin nun mal kein Hellseher. Es ist gut möglich, daß Ihre Potenz überhaupt nicht gelitten hat ...«

»Aber es rührt sich nichts mehr!«

»Das wäre zum jetzigen Zeitpunkt auch erheblich zuviel verlangt. Aber wahrscheinlich wird in drei oder vier Wochen alles wieder ganz normal sein, und Sie werden den Geschlechtsverkehr ohne Schwierigkeiten vollziehen können.«

»Und wenn nicht?«

»Es wäre natürlich eine gewisse psychische Sperre denkbar, wie sie ja bei vielen Männern auftritt, auch ohne einen Unfall erlebt zu haben. Sie bilden sich ein, impotent zu sein, und demzufolge klappt es dann auch nicht. Ja, das wäre durchaus denkbar.«

»Aber das ließe sich doch überwinden?«

»Unbedingt. Ich nehme an ... Sie haben ja eine sehr junge, temperamentvolle Frau ... daß es da bisher nie Schwierigkeiten gegeben hat?«

»Nein.«

»Dann bestehen die allerbesten Chancen.«

Eberhard atmete auf. »Wenn es wirklich nur das ist ...«

»Notfalls sollten Sie natürlich einen Urologen aufsuchen.« Dr. Sarott wandte sich zur Tür.

»Notfalls?« wiederholte Eberhard töricht und spürte, wie ihm der kalte Schweiß ausbrach. »Bleiben Sie! Ich will es wissen.«

»Falls es sich nicht wieder einspielt«, erklärte Dr. Sarott.

»Das wäre also möglich?«

»Ja. Es könnte sich . . . wohlgemerkt, eine funktionelle oder auch organische Störung einstellen.«

»Also doch!«

»Lieber Herr Thomas, verstehen Sie mich nicht falsch. Das ist beileibe keine Diagnose. Die kann nur ein Facharzt stellen.«

»Und was soll ich meiner Frau sagen?«

»Daß Sie Schonung brauchen. Daß für mindestens vier Wochen an Liebe nicht zu denken ist. Mag sein, daß Sie schon viel früher wieder fit sein werden, das kann ich nicht ausschließen. Aber vor verfrühten Experimenten muß ich Sie dringend warnen. Jeder unterlassene Versuch ist besser als ein mißglückter.« Dr. Sarott verabschiedete sich endgültig.

Eberhard blieb allein zurück. Lustlos zog er sich an und trat vor das Hotel. Der Himmel hatte sich bezogen, dicke, weiße Wolken verbargen die Sonne und versprachen bald wieder Neuschnee.

Die Luft war belebend und frisch, und nach ein paar tiefen Atemzügen fühlte Eberhard sich besser. Er entschloß sich, wie der Doktor ihm geraten hatte, zu einem Spaziergang. Es würde alles wieder gut werden, sagte er sich, es mußte alles gut werden.

Anfang Januar begegnete Aline dem Sohn ihres Patienten zum ersten Mal. Sie hatten gerade ihre Teestunde, als Friedrich Bertram junior – Fritz, wie er zur Unterscheidung von seinem Vater genannt wurde – das Zimmer betrat. Da er einen eigenen Schlüssel besaß, hatte er nicht klingeln müssen, und so war sie überrascht, fast ein wenig erschrocken, als er plötzlich vor ihr stand.

Er begrüßte seinen Vater und sagte dann, Spott in den schwarzen, dicht bewimperten Augen: »Und das ist also deine berühmte Aline!«

Sie empfand sein Auftreten als arrogant und ärgerte sich, daß er sie beim Vornamen nannte. »Und Sie sind Fritz, nicht wahr?« entgegnete sie. »Ich freue mich, daß ich Sie endlich kennenlerne!«

Der alte Herr schmunzelte: »Gut, Aline!«

Fritz Bertram war eine Sekunde sprachlos. »Sie scheinen sich Ihrer Position allzu sicher zu sein!« fuhr er sie endlich an.

»Von welcher Position sprechen Sie?« fragte Aline lächelnd. Fritz Bertram wandte sich an seinen Vater. »Ich verstehe nicht, wie du diese unverschämte Person um dich dulden kannst!«

»Zu mir ist sie nie unverschämt. Überleg mal, ob nicht etwa du dich im Ton vergriffen hast.«

»Ich? Niemals! Du hast dich von ihr um den Finger wikkeln lassen, Vater! Du hast sie verwöhnt, nur weil sie jung und schön ist!«

Aline traute ihren Ohren nicht; sie wäre niemals auf den Gedanken gekommen, daß ein Fremder sie so sehen könnte.

»Wenn ich richtig orientiert bin«, sagte Friedrich Bertram, »ist sie genauso alt wie du.«

»Warum trägt sie keinen Kittel, wie es Vorschrift ist?«

»Weil es mir so lieber ist. Ich möchte nicht in jedem Moment daran erinnert werden, daß ich ein Pflegefall bin.«

»Ich empfinde das als ungehörig.«

Unwillkürlich sah Aline an sich herab; sie hatte für diesen Tag einen karierten Wollrock gewählt und einen einfachen braunen Rollkragenpullover.

»Finden Sie meine Kleidung tatsächlich anstößig?« fragte sie verblüfft.

»Absolut unpassend! Mein Vater braucht keine Dame als Gesellschafterin, sondern eine verläßliche Person, die sich um ihn kümmert.«

Aline stand auf. »Es tut mir leid, daß ich Ihnen so mißfalle. Aber es besteht kein Grund zur Aufregung. In zehn Tagen sind Sie mich ja ohnehin los. Ich bin nur eine Aushilfe, wie Sie sich erinnern werden. Darf ich Ihnen eine Tasse bringen? Es ist noch Tee in der Kanne.«

»Nein. Danke.«

»Du solltest Alines Tee versuchen«, sagte Friedrich Bertram, »er ist köstlich.«

»Ich weiß, wie Tee schmeckt.«

Aline hatte sich vorgenommen, den Mund zu halten, aber die bornierte Art des Juniors reizte sie bis zur Weißglut. »Ach ja«, rief sie, »das wissen Sie! Obwohl es Hunderte Sorten von Tee gibt und wahrhaftig mehr als eine Zubereitungsart! Aber für Sie ist Tee nun einmal Tee und basta.«

»Ja, so ist er«, sagte der alte Herr, »für ihn ist Tee Tee, sind Frauen Frauen, alte Leute alte Leute. Er liebt die Vereinfachungen.«

»Vater! Warum fällst du mir in den Rücken?«

»Weil es mir peinlich ist, wie du dich blamierst.«

Fritz Bertram holte tief Luft, dann wandte er sich an Aline und sagte mit betonter Beherrschung: »Ich habe einiges mit meinem Vater zu besprechen. Bitte, lassen Sie uns allein!« Aline wandte sich zur Tür.

»Bleiben Sie!« befahl der alte Herr scharf. »Ich wünsche, daß Aline bleibt. Oder haben wir etwa Geheimnisse, Fritz?«

»Was ich dir zu sagen habe, geht nur uns beide an!«

»Das kann ich wohl besser beurteilen als du. Also, leg los!« Aline zog sich in die äußerste Ecke des Raumes zurück und trat an das Fenster, das von Friedrich Bertrams

Liegestatt am weitesten entfernt war. Vor ihr lag die Außenalster, grau und halb vereist. All die Schiffe, die sie im Sommer belebten, waren im Hafen oder am Ufer vertäut.

Hinter ihr sprachen Vater und Sohn über Probleme des Verlages, über gestiegene Druckkosten, geplante Auflagenhöhen und über den Ärger mit einem Autor, der die Lieferung einer Arbeit immer wieder hinauszögerte. Aline hatte das Gefühl, daß sich der Blick des Juniors in ihren Rücken bohrte. Er mußte wissen, daß sie jedes Wort mitanhörte, und sie begriff, wie störend er das empfinden mußte. Dennoch konnte sie das Zimmer nicht verlassen, ohne Gefahr zu laufen, von Friedrich Bertram gerufen zu werden.

Aline hatte jetzt Gelegenheit, über sich nachzudenken. Sie hatte sich immer für eine sehr beherrschte Person gehalten. Weder Eberhard, noch Betsy oder ihre Kinder hatten sie je aus der Fassung gebracht, obwohl oft genug Grund genug dazu vorhanden gewesen wäre. Wenn sie sich verletzt fühlte, hatte sie sich eher zurückgezogen, in früheren Zeiten vielleicht auch mal ein paar Tränen vergossen, anstatt zurückzuschlagen. Wieso hatte sie Fritz Bertram gegenüber gleich alle Stacheln aufgestellt? Lag etwas in seiner Art, das ihr so unerträglich war? Oder hatte sie sich verändert?

So unauffällig wie möglich drehte sie sich um und beobachtete ihn. Er war keine üble Erscheinung, schlank, breite Schultern und sensible Hände, mit denen er lebhaft gestikulierte. Das Haar, das an den Schläfen schon zurückwich, war so dunkel wie die Augen, die Nase leicht gebogen, der Mund sinnlich. Alles in allem wirkte er durchaus sympathisch. Zweifellos war er intelligent, und wahrscheinlich hatte er auch Humor, wenn er ihn auch bisher nicht bewiesen hatte. Es mußte ihr doch möglich sein, mit ihm auszukommen, zumal sie ihm auch in Zukunft wohl nicht allzu oft begegnen würde. Immerhin war er der Sohn des Arbeitgebers. Wenn ihr das nicht gelang, war es mit ihren Qualitäten in puncto Menschenführung schlechter bestellt, als sie sich eingebildet hatte.

Sie zuckte zusammen, als er sich mitten in einem Satz unterbrach und sich ihr mit einem funkelnden Blick zuwandte.

»Was starren Sie mich an?« fauchte er.

Aline war drauf und dran, ihm eine ebenso heftige Antwort zu geben, statt dessen sagte sie mit erzwungener Sanftmut: »Entschuldigen Sie bitte, habe ich das getan? Es ist mir gar nicht bewußt geworden. Ich habe nachgedacht.«

»Haben Sie nichts zu tun?«

»Doch, ja, natürlich.« Aline nahm ein Buch und setzte sich.

»Was lesen Sie da?« Mit wenigen Schritten war er bei ihr und riß es ihr aus der Hand. »Das hätte ich mir denken können!«

»Es ist ein amerikanischer Jugendroman.«

»Sie brauchen mir nicht zu sagen, was das ist! Ich kenne ›Trolly‹. Wie kommt das in Ihre Hände?«

»Ich bitte dich, Fritz, führ dich nicht so auf!« ließ sich der alte Herr vernehmen. »Natürlich habe ich es ihr gegeben.«

»Wie kommst du dazu?«

»Ich bin zu alt für solche Geschichten.«

»Gut, daß du das endlich einsiehst. Du solltest aufhören, dich mit Dingen zu beschäftigen, von denen du nichts verstehst.«

»Oho! Von Büchern verstehe ich noch immer eine Menge, wenn auch ein Jugendroman nicht ganz auf meiner Linie liegt.«

»Niemand hat von dir verlangt, daß du ihn liest.« Fritz Bertram klemmte sich das Buch unter den Arm, anscheinend entschlossen, es mitzunehmen.

»Laß es da!« forderte der alte Herr. »Sie hat es noch nicht ausgelesen.«

»Danke«, sagte Aline, »es reicht mir.«
»Was soll das heißen?«
»Wollen Sie wirklich meine Meinung hören?«
»Nein.«
»Das hatte ich mir gedacht.«
»Ich habe Aline das Buch gegeben, weil ich wissen will, was sie davon hält«, sagte der alte Herr.
»Aber mich interessiert das nicht im mindesten. Von mir aus kann sie es dir erzählen, wenn ich weg bin.«
»Jammerschade. Sie hat nämlich ein sehr gutes Urteil.«
»Aber keinerlei Kompetenz!«
»Die habe ich mir auch nie angemaßt, Herr Bertram.«
»So? Stimmt es etwa nicht, daß Sie in Büchern und Manuskripten herumschnüffeln? Daß Sie die Schwäche meines Vaters ausnützen? Daß Sie sich anmaßen, ihn zu beraten?«
»Ich lese, was er mir gibt, und wenn er mich fragt, sage ich, was ich davon halte. Ich kann nichts Unrechtes darin sehen.«
»Sie? Ausgerechnet Sie? Eine ehemalige Schönheitskönigin?«
»Das war ich nie!«
»Ach, lassen Sie ihn doch, Aline!« sagte der alte Herr mit einer mühsamen Handbewegung und wandte sich dann an seinen Sohn: »Sie hat schon, bevor sie zu mir kam, eine Menge gelesen. Sie hat sich sogar eine eigene Literaturgeschichte erarbeitet.«
»Ha, ha, ha.«
»Du könntest froh sein, wenn du eine Kraft wie sie in deinem Lektorat hättest . . .«
»Das hätte mir gerade noch gefehlt.«
». . . dann wärst du nämlich nicht auf diese verblasene Story hereingefallen.«
»Meinst du damit etwa ›Trolly‹?« Er zog das Buch unter dem Arm hervor und starrte auf das bunte Titelbild,

als hätte er es nie gesehen. »Das ist in den Staaten ein Bestseller . . . na, vielleicht ist das etwas übertrieben. Jedenfalls hat es sich blendend verkauft.«

»Wir leben nicht in den Staaten, Junge.«

»Aber gerade die Jugend übernimmt mit Wonne sämtliche amerikanischen Errungenschaften . . . Kaugummi und Coca Cola, Jazz und Rock, Mac Donald's und Aerobic!«

»Wir diskutieren über ein Buch.«

»Wer tut das? Wer mit wem? Ich etwa mit dir, der du zugibst, es gar nicht zu kennen? Oder ich etwa mit . . . na, wie war doch der Name?«

»Thomas«, sagte Aline, »Frau Thomas.«

»Danke, Frau Thomas. Nein, es gibt keine Diskussion. Das könnte dir so passen.«

»Was kann es schon schaden, wenn du dir wenigstens anhörst, was sie zu sagen hat?«

»Vertane Zeit.«

»Los, Aline, nun reden Sie schon! Kurz und bündig. Mein Sohn scheint es wieder mal eilig zu haben.«

»Ich will nicht!« protestierte Fritz Bertram.

»Aber Sie sollten!« Aline hatte sich fest vorgenommen, den Mund zu halten, aber jetzt platzte sie doch damit heraus: »Sie haben es nämlich auch nicht gelesen!«

Einen Moment blieb Fritz Bertram stumm. Dann sagte er: »Wie können Sie das wissen?«

»Weil es nicht in Ihr Jugendprogramm paßt!«

»Und das wollen Sie beurteilen?«

»Ich habe mir die Neuerscheinungen von ›Bertram und Sohn‹ beschafft, und ich habe sie gelesen.«

»Wann?« fragte der alte Herr überrascht.

»Zu Hause natürlich.«

»Fleißiges Mädchen.«

»Haben Sie vor, ins Verlagswesen einzusteigen?« fragte Fritz Bertram schneidend.

Sie warf den Kopf in den Nacken. »Das wäre vielleicht eine gute Idee. Darauf bin ich noch gar nicht gekommen.«

»Warum haben Sie sich dann all die Mühe gemacht?«

»Weil ich Ihrem Vater so nützlich wie möglich sein wollte.«

»Du hast ›Trolly‹ also tatsächlich nicht gelesen«, stellte der alte Herr fest.

»Als Verleger kann ich mich nicht mit jedem einzelnen Buch befassen, das weißt du selber ganz genau. Für das Jugendbuch ist Doktor Lenné zuständig.«

»Frisch von der Universität!«

»Er war ein Jahr bei ›Bancroft‹ in New York.«

»Von dem, was junge Mädchen hier in Deutschland lesen wollen, scheint er jedenfalls herzlich wenig zu verstehen«, warf Aline ein.

Fritz Bertram fuhr zu ihr herum. »Sie aber?«

»Sicher. Es ist noch nicht lange her, seit ich selber ein Mädchen war, und ich habe eine Tochter.«

»So? Waren Sie? Haben Sie? Hilf Himmel, ich halte es im Kopf nicht aus!«

»Vielleicht wäre es doch ganz nützlich, wenn du sie mal referieren ließest«, schlug der alte Herr vor, »da du offensichtlich nicht einmal den Inhalt kennst.«

»Der dürfte auf der Rückseite stehen!« Fritz Bertram drehte das Buch um.

»Ja, sicher!« sagte Aline. »Junges Mädchen überwindet Komplex wegen einer Zahnspange und findet Freunde ... wen interessiert das schon?«

»Sie natürlich nicht! Sie haben nie einen Komplex gehabt, und Ihre Tochter, wenn sie nach Ihnen schlägt, sicher auch nicht!«

»Bestimmt nicht wegen einer Zahnspange! Kennen Sie ein Mädchen, das eine Zahnspange trägt? Ich meine, so eine fest verschweißte, die man Tag und Nacht tragen muß und niemals ablegen kann? Das gibt es bei uns doch gar nicht! Unsere Kinder tragen ihre Zahnspangen nur nachts oder vielleicht noch während des Unterrichts oder zu Hause ... wenn sie etwas vorhaben, nehmen sie sie einfach raus. Wußten Sie das nicht? Dadurch dauert die Regulierung vielleicht länger, erzeugt aber von vornherein keine Komplexe.«

»Das nenne ich mal eine wahrhaft literarische Kritik!« Fritz Bertram schlug sich mit der Hand gegen die Stirn.

»Bei einem Jugendbuch muß zuerst einmal der Inhalt stimmen«, beharrte Aline.

»Und Sie halten es rundweg für ausgeschlossen, daß die Leserinnen sich für eine Zahnspangenträgerin interessieren könnten, nur weil sie selber keine tragen müssen?«

»Natürlich nicht. Aber diese Trolly ist nun einmal durch und durch uninteressant. Sie hat keine wirklichen Probleme. Sie sucht nicht einmal einen Freund, sondern leidet nur darunter, daß sie nicht so viele ›dates‹ wie die anderen hat. Das Ganze ist eine langweilige, gewollt nekkische Geschichte, die vielleicht noch in einen völlig anspruchslosen Kinderbuchverlag paßt, zu ›Bertram und Sohn‹ aber bestimmt nicht.«

»Das können Sie beurteilen?«

»Machen Sie sich die Mühe, und lesen Sie das Buch, dann werden Sie mir bestimmt zustimmen!«

»Ich darf also annehmen, daß unsere anderen Jugendbücher Gnade vor Ihren Augen gefunden haben?«

»Ja!« sagte Aline, fügte dann aber ehrlich hinzu: »Wenn ich mir auch noch Besseres vorstellen könnte. Aber darüber zu reden hat ja keinen Sinn. Ich weiß aus Erfahrung, wie schwer gute Bücher für Mädchen zu finden sind, die über das Kinderbuch hinaus und mit dem Roman für Erwachsene doch noch überfordert sind.«

»Ach wirklich? Warum schreiben Sie dann nicht selber?«

»Was hat das damit zu tun?« gab Aline hitzig zurück. »Wenn ich einen Hut brauche und keinen finde, der mir hundertprozentig gefällt, heißt das doch nicht, daß ich imstande sein muß, selber einen herzustellen!«

Der alte Herr lachte.

Sein Sohn hingegen verzog keine Miene. »Der Vergleich hinkt. Mit der Hutmacherei haben Sie sich ja nie befaßt, dafür aber mit Belletristik.«

»Sie doch auch, und trotzdem schreiben Sie keine Bücher.«

»Ich bin Verleger.«

»Und ich bin Leser.«

»Stellen Sie Ihr Licht nicht unter den Scheffel! Sie sind Kritikerin!«

Aline und Fritz Bertram standen sich gegenüber und funkelten sich an.

»Selbst wenn ich das wäre«, entgegnete Aline, »würde das lange noch nicht heißen, daß ich auch selber schreiben könnte.«

»Die meisten Kritiker bilden es sich jedenfalls ein.«

»Ich leide nicht unter Einbildung.«

»Ihre Arroganz entspringt also nur natürlichem Selbstvertrauen?«

»Wenn einer von uns beiden arrogant ist, dann doch Sie!«

Der alte Herr mischte sich nun ein. »Damit, meine ich, können wir das Thema ›Trolly‹ ad acta legen.«

»Ich habe nicht darüber reden wollen«, behauptete Aline.

»Ach, hören Sie doch auf! Sie haben es gar nicht erwarten können, Ihr ach so fachmännisches Urteil loszuwerden!«

»Und doch habe ich recht damit! Sie sollten froh sein, daß es Ihnen jemand gesagt hat!«

»Sie ahnen ja nicht, wie dankbar ich Ihnen bin!« entgegnete Fritz Bertram sarkastisch. »Von Stund an werde ich darauf warten, daß Sie Ihr Manuskript einreichen. Dann werde ich endlich imstande sein, das ideale Jugendbuch auf den Markt zu bringen.«

»Wenn Sie mich noch lange ärgern, setze ich mich wirklich hin und schreibe!«

»Da hast du es, Papa! Deine angebliche Pflegerin ist eine verkappte Autorin! Ich möchte wetten, daß sie schon einiges in ihrer Schublade angesammelt hat!«

»Wenn ich schreibe, dann bestimmt nicht für die Schublade, darauf können Sie sich verlassen!« Aline drehte sich um und verließ den Raum.

Es kümmerte sie nicht, daß der alte Herr sie zurückrief. ›Soll er sich doch von seinem fabelhaften Sohn pflegen lassen, wenn er es nötig hat!‹ dachte sie. ›Dann kann er doch auch mal etwas Nützliches tun, dieser anmaßende Flegel! Mir zu unterstellen, daß ich mich eingeschlichen hätte, denn darauf läuft es doch hinaus! Etwas Unverschämteres hat mir noch niemand an den Kopf geworfen!‹

Aline zog sich in die Küche zurück, fest entschlossen, erst wieder herauszukommen, wenn Fritz Bertram gegangen war. Sie brauchte nicht lange zu warten.

Der alte Herr hatte den Zusammenstoß zwischen seinem Sohn und Aline sehr genossen; er hänselte sie damit auf freundschaftliche Weise. Sie nahm sich vor, sich nicht wieder aus der Fassung bringen zu lassen und das nächste Mal den Mund zu halten – falls es ein nächstes Mal geben sollte. Sie konnte sich gut vorstellen, daß er ihr in Zukunft lieber ausweichen würde.

Aber schon am nächsten Tag war er wieder da. Diesmal ließ er sich Tee einschenken und kostete das Gebäck, das sie von zu Hause mitgebracht hatte, um dem Patienten Abwechslung zu bieten. Auch war er sehr viel höflicher, wenn Aline sich auch durch seine Anwesenheit gereizt fühlte. Sie war krampfhaft bemüht, es sich nicht anmerken zu lassen.

»Frau Thomas«, sagte er, in seiner Tasse rührend, »ich habe über Sie nachgedacht.«

Aline begriff, daß er jetzt eine Frage erwartete, aber sie schwieg entschlossen.

»Da Sie so gerne ein Buch schreiben möchten . . .« Er ließ den Satz unbeendet im Raum stehen.

»Noch einen Keks, Herr Bertram?« fragte Aline ihren Patienten. »Zwei dürfen Sie sich ruhig gönnen. Sie sind sehr leicht.«

»Aber gerne, Aline! Sie schmecken köstlich.«

»Hören Sie mir eigentlich zu, Frau Thomas?« fragte Fritz Bertram.

»Doch. Ja.«

»Warum sagen Sie dann nichts?«

»Weil ich Ihnen zuhöre. Ich denke, Sie sind noch nicht zu Ende.«

»Ein einseitiges Gespräch ist kein Gespräch.«

Aline blieb weiter stumm, wie sie sich vorgenommen hatte. Fritz Bertram gab nicht auf. »Was ist los mit Ihnen? Haben Sie etwas gegen mich?«

»Nein.«

»Dann reden Sie gefälligst mit mir!«

Aline hob den Kopf und sah ihm in die Augen. »Ich will mich nicht wieder von Ihnen provozieren lassen.«

Der alte Herr verbarg ein Lächeln. »Das fände ich aber schade.«

»Ich bin nicht als Blitzableiter für Ihren Sohn engagiert.«

»Wie kommen Sie denn darauf?« protestierte Fritz Bertram. »Ich gebe zu, daß ich mich gestern schlecht benommen habe . . .«

»Bravo!« rief sein Vater.

». . . und möchte, daß Sie einen besseren Eindruck von mir gewinnen. Warum machen Sie es mir so schwer?«

»Das lag nicht in meiner Absicht.«

»Herrgott sind Sie schwierig!«

»Vielleicht gibst du erst einmal zu, daß Alines Beurteilung dieses amerikanischen Dingsda richtig war!« schlug der alte Herr vor. »Das hast du doch inzwischen eingesehen, sonst würdest du wohl nicht versuchen, guten Wind zu machen.«

»Davon ist sie doch ohnehin überzeugt.«

»Daß sie recht hat, ja, aber nicht, daß du es eingesehen hast.«

»Na schön, wenn ihr so viel daran liegt . . . es ist kein gutes Buch. Jetzt zufrieden, Frau Thomas?«

»Ich hätte mich nie dazu äußern sollen. Ich habe mich hinreißen lassen. Das soll nie wieder vorkommen.«

»Nun seien Sie doch nicht so empfindlich!«

»Ich bin nicht gekränkt, wenn Sie das meinen. Gestern war ich es, zugegeben. Aber es war meine Schuld, daß Sie einen falschen Eindruck von mir bekommen haben. Ihr Vater hatte mich zu sehr ermutigt, aus verständlichen Gründen. Ich hätte das nicht ernst nehmen dürfen.«

»Aline! Sagen Sie doch so etwas nicht! Sie wissen, wie sehr ich es genieße, statt einer freundlichen Kuh eine Gesprächspartnerin um mich zu haben!«

»Das war ziemlich häßlich Ihrer Schwester gegenüber, Herr Bertram . . .«

»Ich versuche nur, Ihnen deutlich zu machen . . .«

»Ich weiß, was Sie meinen. Auch für mich war es gut, jemanden zu haben, mit dem ich über Dinge sprechen konnte, die mich wirklich interessieren. Ich werde das sehr vermissen. Aber wenn ich sicher auch belesener bin als die Schwester, die ich vertrete und die Sie so liebenswürdig als freundliche Kuh bezeichnen, so darf ich mir doch nicht vormachen, tatsächlich etwas von Büchern zu verstehen.«

»Erwarten Sie jetzt, daß ich Ihnen widerspreche?« rief Fritz Bertram.

»Im Gegenteil. Ich bin überzeugt, daß ich genau das ausgesprochen habe, was Sie von mir halten.«

»Papa! Ich bitte dich! Ist sie noch zu retten?«

»Das war alles, was ich sagen wollte«, erklärte Aline.

»Soll das heißen, daß Sie sich von nun an in eisernes Schweigen hüllen werden?«

»So gut es mir gelingt . . . ja.«

»Aber warum um alles in der Welt?«

»Weil ich dem Patienten unnötige Aufregungen ersparen muß.«

»Oh, nehmen Sie nur keine Rücksicht auf mich!« bat der alte Herr. »Ein paar kleine Aufregungen können mir nur guttun.«

»Kann ich jetzt abräumen?« fragte Aline.

»Nur nicht so ungemütlich!« sagte Fritz Bertram. »Ich hätte gern noch einen Schluck Tee!«

Aline schenkte ihm ein.

»Das ist ein großes Kompliment für Sie, Aline! Mein Sohn ist im allgemeinen für härtere Getränke.«

»Wovon habe ich gerade noch gesprochen?« fragte Fritz Bertram.

»Vergiß es. Du hast versucht, Aline zu ärgern.«

»Habe ich das? Das kann ich mir nicht denken!«

»Du willst also ›Trolly‹ nicht nehmen?«

»Nein. Aber um etwas klarzustellen: Das ist nicht der Verdienst von Frau Thomas. Ich wäre ohnehin darauf gekommen, daß es nicht geeignet ist.«

»Na, hoffentlich. Was willst du statt dessen herausbringen?«

»Ich habe zwei ganz gute Manuskripte.« Er sah Aline herausfordernd an. »Ich nehme an, Sie haben sie auch gelesen?«

»Ja.«

»Und was halten Sie davon? Haben die wenigstens Gnade vor Ihren Augen gefunden?«

Aline schwieg.

»Kommen Sie, kommen Sie! Nun reden Sie schon! Steigen Sie endlich von ihrem hohen Roß!«

»Wir finden sie«, erklärte der alte Herr, »wie du schon selber sagtest, ganz gut.«

»Das klingt nicht gerade begeistert.«

»Bist du etwa begeistert?«

»Es ist schwer, etwas Geeignetes für junge Leute zwischen zwölf und sechzehn zu finden. Kommt noch hinzu, daß sie sich diese Bücher ja nur höchst selten selber kaufen, sondern von Verwandten geschenkt bekommen, auf deren Geschmack man also auch noch Rücksicht nehmen muß. Aber wie gefällt euch dieser schwedische Roman, auf den wir die Hauptwerbung konzentrieren wollen? ›Lilefors‹! Wenn Ihnen der nicht zusagt, Aline ... oh, pardon, Frau Thomas ... verstehe ich die Welt nicht mehr! Tun Sie mir den Gefallen und reden Sie endlich! Wir sind übereingekommen, daß Sie kein Fachmann sind, also haben Sie volle Narrenfreiheit! Reden Sie! Ich will Ihr Urteil hören! Oder möchten Sie mich verunsichern?«

»Nein.«

»Also reden Sie schon!«

»›Lilefors‹ ist ausgezeichnet.«

»Habe ich es doch gewußt! Das wird ein Bestseller!«

»Muß die Qualität eines Buches immer mit dem Erfolg identisch sein?« platzte Aline heraus.

»Gut, daß Sie mich danach fragen!« rief Fritz Bertram, und ehe Aline es sich versah, waren sie und ihr Patient in ein höchst angeregtes Gespräch über Erfolge und Mißerfolge, den Geschmack des Publikums, die Rolle der Presse und die Bedeutung von Aufmachung und Werbung verwikkelt. Es konnte nicht mehr davon die Rede sein, daß sie sich in Schweigen hüllte, und sie genoß es, bis er behauptete: »Wenn Sie also selber ein Buch schreiben, wäre es ein Fehler, von vornherein auf den Erfolg zu rechnen ...«

»Ich denke ja gar nicht daran!« warf sie ein.

»Recht so!« sagte er. »Das kann nämlich nur Routiniers gelingen. Schreiben Sie, ohne links und rechts zu sehen, die Geschichte, die Sie auf dem Herzen haben.«

»Wie kommen Sie darauf, daß ich schreiben will?«

»Alle, die sich ernsthaft mit Büchern beschäftigen, wollen es. Ich kenne keinen Lektor, der nicht zumindest den geheimen Wunsch hätte, etwas zu produzieren. Nur kommen die wenigsten dazu, weil sie zu sehr mit den Manuskripten anderer Autoren befaßt sind, und nebenher schreibt es sich schlecht. Auch fehlt es meist an der nötigen Begabung.«

»Und mir trauen Sie es zu?« fragte Aline, überrascht, weil er seine Meinung über sie so rasch geändert zu haben schien. Er lächelte. »Zumindest den Versuch! Aber ob Sie etwas zustande bringen, steht natürlich auf einem anderen Blatt.«

»Danke für Ihre Offenheit!«

»Lassen Sie sich nicht entmutigen! Sie sind ehrgeizig ...«

»Das hat mir noch niemand vorgeworfen!«

»Es ist nur eine Feststellung. Wenn Sie an den richtigen Stoff geraten, wer weiß ... vielleicht! Schreiben Sie einfach über sich selber!«

»Das ist nun wirklich kein Thema!«

»Über eine schöne, ehrgeizige junge Frau, frisch geschieden ...«

»Das soll ich sein? So sehen Sie mich?«

»Ja!«

»Aber ich bin keineswegs geschieden.«

»Mag sein, daß Ihre Ehe noch auf dem Papier besteht, aber das bedeutet nicht, daß sie noch funktioniert. Sonst hätten Sie doch keine Ausbildung als Krankenpflegerin angefangen.«

Aline war verblüfft, wie richtig er ihre Situation erkannt hatte, irritiert, weil er sie so leicht zu durchschauen schien und zornig über seine Taktlosigkeit. »Sie sind unverschämt!« rief sie empört.

»Tut mir leid, wenn Sie diesen Eindruck von mir haben. Ich dachte, Sie seien sich über sich selber im klaren und könnten die Wahrheit ertragen.«

»Was wissen Sie schon von mir?«

Er lächelte amüsiert. »Eine ganze Menge.«

»Genug davon«, bestimmte der alte Herr, »hör auf, Aline zu ärgern, sonst wirft sie mir am Ende noch den Krempel vor die Füße.«

»Das würde sie nie tun«, behauptete Fritz Bertram, »verdammt pflichtbewußt ist sie nämlich auch noch.«

»In diesem Punkt haben Sie ausnahmsweise recht«, sagte Aline und funkelte ihn an.

Sein Lächeln wurde breiter. »Wie fabelhaft es Ihnen steht, wenn Sie sich aufregen! Aber eines muß ich Ihnen sagen: Wenn Sie alle Ihre Patienten so behandeln wie mich, werden Sie in Ihrem Beruf nicht alt werden.«

»Sie sind nicht mein Patient!«

»Wie wahr! Aber die alten Menschen, die Sie betreuen wollen, könnten sehr viel grober werden als ich.«

»Kindern und Alten verzeiht man vieles. Sie sind nicht voll verantwortlich für das, was sie tun und sagen.«

»Dann halten Sie mir, bitte, einen gewissen jugendlichen Übermut zugute!«

»Mach dich nicht zum Narren, Fritz!« sagte der alte Herr.

Friedrich Bertram zeigte sich nicht im geringsten gekränkt.

»Ein Jammer, daß ich schon gehen muß. Habe mich selten so gut unterhalten.« Er stand auf. »Dank für alles, Aline! Bis morgen dann, Papa!« Er ging.

»Nehmen Sie ihn nicht ernst, Aline!« sagte der alte Herr.

»Ich verstehe nicht, wie er es fertigbringt, mich so aufzuregen.«

»Er ist sonst gar nicht so. Sie wirken wie ein rotes Tuch auf ihn.«

»Und er auf mich. Könnten Sie es nicht so einrichten, daß er Sie zu einer anderen Zeit besucht? Nicht gerade dann, wenn ich hier bin?«

»Möchten Sie das wirklich?«

Aline war sich dessen gar nicht sicher, dennoch sagte sie mit fester Stimme: »Ja, Herr Bertram!«

»Das wollen wir ihn aber besser gar nicht wissen lassen. Wer weiß, was er sich dann noch alles einfallen ließe.«

Je näher das Ende ihrer Urlaubsvertretung kam, desto rascher schienen die Tage zu verfliegen. Der alte Herr hatte immer noch seine Launen und ertrug seine Schmerzen mit mehr oder weniger Gelassenheit. Es war schon allein anstrengend für Aline, jeden Morgen quer durch die Stadt von Bergedorf zur schönen Aussicht und abends wieder zurückzufahren. Auch der eigene Haushalt mußte ja in Ordnung gehalten werden, und sie war froh, daß Eberhard verreist war, sonst hätte sie es sicher nicht geschafft. Oft fühlte sie sich abgehetzt und erschöpft. Dennoch sah sie dem Ende ihrer Tätigkeit bei Friedrich Bertram mit gemischten Gefühlen entgegen. Sie wußte, daß die Gespräche mit ihm und auch die Auseinandersetzungen mit seinem Sohn ihr fehlen würden. Der Junior pflegte sich regelmäßig zur Teestunde einzufinden, und wenn er sich einmal verspätete, hatte sie Mühe, sich nicht anmerken zu lassen, daß sie beunruhigt war.

Sie wußte inzwischen einiges über ihn: daß er Junggeselle war, ein Frauenheld, wie sein Vater behauptete und zu einer festen Bindung nicht fähig. Der alte Herr wünschte sich sehr, daß Fritz endlich heiraten und Kinder bekommen würde, damit der Name der Familie erhalten blieb, und einmal hatte er darauf sogar in Alines Gegenwart angespielt.

»Mach dir keine Gedanken«, hatte der Sohn darauf erwidert, »eines Tages, wenn ich die Richtige finde, schlage ich voll zu.«

»Und wie soll die Richtige sein?« hatte Aline unwillkürlich gefragt.

»Jung und unerfahren . . .«

»... damit sie dir nicht auf die Schliche kommen kann«, hatte sein Vater den Satz ergänzt.

»Ganz richtig«, hatte Friedrich Bertram ohne Verlegenheit zugegeben, »ich suche eine Frau, der ich mich haushoch überlegen fühlen kann, und Geld muß sie natürlich haben, das wäre gut für den Verlag.«

»Armes reiches Mädchen«, hatte Aline gesagt, »man müßte sie warnen!«

»Sie wären dazu imstande!«

Danach hatte sich das Gespräch einem weniger privaten Thema zugewandt.

Aline wußte nicht, ob sie Fritz Bertram mochte oder ihn verabscheute. Aber vor ihm hatte sie nie einen Menschen getroffen, mit dem sich so gut diskutieren und auch streiten ließ und der es fertigbrachte, daß sie aus sich herausging. Sie würde das Zusammensein mit ihm und auch mit seinem Vater vermissen, dessen war sie sich sicher. In den wenigen Wochen, die sie die beiden kannte, hatte ihr Leben wieder Farbe, Sinn und Inhalt bekommen. Wenn sie trotzdem nicht allzu traurig war, daß diese interessante Zeit bald zu Ende gehen würde, so lag es daran, daß sie einen neuen Plan gemacht hatte und es kaum noch abwarten konnte, ihn in die Tat umzusetzen.

»Wenn ich darf, werde ich Sie besuchen, Herr Bertram«, sagte sie, als es ans Abschiednehmen ging.

»Und uns Tee kochen?« neckte Fritz Bertram sie.

»Das werde ich schön bleiben lassen, sonst könnte sich die Schwester ärgern.«

Sie plauderten noch über dieses und jenes, schnitten immer wieder neue Themen an, aber es wollte kein gutes Gespräch mehr aufkommen. Der alte Herr wirkte sehr bedrückt; er litt unter dem bevorstehenden Verlust. Auch die beiden anderen hatten ihre Lebhaftigkeit verloren. Trotzdem blieb Fritz Bertram gegen seine Gewohnheit über die Teestunde hinaus, bis Schwester Hilde kam und Aline ablöste. Danach begleitete er Aline aus der Wohnung. Im Treppenhaus blieben sie wie unschlüssig voreinander stehen.

In diesem Augenblick überfiel Aline ein so jähes körperliches Verlangen, daß sie die Farbe wechselte. Der Wunsch, sich in seine Arme zu werfen, war so übermächtig, daß sie sich am Geländer festklammerte, um ihm nicht nachzugeben.

»Auf Wiedersehen«, sagte sie mit gepreßter Stimme.

»Nein, bleiben Sie noch!« bat er.

»Ich kann nicht.«

»Erwartet Sie jemand?«

»Nein.«

»Aber dann . . .«

»Nein«, sagte sie wieder und hoffte nur, daß er nicht merkte, was ihr geschehen war.

»Nur auf einen Sprung!« Er wandte sich ab und schloß die Tür zu seiner Wohnung auf.

Als er sie nicht mehr ansah, schaffte sie es, ihre Erregung zu meistern; sie ließ das Treppengeländer los.

»Auf einen Schluck!« lockte er. »Wir sollten eine Flasche Champagner zusammen trinken. Wir können uns doch jetzt nicht so einfach trennen.«

»Ausgeschlossen. Ich bin mit dem Auto da.«

»Das ist doch nicht der wirkliche Grund.«

»Nein.«

»Warum also wollen Sie nicht?«

»Ich lasse mich nicht gern überrumpeln.«

»Sie trauen mir nicht?«

»Nicht sehr«, sagte sie und wunderte sich, daß sie lächeln konnte, als sie hinzufügte: »Und mir noch weniger.«

»Sie enttäuschen mich. Ich hätte nie gedacht, daß Sie so feige wären.«

Sie reichte ihm die Hand. »Leben Sie wohl!«

»Nicht wenigstens ›Auf Wiedersehen‹, Aline?«

»Auf Wiedersehen, Fritz!«

Er zog sie an sich und küßte sie auf die Lippen, ganz

leicht und ganz zärtlich, dann gab er sie frei. »Sie sollten nicht so schlecht von mir denken, Aline! Eine Frau wie Sie würde ich nie verletzen!«

Obwohl ihr Innerstes sie drängte, ihm nachzugeben, wandte sie sich ab und lief davon. Sie wußte, daß es auf ihn wie eine Flucht wirken mußte und fühlte den Blick, mit dem er sie verfolgte. Dennoch rannte sie, so schnell sie konnte, die Treppe hinab und war froh, daß sie bequeme Schuhe mit flachen Absätzen trug, die sie nicht behinderten.

Später, am Steuer ihres Autos, blieb sie eine Weile sitzen, bevor sie startete. Das Herz klopfte ihr bis zum Hals. Sie erinnerte sich nicht, je so durcheinander gewesen zu sein. Fritz Bertram war ein anziehender Mann, das hatte sie von Anfang an gewußt. Aber wie war es möglich, daß sie all die Tage, ja Wochen, nicht gespürt hatte, daß sie in ihn verliebt war? Hatte sie sich etwas vorgemacht? Nein, das Gefühl war ganz plötzlich in ihr aufgebrochen, als sie begriffen hatte, daß sie ihn vielleicht nie wiedersehen würde.

Der Gedanke, daß er es gemerkt haben könnte, war ihr entsetzlich. Dennoch war sie glücklich. So viele Jahre hatte sie geglaubt, daß Erotik ihr nichts mehr bedeutete. Sie hatte sich eingeredet, nichts zu vermissen, wenn sie ohne Liebe lebte.

Wie sehr hatte sie sich getäuscht! Und wie wunderbar war es, das zu erkennen! Sie war noch jung genug, Leidenschaft zu empfinden, eine Leidenschaft, die alles übertraf, was sie je zuvor gespürt hatte.

Warum aber hatte sie ihr dann nicht nachgegeben? War sie ihrem Mann denn noch Treue schuldig? Das gewiß nicht. Er hatte sie schon so oft betrogen, und sie war sicher, daß er auch jetzt wieder mit einer anderen Frau unterwegs war. Sie liebte ihn nicht mehr, und Treue ohne Liebe war ein recht zweifelhafter Wert.

Nein, sie hatte ihrem Gefühl nicht nachgeben können,

weil es sie zu unerwartet überfallen hatte. Sie war keine Frau, die aus dem Impuls heraus leben konnte. Sie hatte Angst vor sich selber gehabt.

Es störte sie nicht, daß er nicht dasselbe für sie empfand, empfinden konnte, wie sie für ihn. Er war ein Mann, und er hatte nie enthaltsam leben müssen. Frauen bedeuteten ihm Abenteuer, Unterhaltung, Abwechslung, Spaß. Sie verübelte es ihm nicht, auch nicht, daß er Tricks angewandt hatte, um sie zu verführen. Es genügte ihr, daß er sie begehrte.

Jetzt wußte sie, daß er sie schon bei ihrer ersten Begegnung begehrenswert gefunden hatte und daß sie ihm gerade deswegen verdächtig gewesen war. In sein Weltbild paßte keine anziehende Frau, die Verstand besaß und sich für einen sozialen Beruf entschieden hatte.

Ähnliches war ihr früher oft passiert, wenn auch mit anderen Vorzeichen.

In ihrer Jugend hatten viele Menschen sie für ein Dummchen gehalten, nur weil sie schön war. Wenn sie das eine oder andere Mal eine intelligente Bemerkung nicht unterdrücken konnte, war man meist befremdet gewesen und hatte es als Zufall abgetan. Auch ihre Mutter und später ihr Mann hatten nie auf ihre Klugheit gesetzt, sondern nur ihre Schönheit geschätzt.

Aline lachte in sich hinein. Vierzig Jahre hatte sie werden müssen, um endlich den Mut zu finden, ganz sie selber zu sein. Sie war entschlossen, zu beweisen – sich selber, Fritz Bertram und auch Eberhard –, daß sie mehr konnte als nur gut aussehen. Zum Glück gehörte sie nicht zu den Frauen, die verzweifeln mußten, wenn ihre Schönheit schwand und ihre Jugend endete. Jetzt endlich hatte sie den Mut gefunden, das zu tun, was sie schon immer gewollt hatte, ohne es sich selber zuzugeben: ein Buch zu schreiben.

Noch heute abend würde sie beginnen. Sie hatte es plötzlich sehr eilig, nach Hause zu kommen.

Aline hatte ihr Auto gerade in die Garage gefahren, als das Telefon klingelte. Sie hatte keine Lust, mit irgend jemandem zu sprechen, aber die Macht der Gewohnheit trieb sie an den Apparat. Sie nahm den Hörer ab und meldete sich. »Hallo, Aline!« sagte eine männliche Stimme.

Sie glaubte, daß es Fritz Bertram war, fürchtete aber, zu irren und flüchtete sich in ein vages: »Ja?«

»Ich wollte mich nur erkundigen, ob Sie gut nach Hause gekommen sind.«

Es war Fritz Bertram, kein Zweifel mehr. »Gerade eben«, sagte sie.

»Wie wäre es, wenn ich zu Ihnen kommen würde? Mit einer guten Flasche? Es ist ja noch früh am Tag.«

»Eine nette Idee. Danke, Fritz. Aber das ist ganz ausgeschlossen.«

»Sie sind nicht allein?«

»Daran liegt es nicht.«

»Woran denn?«

»Ich habe keine Zeit.«

Einen Augenblick blieb es am anderen Ende der Leitung still, dann sagte er mit betonter Munterkeit, hinter der sich Enttäuschung verbarg: »Das klingt, als hätten Sie etwas Besseres vor.«

»Tut mir leid.«

»Sie lassen sich also nicht erweichen?«

»Ich kann nicht!«

»Wie wäre es dann mit morgen abend? Ober übermorgen?«

»Auch nicht, Fritz. Später einmal vielleicht . . . nein, ganz sicher. Aber die nächsten Wochen habe ich zu viel zu tun.«

»Wollen Sie mir nicht wenigstens erklären . . .«

»Dazu sehe ich keinen Anlaß.«

»Dann muß ich mich wohl entschuldigen, daß ich Sie gestört habe.«

»Nun seien Sie nicht gleich eingeschnappt, Fritz«, sagte Aline versöhnlich, »später einmal werden Sie alles verstehen.«

»Aline, bitte . . .«

»Bis bald!« sagte sie und legte auf.

Sie stand noch neben dem Telefon, als es schon wieder klingelte. Sie glaubte, daß es noch einmal Fritz Bertram wäre, nahm den Hörer ab und sagt: »Also wirklich . . .«

Aber es war Knut Detlevson, der ihr ins Wort fiel: »Was ist los mit dir? Warum meldest du dich so komisch?«

Sie ärgerte sich, weil sie sich ertappt fühlte. »Nichts. Alles in Ordnung.«

»Du, wenn dir die Decke auf den Kopf fällt, Liane und ich würden uns jederzeit freuen . . .«

»Lieb von euch, aber es fehlt mir nichts.«

»Ich könnte mir vorstellen . . . ewig so allein in dem Haus . . .«

»So ist es ja gar nicht. Ich arbeite doch.«

»So eine Altenpflege wird auch nicht gerade aufmunternd sein.«

»Mir macht sie Spaß, Knut.«

»Du willst also wirklich nicht bei uns vorbeikommen?«

»Im Augenblick nicht.«

»Aber du mußt dich doch einsam fühlen.«

»Tue ich nicht.«

»Ich dachte nur, weil du doch schon drei Wochen allein bist.«

Aline wurde ungeduldig. »Es ist wirklich lieb von dir, daß du dir Gedanken um mich machst, aber es ist völlig unnötig. Außerdem erwarte ich Eberhard ja übermorgen zurück.«

»Genau darüber wollte ich mit dir sprechen.«

Aline wartete, was nun kommen würde.

Knut Detlevson räusperte sich. »Er hat mich nämlich angerufen. Er will seinen Urlaub ein paar Tage verlängern.«

»Und? Geht das? Von der Firma her gesehen, meine ich?«

»Du bist also nicht böse?«

»Worüber?«

»Daß er dich so lange allein läßt.«

Aline lachte. »Aber Knut! Das bin ich doch gewohnt.«

»Aber diesmal ist es privat.«

»Er hat doch das Berufliche immer mit dem Privaten zu verbinden gewußt, nicht wahr? Für wie naiv hältst du mich eigentlich?«

»Ich finde nicht, daß er sich dir gegenüber richtig benimmt, und das habe ich ihm auch gesagt! Ich habe ihm auch gesagt, daß er dich wenigstens selber anrufen sollte.«

»Du meinst es gut, Knut, das weiß ich. Aber wenn ich Hilfe brauche, werde ich mich schon melden. Vorläufig bin ich durchaus noch imstande, meine Kämpfe selber durchzufechten.«

»Aber du kämpfst ja gar nicht! Du läßt dir viel zuviel gefallen!«

»Möchtest du, daß Eberhard und ich uns gegenseitig à la Strindberg zerfleischen? Wem wäre damit geholfen? Mir nicht und ihm nicht und eurer Arbeit am wenigsten.«

»Du bist eine merkwürdige Frau, Aline, aber ich bewundere dich. Ich habe dich von jeher bewundert.«

»Tut wohl, das zu hören. Aber da wir gerade so aufrichtig sind: Ich bin gar nicht traurig, daß Eberhard noch ein paar Tage länger bleibt, das paßt mir sogar ausgezeichnet.«

»Wie soll ich das verstehen?«

»Ich habe mir sehr viel vorgenommen, und ich schaffe das bestimmt leichter, wenn ich nicht nebenher noch einen Mann zu versorgen habe.«

Knut Detlevson glaubte zu verstehen. »Ach so! Deine Ausbildung!«

Da Aline nicht vorhatte, ihm auf die Nase zu binden, daß sie die Schule vorläufig zu schwänzen gedachte, ließ sie es dabei bewenden.

Eberhard hatte sich entschlossen, länger als geplant in den Bergen zu bleiben, weil er das Gefühl hatte, daß ihm der Aufenthalt in den Bergen wohl tat. Außerdem hatte er damit begonnen, nun, da er nicht mehr Ski fuhr, morgens regelmäßig in das Kurhaus hinunterzuwandern und sich ein Bad und eine Massage geben zu lassen. Danach ruhte er sich vorschriftsmäßig aus, und am Nachmittag unternahm er einen weiten Spaziergang. Bis auf eins fühlte er sich bald wieder im Vollbesitz seiner Kräfte.

Mildred fand diese Art Erholung zu suchen sonderbar. Sie sprach es nicht aus und war auch bemüht, es sich nicht anmerken zu lassen. Das brachte einen gezwungenen, oft sogar gereizten Ton in ihre Unterhaltung.

Anfangs hatte sie noch versucht, das Unglück, das ihn getroffen hatte, auf die leichte Schulter zu nehmen, es zu bagatellisieren und heitere Kommentare abzugeben.

Aber genau das war es, was er ganz und gar nicht vertragen konnte, und so hatte sie sich bald jede Bemerkung darüber verkniffen. Beide waren froh, daß sie sich wenigstens tagsüber aus dem Weg gehen konnten. Sie gewöhnten sich an, noch vor dem Abendessen, gleich wenn Mildred ins Hotel zurückkam, zwei, drei Gläser Pflümli zu kippen, um das Zusammensein besser ertragen zu können. Im Zimmer war er dann darauf bedacht, das Licht so rasch wie möglich zu löschen. Es quälte ihn, zusehen zu müssen, wie sie sich auszog, ohne daß sich bei ihm etwas regte.

Mildred begriff, daß er litt, aber sie wußte nicht, wie sie ihm hätte helfen können. Je verständnisvoller sie sich gab, das spürte sie sehr wohl, desto schwieriger wurde er. Sie durchschaute auch, daß für seinen Entschluß, noch ein paar Tage Urlaub anzuhängen, nicht der Rat Dr. Sarotts ausschlaggebend gewesen war, sondern die Möglichkeit, ihr auszuweichen.

Trotzdem schlug sie vor, um ihrer Sache ganz sicher zu sein: »Vielleicht könnte ich ja auch noch bleiben. Es käme auf einen Versuch an. Krump ist ja im allgemeinen ziemlich großzügig.«

»Er kann dich bestimmt nicht länger entbehren.«

»Wahrscheinlich nicht. Aber ich könnte doch mal anrufen.«

»Nein, das möchte ich nicht«, erklärte er mit einer Entschiedenheit, die ihn selber überraschte.

Plötzlich mochte sie nicht länger Rücksicht nehmen. »Merkst du eigentlich nicht, wie sehr du mich beleidigst?«

»Weil ich noch ein paar Tage für mich allein haben möchte?«

»Weil du so tust, als wäre Sex das wichtigste für mich . . . das Wichtigste in unserer Beziehung!«

»Das habe ich nie gesagt!«

»Aber du benimmst dich so! Warum sonst führen wir denn kein Gespräch mehr? Du kommst mir vor wie ein Mann, der sich das Bein gebrochen hat und nun sich und seiner Umgebung einreden will, daß er fürs ganze Leben ein Krüppel bleiben wird!«

»Du hältst mich für einen Hypochonder?«

»Wenn du es so ausdrücken willst: ja.«

»Ich brauche Zeit, um gesund zu werden.«

»Die sollst du haben. Jede Menge. Aber erwarte nicht von mir, daß ich mich aufführe wie eine Frau, die an einen Krüppel gebunden ist. Warum kannst du dich nicht normal benehmen?«

»Kannst du es denn?«

»Ich habe es redlich versucht. Aber du hast es mir unmöglich gemacht. Du hast dich so in die Rolle des Märtyrers hineingesteigert und dir so sehr eingeredet, daß ich genauso leiden müßte wie du, daß man überhaupt nicht mehr vernünftig mit dir sprechen kann!«

»Warum willst du nicht zugeben, daß du dir unseren Urlaub anders vorgestellt hast?«

»Das habe ich nie geleugnet. Es ist doch ganz natürlich. Mit den wilden Nächten war es rasch vorbei. Aber was soll das schon? Sex ist für mich bestimmt nicht alles, und es ärgert mich maßlos, daß du mir das unterstellst.«

»Du würdest nicht bei mir bleiben, wenn es für immer damit aus wäre.«

»Das steht doch gar nicht zur Debatte!«

»Gib zu, du würdest es nicht!«

»Was sind das für makabre Überlegungen? Willst du, daß ich dir etwas vormache? Das wäre doch ein leichtes für mich. Ich könnte behaupten, daß ich dich für immer und ewig lieben würde, auch wenn du ihn nie mehr hochkriegst. Vielleicht könnte ich mir das sogar selber einreden, denn ich liebe dich wirklich sehr. Aber würdest du dich denn noch für mich interessieren, wenn ich querschnittsgelähmt und für alle Zeiten an den Rollstuhl gefesselt wäre?«

»Es lohnt sich, darüber nachzudenken.«

»Das ist doch alles Quatsch. Du steigerst dich in völlig absurde Ideen hinein.«

»Aline würde bei mir bleiben.«

»Kunststück! Da du ohnehin schon seit Jahren nicht mehr mit ihr schläfst!«

»Ich glaube, wir sollten dieses Gespräch beenden«, sagte er, unangenehm berührt.

»Das könnte dir so passen! Aber ich habe lange genug geschwiegen. Soll ich dir mal was sagen? Du hast mich wahnsinnig enttäuscht ... nicht etwa, weil du im Bett versagst. Ich hatte immer geglaubt, daß du mit jedem Mißgeschick souverän und mit Humor fertig werden würdest. Statt dessen badest du förmlich in Selbstmitleid. Ich finde das einfach schauerlich.« –

Diese Auseinandersetzung, zwei Tage vor Mildreds Abreise, hatte die Atmosphäre immerhin gereinigt und Eberhard dahin gebracht, sich wenigstens äußerlich zusammenzureißen. Aber wenn er es sich auch nicht anmerken ließ, er blieb doch tief deprimiert, ja, verstört.

Aline hatte sich das Gästezimmer, in dem sie jetzt auch schlief, als Studio eingerichtet, einen Tisch ans Fenster gestellt, eine Reiseschreibmaschine ihres Mannes geholt und einen Stoß Papier. Dann hatte sie mit der Arbeit begonnen.

Sie schrieb über sich selber, beschrieb jene Zeit, da ihr Leben abwechslungsreich und aufregend gewesen war. Sie erinnerte sich noch genau daran, wie es gewesen war, als sie zum ersten Mal im überhellen Licht der Scheinwerfer gestanden hatte. Die neue Welt, die sich ihr auftat, war beeindruckend gewesen. Es hatte lange gedauert, bis sie ihre Oberflächlichkeit durchschaut hatte. Wie stolz sie auf ihr erstes Cover gewesen war! Dann gab es Schwierigkeiten, ihren Schulfreundinnen klarzumachen, daß sie sich nicht verändert hatte. Ihre Noten hatten sich verschlechtert, nicht weil sie weniger gelernt hätte, sondern weil die Lehrer ihr auf einmal nichts mehr zutrauten und sie mit ironischer Nachsicht behandelten. Sie hatte hart kämpfen müssen, um sich wenigstens wieder einen Platz im Mittelfeld der Klasse zu erobern. Schlimmer noch waren die wachsenden Spannungen zwischen ihr und Freddy gewesen, dem Jungen, mit dem sie damals befreundet war und dessen

Vertrauen sie nicht zurückgewinnen konnte, weil er spürte, daß sie sich ihm entfremdete. Tatsächlich hatte sie damals, was sie Freddy gegenüber natürlich nicht zugeben mochte, für Ladislaus Tabor zu schwärmen begonnen, einen Modefotografen, dessen Eleganz und gelassene Überlegenheit sie ungemein beeindruckt hatten. Aber ihre Mutter hatte sie nie, auch nicht für eine Sekunde, mit ihm allein gelassen. Später, als sie Tabors Frau kennengelernt hatte, war sie ihr nicht dankbar dafür gewesen, sondern hatte sie fast gehaßt, weil sie wieder einmal recht behalten hatte. Obwohl sie es damals gar nicht so empfunden hatte, war es eine Zeit gewesen, in der sie unentwegt gegen ihre Mutter gekämpft und verzweifelt versucht hatte, sich abzunabeln. Dabei hatte sie ihre Mutter geliebt und war überzeugt gewesen, daß sie nur das Beste für sie wollte. Aber gerade das hatte alles nur noch schwerer für sie gemacht.

Aline hatte ihren Kindern von ihrer Jugend erzählen wollen, aber sie hatte den richtigen Zeitpunkt verpaßt. Erst waren sie zu klein gewesen, um Verständnis zu haben, später waren sie schon zu sehr mit ihren eigenen Problemen beschäftigt. Jetzt, nachdem sie sich durchgerungen hatte, jene Erlebnisse und Ereignisse aufzuschreiben, war es, als hätte sich ein Ventil geöffnet. Sie schrieb und schrieb, Stunde um Stunde, nahm sich zwischendurch nur Zeit, eine Tasse Kaffee zu trinken, ein Joghurt zu löffeln oder eine Scheibe Brot zu essen. Nur am ersten Tag war sie ausgegangen, um Papier und Farbbänder zu besorgen. Danach hatte sie das Haus nicht mehr verlassen. Auf Anrufe reagierte sie nicht mehr, was ihr um so leichter fiel, da sich der Anschluß im Erdgeschoß befand und das Klingeln bei geschlossener Tür oben kaum zu hören war.

So war sie völlig überrascht, als Eberhard eines Tages in der Tür stand; sie hatte seine Existenz fast vergessen. Unwillkürlich sprang sie auf und rief: »Du bist schon zurück? Oh, entschuldige, das war eine blöde Frage!«

»Ich habe angerufen.«

»Das muß ich überhört haben.« Sie lief zu ihm, umarmte ihn freundschaftlich und bot ihm die Wange zum Kuß. »Hast du Hunger? Den Koffer werde ich später auspacken.« Sie stellte fest, daß er trotz seiner sonnenbraunen Haut nicht gut aussah; seine Augen waren umschattet, und um seine Lippen lag ein leidender Zug. Aber sie dachte nur, daß das Skifahren, wie sie erwartet hatte, doch zu anstrengend für ihn gewesen wäre.

»Was treibst du hier?« fragte er.

Sie hatte vorgehabt, so zu tun, als arbeitete sie für die Schule, jetzt fand sie es töricht und unwürdig, ihn zu belügen. »Ich schreibe ein Buch.«

Seltsamerweise zeigte er sich gar nicht überrascht und verspottete sie auch nicht, wie sie erwartet hatte. »Ach so«, sagte er nur, »und was ist mit deinem Studium?«

»Das muß noch ein paar Tage warten«, antwortete sie freimütig.

»Wie du meinst«, sagte er uninteressiert.

»Und wie war es beim Skilaufen?« fragte sie.

»Ganz nett.«

»Hoffentlich hast du dir nicht zuviel zugemutet.«

»Was meinst du damit?« fragte er mißtrauisch.

»Du bist ein bißchen blaß.«

»Ich bin braungebrannt wie noch nie.«

»Unter der Bräune, meine ich.«

»Das bildest du dir doch nur ein.«

»Um so besser. Möchtest du jetzt etwas essen? Ich würde nur gerne eine Szene zu Ende schreiben.«

»Ich werde mir selber etwas richten.«

»Im Gefrierfach sind Hamburger. Wirfst du für mich auch einen in die Pfanne? Ich wäre dir dankbar.«

Sie setzte sich wieder an ihre Schreibmaschine, aber sie konnte sich nicht mehr recht konzentrieren. Es wurde ihr bewußt, daß sie in ihren ältesten, bequemsten Cordhosen mit den ausgebeulten Knien und einem gelben Pullover, den ihr Mann abgelegt hatte, weil er ihn nicht mehr mochte, schlampig aussah. Zudem hatte sie ihre Finger beschmutzt, als sie am Farbband herumgefummelt hatte. Sie ging ins Bad, bürstete die Hände und kämmte sich das Haar, verzichtete aber darauf, sich umzuziehen. Dann fing sie an, seinen Koffer auszupacken. Sie war gerade fertig, als er zum Essen rief.

Später, als sie sich in der Küche gegenübersaßen, fragte er: »Was wird das für ein Buch?«

»Ein Jugendbuch.«

»Hast du schon einen Verlag?«

»Ich hoffe, ich werde einen finden.«

»Und wie kommst du voran?«

»Gut. Das Schlimmste ist die Reinschrift.«

»Die könnte doch Fräulein Moll machen.«

»Das möchte ich nicht. Weißt du, ich möchte das Manuskript nicht aus der Hand geben, bevor es fertig ist. Lieber tippe ich es selber ab.«

»Du hast dir da ja etwas vorgenommen.«

»Ja«, sagte sie nur.

Sonst gab es wenig zu besprechen. Sie wollte nicht von ihrer Arbeit sprechen, und er mochte nichts von seiner Reise erzählen. Er hatte eine Flasche Wein geöffnet, und sie trank ein Glas mit, um ihn nicht zu kränken. Das Schweigen störte ihn nicht. Er spürte, wie er sich entspannte. Seit langem war er nicht mehr so gern mit seiner Frau zusammengewesen. Sie erwartete nichts von ihm, und sie wußte nichts von seinem Unfall. Das war wohltuend.

»Es ist schön, wieder zu Hause zu sein«, sagte er und schenkte sich zum zweiten Mal Wein ein.

»Morgen koche ich natürlich wieder«, versprach sie.

»Schaffst du das denn bei deiner Arbeit?«

Sie lächelte. »So rücksichtsvoll kenne ich dich ja gar nicht.«

»Ich könnte mir vorstellen, daß du keine Zeit hast.«

»Ich werde mir die Zeit schon einteilen.«

»Nein, mir ist es lieber, ich übernehme die Kocherei. Du weißt, ich kann das.«

»Du hast es lange nicht mehr getan.«

Sie sahen sich an, und beide dachten sie an die ersten Jahre ihrer Ehe. Damals kochte er besser als sie, ja, sie hatte es erst von ihm lernen müssen.

»Ja«, sagte er, »verdammt lang her. Aber vielleicht macht es mir sogar wieder Spaß, mehr jedenfalls, als das Gefühl, dir lästig zu sein.«

»Wie kommst du darauf?« protestierte sie, nicht ganz frei von schlechtem Gewissen.

»Gib zu, du warst vorhin nicht gerade begeistert, als ich nach Hause kam.«

»Ich war überrascht!«

»Nicht nur«, beharrte er. »Es stand in deinen Augen.«

»Entschuldige bitte. Ich war so in meine Schreibarbeit vertieft.«

»Ist ja schon gut.«

Eberhard hielt sein Versprechen. Er übernahm die Küche und auch den Abwasch, so daß Aline nur noch das Haus in Ordnung zu halten brauchte. Wenn er einmal nicht nach Hause kam, rief er rechtzeitig vorher an, und dann verzichtete sie auf eine warme Mahlzeit. Aber niemals blieb er über Nacht fort.

Aline merkte, wie sehr er sich verändert hatte. Es gefiel ihr, aber sie war sicher, daß es nicht von Dauer sein würde.

Sie nahm an, daß er sich mit Mildred gestritten hatte. Aber das allein konnte es natürlich nicht sein, was ihn so verändert hatte. Natürlich imponierte es ihm auch, daß sie dabei war, ein Buch zu schreiben, wenn er das auch nicht ganz ernst nahm. Aline machte sich nicht die Mühe, darüber nachzugrübeln, ihr Kopf war erfüllt von Bildern der Vergangenheit. Immerhin empfand sie es dankbar, daß sie so friedlich und partnerschaftlich miteinander lebten wie seit Jahren nicht mehr. Vielleicht lag es daran, daß sie Interessen außerhalb ihrer Ehe gefunden hatte.

Der Roman kam gut voran, wenn sie auch nicht mehr so viele Stunden schrieb, wie während Eberhards Abwesenheit. Manchmal leistete sie ihm jetzt abends beim Fernsehen Gesellschaft. Sie erzählte ihm auch, wie es ihr bei Friedrich Bertram ergangen war und erwähnte, wenn auch nur am Rande, die Existenz eines Sohnes. Eberhard hörte ihr aufmerksamer zu, als er es früher getan hatte. Sie spürte, daß er wieder gerne mit ihr zusammen war.

Das war er wirklich. In ihrer Gegenwart wurde er ruhiger, und manchmal war er sogar soweit, sich vorstellen zu können, daß das Leben auch dann für ihn weitergehen und einen Sinn behalten würde, wenn seine Manneskraft endgültig erloschen war.

›Vielleicht‹, dachte er, ›ist das überhaupt der Sinn der Ehe, daß man einen Menschen hat, zu dem man gehört, wenn alles vorbei ist. Vielleicht ist die Ehe eine Versorgung für das Alter. Für jeden kommt ja mal die Zeit, und ich sollte es gar nicht tragisch nehmen, daß bei mir ein paar Jahre früher Schluß ist.‹

Solche Überlegungen überkamen ihn aber nur in Alines Nähe. Im Beruf, in der Gegenwart anziehender Mädchen, für die Sex eine Selbstverständlichkeit war, quälte ihn sein Mißgeschick noch heftig. Zuweilen fühlte er sich nicht nur körperlich, sondern auch seelisch krank. Sein einziger Trost war, daß die anderen nicht wissen konnten, was mit ihm los war. Die Vorstellung, zum Gespött zu werden, machte ihm am meisten zu schaffen.

Nur ein einziges Mal rief er Mildred an, jedoch nicht, weil er sich nach ihr sehnte, sondern weil er es für ein Gebot der Höflichkeit hielt.

Sie zeigte ihre Freude: »Na, endlich! Wie geht es dir? Wann sehen wir uns?«

Er beantwortete nur ihre erste Frage: »Danke, ganz gut.«

»Noch nicht . . . ganz gut?« fragte sie mit Betonung.

»Leider nein.«

»Aber wir werden uns doch trotzdem sehen?»

»So bald ich es einrichten kann, Mildred. Ich habe furchtbar viel Arbeit hier. Im Moment rotiere ich.«

»Und deine Frau? Was sagt sie dazu?«

»Aline schreibt ein Buch.«

Mildred lachte.

»Was ist daran so komisch?«

»Findest du das etwa nicht? Daß sich jemand einfach hinsetzt und ein Buch schreibt?«

»Das tun doch viele.«

»Aber keine Hausfrauen in mittleren Jahren.«

»Ich glaube doch.«

»Darüber wollen wir uns doch nicht streiten. Eigentlich hatte ich ja etwas anderes gefragt.«

»Ich dachte, du hättest dich nach Aline erkundigt.«

»Ganz so war es nicht.«

»Entschuldige, Mildred, aber ich muß jetzt unterbrechen. Ein Anruf von auswärts. Es war schön, deine Stimme zu hören. Ich melde mich, sobald ich wieder kann.« Erst als er es ausgesprochen hatte, wurde ihm die Doppeldeutigkeit seines Versprechens bewußt, und er war dankbar, daß sie diesmal nicht lachte.

Mitte Februar beendete Aline ihr Manuskript. Sie wußte, daß es gut geworden war. Sie hatte 28 Tage dafür gebraucht und 180 Seiten geschrieben.

Am Abend sagte sie es Eberhard.

»Bravo! Darauf müssen wir eine Flasche Champagner trinken! Darf ich es lesen?«

»Lieber nicht.«

»Jetzt ist es doch fertig.«

»Vielleicht gefällt es dir nicht, und was würdest du mir dann sagen?«

»Es wird mir schon gefallen.«

»Vielleicht doch nicht. Manuskripte lesen sich nicht so gut wie Gedrucktes, und dann ... es ist ja nicht für jemanden wie dich bestimmt. Aber ich verspreche dir, du kriegst das erste fertige Exemplar. Mit Widmung.«

»Du bist so sicher, daß du einen Verleger dafür findest?«

»Sonst hätte ich es gar nicht geschrieben, jedenfalls nicht jetzt. Was glaubst du, was ich nachholen muß, um in der Schule mitzukommen.«

»Das schaffst du doch leicht.«

»Wenn du mir hilfst.«

»Ich ... dir?«

»Ja, ich muß dich darum bitten. Vielleicht ist es unverschämt. Aber könntest du noch für ganz kurze Zeit weiter die Küche übernehmen? Nur bis ich aufgeholt habe?«

»Aber das mache ich doch gerne.«

Sie stellte sich auf die Zehenspitzen und gab ihm einen Kuß. »Wenn ich dich nicht hätte ...«

»... würdest du dir das Leben bestimmt viel einfacher einrichten.«

»Stimmt«, gab sie zu.

Später, als sie nach dem Essen im Wohnzimmer vor dem offenen Kamin saßen, in dem Eberhard zur Feier des Tages ein Feuer entfacht hatte, nahm sie das Thema wieder auf.

»Ich glaube«, sagte sie, »wir sollten ernsthaft überlegen, wie wir unser Leben ändern könnten.«

»Wie meinst du das? Was hast du auszusetzen? Gerade in letzter Zeit war unser Leben doch ganz in Ordnung!«

»Wozu brauchen wir dieses Haus?«

»Aline! Wie kannst du so etwas fragen! Wir haben jahrelang dafür gespart, uns verschuldet ... erinnere dich nur, wie glücklich du warst, als wir endlich einziehen konnten!«

»Das ist zehn Jahre her. Die Situation hat sich verändert. Betsy lebt nicht mehr, und die Kinder kommen nur noch sehr selten nach Hause.«

»Trotzdem bleibt es ihr Zuhause, und wir müssen es ihnen erhalten!«

»Das sehe ich nicht so, Eberhard. Sie sind ja erwachsen. Wir brauchen auch keine endgültige Entscheidung zu treffen. Wir könnten es vermieten.«

»Und dann?«

»In eine kleine, praktische Wohnung in der Stadt ziehen. Drei Zimmer würden für uns doch völlig genügen, eins für dich, eins für mich und ein gemeinsamer Raum. Dann könnten wir uns die ewige Kocherei sparen, sondern statt dessen rasch in der Nähe etwas essen, wenn wir Lust haben. Es wäre einfacher mit dem Einkaufen, wir könnten auf die Autos verzichten und wir wohnten im Zentrum. Sag mir jetzt bitte nicht, daß man auch von Bergedorf jederzeit in die Stadt fahren kann. Wann sind wir zuletzt im Theater gewesen? Oder in der Oper?«

»Du willst also etwas erleben?«

»So kannst du es nennen. Jedenfalls habe ich keine Lust, noch länger als grüne Witwe hier herumzuhängen.«

»Das tust du ja ohnehin nicht mehr. Jetzt machst du deine Schule, und später wirst du ja wohl arbeiten wollen.«

»Eben deshalb ist dieses riesige Haus unnötig geworden. Für mich ist es nur noch eine Belastung. Allein der

Garten! Glaubst du, ich hätte Lust, mich noch um den Garten zu kümmern, wenn ich abends müde nach Hause komme?«

»Und wenn die Kinder uns besuchen wollen? Wo bringen wir sie unter?«

»Wir mieten ein Ferienhaus.«

»Du scheinst dir das alles schon gut überlegt zu haben!«

Eberhard warf seine abgebrannte Zigarette in das Kaminfeuer und zündete sich gleich darauf eine neue an, ein Zeichen, daß er nervös wurde. »Warum hast du nicht schon früher mit mir darüber gesprochen?«

»Ich wollte eine gute Stunde abwarten.«

»Um sie uns ganz rasch zu verderben.«

»Sei nicht ärgerlich, Eberhard. Es ist ja nur ein Vorschlag. Wir müssen uns auch nicht von heute auf morgen entscheiden. Ich halte es einfach für praktischer.«

»Und ich war immer überzeugt, du würdest das Haus lieben!«

»Man soll sein Herz nicht an Dinge hängen.«

»Wie weise!« sagte er spöttisch.

»Als das Haus noch von Leben und Lachen und Leiden erfüllt war, habe ich es geliebt. Aber wenn ich Wochen allein hier bin, wirkt es auf mich fast wie eine Gruft.«

»Willst du mir jetzt Vorwürfe wegen meines Urlaubs machen? Tu doch nicht so, als ob du mich vermißt hättest.«

»Nein«, entgegnete sie lächelnd, »das nicht. Aber ich kann doch nicht jedesmal ein Buch schreiben, wenn du fort bist.«

»Ich werde in Zukunft nicht mehr so viel reisen.«

»Wirklich nicht?« fragte sie überrascht.

»Du scheinst dich nicht allzu sehr darüber zu freuen.«

»Es könnte sein, daß ich nicht immer für dich da bin.«

»Was soll das heißen?«

»Vielleicht kriege ich eine Stellung, die es unmöglich macht, jede Nacht nach Hause zu kommen!«

»Das kommt nicht in Frage. Ich verbiete dir, an so etwas auch nur zu denken.«

»Es wäre möglich, und ich habe es bisher durchaus in Betracht gezogen, weil du ja immer nur die Hälfte des Jahres hier warst.«

»Aber ich habe dir doch gerade gesagt, daß das anders werden soll.«

»Das gibt dir nicht das Recht, von mir zu verlangen, daß ich meine Pläne ad hoc ändere.«

»Und wenn ich dich darum bitte?«

»Das klingt schon besser«, sagte sie.

»Du müßtest doch eigentlich gemerkt haben, daß ich mich verändert habe.«

»Stimmt. Aber ich frage mich, wie lange es dauern wird. Eberhard, wir sind doch beide erwachsene Menschen, und wir sind frei. Wir können jetzt tun und lassen, was wir wollen. Natürlich müssen wir noch aufeinander Rücksicht nehmen ... du wirst zugeben, daß ich das immer getan habe ...«

»Ich etwa nicht?«

»Nein, Eberhard.«

Fest überzeugt, daß sie von seinen Abenteuern nichts wissen konnte, brauste er auf. »Was wirfst du mir vor? Daß ich dich zu oft allein gelassen habe? Das ist mein Beruf! Diese Reise in die Schweiz war das erste und einzige Mal, daß ich etwas zu meinem Vergnügen unternommen habe, und es war ein sehr zweifelhaftes Vergnügen, wie ich dir versichern kann. Ich mußte ja reisen, mußte arbeiten, wovon hättet ihr, du und die Kinder, sonst leben sollen?«

»Ich hoffe, daß ich bald imstande sein werde, für meinen Lebensunterhalt selber aufzukommen.«

»Als Schriftstellerin? Da wirst du verhungern.«

»Als Altenpflegerin, Eberhard. Bücher werde ich immer nur dann schreiben, wenn ich Lust dazu habe, wenn eine Geschichte mich drängt, sie zu erzählen.«

»Niemand wird dich nehmen.«

»Das hast du mir schon mehr als einmal gesagt, aber davon wird es nicht wahrscheinlicher. Ich bin entschlossen, mich von dir unabhängig zu machen, zuerst einmal finanziell. Dann werden wir sehen, wie es weitergehen wird.«

»Du bist ja wahnsinnig!« sagte er wütend.

»Da sind sie wieder, die altvertrauten Töne! Und da soll ich glauben, daß du dich geändert hast?«

Er sprang auf, ging mit großen Schritten auf und ab und versuchte, seine Beherrschung wiederzugewinnen. Endlich blieb er vor ihr stehen und sagte überraschend kleinlaut: »Ich bemühe mich, Aline, ich bemühe mich ehrlich.«

»Das glaube ich dir sogar. Aber ich bin nicht sicher, ob es gut ist. Wenn du dich zwingen mußt, verständnisvoll und großmütig zu sein, ist das zuwenig. Es ist auch nicht gut für dich. Ich weiß, wie sehr man sich im Beruf zusammennehmen muß. Im Privatleben sollte man sich dann doch geben dürfen, wie man wirklich ist und wie man empfindet. Sonst muß es über kurz oder lang zu einer Explosion kommen. Mir jedenfalls wäre es entschieden lieber, du bist, wie du bist, und läßt mich sein, wie ich bin.«

»Ach, Aline!« Er setzte sich zu ihr auf die Couch und legte den Arm um ihre Schulter. »Du machst es mir schwer.«

»Das kommt dir nur so vor, weil du nicht verstehst, was ich wirklich will. Ich will es uns beiden leichter machen.«

»Wäre es dir lieber, wir würden uns streiten ... wie früher?«

»Das haben wir doch nie getan, höchstens ganz zu Anfang unserer Ehe, jedenfalls ist es schon so lange her, daß ich es vergessen habe. Du hast deine Forderungen gestellt, dir deine Rechte genommen, und ich habe mich gefügt. Ich wollte Frieden in der Ehe und Frieden in der Familie haben, Frieden für Betsys letzte Lebensjahre und Frieden auch für die Kinder. Vielleicht war das falsch, vielleicht hätte ich schon viel früher kämpfen sollen. Aber ich glaube das eigentlich nicht. Wie hätte ich mich gegen dich durchsetzen können? Lautstarke Auseinandersetzungen sind nun einmal nicht meine Sache. Ich habe nie daran geglaubt, daß sie eine Lösung bringen könnten.«

»Ich wußte nicht, daß du so unglücklich mit mir warst. Das hättest du mir sagen müssen.«

Sie hob den Kopf und sah ihm in die Augen. »Ich habe es versucht, aber du wolltest mir ja nie zuhören.«

»War ich wirklich so ein Unmensch?«

»Nein, und ich war auch nicht wirklich unglücklich. Ihr alle brauchtet mich ja.«

»Ach, Aline, wenn du wüßtest! Ich brauche dich jetzt mehr denn je!«

»Dann gib mir die Chance, selbständig zu werden. Wir sind zu alt, um uns noch aneinander zu klammern und uns die Luft zum Atmen zu nehmen.«

»Das habe ich nie getan!«

»Sehr wahr. Du hast dir deine Freiheit nie nehmen lassen, aber gleichzeitig wolltest du dir immer meiner sicher sein, und du warst es auch. Du wärst es geblieben, wenn ich nicht gespürt hätte, daß meine Liebe und meine Treue dir zur Last wurden. Nein, widersprich mir jetzt nicht . . . ich weiß es, und du weißt es besser als ich. Ich habe es sogar verstanden. Eine Haushälterin hättest du billiger haben können, und etwas anderes war ich dir ja nicht mehr, schon seit vielen Jahren.«

»Du warst meine Frau!«

»Nur noch auf dem Papier, Eberhard, und, schlimmer als das, du hast sogar überlegt, wie du mich loswerden könntest.«

»Davon war nie die Rede.«

»Nicht zwischen mir und dir. Aber du hast daran gedacht. Vielleicht hast du sogar mit jemand anderem darüber gesprochen?«

Er zog seinen Arm zurück und stand auf. »Aber das sind doch Unterstellungen!« behauptete er, wagte aber nicht, sie dabei anzusehen.

»Du leugnest natürlich. Genau das ist der Grund, warum es so mit uns nicht weitergehen kann. Du bist nicht ehrlich. Nicht einmal in dieser Stunde, wo wir uns endlich miteinander aussprechen, kannst du ehrlich sein. Aber eine Partnerschaft, die sich auf Lügen aufbaut, taugt nichts.«

»Verlangst du etwa eine Generalbeichte von mir?«

»Nur daß du zugibst, was ich ohnehin längst weiß.«

»Verdammt, das sind doch alles Hirngespinste!«

»Gut, dann reden wir nicht mehr darüber. Ich habe versucht, Klarheit zwischen uns zu schaffen, aber wenn du dich dagegen sträubst, ist es unmöglich. Lassen wir es also.« Sie hielt ihm ihr Glas hin. »Bitte, schenk mir noch einmal ein! Wir wollten doch gemütlich feiern.«

Er nahm die Champagnerflasche aus dem Eiskübel und füllte ihr Glas. »Eines mußt du mir glauben, Aline, du bist die einzige Frau, die ich wirklich liebe!«

»Nein«, sagte sie und nahm einen tiefen Schluck, »das glaube ich dir nicht. Vielleicht kommt es dir im Augenblick so vor, aber es ist nicht die Wahrheit. Du hast mich nicht nur betrogen, du hast mich auch verraten.«

»Aline!«

Sie ließ sich nicht mundtot machen. »Und es wird nicht besser dadurch, daß du nicht bereit bist, es zuzugeben.«

»Aline, wenn ich dir doch beweisen könnte, wie sehr ich dich liebe . . . aber ich kann es nicht, es ist nicht meine Schuld. Wie gerne würde ich dich jetzt in die Arme nehmen und . . .« Er machte eine hilflose Bewegung.

»Das würde auch nichts nützen«, sagte sie kalt, »wir müssen unsere Ehe auf eine andere Basis stellen oder uns trennen.«

»Du denkst an Scheidung?« rief er entsetzt.

Sie zögerte, weil sie nicht erwartet hatte, daß ihn ihr Vorschlag so treffen würde. »Sei ehrlich zu dir«, sagte sie, »mach dir klar, was für ein Mensch du bist und wie du lebst, dann wirst du auch erkennen, wie ich bin und wie ich leben möchte. Zwischen dir und mir besteht kein so großer Unterschied, was unsere Bedürfnisse betrifft. Wir beide wollen frei sein, und wir wollen einen verläßlichen Partner haben. Wahrscheinlich wollen alle Menschen das, und alle sind gezwungen, Kompromisse zu schließen. Aber heute, nach zwanzig Jahren Ehe mit dir, bin ich eher gewillt, auf dich als Partner als auf meine Freiheit zu verzichten!«

»Du hast einen anderen!«

»Und wenn es so wäre . . . niemand müßte das besser verstehen als du.«

»Wer ist es? Ich will wissen . . .«

»Habe ich dich je gefragt?«

»Aline, du solltest doch zu klug sein, um dich auf so etwas einzulassen. Wer es auch ist, dieser Kerl meint es nicht ernst, er kann es nicht ernst meinen! In deinem Alter . . .«

»Er findet mich jung, schön und begehrenswert, und das ist etwas, was du von dir wirklich nicht behaupten kannst.«

»Du darfst mir das nicht antun!«

»Und was hast du mir angetan? Mach dich nicht lächerlich, Eberhard, was kann es dir bedeuten, daß ich mich verliebt habe, da du mich doch schon lange nicht mehr begehrst? Verletzt es deine Eitelkeit? Aber wieso denn? Du spielst ja nicht einmal die Rolle des Rivalen.

Findest du, daß es deinen Besitzstand schmälert? Dann denk daran, daß du mich loswerden wolltest, und das ist noch gar nicht so lange her.« Sie stand auf. »Hör auf, den wilden Mann zu spielen. Ich gehe jetzt schlafen. Du bleibst sicher noch auf, bis das Feuer ausgeht. Gute Nacht!«

Sie ließ ihn stehen und empfand nicht einmal Genugtuung, weil sie es ihm heimgezahlt hatte; ihr schien das Ende dieser Auseinandersetzung dumm und unwürdig.

Gleich am nächsten Morgen gab Aline ihr Manuskript per Einschreiben bei der Post auf; sie hatte den Umschlag an Fritz Bertram adressiert.

Das war für sie nicht selbstverständlich gewesen. Lange hatte sie überlegt, ob sie den Roman nicht einem anderen Verlag, bei dem man sie nicht kannte, einreichen sollte. Der Triumph, wenn er angenommen würde, wäre größer gewesen. Aber sie war realistisch genug, zu befürchten, daß er von dort möglicherweise ungelesen zurückkommen würde. Das jedenfalls konnte ihr bei ›Bertram & Sohn‹ nicht passieren; sie hatte dem Manuskript ein paar persönliche Zeilen an den Verleger beigefügt.

Wie sie vorausgesehen hatte, mußte sie fleißig arbeiten, um das, was sie im Unterricht versäumt hatte, nachzuholen. Aber da sie nicht, wie die meisten ihrer jungen Mitschülerinnen, Verabredungen für die Abende und die Wochenenden hatte, gelang es ihr ohne Schwierigkeiten. Ja, es machte ihr sogar Spaß, sich anstrengen zu müssen.

Eberhard benahm sich, wie sie fand, ziemlich rücksichtsvoll. Er übernahm weiter die Küche, kaufte auch ein und erstand zuweilen Leckerbissen, die sie noch nie oder seit Jahren nicht mehr gegessen hatte. Er tat alles, um ihr das Leben zu erleichtern und ihr Freude zu machen. Sie zeigte sich ihm gegenüber so dankbar und gerührt, wie sie tatsächlich war.

Sie selber litt unter steigender Nervosität. In den ersten Tagen, nachdem sie das Manuskript abgeschickt hatte, war ihr klar gewesen, daß sie noch nicht auf Antwort hoffen konnte. Aber nachdem eine Woche vergangen war, begann sie ungeduldig zu werden. Sie hätte nur zu gerne im Verlag angerufen, aber dazu fand sie nicht den Mut. Was hätte sie auch erwarten können? Höchstens die Antwort, daß ihr Manuskript noch geprüft wurde. Wenn Sie Fritz Bertram persönlich erreicht hätte, würde er ihr womöglich ein Treffen vorgeschlagen haben, aber dafür schien ihr der Zeitpunkt denkbar ungeeignet.

Als sie sich eines Tages etwas Luft verschafft hatte, fuhr sie zur Schönen Aussicht und besuchte Friedrich Bertram.

Der alte Herr verbarg seine Freude hinter einem brummigen Betragen. »Na, so etwas!« sagte er. »Die schöne Aline! Und ich dachte, Sie hätten mich längst vergessen!«

»Wie könnte ich das!« entgegnete sie. »Ich habe ja so viel bei Ihnen gelernt!«

»Dankbarkeit ist heutzutage eine höchst seltene Tugend.« Aline verbiß es sich, darauf hinzuweisen, daß sie ja immerhin auch für ihn gearbeitet hatte, statt dessen sagte sie: »Ich wäre längst gekommen. Aber ich hatte so viel zu tun.«

»In Ihrer verdammten Schule?«

»Ja«, sagte Aline; sie konnte es nicht über sich bringen, ihm zu erzählen, daß sie ein Buch geschrieben hatte. Es hätte ihrem Gefühl nach zu sehr danach ausgesehen, daß sie ihn um Protektion bat.

»Wenn Sie mich fragen«, erklärte er, »so haben Sie die Schule gar nicht nötig. Sie können alles, was man als Altenpflegerin braucht. Ich würde Sie sofort einstellen, auch ohne Abschluß, wenn auch nur«, fügte er mit einem giftigen Blick auf seine derzeitige Betreuerin hinzu, »um diesem Drachen zu entgehen.«

»So etwas dürfen Sie nicht sagen! Sie haben allen Grund, zufrieden zu sein.«

»Wann sind Sie mit der Schule fertig?«

»Im Herbst«, sagte Aline, peinlich berührt, daß er in Anwesenheit seiner Pflegerin in diesem Ton mit ihr sprach, »aber dann werde ich bestimmt niemanden von seinem Posten vertreiben.«

Das Gespräch ging hin und her, und der alte Herr zeigte sich von seiner schlechtesten Seite. Aline gewann immer mehr den Eindruck, daß es keine gute Idee gewesen war, ihn zu besuchen. Anscheinend war er nur umgänglich gewesen, solange er auf sie angewiesen war. Sie war froh, als sie sich endlich, ohne unhöflich zu erscheinen, verabschieden konnte.

»Nun, was ist mit deinem Manuskript?« fragte Eberhard, als sie nach Hause kam.

»Wir haben nicht darüber gesprochen.«

»Du hast ihn nicht gefragt?«

»Wozu? Wenn er etwas davon gewußt hätte, ich wäre sicher von ihm informiert worden.«

»Typisch Aline!« sagte er und nahm sie in die Arme. »Wenn du dich im Berufsleben durchsetzen willst, mußt du schon mit härteren Bandagen kämpfen!«

»Laß es mich auf meine Weise machen«, sagte sie.

Er gab sie frei. »Und wie soll die aussehen?«

»Ich werde den Roman bei anderen Verlagen einreichen. Ich habe ja noch drei Durchschläge.«

»Was versprichst du dir davon?«

»Ich weiß, daß das, was ich geschrieben habe, gut ist. Irgend jemand wird sich schon dafür interessieren.«

»Wollen wir es hoffen«, sagte er.

Aber sie hatte das Gefühl, daß er es nicht ehrlich

hoffte, sondern ihr eine Niederlage wünschte, die sie in den alten Zustand der Sklaverei zurücktreiben sollte. Aber sie sprach es nicht aus und nahm den Martini, den er zu ihrer Entspannung gemixt hatte, dankbar entgegen.

Endlich, sechs Wochen später – Aline hatte die Durchschläge ihres Jugendromans längst an andere Verlage geschickt –, kam ein Brief von ›Bertram & Sohn‹, ein sehr nüchternes Schreiben, in dem man sie bat, am kommenden Montag um 16 Uhr in den Verlag zu kommen. Unterzeichnet war mit ›Dr. Lenné‹.

Aline gab Eberhard, der neben ihr stand, den Brief.

»Das ist eine gute Nachricht«, sagte er.

»Meinst du?«

»Ich bin sicher.«

»Aber sie schreiben so gar nichts Konkretes.«

»Wahrscheinlich wollen sie sich nicht schriftlich festlegen, sondern lieber darüber sprechen. Du mußt dich darauf gefaßt machen, daß sie Änderungen verlangen.«

»Wenn das alles ist!«

Er lächelte ihr zu. »Ich glaube, man kann dir gratulieren!«

»Bitte, bitte nicht!« sagte sie erschrocken. »Das könnte alles verderben! Aber glaubst du wirklich, daß diese Mitteilung positiv ist?«

»Unbedingt!«

Trotz dieser Ermutigung fuhr Aline am Montag mit Zittern und Zagen in den Verlag. Ihre Überzeugung, ein gutes Buch geschrieben zu haben, war nur noch sehr schwach. Zu lange hatte sie auf eine Beurteilung warten müssen. Auch daß Eberhard sie zu ermutigen versucht hatte, schien ihr kein gutes Zeichen. Sie war ganz darauf gefaßt, daß Fritz Bertram ihr eine Ablehnung mit einigen netten Worten versüßen wollte.

Als die Empfangsdame ihr freundlich sagte: »Frau

Thomas? Herr Bertram möchte Sie persönlich sprechen!« steigerte sich ihre Befürchtung noch.

Er stand auf, als sie in sein Arbeitszimmer trat, und nahm sie herzlich bei beiden Händen. Aber auch durch diese Geste konnte er ihre Angst nicht mildern. Zu sehr hatte sie sich innerlich gegen eine Enttäuschung gepanzert.

»Aber, Aline«, sagte er, »Aline, so lächeln Sie doch! Eine junge Autorin, die von ihrem Verleger empfangen wird . . . das sollte doch ein Moment der Freude sein!«

»Sie sind mein Verleger?« fragte sie ungläubig.

»Ja, und ich bin sehr froh, daß ich es bin! Ich habe eine Entdeckung gemacht, und wie oft im Leben gelingt einem schon so etwas? Geben Sie zu, daß ich es war, der Sie zum Schreiben animiert hat!«

»Wenn Sie mich nicht so geärgert hätten, hätte ich die Energie dazu nicht aufgebracht«, gab sie zu.

»Ich sollte Sie geärgert haben?«

Jetzt konnte sie wieder lachen. »Haben Sie das etwa vergessen?«

»Sie müssen sich irren! Sie haben mich nur etwas irritiert, und vielleicht habe ich Sie das fühlen lassen. Ich konnte in Ihnen keine Altenpflegerin sehen, und ich kann es immer noch nicht. Eine schöne, elegante und intelligente Frau wie Sie ist nicht dazu geschaffen, Nachttöpfe zu leeren und Verbände anzulegen.«

»Das ist doch nur der geringste Teil meiner Tätigkeit.«

»Ach, hören Sie auf damit, Aline. Als junge Autorin werden Sie sich viel besser machen.«

»Jung?«

»Jeder neue Autor gilt als jung, wußten Sie das nicht? Und Sie sind es ja wirklich! Wollen Sie jetzt ein Glas mit mir trinken?«

»Es tut mir leid, aber ich bin mit dem Auto da!« lehnte sie ab und spürte doch wieder ganz stark, wie sehr sie sich danach sehnte, sich in seine Arme zu werfen.

»Was für eine störrische Person Sie doch sind! Wie wäre es dann mit einem gemeinsamen Dinner? Ich würde Sie von zu Hause abholen.«

»Nicht nötig«, sagte sie, »das wäre zu umständlich. Ich nehme mir ein Taxi.«

»Also einverstanden?« vergewisserte er sich, und in seinen dunklen Augen leuchtete eine Freude auf, wie sie sie schon lange nicht mehr in den Augen eines Mannes gesehen hatte.

»Ja«, sagte sie ein wenig atemlos vor Erregung, »ja!«

»Dann setzen wir uns erst einmal und besprechen die Einzelheiten unseres Vertrages. Natürlich will ich mir eine Option für Ihre nächsten Bücher erwerben!«

Zu Hause angekommen, begann Aline sofort, sich umzuziehen. Während sie ein Kleid auswählte, wurde ihr bewußt, daß Fritz Bertram sie noch nie hübsch angezogen und zurechtgemacht erlebt hatte. Da ihre Haut nach dem langen Winter noch blaß war, entschied sie sich für ihr kleines Schwarzes, ein schlicht geschnittenes Seidenkleid. Dann setzte sie sich vor das Fenster, an denselben Tisch, an dem sie sonst arbeitete, und begann sich mit Hilfe eines Vergrößerungsspiegels sehr sorgfältig ihr Gesicht zu verschönern, wie sie es als Fotomodell gelernt hatte.

Sie war fast fertig, als sie die Stimme ihres Mannes durch das Haus hallen hörte. »Aline!« rief er. »Wo bist du?«

»Hier!« rief sie zurück. »In meinem Zimmer!«

Sie hatte die Tür nur angelehnt. Dennoch klopfte er an.

»Komm nur herein«, sagte sie, ganz damit beschäftigt, die Linien ihres Mundes mit dem Konturenstift nachzuziehen.

»Stör ich dich auch nicht?«

»Überhaupt nicht«, entgegnete sie, immer noch, ohne aufzublicken, »ich bin gleich fertig.«

»Du bist sehr schön«, sagte er mit einer seltsam beklommenen Stimme.

Erst jetzt wurde ihr bewußt, daß sie, nur mit einem schwarzen Slip und einem Büstenhalter bekleidet, dasaß. Einem Impuls folgend wollte sie nach ihrem Frisiermantel greifen, unterließ es dann aber doch. Er war ihr Mann, und er hatte sie oft genug nackt gesehen. Sie hatte nichts vor ihm zu verbergen.

»Ich bin verabredet!« verkündete sie. »Mein Verleger hat mich zum Essen eingeladen. Wir wollen den Abschluß feiern.«

»Dein Buch ist also angenommen?«

»Ja, stell dir vor, ich habe sogar einen Vorschuß bekommen. Fünftausend Mark, was sagst du jetzt? Er will eine tolle Werbung für mich aufziehen. Und im Herbst werde ich auf Signiertour geschickt. Er verspricht sich einiges davon.«

»Du willst die Altenpflegerei also an den Nagel hängen?«

»Nein, aber bis dahin bin ich ja mit der Ausbildung fertig und mache einfach erst mal Pause, bevor ich mir eine Stellung suche.« Sie lachte. »Von einem Buch kann man bestimmt nicht leben.« Sie legte den Spiegel und den Lippenstift aus der Hand und stand auf. »Ach, Eberhard, ist es nicht wunderbar? Ich fühle mich wie im Märchen!«

Es war nicht ihr Anblick, der ihn erregte, als sie da langbeinig und kaum bekleidet vor ihm stand. Er war die Gegenwart schöner, halbnackter Mädchen gewohnt. Es war ihr Schwung, der ihn mitriß. Er empfand Gefühle, von denen er nie gedacht hatte, daß sie ihn gleichzeitig überfallen könnten: Freude über ihren Erfolg, Stolz, daß sie seine Frau war und gleichzeitig auch heftige Eifersucht, nicht nur, weil sie sich für einen anderen schön gemacht hatte. Er war nicht fähig, die gegensätzlichen Gefühle zu analysieren, die ihn durchtobten, sie rissen ihn mit. Plötzlich geschah das, was er nicht mehr zu hoffen gewagt hatte: Seine Männlichkeit regte sich so stark, wie er es nur als junger Mann gekannt hatte. Es war ihm, als könnte er sie nicht beherrschen.

»Aline!« stieß er hervor.

Sie begriff und wich unwillkürlich zurück.

»Bitte!« flehte er.

Sie liebte ihn nicht mehr, aber es gab so vieles, was sie verband. Sie spürte seine Not, und sie hatte nicht die Kraft, sich ihm zu verweigern, ja, sie spürte nicht einmal den Wunsch. Es war ihr, als hätte sie selber nur darauf gewartet. »Ja«, sagte sie, »ja!« und flog auf ihn zu.

Als es vorbei war, hielt er sie fest in seinen Armen, so fest, als wollte er sie nie mehr wieder freigeben. »Du weißt nicht, wieviel mir das bedeutet hat«, bekannte er, den Mund dicht an ihrem Ohr, »du kannst es nicht ermessen.«

»Ja«, sagte sie, »es war sehr schön.«

»Für mich war es mehr als nur schön . . . viel mehr. Jetzt weiß ich, daß alles wieder gut werden wird.«

»Vielleicht bringen wir wirklich die Kraft auf, unsere Beziehung zu ändern.«

»Es wird alles wie früher werden, als ich noch schrecklich verliebt in dich war. Ich bin es wieder.«

»Und wie lange wird das dauern?«

»Für immer!«

»Nein, Eberhard, wenn du das wirklich für möglich hältst, kennst du dich selber nicht. Über kurz oder lang wirst du dich wieder mit deiner Mildred versöhnen . . .«

Er gab sie frei. »Was weißt du von Mildred?«

»Nicht viel mehr als den Namen, und daß du dich mit ihr zerstritten haben mußt. Seit du vom Wintersport zurück bist, bist du ja ganz verändert.«

»Mit Mildred ist es aus.«

»Dann wird es eine andere sein. Es waren doch immer andere, nicht wahr? So viele, daß ich schon vor langer Zeit aufgehört habe, sie zu zählen.«

»Du hast davon gewußt?«

»Es war nicht zu übersehen.«

»Warum hast du nie darüber gesprochen?«

»Hätte es denn etwas genutzt?«

»Ich wollte dich nie verletzen.«

»Das glaube ich dir sogar. Aber es ändert nichts. Ich werde mein altes Leben nicht wieder aufnehmen. Es ist sinnlos geworden.«

»Aber wenigstens heute abend bleibst du doch bei mir?«

»Nein. Du weißt doch, ich bin verabredet.«

»Dem Kerl wird es ganz gut tun, wenn du dich rar machst. Ruf ihn einfach an und sag ihm . . .«

»Nein, das werde ich nicht tun.«

»Ich bedeute dir also nichts mehr?«

»Doch. Aber nicht mehr alles. Du wirst lernen müssen, dich damit abzufinden.« Sie stand auf und raffte ihre Kleidungsstücke zusammen.

»Aline!«

Sie ließ sich nicht aufhalten, sondern verschwand im Bad. Als sie zurückkam, war sie fertig angezogen und legte nur noch den Schmuck an. Er lag immer noch auf ihrem Bett, die Hände hinter dem Kopf verschränkt.

»Ich bestelle mir jetzt ein Taxi«, sagte sie, »bis später dann . . . nein, das ist falsch. Warte bitte nicht auf mich. Ich weiß nicht, wann ich nach Hause kommen werde. Leb wohl, Eberhard, und nimm es nicht tragisch.«

Marie Louise Fischer

Unruhige Nächte

BASTEI
LÜBBE

1

Richter Thomas Ramin blickte auf, als seine Frau ins Zimmer trat.

Cornelia trug ein eng tailliertes dunkelgrünes Herbstkostüm, das ihre jugendliche Figur betonte.

»Entschuldige, daß ich störe«, sagte sie und legte ein paar Briefe vor ihn auf den Schreibtisch. »Die Post.«

Ohne den Blick von ihr zu lassen, fragte er: »Was Interessantes dabei?«

»Ein Brief von Lotte Thainacher. Ich habe ihn dir dazugelegt.«

»Nun, wie geht's ihr?«

»Sie scheint sich in Baden-Baden prächtig zu erholen!«

Auf Cornelias Wangen erschienen zwei runde kleine Grübchen. »Sie genießt ihren Urlaub von der Ehe . . . du kennst sie ja.«

Richter Thomas Ramin runzelte die Stirn. »Wieder ein Flirt?«

Cornelia zuckte mit den schönen Schultern. »Sieht ganz so aus. Aber ich wette, sie berichtet Leo in allen Einzelheiten darüber. Ich glaube, es geht ihr darum, seine Liebe aufzufrischen.«

»Mir gefällt das nicht«, sagte er, »nein, das gefällt mir ganz und gar nicht. Ich glaube, ich werde mit Leo mal ein Wort darüber sprechen. Du kennst meine Grundsätze . . .«

Jetzt lachte sie. »Ja, leider!« Sie schwang sich auf seine Sessellehne und zauste ihm das dunkle dichte Haar. »Ich wollte dich gerade fragen, ob du nicht jetzt schon einen Blick auf deinen Geburtstagstisch werfen möchtest . . .

noch bevor die Kinder aus der Schule kommen. Oder widerspricht das auch deinen Grundsätzen?«

»Tatsächlich . . . ja!« sagte er. Vergeblich versuchte er ein wenig abzurücken. Ihre Nähe irritierte ihn. Sie waren zehn Jahre verheiratet, aber er begehrte sie immer noch wie am ersten Tag.

»Ach, sei kein Frosch!« Sie küßte ihn liebevoll auf die Nase.

»Bist du sehr böse, wenn ich dich jetzt bitte, mich allein zu lassen? Ich habe nämlich noch einiges zu arbeiten.«

»Heute, an deinem Geburtstag? Muß das sein?«

»Es muß. Damit ich mich dann meiner Familie widmen kann.«

»Wie lieb von dir. Trotzdem, ich bin ein wenig gekränkt. Wie kann man nur so wenig neugierig sein?!«

Er lächelte ihr zu. Plötzlich wünschte er, sie wäre bei ihm geblieben. »Vorfreude ist die schönste Freude . . . Ich freue mich auf eure Geschenke und auf den heutigen Tag!«

»Es gibt Hähnchen mit Apfelkompott. Würdest du so lieb sein und den Backofen einstellen, wenn ich bis halb zwölf noch nicht da bin?«

»Natürlich. Wenn ich es nicht vergesse.«

»Bloß nicht! Vielleicht bin ich bis dahin auch zurück.«

Er sah ihr nach, wie sie schlank und elastisch aus dem Zimmer ging. Er liebte sie sehr. Sein Herz war ganz warm und voller Zärtlichkeit. Wenn es ihm nicht zu theatralisch erschienen wäre, hätte er jetzt die Hände falten mögen und beten: »Ich danke dir, lieber Gott, für alles, für Cornelia, für die Kinder, für das gute Leben, das wir führen.«

Er tat es nicht, sondern zündete sich eine Zigarette an und lächelte in sich hinein.

Erst als er sich wieder an die Arbeit machen wollte, dachte er an die Post, die Cornelia ihm auf den Schreibtisch gelegt hatte. Er las den Brief von Lotte Thainacher aus Baden-Baden, schüttelte ein wenig den Kopf, öffnete eine Drucksache, dann erst sah er den anderen Brief.

Es war ein billiger Umschlag, die Adresse war in großen Druckbuchstaben, ungeschickt nebeneinandergesetzt, geschrieben. Herrn Landgerichtsdirektor Thomas Ramin, München 22, Holbeinstraße. Auf der Rückseite war kein Absender vermerkt. Thomas Ramin riß den Umschlag auf. Ein kleiner weißer Bogen flatterte heraus. Er las, die eckigen, ungeraden Buchstaben sprangen ihn geradezu an.

Sind Sie blind? Sind Sie weltfremd? Oder sind Sie so verkommen, daß es Sie nicht interessiert, was Ihre Frau treibt? Ich werde Ihnen die Augen öffnen. Prüfen Sie nach, was Sie monatlich verdienen und wieviel Ihre Frau ausgibt. Es ist eine einfache Rechnung. Woher bestreitet Ihre Frau die großen Ausgaben? Woher nimmt sie das Geld, das sie von Ihnen nicht bekommt? Denken Sie darüber nach!

Der Brief war mit keinem Namen unterschrieben, statt dessen stand da: *Jemand, der es nicht mit ansehen kann, wie Ihre Frau Sie ins Unglück treibt.* Das Blut war Thomas Ramin in die Schläfen gestiegen. Er zerknüllte Briefbogen und Umschlag und warf sie mit heftigem Schwung in den Papierkorb.

Als Cornelia ihn drei Stunden später zur Bescherung rief, hatte Thomas Ramin nichts gearbeitet. Er hatte die ganze Zeit an seinem Schreibtisch gesessen und mit allen Kräften versucht, den Inhalt jenes niederträchtigen Briefes zu vergessen. Aber er saß wie ein Widerhaken in seinem Gehirn.

Im Eßzimmer war der Mittagstisch festlich gedeckt. Cornelia stand, Nelly an der einen, Tom an der anderen Hand, mit dem Rücken vor dem kleinen Rauchtisch, auf dem die Geburtstagsgaben aufgebaut waren. Alle drei strahlten vor fröhlicher Erwartung. Sie sangen, nicht gerade melodisch, aber sehr begeistert und laut: »Der Vater hat Geburtstag, lalalalala, wir wünschen alles Gute, lalalalala! Hoch soll er leben! Dreimal hoch!«

Er ließ ihre Küsse und Umarmungen über sich ergehen und hatte dabei das Gefühl, als wenn es gar nicht er selber wäre, der hier gefeiert wurde, sondern ein anderer, ein Wildfremder.

Fünfundvierzig kleine Kerzen brannten um die große Geburtstagstorte herum, in der Mitte stand die mächtige Lebenskerze aus Bienenwachs. Ein prächtiger Gladiolenstrauß glühte in einer hohen Vase, ringsum lagen die Geschenke.

Thomas Ramins Blick fiel sofort auf die elegante schwarze Aktentasche, in ihrem Verschluß steckte eine kleine Rosenknospe. Cornelia hatte ihm einen Lieblingswunsch erfüllt, den er nicht einmal auszusprechen gewagt hätte.

Er nahm die Aktentasche in die Hand, spürte dabei den erwartungsvollen Blick seiner Frau auf sich gerichtet. Sie war federleicht, aus weichem, feinen Leder, in drei Fächer unterteilt. Sie war prachtvoll.

Ohne ein Lächeln fragte er: »Wie teuer?«

»Aber, Thomas! Bei Geschenken fragt man doch nicht nach dem Preis!«

»Da du sie, wie ich annehme, von meinem Geld gekauft hast, darf ich wohl auch fragen!«

»Ich habe sie mir vom Wirtschaftsgeld abgespart ... um dir eine Freude zu machen. Gefällt sie dir nicht?«

»Doch. Aber ...«

Sie trat auf ihn zu und legte ihre braune, schmale Hand auf seinen Arm. »Thomas! Wenn sie dir gefällt, ist doch alles in Ordnung. Weshalb machst du dir Gedanken?«

»Weil ich nicht begreife, wovon du ein so kostspieliges Geschenk hast erstehen können. Glaube nur nicht, daß ich weltfremd bin.« Er biß sich auf die Lippen, als er merkte, daß er unwillkürlich ein Wort aus jenem anonymen Brief gewählt hatte. »Ich weiß genau«, fuhr er noch schärfer fort, »die Frauen meiner Kollegen klagen ständig über die steigenden Preise. Die können mit dem Gehalt ihrer Männer nicht auskommen, und du . . .«

Sie legte den Kopf zur Seite und lächelte ihn schelmisch an. »Wäre es dir lieber, wenn ich dir auch was vorjammern würde?«

»Darum handelt es sich ja nicht«, sagte er hart. »Wieviel hat die Tasche gekostet?«

Plötzlich runzelte sie ihre glatte Stirn. »Du glaubst, daß ich Schulden mache?«

»Ich weiß es nicht. Ich möchte nur wissen, woher du das Geld genommen hast. Du hast einen Kühlschrank gekauft . . .«

»Wir haben uns entschlossen, einen neuen Kühlschrank zu kaufen. Weil wir ihn dringend brauchten. Wir haben ihn nicht bar bezahlt, sondern auf Raten gekauft.«

»Die Raten sind noch nicht bezahlt.«

»Das weiß ich. Aber ich bin nicht im Verzug. Wenn du die Quittungen sehen möchtest . . .«

»Du willst mich nicht verstehen.«

»Nein, wirklich nicht!« sagte sie jetzt heftig. »Ich habe mich angestrengt, dich mit einem schönen Geburtstagsgeschenk zu überraschen, und du . . . aber ich weiß schon, was mit dir los ist. Du willst dir einfach nichts schenken lassen. Wahrscheinlich glaubst du, daß das deine männliche Würde verletzt. Statt zu sagen: Danke, liebe Cornelia, du hast mir eine große Freude gemacht . . .«

»Danke, liebe Cornelia«, sagte er mit hochgezogenen Augenbrauen.

Nelly konnte es schon nicht mehr aushalten, ihr Geschenk anzubringen. »Schau mal, Vati, was du von mir kriegst! Eine Krawatte! Ist sie nicht wunderhübsch? Blau ... deine Lieblingsfarbe. Ich habe sie selber gewebt.«

Sie hielt ihm das Werk ihrer kleinen Hände vor die Nase, er betrachtete sie stirnrunzelnd.

»Die war bestimmt nicht teuer«, sagte Nelly rasch.

»Hm«, sagte Thomas Ramin, »ganz hübsch ...«

Nelly schluckte. »Gefällt sie dir nicht?« Sie hatte das honiggelbe Haar und die anmutige Art ihrer Mutter geerbt, aber ihre Augen waren nicht braun und voller Fröhlichkeit, sondern grau, klar und ernst. Sie neigte dazu, die Dinge allzu schwer zu nehmen, und ihre Enttäuschung darüber, daß der Vater sich über ihre Krawatte nicht so freute, wie sie es sich vorgestellt hatte, war maßlos.

»Erwartest du, daß ich vor Begeisterung in die Luft springe?« fragte Thomas Ramin kalt. »Wenn du mir wirklich eine Freude machen wolltest, hättest du dir ein bißchen mehr Mühe geben können. Du bist leider ein sehr unordentliches kleines Mädchen. Hier ... sieh dir das mal an!« Er deutete auf eine Stelle der Krawatte, in der sich der Faden ungebührlich verdickt hatte. »Ist das ein Webfehler oder was?!«

»Oh, Vati! Du bist ... da kann ich doch nichts dafür! Ich habe einen neuen Faden ansetzen müssen! Wie hätte ich das anders machen sollen?« Nellys Stimme erstickte in Tränen. Sie warf sich schluchzend in die Arme ihrer Mutter. »Nicht weinen, Nelly«, sagte Cornelia, »es ist alles nicht so schlimm. Vater hat es nicht so ernst gemeint. Er hat schlechte Laune, weißt du.«

»Ich!? Wie kommst du darauf, daß ich schlechte Laune hätte?«

Cornelia antwortete nicht. Sie putzte ihrer kleinen Tochter die Nase.

»Und hier ist mein Geschenk, Vater!« trompetete der kleine Tom herausfordernd und deutete auf eine Schachtel, die er wild und phantasievoll mit buntem Papier beklebt hatte. »Aber wenn es dir nicht gefällt, dann sag es lieber gleich . . . dann behalte ich sie nämlich selber.«

»Ja, sag mal, wie redest du denn mit deinem Vater?!«

»Ich sag's, wie ich es mir denke. Du hast es uns doch immer eingebleut, die Wahrheit zu sagen!«

Tom stand breitbeinig da und dachte nicht daran, die Augen vor dem Blick seines zornigen Vaters zu senken. Er war ein strammer kleiner Kerl mit dunklen zerzausten Haaren, den fröhlichen Augen seiner Mutter und einem runden, etwas aufgeworfenen Jungenmund.

»Donnerwetter! Das ist ein Geburtstag!« sagte Thomas Ramin. »Das habt ihr fein gemacht! Du hast deine Kinder prächtig erzogen, Cornelia, das muß man dir lassen. Wirklich prächtig!«

»Bestimmt haben wir unsere Fehler«, sagte Cornelia sehr ruhig, »wir sind keine Engel, Thomas. Aber wir haben dich alle sehr lieb, und ich denke, das ist es doch, worauf es ankommt.«

Ohne ein Wort zu sagen, drehte Richter Thomas Ramin sich um und setzte sich an den Mittagstisch.

»Vati, du mußt noch die Kerzen ausblasen!« rief Tom.

»Tu du's nur, Tom«, sagte Cornelia, »du siehst doch, Vater hat Hunger.«

»Aber das geht doch nicht! Jeder muß doch seine Geburtstagskerzen selber ausblasen, sonst bringt das Unglück!«

»Wenn man will, geht alles!« Cornelia begann, die Kerzen auszublasen, Nelly und Tom halfen ihr dabei.

Es wurde ein schweigsames Mittagessen. Thomas Ramin hatte kaum Appetit, aber es ärgerte ihn, daß Cornelia sich nicht die Mühe gab, ihn zu nötigen. Die Kinder ließen sich die Freude an ihrem Lieblingsessen auch durch seine schlechte Stimmung nicht nehmen, und es kränkte Thomas Ramin, daß sie so unbekümmert zulangten.

Cornelia tat, als wenn gar nichts vorgefallen wäre, sie benahm sich ganz wie immer, und das verletzte Thomas Ramin am meisten. Die Kinder waren noch nicht mit dem Nachtisch fertig, als er seinen Stuhl zurückstieß. »Ich gehe zum Amt!« sagte er kurz.

Jetzt wurde Cornelia blaß. »Heute? Thomas, ich bitte dich ... wir wollten doch alle zusammen gemütlich Kaffee trinken!«

»Ich habe zu tun!«

Cornelia stand auf und trat auf ihn zu. »Bitte, Thomas. Vielleicht sind wir wirklich schuld an allem ... bitte, sei uns nicht böse! Wir haben es wirklich nur gut gemeint. Du bleibst bei uns, ja?«

»Ich nehme an, daß euch die Torte ohne mich besser schmecken wird!« sagte er hart und ging zur Tür.

Als er die Wohnung verließ, hörte er, wie Cornelia und die Kinder in der Küche zusammen plauderten. Tom und Nelly halfen der Mutter beim Geschirrspülen. Wenn sie ihn jetzt noch einmal gebeten hätten, wäre er geblieben. Aber niemand ließ sich blicken. Er fühlte sich unglücklich und ausgestoßen, als er das Haus verließ.

Richter Thomas Ramin hatte seine Arbeitszimmer seit über einem Jahr in der Maxburg. Es war ein freundlicher kleiner Raum mit einem großen Fenster, das er die meiste Zeit geschlossen halten mußte, weil sonst der Großstadtverkehr überlaut hereinbrandete. Als er es heute betrat, entdeckte er sofort den Topf mit schönen zartroten Alpenveilchen auf seinem Schreibtisch. Ein Schildchen war daran befestigt: »Wir gratulieren – Abteilung IV.«

Er wußte sofort, daß es nur Fräulein Agnes Barowsky sein konnte, die sich diese Geburtstagsüberraschung ausgedacht hatte. Es tat ihm gut, zu wissen, daß er hier in seinem Amt geschätzt wurde.

Noch bevor er sich setzte, drückte er auf die Klingel,

wenige Minuten später erschien Fräulein Barowsky in der Tür. Ihr mausgraues Haar war unordentlich wie immer, ihr spitzes kleines Gesicht ohne Farbe, aber ihre dunklen Augen waren groß und schön und ausdrucksvoll.

»Herr Landgerichtsdirektor«, rief sie, »wenn ich geahnt hätte, daß Sie kommen würden . . .«

Er winkte ab. »Schon gut, schon gut. Ich möchte mich nur bei Ihnen bedanken . . .«

»Wegen der Blumen? Aber Herr Landgerichtsdirektor, die sind ja nicht von mir. Die ganze Abteilung hat zusammengelegt, um . . .«

»Aber Sie haben es angeregt, nicht wahr?« fragte er lächelnd.

Sie errötete sanft. »Das muß ich zugeben. Ich habe mir Ihren Geburtstagstermin aufgeschrieben. Ich finde, es gehört sich so, daß man an seinem Ehrentag ein bißchen gefeiert wird!«

»Sicher. Es war sehr lieb von Ihnen.«

»Darf ich Ihnen Kaffee machen?«

Es war ihm unangenehm, daß sie sich wegen ihm so viel Mühe machte, aber er spürte, daß ihm jetzt eine Tasse Kaffee gerade recht käme. »Bitte, wenn Sie so nett sein wollen . . .«

Fräulein Barowsky entschwand und kam wenige Minuten später, als sich Richter Thomas Ramin eine Zigarette angezündet hatte, mit einem Kännchen Kaffee wieder herein.

»Schwarz wie die Hölle«, sagte sie lächelnd, »ich weiß schon, wie Sie ihn gerne haben, Herr Landgerichtsdirektor.«

»Danke«, sagte er kurz. Er hatte keine Lust, sich länger mit ihr zu unterhalten.

Sie zog sich sofort zurück.

Er trank den Kaffee, rauchte seine Zigarette und dachte an Cornelia. Mit Entsetzen spürte er plötzlich, daß er sich schändlich benommen hatte. Er hatte ihr und den Kindern die Geburtstagsfreude genommen. Warum hatte sie es ihm nicht mit gleicher Münze zurückbezahlt? Eine wirkliche Auseinandersetzung hätte die Atmosphäre vielleicht gereinigt. Aber so ...

Er drückte seine Zigarette aus und zündete sich sofort eine neue an. Es gab nur eine Erklärung für Cornelias Sanftmut. Sie hatte ein schlechtes Gewissen. Dieser anonyme Brief war niederträchtig gewesen. Er schämte sich, daß er ihn gelesen und sich sogar von ihm hatte beeindrucken lassen. Aber ein Fünkchen Wahrheit steckte sicher in diesen bösartigen Anschuldigungen.

Er verdiente wirklich nicht schlecht. Aber war es genug, um einen Haushalt zu bestreiten, wie Cornelia ihn führte? Sie hatten sich im Lauf der letzten Jahre die modernsten Küchenmaschinen angeschafft, einen großartigen Staubsauger, den neuen Kühlschrank, eine Gefriertruhe, einen Fernseher.

Sie hatte ihn bei all diesen Anschaffungen – das stimmte – vorher um seine Zustimmung gefragt, aber die finanzielle Seite hatte sie immer ganz allein geregelt. Was sie monatlich auf die Hand bekam, davon bestritt sie die Miete – Landgerichtsdirektor Thomas Ramin begann Zahlen auf ein Stück Papier zu kritzeln –, Elektrizität, seine Lebensversicherung – ihm wurde auf einmal klar, daß er nicht einmal über die laufenden Ausgaben orientiert war. Er würde sich mit diesen Dingen befassen müssen.

Eines wußte er ganz genau: Cornelia war immer hochelegant und nach der letzten Mode gekleidet – auch die Kinder waren ausgesprochen gut angezogen, und niemals –, das war es, was ihm am meisten zu denken gab – hatte Cornelia darüber geklagt, daß sie mit dem Geld nicht auskam, daß eine größere Anschaffung bevorstünde und sie nicht wüßte, wie und von was sie sie bezahlen sollte. Dabei las man so oft in der Zeitung, daß die Lebenshaltungskosten von Tag zu Tag stiegen, dabei wußte er, daß die meisten der Kollegenfrauen mit dem Geld nicht vorn und nicht hinten reichten.

Alle hatten ihn immer um die schöne, die kluge, die elegante Cornelia beneidet, und es hatte ihm gutgetan. Er war stolz auf sie gewesen, glücklich, mit ihr verheiratet zu sein. Und jetzt dieser schändliche Verdacht.

Cornelia gab mehr Geld aus, als er verdiente. Das schien ihm, ohne es näher überprüfen zu können, festzustehen. Machte sie Schulden? Woher nahm sie das Geld, das sie nicht von ihm bekam?

Fast zehn Jahre waren sie nun verheiratet, und er hatte geglaubt, sie durch und durch zu kennen. Er hatte sie für einen fröhlichen, harmonischen und ganz und gar unkomplizierten Menschen gehalten. Was aber wußte er wirklich von ihr?

Jetzt, als er sich diese Frage zum erstenmal ganz bewußt stellte, merkte er, daß es sehr wenig war. Er erinnerte sich, daß sie vor der Hochzeit einige Male versucht hatte, mit ihm über ihre Vergangenheit zu reden. Aber damals hatte er nichts wissen wollen. Er liebte sie, das war ihm genug. Er wußte, daß sie nicht mehr unschuldig war, aber er hatte es für das richtigste gehalten, diese Tatsachen gar nicht zu beachten, sondern sie so bald wie möglich zu vergessen. Er scheute davor zurück, Einzelheiten zu erfahren, die ihn nur verletzt hätten.

Als sie verheiratet waren, hatten weder er noch Cornelia je an diese Dinge gerührt. Die Vergangenheit war tot für sie, sie hatten ein neues Leben angefangen.

Das hatte er immer geglaubt. Wenn es nun nicht stimmte? Wenn Cornelia die Verbindungen mit ihrer Vergangenheit aufrechterhalten hatte? Wenn sie von Natur aus leichtsinnig war? Wenn sie ...? Er wagte diesen letzten, diesen schrecklichsten Gedanken nicht auszudenken.

Unsinn, dachte er, verdammt noch mal – Unsinn. Er

schämte sich über sich selber und seine Gedanken. Er schämte sich, daß ein anonymer Brief es fertiggebracht hatte, an seinem Glück, an Cornelia, an ihrer Liebe zu zweifeln. Er hatte sich schändlich benommen. Er hätte Cornelia den Brief zeigen und mit ihr über alles sprechen müssen.

Einen Augenblick überlegte er, ob er sie anrufen sollte, aber dann gab er diese Idee doch wieder auf. Er spürte, daß er immer noch nicht imstande war, mit ihr zu reden, als ob nichts geschehen wäre. Er mußte erst selber über diese Dinge hinwegkommen.

Mit zusammengebissenen Zähnen zwang er sich zur Arbeit. Er studierte noch einmal den Fall Krüger gegen Krüger, der morgen zur Verhandlung stehen würde. Der Installateur Willi Krüger hatte Scheidungsklage gegen seine Frau Lisbeth eingereicht. Es war eine schlimme Geschichte, die da aus den Akten hervorging.

Lisbeth kam aus der Ostzone. Sie hatte sich Anfang 1950 als Telefonistin von der Volkspolizei anwerben lassen. Sie bearbeitete bei der Grenzbereitschaft die Überwachung des illegalen Grenzverkehrs. Ende des Jahres heiratete sie einen Leutnant der Volkspolizei, und im September 1951 wurde sie – damals im sechsten Monat schwanger – zwangsweise aus ihrem Posten beurlaubt. Sie stand unter dem Verdacht, Dienstgeheimnisse verraten zu haben. Sie floh in den Westen.

Im Januar 1952 gebar sie einen gesunden Knaben, den sie nach dem Vater Jürgen nannte. Noch in der Klinik erhielt sie die Nachricht, daß ihr Mann sich vor einem ostzonalen Gericht wegen ihrer illegalen Auswanderung aus der DDR hatte scheiden lassen. Sie war sehr verzweifelt.

Aus der Klinik entlassen, fand sie eine Stelle als Hausangestellte in München. Den kleinen Jungen konnte sie bei Pflegeeltern in Oberbayern unterbringen. Sie sehnte sich danach, wieder zu heiraten, um Jürgen zu sich nehmen zu können.

Beim Oktoberfest lernte sie einen jungen Mann namens ›Ferdinand‹ kennen. Sie verabredeten sich für den nächsten Sonntag, trafen sich auch. Sie verliebte sich Hals über Kopf in ihn, er versprach ihr die Ehe, und sie nahm ihn mit auf ihr Zimmer. Noch in der Nacht verschwand er und wurde nie mehr gesehen Sie forschte nach ihm, konnte ihn aber in Ermangelung ausreichender Anhaltspunkte nicht finden. Kurze Zeit später stellte sie fest, daß sie ein Kind erwartete. Sie wollte sterben, nahm aber nicht genug Schlaftabletten.

Ihre Arbeitgeberin vermittelte ihr eine Stellung in einem Geschäftshaushalt. Sie schämte sich, der neuen Hausfrau die Wahrheit zu erzählen. Einen Monat vor ihrer Niederkunft verabschiedete sie sich; sie erzählte, ihr Verlobter hätte jetzt eine Stellung bekommen, sie würde zu ihm fahren und ihn heiraten. Ihr Kind, das sie in einer Münchner Klinik zur Welt brachte, wurde auf den Namen Hildegard getauft, und nach ihrer Entlassung erstickte sie es in ihrer Schürze.

Sie bekam wieder einen Posten als Hausangestellte in München, und als die Wohnung ihrer Herrschaft renoviert wurde, lernte sie den Installateur Willi Krüger kennen, der sofort Gefallen an ihr fand. Er war ein schlesischer Flüchtling und hatte durch unermüdliche Arbeit bereits so viel gespart, daß er sich selbständig machen konnte. Er heiratete Lisbeth und nahm ihren Sohn Jürgen bei sich auf. Von ihrem zweiten Kind, Hildegard, hatte sie ihm erzählt, es wäre in der Klinik gestorben.

Die Ehe wurde glücklich, bis das Stadtjugendamt München, dem die Geburt der kleinen Hildegard gemeldet worden war, die Adresse der jetzigen Lisbeth Krüger ermittelte. Die Wahrheit kam ans Licht. Lisbeth wurde wegen Totschlags zu einer Gefängnisstrafe von zwei Jahren verurteilt. Willi zeigte Verständnis für sie und versprach ihr, auf sie zu warten. Wegen guter Führung wurde sie vorzeitig entlassen, voll bester Vorsätze kehrte sie in ihr Heim zurück.

Aber Willi hatte sich inzwischen verändert. Er hatte sich daran gewöhnt, ins Wirtshaus zu gehen, zu trinken und Karten zu spielen, er hatte auch mehr oder weniger Beziehungen zu anderen Frauen angeknüpft. Er fand in das geordnete und häusliche Familienleben nicht mehr zurück.

Als Lisbeth begann, ihm Vorwürfe zu machen, hielt er ihr ihre Vergangenheit vor, beschimpfte sie als ›Zuchthäuslerin‹, ›Mörderin‹, ›Schlampe‹. Er schlug sie. Sie flüchtete zu ihrer Nachbarin. Diese Tatsache nahm er zum Anlaß, um Scheidungsklage gegen sie einzureichen. Er brachte vor, sie hätte aus nichtigem Grund geschrien und ihn vor den Hausbewohnern bloßgestellt. Außerdem habe sie ihn vor der Hochzeit über ihre Vergangenheit derartig belogen, daß er ihr kein Vertrauen mehr schenken könne. Lisbeth wollte sich nicht scheiden lassen. Sie beantragte, die Klage ihres Mannes abzuweisen.

Das war der Fall Krüger gegen Krüger.

Richter Thomas Ramin klappte die Akten zusammen.

Als er sich zum erstenmal mit dieser Scheidungsklage beschäftigt hatte, war er sich vollkommen darüber klar gewesen, daß Willi Krüger ein rücksichtsloser und brutaler Egoist war. Jetzt plötzlich begriff er die Verzweiflung dieses Mannes. Als er seiner Frau verziehen und versprochen hatte, alles zu vergessen, hatte er sich mehr zugemutet, als er zu halten imstande war. Er war nicht mehr fähig gewesen, seine Enttäuschung, sein Mißtrauen zu überwinden. Er war nicht schlecht, er hatte nur versagt. Darin lag seine Schuld.

Richter Thomas Ramin war es, als wenn man ihm einen Spiegel vorgehalten hätte. Er war weniger wert als Willi Krüger, den er verachtet hatte. Ein anonymer Brief hatte genügt, das Vertrauen in seine Frau zu erschüttern. Auf eine bösartige und unbewiesene Anschuldigung hin zweifelte er an ihrer Liebe und dem Glück seiner Ehe.

Thomas Ramin schämte sich. Wie viele unglückliche Ehepartner hatte er in all den vergangenen Jahren vor den Schranken des Gerichtes auftreten sehen, und in fast allen Fällen war er überzeugt gewesen, daß mit ein wenig gutem Willen, mit gegenseitigem Verständnis und Anstand die Ehe aufrechtzuerhalten gewesen wäre. Er hatte es den Eheleuten nie leicht gemacht, die Scheidung zu erreichen. Die Anwälte wußten es und fürchteten ihn deswegen. Er selber hatte, als die erste Krise in seiner Ehe aufgetaucht war, kläglich versagt.

Thomas Ramin war, als er nach Hause kam, fest entschlossen, seine Frau um Verzeihung zu bitten und sich mit ihr zu versöhnen.

Er fand die Wohnung leer. Der Geburtstagstisch war unberührt, die Torte nicht angeschnitten.

Jähe Angst überfiel ihn. Sein Schuldgefühl ließ es ihm möglich erscheinen, daß Cornelia und die Kinder ihn verlassen hätten.

Er ging ins Schlafzimmer. Die Koffer lagen unberührt auf dem Schrank. Das Kinderzimmer war nur flüchtig aufgeräumt, die Schulranzen lagen auf ihren Plätzen. Er durchsuchte die ganze Wohnung, nirgends fand er eine Zeile von Cornelia.

Er versuchte, über seine Angst zu lächeln. Cornelia liebte ihn. Sie würde ihn nicht wegen eines einzigen Streites verlassen. Aber sein Unbehagen blieb. Es hielt ihn nicht in der leeren Wohnung. Unruhe trieb ihn aus dem Haus.

Er begegnete Cornelia und den Kindern, als sie aus dem Kino kamen. Tom und Nelly liefen ihm strahlend entgegen, als wenn nichts gewesen wäre. Cornelia reichte ihm lächelnd die Hand.

»Fein, daß du schon zurück bist, Vati!« sagte Nelly und hängte sich bei ihm ein.

»Wir haben noch keinen Fitz von der Geburtstagstorte gegessen«, erklärte Tom stolz. »Mami hat gesagt ... ohne das Geburtstagskind dürfen wir nicht!«

Nelly tippte sich auf die Stirn. »Geburtstagskind! Vati ist doch kein Geburtstagskind. Er ist ein erwachsener Mann! Da kann man doch nicht Kind sagen.«

»Jeder, der Geburtstag hat, ist ein Geburtstagskind!« beharrte Tom. »Der Geburtstagsmann ist ganz was anderes ... der bringt Geschenke. Daß du's nur weißt!«

Cornelia nahm Tom bei der Hand und hakte sich auf der anderen Seite bei Thomas Ramin ein. »Ich bin mit den Kindern in die Märchenvorstellung gegangen, Thomas«, sagte sie. »Sie hatten sich so auf deinen Geburtstag gefreut.«

»Und ich habe ihnen alles verpatzt, nicht wahr?«

»Macht ja nichts. Jetzt werden wir's nachholen, ja?«

Es wurde ein fröhlicher Nachmittag. Die Geburtstagstorte schmeckte wunderbar. Thomas Ramin, der mittags fast nichts gegessen hatte, aß, zum Jubel seiner Kinder, drei Stück.

Nachher spielten sie im Kinderzimmer zusammen ›Mensch ärgere dich nicht‹ und Schwarzer Peter, Bilderlotto und Quartett. Sie lachten und alberten dabei. Alle trüben Schatten schienen verscheucht.

Als die Kinder zu Bett gebracht waren, machten Cornelia und Thomas Ramin es sich im Wohnzimmer gemütlich. Der Hausherr öffnete eine Flasche Wein, Cornelia brachte eine Schale mit frischem selbstgemachten Käsegebäck. Sie stellte den Plattenspieler an, auf dem sie schon in der Früh das Lieblingsprogramm von Thomas zusammengestellt hatte. Dann ließ sie sich, Thomas gegenüber, in einen der bequemen Sessel am Rauchtisch sinken. Sie trug ein einfaches, schick geschnittenes graues Flanellkleid, dessen enger Rock jetzt, als sie dasaß, ihre schlanken schönen Beine bis über die Knie freigab. Als einzigen Schmuck trug sie an der linken Schulter die goldene Nadel mit einer rosa schimmernden Perle, die ihr Mann ihr zu Toms Geburt geschenkt hatte. Sie wirkte sehr mädchenhaft und anmutig mit ihren strahlenden braunen Augen, dem kühn geschnittenen honiggelben Haar. Für Thomas Ramin war sie die schönste Frau der Welt.

Er bot ihr eine Zigarette an und gab ihr Feuer:

Lächelnd stieß sie den Rauch durch die Nase. »Goldig sind unsere Kinder, aber auch recht anstrengend, findest du nicht auch?«

»Ich habe das Gefühl, ich hätte mich bei ihnen entschuldigen müssen. Wegen heute mittag.«

»Aber Thomas! Was sind das für Ideen? Du bist doch der Vater!«

»Du meinst, Väter brauchen sich nie zu entschuldigen?«

»Natürlich nicht. Das wäre ja noch schöner.«

»Ehemänner auch nicht?«

»Nicht immer. Die Hauptsache ist, daß es dir hinterher leid tut.«

»Trotzdem möchte ich . . .«

»Nicht, Thomas, wirklich nicht! Du weißt doch, ich liebe dich so, wie du bist!« Sie nahm seine Hand und schmiegte ihre Wange hinein. »Ich bin nur froh, daß doch noch alles schön geworden ist.«

»Ich habe mich wie ein Scheusal benommen.«

»Unsinn. Du hattest einen schweren Tag. Das kann jedem passieren.«

»Dir nicht.«

»Doch. Du merkst es nur nicht.« Sie küßte seine Hand und hielt sie dann fest in der ihren. »Ich habe neulich gelesen . . . ich weiß nicht, ob ich dir das erzählt habe . . . da stand: Es ist schwer, verheiratet zu sein, weil Lieblosigkeit und Ungerechtigkeit bei dem einen Partner meist

Lieblosigkeit und Ungerechtigkeit bei dem anderen hervorrufen. Wenn man glücklich sein will, muß man verstehen lernen, daß der schlechtgelaunte Partner doppelt soviel Liebe und Verständnis braucht. Gut, nicht wahr? Jetzt versuche ich, dieses Rezept zu verwirklichen.«

»Hoffentlich gibst du mir bald eine Möglichkeit, daß ich mich revanchieren kann.«

Sie sah ihn an. Ihre braunen leuchtenden Augen waren ernst geworden. »Ich brauche immer Liebe, Thomas ... sehr viel Liebe!«

Er zog sie auf seinen Schoß und schloß sie fest in die Arme.

Sie sprachen kein Wort, aber sie fühlten beide, wie sehr sie zusammengehörten.

Als an der Wohnungstür geklingelt wurde, fuhren sie auseinander. »Oh«, sagte Cornelia und versuchte mit beiden Händen, ihr zerzaustes Haar in Ordnung zu bringen.

Thomas Ramin lächelte. »Genier dich nicht, Liebling. Wir sind ja verheiratet!«

»Trotzdem. Wenn uns jemand überrascht hätte. Was macht das für einen Eindruck bei einem so alten Ehepaar! Bitte, öffne du doch die Tür ... ich möchte mich erst ein bißchen in Ordnung bringen.«

»Na gut. Wenn du meinst. Aber ich wette, es ist bestimmt nur Leo.«

2

Rechtsanwalt Dr. Leo Thainacher, ein stämmiger Mann mit breiten, ausdrucksvollen Augen und, zu seinem Kummer, einer beginnenden Glatze, war ein alter Freund der Familie. Er und Thomas Ramin kannten sich noch aus der Schulzeit, sie hatten zusammen studiert. Ihre Wege hatten sich erst getrennt, als Thainacher, der von Haus aus vermögend war, sich entschloß, Rechtsanwalt zu werden, während Thomas Ramin es vorzog, in den Staatsdienst zu gehen. Aber an ihrer Freundschaft hatte sich niemals etwas geändert, auch nicht, als beide geheiratet hatten. Lotte Thainacher, verwöhnte Tochter eines reichen Bierbrauers, und Cornelia, das Flüchtlingsmädchen aus dem Osten, hatten sich auf Anhieb verstanden. Thomas Ramin und Leo Thainacher waren froh darüber, denn sie wußten, daß Frauenfeindschaft imstande ist, die besten Männerfreundschaften auseinanderzubringen oder lahmzulegen. Leo Thainacher hatte als Geburtstagsgeschenk einen Stich aus dem fünfzehnten Jahrhundert mitgebracht, der ein eindrucksvolles Bild aus einer Gerichtsverhandlung der damaligen Zeit wiedergab. Er behauptete, daß der hagere und knochige Richter auf dem alten Stich eine auffallende Ähnlichkeit mit Thomas Ramin hätte.

»Wieder einmal ein Beweis«, sagte er, »daß du fünfhundert Jahre zu spät auf die Welt gekommen bist. Du bist eine Antiquität, Thomas, ein Überbleibsel aus dem Mittelalter.«

Richter Thomas Ramin lächelte. Er wußte, worauf der Freund hinauswollte. »Wenn du's so nimmst, kannst du genausogut sagen, daß die Ehe an sich als Lebensform überholt ist. Vergiß aber nicht, daß unsere ganze Gesellschaftsordnung . . .« Er sprach den Satz nicht zu Ende, denn in diesem Augenblick trat Cornelia ein.

Sie zwinkerte vergnügt, als sie Leo Thainacher die Hand gab. »Laßt euch durch mich nicht stören«, sagte sie. »Ich weiß schon, wenn ihr euch nicht zanken könnt, seid ihr nicht glücklich!«

»Wir sind weit davon entfernt, uns zu streiten«, erklärte Thomas Ramin, »es handelt sich nur um eine sachliche Auseinandersetzung, aber von so etwas versteht ihr Frauen natürlich nichts.«

»Sehr richtig!« Cornelia lachte. »Die Frau gehört an den Kochtopf, aber der Mann hinaus ins feindliche Leben! So meinst du's doch, nicht?«

»Die Emanzipation der Frauen ist heute schon zu solch einer Selbstverständlichkeit geworden«, sagte Leo Thainacher, »daß wir uns darüber wirklich nicht zu streiten brauchen.«

»O doch. Mit Thomas schon! Er ist zwar bereit, zuzugeben, daß heutzutage viele Frauen im Berufsleben einiges leisten, aber gefallen tut es ihm trotzdem nicht. Er würde es lieber sehen, wenn die Frauen Sklavinnen geblieben wären und in ewiger Anbetung zu ihren Männern als ihre Herren und Meister aufschauen würden!«

Leo Thainacher lachte. »Cornelia, was ist los mit dir? So spitzzüngig kenne ich dich gar nicht.«

»Sie hat sich über mich geärgert«, Thomas Ramin legte seinen Arm um Cornelias Schultern, »weil ich ihr und den Kindern die Geburtstagsfreude verdorben habe.«

»Thomas! Wie kannst du so etwas denken? Das habe ich doch schon längst vergessen!«

»Wirklich?«

»Ganz bestimmt. Überhaupt, du weißt ja, daß ich manchmal gern dumm daherrede . . . für mich bist du der Herr und Meister, und ich bin froh, daß ich ihn in dir gefunden habe!«

»Bravo!« Leo Thainacher klopfte Beifall auf die Tischplatte. »Kannst du das nicht noch mal wiederholen, wenn meine Lotte dabei ist?«

»Jederzeit. Aber ich bin sicher, Lotte bewundert dich genauso wie ich meinen Thomas.«

»Warum seid ihr eigentlich nicht zusammen verreist?« fragte Thomas Ramin. »Ich finde . . .«

»Ich weiß! Ich weiß! Eheleute sollen zusammenbleiben, bis daß der Tod sie scheidet. Aber ein kleiner Urlaub von der Ehe ist manchmal ganz erholsam.«

»Mir würde es überhaupt keinen Spaß machen, allein zu verreisen«, behauptete Cornelia.

»Ja, aber du bist auch ein Musterexemplar von einer Ehefrau. Nicht jedem gelingt es, sich einen lebendigen Engel einzufangen!«

Cornelia lachte. »Der Engel hat in weiser Voraussicht ein paar belegte Brote für die Herren der Schöpfung bereitgestellt! Entschuldigt mich eine Minute!«

Die beiden Herren setzten sich.

»Du weißt, daß ich seinerzeit nicht ganz mit deiner Heirat einverstanden war«, begann Leo Thainacher.

»Als Rechtsanwalt hättest du mehr Menschenkenntnis haben müssen!« unterbrach ihn Thomas Ramin.

Leo Thainacher lächelte. »Du hast meine Bedenken immer mißverstanden. Ich hatte niemals etwas gegen Cornelia, ich habe nur daran gezweifelt, daß du imstande wärst, ein solches Ausnahmeexemplar glücklich zu machen.«

»Und jetzt? Wie siehst du die Dinge heute?«

»Cornelia hat es geschafft. Sie hat es fertiggebracht, selbst aus dir verknöchertem Juristen eine Art Mensch zu machen.«

»Danke«, sagte Thomas Ramin trocken. Er wußte, wie Leo Thainacher es meinte.

Die belegten Brote, die Cornelia auf einer silbernen Platte hereinbrachte, waren appetitlich garnierte kleine Happen: Pumpernickel, Käse und Radieschen, Tatar mit Sardellen, hartgekochte Eier mit Tomatenscheiben. Man aß, trank, knabberte Teegebäck, rauchte und war guter Dinge.

Um elf Uhr wollte der Hausherr eine Flasche Sekt aus dem Kühlschrank holen, aber Leo Thainacher machte einen anderen Vorschlag. »Wie wär's, wenn wir ein bißchen bummeln gingen? Ich weiß, ihr beiden gehört zu den häuslichen Lebewesen, aber schließlich bin ich ja auch noch da. Ich möchte meine Strohwitwerfreiheit genießen, solange es möglich ist.«

»Magst du, Cornelia?« fragte Thomas Ramin.

»Ich bin keine Spaßverderberin. Aber ich glaube, dazu müßte ich mich noch umziehen.«

»Mach dich schön, Cornelia!« bat Leo Thainacher. »Alle sollen uns um dich beneiden!«

»Uns?« Thomas hob die Augenbrauen. »Bis jetzt ist sie noch mit mir verheiratet!«

»Leider. Aber wenn sich das mal ändern sollte ... ich bin jederzeit bereit, sie als Ehefrau linker Hand aufzunehmen.«

»Wüstling!«

Als Cornelia Ramin wieder ins Wohnzimmer kam, trug sie ein Cocktailkleid aus goldbraunem Samt, dessen halsferner großer Kragen ihre schönen Schultern und den Ansatz ihres kleinen, hochsitzenden Busens freigab. Den beiden Männern verschlug es den Atem.

»Donnerwetter!« sagte Leo Thainacher. »Wo läßt du arbeiten, Cornelia?«

»Gefällt's euch? Habe ich selber gemacht. Du weißt ja, ich kann ein bißchen schneidern.«

»Ein bißchen ist gut! Und die Schuhe, hast du die etwa auch selber zusammengeschustert?«

Cornelia hob den Fuß und betrachtete wohlgefällig ihren Krokodillederpumps mit dem hohen, bleistiftdünnen Absatz. »Du überschätzt mich, Leo!«

»Verrat mir doch mal bitte, wieviel kostet so was? Lotte liegt mir ständig damit in den Ohren. Ein Paar Krokodillederschuhe sind seit langem ihr Herzenswunsch.«

»Die habe ich im Ausverkauf erwischt. Sie waren unverschämt billig.«

»Ich habe sie noch nie an dir gesehen«, sagte Thomas Ramin.

»Du hast kein Auge für so was, Thomas. Ich habe sie schon ein paarmal angehabt, aber anscheinend muß dich erst jemand darauf aufmerksam machen.«

Zu dritt fuhren sie in Leo Thainachers Wagen nach Schwabing hinaus.

Im ›Fentilator‹ produzierte eine italienische Band heiße Rhythmen. Eine glutäugige, schwarzhaarige Schönheit tänzelte auf dem Podium, das Mikrofon dicht vor den grell geschminkten Lippen und tönte den nichtssagenden, aber durchaus wohllautenden Text des Schlagers in das Lokal.

Es herrschte Hochbetrieb. Die Tanzfläche war gesteckt voll. Sie hatten Mühe, einen freien Tisch zu finden. Thomas Ramin spürte, daß viele Blicke sich bewundernd, begehrlich und neidisch auf Cornelia hefteten. Es erfüllte ihn mit einem Stolz, den er selber als töricht empfand, eine so schöne Frau zu haben.

Es gelang ihm, einen kleinen Tisch in der Nähe der Tanzfläche zu erwischen. Thomas Ramin rückte Cornelia den Stuhl zurecht. Sie setzten sich. Leo Thainacher studierte die Getränkekarte.

Cornelia legte ihre schmale Hand, deren Fingernägel in einem Ton lackiert waren, der wunderbar mit ihren Lippen und dem Goldbraun ihres Kleides harmonierte, auf Thomas Ramins Arm. »Gefällt es dir?« fragte sie lächelnd.

»Ein Höllenlärm!«

»Ich freue mich darauf, mit dir zu tanzen!«

Sie sahen den eleganten Herrn mit dem schmalen, gutgeschnittenen Gesicht und dem dunklen Bärtchen auf der Oberlippe erst, als er sich vor ihrem Tisch verbeugte. »Gnädige Frau!« sagte er strahlend, »welch reizende Überraschung, Sie wieder einmal im Nachtleben von München zu treffen! Darf ich . . .« Er machte Anstalten, sich auf den vierten Stuhl zu setzen.

Cornelia erhob sich. »Ich bin mit meinem Mann hier, Herr Brunner«, sagte sie rasch. »Trotzdem, . . . einen Tanz habe ich für Sie frei. Du erlaubst doch, Thomas?«

Er sah ihr nach, wie sie hinter Herrn Brunner im Gewühl der Tanzenden verschwand. Wer war dieser Mann? Woher kannte Cornelia ihn? Warum hatte sie nie von ihm erzählt?

»Leo . . .«, sagte er und wunderte sich, daß er imstande war zu sprechen.

Leo Thainacher hatte nur kurz von der Getränkekarte aufgeblickt, als Cornelia zum Tanz geholt worden war. »Ich denke, wir trinken eine Flasche Sekt . . . wie wär's?« fragte er.

»Kennst du diesen Mann?«

»Ich nicht. *Du* solltest ihn kennen.«

Immer wieder tauchte Cornelia in den Armen des Fremden im Tanzgewühl auf. Sie hatte den schönen Kopf mit dem honiggelben Haar in den Nacken gelegt und sah ihm lächelnd in die Augen. Die beiden schienen miteinander zu plaudern, während sie sich bemühten, ihre Tanzschritte im Rhythmus der Musik und dem Stoßen und Drängen der anderen anzupassen.

Thomas Ramin zündete sich eine Zigarette an. Er merkte mit Entsetzen, daß seine Hände zitterten. »Leo . . . was würdest du tun, wenn du einen anonymen Brief bekämst?«

»Kommt ganz drauf an. Was stand drin?«

»Ich frage nur, ganz theoretisch.«

»Ach so. Es käme natürlich drauf an, um was es sich handelt. Wenn die Sache mir wichtig wäre, würde ich überlegen, wer Interesse daran gehabt haben könnte, mir so einen Brief zu schreiben. Meistens enthalten diese Wische ja nicht grade etwas Erfreuliches. Möglicherweise würde ich Anzeige gegen Unbekannt erstatten.«

»Das meine ich nicht. Glaubst du, daß ein anonymer Brief ehrlich gemeint sein kann? Ich meine, daß er die Wahrheit enthält?«

Dr. Leo Thainacher kam nicht mehr dazu, die Frage Richter Thomas Ramins zu beantworten.

Die Musik war verstummt, die Tanzfläche leerte sich, der elegante Herr mit dem dunklen Bärtchen auf der Oberlippe brachte Cornelia an ihren Tisch zurück. Er verbeugte sich kurz und verschwand in Richtung auf die Bar. Cornelia ließ sich strahlend und ein wenig atemlos nieder.

»Wollte dein Freund sich nicht zu uns setzen?« fragte Thomas Ramin scharf.

Cornelia schwieg. Sie nahm einen durstigen Zug aus ihrem Sektglas, griff nach einer Zigarette.

»Antworte gefälligst, wenn ich dich etwas frage!« donnerte ihr Mann.

»Warum brüllst du denn so?« Leo Thainacher hob die buschigen Augenbrauen. »Du bist doch hier nicht im Gerichtssaal!« Er gab Cornelia Feuer.

»Misch dich gefälligst nicht in meine Privatangelegenheiten!« fuhr Thomas Ramin den Freund an.

Cornelia legte lächelnd ihre Hand auf den Arm ihres Mannes. »Streitet euch doch nicht ... vor allem nicht meinetwegen!«

Thomas Ramin schüttelte Cornelias Hand ab. »Wer war der Mann, mit dem du getanzt hast?«

»Hätte ich das nicht tun sollen?«

»Ich will wissen, wer dieser Mensch ist.«

Thainacher lachte. »Antworte ihm nicht, Cornelia«, sagte er, »nicht bevor du dich mit deinem Rechtsanwalt beraten hast! Es scheint, du bist verhaftet, und alles, was du von nun an sagst, kann gegen dich ausgelegt werden!«

»Unterlaß deine blöden Witze, Leo!« sagte Thomas Ramin scharf.

Der Rechtsanwalt sagte mit unschuldsvollem Gesicht: »Oh, ich habe wirklich geglaubt, es sollte ein Verhör sein!«

Cornelia sah, daß die blaue Ader an der Schläfe ihres Mannes gefährlich zu pochen begann. »Er heißt Max

Brunner«, sagte sie rasch, »er ist Chef eines bekannten Münchner Modeateliers. Habe ich dir noch nie von ihm erzählt?«

»Nein.«

»Schon möglich. Er ist auch wirklich belanglos ... jedenfalls für mich.«

»Woher kennst du ihn?«

»Aber Thomas! Woher werde ich einen Modeschöpfer schon kennen! Du weißt doch ganz genau, daß ich vor meiner Ehe als ...«, sie stockte, »... in dieser Branche gearbeitet habe.«

»Das ist zehn Jahre her!«

»Eben. Deshalb begreife ich nicht, weshalb du dich so aufregst.«

»Ich habe durchaus nicht den Eindruck, als wenn ihr euch vor zehn Jahren zum letztenmal gesehen hättet.«

»Das habe ich auch gar nicht behauptet. München ist ein Dorf. Du weißt doch, wie das ist. Man trifft alle Leute hie und da zufällig wieder.«

»Wann hast du ihn zum letztenmal gesehen?«

Cornelia seufzte. »Du kannst mich erschlagen, Thomas ... ich weiß es nicht.«

»Ich wünsche eine klare Auskunft, Cornelia!«

»Jetzt ist es aber genug«, sagte Leo Thainacher, »hör auf damit! Ich habe dich immer schon für einen langweiligen Pedanten gehalten, aber das schlägt doch wirklich dem Faß den Boden aus. Erwartest du wirklich von Cornelia, daß sie es jedesmal registriert, wenn sie einen entfernten Bekannten auf der Straße trifft?«

»Dieser Max Brunner schien mir ganz und gar kein entfernter Bekannter zu sein!«

»Weil du eifersüchtig bist.«

»Ich bin nicht im geringsten eifersüchtig, ich wünsche nur Klarheit!«

»Thomas! Hast du denn kein Vertrauen zu mir?« Cornelias schöne braune Augen hatten sich mit Tränen gefüllt.

Dr. Leo Thainacher streichelte ihre Hand. »Kränk dich nicht, Cornelia! Ich habe immer gesagt, du hättest besser mich heiraten sollen.«

Cornelia lächelte Thainacher unter Tränen an. »Das ist ein schwacher Trost, jetzt, wo es zu spät ist . . .«

Thomas Ramin erhob sich mit einem Ruck. »Wenn es dir nicht paßt, mit mir verheiratet zu sein . . .«

»Aber, Thomas, ich bitte dich! Das war doch nur ein Witz!«

»Ich habe keinen Sinn für diese Art von Witzen.«

»Du hast überhaupt keinen Humor, Thomas!« sagte Leo Thainacher aufgebracht. »Du bist ein aufgeblasener, rücksichtsloser, eitler Egoist, und ich begreife wahrhaftig nicht, wie es Cornelia überhaupt bei dir so lange ausgehalten hat! Du schreckst nicht davor zurück, uns den ganzen Abend zu verderben, bloß weil sie es gewagt hat, mit irgendeinem belanglosen Burschen zu tanzen! Merkst du denn selber nicht, wie lächerlich du dich machst!?«

»Nicht halb so lächerlich wie du. Dir ist es ganz gleichgültig, was Lotte tut und treibt. Bitte, ich will dir da nicht hineinreden. Aber hindere du mich auch nicht daran, meine Ehe in Ordnung zu halten!«

»Wenn das dein Ziel ist, muß ich dir schon sagen, daß du eine recht eigentümliche Methode dazu gewählt hast. Du solltest doch aus deinen langjährigen Erfahrungen wissen, daß kaum etwas anderes für eine Ehe so tödlich werden kann wie unbegründete Eifersucht!«

»Wer sagt dir denn, daß meine Eifersucht unbegründet ist?«

»Bitte, Thomas, bitte!« Auch Cornelia war aufgestanden. »Ich schwöre dir . . . ich schwöre dir bei allem, was mir heilig ist, mit Max Brunner hat mich niemals auch nur der kleinste Flirt verbunden! Glaubst du mir jetzt?«

»Dann begreife ich nicht . . .«, begann Thomas Ramin.

Cornelia schnitt ihm das Wort ab. »Bitte, Leo, bring mich nach Hause. Es tut mir leid, daß wir dir den schönen Abend so verpatzt haben!«

»Du doch nicht, Cornelia!« Der Rechtsanwalt küßte Cornelia die Hand. »Dein einziges Vergehen liegt darin, daß du einen eifersüchtigen Narren geheiratet hast!«

Cornelia lächelte ihm zu. »Ich liebe diesen Narren . . . ist das strafbar?«

Thomas Ramin hatte sich schon abgewandt und war zur Garderobe gegangen.

Dr. Leo Thainacher schob seinen Arm unter Cornelias Ellbogen. »Allen Ernstes, Cornelia . . . was hat er bloß? Ich habe ihn so noch nie erlebt!«

»Ich auch nicht, Leo. Ich bin selber ganz verzweifelt. Heute mittag fing es an. Er war einfach unausstehlich. Dabei hatte ich ihm wirklich gar keinen Anlaß gegeben, das mußt du mir glauben. War es wirklich so schlimm, daß ich mit Brunner getanzt habe?«

»Unsinn. Ich glaube, ihn drückt was ganz anderes.« Dr. Leo Thainacher kaute nachdenklich auf seiner vollen Unterlippe. »Ist es möglich, daß er einen anonymen Brief bekommen hat?«

Sie sah ihn verständnislos an. »Wie kommst du darauf?«

»Nur so eine Idee. Ich würde dir raten, schau dir seine Post durch. Ich meine, bevor du sie ihm gibst. Wenn irgendein Brief dabeisein sollte, der dir nicht ganz geheuer ist . . .«

»Was dann?«

»Laß ihn verschwinden und bringe ihn mir.«

»Aber . . . nein, Leo, das kann ich doch nicht tun! Ich kann doch nicht seine Post . . .«

»Ich habe dir meinen Rat gegeben. Wenn wir uns geirrt haben, können wir ihm den Brief immer noch später geben. Sonst . . .«

»Ich glaube, heute abend seid ihr alle beide verrückt, Leo, verzeih mir bitte. Thomas führt sich wie ein Wahnsinniger auf, weil ich mit einem belanglosen Mann tanze, und du faselst etwas von anonymen Briefen und verlangst von mir, daß ich seine Post unterschlagen soll. Wer könnte schon ein Interesse haben, anonyme Briefe zu schreiben? Nein, Leo, ich bin überzeugt, Thomas hat heute einfach einen schlechten Tag. So was kann jedem passieren. Morgen wird er sich selber nicht mehr verstehen.«

Auf der Heimfahrt sprach niemand ein Wort. Die Verabschiedung der beiden Freunde fiel recht kühl aus.

Cornelia folgte ihrem Mann auf Zehenspitzen in die Wohnung. Sie streifte ihre Schuhe ab und ging, noch bevor sie den Mantel auszog, ins Kinderzimmer. Tom und Nelly schliefen tief und fest. Nelly lag entspannt, die Hände geöffnet, auf dem Rücken und lächelte im Traum, Tom hatte sich ganz zusammengekuschelt, seine kleinen braunen Fäuste waren geballt, sein braunes zerzaustes Haar war naß vor Schweiß. Er schien im Schlaf alle Erlebnisse des Tages noch einmal durchzuarbeiten.

Cornelia verließ das Zimmer so lautlos, wie sie gekommen war. »Willst du nicht noch einmal nach den Kindern sehen?« fragte sie, als sie ins Schlafzimmer trat.

Thomas Ramin antwortete nicht. Ordentlich wie immer hängte er seinen Anzug über den Stuhl.

Cornelia seufzte leicht. Es fiel ihr sehr schwer, unversöhnt schlafen zu gehen, aber sie wagte keinen neuen Versuch. Sie fürchtete, daß jedes Wort von ihr die Situation nur noch verschlimmern würde.

Nachher lagen sie im dunklen Schlafzimmer nebeneinander. Cornelia hätte nur die Hand auszustrecken brauchen, um Thomas zu berühren, aber sie spürte deutlich, daß er innerlich meilenweit entfernt von ihr war. Sie hätte etwas darum gegeben, seine Gedanken lesen zu können, aber gleichzeitig schauderte sie davor zurück. Sie wartete mit angehaltenem Atem darauf, daß er sich zu ihr wenden, ihr ein freundliches Wort, einen Gutenachtkuß geben würde, aber er rührte sich nicht.

Sie nahm allen Mut zusammen. »Schlaf gut, Thomas!« sagte sie und spürte selber, daß ihre Stimme zitterte.

»Danke!« gab er zurück, und dieses kurze unfreundliche Wort traf sie wie ein Peitschenhieb. Sie rollte sich auf die Seite. Sie hätte weinen mögen, aber sie wußte, daß Thomas weinende Frauen haßte. Sie fühlte sich unendlich allein. All die Jahre hindurch hatte sie geglaubt, Thomas glücklich zu machen, war überzeugt gewesen, eine gute Ehe zu führen. Nun auf einmal schien alles verändert. Dieser harte, böse, mißtrauische Thomas war nicht der Mensch, den sie kannte. Er war ein Fremder, und sie begriff nicht, wie sie je geglaubt haben konnte, ihn zu kennen. Ein entsetzlicher Gedanke durchzuckte ihr Hirn. War es möglich, daß er die große Lüge ahnte, mit der sie in ihre Ehe getreten war?

Sie versuchte sich zu beruhigen. Nein, das konnte nicht sein. Das war ganz und gar unmöglich. Woher hätte er es wissen sollen? Durch wen hätte er es erfahren können nach all den Jahren? Es konnte nicht sein. Wenn er es wußte, würde er es ihr sagen.

Aber was nur hatte ihn so verändert? War es vielleicht sein fünfundvierzigster Geburtstag, der ihm zu schaffen machte? Ja, das mußte es sein. Cornelia hatte oft gelesen, daß Männer unter dem Altwerden litten. Vielleicht war dieser Geburtstag ein Meilenstein für ihn, vielleicht quälte ihn das Gefühl, den Zenit seines Lebens überschritten zu haben. Morgen früh würde dieser Geburtstag vorbei sein, morgen früh würde er wieder ganz der alte sein, der ruhige, zuverlässige, überlegene Thomas, den sie liebte.

Cornelia begann tief und ruhig zu atmen, bewußt ahmte sie die Atemzüge einer Schlafenden nach. Sie wollte ihrem Mann helfen, so schnell wie möglich im Schlaf Vergessen zu finden. Auch als sie spürte, daß er sich aufrichtete und über sie beugte, atmete sie ruhig und tief weiter. Sie wartete auf einen Kuß, eine zärtliche Bewegung seiner Hand, aber nichts geschah.

Sie hörte das Bett knarren, hörte das leise Geräusch von nackten Füßen auf dem Teppich, dann fiel eine Tür ins Schloß.

Cornelia richtete sich auf, tastete neben sich – ihr Mann hatte das Bett verlassen. Wohin war er gegangen?

Es hatte keinen Sinn, sich weiter schlafend zu stellen. Sie mußte wissen, wohin es ihn trieb. Sie knipste die Nachttischlampe an, fuhr in ihre Pantöffelchen, schlüpfte in ihren Morgenrock aus honiggelber Seide und verließ das Schlafzimmer. Im Flur blieb sie stehen und lauschte mit angehaltenem Atem. Ein leises Geräusch schien aus dem Arbeitszimmer ihres Mannes zu kommen. Rasch und ohne anzuklopfen öffnete sie die Tür.

Thomas Ramin stand beim Papierkorb, dessen Inhalt er über den roten Teppich geschüttet hatte. Er fuhr herum wie ein ertappter Dieb. In der Hand hielt er einen zerknüllten Bogen Papier.

»Thomas!« sagte sie erstaunt.

»Was willst du?«

»Thomas . . .« Sie war mit wenigen raschen Schritten bei, ihm. »Bitte, Thomas, sag mir doch, was dich bedrückt! Wir gehören doch zusammen, Thomas, bitte!«

Mit einer raschen Handbewegung hatte er versucht, den Briefbogen hinter seinem Rücken zu verbergen. Jetzt holte er ihn zögernd hervor. »Kennst du diese Schrift?«

»Nein . . . was ist das für ein Brief? Wer hat ihn geschrieben?«

»Ich weiß es nicht.«

Cornelia nahm ihrem Mann den Briefbogen mit den ungelenken eckigen Schriftzeichen aus der Hand. »Also doch«, sagte sie.

»Du wußtest davon? Warum hast du mir dann nichts gesagt?«

»Ich wußte nichts, Thomas. Nur Leo meinte, du hättest vielleicht einen anonymen Brief bekommen. Ich habe ihm nicht geglaubt. Ich konnte mir nicht vorstellen, daß jemand ... wie ist es denn möglich, daß irgendein Mensch sich hinsetzt und so etwas schreibt?«

»Das frage ich dich, Cornelia.«

Sie sah ihn an. »Glaubst du etwa, daß ein Wort von dem hier wahr ist?«

»Ich weiß es nicht.«

»Thomas! Wie kannst du! Nein, jetzt verstehe ich dich wirklich nicht mehr. Irgendeine bösartige Person schreibt, daß ich Schulden mache ...«

»Das hat sie nicht geschrieben«, unterbrach Thomas Ramin sie. »Sie schreibt, daß du mehr Geld ausgibst, als ich verdiene!«

»Das kommt doch auf dasselbe raus, oder?«

»Durchaus nicht. Du scheinst den Inhalt des Briefes falsch zu verstehen. Der Schreiber deutet an, daß du außer meinem Einkommen noch andere Geldquellen zur Verfügung hast.«

Thomas Ramin sah, daß Cornelia blaß wurde. »Das ist ... infam!« stieß sie hervor.

»Anonyme Briefe sind selten erfreulich, Cornelia. Deshalb habe ich mit dir auch nicht darüber reden wollen. Ich dachte, ich könnte allein damit fertig werden.«

»Wer kann bloß einen Grund haben, mich so bösartig zu verdächtigen?«

»Darauf kommt es doch gar nicht an, Cornelia ...«

»O doch! Ich muß gleich morgen mit Leo sprechen, Thomas. Es muß etwas geschehen. Man kann doch nicht zulassen, daß ...«

»Bitte, Cornelia, beantworte mir eine einfache Frage: Gibst du mehr Geld aus, als ich verdiene?«

»Fragst du das im Ernst?«

»Ja.«

»Aber, Thomas, das ist doch . . . heller Wahnsinn! Woher sollte ich denn das Geld nehmen?«

»Das ist die zweite Frage. Erst einmal möchte ich eine Antwort auf meine erste Frage haben.«

»Nein«, sagte Cornelia.

»Bist du in der Lage, mir vorzurechnen, wovon du all die Anschaffungen bestreitest, die du in den letzten Jahren gemacht hast?«

»Thomas, du solltest dich wirklich schämen! Natürlich kann ich das. Was habe ich denn schon gekauft? Was besitzen wir denn, was jede normale Durchschnittsfamilie nicht hat? Wir gehören zu den wenigen Menschen, die heutzutage noch kein eigenes Auto haben. Leo Thainacher fährt seit zehn Jahren einen größeren Wagen nach dem anderen . . .«

»Leo ist ein gut verdienender Rechtsanwalt. Das ist gar kein Vergleich.«

Cornelias Wangen hatten sich gerötet, ihre braunen Augen blitzten. »Nein, Thomas, ich muß schon sagen, jetzt verstehe ich dich wirklich nicht mehr. Wegen dieses blöden Wisches hier hast du uns den ganzen Geburtstag verdorben, deswegen hast du dich nicht über die schöne Aktentasche gefreut, und deswegen hast du mir heute abend eine Szene gemacht! Das ist schändlich! Wahrhaftig!«

»Cornelia, bitte . . .«, sagte er hilflos und beschämt. Er wollte sie an sich ziehen.

»Rühr mich nicht an!« sagte sie heftig. »Erst muß ich versuchen, mit dieser Geschichte fertig zu werden.«

»Kannst du mich denn wirklich nicht verstehen, Cornelia?«

»Nein. Wenn ich einen anonymen Brief bekäme, in dem jemand behauptet, du triebest dich mit andern Frauen herum ... ich würde darüber lachen und kein Wort davon glauben. Verlaß dich drauf. Aber du ...?«

»Na, du kannst ja auch ganz sicher sein, daß ich dich nicht betrüge!«

»So, kann ich das?«

»Aber, Cornelia, du weißt doch ganz genau ...«

»Nichts weiß ich. Ich hätte niemals gedacht, daß du so wenig Vertrauen zu mir hast. Bitte, gib mir jetzt eine Zigarette, damit ich meine Nerven beruhige.«

»Ich weiß, daß ich mich wie ein Idiot benommen habe«, sagte er, als er ihr Feuer gab. »Ich verstehe selber nicht, was in mich gefahren war ...«

»Wirklich? Wirst du nicht bei der nächsten Gelegenheit genauso mißtrauisch sein?«

»Cornelia, bitte, sei nicht nachtragend!«

»Bin ich gar nicht!« Sie schwang sich auf seinen Schreibtisch. »Ich muß mir nur erst mal gründlich überlegen, ob das nicht ein Scheidungsgrund sein könnte.«

»Was?«

Sie lächelte, und in ihren Wangen erschienen die beiden runden Grübchen, die er so sehr an ihr liebte. »Krankhafte Eifersucht, was sonst?«

Er nahm sie in die Arme und zog sie eng an sich. Sie legte ihren Kopf mit dem honiggelben, kurzgeschnittenen Haar an seine Brust.

»Cornelia«, sagte er, »du bist eine wunderbare Frau! Ich weiß nicht, womit ich dich verdient habe!«

Sie lächelte zu ihm auf. »Ich auch nicht. Aber so ist es eben. Wo die Liebe hinfällt.«

»Du hättest einen besseren Mann verdient, Cornelia!«

»Bestimmt einen, der mir vertraut.« Sie machte sich aus seiner Umarmung los und sah ihn an. »Bitte, Thomas, versprich mir ... wenn noch mal so etwas passiert, ich meine, wenn du noch mal so einen Wisch bekommst ... zeig ihn mir! Rede mit mir darüber. Gib mir Gelegenheit, mich zu verteidigen. Mach mir nicht mit deinem dummen Mißtrauen ... mir und dir und den Kindern ... das Leben schwer. Versprichst du's mir?!«

»Alles, was du willst.« Er beugte sich über sie und küßte sie.

Als er sie losließ, rutschte sie von seinem Schreibtisch herunter. »Gott, was bin ich froh, daß sich alles aufgeklärt hat! Was seid ihr Männer doch manchmal für Dummköpfe. Jetzt habe ich ordentlich Durst gekriegt. Wollen wir nicht noch zusammen die Flasche Sekt austrinken?«

»Es ist ein Uhr vorbei, Cornelia.«

»Was macht das schon. Man muß die Feste feiern, wie sie fallen. Ach, wie könnte das Leben schön sein, wenn es nicht so kompliziert wäre!«

3

Am nächsten Morgen stand als erstes der Fall Krüger gegen Krüger zur Verhandlung. Der Kläger und die Beklagte waren beide mit ihren Anwälten persönlich erschienen.

Lisbeth Krüger war eine junge Frau mit einer netten drallen Figur, dunkelblondem Haar und blauen Augen. Sie wirkte verhärmt, und ihre Aussagen waren nur schwer zu verstehen, weil sie gegen ihre Tränen ankämpfen mußte. Willi Krüger war ein schlanker, dunkelhaariger Mann mit einem düsteren und verbitterten Gesicht. Er schenkte seiner Frau während der ganzen Verhandlung nicht einen einzigen Blick. Er fühlte sich vom Schicksal betrogen und sprach immer wieder davon, daß er ›hereingefallen‹ wäre.

Der Fall selber lag ganz klar, er entsprach genau dem Bild, das sich Thomas Ramin schon aus den Akten gemacht hatte. Mit Heftigkeit verlangte Willi Krüger, geschieden zu werden, während Frau Lisbeth immer wieder weinend erklärte, wie sehr sie ihren Mann liebte und wie sehr sie wünschte, ihre Ehe aufrechtzuerhalten.

Vergeblich versuchte der Richter, die Eheleute zu versöhnen. »Herr Krüger«, sagte er, »als sie Ihre Frau geheiratet haben, da haben Sie doch versprochen, in guten und in bösen Tagen zu ihr zu halten, nicht wahr?«

»Damals wußte ich ja auch noch nicht, was sie für eine ist!«

»Aber nachher haben Sie es erfahren, und Sie haben ihr verziehen. Sie haben ihr versprochen, auf sie zu warten und die Ehe weiterzuführen.«

»Ja. Aber sie liegt mir ständig mit ihren Vorwürfen in den Ohren, dabei ist sie selber ... na ja, Sie wissen ja, was sie ist.«

»Die Verfehlungen Ihrer Frau sind doch in der Zeit vor ihrer Verheiratung begangen worden, Herr Krüger. Sie haben ihr verziehen, und nachher hat sie sich nichts mehr zuschulden kommen lassen.«

»Sie schwärzt mich bei allen unseren Nachbarinnen an ... das ist einfach nicht zu ertragen!«

»Das ist nicht wahr!« rief Frau Lisbeth dazwischen. »Ich schwöre dir, Willi ... es ist nicht wahr! Ich habe mich bei niemandem über dich beklagt ... bestimmt nicht.«

»Ich kann diese Frau einfach nicht mehr ertragen, Herr Richter!« sagte Willi Krüger.

Thomas Ramin wandte sich Frau Lisbeth zu. »Sie haben gehört, was Ihr Mann gesagt hat, Frau Krüger! Wenn Sie unter diesen Umständen auch zu der Ansicht gekommen sind, daß Ihre Ehe aufgelöst werden soll, so würde ich Ihnen raten, Gegenklage einzureichen.«

»Aber ich will nicht geschieden werden ... ich will nicht, Herr Richter. Ich liebe meinen Mann! Ich habe ja niemanden außer ihm auf der Welt. Wo soll ich denn hin mit meinem Jungen?«

Thomas Ramin schloß die Beweisaufnahme. Er wechselte einige halblaute Worte mit den beiden Landgerichtsdirektoren, seinen Beisitzern. Der Fall lag klar. Die Alleinschuld für die Zerrüttung der Ehe traf den Ehemann Willi Krüger, seinem Scheidungsbegehren konnte nicht stattgegeben werden.

»Sie können natürlich noch in die zweite Instanz gehen, Herr Krüger«, sagte Richter Thomas Ramin abschließend, »aber ich kann Ihnen heute schon sagen, daß Sie kein anderes Urteil erwirken können. Bestimmt werden Sie eines Tages froh darüber sein. Sie haben eine gute Frau, Herr Krüger, und sie liebt Sie. In jeder Ehe gibt es Krisen. Es liegt an Ihnen, sie sich nicht über den Kopf wachsen zu lassen. Es liegt an Ihrem Willen, Herr Krüger, an Ihrem Verständnis und an Ihrer Menschlichkeit, daß Ihre Ehe wieder so wird, wie sie früher war. Versuchen sie es doch noch einmal! Glauben Sie mir, es wird gehen. Eine Ehe . . .«

Willi Krüger drehte sich um und ging mit langen, zornigen Schritten auf den Gang. Richter Thomas Ramin zuckte die Achseln und schwieg.

Frau Krügers Rechtsanwalt führte die weinende Frau hinaus.

Der nächste Fall wurde zur Verhandlung aufgerufen.

Aber noch während der neuen Beweisaufnahme konnte Richter Ramin das Schicksal des Ehepaares Krüger nicht vergessen. Er wußte, daß sein Urteil gerecht und richtig gewesen war, jedenfalls vom juristischen Standpunkt aus. Trotzdem – wie sollte diese Ehe weitergehen? Wenn Willi Krüger es nicht fertigbrachte, über seinen eigenen Schatten zu springen, würde sie die Hölle werden. Hatte er das Recht, Menschen zu einer Höllenstrafe zu verurteilen?

Um zwölf Uhr dreißig standen noch zwei Fälle zur Verhandlung an. Richter Thomas legte eine kurze Mittagspause ein. Er ging nicht wie seine Kollegen in die Kantine, um etwas zu sich zu nehmen, sondern er rauchte nur in seinem Arbeitszimmer rasch eine Zigarette. Er hatte ungeheure Sehnsucht nach Cornelia, und er war glücklich, daß sie sich ausgesprochen hatten. Er wußte, daß es sein Fehler gewesen war, sie zu verdächtigen, ohne ihr Gelegenheit zu einer Verteidigung zu geben.

Der Fall Krüger hatte ihn mehr mitgenommen, als er sich selber zugeben wollte. Er wollte Cornelias Stimme hören. Es kam selten vor, daß er zu Hause anrief. Heute tat er es. In seiner Wohnung meldete sich niemand. Nach zehn Minuten versuchte er es noch einmal, aber wieder wartete er vergeblich auf Cornelias warme, fröhliche Stimme. Sie war nicht zu Hause.

Mit Entsetzen fühlte er, wie wieder jenes kalte, unheimliche Gefühl in ihm emporschlich, jenes würgende Mißtrauen, dessen er nicht Herr werden konnte.

Er hatte Cornelia heute früh gefragt: »Was hast du heute vor?«

»Nichts Besonderes«, hatte sie harmlos geantwortet. »Warum?«

»Nur so.«

»Ich denke, ich werde mal gründlich saubermachen, so ein Geburtstag hinterläßt immer seine Spuren.«

Und jetzt war sie fort. Er konnte nicht einmal ahnen, was sie tat.

Tom und Nelly hatten an diesem Tag nachmittags Schule. Cornelia hatte morgens die Wohnung gründlich saubergemacht, Nelly hatte ihr ein bißchen dabei geholfen, während Tom, wie immer, mit seinen Schulaufgaben nicht fertig wurde. Dann hatte sie die beiden Kinder noch für eine Stunde auf die Straße geschickt. Sie hatten früh gegessen, Nelly und Tom waren in die Schule gegangen. Cornelia hatte sich nicht mehr Zeit genommen, das

Geschirr abzuspülen. Sie hatte sich rasch umgezogen, war zum Taxistand am Prinzregentenplatz gelaufen und hatte sich in die Bayerstraße fahren lassen.

Im Dachgeschoß eines großen modernen Bürohauses hatte der Modefotograf Axel Ellert sein Atelier. Cornelia fuhr mit dem Lift nach oben. Sie läutete, die Tür wurde aufgedrückt, und sie stand in der geräumigen Diele, in der Ellerts Sekretärin Ada Maier an ihrem eleganten kleinen Stahlrohrschreibtisch saß.

»Guten Morgen, Ada«, sagte Cornelia atemlos, »ist Axel zu sprechen?«

»Für dich immer!« sagte Ada und lachte.

Sie war eine schwarzhaarige junge Frau mit einer, wie Axel Ellert zu sagen pflegte, unfotogenen Nase. Sie hatte als junges Mädchen den Ehrgeiz gehabt, als Fotomodell oder Mannequin zu arbeiten, aber als sie vor die Entscheidung gestellt worden war, entweder ihre große ausdrucksvolle Nase korrigieren zu lassen oder auf ihre Karriere zu verzichten, hatte sie sich für ihre Nase entschieden. Heute war sie glücklich, für Axel Ellert arbeiten zu dürfen und so der Welt ihrer unerreichbaren Träume wenigstens nahe zu sein.

»Spaß beiseite«, sagte sie, »er ist gerade bei einer Aufnahme, aber fünf Minuten wirst du ja Zeit haben. Setz dich und rauch eine Zigarette mit mir.«

»Tut mir leid, Ada, ich hab's furchtbar eilig. Könntest du nicht gleich . . .?«

»Ist was passiert?«

»Massenhaft. Laß es dir nachher von Axel erzählen. Bitte, Ada!« Cornelia nahm den Telefonhörer in die Hand und drückte ihn der Sekretärin in die Hand.

»Axel?« sagte Ada. »Ja, ich weiß, du wolltest nicht gestört werden, aber Conny ist hier, sie muß dich unbedingt sprechen. Es ist dringend. Bitte, Axel, sie ist sehr aufgeregt!«

Ada lauschte einen Augenblick, dann legte sie den Hörer auf. »Du sollst reinkommen!«

Cornelia öffnete die Tür zum Atelier. In dem riesigen Raum herrschte ein unbeschreibliches Durcheinander. Cornelia sah es nicht, sie war daran gewöhnt. Ein junges Mädchen mit langen offenen Haaren stand an eine aus Pappmaché kühn imitierte Säule gelehnt, vor einem azurblauen Hintergrund und posierte in einer atemberaubend unnatürlichen Stellung. Sie trug einen verwegenen Bikini. Zwei junge Männer bedienten die riesigen Scheinwerfer, Axel Ellert selber stand neben der Kamera. Außerdem waren noch einige andere Mannequins im Raum. Sie trugen fleckige Morgenröcke und hockten zum Teil auf seltsamen Requisiten, einem Bierfaß, einem bizarren Felsblock und einem Plüschsessel aus der Makartzeit. Sie begrüßten Cornelia mit Kopfnicken, »Tschau« und »Hallo«.

Axel Ellert wandte sich Cornelia erst zu, als sie ihm die Hand auf die Schulter legte. »Ach, da bist du ja, Süße«, sagte er, nahm sie in die Arme und küßte sie zärtlich auf beide Wangen. »Wo brennt's denn, Liebling?«

»Ich muß dich unbedingt sprechen. Allein.«

Er zögerte nur eine Sekunde. »Na schön«, sagte er dann, »ihr könnt mal fünf Minuten allein weitermachen. Bitte, Paul«, er wandte sich an einen geschniegelten jungen Mann im weißen Kittel, »gib Biggys Beinen die nötige Sonnenbräune. So geht das nämlich nicht. Natur kommt bei uns nicht an, wie oft soll ich euch das noch sagen. Und dann leuchtet alles so aus, daß man die südliche Sonne geradezu brennen fühlt.«

Er legte seinen Arm um Cornelias Schultern und schob sie durch eine Tapetentür in sein Junggesellenapartment. »Setz dich erst mal, Süße, daß du zu Kräften kommst«, sagte er, »willst du was trinken?«

Cornelia ließ sich auf die überbreite, mit Ozelot überzogene Couch sinken.

»Danke, nein!« sagte sie. »Aber wenn du mir eine Zigarette geben würdest ... es ist was Furchtbares passiert!«

Er holte ein goldenes Etui aus der Tasche seiner blauen Leinenhose, ließ es aufschnappen. »Hast du deinen Mann erschlagen?« fragte er grinsend.

»Ach, Axel, mir ist im Augenblick wirklich nicht nach Witzen zumute.«

»So? Na, wenn du deinen Sinn für Humor verlierst, muß es schon arg sein. Also, huste es heraus!« Er gab ihr Feuer. Sie sah zu ihm auf, wie er breitbeinig und stämmig vor ihr stand, ein Fels in der Brandung, mit einem ermutigenden Lächeln in den blauen Augen. Er hatte die Ärmel seines weißen Hemdes aufgerollt, sein blondes volles Haar, in dem er sich während der Arbeit immer wieder zu raufen pflegte, war wie vom Wind zerzaust.

Sie holte tief Atem. »Mein Mann hat einen anonymen Brief bekommen!«

»Von wem?«

»Wenn ich das wüßte ... ganz ehrlich, kannst du dir vorstellen, wer den geschrieben haben könnte? Irgendeine von den Mädchen vielleicht?«

»Ausgeschlossen. Die wissen ja überhaupt nicht, daß du verheiratet bist. Außerdem ... was sollten sie für ein Interesse haben?«

»Ich weiß es nicht«, sagte Cornelia.

»Was steht denn überhaupt drin? Etwa, daß du deinen Mann betrügst?«

»Nein, das nicht, bloß so dunkle Andeutungen ... und dann, daß ich mehr Geld ausgebe, als mein Mann verdient.«

»Stimmt ja auch.«

»Wer kann das wissen? Und wer kann ein Interesse daran haben, das meinem Mann zu schreiben?«

»Von hier bestimmt niemand, Conny. Da bist du völlig auf dem Holzweg. Es muß jemand sein, der Interesse an deinem Mann hat und der dich bei ihm schlechtmachen will . . . anders kann ich mir das nicht vorstellen.«

»Wer könnte denn . . .«

»Ich bin kein Privatdetektiv, Conny, ich kann dir da auch nicht helfen. Hättest du auf mich gehört, wäre das Ganze überhaupt nicht passiert. Warum, um Himmels willen, steckst du das Geld, das ich dir gebe, ausgerechnet in deinen Haushalt? Warum hast du dir nicht lieber ein Bankkonto angelegt?«

»Ich hab' ja eines.«

»Und wieviel ist drauf?«

»Weiß ich nicht genau. Ungefähr zweitausend Mark.«

»Wenig genug. Damit kannst du dich wohl kaum scheiden lassen.«

»Scheiden lassen? Bist du wahnsinnig?«

»Nein. Wieso? Das liegt doch wirklich nahe.«

»Für mich nicht. Ich liebe meinen Mann.«

»Du ja. Aber wie steht er zu dir?«

»Er liebt mich auch.«

»Was hat er denn zu diesem Brief gesagt?«

»Er ist furchtbar aufgeregt. Den ganzen Tag habe ich gebraucht, bis ich überhaupt herausgefunden habe, was los war. Er . . . ich glaube, ich fürchte, er hat jedes Wort geglaubt.«

»Na siehst du. Wenn man eine Frau wirklich liebt, dann wirft man so einen Wisch in den Papierkorb. Und damit basta.«

»Du kannst ihn nicht verstehen, Axel, er ist ganz anders als du. Er ist schrecklich genau, weißt du.«

»Ausgerechnet so ein Monstrum mußt du lieben!«

»Was soll ich bloß tun?«

»Beweise hat er nicht?«

»Natürlich nicht. Nur diesen Brief.«

Axel Ellert ließ sich neben ihr auf der Couch nieder, nahm ihr die Zigarette aus der Hand und zog daran. »Damit wird er nicht viel anfangen können«, sagte er,

»es sei denn, du hast deine Bankauszüge irgendwo rumliegen lassen.«

»Was hältst du eigentlich von mir?«

»Wo sind sie?«

»Ich habe sie versteckt. Unter meiner Wäsche.«

»Sehr gescheit.« Er lachte. »Genau dort, wo ein mißtrauischer Ehemann zuerst nachsucht.«

»Bis jetzt noch nicht. Er hatte ja auch noch keinen Grund, mich zu verdächtigen. Wo soll ich die ganzen Bankauszüge denn jetzt hintun?«

»Ich dachte immer, ihr Frauen wäret in so was so talentiert. Also, wenn du mich fragst ... am besten verbrennst du sie. Wozu brauchst du Kontoauszüge?«

»Ich werde das Konto überhaupt auflösen.«

»Wenn er sich scheiden läßt? Ich würde es für richtiger halten, du hältst dein Geld zusammen.«

»Axel, ich bitte dich! Rede doch nicht immer von Scheidung. Mir ist sowieso schon ganz elend.«

»Man muß den Tatsachen ins Gesicht sehen.«

»Ich würde mich niemals scheiden lassen, Axel, niemals!« Sie nahm ihm die Zigarette wieder ab. »Außerdem, Thomas würde so etwas gar nicht tun. Du kennst ihn nicht.«

»Weshalb regst du dich dann auf?«

»Das tu ich ja gar nicht. Oder doch ... natürlich rege ich mich auf. Jede Frau würde sich in solch einer Situation aufregen. Von dir hätte ich erwartet, du würdest mich beruhigen, anstatt mich noch verrückter zu machen.«

»Entschuldige, Süße!« Er sah ihr lächelnd in die Augen. »Das war ganz und gar nicht meine Absicht.«

»Eines steht fest ... ich kann nicht mehr zu dir kommen.«

»Ist das dein Ernst?«

»Ja. Wir müssen Schluß machen.«

Er stand auf und begann, die Hände in den Taschen

seiner blauen Leinenhose, im Zimmer auf und ab zu gehen. »So einfach, wie du dir das vorstellst, geht das nicht ...«

»Aber es muß gehen! Du sagst doch selber ... meine Ehe ist gefährdet! Ich kann doch meine Ehe nicht vor die Hunde gehen lassen, nur weil du ...«

»Jetzt hör mich in aller Ruhe an, Liebling. Es handelt sich ja gar nicht um ein Entweder-Oder. Ich will weder deine Ehe vor die Hunde gehen lassen, noch brauchen wir Schluß zu machen. Wir müssen nur vorsichtiger sein. Ich weiß zwar noch nicht, wie ich es einrichten soll, aber irgendwie muß es gehen. Wir werden, sagen wir, die nächsten vierzehn Tage oder drei Wochen eine Pause einlegen. Inzwischen kannst du mal abwarten, was diese bösartige Person, ich meine die Verfasserin der anonymen Briefe, unternimmt ...«

»Bist du so sicher, daß es eine Frau ist?«

»Natürlich. Die ganze Geschichte ist typisch weiblich. Wir warten also erst einmal ab, und dann, wenn du merkst, daß die Luft rein ist, rufst du mich an, und wir machen einen neuen Termin aus, ja? Du wirst sehen, das Ganze ist nichts weiter als ein Sturm im Wasserglas. Behalte die Nerven, Schätzchen ... Kopf hoch! Das Leben geht weiter!«

Cornelia stand auf. »Du bist mir bestimmt nicht böse, Axel?«

»Ach wo! Du bist doch mein bestes Stück. Wie könnte ich dir denn böse sein?«

Als Thomas Ramin nach Hause kam, stand Cornelia in einer ihrer hübschen, strahlend blauen Kittelschürzen in der Küche und hantierte am Herd. Ihr glattes junges Gesicht war von der Hitze gerötet, ihr honiggelbes Haar zerzaust. Sie wirkte sehr jung und sehr unschuldig.

»Fein, daß du da bist!« sagte sie und hielt ihm die Wange zum Kuß hin. »In fünf Minuten gibt es zu essen!«

Er hätte sie am liebsten sofort gefragt, wo sie heute mittag gewesen war, aber er hielt sich zurück. Er hatte sich vorgenommen, es klug anzufangen. Sie sollte nicht ahnen, daß er von ihrer Abwesenheit überhaupt wußte.

Es gab Reisauflauf mit dem übriggebliebenen Fleisch der Hähnchen von gestern, und wie immer, wenn Cornelia kochte, schmeckte es vorzüglich. Er konnte sich kein Lob abringen. Die Kehle war ihm wie zugeschnürt.

»Wie war's im Amt?« fragte Cornelia. »Was Interessantes erlebt?«

»Nein«, sagte er, »und hier?«

»Ach, Lehrer Bergmann hat gesponnen wie immer!« sagte Tom mit vollem Mund. »Den solltet ihr mal erleben, wie der auf dem Katheder rumhüpft! Von uns verlangt er, daß wir stocksteifstill auf unseren Plätzen sitzen. Das ist doch ungerecht, nicht wahr, Vati?«

»Jedenfalls ist es ungehörig, mit vollem Mund zu reden, Tom«, sagte Thomas Ramin.

»Och, du hast uns doch gefragt, was wir erlebt haben!«

»Sei still, Tom, und benimm dich!« sagte Cornelia.

»Nelly hat eine Eins in Heimatkunde bekommen!«

»So? Das ist sehr erfreulich«, sagte Thomas Ramin zerstreut.

Cornelia sah ihn aufmerksam an. »Hast du Ärger gehabt, Thomas?«

»Wie kommst du darauf?«

»Nur so. Oder schmeckt es dir nicht?«

»Doch, doch, sehr gut.«

»Darf ich dir noch etwas geben?«

»Nein, danke, ich bin schon satt.« Thomas Ramin zergrübelte sein Hirn, wie er seine Frage stellen sollte, ohne daß Cornelia gewarnt wurde. »Was Besonderes erlebt heute?«

»Nein!« sagte Cornelia sofort, aber plötzlich, ganz instinktiv, fühlte sie die Gefahr auf sich zukommen. »Oder doch«, fügte sie hinzu. »Allerdings ... was Besonderes war es nun gerade nicht.« Sie wartete darauf, daß er eine Frage stellen würde, aber er blieb stumm und sah sie nicht an. »Meine Freundin hat angerufen«, sagte sie.

»Wann?«

»Ja, wann war das nur? Ich habe nicht auf die Uhr geguckt. Jedenfalls ... die Kinder waren grade aus dem Haus. Sie hatten nachmittags Schule, weißt du.«

»Was hat deine Freundin Elfi erzählt?«

»Sie hat mich zum Bahnhof bestellt. Sie war auf der Durchreise nach Berlin. Du weißt doch, daß sie jetzt in Freiburg lebt.«

»Keine Ahnung. Ich weiß überhaupt nicht, wer diese Elfi ist.«

»Aber, Thomas! Hörst du denn überhaupt nicht zu, wenn ich dir etwas erzähle? Elfie Rosenberg war doch meine beste Freundin auf der Schule.«

»Ach ja. Aber ich hatte keine Ahnung, daß du noch mit ihr in Verbindung stehst.«

»Tu ich auch nicht. Elfi ist viel zu faul, um Briefe zu schreiben, und du weißt selber, wie schwer *mir* das Schreiben fällt. Sie hat mich bloß heute spontan angerufen.«

»Woher hatte sie denn deine Telefonnummer?«

»Sag mal, Thomas, was hast du denn? Warum fragst du so komisch?«

»Ich kann nichts Komisches an dieser Frage finden. Woher hatte sie deine Telefonnummer, wenn ihr gar nicht miteinander in Verbindung steht?«

»Weil ich noch oft mit ihr zusammen war, nachdem wir schon verheiratet waren. Damals lebte sie noch in München. Von dieser Zeit her hat sie meine Telefonnummer. Bist du nun zufrieden?«

»Wieso hat sie dich nun heute plötzlich zum Bahnhof bestellt?«

»Weil sie eineinhalb Stunden Aufenthalt hatte und

dachte, es wäre eine gute Idee, wenn wir uns mal wieder austratschen könnten. Sie ist mit einem Arzt verheiratet, weißt du, und sie hat jetzt selber schon ein Kind von drei Jahren . . . manchmal ist es geradezu unheimlich, wie die Zeit vergeht.«

Cornelia stand auf und räumte die Teller zusammen. »Wenn du wieder Streit anfangen willst, Thomas, bei mir hast du heute kein Glück!« sagte sie lächelnd. »Sei mir dankbar dafür, du würdest dich sonst nachher nur wieder über dich selber ärgern.«

Thomas Ramin ärgerte sich auch jetzt.

Er war keinen Schritt weitergekommen. Es war möglich, daß Cornelia die Wahrheit sagte, genausogut aber, daß sie log. Er konnte es nicht kontrollieren. Er ärgerte sich über sein eigenes Mißtrauen, und er ärgerte sich über Cornelias Art, seine Fragen ins Lächerliche zu ziehen Sie hatte es verstanden, ihn zu beschämen, ohne daß er die Gewißheit hatte, daß sie ihm nichts verbarg.

Als die Kinder im Bett waren, kam sie zu ihm ins Arbeitszimmer. »Du, Thomas, im Luitpoldkino läuft ein Film mit der Bardot! Wollen wir ihn uns nicht zusammen ansehen?«

»Ich habe zu arbeiten.«

»Schade. Er soll wirklich gut sein.«

»Hat das deine Freundin gesagt?«

Sie sah ihn mit großen Augen an. »Woher weißt du das nun wieder? Bist du Gedankenleser?«

»Das lag doch auf der Hand. Sonst bist du doch mit keinem Menschen heute zusammengekommen, nicht wahr?«

Sie lachte. »Ich hätte es aber auch schon gestern wissen können!«

Plötzlich konnte er ihre Gegenwart nicht mehr ertragen. »Bitte, Cornelia«, sagte er, »laß mich jetzt allein. Ich muß wirklich arbeiten.«

Sie küßte ihn auf die Stirn. »Darf ich dann allein ins Kino gehen?«

»Von mir aus!«

»Dann muß ich mich beeilen. Ich komme gleich nach dem Kino nach Hause ... mach's gut bis dahin!« Sie küßte ihn auf die Stirn.

Er sah ihr nach, bis sie auf hohen schlanken Beinen anmutig das Zimmer verließ. Als die Tür hinter ihr ins Schloß fiel, sprang er auf. War er denn wahnsinnig, sie allein gehen zu lassen? Wußte er denn, wohin sie ging? Mit wem sie verabredet war? Sie schlüpfte grade in den Mantel, als er in den Flur trat. »Ich hab's mir überlegt«, sagte er, »ich komme mit.«

»Und deine Arbeit?«

Er zwang sich zu einem Lächeln. »Die kann warten. Die Bardot ist wahrscheinlich wichtiger.«

Sie schlang ihre Arme um seinen Hals. »Wunderbar! Du hast mich schon so eingeschüchtert, daß ich gar nicht mehr gewagt habe, dich zu bitten. Aber es ist wunderbar, daß du mitkommst.«

Plötzlich war Thomas Ramin überzeugt, daß er Gespenster gesehen hatte. Wenn Cornelia wirklich mit jemandem verabredet gewesen wäre – hätte sie sich dann gefreut, daß er doch mitkam? Er spürte, daß er im Begriff war, sich und ihr mit seiner Eifersucht das Leben zu Hölle zu machen.

Den ganzen Abend gab er sich so heiter und liebevoll, wie es ihm möglich war, und Cornelia war überzeugt, daß die Gefahr gebannt war.

Am nächsten Morgen kam der zweite anonyme Brief. Cornelia war grade einkaufen gegangen, und Thomas Ramin nahm ihn selber entgegen. Diesmal öffnete er den billigen Umschlag mit den ungelenken Buchstaben als ersten. Der Brief enthielt nur einen einzigen Satz; in übergroßen Buchstaben prägte er sich ihm ins Gehirn: *Ihre Frau betrügt Sie!*

4

Richter Thomas Ramin brachte es nicht über sich, mit seiner Frau über den zweiten anonymen Brief zu sprechen. Wenn diese ungeheuerliche Anschuldigung stimmte, wenn sie ihn wirklich betrog, würde sie ihm nicht die Wahrheit sagen. Er aber wollte, er mußte Klarheit haben.

Er gab sich den Anschein, als wenn alles in Ordnung wäre, aber in den nächsten Tagen und Wochen beobachtete er Cornelia mißtrauisch. Jede ihrer Handlungen, jedes ihrer Worte legte er auf die Goldwaage, aber es ergab sich nicht das geringste Verdachtsmoment. Cornelia schien unbefangen und heiter.

Es quälte Thomas Ramin, daß er seine Frau nicht beobachten konnte, wenn er im Amt war. Seinen Kollegen fiel es auf, daß er die Verhandlungen nicht mehr so überlegen und konzentriert leitete wie sonst. Er war zerstreut, wiederholte sich – all seine Gedanken waren bei Cornelia, er konnte sich nicht von der Vorstellung losreißen, daß sie in den Armen eines anderen Mannes lag. Wann immer er Gelegenheit hatte, rief er zu Hause an. Er wartete, bis Cornelias warme, fröhliche Stimme sich meldete, dann legte er auf, ohne seinen Namen zu nennen. Er verachtete sich selber wegen dieses Vorgehens, aber er konnte nicht anders, er handelte wie unter einem Zwang.

Eines Abends, die Kinder waren schon zu Bett, setzte sich Cornelia mit einer Näharbeit zu ihm ins Arbeitszimmer.

»Du, ich habe eine Idee«, sagte sie.

Sie wartete, daß er sie fragen würde, aber er blieb stumm und tat, als wenn er völlig in seine Arbeit versunken wäre.

»Bitte, Thomas, ich muß dir etwas erzählen . . . ich

weiß jetzt, wie wir diesem anonymen Briefschreiber auf die Spur kommen können!«

Er reagierte immer noch nicht.

»Hörst du mir eigentlich zu?« fragte sie.

»Doch, natürlich. Sprich dich nur aus. Ich habe keine Ahnung, wie wir dem Schreiber der anonymen Briefe auf die Spur kommen könnten.«

»Briefe?« wiederholte sie. »Ich dachte, es wäre bisher nur einer gekommen!«

Er fuhr herum. »Ich sprach von Briefen, weil man erfahrungsgemäß annehmen muß, daß der Schreiber es nicht bei einem einzigen bewenden lassen wird.«

»Ach so«, sagte sie nur.

Sie hielt den Kopf gesenkt, er konnte ihr Gesicht nicht sehen. Sie war damit beschäftigt, den Saum aus Nellys grünkariertem Schulkleid herauszulassen.

»Möchtest du nicht weitersprechen?« fragte er und zündete sich mit nervösen Händen eine Zigarette an.

Cornelia blickte auf und lächelte Thomas an. »Nein, ich habe es mir überlegt. Vielleicht warte ich doch lieber erst das Ergebnis ab.«

»Wovon? Wovon sprichst du überhaupt?«

»Ach, Thomas, sei doch nicht so gereizt! Ich versuche dir in aller Ruhe etwas zu erklären . . .«

»Du ergehst dich in dunklen Andeutungen. Sag endlich klipp und klar, was los ist.«

»Ich werde dauernd angerufen, aber wenn ich den Hörer abnehme, meldet sich niemand. Ich habe dir das nicht erzählt, um dich nicht unnötig zu beunruhigen. Leo meint nur, daß . . .«

»Wieso Leo? Hast du mit ihm darüber gesprochen?«

»Ja, Thomas. Natürlich. Er kennt sich doch in solchen Dingen aus.«

»Ich denke, daß es deine Pflicht gewesen wäre, erst mit mir . . .«

»Das wollte ich nicht«, unterbrach sie ihn, »du bist in

letzter Zeit so nervös, wozu sollte ich dir da auch noch mit so etwas kommen? Ich habe das Telefonamt angerufen und gebeten, unsere Leitung zu überwachen und sämtliche Anrufe zu registrieren. War das nicht eine fabelhafte Idee von Leo?«

»Ich begreife nicht, was ihr euch davon versprecht.«

»Thomas! Das ist doch ganz einfach. Der Überwachungsdienst wird feststellen, wer anruft, ohne sich zu melden . . . und dann wissen wir auch, wer den anonymen Brief geschrieben hat.«

»Wenn die Anrufe von einer Telefonzelle aus erfolgen?«

»Das glaubt Leo nicht. Er meint, der Anrufer kann ja keine Ahnung haben, daß wir die Leitung überwachen lassen.«

Thomas Ramin schwieg. Auch später kam das Thema zwischen ihnen nicht mehr zur Sprache. Und von diesem Tag an blieben die anonymen Anrufe aus.

Cornelia wundert sich, sie rief Leo Thainacher an.

»Hast du jemandem erzählt, daß die Leitung überwacht wird?« fragte der Rechtsanwalt.

»Nur Thomas. Sonst keiner Menschenseele.«

»Na ja, vielleicht war das Ganze auch nur ein Zufall. Möglicherweise hat sich ein Kind einen Spaß gemacht, oder jemand hat sich in der Nummer verwählt. So was kommt vor. Ich würde mir an deiner Stelle keine Gedanken mehr über die ganze Sache machen.«

»Soll ich die Überwachung aufheben lassen?«

»Noch nicht. Warte erst mal ab. Nur nicht nervös werden, Cornelia, es genügt, wenn einer in der Familie verrückt spielt!«

Leo Thainacher sagte Cornelia nicht, was er jetzt mit Sicherheit annahm – daß Thomas Ramin es selber gewesen war, der zu Hause angerufen hatte, um Cornelia zu überwachen. Er nahm sich vor, gelegentlich ein ernstes Wort mit seinem Freund zu sprechen, aber es kam nicht dazu.

Eines Vormittags kam Cornelia in das Arbeitszimmer ihres Mannes. Mit einem raschen Blick sah er, daß sie sich zum Ausgehen fertiggemacht hatte. Sie trug wieder das moosgrüne Herbstkostüm, das ihre junge Schönheit voll zur Geltung brachte.

»Thomas«, sagte sie, »würdest du mir einen Gefallen tun? Es gibt heute mittag Apfelstrudel, er steht schon im Backrohr. Bitte stell den Ofen doch genau in einer halben Stunde an ... auf zweihundertfünfundzwanzig. Willst du dir's aufschreiben oder kannst du dir's auch so merken?«

»Du willst fort?«

»Ja. Ich muß unbedingt einmal mit Toms Lehrer sprechen. Er hat im Diktat fünfzehn Fehler gehabt, das ist doch entschieden zuviel. Ich weiß nicht, was mit dem Jungen los ist.«

»Warum hast du mir nie etwas davon gesagt?«

»Warum soll ich dich auch noch mit solchen Dingen belästigen? Du weißt ja so vor lauter Arbeit kaum noch aus und ein. Ich bin bloß froh, daß du dich heute nachmittag mit deinen alten Studienfreunden treffen willst. Das ist doch wenigstens eine Abwechslung für dich.«

»Mußt du wirklich jetzt in die Schule?«

»Unbedingt. Ich habe Tom schon vorgestern einen Zettel mitgegeben, daß ich heute komme. Lehrer Bergmann weiß Bescheid. Er hat ...«

»Und dein Haushalt?«

»Ach, Thomas, warum mußt du bloß die einfachsten Dinge so kompliziert machen? Ich bin mit allem fertig. Es handelt sich nur noch um den Apfelstrudel. Den Backofen einzustellen wirst du ja wohl auch alleine fertigbringen, nicht wahr?« Sie küßte ihn flüchtig auf die

Stirn und war aus dem Zimmer, ehe ihm noch ein stichhaltiger Grund eingefallen war, sie zurückzuhalten.

Einen Augenblick blieb er still sitzen und dachte nach. Er hörte die Wohnungstür ins Schloß fallen. Der Gedanke, daß sie jetzt, jung, schön und unternehmungslustig, in die Arme ihres Geliebten eilte, machte ihn fast krank. Er sprang auf und lief Cornelia nach. Er wollte sie zurückhalten.

Als er sie dann auf der Straße, wenige Schritt vor ihm, schlank, anmutig und zielbewußt ausschreiten sah, änderte er seinen Plan. Er folgte ihr.

Es war nicht einfach, Cornelia in dem lebhaften Straßenverkehr nicht aus den Augen zu verlieren und gleichzeitig so viel Abstand zu wahren, daß sie ihn auch dann nicht entdeckte, wenn sie, was sie hin und wieder tat, vor einem Schaufenster stehenblieb. Er fühlte, daß sein Vorgehen verächtlich und seiner nicht würdig war. Er schämte sich zutiefst. Gleichzeitig aber stieg ein Gefühl glühenden Hasses gegen Cornelia in ihm auf, die ihn zu einer solchen Handlungsweise zwang. Er haßte sie, weil sie nichts von dem spürte, was er ihretwegen durchlitt.

Er versuchte, sich ihr Gesicht vorzustellen. Wahrscheinlich war es von jener heiteren Anmut, die alle bezauberte, die mit ihr zusammentrafen. Die Männer, denen sie begegnete, blickten sich nach ihr um. Wie konnte ein Mensch so liebenswert und so verdorben sein.

Die schlanke Figur im moosgrünen Kostüm vor ihm ging unbekümmert geradeaus, die Trogerstraße hinunter und weiter die Ismaninger Straße entlang. Es war sicher, daß sie nicht im entferntesten daran dachte, verfolgt zu werden. Richter Thomas Ramin fieberte. Jetzt endlich war er ihr auf der Spur. Die nächste Stunde mußte ihm Klarheit bringen. Aber was sollte er tun, wenn sie sich wirklich mit einem anderen Mann an einem verschwiegenen Platz traf? Was, wenn sie in einem fremden Haus, in einer fremden Wohnung verschwand? Rote

Kreise begannen sich vor seinen Augen zu drehen, ein Gefühl übermächtigte ihn, das er noch nie gekannt hatte. Er spürte, daß er nicht mehr Herr seiner Sinne war. Er würde sie umbringen, den Kerl dazu und dann sich selber. Nicht einen Augenblick dachte er an Tom und Nelly, jeder vernünftige Gedanke war aus seinem Hirn gewischt, er war krank vor Haß und Eifersucht.

Plötzlich überkam ihn Grauen vor sich selber. Mit aller Intensität, deren er fähig war, heftete er seinen Blick auf Cornelias Hinterkopf, konzentrierte alle seine Gedanken auf den verzweifelten Wunsch, sie möchte sich umdrehen, ihn erkennen, ihn von dem Entsetzlichen abzuhalten, was er zu tun im Begriff stand. Aber sie schritt gleichmütig fort und fort, seine Gedanken hatten nicht die Kraft, sie zu erreichen.

Noch lag es bei ihm, sie aufzuhalten. Er hätte ein wenig schneller gehen, ihr die Hand auf die Schulter legen müssen, damit sie ihn erkannte.

Er tat es nicht. Er konnte und wollte der Entscheidung nicht mehr ausweichen. Er mußte Klarheit haben, auch wenn sie fürchterlich war. Das Schicksal sollte seinen Lauf nehmen.

Cornelia bog jetzt in eine Seitenstraße ein, für wenige Sekunden verlor er sie aus den Augen. Er hastete, um sie einzuholen. Er sah, wie sie die Fahrbahn überquerte und auf das große rote Gebäude der Pestalozzi-Schule zuging. Es war Pause, auf dem Schulhof lärmten die Kinder. Sie schritt durch das Tor und ging auf das Schulgebäude zu. Thomas Ramin mußte sich an eine Hauswand lehnen. Er fühlte sich so elend wie noch nie in seinem Leben. Er war völlig erschöpft. Cornelia hatte ihn nicht belogen. Sie hatte wirklich eine Verabredung mit Lehrer Bergmann. Er konnte es nicht fassen. Die Erleichterung war so groß, daß sie schmerzte. Er schloß die Augen. Ein Glücksgefühl war fast so schwer zu ertragen wie der entsetzliche Verdacht.

Er kam erst wieder zu sich, als eine weibliche Stimme in fragte: »Ist Ihnen nicht gut?«

Er öffnete die Augen und sah vor sich eine alte Frau mit einer großen Einkaufstasche stehen, die ihn besorgt ansah. »Doch. Danke!« sagte er rasch. »Es ist alles in Ordnung!«

»Ja, ja, der Föhn!« sagte die Frau. »Der nimmt einen her . . . ich spür's auch in meinen alten Knochen.«

Richter Thomas Ramin war froh, als sie auf müden, dicken Beinen weiterwatschelte. Er überlegte einen Augenblick – sollte er jetzt nach Hause gehen? Er tat es nicht. Noch war er nicht geheilt. Vielleicht war das Gespräch mit Lehrer Bergmann nur Cornelias Alibi. Vielleicht würde sie von hier aus – er dachte den Gedanken nicht zu Ende, aber er blieb. Er sah sich nach einem Versteck um; wenige Häuser neben der Schule war ein Tor. Er entschloß sich, die Fahrbahn zu überqueren und dort zu warten.

Etwa fünfzehn Minuten später verließ Cornelia die Schule. Hastig trat Thomas Ramin seine Zigarette aus, die er sich angezündet hatte und nahm die Verfolgung wieder auf. Genauso unbekümmert, wie sie gekommen war, eilte Cornelia, ohne sich auch nur einmal umzudrehen, den Weg zurück. Erst als sie vor dem Haus in der Holbeinstraße die Schlüssel aus ihrer Handtasche zog und die Tür aufschloß, war Thomas Ramin ganz sicher. Cornelia war unschuldig.

Er hatte sie grundlos verdächtigt und mit seiner Eifersucht verfolgt.

Plötzlich sah er, daß der Himmel über München strahlend blau war, sah die Pracht der buntfarbenen Buchenblätter, begriff, daß das Leben schön war. Er mußte etwas tun, irgend etwas, um seiner grenzenlosen Freude und Erleichterung Ausdruck zu geben. Er eilte in das Blumengeschäft um die Ecke, erstand zehn leuchtend gelbe Sonnenblumen, lief zurück, stellte fest, daß er seinen Hausschlüssel vergessen hatte und klingelte.

Oben öffnete Cornelia ihm die Wohnungstür. »Thomas!« sagte sie vorwurfsvoll. »Wo bist du denn gewesen? Warum hast du den Backofen nicht eingeschaltet? Jetzt müssen wir eine ganze Stunde später essen!«

»Ist das wirklich so wichtig?« fragte er lachend.

»O doch!« sagte sie. »Die Kinder . . .«

Als er sie in die Arme nahm, schwieg sie. Er fühlte die Wärme ihres schlanken, jungen Körpers, roch den Duft ihrer glatten, gebräunten Haut. Er war so glücklich, daß er hätte schreien mögen.

»Was ist los mit dir?« fragte sie, als er sie freigab. »Eine gute Nachricht?«

»Ja. Ich liebe dich.« Er drückte ihr die Sonnenblumen, die bei seiner leidenschaftlichen Umarmung ein wenig gelitten hatten, in die Hand.

»Für mich?« fragte sie erstaunt.

»Nur für dich! Ich bin in dich verliebt, Cornelia. Hast du's immer noch nicht begriffen?«

Cornelias braune Augen strahlten Thomas an. Sie stellte sich auf die Zehenspitzen und gab ihm einen Kuß auf den Mund. »Du bist der liebste, beste, klügste Mann auf der Welt, Thomas . . .«

»Leider nicht. Manchmal glaube ich fast, daß ich ein ganz großer Dummkopf bin.«

»Weil du den Apfelstrudel vergessen hast?« Sie lachte, und in ihren Wangen erschienen die runden kleinen Grübchen. »Das kann doch jedem passieren. Weißt du was, ich habe eine Idee . . . weil wir doch noch auf das Essen warten müssen, trinken wir erst zusammen einen Aperitif, einverstanden?«

Er nickte. Alles, was sie ihm heute vorschlug, wäre ihm recht gewesen.

Im Eßzimmer war der Tisch schon gedeckt. Cornelia hatte es getan, noch bevor sie das Haus verließ. Sie holte eine Flasche Sherry aus dem Schrank, stellte zwei kleine Gläser auf den Rauchtisch, schenkte ein und setzte sich.

»Ach, Thomas«, sagte sie, »ich kann dir gar nicht sagen, wie erleichtert ich bin!« Sie nahm sich eine Zigarette.

Er schaute sie prüfend an, als er ihr Feuer gab. Sollte sie etwas ahnen? »Warum?« fragte er.

»Ich habe mir solche Sorgen wegen Tom gemacht. Aber Lehrer Bergmann sagt, daß alles in Ordnung ist. Tom ist weder faul noch dumm, er ist auch ganz und gar kein nervöses Kind. Er ist nur noch sehr verspielt. Lehrer Bergmann sagt, er hat schon oft solche Fälle gehabt. Tom ist noch ein bißchen zu jung für die Schule, aber in zwei, drei Monaten kann sich das schon gelegt haben. Er muß ihm schlechtere Noten geben wegen der anderen, sagt er, aber wir sollen ihn nicht bestrafen, sondern ihn ganz in Ruhe lassen. Er muß sich erst mal entwickeln, weißt du.«

»Du bist eine wundervolle Mutter, Cornelia«, sagte Thomas Ramin.

»Findest du?« Cornelia sah nachdenklich dem Rauch ihrer Zigarette nach. »Manchmal habe ich das Gefühl, ich bin ein großer Versager.«

Beim Mittagessen sagte Thomas Ramin plötzlich: »Wir haben heute ein prächtiges Herbstwetter. Wie wär's, wenn wir alle miteinander einen kleinen Ausflug machen?«

Nelly und Tom waren sofort Feuer und Flamme. »Ja! Prima!« riefen sie. »Wohin denn, Vati?«

»Vielleicht zum Großhesseloher See? Was meinst du, Cornelia?«

»Ich dachte, du wärst mit deinen Studienkollegen verabredet? Hast du das vergessen?«

»Nein. Aber mir kommt es so vor, als wenn meine Familie wichtiger wäre. Ich habe so ein Gefühl, als wenn ich mich ein bißchen mehr um euch kümmern müßte.«

»Deshalb brauchst du doch nicht auf deine Verabredung zu verzichten, Thomas. Wir können doch morgen genausogut . . .«

»Morgen muß ich den ganzen Tag im Amt sein . . .«

»Übermorgen?«

»Übermorgen regnet es bestimmt, Mami!« sagte Nelly rasch. »Überhaupt, es ist Föhn, nachher regnet's immer!«

»Also, abgemacht . . . wir ziehn los!« bestimmte Thomas Ramin.

»Zu blöd«, sagte Cornelia, »ausgerechnet heute nachmittag bin ich verabredet!« Sie sah einen Schatten über das Gesicht ihres Mannes gleiten und fügte rasch hinzu: »Mit Lotte Thainacher. Ich muß sie wenigstens anrufen.«

»Laß nur, das werde ich für dich besorgen. Dann weiß auch Leo gleich Bescheid.«

Sie lächelte ihn an und sprang auf. »Lieber nicht. Sonst glaubt sie noch, du hättest es mir verboten.« Mit drei Schritten war sie in seinem Arbeitszimmer.

Thomas Ramin stellte mit Verwunderung fest, daß sie nicht einmal ihren Teller leergegessen hatte. »Cornelia, das kannst du doch später . . .!« rief er ihr nach, aber sie hörte ihn nicht. Sie hatte die Tür hinter sich ins Schloß gezogen.

Thomas Ramin stand auf und ging seiner Frau nach. Sie saß auf der Kante seines Schreibtisches und hatte den Telefonhörer in der Hand. »Hier ist Cornelia Ramin. Ja, Lotte, ich bin's! Ja, ich weiß, aber es geht nicht. Nein, ich kann heute nachmittag nicht kommen . . . es tut mir leid, aber es ist ganz unmöglich. Mein Mann ist plötzlich auf die Idee gekommen, mit mir und den Kindern einen Ausflug zu machen. Nein, das kann ich nicht verschieben. Bitte, versteh mich doch.« Sie lauschte mit angestrengtem Gesicht, dann sagte sie: »Danke. Du bist ein Engel. Ich danke dir!« Sie legte auf und sah ihren

Mann an. Unter ihren schönen braunen Augen lagen tiefe Schatten.

»Du bist ja so blaß geworden!« sagte er.

Sie strich sich mit der Hand durch ihr zerzaustes honiggelbes Haar. »Ja, ich weiß selber nicht, mir ist nicht gut. Vielleicht habe ich mich doch zu sehr wegen Tom aufgeregt.« Sie rutschte vom Schreibtisch herab und kam auf ihn zu.

Er nahm sie in seine Arme, ein heißes Glücksgefühl stieg in ihm auf, als sie sich vertrauensvoll an ihn schmiegte. »Das macht der Föhn«, sagte er, »laß nur, an der frischen Luft geht das bald vorüber.«

Der Ausflug wurde ein voller Erfolg.

Sie machten einen weiten Spaziergang durch den herbstlichen Englischen Garten, am Chinesischen Turm vorbei, bis zum Großhesseloher See. Dort tranken sie Kaffee, aßen Kuchen und fühlten sich alle vier so glücklich wie seit langem nicht mehr. Die Kinder spürten die gute Stimmung ihrer Eltern und waren ausgelassen wie zwei junge Füllen. Nachher ruderten sie noch alle vier zusammen auf dem kleinen See, sie fütterten die Schwäne und genossen den sonnigen Tag, der viele Münchner ins Freie gelockt hatte.

Thomas Ramin verstand sich selber nicht. Wie hatte er Cornelia nur so abscheulich verdächtigen können? Sie war ihm vom ersten Tag ihrer Ehe an eine liebevolle, zärtliche und gute Frau gewesen. Er schämte sich zutiefst, daß ein bösartiger anonymer Brief ihn so in Verwirrung hatte stürzen können.

Am Abend dieses schönen Tages zog er sie, als sie in ihr Bett schlüpfte, in seine Arme. »Verzeih mir, Cornelia«, sagte er.

»Was denn, Thomas? Was soll ich dir verzeihen?«

Er brannte darauf, sich seinen gräßlichen Verdacht von der Seele zu reden und ihr zu beichten, daß er sie heute morgen verfolgt hatte. Aber er brachte kein Wort davon über die Lippen. »Alles«, murmelte er, »alles!«

5

Als der Briefträger am nächsten Morgen die Post brachte, sah Cornelia sofort, daß ein neuer anonymer Brief gekommen war. Sie zögerte. Sollte sie ihn Thomas aushändigen, oder sollte sie Leo Thainachers Rat befolgen? Sie spürte, daß Thomas wieder zu ihr zurückgefunden hatte. Konnte sie es zulassen, daß sein Vertrauen durch eine neue Verdächtigung erschütterte wurde?

Sie war schon im Begriff, den Brief in ihrer Schürzentasche verschwinden zu lassen, da überlegte sie es sich anders. Vielleicht würde der Schreiber der anonymen Briefe es merken, wenn Thomas seine Nachrichten nicht mehr erhielt. Wer konnte ihn daran hindern, die Briefe in Zukunft in die Maxburg zu schicken? Nein, Leo Thainachers Rat war schlecht. Sie mußte Thomas den Brief geben. So, nur so, konnte sie gewiß sein, daß Thomas den Glauben an ihre Liebe zurückgefunden hatte. Wenn er mit ihr über den neuen Brief sprach, war alles in Ordnung.

Sie trat in sein Arbeitszimmer und legte ihm, wie alle Tage, seine Post auf den Schreibtisch. Er war grade dabei, die Akten, die er brauchte, in die schöne neue Aktentasche zu stecken, die Cornelia ihm zum Geburtstag geschenkt hatte.

»Was Interessantes?« fragte er kurz.

»Keine Ahnung!« Cornelia wandte sich rasch der Tür zu. »Ich muß in die Küche«, sagte sie, »ich habe die Milch auf dem Herd!« Sie wollte ihm Gelegenheit geben, den Brief als erster zu lesen. Er sollte sie freiwillig ins Vertrauen ziehen.

Er tat es nicht. Cornelia stand in der Küche und lauschte mit angehaltenem Atem, daß er sie rufen würde. Alles blieb still. Endlich wurde die Tür seines Arbeitszimmers geöffnet, er trat in die Garderobe. Sie konnte es nicht länger aushalten. Sie lief zu ihm hinaus.

Er sah sie mit einem kleinen verzerrten Lächeln an. »Nelly hat recht behalten«, sagte er, »es regnet ganz gehörig. Wie gut, daß wir gestern noch den Ausflug gemacht haben.«

Sie faßte sich ein Herz und fragte: »Wer hat geschrieben?«

»Alles belangloses Zeug. Ich erzähl dir's heute abend!« Er küßte Cornelia flüchtig auf die Stirn, dann fiel die Tür hinter ihm ins Schloß.

Cornelia biß sich auf die Lippen, daß es schmerzte. Einen Augenblick stand sie still, dann lief sie in das Arbeitszimmer ihres Mannes, beugte sich aus dem Fenster und blickte zur Straße hinunter. Sie sah Thomas das Haus verlassen, sah ihn mit großen, energischen Schritten der Straßenbahnhaltestelle zustreben. Sie wandte sich ab und ging zu seinem Schreibtisch. Die Post, die sie ihm gebracht hatte, lag noch immer ungeöffnet. Nur der anonyme Brief fehlte.

Eine Sekunde überlegte Cornelia, dann beugte sie sich zum Papierkorb. Er war ziemlich voll, sie hatte gestern vergessen, ihn zu leeren. Sie stülpte ihn um, glättete einen Bogen nach dem anderen und warf ihn wieder in den Papierkorb zurück. Übrig blieb eine Handvoll Papierschnitzel auf dem roten Teppich. Sie sammelte alle ein und legte sie vor sich auf den Schreibtisch.

Ohne Zweifel handelte es sich, das sah sie an den großen, ungelenken Buchstaben, um den anonymen Brief, den Thomas heute bekommen hatte. Er war so sehr zerfetzt, daß es Mühe machte, ihn wieder zusammenzusetzen. Der Name Axel fiel ihr ins Auge. Sie suchte weiter und konnte auch das Wort Ellert zusammensetzen. Axel

Ellert – mehr brauchte sie nicht zu wissen. Alles andere konnte sie sich zusammenreimen. Der Schreiber des anonymen Briefes hatte angedeutet, daß sie ihren Mann mit Axel Ellert betrog.

Sie stand da und starrte auf die Papierfetzen, als wenn sie auf ihr eigenes zerstörtes Schicksal herabblickte.

Thomas Ramin ärgerte sich über sich selber. Warum hatte er diesen schändlichen anonymen Brief überhaupt gelesen? Er hätte ihn, so wie er gekommen war, zerreißen oder noch besser verbrennen sollen. Warum hatte er der Versuchung nicht widerstehen können? Wenn jemand ihm eine Tasse Tee anbieten würde, von der er wußte, daß sie vergiftet war, er hätte sie doch nicht getrunken. Wie konnte er es zulassen, daß ein bösartiger Mensch Gifttropfen für Gifttropfen in seine Seele träufelte?

Dabei war alles Unsinn, was dieses Ungeheuer sich ausdachte. Dessen war er ganz sicher. Cornelia liebte ihn, sie gehörte zu ihm. Es war völlig ausgeschlossen, daß sie ihn betrog. Noch nie hatte er sie auch nur bei der kleinsten Lüge ertappt.

Noch bevor die eigentlichen Verhandlungen begannen, hatte Richter Thomas Ramin eine Zeugin in einem Scheidungsprozeß zu vernehmen. Es war die sechsundzwanzigjährige Sekretärin Erika Krone, die von der auf Scheidung klagenden Ehefrau Renate Kaminski benannt worden war. Der Scheidungsprozeß selber wurde im Landgericht Düsseldorf verhandelt. Der Rechtsanwalt der klagenden Ehefrau hatte die Vernehmung der Zeugin an ihrem Wohnsitz in München angeordnet, um unnötige Unkosten zu vermeiden.

Erika Krone war eine lebhafte, zierliche, junge Frau mit einer modischen Frisur, geschickt geschminktem Gesicht und rotlackierten Fingernägeln, Richter Thomas Ramin konnte sich sehr wohl vorstellen, daß sie einer eifersüchtigen Ehefrau ein Dorn im Auge sein konnte. Sie trat ein wenig unsicher und befangen auf, aber Thomas Ramin wußte, daß selbst die tadellosesten Bürger vor den Schranken des Gerichts Hemmungen bekamen. Das brauchte keinerlei Hinweis auf ein schlechtes Gewissen zu sein.

»Fräulein Krone«, sagte er, bemüht, seiner Stimme einen freundlichen Klang zu geben, »Sie wissen, weshalb Sie vorgeladen sind. Frau Kaminski hat Sie im Scheidungsprozeß gegen ihren Mann als Zeugin benannt.« Richter Thomas Ramin hob abwehrend die Hand, als Erika Krone ihn unterbrechen wollte. »Bitte, noch einen Moment. Ich muß Sie erst über die Bedeutung Ihrer Aussage aufklären. Die Frage, die ich Ihnen stellen muß, lautet: Stimmt es, daß Sie zu dem Beklagten Otto Kaminski ehewidrige Beziehungen unterhalten haben? Einen Augenblick noch, Fräulein Krone, Sie können gleich alles sagen, was Sie auf dem Herzen haben. Ich möchte Sie nur vorweg darauf aufmerksam machen, daß ausdrücklich nur nach ehewidrigen, nicht nach ehebrecherischen Beziehungen gefragt wird. Sind Sie sich über den Unterschied im klaren?«

»Ich weiß nicht, Herr Landgerichtsdirektor«, sagte Erika Krone, »aber die Sache war so ...«

Wieder unterbrach er sie. »Bitte, noch nicht. Unter ehebrecherischen ... ich sage jetzt ausdrücklich ehebrecherischen ... Beziehungen wäre zu verstehen, daß Sie mit dem Angeklagten ... nun ja ... ein intimes Verhältnis unterhalten hätten. Der Tatbestand ehewidriger Beziehungen ist aber schon dann gegeben, wenn Sie den Beklagten ... nehmen wir an ... geküßt hätten oder sich von ihm hätten küssen lassen, wenn sie mit ihm ... sagen wir ... Arm in Arm spazierengegangen wären oder verschiedentlich Nachtlokale aufgesucht und getanzt hätten, Sie verstehen? Zwischen ehebrecherischen und ehewidrigen Beziehungen besteht also ein sehr schwerwiegender Unterschied.«

»Herr Landgerichtsdirektor«, sagte Erika Krone, »Herr Direktor Kaminski war ja mein Chef, und da . . .«

»Bitte, das möchte ich jetzt noch gar nicht von Ihnen wissen. Ich muß Sie erst darauf aufmerksam machen, daß es für einen Zeugen vor Gericht – und obwohl in diesem Fall zur Entgegennahme Ihrer Aussage kein Gerichtshof zusammengetreten ist, müssen Sie mich als solchen betrachten –, daß es verschiedene Möglichkeiten gibt, die Aussage zu verweigern. Wenn es sich um den Vorwurf ehebrecherischer Beziehungen handelte, läge die Sache ganz klar. Sie könnten die Zeugenaussage verweigern, weil Sie sich, falls Sie eine solche Handlung zugeben müßten, strafbar gemacht hätten. Aber auch in diesem Fall, wo lediglich nach ehewidrigen Beziehungen gefragt ist, besteht die Möglichkeit einer Aussageverweigerung, dann nämlich – und ich glaube, das liegt hier vor –, wenn Sie zu der Einsicht gekommen wären, mit Ihrer Handlung Schande über sich oder Ihre Familie gebracht zu haben. Wenn Sie von dieser Möglichkeit, die das Gesetz Ihnen bietet, Gebrauch machen wollen, so brauchen Sie nichts weiter zu sagen als: Ich verweigere die Aussage! Damit wäre für Sie der Fall erledigt.«

»Auch für Herrn Direktor Kaminski?« fragte Erika Krone. »Wenn ich die Aussage verweigere, käme das doch geradezu einem Geständnis gleich. Ich würde ihn ja damit hereinreißen!«

»Das, Fräulein Krone, darf Sie auf keinen Fall in Ihrer Aussage beeinflussen. Wenn Sie aussagen wollen, müssen Sie die Wahrheit, und zwar die ganze Wahrheit sagen. Sie müssen diese Wahrheit auch beeiden. Auf Meineid aber, und das sollte Ihnen klar sein, steht Zuchthaus. Nur Sie selber können entscheiden, ob Sie von der Möglichkeit der Zeugnisverweigerung Gebrauch machen oder sich entschließen wollen, den ganzen Tatbestand anzugeben.«

»Darf man hier rauchen, Herr Landgerichtsdirektor?« fragte Erika Krone.

»Bitte.«

Sie zündete sich eine Zigarette an. »Wissen Sie, ich muß mir den Fall erst mal durch den Kopf gehen lassen. Ich bin nämlich verlobt, und Peter ... so heißt mein Verlobter ... weiß überhaupt nichts von der ganzen Geschichte. Es wäre mir deshalb schrecklich unangenehm ...«

»Sie haben ja die Möglichkeit, die Aussage zu verweigern.«

»Das käme aber einem Schuldbekenntnis gleich, nicht wahr?«

»Nicht ganz.«

Mit einem plötzlichen Entschluß drückte Erika Krone ihre Zigarette aus. »Ich möchte aussagen, Herr Landgerichtsdirektor!«

Thomas Ramin gab dem Justizinspektor, der an einem Seitentisch saß, einen Wink, mitzuschreiben.

»Bitte, Fräulein Krone!«

Erika Krone holte tief Luft. »Ich habe in den Jahren 1956 bis zum Frühjahr 1959 bei der Firma Reitstahl gearbeitet ... soll ich das alles erzählen, Herr Landgerichtsdirektor?«

»Ich bitte darum. Erzählen Sie alles, was Sie zu diesem Fall zu sagen haben.«

»Gut. Ich wurde im Januar 1959 als Sekretärin zur Herrn Direktor Kaminski versetzt, weil dessen frühere Kraft wegen Heirat aus dem Betrieb ausgeschieden war. Herr Kaminski, das möchte ich gleich vorausschicken, ist ein gutaussehender Mann Anfang fünfzig, ein sehr netter und verständnisvoller Chef, und er war im Betrieb allgemein beliebt.«

»Er gefiel Ihnen also?«

»Ja. Aber nur als Chef. Privat habe ich mich nie für ihn interessiert. Er ist ja verheiratet und hat drei Kinder und deshalb ... Sie verstehen. Es ist zwischen uns niemals das geringste vorgefallen, abgesehen davon, daß er mir hin und wieder mal die Wange getätschelt hat, aber so etwas ist doch zwischen einem Chef und seiner Sekretärin ganz normal, nicht wahr, das kann man wohl kaum mit ehewidrigen Beziehungen bezeichnen. Ich hatte übrigens auch durchaus nicht den Eindruck, daß Kaminski in mir etwas anderes sah als eine ... na, sagen wir ... angenehme Arbeitskraft. Ich hatte übrigens schon, bevor ich zu Herrn Direktor Kaminski versetzt wurde, in Mittenwald meinen Verlobten beim Wintersport kennengelernt.«

Erika Krone machte eine Pause.

Richter Thomas Ramin sagte: »Wenn ich Sie richtig verstanden habe, wollen Sie also sagen, daß von ehewidrigen Beziehungen zwischen Ihnen und dem Beklagten keine Rede sein konnte?«

»Ja, genau. Bis zum Betriebsfest. Es war kurz vor Pfingsten. Die ganze Belegschaft der Exportabteilung ... Herr Direktor Kaminski hatte nämlich die Exportabteilung unter sich, müssen Sie wissen, Herr Landgerichtsdirektor ... machte einen Ausflug an die Mosel. Alle waren bester Laune, wie das eben auf so einem Betriebsfest ist, wir wollten ganz unter uns feiern, das heißt, die Männer, Verlobten und Freunde waren nicht mitgekommen und auch nicht die Ehefrauen und Bräute der Herren. Es wurde nachher ziemlich viel getrunken, es gab einen himmlischen Moselwein, es wurde getanzt, und Herr Direktor Kaminski ... ich übrigens wohl auch ... bekam einen kleinen Schwips. Er sagte irgend etwas, daß ich sein bestes Stück wäre oder so und küßte mich vor versammelter Belegschaft. Ich muß zugeben, ich habe ihn auch wiedergeküßt, Herr Landgerichtsdirektor, er war mir ja nicht unsympathisch, und die Stimmung war ... nun eben ... sehr ausgelassen. Alle hielten das für einen großen Spaß und lachten darüber. Das ist die ganze Geschichte, Herr Landgerichtsdirektor ... kann man denn auf so etwas eine Scheidungsklage aufbauen?«

»Es besteht ja die Möglichkeit, daß Direktor Kaminski

seiner Frau von seiner Neigung zu Ihnen erzählt hat, nicht wahr? Vielleicht glaubt sie aus diesem Grunde . . .?«

»Nein, Herr Landgerichtsdirektor. So war das nicht. Nach Pfingsten kam Herr Direktor Kaminski sehr aufgeregt in das Büro, er zeigte mir einen Brief, den seine Frau bekommen hatte. Es war ein anonymer Brief – natürlich muß ihn jemand von der Exportabteilung geschrieben haben, das war mir sofort klar –, in dem behauptet wurde, daß Direktor Kaminski und ich ein Verhältnis miteinander hätten und eben, daß das auf jenem Betriebsausflug ganz deutlich geworden wäre, weil er mich in aller Öffentlichkeit geküßt hätte. Direktor Kaminski sagte mir, daß seine Frau völlig außer sich über diesen Brief gewesen wäre, von dem sie jedes Wort geglaubt hätte. Er sagte mir, daß sie gedroht hätte, die Scheidung einzureichen, aber daß er das für einen Unsinn hielte, weil er – was wir auch alle wußten, – sehr an seinen Kindern hing. Wir überlegten, was zu tun war und hielten es für das beste, daß ich kündigte. Ich hatte auch schon seit längerem vor, nach München zu ziehen, weil hier mein Verlobter lebt. Ich schied also nach ordentlicher Kündigung aus der Firma aus und übersiedelte nach München. Seit damals habe ich weder von Direktor Kaininski noch von der ganzen Geschichte etwas gehört. Ich hatte alles längst vergessen, bis ich vor drei Tagen diese Vorladung bekam. Nun sagen Sie mir bloß, Herr Landgerichtsdirektor, wie kann ein Mensch so blöd sein und auf einen anonymen Brief hin . . .«

»Das, liebes Fräulein Krone, steht hier nicht zur Debatte. Bitte, überlegen Sie noch einmal ganz genau. Haben Sie die Wahrheit gesagt, die volle Wahrheit? Sie wissen, daß Sie Ihre Aussage jetzt beeiden müssen.«

»Jawohl!«

Richter Thomas Ramin stand auf. »Bitte, stehen Sie auf, heben Sie die rechte Hand zum Schwur! Sprechen Sie mir nach: Ich schwöre bei Gott, dem Allmächtigen . . .«

Richter Thomas Ramin lächelte in sich hinein, als er über den Flur zum Verhandlungszimmer ging. Er war froh, daß er sich endlich wieder gefangen hatte. Von nun an, das schwor er sich, würde er keinen anonymen Brief mehr öffnen. Ungelesen sollten sie zerrissen in den Papierkorb wandern. Noch hatte er den Brief, den er heute morgen bekommen hatte, nicht vergessen können: »Der Geliebte Ihrer Frau heißt Axel Ellert!« Jetzt mußte er darüber lächeln. Was für ein Unsinn. Cornelia liebte nur einen einzigen Mann, und das war er selber. Er zweifelte keinen Augenblick daran, daß er diesen Axel Ellert im Telefonbuch finden würde, wie ihm der Schreiber des anonymen Briefes vorschlug, aber er dachte nicht daran, nachzuschlagen. Er vertraute Cornelia, er vertraute ihr voll und ganz, und er verachtete jenen boshaften Menschen, der alles daransetzte, seine Ehe zu zerstören. Warum nur? Wer konnte ihn so sehr hassen?

Richter Thomas Ramin war so in Gedanken versunken, daß er Leo Thainacher erst bemerkte, als er fast mit ihm zusammenstieß. »Oh, entschuldige, Leo!« sagte er und lächelte.

»Du hast allen Grund, dich zu entschuldigen, Thomas!« sagte der Rechtsanwalt. »Wir haben gestern den ganzen Nachmittag auf dich gewartet . . . den Abend übrigens auch noch. Aber da waren wir schon so hinüber, daß wir kaum gemerkt haben, daß du nicht da warst.«

»Aber wußtest du denn nicht, daß ich nicht kommen konnte?«

»Woher denn? Du hast es ja nicht einmal für nötig gehalten, uns dein Fernbleiben zu erklären.«

»Hat Lotte dir denn nichts gesagt?«

»Lotte! Die solltest du doch kennen! Sie ist schon vorgestern abend zu einer Freundin nach Garmisch gefahren Du weißt ja, daß diese Frauen – deine Cornelia natürlich ausgeschlossen – nichts im Hirn haben als Freundinnen, Kleider und Getratsche. Sie hat bestimmt schon, fünf Minuten nachdem du mit ihr gesprochen hast, vergessen, was sie mir sagen sollte. Wenn du mir was ausrichten willst, dann sag es in Zukunft lieber mir oder mindestens meiner Sekretärin.«

Thomas Ramin war es, als wenn sich eine eisige Hand um sein Herz krampfte. »Wann ist Lotte weggefahren, sagst du?«

»Vorgestern. Am späten Nachmittag. Warum?«

»Nur so. Ich dachte . . . aber das tut nichts zur Sache.«

Thomas Ramin nahm kein Wort mehr wahr von dem, was sein Freund ihm erzählte. Es wurde ihm nicht einmal bewußt, daß Leo Thainacher sich von ihm verabschiedete. Sein Hirn war bis zum Rand gefüllt von der entsetzlichen Gewißheit: Cornelia hatte ihn belogen. Es war nicht Lotte gewesen, mit der sie telefoniert hatte, sondern wer sonst? Axel Ellert, ihr Geliebter!

Die Stimme des Gerichtsdieners riß Thomas Ramin aus seinen Gedanken. »Herr Landgerichtsdirektor, es ist zehn Uhr vorbei . . . die Parteien . . .«

»Ja, ich komme schon. Wir können anfangen.«

Richter Thomas Ramin wußte nicht, wie er diesen Verhandlungstag überstehen sollte.

6

Dr. Leo Thainacher war vor fünfzehn Jahren in die Anwaltspraxis seines Onkels eingetreten. »Thainacher und Thainacher, Rechtsanwälte« stand noch heute auf dem Türschild an dem altertümlichen Haus in der Thalkirchnerstraße, obwohl es längst nur noch einen Thainacher in der Firma gab. Der Rechtsanwalt hatte alle Vorschläge seiner Frau, die Kanzlei doch in ein vornehmes Viertel zu verlegen, abgewehrt. Er wußte, daß sein dumpfes, etwas muffiges Büro nicht gerade repräsentativ war, dafür aber wirkte es grundsolide, und darauf legten seine Klienten Wert.

Auch heute, als er gegen elf Uhr vom Gericht zurückkehrte, war der kleine düstere Flur, der als Wartezimmer diente, voller Menschen. Dr. Leo Thainacher grüßte freundlich im Vorbeigehen und öffnete die Tür zum Vorzimmer. Hier waren seine beiden Stenotypistinnen und seine Sekretärin Sylvia Schmidthuber bei der Arbeit. Sylvia war jung, schön und gescheit und seiner Frau ein Dorn im Auge. Aber Leo Thainacher dachte nicht daran, sich von ihr zu trennen. Er wußte ihre Tüchtigkeit zu schätzen, und außerdem glaubte er, das Anrecht auf einen erfrischenden Anblick in seinem nüchternen Büro zu haben.

»Guten Morgen, meine Damen!« sagte er vergnügt und stülpte seinen Hut über einen Haken.

»Guten Morgen, Herr Doktor«, echoten die drei Mädchen. Lilo, die Jüngste, sprang auf und half ihm aus dem Regenmantel.

»Schauderhaftes Wetter!« sagte er und rieb sich die Hände. »Gibt's was Neues?«

»Eine Dame wartet auf Sie«, berichtete Sylvia, »in Referendar Peilhammers Büro.«

»War Sie angemeldet?«

»Nein.«

»Meine liebe Sylvia, ich habe Ihnen schon hundertmal gesagt . . .«

»Es ist Frau Landgerichtsdirektor Ramin!« unterbrach Sylvia ihn mit einem bedeutungsvollen Blick.

»Ach so. Na, dann ist es schon richtig. Hat Sie Ihnen gesagt, was sie will?«

»Sie möchte den Herrn Rechtsanwalt sprechen.«

Leo Thainacher trat in das kleine Zimmer, in dem Referendar Peilhammer über seinen Akten brüten sollte. Tatsächlich hatte er mit Cornelia Ramin geplaudert, wie der Rechtsanwalt mit einem Blick feststellte.

»Grüß dich, Cornelia!« sagte er herzlich und fügte mit hochgezogenen Augenbrauen hinzu: »Lassen Sie sich durch mich nicht in der Arbeit stören, Herr Referendar!«

Peilhammer war beim Eintritt seines Chefs aufgestanden, er konnte es nicht verhindern, daß er bei Leo Thainachers anzüglicher Bemerkung errötete.

»Entschuldigen Sie bitte, Herr Rechtsanwalt«, stotterte er, »ich . . . es ist nur . . .«

»Ich bin auch einmal jung gewesen, lieber Peilhammer«, sagte Leo Thainacher schmunzelnd, »und außerdem, so ein hübscher Vogel flattert uns nicht jeden Tag ins Büro, nicht wahr?«

Referendar Peilhammer schlug die Hacken zusammen und verbeugte sich.

Leo Thainacher führte Cornelia in sein Arbeitszimmer.

Cornelia trug ein türkisfarbenes Jerseykleid, das die Rundungen ihres schlanken schönen Körpers betonte. Ihre großen brauen Augen waren dunkel vor Erregung, ihr honiggelbes, kurzgeschnittenes Haar war leicht zerzaust. Sie sah zauberhafter aus denn je. »Leo, bitte, sei mir nicht böse . . .«, begann sie, kaum daß er die Tür hinter sich zugemacht hatte.

Er legte den Arm um ihre Schultern und führte sie zu einem Sessel. »Ich freue mich, daß du zu mir gekommen bist, Cornelia«, sagte er herzlich. »Jetzt setz dich erst mal und hole tief Luft . . . wo brennt's?«

Sie sah flehend zu ihm auf. »Ich brauche deinen Rat, Leo . . .«

»Als Freund oder als Anwalt?«

Ein kleines zaghaftes Lächeln erschien auf ihren Lippen. »Als beides, Leo!« sagte sie.

»Schade.« Er nahm an seinem Schreibtisch ihr gegenüber Platz. »Ich hatte gehofft, du suchtest meinen männlichen Trost.«

»Ich bin in einer schrecklichen Situation.«

Er hob die buschigen Augenbrauen. »Willst du dich scheiden lassen?«

»War . . . hat Thomas mit dir gesprochen?«

»Über was?«

»Über mich. Über das, was er über mich erfahren hat.«

»Spielst du etwa auf diese verdammten anonymen Briefe an?«

»Ja, Leo. Heute morgen ist wieder einer gekommen.«

»Hast du ihn mir mitgebracht?«

»Nein. Er war ganz zerfetzt. Ich habe ihn aus dem Papierkorb gefischt.«

»Du hättest mir wenigstens die Fetzen mitbringen sollen.«

»Ich habe es nicht gewagt, Leo. Wenn Thomas nun danach sucht . . .«

»Dann hättest du einfach sagen können, du hast den Papierkorb geleert.«

»Daran habe ich gar nicht gedacht.«

»Womit versucht denn diese Bestie dich nun bei Thomas anzuschwärzen?«

Cornelia biß sich auf die Lippen. Es fiel ihr sichtlich schwer, zu sprechen.

»Komm, Cornelia, zu mir kannst du doch Vertrauen haben. Was hat denn nun in diesem Brief gestanden?«

Cornelia holte tief Luft. »Der Geliebte Ihrer Frau heißt Axel Ellert!« zitierte sie und hatte Mühe, ihre Stimme in der Gewalt zu behalten. »Sie werden seine Adresse im Telefonbuch finden.«

»Interessant. Kennst du diesen Axel Ellert?«

»Ja«, sagte sie zögernd.

»Und Thomas? Kennt er ihn?«

»Nein.«

Leo Thainacher legte nachdenklich die Fingerspitzen seiner breiten, ausdrucksvollen Hände gegeneinander. »Nun paß mal auf, Cornelia . . . bitte, vergiß, daß ich ein

Freund eures Hauses bin. Stell dir vor, ich wäre nichts weiter als dein Anwalt.«

»Gut, Leo.«

»Betrügst du Thomas wirklich mit diesem Axel Ellert? Mir kannst du es ruhig anvertrauen, Cornelia, ich bilde mir nicht ein, als Sittenrichter über die Menschheit gesetzt zu sein.«

»Nein.«

»Kannst du mir dein Ehrenwort darauf geben?«

Cornelia hob den Blick und sah Leo offen an. »Ja. Du mußt mir glauben, Leo. Es war niemals etwas zwischen uns.«

»Warum hat dich dann dieser Brief so beunruhigt?«

Cornelia entschlüpfte ein Seufzer. Sie versuchte ein Lächeln, aber es mißlang. »Ich habe es mir nicht so schwer vorgestellt, Leo«, sagte sie gequält.

»Wenn du mir nicht alles sagst, kann ich dir nicht helfen.«

»Ich weiß ja, Leo. Nur . . . vielleicht wirst du die ganze Sache verstehen.«

»Cornelia, ich habe dich . . . na ja, ich habe dich sehr gerne, das weißt du. Auch wenn du mir jetzt erzählen würdest, du hättest silberne Löffel gestohlen . . . oder du pflegtest nächtlicherweise Schmiere für eine Einbrecherbande zu stehen . . . ich würde wahrscheinlich den Kopf schütteln, aber ich würde dich nicht weniger gern haben. Was du auch immer getan hast, für mich bist du ein großartiges Mädchen. Also . . . nun heraus mit der Wahrheit!«

»Ich weiß gar nicht, wo ich anfangen soll!« Cornelia biß sich auf die Lippen. »Also . . . du weißt doch, daß ich vor meiner Heirat als Mannequin und Fotomodell gearbeitet habe, nicht wahr?«

»Ja. Thomas hat mal so etwas angedeutet.«

»Ich habe dann natürlich damit aufgehört. Thomas hat es von mir verlangt. Als Frau eines Richters . . .« Sie zögerte hilflos.

»Ja, ich weiß. Weiter!«

»Als ich Thomas heiratete, verstand ich überhaupt nichts von Haushaltsführung und so. Er verdiente ja damals auch noch ziemlich wenig, und Nelly war schon bald unterwegs. Ich habe es einfach nicht geschafft. Ich ... ich wollte ihm das nicht sagen, weil ich Angst hatte, er würde furchtbar böse werden. Da habe ich Schulden gemacht. Das war natürlich verkehrt. Ich war in einer furchtbaren Klemme.« Sie stockte wieder.

»Dann trafst du Axel Ellert, nicht wahr?«

»Woher weißt du das?«

»Ich weiß gar nichts. Ich versuche nur, mir die Geschichte zusammenzureimen.«

»Ja, ich traf Axel. Ganz zufällig. Ich hatte früher viel mit ihm zusammengearbeitet, weißt du. Aber es war nie was zwischen uns, nicht das geringste. Er ... er ist ein furchtbar netter Mensch, aber ich glaube, ich war nie sein Typ.«

»Schwer vorzustellen.«

»Wieso?«

»Ich kann mir schlecht vorstellen, daß du nicht der Typ irgendeines Mannes sein könntest. Aber wenn du es sagst, muß ich es dir ja glauben.«

»Bestimmt, Leo. Natürlich, wir haben ein bißchen miteinander geflirtet, das tun wir heute noch, er hat so eine Art, mit Frauen umzugehen ... ich kann dir das schwer erklären. Jedenfalls erzählte ich ihm von meinen Schulden, und er machte mir den Vorschlag, für ihn zu arbeiten. Ich hatte ja Zeit genug, und ich konnte dadurch ein bißchen Geld verdienen, verstehst du?«

»Nein. Etwa als Fotomodell? Das wäre doch nicht lange geheim geblieben.«

»Das geht nicht so leicht, wie du dir das vorstellst, Leo. Mit ein bißchen Schminke kann man ein Gesicht sehr verändern, und wenn man nachher noch retuschiert . . . jedenfalls, du siehst ja, es ist gegangen. All die Jahre hindurch. Niemand hat etwas gemerkt.«

»Willst du mir etwa sagen, daß du bis heute für diesen Axel Ellert gearbeitet hast?«

»Ja, Leo.«

»Jetzt verstehe ich wirklich nichts mehr, Cornelia. Gut und schön, du hattest anfangs Geldschwierigkeiten. Aber heute verdient Thomas doch ganz bestimmt genug, und außerdem . . .« Er sah ihr Gesicht und schwieg.

»Ich wußte, du würdest böse werden.«

»Ich bin nicht böse, Cornelia, nur . . . irgendwie scheint mir die ganze Geschichte völlig unsinnig. Warum zum Teufel hast du das getan?«

Sie zuckte mit den schönen Schultern und sah ihn an. »Vielleicht . . . weil ich leichtfertig bin?«

»Töricht bist du auf jeden Fall«, sagte er. »Sei so gut, und erkläre mir jetzt . . .«

»Wozu? Ich bin nicht gekommen, um mich von dir beschimpfen zu lassen. Ich wollte deinen Rat.«

»Und ich wünsche eine Erklärung. Sonst kann ich nicht . . .«

Sie fuhr nervös mit der schmalen Hand durch ihr zerzaustes Haar. »Ich . . . liebe Thomas. Ich liebe ihn wirklich. Ich bin sehr glücklich mit ihm. Aber . . . weißt du, es ist nicht so besonders amüsant, mit ihm verheiratet zu sein. Du wirst mir jetzt sagen, daß eine Ehe auch nicht amüsant zu sein braucht. Da hast du vollkommen recht. Bloß . . . vielleicht bin ich nicht die richtige Frau für einen Richter. Vielleicht habe ich einen großen Fehler gemacht, daß ich ihn überhaupt geheiratet habe. Ich habe mich immer bemüht, ihm eine gute Frau zu sein. Ich habe mich ganz so gegeben, wie er es haben wollte. Aber daneben brauchte ich . . . ja, wahrscheinlich brauchte ich einen Ausgleich. Die Arbeit bei Axel Ellert hat mir Spaß gemacht. Die ganze Atmosphäre, die Aufregung . . . das Durcheinander . . . und die Freude, wenn dann eine Serie wirklich gelungen war. Ich bin nicht davon losgekommen. Ich habe es auch niemals ernsthaft versucht. Wie konnte ich denn ahnen, daß Thomas es jemals erfahren würde?«

»Was hast du mit dem Geld gemacht?«

»Was schon? In den Haushalt gesteckt. Mir und Thomas und den Kindern das Leben ein bißchen angenehmer gemacht.«

»Verzeih mir, Cornelia«, sagte er und griff über den Schreibtisch nach ihrer Hand. »Ich habe mich immer für einen großzügigen Mann gehalten, aber wahrscheinlich schlummert auch in meiner Seele der Spießer. Warum solltest du nicht tun, was dir Spaß macht?«

»Ich habe nichts Unrechtes getan, Leo, ganz bestimmt nicht. Ich habe Thomas nicht mit einem einzigen Gedanken betrogen, das mußt du mir glauben.«

»Das tu ich ja, Cornelia. Aber was wird Thomas dazu sagen?«

»Soll ich ihm alles erzählen? Das ist es ja, was ich von dir wissen will. Kann ich es wagen, ihm die Wahrheit zu sagen?«

Leo Thainacher schwieg. »Nein«, sagte er dann.

»Aber . . . wie soll es weitergehen?«

»Ich kenne Thomas. Vielleicht würde er dir verzeihen, obwohl es eigentlich gar nichts zu verzeihen gibt. Aber ob er dich verstehen würde . . . ich zweifle daran.«

»Ich kann diese Lügen, dieses Mißtrauen und diese Geheimnistuerei nicht mehr ertragen, Leo. Ich bin fertig. Du hast keine Ahnung, wie er mich in den letzten Wochen beobachtet hat.«

»Ich kann es mir vorstellen. Trotzdem . . . du mußt jetzt stark bleiben. Es geht jetzt nicht nur um eure Ehe, sondern auch um die Zukunft deines Mannes. Ich kenne ihn. Er würde sich verpflichtet fühlen, zum Gerichtspräsidenten zu laufen und ihm alles zu erzählen. Und seine Zukunft? Ein Richter, dessen Frau als Fotomodell arbeitet . . .«

»Axel Ellert macht keine unanständigen Bilder, wenn du das glaubst.«

»Ganz egal. Ein solcher Richter wäre untragbar, glaube mir. Du mußt diese Sache allein durchstehen. Wenn du jetzt sofort mit deiner Tätigkeit bei Axel Ellert Schluß machst . . .«

»Das wollte ich sowieso!«

» . . . dann kannst du dem anonymen Schreiber vielleicht noch den Wind aus den Segeln nehmen. Hoffen wir's.«

»Wenn nicht?«

»Dann müssen wir gegen diesen Briefschreiber Schritte unternehmen. Wenn noch ein anonymer Brief kommen sollte, mußt du ihn mir unbedingt bringen. Das wenigste wäre, daß wir Anzeige gegen Unbekannt erstatten.«

»Leo«, sagte Cornelia, »die ganze Geschichte ist so entsetzlich Wer kann nur Interesse haben, unsere Ehe zu zerstören?«

Leo Thainacher zündete sich eine Zigarette an. »Es gibt natürlich noch eine andere Möglichkeit, Cornelia. Du könntest dich von Thomas scheiden lassen. Auf eines von beiden mußt du verzichten . . . entweder auf deine Tätigkeit als Mannequin oder auf deine Ehe. Überlege dir gut, was dir lieber ist.«

»Leo! Du weißt doch, daß ich Thomas liebe! Ich könnte es nicht ertragen, ihn zu verlieren.«

»Hoffen wir, daß alles gutgeht, Cornelia. Aber was auch immer passiert . . . auf mich kannst du zählen.«

»Das weiß ich, Leo«, sagte sie und stand auf. »Du bist ein guter Freund. Ich danke dir . . . für alles.«

Als Cornelia in den geräumigen Vorraum zu Axel Ellerts Atelier trat, saß seine Sekretärin Ada Maier wie immer hinter ihrer Schreibmaschine.

Sie sprang auf, als sie Cornelia sah. »Conny . . . du?«

»Was starrst du mich an wie ein Gespenst?«

»Dein Mann ist bei Axel.«

»Mein Mann?«

»Ja. Er ist vor ein paar Minuten gekommen.«

»Irrst du dich auch nicht? Du kennst ihn ja gar nicht, Ada ... vielleicht ...«

»Er hat mir seine Karte gegeben. Landgerichtsdirektor Thomas Ramin ... das stimmt doch, nicht wahr?«

»O, Ada! Was soll ich jetzt bloß tun?«

»Auf alle Fälle verschwinden!«

»Aber ... wohin denn?«

Ada packte Cornelia beim Arm und führte sie zu einer kleinen Tür. »In den Waschraum! Das ist die einzige Möglichkeit. Ich hole dich heraus, sobald die Luft rein ist.«

»Mein Gott, Ada, glaubst du, Axel wird ...?«

»Bestimmt nicht. Beruhige dich, Conny. Axel hat noch ganz andere Stürme überstanden. Jetzt bloß nicht die Nerven verlieren. Schließe innen ab.«

Als sie den Riegel vorgeschoben hatte, fühlte Cornelia sich in Sicherheit. Die Beine zitterten ihr, aber es gab nichts, worauf sie sich setzen konnte. Sie lehnte sich gegen die resedagrün gekachelte Wand und starrte in den Spiegel. Das großäugige, blasse Gesicht mit den tiefen Schatten, das ihr entgegenstarrte, schien ihr fremd. Sie schloß die Augen, um ihr eigenes verzweifeltes Antlitz nicht sehen zu müssen. O Gott, betete sie, bitte, bitte, hilf mir! Es ist alles meine eigene Schuld, ich weiß es, aber, bitte, hilf mir! Nur dieses eine Mal! Ich verspreche, ich will nur noch für Thomas und die Kinder auf der Welt sein! Bitte, bitte, hilf!

7

Axel Ellert hatte seinen Besuch in sein Junggesellenapartment geführt. Jede Einzelheit des großen, luxuriös eingerichteten Raumes prägte sich schmerzhaft in Thomas Ramins Hirn ein. Er sah die breite, ozelotbespannte Couch, und Übelkeit stieg in ihm hoch. Hier also war es, wo Cornelia ihn betrogen hatte, in den Armen dieses blonden, gleichmütigen Mannes, der ihm gegenüberstand.

Axel Ellert lächelte verbindlich. »Was verschafft mir die Ehre, Herr Landgerichtsdirektor?«

»Seit wann betrügen Sie mich mit meiner Frau?«

»Mit Ihrer . . . was? Ich kenne Ihre Frau ja gar nicht.«

»Lügen Sie nicht!« Thomas Ramin trat drohend auf Axel Ellert zu.

Der Fotograf wich keinen Schritt zurück. »Bitte, beruhigen Sie sich doch«, sagte er, und seine Stimme klang vollkommen gelassen, »hier muß ein Mißverständnis vorliegen . . . irgendeine verrückte Verwechslung.«

»Ich weiß, daß Sie meine Frau kennen! Es hat gar keinen Sinn, mich anzulügen.«

»Aber wenn ich Ihnen sage . . .! Wie heißt Ihre Frau überhaupt?«

»Cornelia Ramin.«

Axel Ellert schüttelte verständnislos den Kopf. »Nie gehört.«

Thomas Ramin wurde unsicher, und Axel Ellert spürte es sofort. »Woher sollte ich sie kennen?« fragte er.

»Sie hat als Fotomodell gearbeitet. Vor ihrer Ehe.«

»Fotomodell? Das wäre immerhin möglich. Aber wie hat sie sich damals genannt?«

»Cornelia von Levenzow.«

Axel Ellert schien angestrengt nachzudenken. »Der Name sagt mir gar nichts. Aber, bitte schön, ich werde

Ihnen gerne helfen, die Sache aufzuklären. Haben Sie nicht zufällig ein Bild Ihrer Frau bei sich?«

Thomas Ramin kam sich ein wenig lächerlich vor, als er seine Brieftasche herausholte und Ellert die letzte Aufnahme von Cornelia, die sie zusammen mit Tom und Nelly im vorigen Sommer auf ihrer Italienreise zeigte, reichte.

Axel Ellert betrachtete das Foto. »Irgendwo muß ich die Dame schon gesehen haben«, sagte er, »aber ich kann mich wahrhaftig nicht erinnern, wo. Jedenfalls muß es schon lange her sein!«

»Vergessen Sie Ihre Freundinnen immer so rasch?«

Axel Ellert zeigte ihm mit einem entwaffnenden Lächeln seine gesunden Zähne. »Meine Freundinnen nicht, verehrter Herr Landgerichtsdirektor, ich bin ein ausgesprochen treuer Mann. Wie kommen Sie überhaupt darauf, daß Ihre Frau Sie betrügt?«

Thomas Ramin schämte sich, von den anonymen Briefen zu sprechen. »Ich weiß es!« sagte er kurz.

»Ich widerspreche Ihnen nur ungern, verehrter Herr Landgerichtsdirektor, aber wenn Sie mich fragen ... Sie scheinen mit dieser Ansicht völlig auf dem falschen Dampfer zu sein. Jedenfalls, was mich betrifft. Wenn Sie glauben, daß Ihre Frau Sie wirklich betrügt, würde ich mich an Ihrer Stelle mal im Kreise Ihrer Bekanntschaft umsehen.«

»Können Sie mir schwören, daß Sie sie nicht kennen?«

Axel Ellert zuckte mit den Schultern. »Schwören? Das denn doch lieber nicht. Ein Eid, habe ich mir sagen lassen, ist eine harte Sache. Wenn Ihre Frau früher wirklich als Fotomodell gearbeitet hat, ist es immerhin möglich, daß ich sie kenne. Wenn Sie wollen, könnte ich ja in meiner Kartei nachschauen lassen, wie?« Ohne eine Antwort abzuwarten, drückte er auf einen Klingelknopf.

Wenige Sekunden später erschien Ada Maier. »Bitteschön, Süße« sagte Axel Ellert, »sei doch so lieb und schau in deiner wohlsortierten Kartei nach, ob du da ein Mädchen namens ... wie war doch gleich der Name, Herr Landgerichtsdirektor?«

»Cornelia von Levenzow.«

»Ja, sieh doch nach, ob du diese Dame irgendwo vermerkt findest. Es müßte allerdings, wenn ich Sie richtig verstanden habe, Herr Landgerichtsdirektor, schon ziemlich lange her sein ... etwa zehn Jahre.«

»Mich interessiert nicht, wie Sie vor zehn Jahren zu Cornelia gestanden haben, sondern wie Sie heute mit ihr stehen.«

»Schau nach, Täubchen!« sagte Axel Ellert ungerührt und nickte Ada zu.

Als sie gegangen war, zündete Axel Ellert sich eine Zigarette an. »Möchten Sie was trinken, Herr Landgerichtsdirektor?«

»Nein.«

»Schade. Ein Whisky zur rechten Zeit beruhigt die Nerven.«

»Ich bin keineswegs aufgeregt, ich will nur wissen ...«

»Ja, ja. Das sagten Sie schon. Aber ich glaube, Sie machen einen schweren Fehler. Vielleicht ist das eine Folge Ihres Berufes, Herr Landgerichtsdirektor ... man sollte von den Menschen nicht immer das Schlechteste annehmen. Vor allem nicht von den Frauen. Die sind nämlich gar nicht so. Besonders wenn sie verheiratet sind, schätzen sie den heimischen Herd höher als alle riskanten Abenteuer. Oder ... sollten Sie Ihre Frau vernachlässigt haben?«

»Werden Sie nicht unverschämt!«

»Entschuldigen Sie bitte. Sie haben recht, man soll nicht undankbar sein. Daß Sie annehmen, Ihre Frau betrügt Sie ausgerechnet mit mir, ist immerhin ein Kompliment, das ich mir hinter den Spiegel stecken sollte.«

Es wurde an der Tür geklopft, und Axel Ellert wandte sich um. »Ja?«

»Ich glaube, ich habe sie gefunden«, sagte Ada Maier fröhlich und trat ein. »Hier, sehen Sie . . . Conny. Dahinter steht in Klammern Cornelia von Levenzow.«

»Also doch!« sagte Thomas Ramin und nahm ihr die Karte aus der Hand.

Das Karteiblatt war leicht vergilbt, es waren drei Daten darin eingetragen, sie lagen weit zurück. Das ganze Karteiblatt war von einer Ecke bis zur anderen mit roter Tinte ausgestrichen, links unten in der Ecke stand, ebenfalls mit roter Tinte: Fällt aus wegen Verheiratung.

»Na, ist sie's?« fragte Axel Ellert.

»Ich glaube, ich muß mich bei Ihnen entschuldigen, Herr Ellert«, sagte Thomas Ramin.

»Nicht die Bohne! Sie haben mir Spaß gemacht. Es gibt kein größeres Vergnügen für einen Mann, als für einen Casanova gehalten zu werden. Darf ich Ihnen jetzt einen Whisky anbieten?«

Eine halbe Stunde nachdem Thomas Ramin zu Hause war, kam Cornelia. Als er die Wohnungstür in das Schloß fallen hörte, stürzte er auf den Flur.

»Wo warst du?« herrschte er sie an.

Cornelia nahm den Regenhut ab, schüttelte ihre feucht gewordenen honiggelben Locken. »Du bist schon zurück?« fragte sie erstaunt.

»Ich will wissen, wo du warst!«

»Ich dachte, du hättest den ganzen Tag auf dem Gericht zu tun . . .«

»Antworte mir!« brüllte er.

»Ich war bei Leo Thainacher«, sagte Cornelia gelassen und schlüpfte aus ihrem Regenmantel.

Thomas Ramin starrte sie an. Die Gleichmut ihres schönen Gesichtes reizte ihn so, daß er sie hätte ohrfeigen mögen.

»Bei . . . Leo?«

Sie strich sich das türkisfarbene Jerseykleid über den Hüften glatt. »Ja. Was ist daran so sonderbar?«

»Du warst noch nie allein bei Leo.«

»Heute war ich's eben.«

»Du lügst!«

Sie trat auf ihn zu. »Thomas!« sagte sie mit ihrer warmen, herzlichen Stimme. »Hast du denn jedes Vertrauen zu mir verloren?«

»Ich will die Wahrheit wissen, Cornelia! Wie kann ich dir vertrauen, wenn du mich anlügst?«

Sie zuckte mit den schönen Schultern. »Ruf Leo an, wenn du mir nicht glaubst.«

»Das werde ich auch tun«, sagte Thomas Ramin und ging mit harten Schritten in sein Arbeitszimmer.

Cornelia war den Tränen nahe. Sie wäre ihm am liebsten nachgelaufen und hätte ihm die Wahrheit gesagt, hätte ihm alles erzählt, was sie vor ihm verbergen mußte. Sie wagte es nicht. Zu deutlich war ihr noch Leo Thainachers Mahnung. Sie mußte ihre Rolle zu Ende spielen.

Müde ging sie ins Schlafzimmer und zog sich um.

Wenig später stand sie in einem ihrer einfachen fröhlichen Hauskleider am Herd und legte die in Scheiben geschnittenen Kartoffeln in die Pfanne mit brutzelndem Fett, als Thomas Ramin die Tür aufriß. Sie zwang sich, völlig gelassen zu bleiben.

»Was wolltest du bei Leo?« fragte er.

»Hat er dir das nicht erzählt?«

»Nein. Er behauptet, du hättest seine Hilfe als Anwalt benötigt.«

»Wundert dich das?«

»Hör endlich auf, mich wie einen Schuljungen zu behandeln! Ich will wissen, was hier gespielt wird!« brüllte er.

»Nicht, bevor du mir nicht gesagt hast, wieso du schon zurück bist. Du weißt, ich habe dich heute mittag nicht erwartet.«

»Du hast kein Recht . . .«

»O doch«, unterbrach sie ihn, »ich habe genau das gleiche Recht wie du. Was ist passiert?«

»Gar nichts. Mir war einfach nicht gut, ich habe mich vertreten lassen. Bist du nun zufrieden?«

»Nein«, sagte sie ruhig. »Du hast dich nicht vertreten lassen, weil dir übel war . . . du wolltest zu Axel Ellert. Warum belügst du mich?«

Er schnappte nach Luft. »Du weißt . . .«

»Ja.«

»Warum fragst du mich dann erst? Willst du mich auf die Probe stellen?«

»Ich hatte gehofft, du würdest mir die Wahrheit sagen.«

»Nun gut, da wir nun einmal soweit sind . . . was verbindet dich mit diesem Burschen?«

»Hat dir Axel Ellerts Erklärung nicht genügt?«

»Du bist vor mir dort gewesen! Wie kann ich ihm oder dir ein Wort glauben?«

»Du irrst dich, Thomas«, sagte sie kühl. »Axel Ellert hat die Wahrheit gesagt, und ich auch. Dieser Bursche, wie du ihn nennst, bedeutet in meinem Leben nicht das geringste.«

»Weshalb warst du dann bei ihm?«

»Ich habe den anonymen Brief gefunden, Thomas. Im Papierkorb. Du hast es nicht für nötig gehalten, mit mir darüber zu reden. Du hast auch bisher noch keine Anstalten gemacht, mich vor diesen böswilligen Verleumdungen zu schützen. Deshalb bin ich zu Leo Thainacher gegangen, und deshalb . . .« Sie stockte, dann sprach sie weiter. » . . . hat Leo bei Axel Ellert angerufen. Ellert schien die Sache übrigens außerordentlich komisch zu finden, aber ich kann beim besten Willen seinen Humor nicht teilen. Irgend jemand hat es darauf abgesehen, unsere Ehe zu zerstören, und er hat in dir ein sehr bereitwilliges Opfer gefunden. Wenn du mir nicht mehr glauben kannst, Thomas ... warum willst du dich dann nicht scheiden lassen?«

»Das könnte dir so passen!«

»Nein, Thomas. Das würde es nicht. Ich liebe dich nämlich, falls du das noch nicht bemerkt haben solltest. Aber ich fürchte, ich kann diese Situation nicht mehr länger ertragen.«

»Ach so, daher weht der Wind! Mein guter Freund Leo hat dir zu einer Scheidung geraten, was?«

»Leo ist uns allen ein guter Freund, Thomas. Er hat Verständnis für meine Situation.«

Thomas Ramin begann mit großen Schritten in der Küche auf und ab zu gehen. »Also, Cornelia«, sagte er, »schlag dir das aus dem Kopf. Eine Scheidung kommt überhaupt nicht in Frage. Du weißt genau ... ein Richter, der sich scheiden läßt, ist unmöglich.«

»Ist das der einzige Grund, Thomas?«

Er sah sie an. Das kurzärmelige helle Leinenkleid gab ihre glatten braunen Arme frei, ihr junges Gesicht war von der Hitze des Herdes gerötet, ihr honiggelbes Haar war zerzaust wie die Federn eines jungen Vogels. Er las die flehende Frage in ihren großen braunen Augen, der er nicht ausweichen konnte. »Nein«, sagte er, und seine Kehle war sonderbar trocken, »ich liebe dich.«

Am Nachmittag klingelte das Telefon. Richter Thomas Ramin nahm den Hörer ab. Agnes Barowsky war am Apparat. »Herr Landgerichtsdirektor«, zwitscherte sie mit ihrer hellen, ein wenig schrillen Stimme, »entschuldigen Sie bitte vielmals, daß ich Sie störe ... grade heute, wo Ihnen doch nicht gut war ...«

»Was gibt's?« fragte er kurz.

»Der Herr Landgerichtspräsident« – Agnes Barowsky sprach das Wort mit deutlicher Ehrfurcht aus – »läßt Herrn Landgerichtsdirektor bitten, gegen fünf

Uhr zu ihm zu kommen. Natürlich nur, falls Sie nicht bettlägerig sind, Herr Landgerichtsdirektor, sonst . . .«

»Ich werde kommen«, sagte Landgerichtsdirektor Thomas Ramin und legte auf.

Landgerichtspräsident Dr. Benjamin Losinger war ein schwerer Mann von etwas über sechzig Jahren, dem sein volles silberweißes Haar eine unantastbare Würde verlieh. Seine Gesichtsfarbe war gesund und rosig, und in jeder seiner Bewegungen lagen Spannkraft und Vitalität. Er war ein passionierter Jäger und pflegte allen jungen Staatsanwälten, Richtern, Referendaren und Assessoren nahezulegen, gleich ihm Erholung und Entspannung auf der Jagd zu suchen. Seine Jagdfreunde gehörten zur ersten Gesellschaft Münchens, aber niemand konnte ihm nachsagen, daß er sich durch diese Privatbeziehungen in seinem Amt je hatte im geringsten beeinflussen lassen.

Dr. Benjamin Losinger erhob sich hinter seinem großen Schreibtisch, als Richter Thomas Ramin eintrat, und streckte ihm beide Hände entgegen. »Mein lieber Landgerichtsdirektor«, sagte er herzlich, »ich bin sehr froh, Sie so wohlauf zu sehen . . .«

»Ich . . . ich möchte mich entschuldigen, Herr Landgerichtspräsident«, sagte Thomas Ramin gehemmt, »eine plötzliche Übelkeit . . . ich weiß selber nicht . . .«

»So was kann vorkommen, mein Lieber. Wie alt sind Sie eigentlich?«

»Fünfundvierzig.«

»Jung, sehr jung. Eigentlich noch kein Alter für Kreislaufstörungen, was?«

»Es ist sicher nichts Ernsthaftes, Herr Landgerichtspräsident. Ich kann mir nicht vorstellen . . .«

»Sie sollten jagen, mein Lieber, Jagd ist die einzige Erholung für einen wirklichen Mann!« Dr. Benjamin Losinger lachte dröhnend. »Weit besser als zu Hause zu sitzen und Trübsal zu blasen. Apropos, wie geht es Ihrer verehrten Gattin?«

»Danke, Herr Landgerichtspräsident, ausgezeichnet.«

»Das freut mich zu hören. Bitte, setzen Sie sich doch, mein Lieber. Zigarette?«

»Nein, danke«, sagte Thomas Ramin, weil er wußte, daß der Landgerichtspräsident selber nicht rauchte und diesen ›Gestank‹, wie er es nannte, haßte.

»Sehr vernünftig.« Der Landgerichtspräsident faltete die rosigen Hände und sah Richter Thomas Ramin an. »Sie werden sich sicher gefragt haben: Was will der Alte von mir?« Er schmunzelte, als ob er einen glänzenden Witz gemacht hätte. »Lassen Sie nur, Ramin, ich weiß schon, wie man hier im Amt von mir spricht. Also ... es handelt sich um eine ganz dumme Sache. Eigentlich wollte ich den Wisch in den Papierkorb werfen, aber dann dachte ich mir, daß ich Ihnen schuldig wäre, Sie zu informieren. Ich habe da so ein anonymes Geschreibsel bekommen!« Der Landgerichtspräsident wühlte zwischen seinen Papieren. »Da ist es ja! Hören Sie mal zu!« Er las: »Was halten Sie von einem Richter, dessen Frau ein leichtfertiges Leben führt? Sprechen Sie mit Landgerichtsdirektor Ramin!« Er schob das Papier Thomas Ramin hinüber. »Das ist alles. Was sagen Sie dazu?«

Richter Thomas Ramin biß sich auf die Lippen. »Es ist mir furchtbar peinlich, Herr Landgerichtspräsident.«

»Nein. Peinlich braucht Ihnen die Sache gar nicht zu sein. Natürlich ist kein wahres Wort an diesem Schrieb, wie?«

»Der Lebenswandel meiner Frau ist über jeden Tadel erhaben«, sagte Thomas Ramin mit Nachdruck.

»Das habe ich mir gedacht. Sie scheinen gar nicht erstaunt über dieses anonyme Geschreibsel zu sein?«

»Ich selber habe in letzter Zeit mehrere solcher Briefe bekommen, Herr Landgerichtspräsident. Ich habe es für meine Pflicht gehalten, der Sache nachzugehen, und ich kann Ihnen mit ehrlichem Gewissen versichern, daß kein Wort davon wahr ist.«

»Hatte ich auch nicht anders erwartet. Können Sie sich vorstellen, wer das geschrieben hat?«

»Nein.«

»Mir scheint, diese Person ist in unserem Amt zu suchen. Noch keinen Verdacht?«

»Nein, Herr Landgerichtspräsident« Richter Thomas Ramin zögerte. »Meine Frau hat heute morgen mit Rechtsanwalt Leo Thainacher gesprochen«, sagte er dann, »Doktor Thainacher will Anzeige gegen Unbekannt erstatten.«

»Keine schlechte Idee, mein Lieber. Das Ganze ist eine üble Geschichte ... ich hasse solche Intrigen, besonders, wenn sie in meinem Amt vorkommen. Wir müssen einen Weg finden, diesem Schreiberling den Mund zu stopfen. Ich weiß, es ist nicht angenehm für Sie, aber ich möchte Ihnen doch nahelegen, beobachten Sie die Leute, mit denen Sie zusammenarbeiten. Übrigens, da fällt mir ein ... haben Sie in letzter Zeit vielleicht jemanden wegen eines ähnlichen Deliktes verurteilt? Nein? Es hätte ein Racheakt sein können. Denken Sie darüber nach.« Landgerichtspräsident Losinger erhob sich. »Das wäre alles. Achten Sie auf Ihre Gesundheit, mein Lieber, und vergessen Sie nicht meinen Rat ... jagen, jagen und noch einmal jagen! Sie werden sehen, Sie werden sich wie ein neuer Mensch fühlen!«

Als Richter Thomas Ramin aus dem Zimmer seines Vorgesetzten trat, mußte er sich den Schweiß von der Stirn wischen. Er fühlte sich elend und erschöpft. Er hatte getan, was der Gerichtspräsident von ihm erwartet hatte – er hatte sich schützend vor seine Frau gestellt. Konnte er Cornelias Schuldlosigkeit wirklich so sicher sein?

Er war es nicht. Er hatte sich heute mittag mit Cornelia versöhnt, und sie glaubte, daß alles wieder in Ordnung wäre. Er aber konnte sein bohrendes Mißtrauen nicht loswerden.

Cornelias Erklärungen waren zu glatt, zu selbstverständlich, fast wie einstudiert. Es gab Fragen, die immer noch offenblieben. Mit wem hatte Cornelia telefoniert, als sie angeblich Lotte Thainacher angerufen hatte? Hatte sie nicht tatsächlich größere Ausgaben gemacht, als sein Gehalt es zuließ? Er mußte eine Erklärung finden für alles, was er nicht verstand. Er fühlte, er würde sonst wahnsinnig werden.

Thomas Ramin stellte keine Fragen an Cornelia, denn er fürchtete ihre geschickten Antworten. Er wollte nicht belogen werden. Er wich jedem Gespräch mit Leo Thainacher aus, da er auch ihm, seinem besten Freund, mißtraute. Steckte Thainacher mit Cornelia unter einer Dekke? War es nicht überhaupt möglich, daß er, Leo Thainacher, der unbekannte Geliebte seiner Frau war? Der Freund hatte durchaus die Möglichkeit, Cornelia finanziell zu unterstützen. Daß er sie von jeher sehr verehrt hatte, daran bestand kein Zweifel.

8

Cornelia spürte, wie ihr Mann litt, und sie hätte alles dafür gegeben, ihm helfen zu können. Er magerte ab, das Mißtrauen zehrte an ihm. Seine Wangen fielen ein, tiefe Schatten legten sich unter seine dunklen Augen. Er konnte nicht mehr lachen, nicht mehr harmlos sein, sie konnten nicht mehr wie in alten Zeiten vergnügt zusammen plaudern. Aus jedem ihrer Worte las er eine doppelte Bedeutung, jeder ihrer Bemerkungen unterlegte er einen verborgenen Sinn.

Nachts lagen sie schlaflos nebeneinander, kaum eine

Handbreit entfernt, und doch durch eine unverrückbare Wand voneinander getrennt. Cornelia litt unsagbar an der Verzweiflung ihres Mannes.

Tom und Nelly spürten, daß etwas Unheimliches, Ungeheuerliches in der Luft lag. Sie wurden still und bedrückt, versuchten manchmal, sich durch laute Ungezogenheit Luft zu machen, wurden wieder still, wenn sie das traurige Gesicht ihrer Mutter sahen. Nelly hing sehr am Vater. Immer wieder schlich sie sich in sein Arbeitszimmer, versuchte ihn mit kleinen Zärtlichkeiten aufzuheitern. Er konnte der Versuchung nicht widerstehen, das Kind über seine Mutter auszufragen. Von Nelly hoffte er zu erfahren, was Cornelia trieb, wenn er nicht zu Hause war.

Eines Abends kam Cornelia in das Arbeitszimmer ihres Mannes – das Ehepaar verbrachte jetzt nur noch selten eine Stunde gemeinsam – und sagte, ohne irgendeine Einleitung: »Thomas, ich bin am Ende.«

»Hast du mir etwas zu sagen?« fragte er ohne aufzusehen.

»Es ist schlimm genug, daß du jedem meiner Worte mißtraust ... daß du mich auf Schritt und Tritt beobachtest ... oh, glaub nur nicht, daß ich es nicht merke! Aber daß du dich jetzt noch hinter die Kinder steckst, um mir nachzuspionieren ...«

»Das ist nicht wahr!«

»Doch, Thomas. Nelly hat mir alles erzählt. Du brauchst gar nicht die Stirn zu runzeln, du hast kein Recht, auf Nelly böse zu sein. Sie ist ein Kind, sie versteht ihre Eltern nicht mehr. So weit hast du es gebracht.«

Er schwieg, und sie wartete, was er ihr zu sagen hatte. Endlich hob er den Kopf: »Möchtest du dich scheiden lassen, Cornelia?«

»Wenn du es wünschst.«

»Ja. Alles ist besser als diese Hölle.«

»Ich bin einverstanden«, sagte Cornelia, »aber erst sollst du die Wahrheit wissen ... alles! Dann entscheide dich. Ich werde mich fügen.«

Cornelia Ramin wußte selber nicht, woher sie die Kraft nahm zu ihrem Bekenntnis. Es war die Verzweiflung, die ihr die Worte über die Lippen jagte. Alles brach aus ihr heraus, was sie ihm seit Jahren verborgen hatte.

Wenn Thomas zornig geworden wäre, wenn er sie geschüttelt, sie geschlagen hätte – sie hätte es verstanden. Seine beherrschte Kälte war schlimmer als alles andere. Die Zwischenfragen, die er ihr stellte, waren von berechnender Präzision und trafen Cornelia wie vergiftete Pfeile.

»Bitte, Thomas, bitte!« schrie sie. »Du bist nicht mein Richter ... du bist mein Mann!«

Thomas Ramin verzog keine Miene. »Leider«, sagte er kalt und ging an Cornelia vorüber zur Tür.

Sie lief ihm nach. »Wo willst du hin?«

Sie packte ihn beim Arm, er schüttelte sie wortlos ab.

»Bitte, Thomas ... glaube mir doch, ich liebe dich. Ich liebe dich ... nur dich ... über alles in der Welt.«

»Du bist eine Lügnerin.«

»Thomas ... ich hab' doch nur ... ich wollte ...«

Jetzt endlich hob er die Stimme. »Schweig!« brüllte er. »Schweig!« Er nahm seinen Mantel vom Garderobenständer.

»Wohin willst du, Thomas?« fragte sie noch einmal.

Er sah sie an, und in seinen Augen stand kalte Trauer. »Ich kann deinen Anblick nicht mehr ertragen ... du Lügnerin, du!«

Als die Tür hinter Thomas Ramin ins Schloß fiel, brach Cornelia zusammen. Sie sank auf einen Stuhl, schlug die Hände vors Gesicht und weinte bitterlich. Die heißen, salzigen Tränen linderten ihre Verzweiflung. Als sie aufstand, fühlte sie sich fast erlöst.

Jetzt wußte Thomas alles, das Schlimmste war überstanden. Sie brauchte nicht länger zu lügen, nichts mehr zu verheimlichen. Sie hatte bekannt. Jetzt war es an Thomas, das Urteil zu sprechen. Würde er sie verlassen?

Der Gedanke schmerzte so sehr, daß sie unwillkürlich die Hände auf ihr Herz preßte. Nein, sie wollte ihn nicht verlieren. Sie liebte ihn, und sie brauchte ihn. Würde das, was sie getan hatte, genügen, die Scheidungsklage gegen sie einzureichen? Würde ein Gericht sie schuldig sprechen können?

Sie wußte es nicht. Sie wußte nur, daß sie Thomas nicht verlieren wollte, daß sie niemals ihre Kinder hergeben würde.

Leise öffnete sie die Tür zum Kinderzimmer. Im matten Schein, der von der Dielenlampe hereinfiel, sah sie sie in ihren Bettchen liegen, Nelly und Tom, ihre Kinder, deren kleine Gesichter im Schlaf weich und hilflos wirkten. Sanft steckte sie Toms Beinchen unter die Bettdekke, strich Nelly über das zerzauste Haar. Dann ging sie auf Zehenspitzen wieder hinaus.

Auch wenn Thomas ihr niemals verzeihen würde, sie mußte die Ehe aufrechterhalten – um der Kinder willen. Sie brauchten ihren Vater und ihre Mutter, sie durften ihr Zuhause nicht verlieren. Selbst wenn die Zukunft für sie, Cornelia, die Hölle werden sollte.

Cornelia ging in dieser Nacht nicht zu Bett. Sie setzte sich in den schweren, gradlehnigen Sessel hinter den Schreibtisch ihres Mannes, saß da, die Hände im Schoß gefaltet und dachte nach über Vergangenheit und Zukunft. In Gedanken streichelte sie jeden Gegenstand in diesem Zimmer, dachte an die Stunden der Verzweiflung, Reue und unendlicher Liebe. Sie spürte nicht, wie die Zeit verrann.

Erst als die Morgendämmerung ins Zimmer fiel, warf sie einen Blick auf die Uhr. Sie erschrak. Es war fünf Uhr vorbei, und Thomas war noch nicht zu Hause. Noch nie war er so lange ausgeblieben.

Cornelia stand auf, löschte das Licht und trat an das Fenster. Sie sah auf die Straße hinunter, die in der Morgendämmerung grau und trostlos vor ihr lag. Sie stand da und wartete auf Thomas.

Aber er kam nicht. Leer und ausgestorben sah sie die Straße vor sich, und Panik überfiel sie. Wenn er nun nicht mehr wiederkam? Wenn er aus ihrem Leben verschwunden war für immer?

Körperlich spürte sie die Qual, in die sie ihn, den Mann, den sie liebte, gestoßen hatte. Er büßte für ihre Schuld. Sie war es, die sein Leben zerstört hatte.

In einem plötzlichen Entschluß riß sie den Fensterflügel auf. Ein winziger Sprung in die Tiefe würde allem ein Ende machen. Vielleicht würde Thomas ihr verzeihen können, wenn sie tot war.

Sie wollte sich schon auf das Fensterbrett schwingen, als sie einen herzzerreißenden Schrei hörte: »Mami! Mami!«

Cornelia fuhr zusammen, wandte sich um.

»Mami!« ertönte noch einmal der Ruf aus dem Kinderzimmer. Nelly lag in ihrem Bettchen und weinte. Ihr Kopfkissen war tränennaß, ihr kleiner Körper wurde von Schluchzen geschüttelt.

»Was ist denn, Liebling!« Erschrocken und zärtlich legte Cornelia die Hand auf die Stirn ihrer kleinen Tochter. »Hast du Schmerzen? Wo tut es dir weh?«

»Ach, Mami . . . wie gut, daß du da bist!«

»Aber . . . ich bin doch immer da, Liebling!«

»Nein . . . vorhin . . . ein großer dunkler Mann . . . ganz groß . . . da durch die Tür ist er hereingekommen!«

»Aber, Herzchen, das hast du doch nur geträumt! Es war ein Traum, nichts weiter. Niemand kann dir etwas tun! Mami bleibt immer bei dir!«

Cornelia wischte Nelly die Tränen ab, drehte das Kopfkissen um, und die kleine Hand schutzsuchend in die ihrer Mutter gesteckt, schlief das Kind wieder ein.

Das Läuten der Türglocke riß Leo Thainacher aus dem Schlaf. Erst glaubte er, geträumt zu haben, aber dann wiederholte sich das Läuten – ungestüm und fordernd. Im Zimmer war es dämmrig. Er sah auf die Nachttischuhr, es war sechs Uhr morgens. Neben ihm schlief Lotte, zusammengerollt wie ein Kätzchen, Lockenwickler in den blondgefärbten Haaren. Sie murmelte etwas Unverständliches im Schlaf.

Wieder schrillte die Klingel.

Leo Thainacher sprang auf, lief zum Flurfenster, von dem aus man die Straße überblicken konnte und sah hinunter. Kein Mensch war zu sehen.

Er riß das Fenster auf, brüllte: »Hallo! Wer ist da?«

Es dauerte einige Sekunden, dann trat eine dunkle Gestalt aus der Haustür zurück. Leo Thainacher erkannte Richter Thomas Ramin.

»Ich mache auf!« rief er und zog seinen Kopf zurück.

Er betätigte den Türöffner, öffnete die Wohnungstür, ging ins Schlafzimmer, zog sich einen dunkelroten seidenen Morgenmantel an, den Lotte ihm zu seinem vorigen Geburtstag geschenkt hatte, schlüpfte in seine Pantoffeln und zog die Schlafzimmertür sachte hinter sich ins Schloß. Er war froh, daß seine Frau nicht aufgewacht war. Er wußte, daß sie sehr wenig Verständnis für einen so frühen Besuch haben würde.

Im Flur stand Thomas Ramin. Sein sonst immer sorgfältig glatt zurückgebürstetes dunkles Haar war zerzaust, seine Augen waren verschwollen, er hatte die Fäuste in die Taschen seines schief zusammengeknöpften Regenmantels gebohrt.

»Sag mal, alter Junge, was fällt dir denn ein?« sagte Leo Thainacher freundschaftlich. »Bist du ganz und gar übergeschnappt, mich bei Nacht und Nebel zu überfallen?«

»Ich will die Wahrheit wissen!« Als Thomas Ramin

den Mund öffnete, schlug dem Rechtsanwalt eine Wolke von Alkoholdunst entgegen.

»Du bist ja betrunken!« sagte er ruhig.

»Nein.« Thomas Ramins Stimme klang bitter. »Ich habe es versucht, aber es hat nichts genützt.«

»Um so besser für dich. Komm in die Küche, ich werde dir einen Kaffee kochen.«

»Ich will keinen Kaffee! Ich will die Wahrheit!«

»Na, du wirst mir doch wenigstens erlauben, daß ich mir für mich einen Kaffee braue. Ich bin's nämlich nicht gewohnt, in aller Herrgottsfrühe aus dem Bett gerissen zu werden.«

Ohne eine Antwort seines Freundes abzuwarten, schlurfte Leo Thainacher in die Küche. Er füllte den kleinen Topf mit Wasser und setzte ihn auf die Platte, schaltete den elektrischen Herd ein und öffnete den Schrank, um die Kaffeedose und Filter herauszuholen. Er war es gewohnt, sich selber sein Frühstück zu machen, wenn die Hausangestellte Ausgang hatte. Seine Frau stand selten vor zehn Uhr früh auf. »Willst du nicht ablegen?« fragte er, ohne Thomas Ramin anzublicken.

»Nein. Du weißt, was ich von dir will!«

»Keine Ahnung. Du mußt dich schon näher erklären.« Leo Thainacher beschäftigte sich mit Kaffeekanne und Filter. »Also los . . . was ist?« fragte er dann.

»Kannst du diesen Quatsch nicht lassen und mir in aller Ruhe zuhören?«

»Moment, ist gleich geschehen!« Leo Thainacher ließ sich nicht stören, maß Kaffee ab und setzte den Filter auf die kleine Kaffeekanne. Dann ließ er sich am Küchentisch nieder. Er sah Thomas Ramin an, der an den Schrank gelehnt dastand.

»Ich habe dich immer für einen Freund gehalten . . .«, begann der Richter mit schwerer Stimme.

Leo Thainacher verbeugte sich leicht. »Stimmt auffallend.«

». . . und für einen guten Rechtsanwalt!«

»Danke für die Blumen.«

»In der Sache Cornelia hast du dich wie ein Schuft und wie ein Dummkopf benommen.«

»Nur weiter!« sagte Leo Thainacher. »Sprich dich aus, wenn es dir guttut!«

»Hast du wirklich geglaubt, daß ich Cornelia dieses Märchen abnehmen würde?«

»Märchen? Was für ein Märchen?«

»Diese blödsinnige Geschichte, die du Cornelia einstudiert hast!«

»Ich erinnere mich nicht, Cornelia je irgend etwas einstudiert zu haben.«

»Sie war bei dir, das hast du doch selber zugegeben. Sie hat dir von ihrem Verhältnis zu Axel Ellert erzählt, und du hast ihr geraten, mich mit dieser blödsinnigen Geschichte für dumm zu verkaufen.«

»Lieber Freund, du irrst dich. Cornelia war bei mir. Daraus haben weder sie noch ich ein Hehl gemacht. Sie hat mir erzählt, daß sie bei dem fraglichen Axel Ellert als Fotomodell gearbeitet hat, und ich habe ihr geraten – ich mußte ihr das raten, weil ich dich kenne –, dir nichts davon zu erzählen. Genügt dir das?«

»Nein.«

»Das tut mir leid für dich!« Leo Thainacher stand auf und trat zum Herd. Das Wasser kochte.

»Ihr scheint mich für einen Trottel zu halten«, sagte Thomas Ramin verbittert.

»Jedenfalls benimmst du dich so«, gab Leo Thainacher zurück.

»Cornelia betrügt mich, und du weißt es.«

»Warum sollte sie?«

»Warum betrügen Frauen ihre Männer? Weil sie minderwertige Geschöpfe sind, die . . .«

»Nun mach aber einen Punkt, alter Junge. Cornelia

ist eine wunderbare Frau, du weißt es ganz genau. Du hast zehn Jahre glücklich und zufrieden mit ihr gelebt.«

»Ja, weil ich nicht wußte, daß sie . . .«

»Cornelia war dir in den ganzen zehn Jahren eine hingebungsvolle, aufmerksame, ja, nahezu ideale Ehefrau. Das wirst du doch zugeben müssen, nicht wahr? Wenn du schon annimmst, daß sie dich all die Jahre betrogen hat – welchen Grund sollte sie dann haben, bei dir zu bleiben?«

»Weil sie mit mir verheiratet ist.«

»Das ist kein Grund. Axel Ellert ist Junggeselle. Wenn sie ihn liebt, hätte sie sich scheiden lassen und ihn heiraten können.«

»Vielleicht wollte er das nicht.«

»Na schön. Trotzdem hätte sie es sehr viel einfacher gehabt, sich von dir zu trennen. Du weißt sehr genau, daß sie genug verdienen kann, um sich und die Kinder durchzubringen. Warum, glaubst du wohl, hat sie es nicht getan? Warum hat sie das ganze Geld, das sie von Ellert bekommen hat, in den Haushalt gesteckt? Warum? Die Antwort ist so klar, daß kein Jurist der Welt sie verdrehen könnte. Weil sie dich liebt. Nur deshalb. Und da sie dich liebt, weshalb sollte sie dich dann betrügen?«

»Ich glaube dir kein Wort«, sagte Thomas Ramin weiterhin hartnäckig.

»Weil du verbohrt bist! Weil du dich verrannt hast! Weil du ein blinder Narr bist! Jeder, der Cornelia und dich kennt, spürt sofort, wie sehr diese Frau dich liebt. Nur du siehst es nicht, weil du es nicht sehen willst.«

»Sie hat mich all die Jahre hindurch belogen, das kannst du mit deinem ganzen Gerede nicht aus der Welt schaffen.«

»Ich gebe zu, das war ein Fehler von ihr.« Leo Thainacher holte Kaffeetassen, Löffel und die Zuckerdose aus dem Schrank, nahm eine Büchse Milch aus dem Eisschrank und stellte alles auf den Tisch. »Aber welcher Mensch ist ohne Fehler? Wenn du sie liebst, mußt du ihr verzeihen. Sie ist deine Frau, Thomas, und du darfst sie jetzt nicht im Stich lassen.«

»Ich werde ihr nie mehr ein Wort glauben können.«

»Mein Gott, Thomas!« Leo Thainacher nahm den Filter von der Kanne und schenkte ein. »Was hat sie denn schon getan? Sie ist während ihrer Ehe berufstätig geblieben. Daraus kannst du ihr doch keinen Strick drehen. Hat sie etwa dich oder den Haushalt oder die Kinder deswegen vernachlässigt? Sie hat gearbeitet . . . für dich. Du hättest allen Grund, ihr dankbar zu sein.«

»Für ihre Lügen?«

»Unsinn. Wenn sie nicht grade dich geheiratet hätte – oder besser, wenn du nicht grade Richter wärst –, sie hätte arbeiten dürfen, ihr Mann hätte es gewußt, und nichts wäre dabei gewesen. Nur durch deinen Beruf ist sie in diese blödsinnige Situation hineingeraten. Kannst du dir nicht vorstellen, daß es für sie selber furchtbar war, dir all die Jahre etwas verheimlichen zu müssen? Ich wußte, du wirst sie nicht verstehen, deshalb hatte ich ihr geraten, zu schweigen. Willst du sie jetzt bestrafen, weil sie ehrlich gewesen ist?« Leo Thainacher tat sich Milch und ein Stück Zucker in den Kaffee, holte Zigaretten und ein Feuerzeug aus der Tasche seines Morgenrockes, begann zu rauchen. »Trink deinen Kaffee, bevor er kalt wird!«

Doch Thomas Ramin machte keine Anstalten, sich zu setzen. »Leo«, sagte er, und in seiner Stimme klang Verzweiflung, »was soll ich jetzt tun?«

»Dich mit Cornelia versöhnen und einen Strich unter die Vergangenheit machen.«

»Das kann ich nicht. Ich kann nicht mehr mit dieser Frau zusammenleben. Ich . . . ich könnte ihren Anblick nicht mehr ertragen.«

Leo Thainacher rührte in seiner Kaffeetasse. »Für eine Scheidung genügen die Tatsachen nicht«, sagte er,

»jedenfalls nicht, falls Cornelia nicht damit einverstanden ist. Ich kann mir nicht denken, daß sie es sein wird.«

»Und wenn sie mich doch betrogen hat?«

»Sie hat es nicht, Thomas. Schlag dir das doch endlich aus dem Kopf. Wenn du Axel Ellert vor Gericht zerrst, wird er es bestimmt beschwören.«

»Einen Meineid!«

»Thomas! Weshalb rede ich denn mit dir, wenn du immer wieder auf Dingen herumtrampelst, die völlig aus der Luft gegriffen sind! Begreif doch endlich! Cornelia hat dich nicht betrogen, sie liebt dich! Sie hat in ihrer ganzen Ehe nicht einmal an einen anderen Mann gedacht! Warum geht diese simple Tatsache nicht in deinen Schädel?«

Thomas Ramin löste sich mit einem Ruck vom Küchenschrank. »Adieu«, sagte er. Er machte ein paar Schritte zur Tür.

Leo Thainacher sah, daß er leicht schwankte. Er sprang auf. »Thomas . . . wo willst du hin?«

Thomas Ramin zuckte die Achseln. »Fort.«

»Du bist verrückt, Thomas! Verrückt und betrunken! Komm doch endlich zur Besinnung, ich bitte dich! Trink den Kaffee, er wird dir guttun! Setz dich doch!«

»Nein.«

»Dann warte wenigstens ein paar Minuten, bis ich angezogen bin. Ich bringe dich mit meinem Wagen, wohin du willst!«

»Gib dir keine Mühe!« sagte Thomas Ramin hart. »Ich habe genug! Von dir, von Cornelia . . . von euch allen!« Er stieß den Rechtsanwalt zurück. Als der ihn festhalten wollte, riß er sich los und ging zur Wohnungstür.

»Thomas, ich bitte dich!« rief Leo Thainacher. Dann begriff er, daß er den Freund nicht halten konnte.

Mit einem Knall fiel die Wohnungstür hinter Thomas Ramin ins Schloß.

Lotte kam aus dem Schlafzimmer, barfüßig und im

Nachthemd. Sie gähnte, ohne die Hand vor den Mund zu halten. »So ein Krach!« sagte sie. »Was ist eigentlich los?«

Leo Thainacher gab ihr keine Antwort. Statt dessen sagte er: »Wenn du mich jemals betrügen solltest, Lotte, bitte, sag es mir nicht. Eifersucht macht selbst die klügsten Männer zu Narren.«

Lotte gähnte wieder. »Aber wenn ich es dir nicht sagen darf, dann macht es doch gar keinen Spaß.«

»Auch wieder wahr. Hast du mich schon mal betrogen?«

»Das hätte ich dir doch erzählt.«

»Gut. Wollen wir es weiter so halten. Bitte, sei nett, Lotte, und leg mir ein frisches Hemd und Socken heraus . . . ich muß gleich fort.«

»Aber wohin denn? Es ist ja noch nachtschlafende Zeit!«

»Zu Cornelia Ramin.«

Lottes Augen wurden groß vor Staunen. »Willst du etwa behaupten, daß Cornelia . . . da kann ich ja nur lachen!«

»Du bist ein kluges Kind, Lotte!« Er tätschelte ihr zärtlich die Schulter. »Leg meine Sachen zurecht . . . ich geh mich rasieren.«

Cornelia Ramin saß mit den Kindern am Frühstückstisch, als es klingelte. Sie zuckte zusammen. Die schlaflose Nacht lag ihr schwer in den Gliedern, sie fühlte sich elend und überreizt.

»Soll ich nachschauen?« fragte Nelly und sprang auf.

»Nein, laß nur, ich gehe schon selber.«

Auf dem Weg zum Flur betete Cornelia inständig, daß Thomas zurückgekommen wäre. Aber es war Rechtsanwalt Leo Thainacher, der die Treppe heraufkam.

»Ist Thomas nach Hause gekommen?« fragte er und nahm sich nicht Zeit zu einem Gruß.

»Woher weißt du ...?« Sie starrte ihn an. Tiefe Schatten lagen unter ihren schönen braunen Augen, ihr Gesicht war von geisterhafter Blässe.

»Er war bei mir.«

»Wann?«

»Vor einer knappen Stunde.«

»Leo! Warum hast du ihn nicht festgehalten? Warum hast du ihn nicht nach Hause gebracht?«

»Ich wollte es tun, aber ...«

»Du hättest ihn nicht einfach laufen lassen dürfen!«

»Liebe Cornelia, wenn du dich an meinen Rat gehalten und geschwiegen hättest ...«

»Ich konnte nicht mehr, Leo. Du ahnst nicht, was ich durchgemacht habe. Als ich draufkam, daß er selbst die Kinder ausgefragt hat ... ich konnte einfach nicht mehr.«

»Wissen Tom und Nelly ...?«

»Nein, sie glauben, der Vater schläft noch. Bitte, sag kein Wort.«

»Natürlich nicht.«

Cornelia öffnete die Tür zur Küche. »Eßt brav, Kinder«, rief sie mit einem kleinen verzerrten Lächeln, »Onkel Leo ist gekommen. Wir haben etwas zu besprechen.« Sie führte den Freund in das Arbeitszimmer ihres Mannes.

»Du siehst elend aus, Cornelia«, sagte Leo Thainacher.

»Ich habe die ganze Nacht kein Auge zugetan. Leo ... hast du eine Ahnung, wohin Thomas gegangen ist?«

»Ich kann mir nur denken, wo er vorher gewesen ist. Er hatte getrunken.«

»Thomas?«

»Ja. Er war ziemlich fertig.«

»Glaubst du, daß er sich ... er wird sich doch nichts antun, Leo!«

»Mach dir keine unnötigen Sorgen, Cornelia. Was geschehen ist, ist grade schlimm genug.«

»Hat er . . .«, Cornelia schluckte, ». . . hat er etwas über mich gesagt?«

»Er bildet sich ein, du hättest ihm nicht die Wahrheit gesagt. Er glaubt, ich hätte dir diese Geschichte mit deiner Arbeit als Fotomodell eingeflößt.«

»Leo! Wie kann er nur?«

»Bitte, reg dich nicht auf. Du hast mich gefragt, und ich habe dir geantwortet. Es hat doch keinen Zweck, wenn wir uns etwas vormachen.«

Cornelia biß sich auf die volle Unterlippe. »Was sollen wir jetzt bloß tun, Leo?«

»Gar nichts. Warten. Einmal muß er ja wieder nach Haus kommen.«

»Nein, Leo, er muß nicht.«

»Bildest du dir etwa ein, er würde so, wie er ist, ohne Schlafanzug und ohne Zahnbürste auf und davon gehen?«

»Er ist so verzweifelt, Leo. In der Verzweiflung ist der Mensch zu allerhand fähig.«

»Nun ja, du kannst recht haben, aber schließlich hat er ja auch noch seinen Beruf. Er muß zum Gericht gehen, oder er muß sich dort wenigstens abmelden.«

»Meinst du, ich soll anrufen?«

»Noch zu früh, Cornelia. Außerdem . . . laß mich das lieber machen. Du bist zu aufgeregt. Es wäre ganz falsch, wenn es sich in der Maxburg herumsprechen würde, daß etwas bei euch zu Hause nicht stimmt.«

»Du hast recht«, sagte Cornelia mit zitternder Stimme.

»Vielleicht ist es ganz gut, daß Thomas sich gestern schon krank gemeldet hat.«

»Für was soll das gut sein, Leo?«

»Na ja, daß er keine unnötigen Schwierigkeiten bekommt, wenn ... wenn nachher wieder alles in Ordnung ist.«

»Glaubst du wirklich noch, daß alles wieder gut werden kann?«

»Du darfst nicht vergessen, deine Eröffnung war für ihn ein Schock. Er hat getrunken. Wenn er wieder nüchtern geworden ist, wird er die ganze Sache mit anderen Augen ansehen.«

»Du bist ein guter Freund, Leo!« sagte Cornelia und lächelte unter Tränen.

9

Als Rechtsanwalt Leo Thainacher wenige Stunden später nach kurzem Klopfen die Tür zum Amtszimmer Richter Ramins aufdrückte, war er fast überzeugt, daß alle Aufregung übertrieben gewesen war und der Freund wohlbehalten hinter seinem Schreibtisch sitzen würde.

Er hatte sich geirrt. Nur Fräulein Agnes Barowsky war im Raum. Sie hielt eine kleine Gießkanne in der Hand, mit der sie eben ein Alpenveilchen begossen hatte, und war gerade dabei, ein welkes Blatt abzuzwicken.

»Oh, Herr Rechtsanwalt«, sagte sie, und ihr spitzes kleines Gesicht errötete, als wenn er sie bei einem Vergehen ertappt hätte.

»Gott zum Gruß, Gnädigste ... können Sie mir verraten, wo unser verehrter Freund Ramin steckt?«

»Wissen Sie denn das nicht?« Agnes Barowsky fuhr sich mit einer unsicheren Geste in ihr mausgraues, unordentliches Haar. »Der Herr Landgerichtsdirektor ist krank ...«

»Ach was? Seit wann denn?«

»Gestern hat er sich schon nicht wohl gefühlt. Denken

Sie sich, er hat sich vertreten lassen müssen, und heute ist er noch gar nicht gekommen.«

»Dann wird er wohl zu Hause sein. Na, hoffentlich ist es nichts Schlimmes.« Leo Thainacher wollte sich wieder zurückziehen.

»Her Doktor!« rief Agnes Barowsky ihm nach. »Bitte . . .«

»Ja?«

»Wenn Sie ihn vielleicht besuchen sollten . . . würden Sie ihm sagen, daß ich . . . daß wir ihm von ganzem Herzen gute Besserung wünschen?«

»Wird ausgerichtet, meine Gnädigste!« sagte Leo Thainacher und zwang sich zu einem jovialen Lächeln, das sofort aus seinem Gesicht verschwand, als er die Tür hinter sich ins Schloß gezogen hatte.

Thomas Ramin war also auch nicht in seinem Amt. Er mußte Cornelia anrufen. Vielleicht war er inzwischen nach Hause gekommen.

Aber Leo Thainacher glaubte es nicht mehr.

In dem düsteren Flur der Anwaltskanzlei »Thainacher und Thainacher« warteten wie jeden Tag die Klienten, als der Rechtsanwalt eintrat. Er ging grüßend an ihnen vorbei und sofort in sein Büro.

Noch in Hut und Mantel, nahm er den Telefonhörer auf und rief Cornelia Ramin an. Sie war sofort am Apparat.

»Bitte, Cornelia, reg dich nicht auf«, sagte er, »Thomas war leider auch nicht in seinem Amt . . . aber das hat noch gar nichts zu sagen . . . wahrscheinlich hat er sich irgendwo festgesoffen, oder womöglich hat er sich auch schlafen gelegt. Habt ihr irgendwelche Bekannte, zu denen er eventuell gegangen sein könnte? Nein? Dann müssen wir es anders versuchen. Bitte, sag mir doch mal auf alle Fälle, was er gestern abend anhatte. Überleg es dir gut, laß dir Zeit . . . ja, danke!« Leo Thainacher machte sich Notizen auf der Rückseite eines Kalenderblattes. »Ich denke, das genügt . . . glaubst du, daß er einen Ausweis bei sich hatte? Um so besser. Also, bitte, mach dir keine unnötigen Sorgen . . . Kopf hoch! Ich werde weitersuchen. Nein, ruf niemanden an. Wir müssen jedes Aufsehen vermeiden. Du kannst sicher sein, ich tue, was in meinen Kräften steht . . . natürlich laß ich wieder von mir hören.« Rechtsanwalt Leo Thainacher legte den Hörer auf und drückte auf die Schreibtischklingel.

Kurz darauf trat seine Sekretärin Sylvia Schmidthuber ein, strahlend jung und wie aus dem Ei gepellt. »Guten Morgen, Herr Doktor«, grüßte sie fröhlich.

»Morgen, Sylvia!« Jetzt erst kam Leo Thainacher dazu, seinen Hut abzunehmen. »Sagen Sie mal, Sie sind doch ein gescheites Mädchen, wie?«

»Einigermaßen«, sagte Sylvia und half ihm aus dem Mantel.

»Ich muß Sie bitten, eine sehr diskrete und diffizile Angelegenheit für mich zu erledigen. Sylvia . . . ich hoffe, ich kann mich auf Sie verlassen.«

»Unbedingt, Herr Doktor!« Sylvias blanke Augen waren voll Interesse.

Leo Thainacher zündete sich mit nervösen Fingern eine Zigarette an. »Es ist da etwas sehr Unangenehmes passiert, Sylvia . . .« Er zögerte, dann sagte er entschlossen: »Landgerichtsdirektor Thomas Ramin ist verschwunden, das heißt, verschwunden ist vielleicht etwas übertrieben. Er war noch heute morgen bei mir in meiner Wohnung, aber nachher ist er nicht nach Hause gekommen. Er war die ganze Nacht hindurch nicht zu Hause. Seine Frau macht sich begreiflicherweise Sorgen um ihn.«

»Ich verstehe«, sagte Sylvia.

»Um so besser. Er war heute früh nicht ganz nüchtern, und es ist durchaus möglich, daß ihm etwas zugestoßen sein könnte. Auf alle Fälle müssen wir uns bemühen, ihn zu finden.«

»Aber wie?«

»Das ist Ihre Aufgabe, Sylvia.«

Sylvia Schmidthuber konnte sich eine private Bemerkung nicht verkneifen. »Die arme Frau Ramin«, sagte sie. »Was ist denn bloß passiert?«

»Ihnen das zu erklären, dürfte zu weit führen, Sylvia. Seien Sie ein braves Kind, und bezähmen Sie Ihre Neugier. Vor allem, vergessen Sie nicht ... ich habe Ihnen diese Angelegenheit in tiefstem Vertrauen mitgeteilt. Sie dürfen zu keiner Ihrer Kolleginnen, zu keinem Menschen, auch nicht zu Hause und schon gar nicht Referendar Peilhammer etwas davon verlauten lassen!«

»Natürlich nicht. Was denken Sie denn von mir?«

»Sie sind ein Weib, Sylvia ... zeig mir das Weib, auf das man sich verlassen kann!«

Sylvia tippte sich mit dem schlanken Zeigefinger auf die Brust. »Hier steht es, Herr Doktor!«

»Wollen wir's hoffen. Also, passen Sie auf. Sie gehen jetzt in Referendar Peilhammers Büro und schicken den jungen Mann zu mir. Aus seinem Zimmer – nicht etwa aus dem Vorzimmer, Sylvia – rufen Sie nacheinander sämtliche Unfallstationen und Kliniken Münchens an, haben Sie mich verstanden?«

Sylvia nickte.

»Sagen Sie, daß Sie in meinem Auftrag nachfragen. Wir fürchten, einem Klienten von uns könnte etwas zugestoßen sein.« Rechtsanwalt Thainacher riß das Notizblatt mit Cornelias Angaben vom Kalender. »Hier haben Sie die genaue Beschreibung seiner Kleidung. Ansonsten kennen Sie ja den Landgerichtsdirektor. Beschreiben Sie ihn, aber nennen Sie nur dann seinen Namen, wenn es sich nicht vermeiden läßt, das heißt, wenn es so aussieht, als wenn ein Mann, auf den unsere Beschreibung paßt, eingeliefert worden wäre. Ist das klar? Wir müssen jedes Aufsehen vermeiden, schreiben Sie sich das hinter die Ohren. Sollten Sie mit den Krankenhäusern durch sein, ohne etwas erreicht zu haben, müssen wir uns die Hotels und Pensionen vornehmen . . .«

»Wissen Sie, wie viele es in München gibt?« fragte Sylvia Schmidthuber leicht erschrocken.

»Nein. Bitte, behalten Sie's weiter für sich. Ich weiß, die Sache ist ziemlich aussichtslos, aber wir müssen es probieren. Sie können die großen Luxushotels außer acht lassen, ich glaube kaum, daß wir Freund Ramin dort finden würden. Nehmen Sie sich als erstes die kleineren und mittleren Hotels und Pensionen in der Innenstadt vor, erst dann versuchen Sie es in den Außenbezirken . . . zuerst in seinem Wohnviertel Bogenhausen, dann vielleicht Schwabing . . . ich denke, Sie werden das schon richtig machen.«

»Was soll ich sagen?«

»Ja, richtig. Bei den Hotels müssen Sie eine andere Masche benützen. Tun Sie so, als wenn Thomas Ramin ein Geschäftsfreund von uns wäre, den wir heute in München erwarten würden. Gehen Sie davon aus, wir hätten den Namen des Hotels, in dem er absteigen wollte, vergessen. Fragen Sie immer nur nach Herrn Ramin, niemals dürfen Sie erwähnen, daß er Richter ist, ja?«

»Ist das alles, Herr Doktor?«

»Ich denke, damit werden Sie einige Stunden beschäftigt sein, Sylvia. Hoffentlich bringen Sie etwas heraus.«

»Ich denke schon«, sagte sie optimistisch, »ein ausgewachsener Mann kann doch nicht einfach spurlos verschwinden!« Sie wandte sich, Hut und Mantel von Leo Thainacher über dem Arm, zur Tür. Plötzlich drehte sie sich noch einmal um. »Oder . . . könnte er nicht vielleicht eine Geliebte haben?«

»Sylvia, Sylvia!« sagte Leo Thainacher kopfschüttelnd. »Und Sie habe ich immer für eine Menschenkennerin gehalten!«

»Den Männern ist alles zuzutrauen!« sagte Sylvia und verließ eilig das Arbeitszimmer, froh, das letzte Wort gehabt zu haben.

Cornelia Ramin war grade dabei, das Mittagessen aufzutragen – wenn sie mit den Kindern allein war, pflegten sie in der Küche zu essen –, als es klingelte. Nelly lief zur Wohnungstür und öffnete. Wenig später steckte sie ihren Kopf wieder in die Küche und rief: »Onkel Leo ist da!«

Cornelia wischte sich rasch die Hände an ihrer blauen Leinenschürze ab und trat auf den Flur.

Leo Thainacher las die Angst in ihren Augen. »Nichts Schlimmes, Cornelia«, sagte er sofort. Er bugsierte Nelly mit einem freundlichen Klaps in die Küche und schloß die Tür. »Wir haben ihn gefunden«, sagte er.

»Wo?«

»Kannst du die Kinder allein lassen?«

»Ja, natürlich, aber . . .«

»Bitte, zieh dich sofort an, ich bringe dich hin. Alles andere erzähle ich dir unterwegs!«

»Leo! Er ist doch nicht . . . ist er tot?«

»Nein, Cornelia. Es ist alles in Ordnung. Sag den Kindern Bescheid und komm!«

»Aber warum hast du ihn dann nicht gleich mitgebracht?«

»Bitte, Cornelia. Ich denke, du legst Wert darauf, ihn so bald wie möglich zu sehen, nicht wahr? Dann stell jetzt keine Fragen, sondern beeil dich. Im Auto werde ich dir alles erzählen.«

Als Cornelia knappe vier Minuten später auf die Straße trat – sie hatte sich nicht die Zeit genommen, sich umzuziehen, sondern war in ihren grauen Persianermantel geschlüpft und hatte ein buntes Seidentuch um den Kopf geschlungen –, stand Rechtsanwalt Leo Thainacher neben seinem Auto und rauchte. Er trat seine Zigarette sofort aus, öffnete den Wagenschlag und half Cornelia hinein.

Dann setzte er sich selber ans Steuer. »Also, auf geht's!« sagte er, als er die Handbremse löste.

»Bitte, Leo!« Sie sah ihn flehend an. »Verheimliche mir nichts! Ich muß es wissen, alles! Wo ist Thomas?«

»Gar nicht weit von hier. Im Krankenhaus rechts der Isar.«

»Also hat er doch versucht . . . o, Leo, das ist entsetzlich!«

»Nichts hat er versucht, Cornelia. Es war ein Unfall. Ein simpler Verkehrsunfall, wie er alle Tage passiert. Thomas ist von einem Auto angefahren worden. Der Fahrer war betrunken. Wahrscheinlich hat er selber nicht sehr gut achtgegeben, aber die Schuld liegt einwandfrei auf seiten des Fahrers, der seinen Wagen anscheinend nicht in der Gewalt hatte.«

»Und Thomas? Was ist ihm passiert?«

»Er hat Glück gehabt. Eine Gehirnerschütterung, der rechte Arm gebrochen. Der Doktor sagte, daß mit inneren Verletzungen kaum zu rechnen wäre.«

»Warst du schon bei ihm?«

»Natürlich nicht. Ich bin sofort zu dir gefahren.«

»Wie hast du denn das alles herausgebracht?«

»Nicht ich. Sylvia. Du kennst doch meine Sekretärin, nicht wahr?«

»Die Hübsche?«

»Ja. Sie ist nicht nur hübsch, sondern entwickelt auch, wenn's drauf ankommt, sehr viel Charme am Telefon. Du mußt dich bei ihr bedanken, Cornelia.«

»Mein Gott, Leo . . .« Cornelia ließ sich aufseufzend zurückfallen. »Ist es auch wirklich wahr?«

»Was?«

»Daß nichts Ernstliches passiert ist.«

»Meine liebe Cornelia, ich kann dir nur das wiedergeben, was ich durch Sylvia erfahren habe. In fünf Minuten wirst du genau Bescheid wissen.«

Richter Thomas Ramin lag mit geschlossenen Augen in dem weißlackierten Eisenbett. Sein rechter Arm war eingegipst und in einer weißen Schlaufe an einem Gestell über dem Bett aufgehängt: Seine Augen lagen tief in den Höhlen, seine Gesichtsfarbe wirkte gelblich und ungesund. Cornelia blieb unwillkürlich zwei Schritte vor dem Bett stehen. »Ist er . . . bewußtlos?« flüsterte sie.

»Nein«, gab die rundliche Schwester, die sie hereingeführt hatte, ebenso leise zurück »er schläft. Bitte, wecken Sie ihn nicht! Er braucht jetzt viel Ruhe.«

»Natürlich!« sagte Cornelia und mußte sich zwingen, ihre Stimme in der Gewalt zu halten. »Ich werde warten!«

Die Schwester zog sich lautlos zurück.

»Beruhigt?« fragte Leo Thainacher und legte seinen Arm um ihre Schultern.

»Ja«, sagte sie, aber in ihren Augen stand Angst.

Leo Thainacher spürte, wie sie zitterte. »Kopf hoch«, tröstete er. »Das Schlimmste hätten wir überstanden.«

Cornelia hob sich auf die Zehenspitzen und küßte ihn auf die Wange. »Ich danke dir, Leo . . . für alles!«

Der Wunsch, sie in die Arme zu reißen, überkam Thainacher so mächtig, daß es ihn schmerzte. »Ich fürchte«, sagte er mit einem verzerrten Lächeln, »ich bin für die Rolle des Weihnachtsmannes nicht so geeignet, wie ich dachte . . .«

»Ach, Leo«, sagte sie nur und sah an ihm vorbei auf das bleiche, erschöpfte Gesicht ihres Mannes.

Dr. Leo Thainacher wandte sich um und ging. Er spürte, daß sie ihn jetzt nicht mehr brauchte.

Im Krankenzimmer war es sehr warm. Cornelia schlüpfte aus ihrem Pelzmantel und hing ihn auf den Haken an der Tür. Sie hätte gern ein Fenster geöffnet, aber sie wagte es nicht. Sie ließ sich auf dem Holzstuhl neben dem Bett nieder und wartete. Ihre Hände krampften sich ineinander, ihr Herz schlug in heftigen, unregelmäßigen Stößen. Thomas lebte, und sie durfte bei ihm sein. Aber war er wirklich zu ihr zurückgekehrt? Würde er ihr je verzeihen können? Sie sehnte den Augenblick seines Erwachens herbei, und gleichzeitig krampfte sich ihr Herz zusammen vor Angst.

Jetzt wußte er alles von ihr – fast alles. Würde er darüber hinwegkommen können?

Unendlich langsam verstrich die Zeit.

Cornelias Spannung ließ allmählich nach. Lähmende Müdigkeit überfiel sie. Stunde um Stunde verging. Die schlaflose Nacht machte sich bemerkbar. Ihr Körper forderte sein Recht.

Sie wußte nicht, daß sie eingedämmert war, sie vernahm seine Stimme wie im Traum. »Cornelia!« sagte er, und noch einmal: »Cornelia!«

Sie riß die Augen auf, sah sein Gesicht, das kleine, zärtliche Lächeln um seine Lippen, las die Liebe in seinem Blick. Sie wußte, daß alles wieder gut war. Aber sie war nicht fähig, ein einziges Wort hervorzubringen.

Er tastete nach ihrer Hand.

Mit einem Aufschluchzen sank sie neben seinem Bett in die Knie, barg ihren Kopf mit den zerzausten honiggelben Locken an seine Brust. »Thomas«, stammelte sie, »oh ... Thomas!« Ihre Tränen strömten und durchnäßten den Stoff des Nachthemdes, das er trug.

Er strich ihr mit der Hand durch die Locken, über die tränennasse Wange, wieder und immer wieder, bis ihr Schluchzen endlich leiser wurde. »Mein Liebling«, sagte er, »mein armer Liebling ... kannst du mir verzeihen?«

Sie hob den Kopf und sah ihn an. Ganz nahe war sein geliebtes Gesicht vor ihren Augen. »Ich ... dir?«

»Ich habe dir soviel Sorgen gemacht.«

»Ich bin an allem schuld, Thomas.«

»Nein, Liebling ... ich. Ich hätte dir vertrauen müssen.«

»Mein Gott ... du kannst mir wirklich verzeihen, daß ich dich all die Jahre belogen habe?«

»Es gibt nichts, was ich dir nicht verzeihen würde, Cornelia – weil ich dich liebe.«

Sie schluchzte trocken auf. »O, Thomas, warum bin ich bloß so schlecht? Ich hätte dich niemals heiraten dürfen, ich bin nicht wert, deine Frau zu sein!«

»Wie kannst du denn so etwas sagen, Liebling? Du bist die beste ... du bist die wirklich allerbeste Frau auf der Welt. Mit niemandem hätte ich so glücklich sein können wie mit dir ... mit niemandem! Glaub mir doch.«

Sie strich mit dem Handrücken über ihre Wange, suchte in ihrer blauen Leinenschürze nach einem Taschentuch, putzte sich energisch die Nase. »Nein, ich tauge wirklich nichts«, sagte sie mit Nachdruck. »Nicht mal wach habe ich bleiben können. Dabei habe ich so darauf gewartet, daß du die Augen aufschlägst.«

Er lächelte. »Du hast geschlafen wie ein Engel.«

»Ich ... die ganze Nacht ... es war entsetzlich.«

»Denken wir nicht mehr daran, Cornelia. Wir wollen alles vergessen, ja? Nichts ist wichtig außer unserer Liebe.«

»Ach, Thomas ... nie, nie, nie mehr werde ich dich belügen!«

Es stellte sich heraus, daß die Gehirnerschütterung Thomas Ramins nicht so schwer war, wie man anfangs befürchtet hatte. Trotzdem mußte er vierzehn Tage im Krankenhaus bleiben, weil die Ärzte sicher sein wollten, daß sich keine Komplikationen einstellten.

Cornelia besuchte ihn jeden Tag, manchmal mit den Kindern. Sie brachte ihm Blumen mit, Obstsaft, Eingemachtes. Oft blieb sie Stunden bei ihm, sie plauderten miteinander wie in alten Zeiten. Nur über das, was sie beide bedrückte, sprachen sie nicht. Cornelia war so froh, daß er ihr verziehen hatte. Sie wagte es nicht, das Thema von sich aus anzuschneiden, und auch er berührte es nicht.

Cornelia war glücklich. Trotzdem quälte sie die Frage, wie es weitergehen sollte. Würde ihr Mann jetzt, nachdem er alles wußte, dem Gerichtspräsidenten die Wahrheit sagen müssen? Wie würde es Losinger aufnehmen? Was würde das Bekenntnis ihres Mannes für Folgen für seine Karriere haben? Würde der Schreiber der anonymen Briefe endlich aufgeben, oder war er dabei, jetzt, wo alles wieder gut zu werden schien, zu einem neuen Schlag auszuholen?

Eines Tages hatte Cornelia sich gerade angezogen, um zum Krankenhaus hinauszufahren, als es an der Wohnungstür klingelte.

Agnes Barowsky stand draußen. Die beiden Frauen kannten sich flüchtig. Cornelia bat die Gerichtssekretärin freundlich, einzutreten.

Agnes Barowsky wollte nicht ablegen. »Nein«, wehrte sie ab, »ich komme nur auf einen ganz, ganz kleinen Sprung, gnädige Frau. Nein, danke, ich möchte wirklich nicht . . .« Cornelia führte den unerwarteten Besuch ins Wohnzimmer. Agnes Barowskys große dunkle Augen glänzten vor Neugier, ihre Blicke glitten hierhin und dahin. Cornelia war sicher, daß ihr keine Einzelheit des schön eingerichteten Raumes entging.

»Wie himmlisch Sie's hier haben, gnädige Frau«, sagte Agnes Barowsky mit ihrer hellen, nervösen Stimme. »Wirklich . . . beneidenswert!«

»Bitte, setzen Sie sich doch!«

»Ich weiß nicht recht . . .« Agnes Barowsky nestelte an ihrem lächerlichen Hütchen, das hoch auf ihrem unordentlichen mausgrauen Haar thronte. »Ich bin eigentlich gekommen ... sozusagen im Auftrag, gnädige Frau!«

Cornelia erschrak, aber sie ließ es sich nicht anmerken. Sie lächelte freundlich. »Trotzdem glaube ich, Ihr Auftrag wird es Ihnen doch kaum verbieten, sich zu setzen, nicht wahr?«

Agnes Barowsky nahm umständlich in einem der bequemen Sessel Platz, zog die dünnen Beine eng an sich. »Sie müssen wissen, Ihr Gatte hat nämlich ... wie geht es dem Herrn Landgerichtsdirektor?«

»Danke. Ausgezeichnet. Ich denke, daß er in den nächsten Tagen nach Hause kommen wird.«

»Wunderbar! Das ist eine herrliche Nachricht. Wir haben uns ja alle solche Sorgen um ihn gemacht.«

Cornelia zwang sich, weiter zu lächeln. »Die ganze Sache war halb so schlimm«, sagte sie und schob Agnes Barowsky die Teakholzdose mit den Zigaretten hin. Als die Gerichtssekretärin ablehnte, zündete sie sich selber eine an.

»Eine so merkwürdige Sache«, sagte Agnes Barowsky. »Niemand von uns konnte sich das erklären. Wo der Herr Landgerichtsdirektor doch sonst nie trinkt!«

Cornelia beugte sich vor. »Was wollen Sie eigentlich damit sagen?!«

»Nun, liebe gnädige Frau, bitte, seien Sie mir nicht böse ... aber natürlich wissen wir alle ...« Agnes Barowsky stockte.

»Was wissen Sie?«

»Nun, es ist ja durchaus möglich ... vielleicht sind wir alle ganz falsch orientiert.«

»Das scheint mir auch so«, sagte Cornelia mit Nachdruck. »Wenn Sie glauben, daß mein Mann betrunken war, irren Sie sich. Die Schuld an dem Unfall lag bei dem Kraftwagenfahrer, das ist einwandfrei festgestellt worden.«

»Sehen Sie, so kommen die seltsamsten Gerüchte auf!« sagte Agnes Barowsky. »Im Amt hieß es allgemein, daß der Herr Landgerichtsdirektor ... aber wenn Sie mir jetzt sagen, daß es nicht stimmt ...« Agnes Barowsky ließ ihren Satz zerflattern. »Wahrscheinlich«, sagte sie mit einem entschuldigenden Lächeln, »kommt das ganze Mißverständnis nur daher, daß die Zeit des Unfalls ein wenig merkwürdig war, wie? Man fragt sich unwillkürlich, was hatte der Herr Landgerichtsdirektor kurz nach sechs Uhr früh auf der Straße zu tun?«

»Er hat einen kleinen Spaziergang gemacht. Ich weiß nicht, was Sie daran so merkwürdig finden, Fräulein Barowsky. Er liebt die Frische der Morgenstunden. Wahrscheinlich war er in Gedanken mit seiner Arbeit beschäftigt. Außerdem konnte er ja nicht damit rechnen, daß der Fahrer die Gewalt über seinen Wagen verlieren würde. Es war ein simpler Verkehrsunfall, wie sie heutzutage täglich vorkommen.«

»Ich glaube, Sie verstehen mich ganz falsch«, sagte Agnes Barowsky. »Natürlich weiß ich ... jeder im Amt weiß es, daß der Herr Landgerichtsdirektor kein Trinker ist. Aber wir hatten in der letzten Zeit den Eindruck – bitte seien Sie mir nicht böse –, als wenn er sehr bedrückt wäre. Wir schlossen ... nun ja, man macht sich eben so seine Gedanken ... familiäre Sorgen. Deshalb ... na ja, Sie kennen ja das Sprichwort: Wer Sorgen hat, hat auch Likör, nicht wahr?« Agnes Barowsky kicherte.

»Es ist reizend von Ihnen, liebes Fräulein Barowsky«, sagte Cornelia ruhig, »daß Sie mir Ihre Gedanken so offen mitgeteilt haben. Dadurch haben Sie mir doch die Möglichkeit gegeben, Ihnen den wahren Sachverhalt klarzumachen. Ist das alles, was Sie wissen wollten?«

»Aber nicht doch! Sie glauben doch nicht etwa, daß ich gekommen bin, um ... um zu spionieren?«

Cornelia schwieg und betrachtete Agnes Barowsky

nachdenklich durch den Rauch ihrer Zigarette. Die Gerichtssekretärin wurde plötzlich ohne jeden äußeren Anlaß sehr rot.

»Es handelt sich um etwas ganz anderes«, sagte sie hastig.

»Der Herr Landgerichtsdirektor hat seinerzeit Akten mit nach Hause genommen ... nein, daran ist nichts Strafbares, gnädige Frau, das ist durchaus üblich. Aber da es sich um Fälle handelt, die bald zur Verhandlung kommen, und wohl niemand genau weiß, wann der Landgerichtsdirektor wieder in seinem Amt sein wird, möchte ich mir erlauben, diese Akten ins Gericht zurückzubringen.«

»Sind Sie beauftragt?«

»Nun, nicht direkt – aber es ist doch ganz selbstverständlich, daß ...«

Cornelia lächelte charmant. »Sie mögen recht haben, liebes Fräulein Barowsky, ich zweifle gewiß nicht an Ihren Worten, aber ich verstehe von den ganzen Dingen so wenig ... und außerdem könnte ich Ihnen die Akten beim besten Willen nicht geben, denn mein Mann verwahrt sie immer im Safe, zu dem ich keinen Schlüssel habe.«

»Der Herr Landgerichtsdirektor ist sehr korrekt«, sagte Agnes Barowsky.

»Sicher. Aber wenn Sie wünschen, werde ich gern mit meinem Mann sprechen und mir den Schlüssel geben lassen.«

»Das wäre reizend von Ihnen, gnädige Frau.«

»Würden Sie so gut sein und mir aufschreiben, um was für Akten es sich handelt?«

»Warum?«

»Nur so. Ich habe ein sehr schlechtes Gedächtnis für solche Dinge, und wenn Sie mir auch zehnmal erklären, welche Akten Sie suchen, würde ich es nicht behalten. Wenn ich meinem Mann aber Ihre schriftliche Mitteilung vorlegen kann ...«

»Aber, gnädige Frau, so wichtig ist die ganze Sache nun auch wieder nicht.«

»Nicht? Dann begreife ich nicht . . .«

Fräulein Barowsky sah auf ihre Armbanduhr. »Oh!« rief sie aus. »Ich glaube, ich habe mich verplaudert. Bitte, seien Sie mir nicht böse, daß ich Sie gestört habe!«

»Aber durchaus nicht, Fräulein Barowsky. Es war mir ein Vergnügen, mit einer so treuen Mitarbeiterin meines Mannes zu sprechen. Aber, bitte, bevor Sie gehen, schreiben Sie mir doch auf, um was für Akten es sich handelt.«

»Nein, ich möchte doch lieber nicht . . .«

»Warum denn nicht?«

»Ich fürchte, der Herr Landgerichtsdirektor könnte es falsch auffassen!« sagte Agnes Barowsky sehr verlegen.

»Aber bestimmt nicht, Fräulein Barowsky.« Cornelia stand auf und holte aus dem Fach eines kleinen modernen Einbauschrankes, den sie selber als Sekretär benutzte, einen Briefblock und ihren Füllfederhalter. »Bitte, nur ein paar Zeilen!«

Agnes Barowsky sah Cornelia nachdenklich an, dann lächelte sie spitzbübisch und schrieb:

Sehr verehrter Herr Landgerichtsdirektor,

zu meiner Freude erfuhr ich von Ihrer Gattin, daß Sie sich auf dem Weg der Besserung befinden. Wir hoffen alle, daß Sie recht bald wieder im Amt erscheinen werden. Sollte etwas dazwischenkommen, werden Sie doch daran denken, die Akten, die Sie mit nach Hause genommen haben, rechtzeitig zurückzubringen. Es wünscht Ihnen von Herzen alles Gute Ihre Agnes Barowsky.

Sie gab Cornelia den Briefbogen.

»Darüber wird mein Mann sich aber sehr freuen«, sagte Cornelia zweideutig.

Cornelia Ramin hatte sehr wohl gewußt, wo ihr Mann seine Akten aufbewahrte – nämlich in der linken Schublade seines Schreibtisches. Sie war sich selber nicht im klaren darüber, warum sie sich geweigert hatte, sie Agnes Barowsky mitzugeben.

Als sie die Gerichtssekretärin gebeten hatte, ein paar Zeilen für ihren Mann zu schreiben, hatte sich im Hintergrund ihres Hirns ein Gedanke geformt, ein noch unbestimmter Verdacht, der sich jetzt, als sie Agnes Barowskys Zeilen vor Augen hatte, bestätigte. Ihr schien es, als wenn die Schrift eine gewisse Ähnlichkeit mit den Druckbuchstaben der anonymen Briefe hätte. Es waren die gleichen hohen, schmalen, etwas flüchtigen Schriftzeichen.

Sicher war Cornelia sich ihrer Sache natürlich nicht, aber je mehr sie darüber nachdachte, desto wahrscheinlicher schien es ihr, daß Agnes Barowsky die Verfasserin der anonymen Briefe war. Ihre Auslegung des Unfalls war so bösartig gewesen, die Anspielungen auf die Sorgen Thomas Ramins konnten nur von einer Person gemacht werden, die über die Vorgänge in der Familie orientiert war. Und das war außer Cornelia nur noch Dr. Leo Thainacher und – die Verfasserin der anonymen Briefe.

Es widerstrebte Cornelia, Thomas mit ihrem Verdacht aufzuregen. Sie hätte es vorgezogen, mit Leo Thainacher darüber zu sprechen, aber sie wußte, daß es unfair gewesen wäre, Thomas etwas zu verheimlichen.

Noch am selben Nachmittag erzählte Cornelia bei ihrem Besuch im Krankenhaus alles, was sie mit Agnes Barowsky erlebt hatte.

Thomas Ramin hörte ihr nachdenklich zu. »Du hast die Barowsky nie gemocht«, sagte er, als Cornelia geendet hatte.

»Nein. Ich halte sie für eine falsche, intrigante Person.«

»Bist du sicher«, er lächelte, »daß du nicht ein wenig eifersüchtig bist?«

»Auf Agnes Barowsky?«

»Na, immerhin, so etwas soll es geben.«

»Unsinn. Ich mag sie nicht, weil ich sie für falsch halte. Sie hat eine schmeichlerische, unangenehme Art . . . ich habe mich immer gewundert, weshalb du so große Stücke auf sie hältst.«

»Also doch eifersüchtig.«

»Nicht die Spur!«

»Agnes Barowsky ist eine außerordentlich zuverlässige, tüchtige Kraft, Cornelia. Du hast recht, ihre Art ist manchmal ein wenig . . . na, übertrieben. Aber ich glaube, du siehst die Dinge falsch. Agnes Barowsky hat sich mir gegenüber immer sehr . . . anhänglich gezeigt.«

»Grade drum. Ich bin sicher, sie liebt dich.«

»Cornelia!«

»Na ja, oder sie bildet sich ein, dich zu lieben. Sie haßt mich, sie möchte deine Ehe zerstören. Da haben wir ein ganz klares Motiv.«

»Ich fürchte, du redest dir etwas ein, Cornelia. Daß ausgerechnet Agnes Barowsky so boshaft über meinen Unfall gesprochen hat, kann ich mir gar nicht vorstellen. Hast du dir das vielleicht nicht nur eingebildet?«

»Du hättest dabeisein sollen, Thomas.«

»Aber wie willst du damit in Zusammenhang bringen, daß sie mich angeblich liebt?«

»Dir gegenüber hätte sie bestimmt nie so geredet, Thomas, versteh mich doch. Sie wollte nur mich treffen!«

»Du hast die ganze Sache in die falsche Kehle bekommen, Cornelia. Daß sie zum Beispiel die Akten abholen wollte, war nur gut von ihr gemeint. Wenn ich bis zur Verhandlung der Fälle nicht wieder im Amt bin, hätte ich Schwierigkeiten bekommen können, verstehst du?«

»Du glaubst also nicht, daß die Barowsky hinter den anonymen Briefen steckt?«

»Beim besten Willen nicht.«

»Und die Ähnlichkeit der Schrift?«

»So was kann man als Laie gar nicht feststellen. Wie willst du überhaupt Druckbuchstaben mit normalen Schriftzügen vergleichen?«

»Na, jedenfalls werde ich ihre Zeilen aufheben, und wenn wieder ein anonymer Brief kommen sollte . . .« Cornelia biß sich auf die Lippen. »Verzeih mir, Thomas!«

Er nahm ihre Hand. »Es ist vielleicht ganz gut, daß wir noch einmal über die ganze Sache sprechen, Cornelia«, sagte er. »Du weißt so gut wie ich . . . wir sind noch nicht fertig damit.«

»Ja.«

»Vielleicht müßte ich, wenn ich ganz korrekt sein sollte, Landgerichtspräsident Losinger einen schriftlichen Bericht einreichen.«

»Was wird er dazu sagen?«

»Unser guter Freund Leo hat mir geraten, lieber persönlich mit ihm zu sprechen. Er hält es für gefährlich, etwas Schriftliches aus der Hand zu geben. Wahrscheinlich hat er recht. Er ist ein gewiefter Bursche.«

»Er ist dein bester Freund, Thomas.«

»Ich weiß, daß er dich liebt.«

»Thomas!« sagte Cornelia erschrocken.

Thomas Ramin zog Cornelia zu sich aufs Bett. Seine Gesichtsfarbe war wieder gesund und lebhaft geworden, seine Augen glänzten. »Ich bin auf niemanden eifersüchtig, Cornelia . . . wir lieben uns, und das zu wissen ist wunderbar. Du brauchst keine Angst mehr zu haben. Alles, was jetzt noch kommen sollte, werden wir gemeinsam durchstehen. Es wäre doch gelacht, wenn wir uns nicht durchbeißen würden.«

10

Als Richter Thomas Ramin sich eine Woche später im Gericht als genesen zurückmeldete, erfuhr er, daß Gerichtspräsident Losinger am Tag zuvor zu einem internationalen Juristenkongreß nach Mailand gefahren war.

Fast war Ramin froh, daß auf diese Weise die Aussprache mit seinem Vorgesetzten hinausgeschoben worden war. So unbekümmert er sich Cornelia gegenüber gezeigt hatte, fürchtete er doch die Entscheidung Losingers. Er wußte, daß der Gerichtspräsident, der selber unverheiratet war, das Familienleben seiner Mitarbeiter äußerst streng beurteilte. Was würde er sagen, wenn er erfuhr, daß Cornelia jahrelang während ihrer Ehe als Fotomodell gearbeitet hatte? Etwas, was jede andere Frau tun konnte, ohne Kritik befürchten zu müssen, bedeutete für die Frau eines Richters ein schweres Vergehen. Wenn diese Tatsache an die Öffentlichkeit kam, konnte es zu einem Skandal kommen. Falls der Gerichtspräsident das befürchtete, so würde er – das wußte Thomas Ramin – ihn ohne ein Wimpernzucken opfern. Das Ansehen der Gerichtsbarkeit war ihm immer wichtiger gewesen als die Person.

Wenn er wenigstens gewußt hätte, wer die anonymen Briefe schrieb, wer aus dem Dunkel heraus gegen ihn und Cornelia hetzte. Der Empfang, den Agnes Barowsky ihm bereitete, war so herzlich, die Art, wie sie sich gab, so völlig unbefangen, daß er Cornelias Verdacht weniger denn je teilen konnte. Agnes Barowsky mochte verschroben sein, ihre Verehrung für ihn mochte zu weit gehen – aber einer so abscheulichen und heimtückischen Tat hielt er sie nicht für fähig.

Richter Thomas Ramin stürzte sich mit Eifer in seine Arbeit, um seiner inneren Unruhe Herr zu werden. Er liebte sein Amt, jetzt, da er vielleicht im Begriff stand, es zu verlieren, mehr denn je zuvor.

Landgerichtsrat Berger hatte ihm mit einem Seufzer der Erleichterung einen Stoß Akten, den er in der Zwischenzeit zur Bearbeitung übernommen hatte, zurückgegeben. Unter ihnen war auch der Scheidungsakt Schmitt gegen Schmitt, in dem schon vor dem Unfall Richter Ramins ein Sühnetermin – allerdings ohne Ergebnis – stattgefunden hatte. Thomas Ramin überflog ihn noch einmal, bevor er sich entschloß, ihn zur gründlichen Bearbeitung mit nach Hause zu nehmen. Der Industrielle Walter Schmitt war ein Jagdfreund des Landgerichtspräsidenten Losinger, der Fall mußte deswegen in menschlicher und formaljuristischer Hinsicht mit ganz besonderer Sorgfalt behandelt werden.

Richter Thomas Ramin wußte aus seiner langjährigen Praxis, daß in den meisten Scheidungsfällen, die vor Gericht kamen, schon vorher eine Absprache zwischen den Ehepartnern und ihren gegenseitigen Rechtsanwälten stattgefunden hatte. Man pflegte sich auf Schuld und Nichtschuld bereits vorher zu einigen. Der übliche Scheidungsgrund war meist die eheliche Untreue des Partners, die zugegeben wurde, oder unheilbare Zerrüttung des Ehelebens, das von beiden Parteien bezeugt wurde.

Im Fall Schmitt war es anders. Das Zerwürfnis zwischen Walter Schmitt und seiner Ehefrau Irene war so tief, daß sie sich nicht einmal über ihre Scheidung hatten einigen können. Beide schreckten nicht davor zurück, ihre schmutzige Wäsche vor ihren Rechtsanwälten und vor dem Richter auszubreiten.

Wie Thomas Ramin aus den Akten entnahm, war die Ehe lange Jahre glücklich gewesen. Walter Schmitt, damals noch kaufmännischer Angestellter, hatte im Jahre 1938 die Kunstgewerblerin Irene Stefan geheiratet, bei Kriegsausbruch wurde er eingezogen, und als er 1947 aus der Gefangenschaft nach Hause kam, stand er, wie so viele, vor dem Nichts. Frau Irene hatte sich und ihre beiden Kinder durch Anfertigung von billigem Spielzeug über Wasser gehalten. Nach seiner Rückkehr übernahm Walter den Vertrieb dieses Spielzeugs, und es gelang ihm dank seiner kaufmännischen Weitsicht nach der Währungsreform der Sprung in eine fabrikationsmäßige Spielzeugherstellung. Der anfangs kleine Betrieb in einer Vorstadt Münchens florierte. Das Spielzeug der Firma Schmitt, das sich durch besonders lustige Einfälle auszeichnete, gewann immer mehr an Beliebtheit. Große Auslandsaufträge kamen hinzu. Frau Irene konnte sich schon bald aus ihrer Tätigkeit in der Firma zurückziehen. Heute waren die Schmitts wohlhabende Bürger. Sie bewohnten eine hübsche Villa. Walter Schmitt besaß eine schöne Jagd in Oberbayern. Sie hatten keine Sorgen mehr, aber auch keine Liebe mehr füreinander. Die Tochter, die anscheinend unter dem ehelichen Zerwürfnis ihrer Eltern gelitten hatte, wohnte nicht mehr im Hause, sondern in einem Studentinnenheim in der Innenstadt. Sie studierte Kunstgeschichte, Germanistik und Zeitungswissenschaft. Der Sohn war mit vierzehn Jahren bei einem Verkehrsunfall getötet worden.

Das waren die Tatsachen. Der Ehemann Walter Schmitt begründete sein Scheidungsbegehren damit, daß seine Frau sich seit Jahren geweigert hätte – unter fadenscheinigen Ausflüchten –, ihren ehelichen Verpflichtungen nachzukommen. Die Zusammenstöße zwischen dem Ehepaar wurden in peinlicher Ausführlichkeit geschildert. Walter Schmitt glaubte, mit gutem Grund annehmen zu müssen, daß seine Frau ihn betrog. Er behauptete, Beweise für ihre eheliche Untreue zu besitzen, und erklärte sich auch bereit, im Notfall den Freund seiner Frau namhaft zu machen.

Frau Irene hatte sofort Widerklage eingereicht. Sie

belegte mit Attesten, daß ihr körperlicher Zustand ihr den ehelichen Verkehr unmöglich machte, schilderte – wieder in allen Einzelheiten und in peinlicher Genauigkeit –, wie ihr Mann auf ihre angegriffene Gesundheit niemals Rücksicht genommen hätte und sich sogar einmal mit Gewalt seine vermeintlichen ehelichen Rechte genommen hätte.

Aus beiden Schriftsätzen, bei denen sich die Rechtsanwälte immer noch bemüht hatten, den Klagen eine einigermaßen annehmbare Form zu geben, klang so viel Haß, so viel gegenseitige Verachtung, so viel Böswilligkeit, daß es Richter Thomas Ramin vollkommen klar war – diese Ehe war nicht mehr zu retten. Trotzdem war der Fall alles andere als eindeutig, weil jeder der Partner die Schuld dem anderen zuschieben wollte. Die Scheidung würde außerdem ganz gewiß eine komplizierte Auseinandersetzung über die Teilung des gemeinsamen Besitzes nötig machen.

Umständlich zündete sich Thomas Ramin mit der linken Hand eine Zigarette an. Wahrscheinlich würde nichts anderes übrigbleiben, als den Ehemann zu zwingen, den angeblichen Freund seiner Frau namhaft zu machen. Aber Thomas Ramin konnte sich zu einem solchen Schritt nur schwer entschließen. Offensichtlich war der Ehebrecher ein Freund des Mannes oder eine Persönlichkeit des öffentlichen Lebens – sonst hätte Walter Schmitt sich wohl kaum gescheut, seinen Namen ohne weitere Aufforderung anzugeben. Es konnte also unter Umständen womöglich zu einem Skandal kommen, den er gern vermieden hätte. Andererseits bestand auch noch die Gefahr, daß der Freund von Frau Irene – falls Walter Schmitt sich nicht geirrt hatte – seine Beziehungen abstritt, was unter Umständen einen Meineidsprozeß zur Folge haben konnte.

Mit Erleichterung stellte Thomas Ramin fest, daß der Termin erst in vierzehn Tagen angesetzt war. Bis dahin konnte er sich die Sache noch durch den Kopf gehen lassen. Er wußte jedoch schon jetzt, daß er nichts unternehmen würde, bevor er die klagenden Ehepartner nicht persönlich gesehen hatte. Er war sicher, daß diese beiden, die so von Haß und Rachsucht erfüllt waren, sich nicht von ihren Rechtsanwälten vertreten lassen, sondern vor Gericht erscheinen würden.

Thomas Ramin schloß die Akte und steckte sie in seine schwarze Ledertasche. Er hatte gerade begonnen, sich mit dem nächsten Fall zu beschäftigen, als sich die Tür öffnete und Agnes Barowsky, sichtbar aufgeregt, das mausgraue Haar noch zerzauster als sonst, eintrat.

»Entschuldigen Sie vielmals, Herr Landgerichtsdirektor, daß ich Sie störe . . .«, sagte sie errötend.

Er sah flüchtig auf. »Was ist?«

»Haben Sie schon die Abendzeitung gelesen?« Ohne seine Antwort abzuwarten, fuhr sie hastig fort: »Stellen Sie sich vor, Willi Krüger . . . Sie wissen doch, der Installateur, der seinerzeit auf Scheidung geklagt hatte . . . ist mit dem Messer auf seine Frau losgegangen. Sie ist schwerverletzt ins Krankenhaus gebracht worden. Wenn Nachbarn nicht im letzten Augenblick eingegriffen hätten . . .« Sie legte die Zeitung aufgeschlagen vor ihn auf den Schreibtisch. »Da, lesen Sie selber! Ist das nicht entsetzlich?«

Landgerichtsdirektor Thomas Ramin überflog den groß aufgemachten Artikel. »Grauenhaft«, sagte er.

»Es steht alles drin!« Agnes Barowsky tippte auf die Zeitung. »Daß seinem Scheidungsbegehren nicht stattgegeben worden ist, und daß er deshalb . . .«

»Ich kann lesen, Fräulein Barowsky!« unterbrach er sie.

Sie errötete wieder. »O, Herr Landgerichtsdirektor! Sie glauben doch nicht? Nein, ganz bestimmt nicht! Ich weiß doch genau, daß Sie keine Schuld an der Sache trifft. Sie haben doch sicher gewußt, warum Sie die Ehe nicht geschieden haben!«

»Wie lange arbeiten Sie schon beim Gericht?« fragte Landgerichtsdirektor Thomas Ramin.

»Seit zwanzig Jahren.«

»Erstaunlich . . . sehr erstaunlich!«

»Wie meinen Sie das?«

»Sie sind doch eine intelligente Person, das haben Sie oft genug bewiesen. Trotzdem scheinen Sie zu glauben, daß das Schicksal der Menschen, über deren Angelegenheit wir Richter urteilen müssen, in unseren Händen liegt. Das ist eine sehr laienhafte Auffassung, mein liebes Fräulein Barowsky. Ehe diese Menschen nämlich vor Gericht erscheinen, haben Sie sich fast immer schon so tief in Schuld und Leid verstrickt, daß sie keinen Ausweg mehr sehen. Jeder Mensch, mein liebes Fräulein Barowsky, hat es selber in der Hand, ob er sich dem Bösen oder dem Guten zuwenden will. Es ist nicht der Macht eines Richters gegeben, irgend jemanden zu ändern. Er kann nur mahnen, hinweisen, vielleicht auch strafen. Aber einen Menschen vor sich selber retten, das kann höchstens Gott.«

»Verzeihen Sie, bitte . . .«, hauchte Agnes Barowsky.

»Schon gut«, sagte er in verändertem Ton. »Gehen Sie!« Sie war schon in der Tür, als er sie noch einmal zurückrief.

»Sie haben Ihre Zeitung vergessen!« Er legte das Blatt sorgfältig zusammen und drückte es ihr in die Hand.

Obwohl Thomas Ramin der Gerichtssekretärin gegenüber Gleichmut geheuchelt hatte, fühlte er sich doch durch die Bluttat Willi Krügers tief betroffen. Er wußte, daß Willi Krüger und seine Frau sich, wie die meisten Menschen, ihr Schicksal selber bereitet hatten. Trotzdem schmerzte es ihn, daß er ihnen nicht hatte helfen können. Wenn er wider besseres Wissen die Scheidung ausgesprochen hätte, vielleicht wäre alles anders geworden. Vielleicht. Niemand konnte in die Herzen der Menschen sehen. Er, der Richter, konnte nicht nach Gutdünken, aus menschlichen Erwägungen, aus dem Gefühl heraus urteilen, er mußte sich an das halten, was das Gesetz ihm vorschrieb. Es war gut, daß es Gesetze gab, wie hätte man ohne sie das Maß eines Urteils finden können – aber manchmal war es auch grausam.

Thomas Ramin erzählte seiner Frau nichts von seinen beruflichen Sorgen. Er hatte es bisher nie getan. Sein Berufsgeheimnis verbot es ihm, Cornelia in schwebende Fälle einzuweihen, und wenn das Urteil gefällt war, gab er sich Mühe, den Fall so rasch wie möglich zu vergessen, um aufnahmebereit für das nächste Schicksal zu sein.

Er spürte Cornelias Liebe, und sie tat ihm wohl. Er verstand sich selber nicht mehr, wie er ihr so sehr hatte mißtrauen können. Jetzt begriff er, daß sie töricht und unüberlegt, aber nicht schlecht gehandelt hatte. Er liebte sie, grade wegen ihrer Torheit, die alle seine beschützerischen Instinkte weckte, nur um so mehr.

Alles war wieder gut geworden in seiner Ehe, und auch die Kinder spürten es. Tom und Nelly hatten sehr rasch ihr seelisches Gleichgewicht wiedergefunden. Sie wurden fröhlich und unbefangen, wie sie es immer gewesen waren, und Cornelia war glücklicher denn je zuvor.

Einmal sagte sie zu ihrem Mann: »Vielleicht ist es unrecht, was ich jetzt sage . . . aber ich glaube, diese schwere Prüfung hat uns beiden gutgetan. Ich wußte gar nicht mehr, wie sehr ich dich liebhabe, bevor das alles geschah.«

»Ich verstehe, was du meinst«, sagte er nachdenklich, »aber vergiß nicht, es ist noch nicht alles vorüber.«

»Was kann uns schon geschehen, wenn wir zusammenhalten, Thomas? Selbst wenn du entlassen würdest . . .«

»Ich werde nicht entlassen«, unterbrach er sie, »dazu reicht's nun doch nicht. Aber wahrscheinlich werde ich in ein anderes Amt versetzt werden.«

»Wäre das sehr schlimm? Ich meine . . . für dich?«

Er lächelte. »Schön wär's grade nicht, aber du hast ganz recht, solange wir zusammenhalten, werden wir mit allem fertig werden. Was auch geschieht.«

Cornelia pflegte, weil ihr Mann den rechten Arm noch immer in der Schlinge trug, ihm die Post zu öffnen. Sie war es, die den neuen anonymen Brief als erste sah. Ihre Hände zitterten, als sie ihm den Bogen reichte.

In seinem Gesicht bewegte sich kein Muskel. »Damit mußten wir rechnen!« sagte er und las laut: *»Verehrter Herr Landgerichtsdirektor, Sie scheinen zu glauben, daß Sie sich über meine Warnungen hinwegsetzen können. Sie zwingen mich, den Lebenswandel Ihrer Frau an die Öffentlichkeit zu bringen!«*

Cornelia Ramin beugte sich über die Schulter ihres Mannes. »Es ist bestimmt die Schrift der Barowsky!«

»Selbst wenn sie's wäre, was hilft es uns?«

»Aber, Thomas! Sie ist doch an allem schuld. Wenn wir sie ausschalten . . .«

»Mein liebes Kind, schuld sind nur wir selber!«

»Aber wir müssen etwas tun! Leo ist auch der Meinung.«

»Gut. Ich werde Leo anrufen. Vielleicht wäre es nicht schlecht, wenn wir die ganze Sache noch einmal besprächen.«

Dr. Leo Thainacher kam am selben Abend. Cornelia hatte ein paar hübsch garnierte Brote vorbereitet, aber der Rechtsanwalt behauptete, keinen Hunger zu haben. Von dem Cognac, den Thomas ihm anbot, bediente er sich gern.

Als Cornelia ihm den letzten anonymen Brief zeigte, sagte er wie Thomas Ramin: »Das war zu erwarten.«

»Was nun?« fragte Cornelia. »Bitte, Leo ... du mußt uns helfen!«

»Verlang nicht zuviel«, mahnte Thomas Ramin, »vergiß nicht, wir haben uns die Suppe selber eingebrockt.«

Cornelia legte die Zeilen, die die Gerichtssekretärin damals für Thomas Ramin im Krankenhaus geschrieben hatte, vor Leo Thainacher auf den Tisch. »Vergleich doch mal die beiden Schriften ... sie stammen von derselben Hand, das sieht doch ein Blinder!«

»Ich habe dir schon gesagt, Cornelia, daß uns das nichts nutzt!« wehrte Thomas Ramin ab.

»Das will ich nicht behaupten«, erklärte der Rechtsanwalt. »Auf jeden Fall ... ihr werdet wohl nichts dagegen haben, wenn ich diese beiden Beweisstücke mitnehme. Ich werde sie einem Schriftsachverständigen zur Prüfung vorlegen. Wenn es wirklich die Barowsky war, gibt es vielleicht eine Möglichkeit, sie mundtot zu machen.«

»Dazu ist es jetzt zu spät!« sagte Thomas Ramin.

»Mit Losinger mußt du natürlich trotzdem sprechen. Er soll Montag wieder im Amt sein, soviel ich weiß.«

»Du meinst, bis dahin soll ich nichts unternehmen?« fragte Thomas Ramin. »Du hast keine Ahnung, wie ich mich fühle. Ich komme mir geradezu wie ein Betrüger vor.«

»Bist du wirklich dieser Meinung, oder redest du dir das nur ein? Schließlich, Thomas, du bist doch an der ganzen Sache völlig schuldlos. Niemand kann dich zur Verantwortung ziehen für etwas, was deine Frau ohne dein Wissen getan hat.«

»Das meine ich nicht. Das werde ich schon durchkämpfen. Es stört mich nur so, daß ich mich nicht dazu bekennen darf.«

»Du brauchst dir doch keinen Vorwurf daraus zu machen, daß Losinger ausgerechnet jetzt in Mailand ist. Einen schriftlichen Bericht einzureichen wäre ganz falsch, glaube mir. Damit würdest du Losinger, selbst wenn er

Verständnis für deine Situation haben sollte, von vornherein die Hände binden. Bis Losinger zurück ist, werde ich das Gutachten der Sachverständigen vorliegen haben, und es wird entschieden leichter für dich sein, mit dem Gerichtspräsidenten zu sprechen, wenn du über die Identität des anonymen Briefschreibers orientiert bist.«

»Ja, wenn!« sagte Thomas Ramin.

»Man muß immer das Beste hoffen, alter Junge«, erklärte Leo Thainacher. »Ich könnte mir vorstellen, daß Cornelias Idee gar nicht so abwegig ist.«

»Ihr wißt nicht, wie ich mir vorkomme!« sagte Cornelia heftig. »Am liebsten möchte ich mit dem Kopf gegen die Wand rennen. Daß ausgerechnet ich Thomas in diese Situation gebracht habe!«

Thomas Ramin nahm ihre Hand. »Du hast es nicht gewollt, Liebling, und es läßt sich jetzt nicht mehr ändern. Wir müssen tapfer sein, alle beide!« Er küßte sie.

Leo Thainacher sah zur Seite. Er hätte sich eigentlich darüber freuen müssen, daß in der Ehe seines Freundes jetzt wieder alles in Ordnung zu sein schien, aber es gab ihm einen Stich ins Herz.

»Ich fange allmählich an zu vertrotteln«, sagte er laut, und als der Freund ihn erstaunt ansah, fügte er hinzu: »Ich habe eben was ganz Blödsinniges gedacht. Also . . .«, er hob sein Glas, »trinken wir auf Eure Liebe und darauf, daß alles gut wird!«

11

Am Freitag führte Landgerichtsdirektor Thomas Ramin den Vorsitz in der Verhandlung Lehmann gegen Lehmann. Dr. Leo Thainacher vertrat die klagende Ehefrau

Anna Lehmann, die anwesend war. Der Beklagte war nicht erschienen.

Richter Thomas Ramin wußte schon aus den Akten ziemlich genau über den Fall Bescheid, aber er hörte sich die Beschwerden Frau Lehmanns noch einmal mit viel Geduld an. Es stellte sich heraus, daß das Ehepaar sechsundzwanzig Jahre verheiratet und – wie Anna Lehmann zugeben mußte – die Krise erst vor einem halben Jahr eingetreten war. Otto Lehmann pflegte seit dieser Zeit häufig erst spät in der Nacht nach Hause zu kommen, meist hatte er getrunken und roch, wie Frau Lehmann behauptete, »nach so einem unanständigen französischen Parfüm«. Sie war sicher, daß er sie betrog.

Der Rechtsanwalt des Beklagten wies diesen Vorwurf weit zurück. Er behauptete, sein Mandant würde es nur deshalb vorziehen, die Abende außerhalb der gemeinsamen Wohnung zu verbringen, weil seine Frau ihn ständig mit Vorwürfen und krankhafter Eifersucht verfolgte.

»Hohes Gericht«, sagte Rechtsanwalt Leo Thainacher, »ich beantrage, die Ehe aus alleinigem Verschulden des Ehemannes zu scheiden. Es ist der Ehefrau nicht zuzumuten, eine Ehe weiterzuführen, die für sie ein wahres Martyrium bedeutet. Wenn auch der Beklagte versucht, die Schuld an der Zerrüttung der Ehe auf seine Frau abzuschieben, so ist es doch offensichtlich, daß er ihr mit seinem verantwortungslosen Verhalten unaufhörliche und unerträgliche Kränkungen zufügt. Bedenken Sie, Hohes Gericht, daß das Ehepaar mit zwei erwachsenen Kindern zusammenlebt. Die Ehe muß schon deshalb geschieden werden, weil das verantwortungslose Verhalten des Vaters die Moral der Kinder untergraben muß.«

Richter Thomas Ramin beriet sich kurz mit seinen Beisitzern, dann sagte er: »Das Gericht sieht sich außerstande, die Auffassung der Klägerin zu teilen. Daß der

Beklagte, wie er selber zugibt, die Abende häufig außer Haus verbringt, ist, wie Sie, sehr verehrter Herr Rechtsanwalt« – er verbeugte sich leicht zu Leo Thainacher hin –, »wissen sollten, kein Scheidungsgrund. Wir stellen der Klägerin frei, Beweise für die Untreue ihres Mannes vorzulegen und setzen einen neuen Termin für den ...«, er sah auf seinem Terminkalender nach, »... siebzehnten Januar fest.« Dann änderte er den Ton: »Wenn ich Ihnen einen Rat geben darf, liebe Frau Lehmann, ziehen Sie die Klage zurück. Wenn Ihre Ehe so zerrüttet wäre, wie Sie glauben, würde der Beklagte zweifellos in eine Scheidung einwilligen. Offensichtlich ist es ihm aber um Aufrechterhaltung der Ehe zu tun.«

»Ja, weil er sonst zahlen müßte!« unterbrach ihn Frau Lehmann unbeherrscht.

»Meine liebe Frau Lehmann, zahlen muß er für Sie in jedem Fall, ob Sie nun verheiratet oder geschieden sind. Sie sind jetzt fünfundzwanzig Jahre lang mit Ihrem Mann glücklich verheiratet gewesen, wie ich Ihren eigenen Worten entnehmen konnte. Glauben Sie nicht, daß Sie mit Geduld und Liebe auch diese Krise überstehen könnten?«

»Wer hat Geduld und Liebe für mich? Mein Mann betrügt mich! Auch wenn ich keine Beweise dafür habe ... ich weiß es. Ich weiß es ganz genau.«

»Man muß verzeihen können, Frau Lehmann, verzeihen und vergessen.« Richter Thomas Ramin wehrte ab, als Anna Lehmann etwas entgegnen wollte: »Sie brauchen sich nicht jetzt zu entscheiden, Sie haben Zeit genug.«

Noch bevor der nächste Fall aufgerufen wurde, trat Dr. Leo Thainacher ans Richterpult. »Herr Landgerichtsdirektor, ich muß Sie dringend sprechen!«

»Um zwölf Uhr fünfzig ist meine letzte Verhandlung angesetzt.«

»Gut. Ich werde nach zwei Uhr in Ihrem Büro sein.«

Bevor Richter Thomas Ramin noch etwas sagen konnte, hatte der Rechtsanwalt, seine Akten unter dem Arm, mit wehendem Talar das Verhandlungszimmer verlassen.

Der nächste Fall – eine sehr schwierige Beweisaufnahme – zog sich sehr lange hin, und als Richter Thomas Ramin kurz vor drei Uhr sein Büro betrat, wartete Dr. Leo Thainacher schon auf ihn.

»Was gibt's?« fragte Thomas Ramin, legte seinen Talar ab und hing ihn in den Garderobenschrank.

»Cornelia hat recht gehabt.«

»Das hätte ich nicht für möglich gehalten!«

»Es ist, wie ich es dir sage. Das Gutachten meines Sachverständigen – du weißt, Dr. Kaltroff ist eine Kapazität auf seinem Gebiet – ist eindeutig. Agnes Barowsky ist die Verfasserin der anonymen Briefe.«

Thomas Ramin setzte sich hinter seinen Schreibtisch und zündete sich etwas umständlich mit der linken Hand seine Zigarette an.

»Wann kommt der Gips herunter?« fragte Leo Thainacher mit einem Blick auf den rechten Arm des Freundes, den er noch immer in der Schlinge trug.

Thomas Ramin beachtete die Frage nicht. »Was, rätst du mir, soll ich jetzt tun?«

Leo Thainacher öffnete seine Aktentasche und holte ein Schriftstück daraus hervor. »Ich habe hier einen Wisch vorbereitet.« Er las: »Ich, Anna Barowsky und so weiter und so weiter, bereue, daß ich und so weiter ... und erkläre, daß meine Anschuldigungen verleumderisch und unwahr sind. Und so weiter und so weiter.« Er legte den Bogen vor Thomas Ramin auf den Schreibtisch. »Laß sie das unterschreiben, und du bist raus aus der Sache.«

»Ich weiß, du meinst es gut, Leo, aber damit ist es doch nicht getan. Ich muß Losinger auf jeden Fall die Wahrheit sagen. Ich habe ihm gegenüber behauptet, daß Cornelia nicht in den geringsten Beziehungen zu Axel Ellert stünde. Damals wußte ich es ja auch noch nicht besser, aber heute ...«

»Tu, was dein zartes Gewissen von dir verlangt. Ich will dir da nicht dreinreden. Trotzdem würde ich mir vorher dieses Geständnis von der Barowsky unterschreiben lassen. Glaub mir, du fühlst dich leichter, wenn du dem Alten das vorlegen kannst.«

»Meinst du wirklich?« Thomas Ramin zögerte noch immer.

»Ist dir peinlich, was? Kann ich verstehen. Wenn du willst, erledige ich das für dich. Aber, bitte, bleib wenigstens dabei.«

»Na schön.« Er drückte auf die Klingel.

Wenige Minuten später erschien Agnes Barowsky in der Tür. Ihr mausgraues Haar war unordentlich wie immer, ihr spitzes kleines Gesicht ohne Farbe, ihre großen dunklen Augen funkelten.

»Herr Landgerichtsdirektor!« rief sie. »Ich weiß schon Bescheid. Glauben Sie mir, ich tue mein möglichstes, aber der Schriftsatz in der Sache Holgruber –«

Thomas Ramin winkte ab. »Darum handelt es sich nicht, Fräulein Barowsky.«

»Nicht?« Sie sah von Thomas Ramin auf den Rechtsanwalt, der sie ernst und durchdringend anblickte und errötete über und über.

»Fräulein Barowsky«, sagte Leo Thainacher, »durch was sind Sie eigentlich auf die Idee gekommen, Herrn Landgerichtsdirektor Thomas Ramin anonyme Briefe zu schreiben?«

»Ich!?« Agnes Barowsky schlug die Hände zusammen. »Aber ... das ist ein Irrtum!«

»Leider nein. Ich habe ein Gutachten Dr. Kaltroffs eingeholt, in dem eindeutig festgestellt wird, daß die Buchstaben der anonymen Briefe mit Ihrer Schrift identisch sind.«

»Ich . . . nein! Dr. Kaltroff muß sich irren.«

»Sie wissen sehr gut, daß er sich nicht irrt. Haben Sie irgend etwas zu Ihrer Verteidigung zu sagen?«

»Woher nehmen Sie das Recht?« rief Agnes Barowsky. »Soll dies etwa . . . eine Verhandlung sein?«

»Noch nicht. Aber wenn Sie darauf bestehen . . .«

»Ja, bitte! Zeigen Sie mich nur an! Dann wird endlich alles zur Sprache kommen, was Frau Ramin ihrem Mann angetan hat!«

»Ich nehme das als Geständnis, Fräulein Barowsky, darüber sind Sie sich doch wohl klar.«

»Ich begreife es immer noch nicht«, sagte Thomas Ramin. »Wie konnten Sie nur? Wir haben doch immer gut zusammengearbeitet, nicht wahr? Ich erinnere mich nicht, daß ich Sie je gekränkt hätte. Ich habe Sie für eine anständige und zuverlässige Person gehalten. Wie konnten Sie sich zu so etwas hergeben?«

Agnes Barowsky schluchzte plötzlich auf. Sie schlug die Hände vors Gesicht. »Ich wollte doch nur . . . einmal mußten Sie doch die Wahrheit erfahren!«

»Durch anonyme Briefe, Fräulein Barowsky?« sagte Leo Thainacher. »Wäre es nicht anständiger gewesen, Herrn Landgerichtsdirektor offen zu sagen, was Sie über seine Frau zu wissen glauben?«

»Das habe ich nicht gewagt.«

Thomas Ramin sah auf die Frau, die ihm so viele Qualen, so viel Leid und so viele entsetzlich schwere Stunden bereitet hatte. Er hätte sie hassen müssen, aber wie sie jetzt vor ihm stand, ein schluchzendes graues Bündel Elend, tat sie ihm wider Willen leid. »Hören Sie mal zu, Fräulein Barowsky . . .«, begann er.

Sie spürte die Wärme in seiner Stimme und nahm die Hände vom Gesicht. »Ich habe es doch nur für Sie getan, Herr Landgerichtsdirektor!« sagte sie flehend. Ihre großen Augen standen voller Tränen. »Nur für Sie!

Wenn Sie sich scheiden lassen wollen, Sie können sich auf mich verlassen. Ich werde alles bezeugen.«

»Was denn?« fragte Leo Thainacher und beugte sich vor. »Was wollen Sie bezeugen?«

»Daß Frau Ramin den Herrn Landgerichtsdirektor mit diesem . . . mit diesem Fotografen betrügt.«

»Dann würden Sie einen Meineid schwören, sind Sie sich darüber klar? An Ihrer Anschuldigung ist kein wahres Wort.«

»Aber ich habe es doch selber gesehen! Meine Schwester Luise . . . ich wohne nämlich mit meiner Schwester zusammen . . . hat Frau Ramin öfter beobachtet, wie sie zu ihm gegangen ist!«

»Diese Behauptung ist zweifellos richtig«, gab Leo Thainacher zu. »Sie besagt aber nicht, daß Frau Ramin ihren Mann betrogen hat. Sie hat lediglich bei Herrn Ellert als Fotomodell gearbeitet.«

»Als . . . was?«

»Als Fotomodell für Modeaufnahmen.«

»Aber wie konnte sie denn!« rief Agnes Barowsky. »Haben Sie davon gewußt, Herr Landgerichtsdirektor?«

»Ja«, sagte er.

»O Gott!« Es sah aus, als wenn Agnes Barowsky zusammensacken würde.

Leo Thainacher sprang rasch auf und brachte sie zu einem Stuhl. »Da, setzen Sie sich, und nehmen Sie sich zusammen. Wir sind noch lange nicht fertig.«

»Ich . . . wenn ich das geahnt hätte!« stammelte Agnes Barowsky. »Sie werden sich also . . . nicht scheiden lassen?«

»Warum sollte ich?« fragte Thomas Ramin ruhig. »Ich liebe meine Frau, und ich bin sehr glücklich mit ihr.«

Agnes Barowsky sah ihn mit einem kleinen verzerrten Lächeln an. »Mich . . . mich verabscheuen Sie jetzt wohl?«

»Was der Herr Landgerichtsdirektor über Sie denkt, steht hier nicht zur Debatte«, sagte Leo Thainacher. »Es handelt sich nur darum: Wollen Sie es zu einer Anzeige, das heißt zu einer Strafverfolgung kommen lassen, oder sind Sie bereit, Ihre verleumderischen Anschuldigungen zurückzunehmen?«

»Ich weiß, daß ich alles falsch gemacht habe«, sagte Agnes Barowsky leise.

Leo Thainacher ging zum Schreibtisch, nahm das vorbereitete Schriftstück und reichte es Agnes Barowsky. »Bitte, lesen Sie sich das einmal in aller Ruhe durch, und überlegen Sie sich, ob Sie es unterschreiben wollen!«

Agnes Barowsky las mit zusammengepreßten Lippen. Dann ließ sie das Blatt sinken. »Ich . . . ich war ja überzeugt, daß Frau Ramin . . .«, sagte sie und ließ das Ende ihres Satzes zerflattern.

»Das ändert nichts an dem Tatbestand der Verleumdung, das sollten Sie doch wissen!«

»Ja, vielleicht . . . aber . . . nein, Sie können nicht von mir verlangen, daß ich das unterschreibe!«

»Sie haben Herrn Landgerichtsdirektor Ramin sehr viel Leid zugefügt, Fräulein Barowsky«, sagte Leo Thainacher eindringlich, »wollen Sie nicht versuchen, Ihr Vergehen wenigstens in etwa wiedergutzumachen?«

»Ich . . . nein . . . ich muß erst überlegen! Herr Landgerichtsdirektor!« Sie sah Thomas Ramin stehend an, dann fügte sie mit plötzlichem Entschluß hinzu: »Gut, ich unterschreibe!« Sie stand auf und ging mit raschen kleinen Schritten auf den Schreibtisch zu.

Thomas Ramin reichte ihr seinen Füllfederhalter.

Agnes Barowsky unterschrieb. »Was . . . was werden Sie jetzt damit tun?« fragte sie. Ihre Hand zuckte, als wenn sie das Schriftstück wieder an sich reißen wollte.

»Wenn es irgendwie möglich ist, werde ich keinem

Dritten gegenüber davon Gebrauch machen«, versprach Thomas Ramin. »Ich glaube, Sie sind gestraft genug.«

»Wenn man es im Amt erfährt . . .«

»Zerbrechen Sie sich jetzt nicht darüber den Kopf, Fräulein Barowsky!« erklärte Leo Thainacher. »Sie haben sehr gut daran getan, zu unterschreiben. Wenn Sie es auf eine Strafverfolgung hätten ankommen lassen, wäre die Sache für Sie sehr viel peinlicher geworden.«

Agnes Barowsky schien noch etwas sagen zu wollen. Sie stand da, die Hände verkrampft und schluckte. »Herr Landgerichtsdirektor . . .«, stieß sie mühsam hervor.

»Ist schon gut, Fräulein Barowsky, wir wollen nicht mehr darüber sprechen. Bitte, gehen Sie jetzt!«

»Herr Landgerichtsdirektor . . . ich . . . verzeihen Sie mir!« Ehe Thomas Ramin verhindern konnte, hatte sie seine rechte Hand, die aus dem Gipsverband heraushing, ergriffen und einen Kuß darauf gedrückt. Dann stürzte sie, wie von Furien gehetzt, aus dem Zimmer.

»Verrückte Schraube«, sagte Leo Thainacher kopfschüttelnd.

Thomas Ramin faltete das Geständnis Agnes Barowskys zusammen und steckte es in seine Brieftasche. »Liebe und Haß«, sagte er, »manchmal kommt es fast auf dasselbe heraus. Armes Wesen.«

Landgerichtspräsident Dr. Benjamin Losinger empfing Richter Thomas Ramin, wenige Tage nachdem er von dem internationalen Juristenkongreß in Mailand wieder nach München zurückgekehrt war.

»Mein lieber Landgerichtsdirektor«, sagte er herzlich und wies mit der Hand auf den Sessel vor seinem Schreibtisch, »bitte, nehmen Sie Platz! Sie können sich denken, daß ich augenblicklich mit Arbeit einigermaßen überlastet bin . . . aber da Ihr Anliegen dringend zu sein scheint . . .«

»Es ist sehr dringend, Herr Landgerichtspräsident!« sagte Thomas Ramin.

»Nun dann . . . schießen Sie los!« Der Landgerichtspräsident strich sich wohlgefällig mit der gepflegten Hand über die goldgelbe Krawatte, die wunderbar mit seinem rohseidenen Hemd harmonierte.

Anscheinend hat er beides aus Mailand mitgebracht, schoß es Thomas Ramin durch den Kopf, und er wunderte sich selber, daß er so gelassen war.

»Es ist mir inzwischen gelungen, den Schreiber der anonymen Briefe festzustellen, Herr Landgerichtspräsident«, sagte er.

»Die anonymen Briefe . . . ach so. Das hätte ich fast vergessen. Sie sind dem Kerl auf die Schliche gekommen?«

»Ja.«

»Um so besser . . . um so besser!« Landgerichtspräsident Losinger rieb sich die rosigen Hände. »Haben Sie Strafanzeige erstattet?«

»Nein, Herr Landgerichtspräsident, ich habe es für richtig gehalten, mich mit einer schriftlichen Entschuldigung und Zurücknahme der Verleumdung zu begnügen.«

»Sehr gut . . . ganz ausgezeichnet! Damit ist der Fall wohl erledigt.«

»Nicht ganz, Herr Landgerichtspräsident . . .« Thomas Ramin zögerte, weiterzusprechen.

Landgerichtspräsident Losinger griff nach einem Aktenstück. »Wollen Sie damit sagen, daß diese Person in unserem Amt zu suchen ist?«

»Leider ja, Herr Landgerichtspräsident. Aber nicht deshalb . . .«

»Dann muß ich darauf bestehen, daß Sie mir den Namen nennen!«

»Es tut mir leid, aber ich habe ihr versprochen . . . Herr Landgerichtspräsident, die Person ist schließlich gestraft genug.«

»Verstehe . . . verstehe vollkommen.« Landgerichtspräsident Losinger fuhr sich durch sein volles silberweißes Haar. »Wissen Sie, daß Fräulein Barowsky . . . Sie hat doch in Ihrer Abteilung gearbeitet, nicht wahr?«

Thomas Ramin nickte stumm.

»Fräulein Barowsky hat Knall auf Fall gekündigt. Mich hat das sehr gewundert. Schließlich hat sie, wie ich aus den Personalakten festgestellt habe, mehr als zwanzig Jahre bei uns gearbeitet.«

»Ich weiß. Es tut mir leid.«

»Ja, wirklich bedauerlich . . . sehr bedauerlich. Eine solch tüchtige Kraft. Aber, immerhin, es ist doch wohl so die beste Lösung. Sonst noch etwas, mein Lieber?«

»Meine Frau . . .« Thomas Ramin suchte nach Worten. »Es stimmt natürlich nicht, daß sie einen leichtfertigen Lebenswandel geführt hat, Herr Landgerichtspräsident, daran ist kein wahres Wort. Aber ich halte es für meine Pflicht, Ihnen mitzuteilen, daß meine Frau – ohne mein Wissen – jahrelang als Fotomodell gearbeitet hat.«

»Als . . . was?«

»Als Modell für einen Modefotografen, Herr Landgerichtspräsident. Ich habe Ihnen zu Ihrer Orientierung einige der Aufnahme mitgebracht.« Thomas Ramin öffnete seine Aktentasche und holte ein paar Modezeitschriften daraus hervor. »Hier bitte, wenn Sie sich die Bilder anschauen wollen . . . überzeugen Sie sich, es dürfte schwer sein, meine Frau ohne weiteres zu erkennen.«

Landgerichtspräsident Losinger warf keinen Blick auf die Zeitschriften, die Thomas Ramin ihm aufgeschlagen hinhielt. »Darum handelt es sich ja nicht, Herr Landgerichtsdirektor. Die Tatsache allein, daß die Frau eines Richters . . . es ist die unglaublichste Geschichte, die ich je gehört habe.«

»Meine Frau hat unüberlegt gehandelt, Herr Landgerichtspräsident, das gebe ich zu. Aber auf meinen Wunsch hin . . .«

»Aha, nachdem Sie ihr hinter die Schliche gekommen sind!«

Thomas Ramin errötete. Es fiel ihm schwer, die Beherrschung zu bewahren. »Der Beruf eines Fotomodells ist so ehrenhaft wie jeder andere.«

»Selbstverständlich. Für die Frau eines Richters ist es jedoch unmöglich, das brauche ich Ihnen doch wohl nicht erst klarzumachen. Ich liebe es überhaupt nicht, wenn die Frauen der Kollegen glauben, sich noch beruflich betätigen zu müssen. Dazu ist doch schließlich nicht der geringste Grund vorhanden. Oder wollen Sie mir erzählen, daß Sie nicht genug verdienen?«

»Nein, Herr Landgerichtspräsident.«

Der Landgerichtspräsident trommelte mit der rosigen Hand auf die Tischplatte und schwieg. Thomas Ramin wartete schweigsam.

»Eine unangenehme Geschichte«, sagte der Landgerichtspräsident endlich, »eine sehr sehr unangenehme Geschichte. Immerhin, ich kenne Ihre Frau, sie ist an sich durchaus . . . na, Sie wissen schon, was ich meine. Was wollen Sie jetzt für Konsequenzen ziehen, Herr Landgerichtsdirektor?«

»Ich hielt es für meine Pflicht, Sie ins Bild zu setzen.«

»Das war ja wohl auch das wenigste. Eine sehr unangenehme Geschichte. Ich möchte Ihnen vorschlagen . . . kommen Sie um Ihre Versetzung ein. In einer kleinen Stadt, wo Sie niemand kennt.«

Thomas Ramin richtete sich gerade auf. »Nein, Herr Landgerichtspräsident, meine Frau hat nichts getan, dessen sie sich schämen müßte. Das können Sie nicht von mir verlangen!«

»Ich verlange gar nichts von Ihnen. Ich habe nur versucht, Ihnen etwas Vernünftiges nahezulegen. Aber wenn Sie nicht wollen . . . Sie wissen, niemand hat die

Befugnis, einen Richter an einen anderen Ort zu versetzen. Ob ich Sie also hier in meinem Amt behalten kann, das weiß ich allerdings nicht.«

»Das, Herr Landgerichtspräsident, liegt ganz in Ihrem Ermessen.«

»So! Das habe ich gern! Erst Dummheiten machen, dann mir die Verantwortung zuschieben! Sagen Sie mal, Herr Landgerichtsdirektor, etwas anderes ist Ihnen wohl nicht eingefallen?«

»Nein, Herr Landgerichtspräsident.«

»Na ja, dann wollen wir mal sehen. Sie erhalten in den nächsten Wochen von mir Bescheid.«

»Heißt das, daß ich mich als beurlaubt betrachten soll?«

»Wo denken Sie hin! Glauben Sie, ich könnte auf einen meiner fähigsten Leute von heute auf morgen verzichten? Nein, schlagen Sie sich das aus dem Kopf. Gehen Sie an Ihre Arbeit, und tun Sie Ihre Pflicht. Von heute auf morgen kann da gar nichts geschehen. Ich muß mir die Sache in aller Ruhe überlegen.«

12

Agnes Barowsky erschien nicht mehr im Amt. Richter Thomas Ramin nahm es mit Erleichterung zur Kenntnis. Jede Begegnung mit ihr wäre peinlich gewesen und hätte alte Wunden aufgerissen.

Er konnte das Gefühl nicht loswerden, versagt zu haben. Er, der sich so viel auf seine Menschenkenntnis zugute gehalten hatte, mußte sich eingestehen, daß er nicht einmal seine nächsten Mitarbeiter kannte. Niemals hatte er auch nur geahnt, was in Agnes Barowsky vorging. Wie konnte er sich dann anmaßen, über Menschen zu richten, die er nur aus den Akten und aus einer flüchtigen Gegenüberstellung bei Gericht kannte? Er war immer überzeugt gewesen, daß eine Kenntnis der Gesetze nicht genügte, um ein guter Richter zu sein.

Immer wieder grübelte Thomas Ramin über Agnes Barowsky und ihr Verhalten nach, und jetzt, nachdem alles vorüber war, schien es ihm, als wenn er mit Blindheit geschlagen gewesen wäre. Wie kam es, daß er nicht schon viel früher die Einstellung Agnes Barowskys zu ihm, ihre Einsamkeit und die Ausweglosigkeit ihrer verwirrten Gefühle erkannt hatte? Er hätte ihr rechtzeitig helfen müssen, dann wäre ihm, Cornelia und Agnes Barowsky selber so viel erspart worden.

Der Gedanke quälte ihn so sehr, daß er eines Nachts mit Cornelia darüber sprach, obwohl er überzeugt war, daß sie ihn nicht verstehen würde.

Sie hörte ihn nachdenklich an. »Doch«, sagte sie dann, »ich begreife schon, was du meinst. Aber wie hättest du ihr denn helfen können? Mit Vernunft war da, glaube ich, gar nichts zu machen.«

»Wenn ich mir bloß einmal die Zeit genommen hätte, mit ihr zu reden ... sie anzuhören ... an ihren Sorgen teilzunehmen.«

»Ob du damit nicht nur noch alles schlimmer gemacht hättest, Thomas? Gegen Liebe, hat meine Mutter immer gesagt, ist kein Kraut gewachsen. Ich könnte mir vorstellen, daß die Barowsky sich dann nur noch mehr in ihre fixe Idee verrannt hätte. Nein, Thomas, wirklich, du solltest dich jetzt nicht auch noch mit solch abwegigen Gedanken belasten. Schließlich haben wir Sorgen genug. Wann, meinst du, wird Losinger seine Entscheidung treffen?«

Er zuckte die Achseln. »Wir müssen abwarten.«

»Ja, leider!« Sie seufzte leicht und lächelte gleich darauf wieder. »Geduld ist noch nie meine starke Seite gewesen. Wenn es nach mir ginge – ich könnte es mir sehr schön vorstellen, mit dir und den Kindern ein paar Jahre in einer kleinen Stadt zu leben.«

»Wir würden nie mehr zurückkommen, Cornelia!«

»Was macht das schon? Du tust gerade so, als wenn du freiwillig nach Sibirien gehen solltest!«

»Bitte, Cornelia, versteh mich richtig . . . ich weiß sehr gut, daß es in einer kleinen Stadt genauso schön sein kann wie in München, vielleicht in mancher Beziehung sogar schöner. Darum handelt es sich nicht. Wenn ich um meine Versetzung ersuchen würde, käme das einem Schuldbekenntnis gleich. Nur darum dreht es sich, verstehst du jetzt?«

Cornelia stand auf, legte den Arm um seine Schultern und schmiegte ihre Wange an sein Gesicht. »Du weißt, daß ich ziemlich töricht bin, Thomas. Das sind Männersachen, die ich nicht überschauen kann. Aber ich liebe dich, ich liebe dich von ganzem Herzen, und was auch kommt, ich werde zu dir stehen.«

Er berührte ihre schlanke braune Hand mit seinen Lippen. »Das weiß ich, Cornelia. Ich kann dir gar nicht sagen, wie froh ich bin, daß zwischen uns beiden wieder alles in Ordnung ist!« Er zog sie auf seinen Schoß. »Nur wir beide und unsere Liebe sind wichtig, alles andere zählt nicht.«

Eine Weile saßen sie stumm, eng aneinandergeschmiegt. Plötzlich lachte Cornelia, es war ein kleines, frohes Lachen. »Eigentlich, Thomas . . . bitte, sei mir nicht böse . . .«

»Nie, mein Schatz! Was wolltest du sagen?«

»Wir haben allen Grund, der Barowsky dankbar zu sein! Wenn sie nicht gewesen wäre . . . ich fürchte, ich hätte nie von mir aus die Kraft aufgebracht, mit meiner Arbeit Schluß zu machen.«

»Fehlt sie dir nicht manchmal?«

»Nein. Überhaupt nicht. Ich denke gar nicht mehr daran.«

»Aber du mußt dich jetzt sehr einschränken, Liebling!«

»Was macht das schon?« Sie nahm sein Gesicht in beide Hände und sah ihn an. »Glaub mir, Thomas, mit dir und den Kindern . . . ich wäre auch glücklich, wenn wir in einer elenden Baracke leben und uns von Wasser und Brot ernähren müßten.«

Er küßte sie lächelnd. »Sei froh, Cornelia, daß das Schicksal dich nicht beim Wort nimmt.«

Cornelia war in den vergangenen Wochen aufgeblüht. Ihre Augen strahlten, ihr schlanker Körper war reifer geworden, ständig spielte ein Lächeln um ihren vollen schönen Mund. Alle, die mit ihr zusammenkamen, spürten, daß sie sehr glücklich war.

Thomas Ramin glaubte, daß es die gute Wendung der Dinge war, die sie so strahlend machte. Er ahnte nicht, daß Cornelia ein Geheimnis mit sich herumtrug. Sie spürte, daß sie wieder Mutter wurde, aber sie wollte es Thomas noch nicht sagen, bevor sie nicht ganz sicher war. Sie freute sich unendlich auf dieses Kind, das ein Pfand ihrer großen Liebe und Versöhnung sein sollte, aber sie wagte es noch nicht ganz, an das neue Leben zu glauben.

Sie beschäftigte sich mehr denn je mit Nelly und Tom, spielte mit ihnen, sang mit ihnen Weihnachtslieder, denn das Fest stand kurz vor der Tür. Der Gabentisch für die Kinder würde in diesem Jahr bescheidener ausfallen als sonst, aber Cornelia war sehr sicher, daß das Glück ihrer Eltern ihnen mehr bedeuten mußte als die Geschenke, die man mit Geld kaufen konnte.

Eines Morgens – die Kinder waren schon in der Schule, Thomas hatte vor wenigen Minuten das Haus verlassen – klingelte es an der Wohnungstür. Cornelia war sicher, daß es nur Thomas sein konnte, der etwas vergessen hatte; sie lief zur Tür, ein Scherzwort schon auf den Lippen.

Aber es war Axel Ellert, der die Treppe heraufkam. Unwillkürlich wich sie einen Schritt zurück. Breitbeinig und stämmig kam er auf sie zu, das blonde volle Haar zerrauft wie immer, ein kleines spöttisches Lächeln in den blauen Augen. Es war nichts Unheimliches an ihm, und doch spürte Cornelia sofort, daß es nichts Gutes sein konnte, das Axel Ellert zu ihr führte.

»Axel . . . du!?« stieß sie hervor und wurde sich im selben Augenblick bewußt, wie sinnlos ihre Worte waren.

Er trat an ihr vorbei in die Wohnung, schloß die Tür sorgfältig hinter sich und sah sie, immer noch lächelnd, an. »Wie geht's dir, Süße?«

»Was willst du?«

»Na, findest du es wirklich so ausgefallen, wenn ich mal sehen möchte, wie es dir geht?«

»Du hättest anrufen können!«

Er zog spöttisch die blonden Augenbrauen hoch. »Wäre dir das wirklich lieber gewesen?«

»Bitte, Axel . . . sag endlich, was du von mir willst! Ich kann nicht mehr für dich arbeiten, das weißt du ganz genau. Es hat auch gar keinen Zweck, darüber zu reden.«

»Ich bin nicht so schwer von Begriff, wie du glaubst, Conny. Mit deinem Verlust als Modell habe ich mich wohl oder übel abgefunden. Darf ich ablegen? Es ist verdammt heiß hier, wenn man von der Straße kommt.«

»Mein Mann . . .«, begann sie hilflos.

»Herr Landgerichtsdirektor Thomas Ramin ist vor zehn Minuten aus dem Haus gegangen. Du brauchst mir nichts vorzumachen, ich habe so lange unten gewartet.« Er hing seinen Wintermantel an den Garderobenhaken und legte beide Hände um ihre Schultern. »Ich will dir doch keine Schwierigkeiten machen, Cornelia.«

»Du hättest nicht kommen dürfen, Axel!«

»Ich muß mit dir sprechen.«

»Über was denn?« rief sie verzweifelt. »Was haben wir beide denn noch miteinander zu tun?«

Er ließ sie los. »Das wirst du gleich hören. Möchtest du mich nicht bitten, Platz zu nehmen?«

»Nein, Axel, das geht nicht. Wirklich nicht. Ich habe auch gar keine Zeit. Ich muß noch . . .«

»Na schön.« Er zündete sich eine Zigarette an und blies den Rauch durch die Nase und sah sie an. »Hör mal, Conny, wir beide sind doch immer gute Freunde gewesen, oder?«

»Warum . . .«

»Laß mich erst mal ausreden«, unterbrach er sie. »Als du damals in einer sehr unangenehmen Situation warst – du erinnerst dich doch wohl noch? Du jammertest mir etwas vor, daß du vor Schulden nicht mehr aus noch ein könntest –, damals habe ich dir sofort geholfen. Ich habe dir Arbeit gegeben, obwohl es Fotomodelle wie Sand am Meer gibt, wie du wohl wissen wirst.«

»Natürlich! Aber du hast mir immer gesagt, daß du mit mir am besten arbeiten könntest!«

»Stimmt auffallend, Süße. Das will ich ja gar nicht leugnen. Trotzdem habe ich dir eine Chance gegeben. Sei also dankbar. Und als dein Ehemann wie ein rasender Othello in mein Atelier kam und hinter jedem Möbelstück nachschaute, ob du dich bei mir versteckt hieltest, da habe ich dir doch wacker die Stange gehalten, das wirst du wohl zugeben müssen.«

»Ja, Axel, ja! Ich gebe alles zu, was du willst. Du hast dich immer anständig mir gegenüber benommen. Ich habe allen Grund, dir dankbar zu sein . . . was denn noch?«

»Ich möchte, daß du mir diese Dankbarkeit jetzt auch mal zeigst, Conny!«

»Zeigen? Wie denn?« Ihre braunen schönen Augen wurden dunkel vor Schrecken.

Axel Ellert lachte. »Nicht so, wie du denkst. Mein Bedarf an Liebe ist reichlich gedeckt. Du sollst mir einen kleinen Gefallen tun, Conny.«

»Wenn ich dir helfen kann . . .«

»Siehst du! So ist's richtig!« Axel Ellert schnippte die Asche seiner Zigarette in den Regenschirmständer. »Ich wußte ja, daß du ein vernünftiges Mädchen bist.«

Cornelia Ramin straffte sich. »Also, was kann ich für dich tun?«

»Paß mal auf, Conny, ich bin da in eine sehr unangenehme Geschichte verwickelt. Sehr, sehr unangenehm für mich. Ich will dich mit den Einzelheiten nicht langweilen, sie werden dich auch nicht interessieren. Es handelt sich um einen Ehescheidungsprozeß.«

»Aber du bist doch gar nicht verheiratet!«

»Noch nicht. Aber die Frau, mit der ich . . . na, du verstehst schon.«

»Kein Wort.«

»Bist du so schwer von Begriff, oder stellst du dich nur so? Na, egal. Jedenfalls, ich weiß aus sicherer Quelle, du brauchst mir also gar nichts vorzumachen, Conny, daß dein Mann in diesem Ehescheidungsprozeß den Vorsitz führen wird. Es handelt sich um den Fall Schmitt gegen Schmitt. Schmitt mit zwei t, merk dir das, Cornelia. Dein Mann hat die Akten zur Bearbeitung.«

»Davon weiß ich nichts. Er erzählt mir niemals etwas über seine Amtsgeschäfte.«

»Macht auch nichts, Süße. Es wird für dich schon einen Weg geben, es zu erfahren.«

»Was zu erfahren?«

»Ich möchte Einsicht in die Akten des Ehescheidungsprozesses Schmitt gegen Schmitt nehmen. Habe ich mich jetzt klar genug ausgedrückt? Deine Aufgabe ist es, mir diese Akten zu besorgen – nur zur Einsicht. Du bekommst sie sofort zurück.«

»Aber . . . Axel! Das kann ich doch nicht!«

»Nicht? Ich stelle mir vor, daß es für dich die einfachste Sache der Welt ist.«

»Aber wie soll ich denn?! Axel, bitte, nimm doch Vernunft an! Ich . . . ich kann doch nicht zu meinem Mann gehen und sagen: Bitte, gib mir mal den Fall Schmitt gegen Schmitt. Herr Ellert möchte gern Einblick in die Akten nehmen! Oder wie stellst du dir das vor?«

»So jedenfalls nicht, Süße. Du mußt dir die Akten beschaffen, ohne daß dein Mann etwas davon merkt.«

»Bildest du dir etwa ein, er läßt sie hier zu Hause rumliegen?«

»Weiß ich nicht. Jedenfalls habe ich mir sagen lassen, daß Richter gewöhnlich ihre Akten mal mit nach Hause nehmen. Falls dein Gatte das nicht tut, hast du eben Pech gehabt. Dann mußt du ihn in seinem Büro besuchen, das ist doch ganz einfach. Einen Vorwand wirst du schon finden; im Schwindeln bist du ja recht geschickt. Du besuchst ihn in der Maxburg, schickst ihn unter irgendeinem Vorwand aus dem Zimmer . . .«

»Axel! Ich bitte dich! Das ist doch alles heller Wahnsinn! Das ist . . . das ist ganz und gar unmöglich!«

»So? Das tut mir leid. Für dich!«

»Für . . . für mich? Axel, willst du mir etwa drohen?«

»Nein. Ich möchte dich nur zur Vernunft bringen. Wenn du mir diese Akten nämlich nicht beschaffen kannst, müßte ich deinem Mann die Wahrheit sagen.«

Cornelia war blaß geworden bis an die Lippen. »Das kannst du dir sparen, Axel«, sagte sie, bemüht, ihrer Stimme Festigkeit zu verleihen, »ich habe meinem Mann alles erzählt.«

Axel Ellerts blaue Augen blickten eiskalt. »Alles?« fragte er schneidend.

Cornelia schluckte. »Ja!«

Ellert warf seinen glühenden Zigarettenstummel auf den Boden, trat ihn mit der Fußspitze aus. »Das sollte mich wundern«, sagte er trocken. »Der Landgerichtsdirektor weiß also, daß deine Tochter nicht sein Kind ist?«

»Axel!«

»Was schreist du mich denn so an? Ist es etwa meine Schuld?«

»Ich hätte nie geglaubt, daß du so gemein sein kannst!«

»Was heißt hier gemein? Ich kann bis neun zählen, das ist alles. Anscheinend ist dein Mann dazu nicht in der Lage, oder du hast ihn mit deinem Liebreiz so verwirrt . . .«

»Ich bitte dich, Axel! Sei still!« Cornelia preßte sich die Hände auf die Ohren. »Hör auf damit, hör auf!« Sie schluchzte.

»Die Wahrheit ist selten angenehm«, sagte Ellert ruhig.

Cornelia riß sich zusammen. Sie nahm die Hände von den Ohren und sah ihm direkt in die Augen. »Und wenn er es doch wüßte?«

»Um so besser für dich. Dann würde es dir ja wohl nichts ausmachen, wenn ich mich einmal mit ihm über den Fall unterhalte.«

Sie machte einen verzweifelten Versuch, zu bluffen. »Tu das nur!« sagte sie mit zitternder Stimme. »Von mir aus.«

»Bitte. Ganz, wie du willst. Dann werde ich auf ihn warten.« Axel Ellert wollte an Cornelia vorbei in das Arbeitszimmer ihres Mannes treten.

Mit ihrer Beherrschung war es zu Ende. »Nein!« schrie sie. »Nein!«

Er drehte sich zu ihr um, ein belustigtes Lächeln um die Lippen. »Also doch nicht?«

»Bitte, geh jetzt, Axel!« sagte sie. »Ich verspreche dir . . . ich werde versuchen . . .«

»Versuchen nützt mir nichts. Ich muß die Akte haben, ich muß. Verstehst du?«

»Ja«, sagte sie tonlos.

»Ich gebe dir drei Tage Zeit, das ist das äußerste. Wenn du sie mir bis dahin nicht gebracht hast . . .« Unverhüllte Drohung schwang in seiner Stimme.

»Wie soll ich das denn schaffen, Axel?« rief sie verzweifelt. »Wie?!«

»Das ist deine Sorge, Conny. Ich bin sicher, du kriegst das hin.«

»Und dich habe ich immer für einen Freund gehalten«, sagte sie bitter.

»Glaubst du, daß ich mich in der Rolle wohl fühle?« fuhr er sie an. »Wenn ich eine andere Möglichkeit sähe . . . du bist der einzige Mensch, der mir helfen kann!«

»Du bist ein Lump!« sagte sie, hilflos vor Zorn. »Ein niederträchtiger Lump!«

»Beschimpf mich nur, wenn es dir guttut. Aber vergiß nicht, wir beide sitzen im selben Boot. Also . . . spätestens in drei Tagen. Du weißt ja, wo ich zu finden bin.« Er nahm seinen Überzieher von der Garderobe, zog ihn umständlich an.

»Geh endlich!« stieß sie ungeduldig hervor. »Geh!«

»Du bist sehr ungerecht, Süße«, sagte er mit seinem aufreizenden Lächeln, »bildest du dir etwa ein, du bist besser als ich?«

»Ich wünschte, du wärest tot!«

»Den Gefallen kann ich dir leider nicht tun, Conny. Ich habe noch allerhand vor in diesem Leben!«

Cornelia atmete auf, als die Tür endlich hinter ihm ins Schloß fiel. Aber was war damit gewonnen? Eine Atempause, weiter nichts. Sie wußte, daß es kein Entrinnen gab.

Als Axel Ellert längst gegangen war, stand Cornelia immer noch da wie betäubt. Erst das Läuten des Telefons riß sie in den Alltag zurück. Mit müden Schritten ging sie in das Zimmer ihres Mannes, trat an den Schreibtisch und nahm den Hörer ab. Sie holte tief Luft, bevor sie sich meldete. »Hier Cornelia Ramin.«

Die helle, unbeschwerte Stimme Lotte Thainachers drang an ihr Ohr. »Cornelia ... gut, daß du da bist. Ich wollte dich nur fragen, wie geht es dir denn, meine Liebe?« Ohne eine Antwort abzuwarten, zwitscherte sie weiter: »Ich habe nämlich übermorgen eine kleine Party, so nennt man das ja heute ... eigentlich ist es nur ein Damenkränzchen, ein paar Freundinnen von mir ... na, du weißt schon ... mit dir kann ich doch auch rechnen, nicht wahr, Cornelia? Wir haben uns ja endlos lange nicht mehr gesehen, ich begreife gar nicht, warum du dich so rar machst ... also übermorgen, so gegen vier, ja? Am besten sagst du deinem Mann gleich, daß du zum Abendessen nicht zu Hause bist, denn so früh wollen wir uns doch nicht trennen, wenn wir mal beisammen sind!« Lotte lachte vergnügt.

»Es tut mir leid, Lotte«, begann Cornelia mühsam.

»Was? Soll das etwa heißen, daß du dich wieder drückst?«

»Mir ist nicht ganz gut, Lotte.«

»Du bist krank? Warst du schon beim Arzt? Aber davon weiß ich ja gar nichts!«

Cornelia suchte krampfhaft nach Worten. »Es ist nicht so schlimm, nur ...«

»Wenn's nicht so schlimm ist, kannst du ja auch kommen!«

»Ich werde es versuchen ...«

»Was heißt hier versuchen!? Du kommst, und damit basta.«

»Ja, Lotte.«

Einen Augenblick war es still im Apparat. Dann sagte Lotte Thainacher mit veränderter Stimme: »Was ist eigentlich los mit dir? Deine Stimme klingt so komisch! Ist etwas passiert? Hast du dich mit Thomas gezankt?«

»Mach dir keine Sorgen, Lotte!« sagte Cornelia. »Es

ist nur . . .« Sie wußte nicht, was sie Lotte sagen konnte und drückte kurz entschlossen auf die Gabel. Das Gespräch war unterbrochen. Sie legte den Hörer auf.

Cornelia ließ sich auf den Schreibtischsessel ihres Mannes sinken, stützte den schmerzenden Kopf in beide Hände. Es war lächerlich – es war lächerlich und fürchterlich zugleich. Lotte Thainacher lud sie zu einem Damenkränzchen ein, während sie nicht wußte, wie ihr Leben weitergehen sollte.

Es ging nicht mehr weiter, es war aus. Alles war aus. Thomas durfte nicht erfahren, daß Nelly nicht seine Tochter war – jetzt weniger denn je. Er hatte ihr verziehen, daß sie ihn in all den Jahren belogen hatte, über ihre andere, über ihre große Lüge würde er nie hinwegkommen. Sie konnte es Thomas nicht antun, und auch Nelly nicht. Es gab für sie nur einen Ausweg – den Tod. Damals, als sie ihn in einem Impuls gesucht hatte, hatte Nellys weinende Kinderstimme sie zurückgerufen. Damals – wie lange war das her? Erst wenige Wochen, und doch schien es ihr eine Ewigkeit. Sie hatte so fest geglaubt, das Schlimmste überstanden zu haben. Jetzt wußte sie, daß es nur ein Vorspiel gewesen war.

All die Jahre, in denen sie mit Thomas verheiratet gewesen war, hatte sie unter dem Druck gelebt, daß eines Tages die Wahrheit ans Licht kommen würde. Es hatte Zeiten gegeben, in denen dieser Druck kaum spürbar gewesen war, dann wieder war er so übermächtig stark, daß er sie fast zermalmte. Sie hatte ihr Leben auf einer Lüge aufgebaut, aber sie bereute es nicht. Auch heute nicht. Diese zehn Jahre waren jedes Opfer wert gewesen.

Sie wußte, daß sie falsch gehandelt hatte, aber sie wußte auch, daß sie, noch einmal vor dieselbe Entscheidung gestellt, genauso wählen würde.

Reno Halbe war der erste Mann in Cornelias Leben gewesen. Als sie ihn kennenlernte, war sie achtzehn und er zwanzig. Sie hatte ihn damals sehr geliebt – jedenfalls hatte sie das geglaubt. Zwei Jahre waren sie zusammengewesen, unbekümmerte, verrückte, verwirrende Jahre. Sie waren beide voller Hoffnungen und großer Pläne gewesen, sie hatten sich geküßt und gestritten, sie hatten zusammen gehungert und, wenn sie einmal Geld hatten, es mit beiden Händen ausgegeben. Reno hatte sein erstes Engagement als Anfänger bei den Münchner Kammerspielen gehabt, und sie, Cornelia, hatte damals selber noch geglaubt, zur Schauspielerin berufen zu sein. Sie hatten sorglos in den Tag hineingelebt, überzeugt, daß die Welt ihnen gehörte und das ganze Leben vor ihnen lag. Von Heiraten hatten sie nie gesprochen.

Dann war der Tag gekommen, an dem Cornelia erfuhr, daß er sie betrog. Er betrog sie seit langem, wahllos und verantwortungslos – mit Schauspielschülerinnen, Mannequins, ja, auch mit verheirateten Frauen. Alle hatten es gewußt, nur Cornelia nicht. Eine Welt stürzte für sie zusammen.

Reno Halbe hatte ihre Empörung gar nicht begriffen. Er war doch frei, durch nichts gebunden – warum sollte er das Vergnügen nicht nehmen, wo es sich ihm bot? Er erklärte, daß er Cornelia niemals für so kleinlich gehalten hätte. Er würde ihr bestimmt keinen Vorwurf machen, wenn sie sich auch mit anderen Männern amüsierte.

Cornelia packte ihre Sachen zusammen und zog zu ihrer Freundin Elfie Meier. Sie hatte keine Verwandten mehr, ihr Vater war im Krieg gefallen, ihre Mutter auf der Flucht gestorben. Sie glaubte, daß sie über diese Enttäuschung nie hinwegkommen würde, aber sie war viel zu jung, um zu verzweifeln.

Ihre Freundin tat alles, um sie aufzuheitern. Sie ließ es nicht zu, daß Cornelia abends allein zu Hause blieb, sie nahm sie mit nach Schwabing. Hier lernte sie durch einen Zufall den jungen Assessor Thomas Ramin kennen. Er verliebte sich sofort in die traurige Cornelia. Sie wußte, daß er der Mann ihres Lebens war. Sie wollte ihm von Reno Halbe erzählen, aber er ließ es nicht zu. »Ich liebe dich«, sagte er, »was gewesen ist, interessiert mich nicht.« Als sie das dritte Mal zusammen waren, beschlossen sie, zu heiraten. Es war für beide ganz selbstverständlich, denn sie wußten, daß sie zusammengehörten. Alles war ganz selbstverständlich – auch, daß Cornelia sich ihm hingab. Die Zeit mit Reno Halbe hatte jede Bedeutung für sie verloren. Bis sie erkannte, daß sie ein Kind erwartete.

Sie sagte Thomas, sie wollte ihm die ganze Wahrheit sagen – aber er verstand sie nicht. Er war so glücklich, so fest überzeugt, daß dieses Kind nur von ihm sein konnte, daß sie es nicht übers Herz brachte, ihm alles zu sagen. Sie wollte ihn nicht enttäuschen, sie wollte ihn nicht verlieren – niemand wußte ja die Wahrheit außer ihr selber.

Reno Halbe ahnte nichts davon, bis heute nicht, dessen war sich Cornelia sicher. Nur Axel Ellert hatte es gewußt. Die ganzen Jahre hatte er es gewußt, aber er hatte niemals ein Wort darüber verloren. Vielleicht hätte er auch weiter geschwiegen, wenn er nicht jetzt ihre Hilfe gebraucht hätte. Die Akte Schmitt. Warum war Axel Ellert nur so sehr an dieser Akte interessiert?

Mit einem plötzlichen Entschluß öffnete Cornelia den Schreibtisch, fand den Stapel Akten, legte ihn vor sich hin, suchte fieberhaft. Da war sie. Schmitt gegen Schmitt, mit zwei t. Genau, wie Axel Ellert es gesagt hatte. Sie schob die anderen Akten wieder in das Fach zurück und begann zu blättern.

Noch niemals hatte sie eine Scheidungsakte in der Hand gehabt. Sie war entsetzt. So also konnte es aussehen, wenn eine Ehe in die Brüche ging, eine Ehe, die so viele Jahre lang gehalten hatte. Man bewarf sich gegenseitig mit Schmutz, ohne Scham, ohne Anstand.

Sie las und las, und plötzlich begriff sie, worauf es Axel Ellert ankam. Er mußte mit Frau Schmitt befreundet sein. Er hatte ja selber gesagt, daß es sich um eine verheiratete Frau handelte. Axel Ellert wollte wissen, ob sein Name in diesem Scheidungsprozeß genannt wurde. Drei-, viermal las sie den entscheidenden Passus durch und versuchte, ihn sich in ihr Gehirn zu prägen. »Mein Mandant ist in der Lage, Beweise für die eheliche Untreue seiner Frau vorzulegen und, falls das Gericht es für unerläßlich nennt, den Ehebrecher namhaft zu machen.«

Das war es also, nichts weiter. Sie war gerettet.

Diese Erkenntnis war so überwältigend, daß Cornelia eine Zeit brauchte, um mit ihr fertig zu werden. Sie seufzte vor Erleichterung. Es war wie ein Wunder. Sie brauchte nicht zu sterben. Sie durfte leben, mit Thomas und für Thomas, für die Kinder und das Ungeborene, das sie unter dem Herzen trug. Alles, was es für sie jetzt noch zu tun gab, war, Axel Ellert anzurufen und ihm mitzuteilen, was sie wußte.

Sie hatte den Hörer schon in der Hand, als es an der Wohnungstür klingelte. Sie schrak zusammen. Blitzschnell überlegte sie. Es war elf Uhr vormittags, um diese Zeit erwartete sie keinen Besuch. Wenn es ein Vertreter war, konnte sie ihn vor der Tür stehenlassen und erst das lebenswichtige Gespräch erledigen. Aber – vielleicht war es Thomas? Vielleicht war er früher als gewöhnlich zurückgekommen? Manchmal pflegte er, obwohl er einen Hausschlüssel besaß, zu klingeln, um ihr sein Kommen anzukündigen.

Es läutete wieder. Nein, sie durfte es nicht darauf ankommen lassen, daß Thomas sie bei diesem Gespräch überraschte.

Cornelia sprang auf, schob die Akte Schmitt gegen

Schmitt wieder in das Schreibtischfach zurück, lief zur Wohnungstür und öffnete.

Lotte Thainacher stand draußen.

Niemals war die Freundin Cornelia unwillkommener gewesen als jetzt. Sie mußte sich beherrschen, es sich nicht anmerken zu lassen.

Lotte Thainacher überschüttete Cornelia mit einem Schwall von Worten, und Cornelia war fast dankbar, daß sie nicht antworten mußte. Mit einem gezwungenen Lächeln führte sie den Besuch ins Wohnzimmer. Sie kannte Lotte Thainacher, sie würde sich, wenn sie schon einmal gekommen war, nicht so schnell wieder abschieben lassen. Cornelia mußte gute Miene zum bösen Spiel machen. Sie bot Lotte Wermuth an, eine Zigarette, stellte Salzmandeln auf den kleinen Tisch.

Lotte Thainacher war aus ehrlicher Besorgnis gekommen. Cornelias seltsamer Ton am Telefon hatte sie erschreckt. Es fiel Cornelia nicht leicht, sie abzulenken.

Als Lotte sich endlich beruhigt hatte, begann sie von sich selber zu sprechen, von dem neuen Hut, den sie sich gestern gekauft hatte, von dem Schicksal ihrer gemeinsamen Freundin Amelie, die seit kurzem in Scheidung lebte, davon, daß sie das Gefühl hatte, ihr Leo sei ihr auch nicht ganz treu, denn er wäre in letzter Zeit oft so abwesend und manchmal auch abweisend zu ihr.

Cornelia antwortete: »Ja!« und »Wirklich?« und: »Das bildest du dir nur ein!« Immer wieder sah sie verstohlen auf ihre Armbanduhr, aber Lotte Thainacher schien es nicht zu bemerken.

Es ging auf Mittag zu. Thomas Ramin mußte jeden Augenblick nach Hause kommen. Cornelia machte einen verzweifelten Versuch, die Freundin loszuwerden. »Mußt du dich nicht um deinen Haushalt kümmern, Lotte? Hast du schon gekocht?«

»Oh, du weißt doch genau, wenn ich koche, schmeckt es Leo doch nicht. Das macht Anni. Ich bin sicher, daß alles fix und fertig ist, wenn ich nach Hause komme.«

»Was wird Leo sagen, wenn du nicht da bist?«

»Gar nichts! Er ist es gewöhnt. Das eine will ich dir sagen, Cornelia, es kommt immer nur darauf an, wie man seinen Mann erzieht.«

Cornelia holte tief Atem. »Lotte . . .«, begann sie und stockte gleich wieder.

Lotte Thainacher beugte sich vor. »Ja? Hast du was auf dem Herzen? Ich habe es ja gleich gewußt.«

»Könntest du mich nicht für heute abend einladen, Lotte?«

»Aber natürlich! Du weißt doch ganz genau, du bist mir jederzeit willkommen!«

»Das meine ich nicht. Ich wollte dich bitten . . . ich habe heute abend etwas Wichtiges vor.«

Lotte Thainacher verstand sofort. »Ach so. Und Thomas soll nichts davon wissen, wie?«

»Bitte, versteh das nicht falsch . . .«

»Ach wo.« Lotte lachte. »Ich verstehe das haargenau. Mach dir nur keine Sorgen. Auf mich kannst du dich verlassen.«

Thomas Ramin war etwas irritiert, als er nach Hause kam und Lotte Thainacher bei seiner Frau vorfand. Er zeigte sich nicht gerade von seiner liebenswürdigsten Seite, denn er hatte Hunger und wollte mit seiner Familie allein sein.

Lotte Thainacher war nicht im geringsten beleidigt, sie neckte ihn ein bißchen, dann stand sie auf und verabschiedete sich. »Also bis heute abend, Cornelia!« sagte sie herzlich beim Abschied. »Vergiß nicht . . . acht Uhr! Ich erwarte dich!«

Cornelia wußte, wie sehr Lotte Thainacher kleine Intrigen liebte. Sie konnte sicher sein, daß Lotte nichts verraten würde, aber es mißfiel ihr, eine Mitwisserin zu haben. Der Gedanke, sich mit einer dritten Person gegen Thomas verbündet zu haben, quälte sie.

Sie war froh, als es ihr am Nachmittag gelang – unter dem Vorwand, sie wolle Gebäck zum Kaffee besorgen –, das Haus zu verlassen. Sie benutzte die Gelegenheit, von der Telefonzelle an der Ecke aus Axel Ellerts Nummer anzurufen.

Ada, die Sekretärin, meldete sich. »Tut mir furchtbar leid, Conny«, sagte sie, »Axel ist gar nicht im Hause ... nein, wirklich nicht! Er hat ein paar Außenaufnahmen in Nymphenburg. Ich soll dir was ausrichten ... paß auf ... warte mal, wo habe ich den Zettel, ja, hier! Also ... Axel erwartet dich heute abend. Ist dir's recht?«

»Was bleibt mir denn anderes übrig?« sagte Cornelia bitter.

»Bitte, nimm's mir nicht übel, aber was will er eigentlich von dir?« fragte Ada. »Ich dachte, du wärst endgültig ausgestiegen! Ich verstehe gar nicht ...«

Cornelia hängte ein. Sie fühlte sich wie zerschlagen. Es hatte so einfach geschienen, Axel Ellert die Nachricht zu übermitteln. Jetzt schien sich alles gegen sie verschworen zu haben.

Am Abend, als sie das Geschirr gespült und die Küche in Ordnung gebracht hatte, zog Cornelia sich rasch um. Sie erschrak, als sie in den Spiegel sah. Das lindgrüne Jerseykleid unterstrich noch die geisterhafte Blässe ihres Gesichtes. Rasch legte sie, was sie sonst nicht tat, ein wenig Rouge auf die Wangen – so sah sie schon besser aus. Sie schlüpfte in ihren grauen Persianermantel, band sich ein Kopftuch um, bevor sie sich von Thomas verabschiedete.

»Wo willst du hin?« fragte er erstaunt.

»Aber du weißt doch genau, daß ich mit Lotte Thainacher verabredet bin.«

»Komisch«, sagte er.

»Was ist komisch daran?«

»Daß du auf einmal mit Lotte so intim bist. Erst sitzt sie heute mittag hier in der Wohnung, wenn ich Hunger habe . . .«

Cornelia zwang sich zu einem Lächeln. »Na, na, na, Thomas, dein Essen hast du doch wohl pünktlich bekommen!«

»Ja, schon, nur . . .«

»Paßt es dir nicht, daß ich mich mit Lotte verabredet habe? Du weißt, es liegt mir wirklich nichts daran, aber Lotte hat mir schwere Vorwürfe gemacht, daß ich mich nicht mehr genügend um sie kümmere, und deshalb . . .«

Er stand auf und nahm sie in die Arme. »Du brauchst dich nicht bei mir zu entschuldigen, Cornelia. Alles, was du tust, ist richtig.« Er küßte sie und spürte mit leichter Verwunderung, wie leidenschaftlich, ja fast verzweifelt sie seinen Kuß erwiderte. Flüchtig schoß es ihm durch den Kopf, daß sie heute den ganzen Tag bedrückt und nervös gewesen war. Sicher hatte Lotte Thainacher ihr den Kopf mit irgendwelchen dummen Ideen heiß gemacht. Er war der festen Überzeugung, daß niemals etwas Gescheites dabei herauskam, wenn Frauen sich zusammensetzten.

»Warte einen Augenblick«, sagte er plötzlich entschlossen, »Ich werde dich begleiten!«

Cornelia fiel es schwer, ihren Schrecken zu verbergen.

»Du . . . aber . . .«, stotterte sie.

»Oder hast du etwas dagegen?«

»Natürlich nicht . . . nur . . . ich glaube, Lotte wollte mir etwas erzählen.«

»Macht ja nichts. Inzwischen werde ich mich eben mit Leo unterhalten. Nur keine Sorge, wir werden euch beide bestimmt nicht stören.«

Cornelia sah keine Möglichkeit, ihn, ohne Verdacht zu erregen, von dieser Idee abzubringen. Sie mußte Freude heucheln, so schwer es ihr fiel.

Lotte Thainacher merkte sofort, daß irgend etwas nicht geklappt hatte, als Cornelia mit ihrem Mann ankam. Sie beherrschte, wie immer, die Situation.

»Macht ihr es euch im Herrenzimmer gemütlich«, schlug sie den Männern vor, »Cornelia und ich ziehen uns in meine Gemächer zurück. Nein, tut nur nicht so, als ob euch das nicht paßt ... wir wissen genau, daß wir euch nur stören würden!«

Als sie mit Cornelia in ihrem zauberhaften kleinen Biedermeierzimmer allein war, fragte sie, noch ehe Cornelia den Mund aufgetan hatte: »Pech gehabt, wie?«

Cornelia schwieg. Ihr war die Situation entsetzlich peinlich.

Lotte Thainacher goß Cognac in die Gläser, schob Cornelia das Etui mit den Zigaretten hin. »Da, bedien dich, und mach nicht so ein Gesicht. Es wird nichts so heiß gegessen, wie es gekocht wird.«

»Danke«, sagte Cornelia matt und zündete sich eine Zigarette an.

Lotte Thainacher setzte sich ihr gegenüber an den runden, gemütlichen Tisch. »Sag mal, hast du eigentlich kein Vertrauen zu mir, Cornelia?«

»Doch.«

»Dann raus mit der Sprache! Was ist los?«

»Sei mir nicht böse, Lotte ...«

»Ich verstehe schon. Du willst mich nicht in deine Geheimnisse ziehen. Vielleicht hast du recht. Viel Wissen macht Kopfschmerzen. Aber wenn ich dir irgendwie helfen kann ...«

»Nein. Es ist sehr lieb von dir, aber ...« Cornelia stockte.

»Hast du deine wichtige Sache erledigen können?«

»Nein.«

»Thomas ist dir dazwischengekommen, nicht wahr?«

»Lotte!« sagte Cornelia gequält. »Hat es wirklich einen Sinn, über das alles zu sprechen?«

»Ich glaube schon. Du möchtest den jungen Mann doch noch heute abend sehen, nicht wahr?«

»Ich habe keinen Geliebten, wenn du das glaubst, Lotte.«

»Ich glaube gar nichts. Ich weiß nur – und das hast du mir selber gesagt –, daß du heute abend jemanden sprechen willst, ohne daß Thomas davon etwas erfährt. Willst du das etwa jetzt leugnen?«

»Nein, Lotte.«

»Na also. Komm, trink mal einen Schluck und sei nicht so verzweifelt.«

Cornelia trank, der milde, starke Cognac trieb ihr das Blut in die Wangen. »Ich bin gar nicht verzweifelt, Lotte . . .«, versuchte sie zu lügen. Dann sagte sie plötzlich entschlossen: »Doch, Lotte, du hast recht. Ich kann dir das alles nicht erklären . . . bitte, sei mir nicht böse, es ist eine furchtbar komplizierte Geschichte. Aber ich müßte wirklich jemanden sprechen . . . heute abend noch. Es ist dringend . . . es ist lebenswichtig für mich.«

»Sei froh, daß du mich hast!« Lotte trank ihr Glas aus und stand auf. »Das werden wir gleich haben. Komm!«

»Was hast du vor?«

»Ganz einfach. Wir werden den beiden Herren sagen, daß es uns zu langweilig zu Hause ist und daß wir noch ein bißchen ausgehen wollen. Du brauchst keine Angst zu haben, Cornelia, ich werde dich nicht begleiten . . . wie lange wird dein Gespräch dauern?«

»Höchstens zehn Minuten.«

»Na also. So lange werde ich eben irgendwo auf dich warten.«

Lotte Thainachers Plan war gut, aber er scheiterte daran, daß die Männer ihn gründlich mißverstanden. Sie glaubten nicht, daß der Wunsch der beiden Frauen, allein auszugehen, echt wäre, sondern waren überzeugt, er enthielte eine versteckte Beschwerde, weil sie sich vernachlässigt fühlten. Besonders Leo Thainacher bestand darauf, Cornelia und Lotte zu begleiten, und so fuhren sie denn alle zusammen ins ›P 1‹.

Cornelia war am Ende ihrer Kräfte. Es fiel ihr nicht schwer, Kopfschmerzen zu heucheln, denn sie fühlte sich so elend, daß sie glaubte, jeden Moment zusammenbrechen zu müssen. Lotte unterstützte die Freundin. Sie behauptete, die Musik – sie hatten einen Tisch in nächster Nähe der Band erwischt – wäre viel zu laut, die Luft wäre stickig.

So brach man denn schon gegen elf Uhr auf.

Als Thomas Ramin seiner Frau zu Hause aus dem Mantel helfen wollte, nahm sie allen Mut zusammen. »Hör mal, Thomas«, sagte sie, und ihre Stimme versagte ihr fast den Dienst. »Ich habe wirklich rasende Kopfschmerzen. Ein kleiner Spaziergang in der frischen Luft ... ich glaube, das wär's, was ich brauche.«

»Gut«, sagte er, »dann werde ich dich begleiten.«

»Bitte, Thomas, bitte ... laß mich allein gehen!«

Einen Augenblick sahen sie sich an, dann gab Thomas Ramin nach. »Na schön«, sagte er, »wenn du es für richtig hältst ...«

Sie schlang ihre Arme um seinen Hals und küßte ihn. »Danke, Thomas! Ich danke dir!« Dann drehte sie sich auf dem Absatz um und rannte die Treppe hinunter.

Nachdenklich zog Thomas Ramin seinen Überzieher aus. Es war zu verstehen, daß sie allein sein wollte, wenn sie Kopfschmerzen hatte. Er selber würde in einem solchen Fall wahrscheinlich genauso gehandelt haben. Aber irgend etwas war in ihrem Benehmen seltsam gewesen.

Seit sie mit Lotte Thainacher zusammengewesen war, hatte sie sich so verändert. Den ganzen Tag war sie bedrückt und verstört gewesen. Was konnte Lotte ihr erzählt haben?

Oder hing Cornelias Verstörtheit vielleicht gar nicht mit Lotte zusammen?

Er ließ sich den ganzen Tagesablauf noch einmal durch

den Kopf gehen. Er setzte Steinchen auf Steinchen, und plötzlich wurde ihm klar, daß Cornelia immer wieder versucht hatte, irgend etwas allein zu unternehmen. Warum hatte sie heute nachmittag nicht Nelly oder Tom losgeschickt, um das Gebäck zu holen? Warum war sie so gar nicht erfreut gewesen, als er ihr vorgeschlagen hatte, sie zu Thainachers zu begleiten? Was war das für eine seltsame Idee von den beiden Frauen gewesen, allein auszugehen?

Thomas Ramin sah auf seine Armbanduhr. Fünf Minuten war Cornelia jetzt aus dem Haus. Sie hatte gesagt, daß sie nur ein wenig frische Luft schnappen wollte. Aber das war natürlich ein Vorwand gewesen, sie hatte eine Verabredung – aber wo und mit wem?

Er hatte den Gedanken noch nicht zu Ende gedacht, als er sich auch schon seinen Mantel überzog und aus dem Haus stürzte. Es gab nur einen Menschen, zu dem sie hinter seinem Rücken gegangen sein konnte – Axel Ellert.

Thomas Ramin lief mit großen Schritten zur Taxihaltestelle an der Ismaninger Straße. Er ließ sich zur Bayerstraße fahren. Axel Ellerts Adresse hatte er im Kopf. Vor dem modernen Bürohaus entlohnte er den Chauffeur, rannte auf die Haustür zu, stieß sie auf. Er mußte den Lift erst herunterholen. Dann fuhr er hinauf. Er war ganz sicher, daß Cornelia in Axel Ellerts Wohnung war. Sicher würde ihre Zusammenkunft nicht lange dauern, denn Cornelia wußte ja, daß er auf sie wartete. Sollte er versuchen, sie zu überraschen? Auf keinen Fall wollte er sich noch einmal blamieren.

Thomas Ramin überlegte noch, was er tun sollte, als er hastige Schritte die Treppe herunterkommen hörte. Unwillkürlich drückte er sich in den Schatten einer Türnische.

Es war Cornelia, die herunterstürzte. Sie machte nicht den Eindruck einer Frau, die von einem Stelldichein mit ihrem Liebhaber kommt. Ihr Gesicht war totenblaß, die braunen Augen weit aufgerissen vor Schrecken. Sie war so verstört, daß sie anscheinend nicht einmal imstande war, den Aufzug zu bedienen. Sie lief, ohne Thomas Ramin zu sehen, an ihm vorbei und hastete stolpernd die Treppe hinunter.

Thomas Ramins Herz erfüllte sich mit Zorn. Was hatte Axel Ellert seiner Frau gesagt, das sie so entsetzt hatte? Wie konnte er es wagen, sie so zu quälen?

Ohne eine Sekunde zu überlegen, rannte er die Treppe zum obersten Stock hinauf. Er wollte schon an der kleinen Nebentür, die direkt in Axel Ellerts Junggesellenapartment führte, klingeln, als er sah, daß sie einen Spalt weit geöffnet war. Er schlug mit der Faust dagegen, und als keine Antwort kam, trat er ein.

Axel Ellert lag, die Arme weit von sich gespreizt, rücklings auf der mit Ozelot überspannten breiten Couch. Auf der Brust seines leuchtendblauen Sporthemds zeichnete sich ein dunkelroter Fleck ab. Der Perserteppich auf dem Boden war verrutscht. Etwa drei Schritte von der Couch entfernt lag ein schwarzfunkelnder Revolver.

Thomas Ramin begriff. Axel Ellert war tot. Erschossen. Grauen schnürte ihm die Kehle zu. Er rang nach Luft. Sein Herz schmerzte vor Entsetzen, doch zu seinem eigenen Erstaunen arbeitete sein Verstand glasklar.

Mit wenigen Schritten war er bei der Leiche Axel Ellerts, ergriff das Handgelenk des schlapp herabhängenden Armes. Kein Pulsschlag war zu fühlen, das Fleisch war noch warm. Der Einschuß wies keine Pulverspuren auf, Selbstmord kam also nicht in Frage. Thomas Ramin trat zurück, kniete sich neben dem Revolver nieder. Es war eine schwere Armeepistole, wie er sie selbst im Krieg gehabt hatte. Aber ihm gehörte sie nicht. Er hatte alle Waffen bei Kriegsende abgegeben. Wie kam Cornelia an dieses Ding? Merkwürdig, daß sie überhaupt damit umzugehen verstand. Sie hatte gut gezielt, Axel Ellert war direkt ins Herz getroffen.

Der Revolver besaß keinen Schalldämpfer. Hätte er nicht den Schuß hören müssen? Thomas Ramin wußte es nicht. Vielleicht war er noch im Aufzug gewesen, als der Schuß fiel. Vielleicht hatten Straßengeräusche ihn übertönt.

Mit dem bloßen Auge waren keine Fingerabdrücke auf dem Revolver zu sehen. Es zuckte ihm in der Hand, ihn aufzunehmen und abzuwischen. Er tat es nicht. Er konnte es nicht tun. Sein Richteramt war ihm in Fleisch und Blut übergegangen. Nicht einmal, um seine eigene Frau zu retten, hätte er es über sich gebracht, Spuren zu verwischen.

Mühsam richtete er sich auf. Sein Herz war voll unendlicher Liebe und grenzenlosen Mitleids für Cornelia. Wenn sie es wirklich gewesen war, die Axel Ellert getötet hatte – er zweifelte kaum daran –, wie unendlich verzweifelt mußte sie gewesen sein. Es gab für diesen Mord nur zwei Erklärungen – sie hatte in Notwehr gehandelt oder, was wahrscheinlicher war, einen Erpresser zum Schweigen bringen wollen.

Wenn Cornelia es getan hatte, so war er mitschuldig. Sie hatte es getan um seinetwillen, um ihrer Liebe willen, um ihre Ehe zu retten. Weder als Mensch noch als Richter konnte er sie verurteilen, und dennoch – es war entsetzlich. Thomas Ramin wünschte, er hätte diesen Toten nicht gefunden. Gleichzeitig aber wußte er, daß dieser Wunsch töricht war. Die Kriminalpolizei mußte bei ihren Nachforschungen früher oder später auf Cornelia stoßen. Axel Ellerts Sekretärin zumindest wußte, daß Cornelia für den Modefotografen gearbeitet hatte, Gerichtspräsident Losinger wußte, daß Agnes Barowsky Cornelia bezichtigt hatte, ein Liebesverhältnis mit Axel Ellert zu unterhalten – die Kriminalpolizei würde es herausfinden.

Wenn er sich jetzt auf der Stelle umdrehte und den Tatort verließ, konnte er Zeit gewinnen – für Cornelia. Aber das hatte keinen Sinn. Er hatte sein Taxi grade vor dem Haus in der Bayerstraße halten lassen, bestimmt würde die Kriminalpolizei schon morgen wissen, daß er hiergewesen war. Von ihm würde die Spur zwangsläufig zu Cornelia führen.

Nein, er würde Cornelia einen schlechten Dienst erweisen, wenn er den Toten allein ließ. Hatte sie es getan, konnte ihr der geringe Zeitgewinn nichts nützen. War sie es aber nicht gewesen – ohne es selber zu wissen, klammerte sich Thomas Ramin an diese vage Hoffnung –, würde er damit dem wahren Mörder helfen, sich seiner Verantwortung zu entziehen.

Entschlossen trat Richter Thomas Ramin zum Telefon, nahm den Hörer ab und wählte die Nummer der Kriminalpolizei. »Morddezernat bitte«, sagte er, als sich am anderen Ende der Leitung die junge Stimme eines Wachtmeisters meldete. »Ja, es ist sehr dringend.«

Der junge Wachtmeister stellte die Verbindung her. Kriminalrat Bauer vom Morddezernat meldete sich. Thomas Ramin kannte ihn.

»Guten Abend, Herr Kriminalrat«, sagte er, »hier spricht Landgerichtsdirektor Thomas Ramin ... nein, das ist kein Scherz ... ich fürchte, ich habe etwas für Sie zu tun, Herr Kriminalrat. Ich spreche aus der Wohnung des Modefotografen Axel Ellert, Bayerstraße. Der Mann ist tot. Anscheinend erschossen. Wenn Sie bitte mit Ihren Leuten kommen würden ...«

Er wartete die Reaktion des Kriminalbeamten nicht erst ab, sondern legte auf, wählte die Nummer Leo Thainachers. Es dauerte lange, bis der Rechtsanwalt sich meldete – Minuten wurden zur Ewigkeit. Ganz unsinnig rief er: »Hallo!« und noch einmal »Hallo!« in die Sprechmuschel.

Endlich hörte er die verschlafene Stimme seines Freundes.

»Ich bin's, Thomas Ramin«, sagte er rasch. »Hör mal, Leo ... ich brauche dringend deine Hilfe! Ja, es ist etwas passiert. Etwas Furchtbares. Axel Ellert ist tot. Erschossen.«

Plötzlich klang die Stimme des Rechtsanwalts hellwach.

»Wo?«

»In seiner Wohnung in der Bayerstraße.«

»Und Cornelia?«

»Ich habe sie aus der Wohnung herauslaufen sehen ... nein, einen Schuß habe ich nicht gehört.«

»Hast du mir ihr gesprochen?« fragte Leo Thainacher.

»Nein. Sie rannte wie verrückt an mir vorbei. Ich wußte da ja auch noch nicht, daß ...«

»Verstehe. Du meinst, sie war es?«

»Sieht so aus. Die Leiche war noch warm. Ich habe sofort die Kriminalpolizei verständigt ...«

»Das sieht dir ähnlich.«

»Du weißt genau, daß mir keine Wahl blieb.«

»Natürlich, entschuldige. Es ist mir nur so rausgerutscht. Also paß auf, erzähl den Leuten, was du willst, aber nicht, daß du Cornelia gesehen hast. Das kann dir niemand beweisen, hörst du? Ich fahre jetzt sofort in deine Wohnung und werde versuchen, Cornelia aufzugabeln. Hoffentlich hat sie nichts Unüberlegtes getan. Sie war sehr verstört, sagst du?«

»Ja. Bitte, sprich mit ihr, Leo. Sie muß sich in jedem Fall sofort freiwillig melden. Du weißt, wegen der Milderungsgründe. Wenn sie es gewesen ist, leg ihr eine Verteidigung zurecht. Sie muß sehr verzweifelt gewesen sein.«

»Was ist mit der Waffe?«

»Eine Armeepistole. Ich habe sie nie gesehen. Ohne Schalldämpfer. Hör mal, Leo, ich muß Schluß machen, die Kriminalpolizei kann jeden Moment hiersein.«

»Halte sie auf, ja? So lange es geht. Ich fahre sofort zu Cornelia!«

13

Eine knappe Viertelstunde später bremste Leo Thainacher seinen Wagen vor dem Haus in der Holbeinstraße, in dem Thomas Ramin und seine Familie lebten. Er nahm sich nicht Zeit, die Wagentür abzuschließen, rannte durch den Vorgarten und auf die Haustür zu. Er klingelte, wartete wenige Minuten. Nichts rührte sich.

Plötzlich überfiel ihn panische Angst. Wenn Cornelia nun gar nicht nach Hause gefahren war? Wenn sie sich etwas angetan hatte? Wenn sie halb von Sinnen vor Verzweiflung allein durch die nächtliche Stadt irrte?

Leo Thainachers Herz krampfte sich zusammen bei diesem Gedanken. Die schöne, lebensvolle, liebenswerte Cornelia! Warum mußte ausgerechnet sie in solch einen Fall verwickelt werden?

Leo Thainacher hatte in seiner langjährigen Praxis als Strafverteidiger Fälle gehabt, die weit tragischer waren als der Cornelias, aber nie hatte ihm eine Sache so ans Herz gegriffen. Die Menschen, die sich in Schuld und Leid verstrickt hatten, waren ihm unbekannt gewesen, bevor er ihnen als Verteidiger gegenübersaß. Cornelia und Thomas kannte er seit Jahren. Sie waren seine Freunde, vielleicht seine einzigen wirklichen Freunde.

Cornelia! Plötzlich wurde ihm klar, daß er sie liebte und daß er, was immer sie auch getan haben mochte, alles daransetzen würde, sie freizubekommen. Und wenn er das Blaue vom Himmel herunterlügen müßte. Es durfte nicht geschehen, daß Cornelia hinter Zuchthausmauern kam, er würde es nicht zulassen, daß ihr Leben zerstört wurde. Er würde ihr helfen – um jeden Preis. Selbst um den seiner Ehre als Mann und als Anwalt.

Er klingelte noch einmal, stürmisch, langanhaltend – wartete mit wachsender Erregung darauf, daß die Haustür aufgedrückt wurde.

Nichts geschah. Wieder drückte er auf die Klingel, nahm den Daumen nicht mehr fort. Es war ihm gleich, ob das ganze Haus wach wurde. Er sah auf seine Armbanduhr. Schon fünf Minuten versuchte er es jetzt – noch eine halbe Minute gab er sich Zeit, dann mußte er zum nächsten Polizeirevier und Meldung von dem Verschwinden Cornelias erstatten. Nichts war wichtiger, als daß sie lebend gefunden wurde.

Mit aller Kraft drückte er auf die Klingel, als wenn er damit das Schicksal beschwören könnte, obwohl er gleichzeitig wußte, daß es unsinnig war. Wenn Cornelia zu Hause wäre, hätte sie ihm längst geöffnet. Oder glaubte sie vielleicht, daß ihr die Polizei schon auf den Fersen war?

Plötzlich, als er schon nicht mehr damit gerechnet hatte, hörte er den surrenden Ton, drückte auf, rannte die Treppen hinauf, fand die Wohnungstür halb geöffnet. Er stürzte hinein. Die kleine Nelly stand vor ihm, das Haar vom Schlafen verwirrt, in einem langen, blaugetupften Nachthemd, das ihr bis zu den Zehen reichte. Sie rieb sich schlaftrunken die Augen.

»Nelly!« sagte Leo Thainacher. »Ja, darfst du denn das? Mitten in der Nacht die Tür öffnen? Wenn es nun ein . . . ein Einbrecher gewesen wäre?«

»Es hat doch so doll geklingelt, Onkel Leo«, sagte Nelly und riß ihren Mund zu einem Gähnen auf.

»Wo ist deine Mutter?«

»Weiß ich nicht.«

»Na schön. Ich bringe dich jetzt erst wieder in dein Bettchen!«

Leo Thainacher drückte die Wohnungstür zu, hob Nelly auf seine Arme und trug sie ins Kinderzimmer hinüber. Tom schlief tief und fest, die geballten Fäuste vor dem Gesicht. Er hatte nichts gehört.

»Jetzt wird aber sofort geschlafen, hörst du!« mahnte Leo Thainacher.

»Ja, Onkel Leo. Gute Nacht!« Nelly bot ihm die Wange zum Kuß, kletterte wieder in ihr Bett.

Er deckte sie sorgfältig zu, stopfte ihr die Bettdecke in den Rücken. Wenn Lotte und er nur Kinder gehabt hätten. Lotte hatte es nie gewollt, aber er hätte darauf bestehen müssen. Er hatte alles verkehrt gemacht, mindestens so verkehrt wie Thomas Ramin und Cornelia.

Ganz leise, auf Zehenspitzen, verließ Leo Thainacher das Kinderzimmer, zog die Tür sachte hinter sich ins Schloß. Cornelia war nicht zu Hause, sie konnte nicht zu Hause sein, sonst hätte sie wach werden müssen. Trotzdem ging er durch die stille Wohnung, in der ihm jeder Winkel vertraut war. Er öffnete die Tür zu Thomas Ramins Arbeitszimmer, sah ins Wohnzimmer, warf einen Blick ins Schlafzimmer, nur um das bestätigt zu sehen, was er schon wußte. Cornelia war nicht nach Hause gekommen.

Was sollte er tun? Wenn er sich jetzt wenigstens mit Thomas Ramin in Verbindung hätte setzen können. Aber das war unmöglich. Die Kriminalpolizei durfte nicht wissen, daß er Cornelia suchte. Er allein trug jetzt die Verantwortung für Cornelia, für ihr Leben, ihre Ehe, das Glück ihrer Kinder.

Er mußte die Polizei anrufen. Aber hatte es einen Sinn? Würden sie sie finden, wie er sie ihnen beschrieb?

Das war wenig wahrscheinlich. Sie würden überhaupt nicht verstehen, warum er so besorgt um das Schicksal einer Frau war, die erst seit knapp einer Stunde verschwunden war.

Leo Thainacher setzte sich an den Schreibtisch seines Freundes, zündete sich eine Zigarette an. Müdigkeit und grenzenlose Verzweiflung überfielen ihn. Die ganze Geschichte war so fatal. Das schlimmste war, daß er selber mit Schuld daran trug. Wenn Cornelia Axel Ellert getötet hatte, dann hatte sie ihm nie die Wahrheit gesagt. Dann mußte es etwas geben, was sie ihm von Anfang an verschwiegen hatte. Er hätte tiefer in sie dringen, er hätte alles aus ihr herausholen müssen, dann, vielleicht, hätte er das Unglück verhüten können. Er hatte versagt, nicht weniger als Thomas Ramin. Sie beide hatten Cornelia im Stich gelassen.

Leo Thainacher fuhr zusammen, als er hörte, wie sich leise der Schlüssel im Türschloß drehte. Er wußte, das konnte nur Cornelia sein –, sie war zurückgekommen. Sein Herz tat ein paar schnelle, heftige Schläge. Er mußte sich am Schreibtisch festhalten, um nicht aufzuspringen und ihr entgegenzulaufen.

Dann erschien Cornelia auf der Türschwelle. Er konnte ihr Gesicht, bevor sie in den Lichtschein der Schreibtischlampe trat, kaum erkennen, aber sie schien ihm seltsam gefaßt.

»O, Thomas«, sagte sie, »du bist noch auf. Entschuldige bitte, daß ich . . .« Dann erst erkannte sie Leo Thainacher.

»Du!?« stieß sie erstaunt hervor.

»Du hättest doch Schauspielerin werden sollen, Cornelia!« sagte er bitter.

»Ich verstehe nicht . . .«

»Du verstehst sehr gut.« Er stand auf und trat auf sie zu. Ihr Gesicht war geisterhaft blaß, tiefe Schatten lagerten unter ihren großen braunen Augen, aber ihr honiggelbes Haar schmiegte sich schimmernd um das schmale Gesicht, ihr Körper in dem lindgrünen Jerseykleid war straff und jung.

»Cornelia«, sagte er hilflos, plötzlich von Liebe und Mitleid übermannt.

»Wo ist Thomas?« fragte sie. »Wie kommst du überhaupt in die Wohnung? Was willst du von mir?«

Er beantwortete nur eine ihrer Fragen. »Nelly hat mich hereingelassen. Erschrick nicht, ich habe sie wieder ins Bett gebracht. Sie schläft jetzt.«

»Möchtest du mir nicht verraten, was das alles zu bedeuten hat?«

»Wir haben nur sehr wenig Zeit, Cornelia. Es hat keinen Sinn, uns gegenseitig etwas vorzumachen. Ich muß mit dir sprechen. Komm, setz dich!«

Widerstandslos ließ sie sich zu einem Sessel führen. Er nahm ihr gegenüber Platz. Es fiel ihm schwer, dem Blick ihrer großen erschrockenen Augen standzuhalten.

»Bitte, gib mir eine Zigarette!« sagte sie.

Er bot ihr ein Päckchen aus seiner Jackentasche an, sah, wie ihre schlanken braunen Finger zugriffen, gab ihr Feuer. Gleichzeitig wußte er, daß es falsch war, sie Zeit gewinnen zu lassen.

»Warum hast du Axel Ellert erschossen?« fragte er hart.

Ihre braunen Augen wurden noch größer. »Leo! Aber . . . ich habe es nicht getan! Wie kannst du so etwas denken?!«

Er zündete sich selber eine Zigarette an. »Thomas hat dich gesehen.«

»Wann?«

»Cornelia, du verkennst die Situation. Es hat keinen Sinn, mir auszuweichen. Ich weiß alles.«

»Dann mußt du auch wissen, daß ich es nicht getan habe!« sagte sie heftig.

»Was hattest du mitten in der Nacht in Axel Ellerts Wohnung zu tun?«

Cornelia zögerte eine Sekunde. »Das«, sagte sie dann, »ist eine Privatsache.«

»Nein. Du befindest dich in einem Irrtum, wenn du das glaubst, Cornelia. Seit Axel Ellert erschossen worden ist, gibt es keine Privatsachen mehr für dich. Die Kriminalpolizei wird jeden Winkel deines Lebens durchschnüffeln, darauf kannst du dich verlassen.«

»Seit wann arbeitest du für die Kriminalpolizei?«

»Cornelia, ich bitte dich! Nimm doch Vernunft an! Ich will dir doch nur helfen!«

»Indem du mich verhörst?«

»Ja. Ich muß alles wissen, alles! Sonst kann ich die Verteidigung nicht übernehmen.«

»Du meinst also, man wird mich anklagen?«

»Selbstverständlich. Thomas hat dich gesehen, wie du aus Axel Ellerts Wohnung gestürzt bist. Gleich darauf hat er den Toten gefunden. Du mußt doch zugeben, daß alles gegen dich spricht.«

Cornelia beugte sich vor und sah Leo Thainacher an. »Du meinst . . . er wird das sagen?«

»Nein.«

»Dann . . . dann ist ja alles in Ordnung!« sagte sie, aber ihre Stimme klang verzweifelt.

»Nichts ist in Ordnung, Cornelia. Du warst mitten in der Nacht bei Axel Ellert. Auch wenn Thomas es nicht sagt, die Kriminalpolizei wird es ohne Zweifel herausfinden. Du sagst, du hast Ellert nicht erschossen . . .«

»Bestimmt nicht, Leo! So glaub mir doch!«

Er ließ sich nicht unterbrechen. » . . . Aber das nutzt dir nichts. Du mußt der Kriminalpolizei erklären können, warum du bei Axel Ellert warst, sonst wird dir kein Gericht der Welt Glauben schenken.«

Cornelia zermarterte ihr Gehirn. Sie konnte Leo Thainacher nicht sagen, daß Axel sie erpreßt hatte. Daß sie Einblick in einen Fall genommen hatte, den ihr Mann zu bearbeiten hatte. Sie konnte nicht gestehen, daß sie Axel Ellert darüber Auskunft geben wollte. »Ich kann nicht!« sagte sie leise.

»Mein Gott, Cornelia, mach mir die Sache doch nicht so schwer! Wie soll ich dir helfen, wenn du mir nicht die Wahrheit sagst? Ich muß es wissen, ich muß es wirklich wissen. Was hatte Axel Ellert gegen dich in der Hand?«

»Nichts!« sagte sie.

Ihm entging nicht die jähe Röte, die ihr ins Gesicht schoß. »Cornelia, du weißt, ich bin dein Freund. Ich bin nicht nur dein Freund, sondern auch dein Anwalt. Ich verspreche dir, von dem, was du jetzt sagst, nur dann Gebrauch zu machen, wenn es zu deiner Verteidigung unbedingt nötig ist. Auch Thomas wird nichts von dem erfahren, was du mir jetzt erzählst. Nur ich . . . ich muß es wissen . . . unbedingt.«

Cornelia drückte nervös ihre Zigarette aus. »Ich kann nicht«, sagte sie tonlos, »ich kann nicht . . .«

Leo Thainacher stöhnte. »Versuchen wir es anders herum. Du warst also Axel Ellerts Geliebte.«

»Nein.«

»Cornelia! Lügen hilft jetzt nichts mehr! Wirklich nicht! Gib doch zu, daß es so war. Jedes Gericht der Welt wird Verständnis dafür haben, daß du einen Geliebten, der dich nicht gehen lassen wollte, erschossen hast, um deiner Ehe willen.«

»Ich habe ihn nicht erschossen!« sagte Cornelia.

»Warum bist du zu ihm gegangen? Hat er dich denn erwartet?«

»Ja.«

»Und weshalb?«

»Das weiß ich nicht, Leo.«

»Es muß aber doch sehr dringend gewesen sein, wenn du mitten in der Nacht zu ihm gelaufen bist.«

»Es war sehr dringend. Jedenfalls sagte er das.«

»Er sagte es, wann?«

»Leo«, sagte Cornelia, und er sah, wie es hinter ihrer glatten Stirn arbeitete, »du wirst es vielleicht nicht verstehen, aber . . .« Sie zögerte. »Axel Ellert hat mich heute morgen angerufen. Er behauptete, er hätte etwas sehr Dringendes mit mir zu besprechen. Was, das wollte er mir am Telefon nicht erklären.«

»Und du hast dich ohne weiteres bereit erklärt, mitten in der Nacht zu ihm zu kommen?«

»Nein, Leo«, sagte sie erleichtert, daß sie in diesem Punkt nicht zu lügen brauchte, »so war das nicht. Er bat mich, noch im Laufe des heutigen Tages bei ihm vorbeizukommen. Aber es ergab sich keine Gelegenheit. Es war alles ... alles ging einfach schief. Heute mittag habe ich ihn angerufen ... von der Telefonzelle unten an der Ecke, und Ada Maier sagte mir ...«

»Wer ist das?«

»Seine Sekretärin. Sie sagte mir, daß er zu Außenaufnahmen in Nymphenburg wäre. Deshalb ...«

»Einen Augenblick mal, Cornelia!« Leo Thainacher nahm ein kleines Buch aus der Tasche und begann sich Notizen zu machen. »Ada Maier wußte also auch von eurer Verabredung, ja?«

»Ja.«

»Wußte sie, warum er dich sprechen wollte?«

»Nein. Sie sagte, sie wüßte nichts.«

»Na schön. Und weiter ...«

»Ich wartete den ganzen Tag auf eine Gelegenheit, zu ihm gehen zu können. Aber es ergab sich keine. Frag Lotte ... sie hatte mich für heute abend eingeladen, damit ich Axel Ellert aufsuchen könnte.«

Leo Thainacher zog die Augenbrauen hoch. »Wußte sie von der Sache?«

»Nicht direkt ... nicht, daß es sich um Axel Ellert handelte. Nur, daß ich etwas vorhatte, wovon Thomas nichts wissen sollte.«

»Ich werde sie fragen, Cornelia. Aber ich verstehe schon. Dieser Plan ging schief. Thomas bestand darauf, dich zu begleiten. Dann versuchte Lotte, dir noch mal zu helfen, indem sie uns weismachen wollte, daß ihr beide noch zusammen ausgehen wolltet. Aber auch das gelang nicht. Wir bestanden darauf, euch zu begleiten. War es so?«

»Ja.«

»Und dann?«

»Ich habe Thomas gesagt, ich hätte Kopfschmerzen, ich wollte noch etwas frische Luft schnappen. Ich hatte wirklich Kopfschmerzen, Leo.«

»Aber du wolltest zu Axel Ellert?«

»Ja.«

»Es hat dir auch nichts ausgemacht, daß es schon fast zwölf Uhr war?«

»Leo!« sagte Cornelia. »Kannst du das denn wirklich nicht verstehen? Axel Ellert war ein Freund von mir ... kein Geliebter, ein Freund. Er hat viel für mich getan, das weißt du. Er hat mir damals geholfen, als ich in Not war. Er hat versucht, mich vor dem Verdacht meines Mannes zu schützen. Jetzt brauchte er meine Hilfe. Da konnte ich doch nicht einfach ...«

»Hast du keinen Augenblick daran gedacht, daß du in erster Linie deinem Mann und deinen Kindern gegenüber verpflichtet bist?«

Cornelia schwieg. Sie wußte, daß Leo recht hatte. Es war ja alles auch ganz anders gewesen. Aber wie sollte sie ihm das erklären?

»Du nahmst dir also ein Taxi, nehme ich an?« fragte Leo Thainacher weiter.

»Ja.«

»Und wohin ließt du dich bringen?«

»Bis vors Haus.«

»Endlich mal ein Pluspunkt«, sagte Leo Thainacher. »Wenn du vorgehabt hättest, ihn zu erschießen, wärst du wahrscheinlich vorsichtiger gewesen.«

»Ich hatte es nicht vor, und ich habe es nicht getan, Leo!«

»Bitte, erzähl jetzt mal von dir aus. Laß mich nicht immer fragen.«

»Also ... ich fuhr mit dem Lift hinauf, lief dann die Treppe weiter bis zu seiner Wohnung ... der Lift führt nicht so hoch, mußt du wissen ... und fand die Tür offen.«

»Offen?«

»Ja. Weit offen. Ich trat ein, ich dachte, Axel Ellert hätte absichtlich offengelassen, weil er mich erwartete.«

»Wie konntest du das denken? Man läßt doch nicht seine Wohnungstür offenstehen, wenn man einen Besuch erwartet!«

»Ich dachte, Axel Ellert wäre vielleicht noch im Atelier und hätte die Tür offengelassen, damit ich gleich hineinkönnte!«

»Na schön. Weiter!«

»Er lag tot auf der Couch.«

»Hast du im Zimmer irgend etwas angefaßt?«

»Nein. Ich bin nicht über die Türschwelle gekommen. Ich sah ihn daliegen ... und den Blutfleck auf seinem Hemd, und plötzlich war ich so entsetzt, daß ich gar nicht mehr wußte, was ich tat. Ich rannte die Treppe hinunter ...«

»Warum hast du nicht den Lift benutzt?«

»Ich weiß es nicht. Ich habe überhaupt nicht mehr daran gedacht. Ich rannte einfach die Treppe hinunter und auf die Straße.«

»Und dann?«

»Ich war so durcheinander ... ich hatte nicht die Nerven, mir ein Taxi zu nehmen oder zu schauen, ob noch eine Straßenbahn fuhr. Und bin zu Fuß nach Hause gelaufen.«

»Und unterwegs hast du dir überlegt, gar nichts von deiner Entdeckung zu sagen, nicht wahr?«

»Ja. Natürlich. Thomas sollte doch nicht wissen, daß ich bei Axel Ellert gewesen bin.«

»Ich muß dir leider sagen, Cornelia ... das ist eine ziemlich unwahrscheinliche Geschichte, und sie weist einige sehr merkwürdige Lücken auf. Wenn du dich doch entschließen könntest, mir die ganze Wahrheit zu sagen.«

»Ich habe sie dir gesagt, Leo. Du kannst ... du kannst Ada Maier fragen. Sie wußte genausowenig wie ich, was er von mir wollte.«

»Wäre es nicht besser gewesen, wenigstens bis morgen zu warten, ihn am hellen Tag zu besuchen?«

»Vielleicht. Aber ... ich stand unter einem solchen

Druck. Axel Ellerts Stimme hatte so merkwürdig geklungen ... ich hatte Angst!«

»Warum?«

»Ich weiß es nicht.«

»Aber ich. Entweder war er doch dein Geliebter, oder er hatte etwas gegen dich in der Hand.«

Cornelia sprang auf. »Nein! Das ist nicht wahr!«

»Setz dich, Cornelia. Versuch dir doch klarzumachen ... Ich frage dich nichts, was nicht die Kriminalpolizei nachher auch von dir wissen will.«

»Du meinst ... sie werden kommen und mich abholen?«

»Nein. Du mußt dich stellen. Du mußt hingehen und sagen, daß du die Leiche entdeckt hast.«

»Aber warum, Leo? Warum?«

»Weil du früher oder später doch in den Kreis der Verdächtigen geraten wirst. Deshalb ist es besser, du meldest dich von selber.«

»Ich habe doch nichts mit der ganzen Sache zu tun, Leo, glaub mir doch! Warum soll ich ihn denn erschossen haben?«

»Warum bist du mitten in der Nacht zu ihm gegangen?«

»Ich hatte doch gar keinen Revolver, ich kann überhaupt nicht schießen! Ich hätte das gar nicht fertiggebracht, selbst wenn ich es wollte!«

»Das ist wieder ein Punkt, der für dich spricht, Cornelia«, sagte Leo Thainacher. »Aber falls du dir doch von irgend jemandem einen Revolver beschafft haben solltest ... falls du es doch gewesen bist ... ich bitte dich, Cornelia! Ich flehe dich an, sag die Wahrheit! Wenn du es jetzt zugibst, kann ich dich herausreißen. Ich schwöre es dir. Ich bastele dann schon eine Geschichte zurecht. ›Junge glückliche Frau von Erpresser zur Verzweiflung getrieben‹ oder so etwas Ähnliches. Ich werde einen Freispruch bewirken, ich schwöre es dir! Bitte, sag mir die Wahrheit, bevor es zu spät ist.«

»Ich habe Axel Ellert nicht erschossen.«

Die Männer der Mordkommission waren wie ein Hornissenschwarm in das Junggesellenapartment des toten Axel Ellert eingefallen. Alles lief präzise und mit ungeheurer Geschwindigkeit ab.

Während Kriminalrat Bauer in einer verhältnismäßig ruhigen Ecke des Zimmers Landgerichtsdirektor Thomas Ramin verhörte, flammte Blitzlicht auf Blitzlicht auf. Der Polizeifotograf bannte den Toten auf der ozelotbespannten Couch aus allen möglichen Blickpunkten auf die Platte, den Revolver auf dem Teppich, jede Einzelheit des behaglich komfortablen Raumes. Dann machten sich die Spurenspezialisten ans Werk. Die Zigarettenstummel in dem großen kupfernen Aschenbecher wurden sichergestellt, die Waffe, die Türklinke, der Schreibtisch, ja, selbst die Gläser im Badezimmer wurden auf Fingerabdrücke hin untersucht. Ein junger Mann kroch über den Fußboden, sah unter die Couch, unter den Schreibtisch, in den Papierkorb, um irgend etwas zu finden, was auf den Täter hinweisen konnte.

Nur der Polizeiarzt beschränkte sich auf eine flüchtige Untersuchung, dann sagte er achselzuckend: »Exitus. Tod durch Herzschuß. Aber immerhin ... ich würde zu einer Obduktion raten.«

Kaum, daß er sich verabschiedet hatte, kamen zwei Männer mit einer Tragbahre, auf die sie die Leiche hoben, über die sie eine graue Decke geworfen hatten. Sie trugen den toten Axel Ellert hinaus.

Wenige Minuten später waren Kriminalrat Bauer und Landgerichtsdirektor Ramin allein. Der Kriminalrat saß hinter dem Schreibtisch und durchwühlte die Papiere des Toten. Sein finsteres Gesicht ließ erkennen, daß er bisher nichts Aufschlußreiches gefunden hatte.

»Kann ich jetzt gehen, Herr Kriminalrat?« fragte Thomas Ramin, der ihm gegenüber auf einem kleinen gepolsterten Hocker saß.

»Nein«, sagte der Kriminalrat. Dann schob er die Papiere zusammen, verschränkte seine Hände und sah Thomas Ramin an. »Ich denke, Sie haben mir noch einiges zu sagen, Herr Landgerichtsdirektor . . .«

»Nicht, daß ich wüßte. Ich habe Ihnen doch schon erzählt, wie ich den Toten gefunden habe.«

»Stimmt. Eine unwahrscheinliche Geschichte. Sie haben den Toten nur flüchtig gekannt, sind aber plötzlich auf die Idee gekommen, ihn kurz vor Mitternacht zu besuchen.« Kriminalrat Bauer deutete auf die Armeepistole, die vor ihm auf dem Schreibtisch lag. »Kennen Sie dieses Ding?«

»Bestimmt nicht. Ich habe es heute abend zum erstenmal gesehen.«

»Sie waren doch sicher auch Soldat, Herr Landgerichtsdirektor, wie?«

»Ja. Aber ich besitze keine Waffen mehr.«

»Danke. Auch ohne Ihre Mithilfe werden wir feststellen, wem die Pistole gehört.«

»Darüber würde ich mir an Ihrer Stelle keine Kopfzerbrechen machen, Herr Kriminalrat. Ich bin ziemlich überzeugt, daß sie im Besitz Axel Ellerts war.«

»So?« Die Augen des Kriminalrates verengten sich.

»Das liegt doch nahe«, sagte Thomas Ramin. »Wenn diese Pistole ein Indiz wäre, hätte sie der Täter höchstwahrscheinlich verschwinden lassen. Daß sie hier gelegen hat, beweist ja schon . . .«

Kriminalrat Bauer unterbrach ihn mit einer ironischen Verbeugung. »Ich danke Ihnen sehr für Ihre wertvolle Hilfe, Herr Landgerichtsdirektor.« Dann änderte er den Ton. »Sie haben natürlich recht. Die Erklärung liegt auf der Hand. Wo, glauben Sie, hebt ein Mann wohl seine Pistole auf?«

Thomas Ramin dachte nach. »Vielleicht im Nachttisch . . . aber hier ist keiner. Dann doch wohl im Schreibtisch. Ich möchte sagen, in der rechten Schublade. Der Täter . . .« Thomas Rainin stockte.

»Bitte, fahren Sie fort, das ist sehr aufschlußreich für mich.«

»Ich nehme an, daß der Täter hinter dem Schreibtisch gestanden hat, als es geschah. Axel Ellert stand etwa zwei Schritte vor der Couch. Höchstwahrscheinlich hat es einen Streit gegeben, einen Wortwechsel, der Täter, der wissen mußte, daß Axel Ellert seine Pistole in seinem Schreibtisch aufbewahrte, riß sie heraus und schoß. Axel Ellert fiel hintenüber. Dabei muß der Teppich verrutscht sein.«

»Aha«, sagte Kriminalrat Bauer, »Sie hatten also einen Streit mit dem Toten?«

»Ich?! Ich spreche doch nicht von mir!«

»Sie standen hinter dem Schreibtisch, als Sie auf ihn schossen!«

»Mein lieber Kriminalrat, Sie werden doch wohl nicht allen Ernstes annehmen, daß ich es getan habe?«

»Eines steht fest – versuchen Sie mir nichts vorzumachen –, Sie sagen mir nicht die Wahrheit oder zumindest nicht die ganze Wahrheit. Entweder haben Sie es selber getan, oder Sie wissen, wer der Täter ist. Auf alle Fälle möchte ich Sie bitten, hierzubleiben.« Kriminalrat Bauer erhob sich.

»Sie wollen mich festnehmen? Das gibt einen Skandal.«

»Ihre Schuld, nicht meine.«

»Tun Sie, was Sie nicht lassen können. Ich freue mich schon auf den Moment, wenn Sie sich bei mir entschuldigen müssen.«

»Das werden Sie nicht . . .«, begann Kriminalrat Bauer, aber das Schrillen des Telefons unterbrach seinen Satz. Er nahm den Hörer ab. »Ja . . . bin am Apparat«, sagte er. »Ja, ich bin auf dem Weg. Was? Sehr interessant. Nein, nein, bringen Sie sie hierher. Ja, an den Tatort. Sofort. Ich werde warten.« Er legte den Hörer auf die Gabel und sah Thomas Ramin an. »Ihre Frau hat sich soeben auf der Polizei gemeldet. Sie behauptet, die Leiche gefunden zu haben.«

»Das stimmt. Ich habe sie aus der Wohnung herauskommen sehen.«

»Davon haben Sie aber nichts gesagt!«

»Natürlich nicht. Sie ist meine Frau.«

Kriminalrat Bauer seufzte. »Ich hasse Fälle, in die Personen des öffentlichen Lebens verwickelt sind. Ich habe sie immer schon gehaßt. Es gibt nichts Undankbareres.« Er sah, daß Thomas Ramin sich eine Zigarette anzündete.

»Sie können gehen!« sagte er.

»Wie bitte?«

»Sie können gehen, Herr Landgerichtsdirektor. Ich habe keine Fragen mehr an Sie.«

Der Lift war nicht oben. Thomas Ramin drückte nicht auf den Knopf, um ihn heraufzuholen. Er ging auch nicht die Treppe hinunter. Er blieb stehen, lehnte sich an die gelbgestrichene Wand und rauchte seine Zigarette zu Ende. Er wußte, daß es unsinnig war, aber er mußte Cornelia sehen.

Seine Sehnsucht nach ihr – eine schmerzhafte Sehnsucht – war übermächtig. Er konnte nicht begreifen, was geschehen war, bevor er sie nicht gesehen hatte – Cornelia, die es im größten Zorn nicht fertigbrachte, ihre Kinder zu schlagen, Cornelia, die so bitterlich geweint hatte, als vor Jahren die Katze aus dem zweiten Stock von einem Lastwagen überfahren worden war. Und doch hatte sie jetzt mit eigener Hand einen Menschen niedergeschossen, einen Mann, der ihr Lebensglück bedrohte. Hatte sie es wirklich getan? Konnte sie es getan haben? Er mußte sie sehen. Er war fest überzeugt, wenn er sie erst gesehen hätte, würde er es wissen.

Die Glut des Zigarettenendes verbrannte ihm die Fingerspitzen. Er warf den Stummel fort, trat ihn aus, steckte die Hände in die Taschen und schloß die Augen. Er war nicht fähig, irgend etwas zu denken. Solange er hatte handeln, reden, Entscheidungen fällen müssen, war es erträglich gewesen, jetzt, als er gezwungen war, tatenlos zu warten, packten ihn Elend und Entsetzen. Er stand ganz still da, überließ sich dem Schmerz um Cornelia, um sich selber, um sein zerstörtes Glück.

Das sanfte Surren des Aufzuges riß ihn in die Wirklichkeit zurück. Er öffnete die Augen. Der Lift hielt. Die Tür wurde von innen geöffnet – Cornelia trat heraus.

Sie trug ihren grauen Persianermantel, das fliederfarbene Kopftuch mit den weißen Orchideen, das er so gut kannte, um das Haar geschlungen, ihr schöner Mund war ungeschminkt. Ihre braunen Augen blickten übergroß, wie vor Entsetzen geweitet. Sie sah ihn nicht. Ein junger Polizist folgte ihr auf dem Fuß.

»Cornelia!« sagte Thomas Ramin fast tonlos. »Cornelia!« Sie fuhr herum, jähe Röte schoß in ihre Wangen. Sie öffnete den Mund, als ob sie etwas sagen wollte.

Der Polizist packte sie beim Arm. »Bitte, weitergehen!« sagte er in einem Ton, als wenn er sich für sein Eingreifen entschuldigen müßte.

Cornelia seufzte auf, preßte die Lippen aufeinander und wandte sich ab.

Thomas Ramin sah ihr nach, wie sie mit ihren schlanken, geraden Beinen, den Kopf hoch erhoben, neben dem Polizisten die Treppe hinaufschritt.

War sie eine Mörderin? Er wußte es weniger denn je. Er wußte nur eines – daß er sie liebte, was immer sie auch getan hatte.

Thomas Ramin war erst wenige Schritte die Bayerstraße hinuntergegangen, als Leo Thainacher ihn anrief. Der Rechtsanwalt öffnete die Wagentür, und Thomas Ramin stieg ein.

»Hast du sie gesehen?« fragte Leo Thainacher.

Thomas Ramin nickte stumm.

»Was hältst du von der Sache?«

»Du hast mit ihr gesprochen!« Thomas Ramin zündete sich mit nervösen Händen eine Zigarette an.

»Sie ist störrisch wie ein Maulesel.«

»Soll das heißen ...«

»Ich habe nichts aus ihr herausbekommen. Nichts, was für eine Verteidigung zu gebrauchen wäre.«

»Hat sie es zugegeben?«

»Nein. Das nicht, aber –«

»Du glaubst, daß sie es getan hat?«

Leo Thainacher löste die Handbremse, ließ den Motor an.

»Ich weiß nichts. Genauso wenig wie du. Vielleicht noch weniger.«

»Was nun?«

»Jedenfalls war es eine gute Idee ... wer untersucht den Fall übrigens?«

»Kriminalrat Bauer.«

»Tüchtiger Mann. Die Idee, sie zuerst am Tatort zu verhören, ist nicht schlecht. Wahrscheinlich die einzige Möglichkeit, etwas aus ihr herauszukriegen.«

»Und wenn sie gesteht?«

»Um so besser. Dann hau' ich sie heraus. Allerdings ...« Leo Thainacher sprach seinen Satz nicht zu Ende.

»Allerdings ... was?«

»Es geht um Cornelia. Ich könnte keine Rücksicht auf deine Gefühle nehmen.«

»Natürlich nicht. Das erwarte ich auch gar nicht. Und wenn sie nicht gesteht?«

»Gegen sie spricht nur ein Indizienbeweis. Ich würde alles daransetzen, ihn zu erschüttern. Natürlich kann ich die Tatsachen nicht aus der Welt schaffen ... die anonymen Briefe, du weißt schon ... daß sie in der Mordstunde bei ihm gewesen ist und so weiter. Ich würde es darauf anlegen, den Geschworenen klarzumachen, daß dieser Indizienbeweis nicht lückenlos ist. Daß auch noch ein Dritter

Ursache gehabt haben könnte, Ellert zu ermorden. Ursache und Möglichkeit.«

»Das dürfte schwer sein.«

»Ich denke nicht. Axel Ellert war ein Typ für Frauen, nehme ich an. Bestimmt gibt es noch einige andere Damen, die in seinem Leben eine Rolle gespielt haben. Die müßte man finden. Außerdem war sein Apartment direkt verbunden mit dem Atelier, wenn ich recht verstanden habe.«

»Ja.«

»Es hatte also zwei Zugänge, vom Flur und vom Atelier, nicht wahr?«

»Stimmt.«

»Da besteht doch die Möglichkeit, daß jemand Axel Ellert erschossen haben könnte, wenige Minuten oder auch nur Sekunden bevor Cornelia eintrat, und dann durch das Atelier geflüchtet ist.«

»Ziemlich unwahrscheinlich.«

»Macht nichts. Ich brauche das nicht zu beweisen, ich brauche nur auf die Möglichkeit hinzuweisen. Du weißt ja, in dubio pro reo. Ich muß den Geschworenen beibringen, daß es Cornelia zwar gewesen sein könnte, sie es aber nicht gewesen sein muß. Sie ist eine außerordentlich sympathische Frau, dazu eine Mutter. Ich glaube nicht, daß man sie verurteilen würde. Freispruch mangels Beweisen, du verstehst.«

»Ich möchte nur eines wissen«, sagte Thomas Ramin.

»Ob sie's getan hat?«

»Nein. Warum sie zu ihm gegangen ist.«

»Das könnte ich dir nicht sagen, auch wenn ich es wüßte. Aber tatsächlich – ich weiß es nicht. Es war nicht aus ihr herauszubringen.«

»Daß Axel Ellert ihr Geliebter war . . . bitte, halte mich ruhig für blind, Leo, aber es ist schwer vorstellbar.«

»Du hast recht. Dann wäre dieser mitternächtliche Besuch nämlich gar nicht nötig gewesen, die beiden hätten immer eine Gelegenheit gefunden, sich heimlich zu treffen. Ich habe das Gefühl, daß er sie erpreßt hat.«

»Mit was?«

Leo Thainacher zuckte mit den Schultern. »Keine Ahnung. Wahrscheinlich weiß er etwas aus ihrer Vergangenheit.«

»Und was hat er von ihr gewollt?« fragte Thomas Ramin. »Geld? Das ist doch wohl ausgeschlossen. Axel Ellert hat, soweit ich es beurteilen kann, gut verdient, bestimmt sehr viel mehr als ich. Ich verstehe die ganze Sache nicht, nicht mehr jedenfalls.« Thomas kurbelte das Wagenfenster auf und warf seine Zigarette hinaus.

»Ich muß dich etwas fragen, Thomas«, sagte Leo Thainacher.

»Was?«

»Was wirst du nun tun?«

»Ich? Auf mich kommt es doch jetzt nicht an.«

»Doch. Ich muß es wissen. Wirst du dich scheiden lassen?«

»Warum?«

»Na, ich bitte dich! Dazu hättest du doch in jedem Fall Grund genug!«

»Bevor ich weiß, was überhaupt gespielt worden ist?«

»Es steht doch wohl immerhin fest, daß es kein gutes Spiel war und daß Cornelia darin eine höchst zweifelhafte Rolle gehabt hat.«

»Wenn du so von Cornelia denkst«, sagte Thomas Ramin scharf, »dann ist es doch wohl besser, ich sehe mich nach einem anderen Verteidiger um.«

»Du willst also zu ihr halten? Was auch immer geschehen ist?«

»Bitte, Leo, frag mich doch nicht!«

»Du würdest auf sie warten, auch wenn sie eingesperrt würde? Du würdest weiter mit ihr leben, auch wenn du wüßtest, daß sie eine Mörderin ist?«

Der Wagen hielt. Sie waren in der Holbeinstraße angekommen, keiner der beiden Männer dachte daran, auszusteigen.

»Wenn dies alles vor einem Jahr geschehen wäre«, sagte Thomas Ramin nachdenklich, »oder wenn die gleiche Geschichte einem Freund passiert wäre ... wahrscheinlich würde ich gesagt haben: Mach Schluß. Diese Frau hat dir nur Unglück gebracht. Trenne dich von ihr. Aber jetzt ... Leo, du weißt, ich war eine Zeitlang sehr eifersüchtig, rasend eifersüchtig. Ich war halb von Sinnen. Ich glaube, damals wäre ich auch fähig gewesen, einen Menschen zu töten – Cornelia. Und auch Axel Ellert. Ich kann sie nicht verurteilen, nein, ich kann es nicht. Es ist so schwer, das zu erklären, aber ich bin überzeugt, was sie auch getan hat, sie hat es für mich getan, verstehst du? Vielleicht wird die Ehe mit ihr in Zukunft eine Hölle werden. Vielleicht komme ich nie darüber weg. Aber ich weiß, daß ich diese Hölle mit ihr zusammen durchstehen muß. Ich darf sie nicht im Stich lassen, und ich kann es auch gar nicht.«

Leo Thainacher sah seinen Freund sehr nachdenklich an.

»Jetzt begreife ich endlich, warum Cornelia dich so liebt«, sagte er.

»Du glaubst also auch, daß sie ...«

»Ja. Wenn sie es getan hat, hat sie es aus Liebe getan. Darüber gibt es gar keinen Zweifel. Sie wäre nicht die erste Frau, Thomas. Nur sind die wenigsten Männer imstande, ein solches Opfer zu begreifen. Daß du es tust, spricht für dich.«

»Ich werde morgen zu Losinger gehen und mich beurlauben lassen.«

»Auf jeden Fall. Und weiter?«

»Ich werde tun, was du mir gesagt hast.«

»Ich ... dir?« Leo Thainacher sah den Freund erstaunt an.

»Ja. Wir müssen in Axel Ellerts Privatleben herumwühlen. Wir müssen die Frauen ... oder die Frau ... finden, die zu ihm Beziehungen hat. Wir müssen alles tun, den Indizienbeweis zu erschüttern. Vielleicht ...« Thomas Ramin sprach den Satz nicht zu Ende.

»Du meinst, vielleicht finden wir den wirklichen Täter? Vielleicht war sie es gar nicht?« half Leo Thainacher ihm.

»Ja. Das meine ich. Wer, meinst du, könnte uns helfen?«

»Seine Sekretärin natürlich. Sie heißt ... warte mal«, Leo Thainacher holte sein Notizbuch aus der Tasche, blätterte darin, »ja, Ada Maier. Cornelia sagte mir, sie hätte gewußt, daß Axel Ellert sie erwartete. Sie muß bestimmt über sein Privatleben orientiert sein. Vielleicht weiß sie sogar, warum er Cornelia zu sich bestellt hat. Das würde uns schon ein gutes Stück weiterhelfen.«

»Sie werden Cornelia natürlich in Haft nehmen ... falls sich nicht eine ganz überraschende Wendung in diesem Fall ergibt. Ich werde ihr etwas ausrichten!«

»Was ich dir gesagt habe. Es würde mir sehr viel daran liegen, wenn ich selber mit ihr sprechen könnte.«

»Natürlich. Ich werde es versuchen. Was machst du mit den Kindern, solange Cornelia fort ist? Habt ihr eine Tante, Großmutter, Nachbarin, oder so jemanden, der einspringen könnte?«

»Nein.«

»Gut, dann werde ich dir gleich morgen früh Anni schicken. Lotte wird es gar nicht schaden, wenn sie einmal ein paar Tage allein mit dem Haushalt fertig werden muß. Sobald du etwas herausbekommen hast, ruf mich an, ja?«

»Du auch, Leo.« Thomas Ramin öffnete den Wagenschlag.

»Gute Nacht ... und Dank für alles!«

»Ich tu es für Cornelia«, sagte Dr. Leo Thainacher.

14

Als Richter Thomas Ramin die Haustür aufschloß, schlug eine Uhr die volle Stunde – es war drei Uhr. Er fühlte sich wie zerschlagen, aber gleichzeitig so aufgestört, daß er wußte, er würde in dieser Nacht keinen Schlaf finden. Aber er mußte morgen frisch sein, wenn er Cornelia helfen wollte.

Er nahm eine halbe Schlaftablette, spülte sie mit einem Schluck Cognac hinunter, zog sich aus und legte sich ins Bett. Er versuchte sich zu entspannen, an nichts zu denken oder doch nur an die glücklichen Stunden, die er mit Cornelia verlebt hatte – die Schlaftablette tat ihre Wirkung, er schlummerte ein.

Als um sieben Uhr morgens der Wecker schrillte, mußte er sich Mühe geben, in die Wirklichkeit zurückzufinden. Er war wie betäubt und hatte rasende Kopfschmerzen. Er taumelte ins Badezimmer, stellte sich unter die kalte Dusche. Danach fühlte er sich ein wenig wohler.

Er ging in die Küche, stellte zu seiner Erleichterung fest, daß Cornelia gestern abend, noch bevor sie zu Thainacher gefahren waren, den Frühstückstisch gedeckt hatte. Was bekamen die Kinder zu trinken? Milch, kalt oder warm? Kakao? Er wußte nicht einmal, ob sie heute vormittag in die Schule mußten oder ob er sie schlafen lassen durfte. Er mußte sie fragen.

Tom und Nelly waren schon wach. Sie saßen in ihren Betten und spielten.

»Guten Morgen!« sagte Thomas Ramin erstaunt. »Warum meldet ihr euch denn nicht, wenn ihr schon wach seid?«

»Oh, Papi!« rief Nelly aufgeregt. »Wir . . . wir dachten . . .« Sie stockte.

»Wir haben gedacht, Mami würde vergessen, uns zu wecken!« krähte Tom.

Thomas Ramin verstand immer noch nicht. »Ja, warum sollte sie euch denn wecken, wenn ihr schon wach seid?«

»Dann wären wir zu spät in die Schule gekommen, Papi!« rief Tom vergnügt. »Das wäre doch prima gewesen!«

»Habt ihr heute morgen Schule?«

»Ja«, sagte Nelly und stieg aus dem Bett. Sie stand in ihrem blaugepunkteten Nachthemd, das ihr bis zu den Zehen reichte, vor ihm, eine rührende kleine Gestalt mit ernstem Gesicht, den schönen grauen Augen und dem honiggelben Haar ihrer Mutter. »Wo ist Mami?« fragte sie.

Thomas Ramin antwortete nicht. »Zieht euch rasch an ... vergeßt nicht, euch zu waschen ... was trinkt ihr zum Frühstück?« fragte er.

»Ist Mami nicht da?« fragte Tom.

»Nein. Sie mußte ganz plötzlich verreisen.«

»Wohin?«

»Frag nicht so dumm«, sagte Nelly überlegen, »bestimmt zu Tante Lisa. Bekommt Tante Lisa wieder ein Baby, Papi?«

»Nein.«

»Schade«, sagte Nelly. »Babys machen wirklich Spaß. Könnten wir nicht noch mal ein Baby bekommen, Papi?«

»Was trinkt ihr zum Frühstück?« fragte Thomas Ramin noch einmal.

»Milch!« rief Tom. »Aber kalt ... schöne kalte Milch!«

»Tom schwindelt, Papi«, sagte Nelly, »Mami macht die Milch immer warm. Aber lieber trinken wir sie natürlich kalt.«

»Dann werde ich euch die Milch jetzt warm machen, und ihr seht zu, daß ihr fertig werdet.«

Thomas Ramin wollte das Zimmer verlassen, aber Tom war mit einem Sprung aus seinem Bett gehüpft, er lief hinter dem Vater her und hielt ihn am Jackenärmel fest. »Du, Papi, wenn Mami verreist ist, dann brauchen wir doch eigentlich gar nicht zur Schule, oder?« Toms runde helle Kinderaugen flehten den Vater an.

»Doch. Zur Schule muß man immer. Wenn man nicht gerade krank ist.«

»Aber als Nickys Mutter gestorben ist . . . Nicky ist ein Junge aus meiner Klasse, Vater . . . da hat er auch nicht zur Schule gemußt. Vierzehn Tage nicht!«

»Eure Mutter ist nicht tot, Tom, und ich möchte solche Bemerkungen nicht mehr hören, hast du mich verstanden?«

»Ja, Papi«, sagte Tom, immer noch nicht zufrieden. Plötzlich heilte sich sein Gesicht auf. »Ist sie wenigstens krank? Ich meine, dann brauchten wir vielleicht auch nicht . . .«

»Sie ist auch nicht krank, Tom. Du solltest dich schämen, so etwas zu reden. Möchtest du denn, daß deine Mutter krank ist, nur damit du nicht in die Schule zu gehen brauchst?«

»Tom ist noch ein bißchen dumm, Papi«, sagte Nelly, »er redet nur so daher, weil er nicht in die Schule will. Da mußt du gar nicht hinhören. Wann kommt Mami denn zurück?«

»Ich weiß es nicht. Bitte, beeilt euch, daß ihr fertig werdet!«

Thomas Ramin ging in die Küche. Er fand die Milch im Kühlschrank, nahm einen Topf, goß sie hinein und stellte sie auf den Herd.

In seinem Kopf bohrte immer noch ein dumpfer Schmerz. Er wußte, eine Tasse Kaffee hätte ihm gutgetan, aber es war so lange her, daß er sich zum letztenmal selber einen gekocht hatte. Er dachte nach – ja, über zehn Jahre war es her, damals, als Cornelia zum erstenmal bei ihm gewesen war, hatte er ihr das Frühstück ans Bett gebracht. Es war das erste und einzige Mal gewesen. Warum hatte er es nicht öfters getan? Warum hatte er sie nicht mehr verwöhnt, als sie noch bei ihm war?

Zum erstenmal kam es ihm zum Bewußtsein, daß Cornelia von früh bis spät gearbeitet hatte, ohne daß er je ein

Wort des Dankes gesagt hatte. Es war für ihn ganz selbstverständlich gewesen. Vielleicht, dachte er, war Axel Ellert anders. Vielleicht hatte er sie verwöhnt, vielleicht hatte sie das zu ihm gezogen. Eine Frau muß doch einen Grund haben, wenn sie ihren Mann betrügt. Hatte Cornelia ihn wirklich betrogen? War es darum geschehen?

Ein zischendes Geräusch riß ihn aus seinen Gedanken. Schäumend kochte die Milch über. Er sprang zum Herd, wollte den Topf herunterziehen, verbrannte sich die Finger, suchte verzweifelt nach einem Topflappen, fand endlich ein Handtuch und konnte wenigstens den Rest der Milch retten. In der Küche verbreitete sich der brenzlige Geruch der Milch, die auf der Herdplatte zu einer braunen Kruste verbrannte. Thomas Ramin riß die Fenster auf. Nelly kam in die Küche, ihr kleines Gesicht leuchtete rot, so heftig hatte sie es gewaschen, das honiggelbe Haar hing ihr in blonden Zöpfen über die Schultern. »Oh, Papi!« sagte sie erschrocken. »Die Milch ... du hättest aufpassen müssen. Milch kocht so leicht über! Mami wird schön schimpfen, wenn sie nach Hause kommt!«

»Ich kann das eben nicht richtig.«

»Ich schon«, sagte Nelly, »Ich kann das.« Sie holte Butter aus dem Kühlschrank, ein Glas Marmelade aus dem Küchenbüfett, stellte beides auf den Tisch. »Willst du Wurst essen, Papi, oder Käse?«

»Ich habe keinen Hunger«, sagte Thomas Ramin.

»Aber du mußt doch was essen, Papi! Sonst bist du dünn wie ein Strich, wenn Mami zurückkommt ... und Mami sagt dann, wir haben nicht genügend für dich gesorgt.«

»Es ist sehr lieb von dir, Nelly, aber ich habe ein bißchen Kopfschmerzen, weißt du.«

»Möchtest du einen Kaffee trinken?«

»Das wäre wunderbar.«

Nellys Gesicht verdüsterte sich. »Aber ich kann doch keinen Kaffee kochen ... meinst du, ich soll es mal versuchen?«

»Lieber nicht. Ich nehme an, du hast auch gar keine Zeit mehr. Fängt die Schule um acht Uhr an?«

»Möchtest du Tee, Papi? Tee kann ich nämlich!«

»Ja, bitte.«

Nelly setzte Wasser auf, holte die Teekanne und die Teedose aus dem Schrank. Sie eilte geschäftig hin und her wie eine kleine Hausfrau.

Tom kam in die Küche gestürmt, das braune Haar ungekämmt und struppig; er rief: »Mami, ich habe furchtbaren Hunger!« Dann verbesserte er sich rasch: »Ach ja, Mami ist gar nicht da . . . aber hoffentlich kriegen wir doch was zu essen?«

Thomas Ramin zündete sich eine Zigarette an. Sein Herz zog sich zusammen, als er seine Kinder beobachtete – Tom, wie er sich ungestüm und ungeschickt ein Brot strich, Nelly, wie sie am Herd hantierte. Sie waren so unschuldig und ahnungslos. Wie lange würde er ihnen noch die Wahrheit vorenthalten können? Spätestens heute abend würde in allen Zeitungen stehen: »Frau eines Richters wegen Mordverdachts festgenommen.« Die beiden lasen noch keine Zeitungen, Gott sei Dank, aber einer der lieben Nachbarn, vielleicht die Kinder in der Schule, würden es ihnen sagen. Sie waren zu groß, als daß man es ihnen hätte verbergen können. War es nicht besser, ihnen jetzt gleich die Wahrheit zu sagen?

Er konnte es nicht. Als er Tom in sein Brot beißen sah, als Nelly ihm den Tee eingoß und ihm die Zuckerdose hinschob, wußte er, daß er es nie können würde. Nicht jetzt und nicht später. Er mußte Leo Thainacher bitten, daß er es für ihn tat. Er spürte deutlich, daß er damit zugab, als Vater zu versagen, aber er wußte, daß er die Kraft einfach nicht aufbringen konnte.

Später sah er Tom und Nelly nach, wie sie Hand in Hand die Holbeinstraße hinunterrannten, sich gegenseitig anstießen, ein Stückchen im Wechselschritt hüpften und dann wieder weiterrannten. Seine Kinder! Sie waren ihm bis jetzt immer so selbstverständlich gewesen, noch selbstverständlicher als Cornelia. Sie hatten immer in ihrer eigenen Welt gelebt, in der Welt ihrer Spiele und ihrer Phantasie. Cornelia hatte sie verstanden. Cornelia! Was sie auch getan hatte, er wünschte sich nichts, als daß sie bei ihm wäre. Er würde ihr keine Fragen stellen, keinen Vorwurf machen – er würde sie nur in die Arme nehmen, ganz fest und wortlos.

Er stand noch am Fenster, als er Anni kommen sah, die dicke, gute Anni, die seit Jahren bei Lotte und Leo Thainacher arbeitete. Er öffnete ihr die Tür, und Anni strahlte ihn ganz unbefangen an.

»Guten Morgen, Herr Landgerichtsdirektor . . . sind die Kinder noch da?«

»In der Schule. Ich bin so froh, Anni, daß Sie gekommen sind.«

»Kann ich mir denken. Ohne Frau, na ja, es ist überall dasselbe.«

»Legen Sie doch ab, Anni! Ich würde Ihnen ja gerne alles zeigen, aber . . . ganz ehrlich . . . ich weiß selber gar nicht so gut Bescheid im Haushalt.«

»Macht nichts, Herr Landgerichtsdirektor, ich finde mich schon zurecht. Was möchten Sie heute mittag essen?«

»Wahrscheinlich werde ich gar nicht dasein.«

»Auch recht. Machen Sie sich nur keine Sorgen, Herr Landgerichtsdirektor, es wird schon alles wieder in Ordnung kommen.«

Bei ihren freundlichen Worten schoß Thomas Ramin plötzlich Röte ins Gesicht. Ahnte sie etwas, oder wußte sie es gar? Hatte Leo Thainacher ihr erzählt, daß seine Frau inhaftiert war? Er schämte sich plötzlich, als wenn er nackt dastünde und den Blick unzähliger neugieriger und tückischer Augen aushalten müßte.

Dies war fast das schlimmste. »Diese Schande!« hätte seine verstorbene Mutter gesagt. Ja, die Schande, die er von nun an tragen mußte – er, Cornelia und die Kinder. In dieser Sekunde überkam ihn zum erstenmal die Versuchung, Cornelia im Stich zu lassen, seine und die Ehre seiner Kinder zu retten.

Gerichtspräsident Losinger war vollkommen orientiert, als er Richter Thomas Ramin empfing.

»Eine äußerst fatale Situation«, sagte er und rieb sich die rosigen gepflegten Hände, »sehr fatal, mein lieber Landgerichtsdirektor. Es tut mir leid um Sie. Sie waren einer meiner besten Leute, jetzt kann ich es Ihnen ja offen sagen. Was haben Sie vor?«

»Ich möchte Sie bitten, mich zu beurlauben, Herr Landgerichtspräsident.«

»Schon genehmigt. Und weiter?«

»Ich verstehe Sie nicht.«

»Wollen Sie sich scheiden lassen? Natürlich, Sie wissen, ein geschiedener Richter ... untragbar. Aber immerhin, das wäre doch wohl die sauberste Lösung.«

»Die Schuld meiner Frau ist keineswegs erwiesen, Herr Landgerichtspräsident.«

»Stimmt auffallend. Das habe ich auch Kriminalrat Bauer gesagt. Die Indizien sind nicht lückenlos. Aber ganz davon abgesehen – die ganze Geschichte ist doch äußerst ... na ja, Sie wissen schon. Eine verheiratete Frau, die einem alleinstehenden Herrn nachts auf die Bude rückt ... ich muß schon sagen, lieber Landgerichtsdirektor ...«

»Ich weiß, was Sie sagen wollen, Herr Landgerichtspräsident. Aber könnte es nicht sein, daß wir alle uns irren?«

»Irren? Wieso? Ich dachte, Sie hätten sie selber gesehen?«

»Aber das besagt doch nicht –«

»Mein lieber Landgerichtsdirektor, ich widerspreche Ihnen ungern. Aber ich möchte Ihnen den Rat geben: Schauen Sie den Tatsachen ins Gesicht. Es hat keinen Sinn, den Kopf in den Sand zu stecken. Sie haben Pech gehabt mit Ihrer Frau, tragen Sie es wie ein Mann. Das ist das einzige, was ich Ihnen sagen kann.«

»Kann ich jetzt gehen, Herr Landgerichtspräsident?«

»Natürlich. Ich möchte Sie nicht aufhalten. Nur noch einmal: Seien Sie versichert, mir tut die ganze Geschichte sehr leid. Sie haben das nicht verdient, mein Lieber. Sie sind ein Ehrenmann, ich weiß es. Aber es ist immer dasselbe. Ich weiß schon, warum ich den jungen Herren immer rate: Schaut euch das Mädchen, das ihr heiraten wollt, gut an! Das Mädchen und die Familie. Die Persönlichkeit einer Frau ist für einen Justizbeamten lebenswichtig. Sie verstehen, was ich meine?«

»Ich habe mir Cornelia genau angesehen, bevor ich sie geheiratet habe, Herr Landgerichtspräsident. Sie hat mich in all den Jahren meiner Ehe nie enttäuscht, sie hat mir zwei gesunde Kinder geschenkt, sie hat mich sehr glücklich gemacht. Verlangen Sie von mir, daß ich das jetzt alles leugne, nur weil sie . . .«

»›Nur‹ ist gut, mein lieber Landgerichtsdirektor, ›nur‹ ist sogar ausgezeichnet. Aber, bitte, das ist Ihre Privatsache. Es steht mir nicht zu, Sie in irgendeiner Form zu beeinflussen.« Er reichte Thomas Ramin die fleischige Hand über den Schreibtisch. »Leben Sie wohl! Hals- und Beinbruch. Ich weiß nicht recht, was man in so einem Fall sagt.«

»Sie brauchen gar nichts zu sagen, Herr Landgerichtspräsident!« Thomas Ramin verbeugte sich kurz, wandte sich um. Als die Tür hinter ihm ins Schloß fiel, hatte er das fatale Gefühl, daß dieser Abschied endgültig war.

Als Thomas Ramin an der Tür zum Fotoatelier läutete, wurde sofort aufgedrückt. Er trat in die geräumige Diele. Ada Maier saß hinter dem eleganten kleinen Stahlrohrschreibtisch und telefonierte.

Einen Augenblick war er bestürzt. Er hatte erwartet, einen Kriminalbeamten hier anzutreffen, aufgeregte Menschen, jene gewisse Unordnung und Verwirrung, die der plötzliche Tod eines Chefs zu hinterlassen pflegt. Aber im Vorraum des Ateliers hatte sich nichts verändert. Vielleicht war Ada Maier ein wenig blasser als sonst, aber nicht einmal das konnte er mit Gewißheit sagen.

Die Sekretärin begrüßte ihn mit einem Kopfnicken, dann sprach sie weiter mit ihrem unsichtbaren Partner: »Natürlich ist es entsetzlich, Herr van den Berg ... aber Sie brauchen sich keine Sorgen zu machen, ganz gewiß nicht. Die Arbeit geht weiter. Sie bekommen Ihre Fotoserie termingemäß. Ja, ganz gewiß. Heino Fischer ... ja, Sie haben ihn doch mal kennengelernt ... ist ein außerordentlich tüchtiger, junger Mann, er hat schon fünf Jahre mit Axel Ellert gearbeitet, er schafft es ganz bestimmt. Selbstverständlich brauchen Sie unter diesen Umständen erst bei Abnahme zu zahlen ... aber ich bin sicher, die Bilder werden Ihnen gefallen. Danke ... vielen Dank für Ihr Verständnis. Auf Wiedersehen, Herr van den Berg!« Ada Maier legte den Hörer auf die Gabel, zog ihre rechte Schreibtischschublade heraus, nahm einen Spiegel und begann mit der Puderquaste ihre große ausdrucksvolle Nase zu bearbeiten. Erst als sie auch den letzten Schimmer von Glanz beseitigt hatte, war sie zufrieden. Sie schob die Schreibtischschublade wieder zu und sagte zu Thomas Ramin, der etwas hilflos mitten im Raum stand: »Sie wünschen, Herr Landgerichtsdirektor?«

»Sie erinnern sich an mich?«

»Selbstverständlich. Sie haben ... Axel Ellert gefunden?«

»Nein. Meine Frau.«

»Conny?« Ada Maiers kohlschwarze Augen weiteten sich vor Schreck.

»Ja. Deshalb muß ich jetzt mit Ihnen sprechen.«

»Sind Sie etwa immer noch eifersüchtig?«

»Darum geht es jetzt nicht. Ich muß wissen, wer ihn getötet hat.«

»Das möchten wir alle!«

»Meine Frau ... ich habe Ihnen doch gesagt, sie hat ihn gefunden. Die Polizei verdächtigt sie.«

»Sie glauben doch nicht im Ernst, daß Conny ...?«

»Auf das, was ich glaube, kommt es hier nicht an, Fräulein Maier.«

»Ich verstehe.« Ada Maier nahm sich eine Zigarette, sie ließ ihr Feuerzeug aufklicken, noch ehe Thomas Ramin sie bedienen konnte. »Bitte, setzen Sie sich, Herr Landgerichtsdirektor. Ich habe mich immer sehr gut mit ihr verstanden, Herr Landgerichtsdirektor. Sie ist eine wunderbare Frau.«

Thomas Ramin zog sich einen der kleinen Stahlrohrsessel zum Schreibtisch und setzte sich. »Weshalb hat sie ihn aufgesucht?«

»Keine Ahnung.«

»War sie seine Geliebte?«

»Nein!« Die Antwort kam wie aus der Pistole geschossen. Ada Maier las den Unglauben in Thomas Ramins Augen und fügte hinzu: »Ich kann verstehen, wenn Sie mir nicht glauben, wegen der Sache damals mit dem Karteiblatt. Die Karteikarte war übrigens echt, sie war die alte. Ich wollte Conny schützen, verstehen Sie?«

»Würden Sie es mir jetzt sagen, wenn sie seine Geliebte gewesen wäre?«

»Nein«, sagte Ada Maier. »Sie haben recht, das würde ich nicht.« Sie sah ihn offen an. »Aber sie war es nicht. Niemals. Ich kann Ihnen das sogar beweisen.«

»Beweisen?«

»Ja. Sie können fragen, wen Sie wollen, Axel Ellert hat niemals ein Verhältnis mit einem seiner Mannequins gehabt. Natürlich hat er mit allen geflirtet, übrigens auch mit mir, aber das war nicht ernst zu nehmen. Wenn er sich einmal verliebt hatte, mußte das betreffende Mädchen sofort ausscheiden. Er wollte keine Eifersüchteleien und keine Komplikationen im Atelier. Alle wußten das, und deshalb haben alle sich bemüht ... nun eben ... sich nicht in ihn zu verlieben.«

»Schwer zu glauben.«

»Aber wahr.«

Über der Eingangstür flammte rotes Licht auf. Ada Maier drückte auf einen Schreibtischknopf, die Tür ging auf, und eine junge Frau stürmte herein. Sie trug lange Hosen, einen übergroßen grauen Pullover, die feuerrote, scheinbar ungekämmte Mähne ging ihr bis auf die Schultern. Ihr großflächiges Gesicht war ungeschminkt. In der Hand schwenkte sie eine Zeitung.

Ohne Gruß stürzte sie auf den Schreibtisch zu und rief:

»Herrgott! Wie konnte denn das geschehen?! Sag, das kann doch nicht wahr sein! So etwas ist doch einfach nicht menschenmöglich!«

Ada Maier sah auf ihre Armbanduhr. »Du kommst zwanzig Minuten zu spät, Lolita. Beeil dich, sonst . . .«

»Zu spät? Darüber sprichst du? An diesem Tag, wo Axel Ellert . . .« Jetzt erst schien Lolita Thomas Ramin zu bemerken. Sie stockte mitten im Satz, sagte dann leicht erschrocken: »Ach so . . . die Kriminalpolizei!«

Thomas Ramin hielt es für unnötig, sie aufzuklären.

»Bitte, geben Sie mir das Blatt!« sagte er ruhig.

Lotita überließ ihm verwirrt die Zeitung. »Ihr macht wirklich heute Aufnahmen?« fragte sie Ada Maier.

»Natürlich. Die Serie muß fertig werden. Geh endlich rein, Lolita, Heino Fischer wartet schon.«

»Herzloser Verein!« sagte Lolita, dann ging sie mit großen, wiegenden Schritten durch die Tür zum Atelier, die hinter ihr mit einem lauten Knall ins Schloß fiel.

Thomas Ramin hatte die Zeitung aufgeschlagen. Er las die Schlagzeile auf der ersten Seite: »Axel Ellert, der bekannte Münchner Modefotograf, in seinem Atelier erschossen.« Darunter war ein vergrößertes Foto abgebildet.

Thomas Ramin überflog den Artikel, atmete auf, als er feststellte, daß der Name seiner Frau nicht genannt wurde, las ihn noch einmal aufmerksam, dann betrachtete er das Bild. Es zeigte Axel Ellert in seiner typischen Haltung, breitbeinig und stämmig, mit lächelnden Augen. Er hielt seinen Arm um ein zartes, schwarzhaariges Mädchen geschlungen, das anbetend zu ihm aufsah.

Er las die Unterschrift: »Letzte Aufnahme von Axel Ellert mit Stephanie Schmitt, der Tochter des bekannten Spielzeugfabrikanten.«

Als Thomas Ramin von der nächsten Telefonzelle aus Leo Thainacher anrief, meldete sich seine Sekretärin Sylvia Schmidthuber. »Oh, guten Tag, Herr Landgerichtsdirektor!« sagte sie, und Thomas Ramin schmerzte es, daß ihre Stimme so fröhlich und unbefangen klang. »Der Herr Doktor ist noch auf dem Gericht. Aber ich soll Ihnen ausrichten, daß er sich mittags mit Ihnen in der ›Kanne‹ treffen möchte, weil . . .« Sie lachte.

»Warum?«

»Oh, ich bin nicht sicher, ob ich Ihnen das ausrichten soll. Er sagte, wenn seine Perle Anni nicht da wäre, hätte das Mittagessen zu Hause für ihn nichts Verlockendes.«

»Ach so. Frau Thainacher kommt also auch mit?«

»Nein, das nicht. Der Herr Doktor sagte, daß seiner Frau ein Fastentag mal ganz gut täte. Für die schlanke Linie, wissen Sie!«

»Jedenfalls scheint er seinen Humor nicht verloren zu haben«, sagte Thomas Ramin mit leichter Bitterkeit.

»Nie«, erklärte Sylvia Schmidthuber fröhlich, »der Herr Doktor sagt immer, das Leben ist viel zu ernst, um traurig zu sein.«

Thomas Ramin legte auf und sah auf seine Armbanduhr. Er hatte Zeit genug, zu Fuß zur Maximilianstraße hinunterzugehen. Er ärgerte sich über sich selber, daß ihm Sylvias Fröhlichkeit unangebracht schien. Er wußte, daß er dem Mädchen unrecht tat. Natürlich hatte sie keine Ahnung von dem, was passiert war. Für sie war er, Thomas Ramin, ein alter Freund ihres Chefs, dem gegenüber man sich wohl einen kleinen Scherz erlauben durfte. Wenn es drauf ankam, das wußte er, konnte Sylvia so ernst und würdevoll sein wie ein Leichenbestatter. Er hätte dem Schicksal dankbar sein müssen, daß sie offensichtlich nicht einmal etwas ahnte.

Thomas Ramin traf fünf Minuten nach Leo Thainacher in der ›Kanne‹ ein. Der Rechtsanwalt hatte schon eine kleine Nische reserviert, in der sie sich ungestört unterhalten konnte.

»Morgen, Thomas«, begrüßte er den Freund, »gibt's was Neues?«

»Nicht viel!« Thomas Ramin zog seinen Mantel aus und setzte sich.

»Ich habe mit Cornelia gesprochen.«

»Und?«

»Sie gibt nichts zu, und sie erklärt auch nichts. Störrisch wie ein Maulesel.«

»Vielleicht, wenn ich . . . wann kann ich sie sehen?«

»Lieber Thomas«, Leo Thainacher ergriff die Hand des Freundes.

»Was ist? Du sagst das so . . .«

»Sie will dich nicht sehen.«

»Soll das heißen – sie will nichts mehr von mir wissen?!«

»Sie tut so. Ich soll dir ausrichten, du möchtest Scheidungsklage gegen sie einreichen.«

»Aber warum? Wie kommt sie denn dazu? Ich habe ihr doch nichts getan!«

»Eben darum. Aber sie dir. Jedenfalls bildet sie sich das ein.«

»Dann bestell ihr bitte von mir: Ich denke gar nicht daran, und . . .«

»Bitte, reg dich doch nicht auf! Ich habe ihr das alles schon gesagt. Sie ist sehr verzweifelt, Thomas. Ich kann dir das schwer erklären. Äußerlich ganz starr . . . innerlich wahrscheinlich furchtbar durcheinander. Die ganze

Sache war ein entsetzlicher Schock für sie, ob sie es nun getan hat oder nicht.«

»Sie hat es nicht getan, Leo!«

»Bist du sicher?«

»Natürlich. Da sie damit rechnet, daß ich mich scheiden lassen werde, hätte sie doch keinen Grund, es nicht zuzugeben, nicht wahr?«

»Steckt eine gewisse Logik bin. Nicht zu leugnen. Was möchtest du essen?«

Sie bestellten bei der adretten Kellnerin Kalbsteak mit Pommes frites, dazu einen offenen roten Wein.

Als sie wieder allein waren, fragte Leo Thainacher: »Du warst bei Losinger?«

»Ja.«

»Was hat er gesagt? Laß nur, du brauchst mir nichts zu erzählen. Ich kenne den Alten. Übrigens habe ich auch eine gute Nachricht für dich ... Kriminalrat Bauer hat mir versprochen, den Namen deiner Frau der Presse erst dann freizugeben, wenn die Voruntersuchung abgeschlossen ist. Das ist immerhin ein Zeitgewinn. Ich habe mir sämtliche Zeitungen gekauft, die Morgenblätter bringen noch gar nichts, aber hier, im ›Abendblatt‹ ...« Leo Thainacher zog eine Zeitung aus der Tasche.

»Danke«, sagte Thomas Ramin, »habe ich schon gesehen.« Leo Thainacher ließ sich nicht davon abhalten, die Zeitung glattzustreichen. »Ein süßes Mädchen«, sagte er mit anerkennendem Blick auf Stephanie Schmitt.

»Anscheinend eine seiner Freundinnen.«

»Was hast du übrigens bei Ada Maier herausgebracht?«

»So gut wie gar nichts. Ellert hat Privatleben und Beruf immer streng getrennt. Er hatte Freundinnen, aber sie kennt sie nicht ... nur die Vornamen. Eine Stephanie war auch darunter.«

»Das wird sie sein. Und sonst?«

»Noch weniger. Ellert hinterläßt so gut wie nichts, und

das erbt eine verheiratete Schwester in Norddeutschland. Er hat anscheinend auf sehr großem Fuß gelebt. Sein Assistent Heino Fischer will das Atelier übernehmen.«

»Also müssen wir uns doch an die Frauen halten. Ich bin weit davon entfernt, daß es eine seiner Freundinnen gewesen sein könnte, aber du weißt ja ... ich muß dem Gericht klarmachen, daß es ebensogut jemand anderer als Cornelia gewesen sein könnte. Wir müssen also herausfinden, wer mit Ellert intim befreundet war, wer ihn in seiner Wohnung schon einmal besucht hat, wer sich also mit den Gegebenheiten auskannte.«

»Das sonderbare ist«, sagte Thomas Ramin, »der Name Schmitt ... ich muß ihn vor kurzem irgendwo gelesen haben.«

»Schmitt ... wer hat den Namen noch nicht gehört?«

»Versteh mich richtig ... in irgendeinem interessanten Zusammenhang. Aber ich kann mich nicht mehr erinnern.«

»Dann denke nach. Es lohnt sich vielleicht.«

»Ich habe mir auf dem ganzen Weg bis hierher darüber den Kopf zerbrochen ... aber ich bin nicht weitergekommen.«

Leo Thainacher sah den Freund an. »Vielleicht in einer Akte?«

Thomas Ramins Gesicht wirkte eine Sekunde lang töricht vor Erleichterung. »Natürlich! Das ist es! Leo, du bist ein Genie! In einer Akte! Jetzt weiß ich es. Ehescheidungsklage Schmitt gegen Schmitt! Glaubst du, daß da ein Zusammenhang bestehen könnte? Jedenfalls ist es dieselbe Familie. Ich erinnere mich jetzt ganz genau. Der Mann ist ein Spielzeugfabrikant.«

»Sehr interessant. Aber bringt uns das weiter? Ich rekapituliere die Tatsachen ... wir haben einen Toten, den Modefotografen Axel Ellert. Er war befreundet mit einer jungen Dame Stephanie Schmitt – Beweis: das Bild im ›Abendblatt‹ –, deren Eltern in Scheidung leben. Schwierig, etwas damit anzufangen. Aber immerhin lohnt es sich vielleicht, die Akte mal vorzunehmen. Wo ist sie?«

»Verdammt. Wenn ich das geahnt hätte. Ich habe sie heute morgen zurückgebracht.«

»Schade.«

Die Kellnerin unterbrach das Gespräch. Sie brachte einen Krug mit Wein, zwei Gläser, schenkte ein, lief hinaus und kam gleich wieder mit dem Besteck zurück. Sie begann den Tisch zu decken. Bis zu dem Augenblick, wo sie die Platte mit den Pommes frites und den Steaks hereinbrachte und auflegte, waren Thomas Ramin und Leo Thainacher keine Minute ungestört. Auch während des Essens wechselten sie kein Wort mehr miteinander, aber ihre Gedanken kreisten unentwegt um das Problem, wie sie Cornelia helfen konnten.

Erst als ihre Mahlzeit beendet war und die Kellnerin abgeräumt hatte, nahm Thomas Ramin den Gesprächsfaden wieder auf. »Ich glaube, wir brauchen die Akte gar nicht«, sagte er, »ich erinnere mich jetzt ziemlich genau an alle Einzelheiten. Wenn es dich interessiert . . .«

»Selbstverständlich.« Leo Thainacher zündete sich eine Zigarette an und reichte dann seinem Freund das Päckchen.

»Es handelt sich um eine ziemlich schmutzige Geschichte«, sagte Thomas Ramin, als seine Zigarette brannte, »dich wird sie wohl nicht weiter schockieren. Du bekommst alle Tage so was zu hören. Bis so eine Ehescheidungsklage normalerweise vor den Richter kommt, wird sie von euch Rechtsanwälten ja meist erst mal frisiert.«

»Sei dankbar«, sagte Leo Thainacher, »es macht selten Spaß, sich die wüsten Beschimpfungen von den Leuten anzuhören, die sich angeblich mal aus Liebe geheiratet haben.«

»Im Falle Schmitt war es, glaube ich, eine Liebesheirat«, erklärte Thomas Ramin, »die beiden haben meines

Erachtens auch ziemlich gut zueinandergepaßt. Frau Schmitt – übrigens heißt sie Irene, ich komme gleich noch einmal darauf zurück – hat mit ihrem Mann zusammengearbeitet. Aber als sie beide dann zu Wohlstand und bürgerlichem Ansehen gekommen sind, haben sie, wie so viele, mit ihrem Glück nicht fertig werden können. Die Ehe ist offensichtlich vollkommen zerrüttet.«

»Und was werfen sie sich gegenseitig vor?«

»Er behauptet, daß sie ihre ehelichen Pflichten vernachlässigt, und sie hat ein ärztliches Attest beigelegt, nach dem sie krank ist und diese Pflichten bei bestem Willen nicht erfüllen kann.«

»Aha. Das Übliche. Die Frau weigert sich also, der Scheidung zuzustimmen?«

»Nein. Es handelt sich nur um die Schuldfrage. Jeder der beiden möchte schuldlos geschieden werden. Es spielen da sicher vor allem finanzielle Erwägungen eine Rolle.«

Leo Thainacher streifte seine Zigarette ab. »Bitte, lieber Freund, sei mir nicht böse, aber ich glaube, der ganze Fall bringt uns in eine Sackgasse. Bis jetzt sehe ich nicht den geringsten Anhaltspunkt . . .«

»Warte es ab. Da ist nämlich noch etwas. Der Ehemann behauptet, daß seine Frau ihn betrügt.«

»Mit wem?«

»Das ist es ja eben. Der Name des Ehebrechers scheint in der Scheidungsklage nicht auf, aber Schmitt macht sich stark, ihn notfalls zu nennen, verstehst du?«

»Und da denkst du natürlich an Axel Ellert. Ist das nicht ein bißchen weit herbeigeholt?«

»Frau Schmitt heißt Irene, wie ich dir schon sagte. Ada Maier hat die Freundinnen ihres Brötchengebers nicht gekannt, nur vom Telefon her, und da haben sie sich immer nur mit dem Vornamen gemeldet, wahrscheinlich eine Vorsichtsmaßnahme Axel Ellerts.« Thomas zog sein Notizbuch aus der Rocktasche. »Paß auf, jetzt wird's nämlich interessant. In den letzten Monaten waren die beiden häufigsten Anruferinnen eine Dame namens Stephanie und eine Irene.«

»Mutter und Tochter Schmitt«, sagte Leo Thainacher prompt. »Wenn's stimmt, wär's herrlich.«

»Wir dürfen nicht voreilig sein«, warnte Thomas Ramin. »Stephanie können wir natürlich ohne weiteres für Stephanie Schmitt setzen . . . aber schließlich gibt es eine Menge Mädchen und Frauen namens Irene.«

»Unbedingt. Es ist durchaus möglich, daß nur Stephanie mit Axel Ellert befreundet war, während Frau Schmitt dem jungen Mann nur schwiegermütterliche Gefühle entgegenbrachte, oder umgekehrt. Er könnte das Verhältnis von Frau Schmitt gewesen sein, und sie hat ihre Tochter sozusagen vorgeschoben, um diese Beziehung zu tarnen. Immerhin, eines steht fest, Axel Ellert hat in einer noch zu klärenden Beziehung zu den beiden Frauen Schmitt gestanden. Wir müssen uns diese Damen unter allen Umständen mal näher anschauen.«

Dr. Leo Thainacher winkte der vorbeihuschenden Kellnerin zu. »Liebe Dame, würden Sie wohl so freundlich sein, uns das Telefonbuch zu bringen?« Er wandte sich an Thomas Ramin: »Sobald ich die Adressen habe, werde ich mich mit den Damen in Verbindung setzen!«

Thomas Ramin protestierte. »Das ist meine Aufgabe! Vergiß nicht, noch ist Cornelia meine Frau, und ich . . .«

»Grade weil sie deine Frau ist, solltest du dich da raushalten, Thomas! Oder möchtest du, daß schon morgen die ganze Stadt über Cornelia Bescheid weiß? Na also. Außerdem, du weißt, es war zumindest inkorrekt, daß du mir vom Inhalt der Akte Schmitt Kenntnis gegeben hast. Ich weiß, es ging nicht anders, aber wir müssen doppelt vorsichtig sein, sonst kommst du noch in Teufels Küche. Ich als Rechtsanwalt habe die Möglichkeit vorzutasten, ohne daß jemand merkt, um was es geht.«

Die Kellnerin brachte das Telefonbuch.

Leo Thainacher schlug es auf, suchte den Namen Schmitt, überprüfte die Adressen: »Warte mal ... Walter Schmitt, Fabrikant, ist er das?«

»Ich nehme an. Der Ehemann heißt Walter.«

»Gut.« Leo Thainacher holte sein Notizbuch heraus und schrieb sich die Telefonnummer auf. Dann fuhr er noch einmal mit dem Zeigefinger von oben bis unten sämtliche Schmitts ab. »Eine Stephanie ist leider nicht dabei. Wohnt wohl bei den Eltern.«

»Sie studiert irgend etwas, soviel ich mich erinnere.«

»Na, dann haust sie möglicherweise in einem Studentinnenheim oder irgendwo möbliert. Aber das wird sich feststellen lassen.«

»Hör mal, Leo, mir fällt etwas ein«, sagte Thomas Ramin. »Es handelt sich da allerdings nicht um Tatsachen, sondern um Hypothesen. Paß mal auf: Wir könnten doch unterstellen, daß Axel Ellert mit beiden Frauen – mindestens mit einer, eben Stephanie – befreundet war. Er muß also doch auch über das Scheidungsvorhaben ihrer Eltern orientiert gewesen sein. Nehmen wir einmal an, Stephanie hätte – aus persönlichen Gründen oder im Auftrag ihrer Mutter – ein starkes Interesse daran gehabt, Einsicht in die Akte zu nehmen. Du verstehst? Ich denke mir, es müßte für die Frauen doch interessant gewesen sein, zu erfahren, ob der Vater den Namen eines bestimmten Mannes, ob berechtigt oder unberechtigt, sei einmal dahingestellt, in seiner Scheidungsklage anführte.«

»So weit kann ich dir folgen«, sagte Leo Thainacher, »und weiter.«

»Ja, wie gesagt, es ist nur eine Hypothese. Könnte Irene Schmitt nicht, vielleicht durch ihren Rechtsanwalt, erfahren haben, daß ich die Akte bearbeite? Dann würde es auch Axel Ellert gewußt haben?«

»Jetzt begreife ich endlich, worauf du hinauswillst. Du meinst also, Axel Ellert könnte sich an Cornelia gewandt haben mit der Bitte, ihm Einblick in die Akten zu geben?«

»Ja.«

»Das wäre aber doch ein starkes Stück.«

»Ich nehme auch nicht an, daß Cornelia dergleichen getan hat. Ich nehme nicht einmal an, daß sie überhaupt gewußt hat, warum Axel Ellert sie so dringend sprechen wollte. Aber es wäre doch möglich, daß er sie aus diesem Grund zu sich bestellt hat, nicht wahr?«

»Möglich, ja. Aber ziemlich unwahrscheinlich. Jedenfalls ist es ein guter Tip. Ich werde versuchen, noch bevor ich mir die Damen Schmitt vornehme, noch einmal mit Cornelia zu sprechen. Aber auf eines muß ich dich aufmerksam machen, Thomas. Wir müssen diesen Punkt mit allergrößter Zurückhaltung behandeln. Sonst spielen wir dem Staatsanwalt ein wunderbares Tatmotiv in die Hand.«

»Wieso denn?«

»Verstehst du das wirklich nicht? Axel Ellert hat Cornelia sehr dringend zu sich bestellt. Das ist eine Tatsache, die wir nicht wegleugnen können. Du vertrittst nun die These, daß er von ihr verlangt hat, ihm Einsicht in die Akten zu geben. Diesem Verlangen konnte sie natürlich nicht nachkommen, weil sie sich ihrer Pflichten als Frau eines Richters bewußt war – Grund genug, Axel Ellert über den Haufen zu schießen.«

»Dann müßte er etwas gegen sie in der Hand gehabt haben.«

»Das hatte er auf jeden Fall, Thomas. Es wäre falsch, wenn wir uns darüber Illusionen hingäben.«

»Ich glaube nicht, daß sie es getan hat«, sagte Thomas Ramin hartnäckig.

»Ich auch nicht, Thomas. Um so vorsichtiger müssen wir sein. Übrigens wollte ich dir schon seit langem einen Vorschlag machen . . . ich hoffe nur, daß du ihn nicht in den falschen Hals kriegst.«

»Ja . . . was?«

»Falls irgend etwas schiefgehen sollte, ich meine mit

Cornelia – ich glaube, ich brauche dir da nicht Näheres zu erklären, du kennst ja die Welt, deine Vorgesetzten und deine Kollegen –, möchtest du nicht zu mir in die Kanzlei eintreten?«

»Ich bin Richter!«

»Du bist Jurist. Ich biete dir den Posten nicht aus Mitleid an, versteh mich nicht falsch. Ich könnte einen zuverlässigen und selbständigen Mitarbeiter sehr gut brauchen. Natürlich müßtest du noch Prüfungen nachholen, aber das alles ließe sich ja arrangieren.«

Thomas Ramin zögerte. »Ich weiß, du meinst es gut, Leo . . .«

»Sag nichts weiter. Du brauchst dich ja jetzt nicht zu entscheiden. Ich wollte dir das nur für alle Fälle gesagt haben.«

15

Cornelias Verzweiflung war übermächtig, sie hatte jedes andere Gefühl und jeden anderen Gedanken in ihr ausgelöscht. Verzweiflung hatte sich wie eine riesige schwarze Wolke auf sie gelegt, verbarg ihr, was um sie herum vorging, erstickte die Erinnerung an die Vergangenheit und schob sich undurchdringlich vor die Zukunft.

Körperlich ging es ihr nicht einmal schlecht. Die kleine Zelle, in der sie untergebracht war, war freundlich und sauber. Leo Thainacher hatte ihr eine buntbestickte Dekke von Lotte mitgebracht, die er eigenhändig über den Tisch gebreitet hatte, einen Strauß Blumen, mehrere Päckchen Zigaretten, eine Schachtel Kekse.

Cornelia hatte sich auf ihre Pritsche gelegt und sich gezwungen, eines der Bücher zu lesen, die Leo mitgebracht hatte – einen heiteren, sommerlichen Roman. Sie las das

Buch von der ersten bis zur letzten Zeile, aber als sie es aus der Hand legte, wußte sie nicht mehr, was sie gelesen hatte. Sie war nicht fähig, irgend etwas in sich aufzunehmen, was nicht sie selber betraf.

Durch das kleine vergitterte Fenster fiel Sonnenschein, Cornelia nahm es nicht einmal wahr. Mechanisch zündete sie sich eine Zigarette an, drückte sie aber gleich nach den ersten Zügen wieder aus. Sie schmeckte wie Stroh.

Als die Tür zu ihrer Zelle rasselnd aufgeschlossen wurde, nahm sie es ohne Erregung zur Kenntnis. Rechtsanwalt Dr. Leo Thainacher trat ein. Die Wärterin schloß hinter ihm die Zelle wieder zu. Cornelia begrüßte den Freund ohne Lächeln.

»Hallo, Cornelia!« sagte Leo Thainacher unbefangen. »Da staunst du, daß ich schon zum zweitenmal heute da bin, was?« Leo Thainacher nahm sich einen Stuhl. »Du erlaubst wohl, daß ich mich setze. Übrigens, mein Kompliment, du siehst blendend aus!«

Cornelia sah ihn aus großen, ernsten Augen an, und er mußte den Blick senken. Das Kompliment war ihm ernst gemeint gewesen, Cornelia war sehr blaß, nicht mehr ganz so gepflegt wie zu Hause, und dennoch wirkte sie faszinierend schön. Leo Thainacher schoß es einen Augenblick durch den Kopf, daß ihr diese Schönheit vielleicht verhängnisvoll werden konnte. Er hoffte, daß, wenn es zu einem Prozeß kam, nicht zu viele Frauen unter den Geschworenen sein würden. Cornelias Schönheit mußte, von der Geschworenenbank aus gesehen, etwas Aufreizendes an sich haben.

Leo Thainacher zwang sich, auf sein Anliegen zurückzukommen. »Ich habe eine gute Nachricht für dich, Cornelia«, sagte er und hoffte, daß sie ihn fragen würde.

Aber Cornelia schwieg weiter.

»Leider machst du es uns nicht grade leicht, aber trotzdem ist es Thomas und mir gelungen, etwas herauszufinden, genauer gesagt war es Thomas. Axel Ellert hat Einsicht in die Akte Schmitt nehmen wollen, nicht wahr?«

Leo Thainacher beobachtete Cornelia unauffällig unter den gesenkten Lidern, und es entging ihm nicht, daß jähe Röte in ihr blasses Gesicht schoß.

»Wenn du uns das gleich gesagt hättest, hättest du uns manches erspart«, sagte er so gleichmütig wie möglich.

Jetzt endlich öffnete Cornelia die Lippen. »Woher ... woher wißt ihr das?«

»Spielt keine Rolle. Die Tatsache steht fest. Was mich jetzt interessiert, ist nur – wann hast du erfahren, was er von dir wollte? In der Nacht, als du zu ihm kamst?«

»Da war er tot.«

»Ach ja. Richtig. Allerdings ein bißchen unglaubwürdig, daß er dir das am Telefon gesagt haben soll.«

»Er war bei mir. Am Vormittag.«

»Jetzt wird mir manches klar«, sagte Leo Thainacher. »Wo bewahrt Thomas seine Akten auf?«

»Im Schreibtisch.«

»Du hattest also tagsüber Gelegenheit, sie an dich zu nehmen, und wolltest sie Axel Ellert bringen, nicht wahr?«

»Nein. Natürlich nicht. Das hätte ich niemals getan.«

»Du wolltest also nur zu ihm gehen, um ihm zu sagen, daß du ihm nicht helfen kannst?«

Cornelia griff nach einer Zigarette, zündete sie sich an, bevor Leo Thainacher ihr Feuer geben konnte. »Bitte, Leo, versuch doch, mich zu verstehen, ich hätte ihm die Akte nie gegeben, nie! Ich habe sie mir nur angeschaut. War das so schlimm?«

»Weiter.«

»Es war sehr leicht festzustellen, worauf es Axel Ellert ankam. Ich weiß nicht, ob du über den Fall orientiert bist ...«

»Doch.«

»Dann wirst du auch wissen, daß der Name des Mannes, mit dem Frau Schmitt angeblich ein Verhältnis haben sollte, nicht genannt wird. Ich nahm an, das war es, was Axel Ellert interessierte. Jedenfalls hatte er sich so ausgedrückt. Ich wollte zu ihm und ihm sagen, was ich wußte. Aber da war er schon tot.«

»Cornelia, ist das die Wahrheit? Die reine Wahrheit?«

»Ja.«

»Ich bin sehr froh, daß du mir das gesagt hast, Cornelia. Aber eine Bitte: Kein Wort darüber zum Untersuchungsrichter, verstehst du mich. Es würde die Dinge nämlich nur noch verschlimmern.«

»Deshalb habe ich ja auch bisher geschwiegen.«

»Ich bin dein Rechtsanwalt, Cornelia. Geht das wirklich nicht in deinen Kopf? Mir mußt du die ganze Wahrheit sagen, sonst kann ich dich nicht verteidigen. Falls du sonst noch etwas für dich behalten haben solltest . . .«

»Nein.«

»Womit hat Axel Ellert dich erpreßt?«

»Er hat nicht –«

»O doch. Er hat. Du wirst mir nicht weismachen wollen, daß du ihm ohne zwingenden Grund Kenntnis von dem Inhalt der Akte geben wolltest. Er muß etwas gegen dich in der Hand gehabt haben. Sag doch, was es ist!«

Cornelia schwieg.

»Hat er vielleicht, das ist nur eine Annahme von mir, hat er irgendwann einmal Aktaufnahmen von dir gemacht?«

»Nein. Ganz bestimmt nicht.«

»Wenn es doch so ist, Cornelia, mußt du es mir sagen. Die Bilder oder die Negative werden bestimmt gefunden werden.«

»Nein.«

»Na schön. Das ist es, was ich von dir wissen wollte. Kopf hoch, Mädchen. Wir tun alles, um dich hier herauszubekommen. Soll ich vielleicht Thomas irgend etwas von dir bestellen?«

»Wird er sich jetzt scheiden lassen?«

»Bitte, schlag dir das aus dem Kopf, Cornelia. Das wäre doch wirklich keine Lösung.«

»Ich möchte aber, daß er sich scheiden läßt. Hast du es ihm gesagt?«

»Du glaubst doch nicht im Ernst, daß er auf solch einen Vorschlag eingehen würde – gerade in diesem Augenblick?«

»Aber dann wäre er doch, ich meine ... er und die Kinder wären aus der Sache raus.«

»Du bist erstaunlich ahnungslos, Cornelia. Weißt du wirklich nicht, daß ein Richter sich nicht scheiden lassen kann? Ein geschiedener Richter ist unmöglich. Du tust ihm keinen Gefallen, wenn du ihn verlassen willst. Im Gegenteil, du mußt die Sache mit ihm zusammen durchkämpfen. Eine andere Möglichkeit gibt es für euch nicht.«

Leo Thainacher beauftragte seine Sekretärin Sylvia, Frau Irene Schmitt anzurufen. Er gab ihr genaue Anweisungen und hörte zu, während sie telefonierte. Wieder hatte er Gelegenheit, ihre Geschicklichkeit zu bewundern.

»Hier Kanzlei Thainacher und Thainacher«, meldete sich Sylvia, »ich möchte gerne Frau Schmitt sprechen ... Ja, guten Tag, gnädige Frau, Sie sind es selber? Ausgezeichnet. Herr Rechtsanwalt Thainacher läßt Sie bitten, sich so bald wie möglich mit ihm in Verbindung zu setzen ... in Ihrem eigensten Interesse, gnädige Frau ... Nein, leider weiß ich nicht, um was es sich handelt, aber es scheint sehr wichtig zu sein ... Nein, leider, ich kann Sie nicht verbinden, der Herr Rechtsanwalt ist im Augenblick nicht in der Kanzlei. Es wäre schon besser, gnädige Frau, wenn Sie bei uns vorbeikämen. Natürlich ... jederzeit. Wie gesagt, die Sache ist sehr wichtig. O nein, so lange sollten sie nicht warten ... Der Herr Rechtsanwalt meint, in Ihrem eigensten Interesse ... Ja, gut. Heute abend sieben Uhr. Das ist ausgezeichnet. Ich bin sicher, der Herr Rechtsanwalt wird wegen dieser Sache gern länger in der Kanzlei bleiben. Vielen Dank, gnädige Frau ... auf Wiedersehen.« Sylvia legte den Hörer auf und sah Leo Thainacher an. »Sie war ziemlich aufgeregt.«

»Kann ich mir denken. Die meisten Menschen sind aufgeregt, wenn sie plötzlich von einem Rechtsanwalt angerufen werden. Vielleicht glaubt sie, es handelt sich um eine Erbschaft.«

»Na ja«, sagte Sylvia Schmidthuber, »wenn Sie mich fragen, ich tippe eher auf schlechtes Gewissen.«

»Um so besser. Da Sie die Dame geschickterweise für sieben Uhr abends hierherbestellt haben, muß ich Sie leider bitten, auch so lange dazubleiben. Mir wäre es nämlich schon lieb, wenn ich eine Zeugin hätte.«

»Selbstverständlich, Herr Doktor. Sie wissen, ich interessiere mich brennend für komplizierte Fälle.«

»Der hier ist schon etwas mehr als nur kompliziert, Sylvia. Ich muß mich auf Ihre absolute Verschwiegenheit verlassen.«

»Na klar. Ich habe mich schon immer durch den Paragraphen 300 des Strafgesetzbuches geehrt gefühlt, der mich Ihnen, verehrter Herr Doktor, was die Wahrung des Berufsgeheimnisses betrifft, völlig gleichsetzt. Darf ich zitieren? ›Den im Absatz I Genannten stehen ihre berufsmäßig tätigen Gehilfen und Personen gleich, die zur Vorbereitung auf den Beruf an der berufsmäßigen Tätigkeit teilnehmen.‹«

»Gut gebrüllt, Löwe«, sagte Leo Thainacher »Haben Sie den Stenogrammblock dabei? Dann spitzen Sie die Ohren!«

Dr. Leo Thainacher war über den Erfolg von Sylvias Anruf sehr befriedigt. Daß Irene Schmitt so rasch reagierte, schien seine Vermutung zu bestätigen. Er entschloß sich, alles auf eine Karte zu setzen und zu versuchen, mit einem Bluff die Wahrheit aus Irene Schmitt herauszuholen.

Als die Gattin des Spielzeugfabrikanten eintraf – bereits einige Minuten vor der verabredeten Zeit –, führte Sylvia sie sofort in das Büro des Anwalts. Sylvia blieb, wie sie es mit Leo Thainacher ausgemacht hatte, gleich im Zimmer und setzte sich, so still und unauffällig wie möglich, an ein Tischchen im Hintergrund des Raumes und bemühte sich, das Gespräch mitzustenografieren.

Leo Thainacher stand auf, verbeugte sich und stellte sich vor. »Schön, daß Sie gekommen sind, gnädige Frau . . . bitte, nehmen Sie Platz.«

Irene Schmitt war eine schlanke, elegante Frau, Leo Thainacher schätzte sie auf Anfang Vierzig. Sie trug einen Ozelotmantel mit Nerzbesatz, auf dem weißblond gefärbten Haar eine Nerzkappe. Ein dunkelbrauner Schleier bedeckte ihr Gesicht bis auf den rotgeschminkten Mund. Sie setzte sich Leo Thainacher gegenüber in einen der braunen, gepolsterten Holzsessel, schlug die schlanken Beine übereinander, zog mit einer nervösen Bewegung die Handschuhe von den Händen und sagte: »Ich habe zwar keine Ahnung, weshalb Sie mich haben kommen lassen, Herr Doktor – soviel ich weiß, haben mein Mann und ich nie mit Ihnen zusammengearbeitet, mein Rechtsanwalt ist nämlich Dr. Krone, und mein Mann läßt sich durch Dr. Ruhiger vertreten. Aber ich erinnere mich, Sie haben doch meine Freundin Liselotte Böhmer vor zwei Jahren in ihrem Scheidungsprozeß vertreten, nicht wahr? Von daher ist mir Ihr Name sehr geläufig und natürlich auch, ich weiß, daß Sie als Strafverteidiger . . .«

Jetzt hielt Leo Thainacher den Moment gekommen, ihren nervösen Redeschwall zu unterbrechen. »Sie wissen also wirklich nicht, um was es sich handelt?«

»Keine Ahnung. Es sei denn, mein Mann . . . Sind Sie von meinem Mann beauftragt?«

»Es handelt sich um Axel Ellert.«

»Axel Ellert?« Es sah aus, als wenn Irene Schmitt aufspringen wollte, aber im letzten Augenblick besann sie sich anders, klammerte die Hände um die Lehnen ihres Sessels.

»Axel Ellert ist doch tot.«

»Eben darum.«

»Ich begreife nicht . . .« Irene Schmitt sprach den Satz nicht zu Ende. Ihre Lippen zitterten.

»Es ist kein Geheimnis, daß Sie Axel Ellert gekannt haben, gnädige Frau. Sehr gut gekannt haben.«

»Das habe ich auch gar nicht geleugnet. Aber bitte, verstehen Sie mich nicht falsch! Axel Ellert war . . . er war ein guter Freund unserer Familie.«

»Sie wissen, daß Ihr Mann vorhatte, ihn als Zeugen in Ihrem Scheidungsprozeß vorladen zu lassen?«

»Nein!« Irene Schmitt sagte es ganz ehrlich, dann besann sie sich und fügte leise hinzu: »Allerdings hatte ich es befürchtet.«

»Ich will Sie jetzt nicht fragen, ob der Verdacht Ihres Mannes gerechtfertigt war, gnädige Frau . . .«

»Natürlich nicht. Was denken Sie denn von mir?«

»Immerhin wäre es Ihnen wohl kaum angenehm gewesen, Axel Ellert als Zeugen vor Gericht zu sehen, nicht wahr?«

»Das stimmt. Aber nicht meinetwegen, Herr Rechtsanwalt, das dürfen Sie nicht denken. Mein Gewissen ist ganz rein. Nur . . . Sie wissen vielleicht nicht . . . er war mit meiner Tochter Stephanie verlobt.«

»Verlobt?«

»Ja. Heimlich. Mein Mann und ich waren darüber orientiert, und natürlich die nächsten Freunde.«

»Dann tut mir der Vorfall sehr leid für Ihr Fräulein Tochter. Wo ist sie jetzt?«

»Abgereist.«

»Was? Sie ist abgereist? Na ja, sicherlich vor dem Tod ihres Verlobten. Ich nehme an, sie wird zu seinem Begräbnis zurückkommen?«

Irene Schmitt biß sich nervös auf die Lippen. »Das weiß ich nicht.«

»Hat es ein Zerwürfnis zwischen Ihrer Tochter und ihrem Verlobten gegeben?«

»Das müssen Sie Stephanie schon selber fragen.«

»Das werde ich tun. Wenn Sie so liebenswürdig sein würden, mir ihre Adresse zu geben . . .«

»Herr Doktor, ich weiß gar nicht, worauf sie mit Ihrer Fragerei hinauswollen. Wollen Sie etwa behaupten, daß ich oder meine Tochter etwas mit dem . . . dem Mord zu tun haben?«

»Es handelt sich wohl kaum um einen Mord, gnädige Frau.«

»Nicht? Aber ich hatte gedacht . . . die Zeitungen . . .«

»Den Umständen nach würde ich eher auf einen Totschlag schließen. Ich könnte mir sogar vorstellen . . . na, jedenfalls ist wohl nicht daran zu zweifeln, daß Axel Ellert, was Frauen betraf, nicht grade ein Ehrenmann war. Ich nehme an, daß das Gericht diese Tatsache nicht übersehen wird. Möchten Sie mir jetzt bitte die Adresse Ihres Fräulein Tochter geben?«

»Nein. Ich sehe gar nicht ein, weshalb ich das sollte.«

»Na schön. Da kann man nichts machen.« Dr. Leo Thainacher zog den Telefonapparat zu sich heran. »Ich werde jetzt also Kriminalrat Bauer anrufen und ihm mitteilen, was ich über Ihre Beziehungen zu Axel Ellert weiß. Ich werde dann die weiteren Ermittlungen der Kriminalpolizei überlassen.«

»Das dürfen Sie nicht!«

»Und warum nicht?«

»Warum wollen Sie uns ins Unglück stürzen? Ist es nicht schon schrecklich genug, daß Axel Ellert . . . daß er getötet worden ist?«

»Ja. Es ist schrecklich. Jedenfalls für ihn selber. Ich könnte mir aber denken, daß sein Tod für Sie, gnädige Frau, ganz willkommen sein könnte.«

»Jetzt werden Sie unverschämt!«

»Durchaus nicht. Sie behaupten, daß der Verdacht Ihres Mannes unbegründet wäre. Jetzt können Sie das behaupten, gnädige Frau . . . weil Axel Ellert tot ist. Es gibt Zeugen, die Sie in seine Wohnung haben gehen sehen . . .«

»Nur einmal!«

»Na, immerhin.«

»Muß man denn immer gleich etwas Schlechtes denken, wenn eine Frau einen Mann in seiner Wohnung besucht?«

»Man muß nicht, aber man tut es gerne. Besonders, wenn der Mann ein Junggeselle und ein bekannter Frauenheld ist, und die Frau . . . ich möchte Ihnen nicht schmeicheln, gnädige Frau, aber Sie wissen selber, daß Sie sehr attraktiv sind und bestimmt eine gewisse Anziehungskraft auf Männer ausüben, nicht wahr?«

»Ich weiß nicht, worauf Sie mit all dem hinauswollen.«

»Ich möchte Ihnen nur klarmachen, daß Sie durch den Tod Axel Ellerts unbedingt gewonnen haben. Ich zweifle nämlich sehr daran, ob Axel Ellert zu einem Meineid bereit gewesen wäre, und ich denke, Sie wissen ja selber, daß nicht nur ehebrecherisches, sondern auch schon ehewidriges Verhalten als Scheidungsgrund völlig ausreicht. Ich denke, jetzt haben Sie mich verstanden.«

»Ich habe es nicht getan.«

»Das können Sie Kriminalrat Bauer erzählen.«

»Herr Rechtsanwalt . . . ich habe es bestimmt nicht getan! Ich schwöre es! Ich war es nicht. Bitte, bitte, ziehen Sie die Kriminalpolizei in diese Sache nicht mit hinein.«

»Und warum nicht, wenn Sie ein so gutes Gewissen haben?«

»Können Sie sich nicht vorstellen, wie unangenehm es mir wäre, in einen Mordprozeß verwickelt zu werden?«

»Wenn Sie der Kriminalpolizei glaubhaft machen können, daß Sie es nicht gewesen sind, wenn Sie vielleicht sogar ein Alibi haben . . .«

»Ja, das habe ich.«

»Interessant.«

»Ich war in der Mordnacht bei meiner Tochter.«

»Ausgezeichnet. Haben Sie dafür noch einen Zeugen – außer Ihrer Tochter?«

»Ja. Ihre Wirtin, Frau Leonhardt.«

»Wunderbar!« sagte Leo Thainacher strahlend. »Dann ist ja alles in Ordnung. Die Kriminalpolizei wird Ihr Alibi nachprüfen und . . .«

»Bitte, Herr Doktor!« unterbrach ihn Irene Schmitt.

»Ja? Möchten Sie mir noch etwas sagen?«

Unvermittelt begann Irene Schmitt zu schluchzen. »Es ist schrecklich . . . es ist so furchtbar!«

»Warum weinen Sie denn? Sie haben doch grade gesagt . . .«

Irene Schmitt hob den Schleier hoch und zeigte Leo Thainacher ein Gesicht, in dessen Make-up die Tränen Rinnen gegraben hatten. »Ich wollte, ich hätte es selber getan, Herr Doktor! Ich wollte, ich hätte es getan. Ich bin schuld an allem . . .«

Einen Augenblick lang herrschte atemlose Stille in dem nüchternen Kanzleiraum von Rechtsanwalts Leo Thainacher. Unwillkürlich hob Sylvia Schmidthuber den Kopf von ihrem Stenogrammblock.

Leo Thainacher sah Irene Schmitt mit hochgezogenen Augenbrauen an. »Sie?« fragte er.

»Ich habe ihn nicht getötet, aber . . .«

»Etwa Ihre Tochter?«

»Ich weiß es nicht.«

»Aber Sie nehmen es an, nicht wahr?«

»Ich bin so verzweifelt. Seit ich in der Zeitung gelesen habe, daß Axel Ellert tot ist, weiß ich nicht mehr, was ich tun soll. Es ist so entsetzlich.«

»Sie haben es also erst durch die Presse erfahren?«

»Ja. Natürlich.«

»Wie kommen Sie denn darauf, daß Ihre Tochter es getan haben könnte?«

»Ich war in der Mordnacht in ihrer Wohnung. Ich ... ich wollte etwas mit ihr besprechen. Sie war nicht da. Ich habe auf sie gewartet und mich mit ihrer Wirtin unterhalten. Frau Leonhardt wird das bestimmt bezeugen. Kurz nach Mitternacht kam Stephanie nach Hause. Sie war völlig verstört. Ich habe das Kind nie so erlebt. Blaß wie der Tod und ganz außer sich. Natürlich wollte ich wissen, was geschehen war, aber es war kein Wort aus ihr herauszubekommen. Sie hat immer nur gesagt: ›Du bist schuld, Mutter ... nur du!‹ Natürlich habe ich angenommen, daß sie sich mit Axel Ellert gestritten hätte. Meinetwegen. Aber daß sie ihn getötet hat ... Wie konnte ich denn so etwas ahnen? Bis ich es dann in der Zeitung gelesen habe ...«

»Ja, ja, ich verstehe. Sie sagten, Ihr Fräulein Tochter ist abgereist?«

»Ja. In derselben Nacht. Ich habe ihr noch geholfen, ihre Koffer zu packen, obwohl sie es eigentlich nicht zulassen wollte. Sie sagte, sie hätte genug von uns allen. Ich konnte das verstehen.«

»Wohin ist sie gefahren?«

»Ich weiß es nicht. Jedenfalls hat sie mir keine Adresse angegeben. Sie sagte, sie führe nach Rom.«

»Hat sie in Rom irgendwelche Bekannte?«

»Nein, ganz bestimmt nicht. Sie war auch noch nie dort.«

Irene Schmitt sah Leo Thainacher ängstlich an. »Werden Sie jetzt die Polizei benachrichtigen?«

»Ich glaube, es wird besser sein, wir unterhalten uns erst mal mit dieser Frau Leonhardt. – Vielleicht kann sie uns einen Anhaltspunkt geben, wohin Ihr Fräulein Tochter gefahren ist. Jedenfalls danke ich Ihnen, daß Sie mir die Wahrheit gesagt haben, gnädige Frau, Sie haben damit Ihrer Tochter einen guten Dienst erwiesen.«

»Werden Sie ihre Verteidigung übernehmen?«

»Sind Sie sich darüber klar, daß ich, um den Geschworenen ein zwingendes Motiv für die Tat klarzumachen, auf Ihren guten Ruf keine Rücksicht nehmen könnte, gnädige Frau?«

»Das ist doch jetzt völlig gleichgültig. Stephanies Schicksal ist wichtiger als alles andere.«

Zu dritt fuhren sie in Leo Thainachers Wagen nach Schwabing hinaus, Sylvia Schmidthuber saß vorn neben ihrem Chef, Irene Schmitt hinter ihnen.

Die Fünfzimmerwohnung Frau Leonhardts lag im fünften Stock eines alten Mietshauses in der Georgenstraße, und Frau Leonhardt, die Witwe eines Lederhändlers, hatte, wie Irene Schmitt unterwegs erzählte, vier dieser Zimmer möbliert und mit Badbenutzung an junge Leute, meist Studenten, vermietet. Das Haus hatte keinen Lift, sie mußten die schmalen, ausgetretenen Stiegen emporklettern.

Frau Leonhardt öffnete auf das erste Klingelzeichen. Als sie Irene Schmitt erkannte, sagte sie erleichtert: »Gut, daß Sie kommen!«

»Ist etwas passiert?« fragte Irene Schmitt nervös.

»Nein, eigentlich nicht . . . nur . . . ich bin in Sorge um Fräulein Stephanie. Sie ist –« Frau Leonhardt stockte mitten im Satz, als sie auf Leo Thainacher und seine Sekretärin aufmerksam wurde. »Sie wünschen?«

»Es sind gute Freunde von mir, Frau Leonhardt«, erklärte Irene Schmitt rasch, »sie sind in Sorge um Stephanie. Hat sie etwas von sich hören lassen?«

»Bitte, kommen Sie doch herein!« Frau Leonhardt führte ihre Besucher durch einen düsteren Flur in ein altmodisch und gediegen eingerichtetes Wohn-Schlafzimmer. Sie nahm sich nicht die Zeit, ihre Gäste zum Setzen aufzufordern, sondern sagte atemlos: »Sie ist zurückgekommen. Heute mittag.«

»Gott sei Dank!« Irene Schmitt atmete auf. »Ist sie jetzt da? Können wir zu ihr?«

»Sie sah entsetzlich aus, ganz verstört, und sie hat sich so seltsam benommen. Sie sagte, sie wäre todmüde und wünschte, nicht gestört zu werden. Ich habe ihr eine Tasse Tee angeboten, aber sie wollte nichts nehmen. Sie ist sofort auf ihr Zimmer gegangen und hat sich eingeschlossen. Deshalb mache ich mir Sorgen. Es war ja auch alles zuviel für das arme Kind, erst der Streit ... und dann muß sie wohl noch unterwegs erfahren haben, daß er ... ihr Verlobter ... erschossen worden ist.«

Jetzt mischte sich der Rechtsanwalt in das Gespräch: »Hatten Sie den Eindruck, Frau Leonhardt, daß Fräulein Stephanie ... na, sagen wir, aus ihrem seelischen Gleichgewicht geworfen ist? Daß sie sich in einer Verfassung befand, in der sie etwas tun könnte, was man unter normalen Bedingungen nicht tut?«

»Ja. Das habe ich sagen wollen. Ich konnte es vielleicht nicht so ausdrücken ... aber Sie haben mich vollkommen richtig verstanden.«

»Na, dann wird es das beste sein, gnädige Frau«, sagte Leo Thainacher zu Frau Schmitt, »Sie versuchen jetzt mal, sich mit Ihrer Tochter in Verbindung zu setzen. Wir werden hier im Zimmer bleiben, damit Fräulein Stephanie nicht über den Massenandrang erschrickt. Klopfen Sie bei ihr an, sagen Sie, Sie haben erfahren, daß sie zurückgekommen ist. Sagen Sie, Sie haben ihr etwas mitgebracht, sagen Sie irgend etwas, aber versuchen Sie, sie dahin zu bringen, daß sie die Tür öffnet.«

»Gut«, sagte Irene Schmitt, scheinbar sehr gefaßt, »ich werde mein möglichstes tun.«

Leo Thainacher, Sylvia Schmidthuber und Frau Leonhardt sahen ihr durch die geöffnete Tür nach, wie sie den Gang hinunterging und erst leise, dann kräftig an eine der Türen pochte. »Hallo, Stephanie ... ich bin's, Mutter! Bitte, mach auf!«

Irene Schmitt wiederholte den Satz ein paarmal, aber nichts schien sich drinnen zu rühren. Jetzt sagte sie lauter und eindringlicher: »Bitte, Stephanie, bitte, mach die Tür auf! Ich muß unbedingt mit dir sprechen! Stephanie! Es ist sehr wichtig! Ich habe eine Nachricht für dich, Stephanie!«

Dann verlor sie plötzlich die Beherrschung. Sie trommelte mit beiden Fäusten gegen die Tür und schrie: »Stephanie! Stephanie! Stephanie! Um Himmels willen, sag doch etwas! Melde dich doch! Mach die Tür auf!«

Leo Thainacher war mit wenigen Schritten bei Irene Schmitt, legte beruhigend den Arm um ihre Schulter und sagte: »Bitte, regen Sie sich nicht auf, gnädige Frau, das ist ganz sinnlos! Versuchen Sie, sich zu beruhigen ...«

Irene Schmitt brach in ein wildes, verzweifeltes Schluchzen aus.

Eine andere Tür auf dem Gang hatte sich geöffnet, und ein junger Mann mit glattem, pomadisierten Haar trat heraus und sagte ärgerlich: »Zum Teufel, was ist denn hier los? Kann man denn nicht einmal in Ruhe arbeiten?«

»Bitte, gehen Sie in Ihr Zimmer, junger Mann«, sagte Rechtsanwalt Thainacher, »es liegt nichts vor, was Sie interessieren könnte.«

Der junge Mann blieb einen Augenblick unentschlossen stehen, starrte auf Leo Thainacher, auf die weinende Irene Schmitt, sah dann erst die attraktive Sylvia, die ihm einen ihrer gekonnten Augenaufschläge schenkte. Er wurde plötzlich rot und zog sich zurück.

»Danke, Sylvia«, sagte Leo Thainacher, der das kleine Intermezzo beobachtet hatte. »Bitte, Frau Leonhardt, haben Sie wohl noch einen zweiten Schlüssel für diese Tür? Ich fürchte ...«

»Natürlich ... ja, ganz bestimmt. Ich habe für jedes Zimmer Ersatzschlüssel. Die jungen Leute verlieren so häufig ihre Schlüssel ... es ist unbegreiflich.« Frau Leonhardt eilte in ihr Zimmer zurück.

Rechtsanwalt Leo Thainacher kniete sich vor die Tür und versuchte, durch das Schlüsselloch zu blicken. »Der Schlüssel steckt«, sagte er dann.

Wortlos zog Sylvia eine lange Haarnadel aus ihrem üppigen blonden Haar. Leo Thainacher bog sie gerade und bemühte sich, den Schlüssel nach innen durchzustoßen. Es gelang nicht. »Danke«, sagte er, als Frau Leonhardt mit ihrem Schlüsselbund kam, »ich fürchte, das wird nicht gehen. Wir müssen die Tür aufbrechen. Haben Sie ein Stemmeisen oder so etwas?«

»Aufbrechen?! Aber um Himmels willen . . . muß das sein?«

»Ich fürchte, ja. Wir werden Ihnen natürlich die Reparaturkosten bezahlen, Frau Leonhardt.«

Die Wirtin wurde verlegen. »Daran habe ich gar nicht gedacht«, sagte sie. »In einem solchen Fall . . . es ist doch wirklich zu entsetzlich. Warten Sie, ich werde mal schauen, ob ich etwas dergleichen finde. Es könnte nur im Werkzeugkasten sein.«

Sie öffnete eine schmale Tür, die in die Besenkammer führte, zog einen schweren, mit weißen Farbspritzern bekleckten Holzkasten hervor, fand einen Hammer und einen Meißel. »Genügt das?« fragte sie.

»Ich werde es versuchen.« Leo Thainacher setzte den Meißel in der Nähe des Türschlosses an, schlug dreimal kräftig mit dem Hammer zu. Dann hatte er das Schloß gesprengt. Die Türe gab nach.

Stephanie Schmitt lag angezogen – sie trug ein hellblaues, sehr elegantes Wollkleid – auf ihrer Couch. Ihr Gesicht war blaß wie der Tod und stand in einem krassen und unnatürlichen Gegensatz zu dem rotgeschminkten Mund. Ihr linker Arm hing schlaff herunter, die hochhakkigen blauen Pumps waren ihr von den Füßen gefallen.

»Stephanie!« schrie Irene Schmitt entsetzt. Sie wollte sich auf ihre Tochter stürzen.

Leo Thainacher streckte den Arm aus und hielt sie zurück. »Bitte, einen Augenblick!« sagte er. Er trat an die Couch, legte seine Finger prüfend auf Stephanies Puls, dann richtete er sich wieder auf. »Ich werde versuchen, einen Krankenwagen zu erreichen«, sagte er, und bevor er den Raum verließ, fügte er mit einem vielsagenden Blick hinzu: »Sie bleiben bitte hier, Sylvia!«

Irene Schmitt schien plötzlich den Mut verloren zu haben, sich ihrer Tochter zu nähern. Sie blieb mitten im Raum stehen und sagte tonlos: »Ist sie tot?«

»Sicher nicht«, sagte Sylvia Schmidthuber beruhigend, »sonst würde der Herr Doktor ja nicht nach einem Krankenwagen telefonieren.«

Sie ging um die Couch, die schräg in dem Raum stand, herum, sah auf einem niedrigen Tischchen ein leeres Wasserglas stehen, daneben lag die Klinikpackung eines bekannten Schlafmittels.

Sylvia Schmidthuber zog ihre Handschuhe an, nahm die Packung hoch, es fehlten genügend Tabletten, um einen erwachsenen Menschen vom Leben zum Tode zu befördern. Sie wickelte das Glas und die leere Schachtel vorsichtig in ein Taschentuch, steckte beides in ihre geräumige Ledertasche, die normalerweise zum Transport von Frühstücksbroten, Büchern und Schönheitsutensilien bestimmt war.

»Weshalb tun Sie das?« frage Frau Leonhardt, die im Türrahmen stehengeblieben war, irritiert.

Sylvia zuckte die Schultern. »Man kann nie wissen. Sie sind sicher, daß Fräulein Stephanie niemanden in ihr Zimmer gelassen hat?«

»Vollkommen sicher«, sagte Frau Leonhardt, »ich habe die ganze Zeit auf ihre Zimmertür geachtet, weil ich immer hoffte . . .«

»Ich verstehe«, sagte Sylvia, »es war auch nur so eine Routinefrage.«

Bis der Krankenwagen kam und Stephanie Schmitt abtransportiert wurde, vergingen knappe zehn Minuten, aber allen dehnte sich diese kurze Zeit ins kaum noch Erträgliche.

Als Irene Schmitt hinter der Bahre, auf der ihre Tochter weggetragen wurde, das Zimmer verließ, sagte Leo Thainacher: »Ich komme nach . . . vorher möchte ich mich hier noch ein wenig umschauen, wenn Sie erlauben.«

Irene Schmitt nickte stumm und mechanisch. Es war nicht ganz klar, ob sie seine Frage überhaupt verstanden hatte. Der traurige kleine Zug hatte die Wohnung kaum verlassen, als das Telefon schrillte.

»Ausgerechnet jetzt!« sagte Frau Leonhardt nervös.

»Gehen Sie ruhig an den Apparat«, sagte Leo Thainacher, »aber bitte, erzählen Sie vorläufig niemandem, was hier geschehen ist.«

»Selbstverständlich nicht«, sagte Frau Leonhardt, leicht gekränkt. »Wofür halten Sie mich denn?!« Sie rauschte davon.

»Machen Sie die Tür zu, Sylvia, ich möchte mich hier mal in aller Ruhe umsehen!« bat Leo Thainacher.

Die zerbrochene Tür hielt nicht mehr im Schloß, Sylvia stellte kurzentschlossen einen Stuhl dagegen. Leo Thainacher ging, die Hände in den Taschen, mit wachen Augen durch das Zimmer.

Sylvia Schmidthuber hatte einen zufälligen Blick in das Waschbecken geworfen. »Hier ist etwas verbrannt worden, Herr Doktor«, sagte sie, »anscheinend Papier.«

Leo Thainacher trat neben sie und sah die grauen Aschenüberreste. »Sicher Axel Ellerts Liebesbriefe . . . falls er solche überhaupt geschrieben hat.« Sein Gesicht war sorgenvoll.

»Ist das schlimm?« fragte Sylvia.

»Nein. Sie würden uns kaum etwas nützen. Daß Stephanie mit Axel Ellert verlobt war, dafür haben wir ja Zeugen. Was mir fehlt, ist der Abschiedsbrief.«

»Vielleicht auf dem Kopfkissen?« schlug Sylvia vor.

Sie suchten systematisch das ganze Zimmer durch, öffneten, obwohl sie wußten, daß es kaum sinnvoll war, Schränke und Schubladen. Sie fanden nichts.

Plötzlich überfiel Leo Thainacher eine leichte Panik. Er hatte sich so nahe am Ziel geglaubt, und nun war womöglich alles verloren. Wenn Stephanie Schmitt starb, ohne ein Geständnis abgelegt zu haben, würde ihm kein Gericht der Welt abnehmen, daß sie ihren Verlobten tatsächlich erschossen hatte. Der Staatsanwalt würde die Geschworenen leicht überzeugen können, daß Stephanie ihrem Freund aus Kummer in den Tod gefolgt war.

Es wurde gegen die Tür gepocht. Sylvia warf Leo Thainacher einen fragenden Blick zu, er nickte, sie zog den Stuhl beiseite. Frau Leonhardt kam ins Zimmer. In ihrem freundlichen alten Gesicht mischten sich Mitleid und Neugier.

»Eine Frage«, sagte Rechtsanwalt Thainacher, »wissen Sie zufällig, ob Fräulein Stephanie einen Brief zum Postkasten getragen hat?«

»Ganz bestimmt nicht«, erklärte Frau Leonhardt. »Wie ich schon sagte, sie ist sofort auf ihr Zimmer gegangen.«

»Schade«, sagte Leo Thainacher und mußte sich zur Ruhe zwingen. »Da kann man nichts machen.«

»Brauchen Sie mich noch, Herr Doktor?« fragte Sylvia Schmidthuber. »Wenn ich Ihnen helfen kann . . .«

»Ich fürchte, nein. Sehr lieb von Ihnen, Sylvia. Wenn alles gutgeht, wird Stephanie Schmitt frühestens morgen vernehmungsfähig sein.«

16

Leo Thainacher behielt recht. Als er in das Schwabinger Krankenhaus in der Isoldenstraße kam, erklärte ihm der diensthabende Arzt, daß er für Stephanies Rettung nicht garantieren könne. »Die Dosis muß reichlich groß gewesen sein«, sagte er bedauernd, »wahrscheinlich hat sie schon Stunden in ihrer Betäubung gelegen ... es ist ein Jammer, so ein hübsches, junges Ding.«

»Bitte, tun Sie das menschenmögliche!«

»Das ist doch selbstverständlich. Dazu sind wir ja da.«

Leo Thainacher konnte Irene Schmitt nicht überreden, nach Hause zu gehen. Sie wollte im Krankenhaus bleiben und abwarten, wie sich das Schicksal ihrer Tochter entscheiden würde. Leo Thainacher verstand sie. Er bat sie nur noch, zu Hause anzurufen und zu fragen, ob ein Brief von Stephanie angekommen wäre.

Irene Schmitt, vor Angst um ihr Kind und von Selbstvorwürfen gepeinigt, war nicht mehr imstande, zu begreifen, warum er das von ihr verlangte, aber sie gehorchte. Stephanie hatte nicht geschrieben.

Natürlich bestand noch die Möglichkeit, daß ein Brief mit einem Geständnis oder einer Erklärung auch morgen früh eintreffen würde, aber Leo Thainacher glaubte nicht recht daran. Aus Stephanies ganzem Verhalten schloß er, daß das junge Mädchen vollkommen kopflos gewesen war. Der Gedanke, daß jemand anders mit ihrer Tat belastet werden konnte, war ihr wahrscheinlich gar nicht gekommen. Sie mußte glauben – was ja auch der Wahrheit entsprach –, daß ihre Mutter den Zusammenhang zwischen Axel Ellerts Tod und ihrem Selbstmord auch ohne Erklärung verstehen würde.

Als Leo Thainacher an diesem Abend nach Hause kam, war er sehr deprimiert.

Seine Frau empfing ihn ahnungslos. »Na, da bist du ja endlich!« sagte sie fröhlich. »Thomas ruft alle halbe Stunde an ... ich möchte bloß wissen, wo's brennt. Aber mir will er nicht sagen, um was es sich handelt.«

»Es wird schon nicht so wichtig sein, Lotte«, sagte Leo Thainacher müde und außerstande, in dieser Verfassung seinen Freund anzurufen. »Bitte, sag Anni, daß sie mir einen Kaffee macht.«

»Das geht leider nicht«, gab Lotte spitz zurück. »Du hast

wohl vergessen, daß du Anni ausgeliehen hast ... bloß weil Cornelia verreisen mußte.« Leo Thainacher hatte es für richtiger gehalten, seiner Frau die Wahrheit noch nicht zu erzählen.

»Ach ja, das habe ich ganz vergessen. Vielleicht bist du selber so freundlich, Lotte!«

»Ausnahmsweise!« sagte sie und verzog sich in die Küche. Leo Thainacher hatte sich kaum eine Zigarette angezündet, als das Telefon klingelte. Er holte tief Atem und nahm den Hörer ab. Wie er erwartet hatte, war Thomas Ramin am anderen Ende der Leitung. »Ja, ich weiß, ich hätte dich anrufen sollen«, sagte Leo Thainacher, »aber es ging beim besten Willen nicht früher. Ja, ich habe etwas herausgebracht ... aber, bitte, sei mir nicht böse, ich möchte jetzt nicht darüber sprechen. Es ist ... ich muß erst mal meine Gedanken ordnen, weißt du. Ich fühle mich hundeelend. Nein, ich wüßte nicht, wie. Aussichtslos ist nie etwas. Das einzige, was du tun kannst, ist beten ... ja, du hast mich richtig verstanden, beten!« Er legte den Hörer auf, ehe Thomas Ramin das Gespräch beendet hatte. Er war am Ende seiner Kräfte.

Erst als er zwei Tassen starken Kaffee getrunken hatte, fühlte er sich besser. Plötzlich wußte er wieder, was er zu tun hatte. Er schlug im Telefonbuch nach, fand die Privatadresse von Kriminalrat Bauer, wählte seine Nummer. »Guten Abend, Herr Kriminalrat«, sagte er, als sich der Teilnehmer meldete. »Hier spricht Rechtsanwalt Leo Thainacher. Herr Kriminalrat, wäre es wohl möglich, daß wir uns heute abend sprechen können? Ich habe Ihnen etwas Wichtiges mitzuteilen ... betrifft den Fall Axel Ellert. Es wird Sie interessieren ... ja, eine ganz neue Wendung.«

Stephanie Schmitt überlebte die Nacht. Am nächsten Morgen konnten die Ärzte versichern, daß keine akute Lebensgefahr mehr bestand.

Frau Irene verzichtete darauf, mit ihrer Tochter zu sprechen. Sie war durch die Qualen der durchwachten Nacht so erledigt, daß sie fürchtete, in Gegenwart ihrer Tochter die Fassung zu verlieren.

Um neun Uhr wurden Rechtsanwalt Leo Thainacher und Kriminalrat Bauer ins Krankenzimmer gelassen. »Aber bitte ... keine Aufregung für die Patientin«, mahnte die Schwester, »und auf keinen Fall länger als allerhöchstens zehn Minuten!«

Stephanie Schmitt war immer noch sehr blaß. Sie wirkte fast kindlich, wie sie da mit dem winzigen Gesicht und den riesengroßen, brennenden Augen in den Kissen lag – kindlich und mitleiderregend. Unwillkürlich zog sie das Bettlaken bis zum Kinn, als die beiden Männer eintraten. Sie starrte sie mit stummer, erschrockener Frage an.

»Guten Morgen, Fräulein Stephanie«, grüßte Leo Thainacher herzlich. »Ich weiß, Sie kennen mich nicht, aber Sie brauchen keine Angst vor mir zu haben. Ich bin Rechtsanwalt Leo Thainacher. Ihre Mutter hat mich gebeten, Ihre Verteidigung zu übernehmen.«

»Ich ... ich verstehe gar nicht ...«, stammelte Stephanie.

Leo Thainacher zog einen Stuhl ans Bett und setzte sich, während der Kriminalrat Bauer abwartend in der Nähe der Türe stehenblieb.

»Sie brauchen keine Angst mehr zu haben, liebes Kind«, versuchte Leo Thainacher Stephanie zu beruhigen, »Ihre Mutter hat uns alles erzählt. Sie können ganz sicher sein, daß das Gericht Verständnis für Ihre Situation haben wird. Sie haben Axel Ellert geliebt?«

Stephanie nickte stumm.

»Sie wollten ihn heiraten?«

»Ich habe darauf gewartet«, sagte sie leise.

»Ihre Mutter sagte mir, daß die Verlobung geheim bleiben sollte ... war das der Wunsch Axel Ellerts?«

»Ja.«

»Wann haben Sie erfahren, daß Axel Ellert und Ihre Mutter ... ich meine, daß die beiden sich nicht gleichgültig waren?«

»Erst in der Nacht.«

»In der Nacht, in der Sie ihn erschossen haben?«

»Ich habe es nicht mit Absicht getan«, sagte Stephanie, »ganz bestimmt nicht. Das müssen Sie mir glauben. Ich ... es war mir ... ich kann es so schwer erklären ... als wenn ich explodieren müßte. Ich mußte einfach irgend etwas tun ... egal was. Ich weiß selber nicht, wieso ich plötzlich die Waffe in der Hand hatte, und ich erinnere mich auch nicht mehr, daß ich geschossen habe. Ich habe vorher noch nie geschossen. Ich kann gar nicht mit Waffen umgehen. Aber plötzlich gab es so einen Ruck in meinem Arm, und dann kam ein Knall ... und dann war ich plötzlich wieder ganz wach, und da sah ich, daß er ... daß er ... am Boden lag. Aber ich habe nicht einmal da begriffen, daß er tot war. Erst aus den Zeitungen ...«

»Ich verstehe. Ihre Mutter sagte, daß Sie nach Rom fahren wollten.«

»Ja. Ich wollte fort. Ich wollte niemanden mehr sehen. Ihn nicht, Mutter auch nicht. Aber dann, unterwegs ... da habe ich in der Zeitung gelesen, daß er tot war, und da habe ich begriffen, daß alles sinnlos war. Ich konnte doch so nicht weiterleben. Deshalb bin ich zurückgekehrt.«

»Ja. Deshalb haben Sie auch das Schlafmittel genommen, nicht wahr?«

»Ja.«

Jetzt trat Kriminalrat Bauer vor. »Liebes Fräulein Stephanie«, sagte er freundlich, »würden Sie so nett sein und mir jetzt mal eine Frage beantworten ... Was hat Ihnen Ihr Verlobter getan, daß eine solche Kurzschlußreaktion in Ihnen ausgelöst wurde? Es wäre sehr schön, wenn Sie sich noch daran erinnern könnten.«

»Ich werde es nie vergessen«, sagte Stephanie Schmitt.

»Bitte, versuchen Sie doch, es uns zu erzählen!«

Sie sah zögernd von einem der Männer zum anderen. Dann sagte sie mit plötzlichem Entschluß: »Ich habe ihn gebeten, doch endlich einen Hochzeitstermin festzulegen.

Er wollte nicht. Er wollte nie. Ich habe das nicht verstanden ... ich war doch sicher, daß er mich liebt. Er war immer sehr aufmerksam und zärtlich zu mir, ich wäre nie darauf gekommen, daß er ... Aber an diesem Abend war er furchtbar nervös, ich kann das nicht erklären, er war ganz anders als sonst. Und als ich ihn noch einmal bat, sagte er: ›Willst du wirklich einen Mann heiraten, der im Scheidungsprozeß deiner Mutter als Zeuge auftreten muß?‹ Ich sagte – ich glaube jedenfalls, daß ich sagte – das ist nicht wahr! Da lachte er und sagte: ›Du ahnungsloses Schäfchen!‹ Und da auf einmal ist mir alles blitzschnell klargeworden. Plötzlich sah ich alles vor mir ... die Blicke, die Mutter und Axel gewechselt haben, wenn niemand hinsah ... Bemerkungen, die ich nie verstanden habe ... Anspielungen ... Ich habe wirklich nie etwas geahnt, aber plötzlich ... Und er saß da und lächelte. Da konnte ich es einfach nicht mehr ertragen.«

Stephanie schluchzte, die Tränen begannen ihre Wangen hinabzulaufen.

»Bitte, regen Sie sich nicht auf, Fräulein Stephanie«, sagte Leo Thainacher beschwörend. »Sie haben Entsetzliches durchgemacht, aber Sie brauchen keine Angst vor der Zukunft zu haben. Ganz bestimmt nicht. Niemand wird Ihnen etwas tun. Sie müssen jetzt nur daran denken, so schnell wie möglich wieder gesund zu werden, damit Sie die nächsten schweren Wochen und Monate durchstehen. Sie sind noch sehr jung, Sie werden darüber hinwegkommen, glauben Sie mir. Das ganze Leben liegt ja noch vor Ihnen!«

Als die beiden Herren auf den Flur des Krankenhauses traten, sagte Kriminalrat Bauer: »Ein klarer Fall. Totschlag mit Milderungsgründen.«

»Ich werde auf Freispruch plädieren«, erklärte Leo Thainacher.

»Versuchen sie es. Das Mädchen kann einem wahrhaftig leid tun. Wollen Sie mit mir fahren? Sie können Frau Ramin natürlich gleich abholen.«

»Danke, Herr Kriminalrat, sehr nett von Ihnen. Aber ich möchte doch zu allererst Herrn Ramin verständigen.«

Cornelia lächelte nicht, als sie sah, daß Thomas Ramin und Leo Thainacher auf sie gewartet hatten. Sie reichte auch keinem der Männer die Hand. Ihr schönes Gesicht war von einem fast tragischen Ernst gezeichnet. Wortlos folgte sie ihnen zu dem Auto des Rechtsanwaltes.

Thomas Ramins Herz hatte sich bei ihrem Anblick in schmerzhafter Freude zusammengekrampft. Sie war genauso gekleidet wie an jenem verhängnisvollen Abend, als die Katastrophe eingetreten war. Um das Haar hatte sie jenes schöne fliederfarbene Kopftuch mit den weißen Orchideen geschlungen, und obwohl es nicht kalt war, hatte sie den Kragen ihres grauen Persianermantels hochgeschlagen, als ob sie hinter ihm Schutz suchen wollte. Sie schien ganz unverändert, trotzdem spürte Thomas Ramin, daß sich in ihr innerlich eine große Wandlung vollzogen haben mußte.

Während der Fahrt blieb Cornelia stumm. Leo Thainacher versuchte ihr zu erklären, wie es zu ihrer Enthaftung gekommen war. Er gab es auf, als er spürte, daß ihre Teilnahmslosigkeit echt war.

Erst als die überlebensgroße Statue des Friedensengels vor ihnen auftauchte, öffnete Cornelia den Mund. »Wohin bringt ihr mich?« fragte sie.

»Nach Hause, Cornelia«, sagte Thomas Ramin.

»Nein!«

Er verstand sie nicht. »Willst du damit sagen, daß du nicht nach Hause möchtest?«

»Ich kann nicht. Nach allem, was geschehen ist, gibt es für mich kein Zuhause mehr.«

»Cornelia! Du weißt nicht, was du da redest.«

»Doch. Ich habe mir alles sehr gut überlegt. Ich kann nicht mehr zu euch zurück, Thomas.«

»Ich liebe dich«, sagte er, »und ich brauche dich.«

»Du hast mich nie gekannt«, erwiderte Cornelia mit einer Kälte, die auf Thomas alarmierender wirkte als ein hysterischer Ausbruch.

»Sei mir nicht böse, Cornelia, aber ich glaube, du hast dich da in etwas hineingesteigert . . .«, begann Leo Thainacher.

Sie unterbrach ihn scharf: »Ich weiß, daß ich dir viel zu verdanken habe, Leo – aber dies hier geht nur uns beide an, Thomas und mich. Sonst niemanden.«

»Verzeih. Du hast recht«, sagte Leo Thainacher. »Wohin soll ich dich also bringen?«

»Halte hier!« sagte sie.

Ohne eine weitere Frage bremste Leo Thainacher den Wagen.

Cornelia stieg aus, noch ehe ihr Mann ihr helfen konnte.

»Leb wohl, Leo«, sagte sie, »du warst ein guter Freund.«

Leo Thainacher sah ihr nach, wie sie auf der Treppe zu den Isaranlagen hinunter seinen Blicken entschwand. Er begriff mit schmerzlicher Gewißheit, daß er nie eine Chance in ihrem Leben gehabt hatte. Zum erstenmal wünschte er seinem Freund neidlos, daß es ihm gelingen möge, sie zur Rückkehr zu überreden. Er wußte nicht, was sie Thomas zu sagen hatte, aber er spürte deutlich, daß das, was zwischen den beiden jetzt gesprochen wurde, entscheidend für ihr ganzes Leben sein würde. Termine warteten auf ihn, aber es war ihm gleichgültig. Langsam fuhr er weiter, suchte einen Parkplatz, stieg aus und ging zur Isarbrücke zurück. Er sah, wie Cornelia und Thomas Ramin nebeneinander hergingen, stehenblieben, redeten.

Mein Gott, dachte er, sei ihnen gnädig – allen beiden. Laß sie jetzt nicht im Stich!

»Du wirst niemals darüber hinwegkommen, Thomas«, sagte Cornelia zu Thomas Ramin. »Nie! Auch wenn du es nicht wahrhaben willst.«

»Du hast es ja nicht getan, Cornelia! Ich weiß, wir alle wissen, daß du ihn nicht getötet hast. Und selbst wenn du seine Geliebte gewesen wärst . . .«

»Ich war es nicht, Thomas.«

»Ich hätte es dir verziehen.«

»Verziehen, ja. Aber verzeihen ist nicht gleichzusetzen mit vergessen.«

»Cornelia! Nur eine einzige Frage: Liebst du mich?!«

»Bevor ich dir diese Frage beantworte, mußt du alles über mich wissen.«

»Ich will nicht!« sagte er. »Wozu?«

»Du hast nie etwas wissen wollen, Thomas. Weil du gespürt hast, daß du die Wahrheit nicht ertragen kannst. Ich war glücklich mit dir, ja. Aber trotzdem bin ich sehr allein gewesen all die Jahre, allein mit meinem Geheimnis.«

»Ich begreife nicht, warum du alles so dramatisieren mußt, Cornelia«, sagte er eilig. »Es ist ja nichts geschehen. Du stehst nicht mehr unter Verdacht, es kann alles weitergehen wie bisher!«

»Nein, das kann es nicht, Thomas. Sieh es doch endlich ein! Wir müssen Klarheit schaffen, jetzt, sofort, ich kann es nicht länger ertragen.«

»Was? Nein, sag es nicht.«

»Ich muß es dir sagen, Thomas. Du weißt, Axel Ellert hat mich erpreßt. Du wirst es immer wissen. Glaubst du wirklich, daß du neben mir herleben kannst, ohne die Antwort auf die Frage zu kennen, was er gegen mich in der Hand hatte?«

»Ja. Ich kann es, Cornelia. Glaub mir, ich kann es ganz bestimmt.«

»Aber ich kann nicht länger mit einer Lüge leben, Thomas. Nelly ist nicht dein Kind.«

Es traf ihn wie ein Schlag ins Gesicht. Einen Augenblick blieb er ganz stumm.

»Nun weißt du es, Thomas«, sagte sie ruhig, »glaubst du, daß du auch das verzeihen kannst?«

»Ich begreife gar nichts . . .«, stammelte er, »wieso . . . Nein, Cornelia, das kann doch nicht wahr sein!«

»Doch. Es ist wahr. Erinnerst du dich, wie du mich kennengelernt hast? Du wußtest, daß es vor dir einen Mann in meinem Leben gegeben hat. Ich habe es dir nie verschwiegen. Aber du wolltest nichts über ihn wissen.«

»Ja, aber ...«, sagte er hilflos.

»Laß mich jetzt reden. Ich habe lange genug geschwiegen, Thomas. Du hattest den Hochzeitstermin schon festgesetzt, als ich begriff, daß ich Mutter werden würde. Ich habe es dir damals erzählt, erinnerst du dich?«

»Ja«, sagte er atemlos, »ja ...«

»Erinnerst du dich, daß ich dir mehr sagen wollte als nur das? Daß ich dir alles erklären wollte? Vielleicht hast du das nicht einmal bemerkt. Du warst so glücklich, so fest überzeugt, daß das Kind, das ich unter dem Herzen trug, nur von dir sein konnte. Ich habe es nicht fertiggebracht, unser Glück durch die Wahrheit zu zerstören. Ich hatte mir vorgenommen, es dir später zu sagen ... irgendwann später, wenn du die Wahrheit ertragen könntest. Aber dazu ist es nie gekommen.«

»Ich kann es nicht glauben, Cornelia«, sagte er, »grade Nelly! Sie ist mir doch in so vielem ähnlich ... das kann doch kein Zufall sein!«

»Sicher nicht«, sagte Cornelia, und zum erstenmal seit langer Zeit lächelte sie. »Sie liebt dich, Thomas, du bist ihr großes Vorbild, und sie bemüht sich, dir ähnlich zu sein. Zufall ist es nicht. Aber mit Vererbung hat es auch nichts zu tun ...«

»Nelly darf es nie erfahren«, sagte Thomas, »nie!«

»Ich werde es ihr nicht sagen, wenn du es nicht tust.«

Sie standen sich gegenüber, Auge in Auge, und mit unendlicher, fast unfaßbarer Erleichterung spürte er plötzlich, daß er den Schock schon überwunden hatte. Er hatte sich gefürchtet vor der Wahrheit, seit Monaten hatte er sich gequält mit dieser Angst, und jetzt, da er es wußte, schien er plötzlich alles so leicht zu verstehen. Er begriff, daß Cornelia aus Liebe zu ihm diese schwere Last all die

Jahre ganz allein für sich getragen hatte. »Was mußt du gelitten haben, Cornelia!« sagte er impulsiv.

Ihr Gesicht leuchtete auf, die Starre löste sich. Es war, als wenn ein inneres Feuer, das fast unter der Asche erstickt gewesen war, durch diese Worte wieder Nahrung bekam.

»Es war entsetzlich, Thomas«, sagte sie, und ihre Stimme hatte den altvertrauten warmen Ton.

Er nahm ihre Hand. »Ich bin froh, daß ich es weiß . . . ich kann dir gar nicht sagen, wie froh ich bin.«

»Ich habe es nicht zeigen wollen, Thomas«, sagte sie, und plötzlich stiegen Tränen in ihre schönen braunen Augen, »aber ich hatte so sehr gehofft, du würdest mir verzeihen.«

»Es gibt nichts zu verzeihen, Liebste . . . ich habe dir zu danken . . . für deine Liebe, für deine Kraft, für alles, was du für mich und für uns getan hast!«

»O Thomas!« sagte sie und lehnte ihren Kopf an seine Brust. Er hielt sie ganz fest umschlungen.

»Ich glaube, nur darum«, sagte sie unter Lachen und Weinen, »nur darum habe ich heimlich gearbeitet, Thomas, weil ich wußte, daß du für ein Kind sorgen mußt, das nicht dein Kind ist, verstehst du? Weil ich mich schuldig fühlte! Ach, es war so entsetzlich!«

»Nelly gehört mir«, sagte Thomas, »genausosehr wie Tom. Ich habe um dich gebangt, als du sie trugst, ich habe um dich gezittert, als du sie zur Welt brachtest, ich habe ihr erstes Lächeln gesehen, und ich bin der Vater, den sie liebt. Hat der andere je gewußt . . .?«

»Nein«, sagte sie rasch. »Nie. Ich bin so froh darüber.«

»Cornelia«, sagte er ehrlich, »ich glaube, ich bin noch nie in meinem Leben so glücklich gewesen!«

In diesem Augenblick wandte Leo Thainacher oben auf der Brücke sich ab. Er gönnte den beiden ihr schwer erkämpftes Glück, aber er mochte nicht mit ansehen, wie sie sich küßten.

Es war ein Kuß, der kein Ende nehmen wollte.

Marie Louise Fischer

Liebe im Grandhotel

BASTEI LÜBBE

1

»Ich habe verstanden, daß du heute deinen dritten Hochzeitstag hast«, sagte die Hotelsekretärin Lona Simon, »es ist durchaus nicht nötig, daß du das dauernd wiederholst. Ich begreife nur nicht, daß dir das erst heute einfällt!«

Sie saß auf dem schweren antiken Schreibtisch im Büro des Hoteliers, die Beine mit den zierlichen Fesseln übereinandergeschlagen, und stach mit der Spitze ihres Kugelschreibers Löcher in den Stenogrammblock, der auf ihren Knien lag.

Urban Horster stand vor ihr, die Hände in den Taschen seines korrekten dunklen Anzugs und zeigte jenes hinreißende Lächeln, das ihm seit jeher die Sympathien aller weiblichen Hotelgäste eingetragen hatte.

»So, begreifst du das wirklich nicht?« fragte er nekkend. »Darf ich dich daran erinnern, daß ein faszinierendes junges Mädchen namens Lona es verstanden hat, mir so völlig den Kopf zu verdrehen, daß man es fast ein Wunder nennen kann, wenn ich mich überhaupt noch an meinen eigenen Namen erinnern kann?«

Sein Charme prallte an ihr ab.

»Ach, laß doch die blöden Witze!« sagte sie wütend. »Es gibt Dinge, die man einfach nicht vergißt. Seit Wochen habe ich mich auf diesen Tag gefreut . . .«

»Ich doch auch, Liebes«, sagte er begütigend und wollte seine Hand auf ihren Arm legen.

Sie stieß seine Hand heftig zurück.

»Ach, mach mir doch nichts vor! Es ist doch immer

dasselbe. Deine Frau braucht bloß mit dem kleinen Finger zu winken, und schon läßt du mich im Stich.«

Sie warf ihr schulterlanges schwarzes Haar mit einer wilden Kopfbewegung zurück.

»Lona, Liebes, nun nimm doch mal Vernunft an . . .«

»Aber wieso gerade ich? Warum verlangst du nicht von deiner Frau, daß sie vernünftig sein soll? Schließlich ist es ja ihre eigene Dummheit. Warum hat sie dich erst heute an diesen blöden Hochzeitstag erinnert?«

»Weil sie erwartet hat, daß ich von selber daran denken würde!«

»Dann kennt sie dich aber schlecht.«

»Kann sein.«

Urban Horster nahm sich eine Zigarette aus dem schweren, wunderbar ziselierten Silberkasten und zündete sie sich mit dem Tischfeuerzeug an.

»Ich jedenfalls . . .«, begann Lona.

»Das kann ich mir denken«, sagte er, »du hättest mich Tag und Nacht daran erinnert. Aber im Gegensatz zu dir ist Eva eben bemüht, mir nicht auf die Nerven zu fallen.«

»Soll das heißen . . .?« Sie rutschte vom Schreibtisch, ließ Stenoblock und Kugelschreiber fallen und trat auf ihn zu, tiefen Vorwurf in den großen dunkelbraunen Augen, deren Wirkung sie durch ein geschicktes Make-up noch vergrößerte.

»Natürlich nicht«, sagte er rasch, »sei doch nicht so empfindlich. Ich wollte dich nicht beleidigen, nur . . . Versuch doch endlich zu verstehen! Ich liebe dich . . . ja, nur dich! Aber an unserem Hochzeitstag muß meine Frau wirklich vorgehen.«

Er machte keinen Versuch, sie in die Arme zu nehmen, und sie begriff plötzlich, wie ernst es ihm war und daß sein Widerstand nicht so leicht zu brechen sein würde wie sonst. In Sekundenschnelle hatte sie einen kindlich bettelnden Ausdruck in ihr pikantes kleines Gesicht gezaubert.

»Schrecklich«, sagte sie mit leiser Stimme, »ich muß doch heute nach Straßburg! Die Kleider sind fertig und ...«

»Warum mußt du dir auch ausgerechnet deine Kleider in Straßburg kaufen! Als wenn es hier in Baden-Baden nicht genug Möglichkeiten gäbe!«

»Liebling«, sagte sie sanft, »hast du denn ganz vergessen, warum ich das tue? Doch nur dir zuliebe. Du selber hast mich doch darum gebeten ... damit ich dich nicht kompromittiere. Damit die Klatschmäuler hier sich nicht den Mund darüber zerreißen können, woher ich das Geld habe, mir teure Modellkleider zu kaufen.«

»Du würdest mir entschieden mehr damit helfen, wenn du versuchen würdest, deine Ansprüche ein bißchen herabzuschrauben; du weißt genau, daß ich in wirtschaftlichen Schwierigkeiten bin. Ich habe große Kredite aufnehmen müssen ...«

»Na eben«, fiel sie ihm kaltschnäuzig ins Wort, »da kommt es auf ein paar lumpige Tausender mehr oder weniger doch auch nicht an!«

Er sah sie an, und in seine blauen Augen trat ein kalter Glanz. Er bereute plötzlich, daß er sich überhaupt mit ihr eingelassen und es dahin hatte kommen lassen, daß sie so mit ihm zu sprechen wagte. Sie war attraktiv, und sie hatte es verstanden, sein Interesse zu wecken und, länger als jede andere vor ihr, wachzuhalten. Aber sie war nicht die einzige reizvolle Frau auf der Welt, und von jeher hatten die Frauen es ihm leichtgemacht. Warum sollte er sich gerade von dieser einen beherrschen lassen?

»Geh zum Teufel«, sagte er grob, »ich habe genug von dir!«

Lonas Gesicht wurde zu einer glatten, ausdruckslosen Maske.

»Danke«, erwiderte sie kühl, »ich danke dir für deine Aufrichtigkeit. Es ist immer gut, ganz klar zu wissen, woran man ist.«

Sie nahm den Stenogrammblock und ihren Kugelschreiber vom Boden auf und fragte mit ironischer Beflissenheit:

»Haben Sie mir noch etwas zu diktieren, Herr Horster? Oder irgendwelche Anweisungen zu geben? Nein? Dann darf ich mich jetzt wohl zurückziehen.«

Sie ging zur Tür, als ob sie das Zimmer verlassen wollte, drehte sich aber, die Klinke schon in der Hand, noch einmal um.

»Mach dir meinetwegen keine Sorgen«, sagte sie mit einem süßen Lächeln. »Ich werde schon jemanden finden, der mich nach Straßburg fährt . . . und mir meine Kleider bezahlt!«

Urban Horster war fest entschlossen gewesen, sie gehen zu lassen, aber diese Andeutung genügte, seine guten Vorsätze zunichte zu machen. Mit wenigen Schritten war er bei ihr und packte ihre Handgelenke.

»Was soll das heißen?«

»Als ob du mich nicht ganz genau verstanden hättest! Ich pfeife auf deine Liebe, wenn sie so aussieht. Ich habe knickrige Männer seit jeher gehaßt. Gott sei Dank gibt es ja noch andere!«

»Du Biest!«

Er preßte ihre Handgelenke, so daß sie zusammenzuckte, aber das herausfordernde Lächeln schwand nicht von ihrem Gesicht.

»Traust du es mir etwa nicht zu?«

Er haßte sie in diesem Augenblick, haßte sie von ganzem Herzen. Aber die Vorstellung, daß ein anderer Mann ihren geschmeidigen Körper genießen sollte, machte ihn rasend. Er riß sie in seine Arme und küßte sie leidenschaftlich!

»Wir fahren«, flüsterte sie mit glänzenden Augen, als er sie endlich freigab, »nicht wahr . . . wir fahren?«

Als Urban Horster zehn Minuten später sein Büro verließ und in die Hotelhalle trat, hatte er eine Sekunde lang das irritierende Gefühl, daß alle Blicke sich auf ihn richteten. Nur mit Aufbietung aller Willenskraft gelang es ihm, Gelassenheit vorzutäuschen. Niemand konnte ahnen, was in seinem Büro vor sich gegangen war, und doch – sah ihn der Empfangschef, Herr Thomas, nicht mit einem sonderbaren Ausdruck an? Und lag in den blauen Augen der Empfangssekretärin Hilde Protius nicht unverhohlene Neugier?

Nur mit Mühe zauberte er das gewohnheitsmäßige Lächeln auf sein Gesicht.

Es war Ende März, die Saison hatte noch nicht begonnen. In der weiten, sehr luxuriös mit echten Teppichen und kostbaren antiken Möbeln eingerichteten Halle des *Grandhotel Horster* herrschte gedämpfte Ruhe. Nur zwei ältere Ehepaare, ein emeritierter Professor und eine Gruppe Amerikaner saßen in den tiefen Ledersesseln und genossen den Ausblick auf die Parkanlagen der Lichtentaler Allee und auf die blauen Berge des Schwarzwalds jenseits der Kurstadt, plauderten halblaut miteinander, blätterten in Zeitschriften, tranken Mokka.

Der Hotelier trat an den Empfangstisch, wechselte ein paar Worte mit Herrn Thomas, vergewisserte sich, daß alle Vorbereitungen für den Empfang einer Gruppe belgischer Touristen getroffen waren, die am späten Nachmittag erwartet wurde.

Wie die meisten Hotels war auch das *Horster*, besonders in der stillen Zeit, darauf angewiesen, Reisegesellschaften aufzunehmen, und wie die meisten Hoteliers haßte Urban Horster diese Gäste, die wie die Heuschrekken für eine Nacht einfielen, um meist schon in der Frühe des nächsten Morgens wieder aufzubrechen.

»Wie lange bleiben sie?« fragte er.

»Sie haben für drei Tage gebucht«, gab der Empfangschef Auskunft, »mit voller Pension.«

»Na, das ist wenigstens etwas.« Urban Horster seufzte

leicht. Der Empfangschef schien die Gedanken des Hoteliers zu erraten.

»Es war sehr geschickt, dieses Abkommen mit *Round the World* zu schließen«, sagte er, »es ist für uns wirklich äußerst günstig.«

»Günstig? Lebensnotwendig!«

Urban Horster nickte seinem Empfangschef zu und begab sich auf einen raschen Rundgang durch die Halle. Er verbeugte sich vor jedem einzelnen der Gäste, fragte nach ihren Wünschen, erkundigte sich, wie sie den Vormittag verbracht hatten und nach ihren weiteren Plänen. Niemals war es ihm so schwergefallen wie heute, Interesse zu heucheln, aber nicht eine Sekunde lang kam ihm der Gedanke, sich vor dieser Pflicht zu drücken.

Aber seine Gefühle und Gedanken wurden hin- und hergerissen zwischen dem Mädchen, das er eben verlassen hatte, und seiner Frau, die auf ihn wartete.

Wie soll ich es Eva nur klarmachen, daß ich heute abend keine Zeit habe? grübelte er. Wenn ich nur wüßte, wie ich es ihr beibringen kann!

Das Privathaus Urban Horsters lag am anderen Ende des ausgedehnten Parks, der sich hinter dem *Grandhotel Horster* erstreckte. Noch um die Jahrhundertwende hatten hier Stallungen und Kutscherwohnungen gestanden.

Urban Horsters Vater hatte einen Teil der schon halb verfallenen Gebäude abreißen, den Hauptteil völlig umbauen und nach eigenen Entwürfen renovieren lassen, bis ein einstöckiges, anheimelndes Haus entstanden war, in das er sich mit seiner Frau zurückzog, als er Urban und dessen Frau das Hotel übergab. Den überaus fleißigen, noch gar nicht betagten Eltern Urban Horsters war aber kaum Zeit geblieben, ihren Lebensabend zu genießen: sie waren knapp drei Jahre später rasch hintereinander gestorben.

Urban Horster hatte mit seiner ersten Frau Clara, geborene Höchli, der Tochter eines Schweizer Gastronomen, in einem Appartement im Hotel gewohnt. Dort waren auch ihre Tochter und ihr Sohn geboren worden und hatten ihre erste Kindheit verlebt. Als Clara im siebten Ehejahr starb – an einer heimtückischen Krankheit, die sie erst sehr spät erkannt und viel zu spät hatte behandeln lassen, weil sie nie Zeit oder Gedanken an ihre Gesundheit verwandt hatte –, war Urban Horster mit seinen Kindern, der damals sechsjährigen Susi und dem drei Jahre alten Teddy, im Hotel wohnen geblieben. Erst als er sich in seine zweite Frau, die junge Jurastudentin Eva, verliebt hatte, war ihm der Gedanke gekommen, in das alte Privathaus überzusiedeln.

Seine junge Frau war froh darüber gewesen. Ihr bedeutete das Hotel nichts, sie war zufrieden, daß sie sich mit den Kindern in das kleine Haus am Ende des Parks zurückziehen konnte. In den ersten Monaten ihrer Ehe war sie vollauf beschäftigt, hier Gemütlichkeit und Behagen zu schaffen und das Vertrauen ihrer Stiefkinder zu gewinnen. Schon bald zeigte es sich, daß sie selber Mutter werden würde. Etwa ein Jahr nach ihrer Eheschließung brachte sie ihre kleine Tochter Barbara, genannt Babsy, zur Welt, und von nun an war ihr Leben noch mehr mit Hausfrauensorgen und Mutterpflichten ausgefüllt.

Während ihrer ganzen Ehe war sie kaum ein dutzendmal im Hotel gewesen, und auch dann immer nur aus ganz besonderen Anlässen. Dennoch blieb es nicht aus, daß der Hotelbetrieb sich immer mehr wie eine Macht in ihr Bewußtsein drängte, eine befremdliche, ja, fast feindliche Macht, die ihr die Liebe und die Aufmerksamkeit ihres Mannes zu rauben drohte.

Oft stand sie, wie auch heute, am Fenster ihres Schlafzimmers und sah in den Park hinaus. Sie konnte von hier aus über Büsche und Bäume hinweg die Hinterfront des *Grandhotel Horster* erblicken, und sie versuchte sich vorzustellen, was ihr Mann in diesem Augenblick tat. Dachte er an sie? Sie zweifelte daran. Sie fühlte nur zu deutlich, daß er ihr in der letzten Zeit mehr und mehr entglitten war.

Eva seufzte, senkte den Blick ihrer hellen grauen Augen auf die riesige Baustelle des Schwimmbeckens, die sich vom Hotel aus tief in die wunderbaren Grünanlagen des Parks hineingefressen hatte. Noch immer konnte sie diesen Anblick nicht ertragen, ohne daß ihr Herz sich schmerzhaft zusammenzog.

Wegen dieses Schwimmbeckens hatte es zwischen ihr und ihrem Mann zum erstenmal eine heftige Auseinandersetzung gegeben. Urban hatte ihr erklärt, daß das Publikum immer anspruchsvoller würde und daß das Hotel ohne eigenes Schwimmbad auf die Dauer nicht konkurrenzfähig bleiben könnte. Obwohl sie seine Argumente begriffen hatte, war ihr der Gedanke, daß der alte Park zerstört werden sollte, so verhaßt gewesen, daß sie sich aufs Bitten und Flehen verlegt hatte:

»Hör auf damit«, hatte er grob gesagt, »ich habe genug Kämpfe durchzustehen. Es ist durchaus nicht nötig, daß auch du mir noch in den Rücken fällst. Kümmere dich um Dinge, von denen du etwas verstehst. Ich habe nicht die geringste Lust, mich mit dir herumzustreiten.«

Ich hätte ihm wirklich nicht in Dinge hineinreden dürfen, von denen ich nichts verstehe. Was liegt schon an dem alten Park! dachte sie jetzt.

Sie hatte in letzter Zeit des öfteren Fehler gemacht, aber noch war es nicht zu spät. Sie mußte ihre ganze Ehe neu aufbauen – und plötzlich sah sie den neuen Weg, den sie beschreiten wollte, klar vor sich.

Sie schloß die Fenster, durchschritt den Schlafraum, trat ins Kinderzimmer, wo die kleine Babsy, das Fäustchen vor dem Mund, tief und fest schlief. Sie drückte einen zärtlichen Kuß auf die runde Wange des Kindes und trat auf die Galerie hinaus.

»Susi!« rief sie laut. »Susi! Teddy, kommt, helft mir ... wir wollen was Feines für Vati vorbereiten!«

Wenig später stand sie in der Küche, hackte Eier, Gurken, Kräuter und Kapern für eine Remouladensoße. Susi, eine große Schürze umgebunden, rührte Teig, Teddy bearbeitete Eiweiß mit dem Schneebesen.

Der Junge war es, der als erster hörte, daß die Haustür aufgeschlossen wurde. »Mutti!« brüllte er. »Susi! Vati kommt!«

Eva stand den Bruchteil einer Sekunde starr und lauschte. Das Geräusch der zuschlagenden Haustür war nicht zu überhören. Eva legte das Kräuterbüschel aus der Hand und sagte mit einem erregten Lächeln:

»Na, so etwas! Und wir sind noch gar nicht fertig!«

Sie schlüpfte aus ihrem hellblauen Kittel und fuhr sich mit der Hand ordnend über das rotblonde Haar.

Susi und Teddy begrüßten ihren Vater stürmisch, während Eva sich zurückhielt. Auch heute fühlte sie – wie jedesmal, wenn sie ihren Mann nach längerer oder kürzerer Zeit wiedersah – das unbeschreibliche Gefühl überwältigender Liebe.

Ich darf ihn nicht verlieren, dachte sie. Lieber Gott, hilf mir, daß alles wieder so wird, wie es früher war!

Urban Horster dehnte die Begrüßung seiner Kinder länger aus, als notwendig gewesen wäre, er scheute sich davor, Eva in die klaren grauen Augen zu sehen. Der vertrauensvolle Blick seiner Frau verstärkte sein Unbehagen, das aus einem uneingestandenen Schuldbewußtsein herrührte.

Endlich mußte er sich ihr doch zuwenden. Sie warf sich in seine Arme, und der frische, herbe Geruch ihres rotblonden Haares erinnerte ihn, ohne daß er es wollte, an die wunderbare Zeit ihrer ersten Liebe, als sie ihm noch eine Welt bedeutet hatte.

»Wie schön, daß du schon da bist!« flüsterte sie dicht an seinem Ohr.

Ohne es zu ahnen, brach sie mit diesen Worten den Zauber. Die Erinnerung verblaßte, die Gegenwart forderte ihr Recht.

Er küßte sie flüchtig auf die Stirn und schob sie sanft von sich. »Leider«, sagte er, »habe ich nur sehr wenig Zeit!«

Diese Erklärung, die wie ein Leitfaden durch die ganzen Jahre ihrer Ehe gegangen war, ließ das Lächeln auf ihrem Gesicht erlöschen.

»Mußt du noch einmal fort?« fragte sie enttäuscht.

»Leider«, sagte er wieder und trat, nur um sie nicht ansehen zu müssen, zum Kamin.

»Aber heute abend kommst du doch«, sagte sie, und es klang nicht wie eine Frage, sondern wie eine Feststellung.

Er sah sie nicht an. »Ich werde versuchen, es einzurichten.«

»Wann?« fragte sie.

Er krauste die Stirn, sagte zögernd:

»Gegen acht Uhr. Bis dahin werde ich es wohl geschafft haben.«

Er nahm sie in die Arme, küßte sie, dann löste er sich sanft von ihr und verließ das Haus.

Langsam, mit einem stillen Lächeln, schritt sie die Treppe hinauf. Ihr Herz tanzte vor Glück.

2

Auf der Fahrt nach Straßburg war Urban Horster sehr schweigsam. Lona Simon spürte, daß etwas in der Luft lag. Aber sie hielt es für richtig, seine Gedankenabwesenheit einfach zu überspielen. Sie plauderte munter drauflos und ließ sich durch seine kurzen, unfreundlichen Antworten keineswegs die Laune verderben.

Er parkte seinen Wagen, ein Sportcoupé, hinter dem Münster, schwang seine langen Beine aus dem Wagen und stieg aus.

Dann schloß er das Auto ab und sagte, ohne sie anzusehen: »Ich warte im *Weinhaus Bär* auf dich. Aber beeil dich. Du weißt, ich will sofort zurück.« Damit steckte er die Schlüssel ein und ging davon. Ziellos schlenderte er durch die romantischen alten Straßen. Er war sehr unzufrieden mit sich selber.

Er liebte seine Frau, das war ihm an diesem Nachmittag wieder sehr zu Bewußtsein gekommen, er wollte sie nicht enttäuschen. Er sah die Konsequenz, die sich aus dieser Erkenntnis ergab, ganz klar: Er mußte sich aus der verhängnisvollen Bindung zu Lona Simon lösen.

Ich werde es tun, dachte er, ich muß es tun. Noch heute – nein, nicht heute. Eva erwartet mich, ich habe ihr versprochen, pünktlich zu sein. Aber morgen – morgen ganz bestimmt!

Doch eine unüberhörbare Stimme sagte ihm, daß er die Kraft zu dieser Entscheidung nicht aufbringen würde – weder heute noch morgen, noch übermorgen.

Schließlich blieb er seufzend stehen, um sich zu orientieren, sein Blick fiel auf die Auslage eines Juweliers. In der Mitte des Schaufensters lag auf dunkelblauem Samt eine kunstvoll geschmiedete goldene Rose, in deren Blütenblättern eine weiße Perle wie ein schimmernder Tautropfen hing.

Urban Horster trat ein und kaufte die Rose – für seine Frau. Bei dem Gedanken daran, wie glücklich Eva über dieses Geschenk sein würde, wurde ihm wohler. Er steckte die goldene Rose, die der Juwelier sorgfältig in eine Schmuckschachtel gelegt und mit Seidenpapier umhüllt hatte, in die Innentasche seiner Jacke und schlug den Weg zum *Weinhaus Bär* ein.

Lona Simon war noch nicht da, er hatte es nicht anders erwartet; sie pflegte sich stets sehr lange und ausgiebig mit ihrer äußeren Erscheinung zu beschäftigen.

Er bestellte sich einen Kognak, trank ihn rasch, dann noch einen. Seine innere Spannung ließ nach, seine Selbstvorwürfe verloren an Schärfe.

In dem großen gemütlichen Raum mit den Butzenscheiben und den weißgescheuerten Tischen hatten sich viele Männer zum Dämmerschoppen zusammengefunden, vorwiegend Straßburger. Ihr ein wenig rauhes Französisch erfüllte dies niedrige, langgestreckte Zimmer. Die Luft war blau von Tabakschwaden.

Dann kam Lona Simon.

Er hatte gar nicht zur Tür geschaut, sondern wurde erst durch die jähe Stille aufmerksam, die ihr Auftauchen hervorrief. Es war, als ob jeder einzelne dieser sehr bürgerlichen Männer bei ihrem Anblick den Atem anhielte.

Sie war schön.

Ein fliederfarbenes Leinenkleid brachte ihre glatte bräunliche Haut und ihre prachtvolle Figur zur Geltung und kontrastierte wundervoll zu ihrem schwarzen Haar. Die schmale Taille wurde durch den breiten Gürtel noch betont, der tiefe Ausschnitt gab den Ansatz ihres festen Busens frei.

Sie trat an Urban Horsters Tisch, als sei sie sich des Aufsehens, das sie erregt hatte, gar nicht bewußt, warf ihren Mantel, den sie über dem Arm getragen hatte, auf einen Stuhl, stellte die große Pappschachtel dazu und lächelte ihn an.

»Jetzt hab' ich aber Hunger.«

Er vergaß, daß er sofort hatte zurückfahren wollen, vergaß alles außer Lona, diesem attraktiven Mädchen, um dessen Freundschaft ihn alle, das fühlte er deutlich, beneideten.

»Such dir was aus«, sagte er und reichte ihr die Speisekarte.

»Und du?« fragte sie, nachdem sie die Karte gründlich studiert hatte.

»Höchstens eine Kleinigkeit«, erwiderte er und schob den Gedanken an die Vorbereitungen, die Eva für diesen Abend getroffen hatte, mit Gewalt beiseite.

»Es gibt frische Krebse«, verkündete Lona und fuhr sich mit der Zunge über die Lippen.

Sie aßen Champignonsalat mit Trüffeln, kleine rote Krebse, zum Abschluß ein Straßburger Soufflé, und sie tranken dazu den roten würzigen Wein der Landschaft.

Lona Simon war strahlender Laune, wie Frauen ihrer Art es zu sein pflegen, wenn sie ein neues Kleid tragen und fühlen, daß es ihnen gut steht.

Urban Horster ließ sich nur zu gern von ihrer Fröhlichkeit anstecken. Er war sich in jedem Augenblick bewußt, daß Eva zu Hause auf ihn wartete. Aber er fühlte sich wohl. Kognak und Wein hatten die Spannung in seiner Brust gelöst. Er fand dieses unbeschwerte Beisammensein mit Lona in der gemütlichen alten Weinstube wie eine Galgenfrist, die ihm das Schicksal geschenkt hatte. Er brauchte nicht zu denken, er brauchte sich nicht zu entscheiden, nichts wurde von ihm verlangt, als Lonas munterer Stimme zu lauschen, in ihre dunkelglänzenden Augen zu schauen.

Als er sich endlich aufraffte, um zu zahlen, war es zehn Uhr vorbei.

Sie passierten die Zollstation Kehl ohne Zwischenfall und erreichten die Bundesstraße 3. Urban Horster gab Gas. Die Tachometernadel stieg zitternd höher und höher. Der Sportwagen flog nur so dahin.

Lona Simon liebte den Rausch der Geschwindigkeit, aber diesmal fühlte sie sich unsicher.

»Du fährst wie ein Verrückter!« sagte sie halb bewundernd, halb mahnend. »Sei vorsichtig!«

Kurz vor der Abzweigung nach Oberkirch kam eine gefährliche S-Kurve. Lona hatte schon den Mund geöffnet, um ihn zu warnen – aber nach einem Blick auf sein blasses, verbissenes Gesicht zog sie es vor zu schweigen.

Urban Horster steuerte mit Vollgas in die Kurve.

»Vorsicht!« schrie Lona unbeherrscht.

Ein böses Lächeln verzerrte seinen Mund – plötzlich spürte er, wie ihm das Steuerrad entglitt, wie er die Gewalt über den Wagen verlor. Mit aller Kraft versuchte er gegenzusteuern – aber da war es schon zu spät.

Das Auto wurde mit ungeheurer Wucht in die Finsternis hinausgeschleudert.

Lona Simon hatte das Gefühl, aus einem abgrundtiefen, tintenschwarzen See langsam, ganz langsam wieder an die Oberfläche zu tauchen. Sie spürte, irgendwo war ein Licht.

Sie riß krampfhaft die Augen auf und sah, daß das Licht, das sie genarrt hatte, der linke Scheinwerfer des Autos war, der eine endlose Bann frisch gepflügten Akkers beleuchtete.

Plötzlich war alles wieder da, ihr Bewußtsein und gleichzeitig die Erinnerung an das, was geschehen war. Mit heißer Freude wurde ihr klar, daß sie davongekommen war.

Sie tat einen tiefen, zitternden Atemzug. »Mein Gott«, sagte sie, »o, mein Gott!«

Sie wandte sich zur Seite, um Urban Horsters Blick zu suchen. Aber er war vornübergesunken, den Kopf auf dem Lenkrad, sein rechter Arm hing unnatürlich verkrümmt herab. Sie griff ihm in das dichte dunkle Haar, versuchte ihn aufzurichten – mit einem Schrei des Entsetzens ließ sie ihn wieder los. Sein Gesicht war unkenntlich, eine blutende Maske des Schreckens.

Ihre Hand war warm und klebrig, und es dauerte eine Sekunde, bis sie begriff, daß sie blutig war. Sie zerrte das verklemmte Handschuhfach auf, zog ein Papiertuch heraus, rieb sich die Hand wie unter einem hysterischen Zwang sauber. In ihrem Kopf wirbelte es. Ihre Zähne klapperten.

Endlich hatte sie sich so weit gefaßt, daß sie das Nächstliegende tun konnte. Mit Überwindung griff sie unter dem Lenkrad hindurch, drehte den Zündschlüssel um, stellte den Motor ab. Der Scheinwerfer erlosch.

Sie rüttelte an der Tür, die nicht nachgeben wollte. Kalter Schweiß trat ihr aus allen Poren. Schließlich sah sie ein, daß es unmöglich war, kletterte über die Sitzlehne und versuchte es hinten. Sie hatte Glück. Die rückwärtige Tür ließ sich öffnen.

Lona Simon stand schon im Freien, als ihr der Karton mit den Kleidern einfiel, die sie in Straßburg gekauft hatte. Noch einmal tastete sie sich in den Wagen hinein, fand, was sie suchte. Mit einem Schwung warf sie die Tür ins Schloß. Jetzt erst spürte sie, daß auch ihr Arm verletzt sein mußte, denn er tat abscheulich weh.

Aber sie achtete nicht darauf, sondern stapfte über den Acker zur Straße hinauf. Ihre hohen Absätze versanken bei jedem Schritt in dem weichen Boden. Sie bückte sich, zog die Pumps aus, nahm sie in die Hand und lief auf Strümpfen weiter. Oben angekommen, schlüpfte sie wieder hinein und marschierte die Straße entlang. Sie warf keinen einzigen Blick auf die Unfallstelle zurück.

Nach etwa drei Kilometern sah sie in der Ferne am Rande einer Ortschaft eine erleuchtete Tankstelle. Unwillkürlich beschleunigte sie ihre Schritte.

Erst als sie näher kam, sah sie, daß im Büroraum der Tankstelle zwar die Deckenbeleuchtung brannte, der Raum aber leer war. Die Eingangstür war verschlossen. Sie drückte heftig und ausdauernd auf die Klingel. Nach einiger Zeit erschien ein junger Mann und schloß auf.

»Ich brauche ein Auto«, sagte sie grußlos, »bitte, würden Sie die nächste Taxistelle anrufen . . . ich habe es sehr eilig!«

Sie stellte den Kleiderkarton auf den Boden, kramte in ihrer Handtasche, drückte dem jungen Mann eine Mark in die Hand.

Er betrachtete erst das Geldstück, dann das junge Mädchen.

Sein forschender Blick machte sie unsicher, sie fuhr sich mit der Hand über das Kinn und entdeckte, daß sie blutete.

»Ich habe mich verletzt«, sagte sie.

»Das sieht man.«

»Würden Sie nun bitte endlich anrufen?«

Er zuckte die Schultern, ging zum Telefon.

»Kann ich mich inzwischen hier irgendwo frisch machen?« rief sie ihm nach.

Er wies mit dem Kinn auf eine Nebentür, und sie befolgte seinen Wink.

Als sie ihr Gesicht in dem trüben Spiegel über dem Waschbecken sah, erschrak sie vor ihrem eigenen Anblick. Kein Wunder, daß der Tankwart sie so merkwürdig angesehen hatte. Sie sah verheerend aus – ihre dunklen Augen starrten riesengroß und tief verschattet, ihr bräunliches Gesicht, ganz blutleer vor Entsetzen, wirkte gelblich-fahl, das schwarze Haar hing wie eine Hexenmähne herab, am Kinn und am Wangenknochen waren blutverschmierte Wunden.

Sie wusch sich das Gesicht mit kaltem Wasser, säuberte die Wunden und verpflasterte sie, kämmte sich sorgfältig ihr schulterlanges Haar, legte Make-up auf und zog sich die Lippen nach.

Danach sah sie besser aus, aber der verstörte Blick ihrer Augen ließ sich nicht vertuschen.

Als sie den Waschraum verließ, war das Taxi schon gekommen. Der Fahrer lehnte am Kühler und rauchte eine Zigarette, der Tankwart stand daneben. Lona hatte den Eindruck, daß sich die beiden über sie unterhalten hatten.

Sie warf den Kopf in den Nacken und trat auf die Männer zu.

»Bitte, würden Sie mich nach Baden-Baden fahren«, sagte sie.

Der Fahrer blickte sie an.

»Das wird aber ein teurer Spaß, Fräulein.«

»Ich werde Sie im voraus bezahlen.«

»Hin und zurück, denn heute nacht kriege ich keine Fahrt mehr.«

»Wieviel macht das?« fragte sie und öffnete ihre Handtasche.

Der Fahrer nannte den Preis und nahm das Geld entgegen. Er öffnete den Wagenschlag, um sie einsteigen zu lassen.

»Einen Augenblick«, sagte sie und warf den Karton auf den Rücksitz, »ich muß schnell noch mal telefonieren . . .«

Sie wandte sich zu dem beleuchteten Innenraum, rief über die Schulter zurück:

»Ein Ortsgespräch . . .«

Während sie auf das Telefon zuging, beobachtete sie aus den Augenwinkeln mit Erleichterung, daß der Tankwart keine Anstalten machte, ihr zu folgen, sondern bei dem Taxi stehenblieb.

Die beiden Männer unterhielten sich, ohne sie dabei aus den Augen zu lassen.

Eine Papptafel mit den wichtigsten Nummern hing hinter dem Schreibtisch an der Wand. Sie wählte »Unfall«. Eine mürrische Stimme meldete sich.

»Bei der Kurve vor Oberkirch ist ein schwerer Unfall passiert«, sagte sie hastig, »auf der Bundesstraße drei. Bitte, kommen Sie sofort!«

»Verletzte?« fragte die Stimme am anderen Ende der Leitung gleichgültig.

»Ja. Ein Schwerverletzter.«

»Von wo aus telefonieren Sie?« fragte der Mann.

Aber da hatte sie schon aufgelegt.

Eva Horster hatte keine böse Vorahnung, sie war nicht einmal beunruhigt.

Sie war es so gewohnt, auf ihren Mann zu warten, es war schon so häufig vorgekommen, daß er sein Versprechen, pünktlich zu sein, nicht gehalten hatte, daß sie gar nicht auf den Gedanken kam, es könnte etwas passiert sein.

Sie war nur todunglücklich. Sie dachte sich zornig Worte aus, die sie ihm sagen wollte, aber dann ließ sie es wieder. Sie verbot sich Tränen, Klagen, Vorwürfe. Das alles würde ihn nur abstoßen.

Ich werde ihn mit einem Lächeln empfangen, sagte sie sich immer wieder, mit seinem Lächeln ...

Und sie zauberte ein Lächeln auf ihr erschöpftes Gesicht, als kurz nach elf die Haustürklingel ertönte. Ihr Herz klopfte, und sie spürte, wie ihre Wangen sich röteten. Sie war ganz sicher, daß es nur Urban sein konnte, der seinen Türschlüssel im Hotel hatte liegenlassen.

Eva Horster öffnete die Tür weit und rief: »Urban ... endlich!«

Aber es war nicht Urban Horster, der eintrat, sondern Herr Thomas, der Empfangschef.

Ihr Lächeln erlosch, und noch bevor er den Mund öffnete, wußte sie, daß etwas Schlimmes geschehen sein mußte.

»Sie?« stieß sie fassungslos hervor.

Das Gesicht des Empfangschefs war beherrscht und ausdruckslos wie immer.

»Was ist geschehen?« rief sie mit einer Stimme, die ihr nicht mehr ganz gehorchte.

»Bitte«, sagte er beschwörend, »bitte, seien Sie tapfer. Ihr Gatte hatte einen Unfall.«

Da sie nicht ahnte, daß er im Auto unterwegs gewesen war, löste diese Mitteilung seltsame Assoziationen in ihr aus.

»Im Hotel?« fragte sie. »Er schickt Sie zu mir?«

»Nein«, erklärte Herr Thomas, der alles noch viel schwieriger fand, als er es sich vorgestellt hatte, »ein Autounfall . . .«

»Aber . . . ich verstehe nicht . . .«, stammelte sie.

Dann erst begriff sie, fuhr hoch.

»Er ist . . . tot?«

»Nein, er lebt. Er ist schwerverletzt, aber er lebt.«

Mit den seltsam gleitenden Schritten einer Nachtwandlerin ging sie zur Tür.

»Ich muß zu ihm«, murmelte sie wie zu sich selber. »Ich muß zu ihm . . .«

Mit zwei Sätzen war er hinter ihr her und hielt sie fest.

»Gnädige Frau, bitte, lassen Sie sich doch erst erklären . . .«

Sie fuhr herum. Ihre klaren grauen Augen in dem totenblassen Gesicht waren überraschend wach.

»Haben Sie mich belogen?«

»Nein.«

»Dann bringen Sie mich zu ihm. Sofort!«

Er hielt ihren Arm so fest, als befürchtete er, sie könnte sich losreißen und in die Nacht hinausstürmen.

»Er ist ohne Bewußtsein«, sagte er, »eine schwere Schädelfraktur. Er würde Sie gar nicht erkennen.«

Sie sah ihn an, mit verdunkelten Augen, in denen er nicht zu lesen vermochte.

»Wo liegt er?«

»In Oberkirch. Auf der Unfallstation des dortigen Krankenhauses. Von dort hat man im Hotel angerufen.«

»Wir müssen sofort einen Spezialisten hinzuziehen«, sagte sie, »Professor Meyer von der Neurochirurgischen Klinik Freiburg. Stellen Sie bitte die Verbindung her. Ich gehe inzwischen hinauf und ziehe mich um.«

Es war nicht einfach, den Professor zu erreichen, und Herr Thomas hatte es noch nicht geschafft, als Eva die Treppe wieder herunterkam, in flachen Schuhen, einem graublauen Tweedkostüm, einen Schal in der Hand – nur die funkelnden Ohrgehänge erinnerten noch daran, wie anders sie sich diesen Abend vorgestellt hatte. Ihr schmales Gesicht war immer noch schneeweiß, aber ihre Züge verrieten Beherrschung und äußerste Anspannung.

Sie stand neben Herrn Thomas und wartete, bis es soweit war, dann nahm sie ihm den Hörer aus der Hand und meldete sich.

»Hier spricht Frau Horster, Herr Professor«, sagte sie mit klarer Stimme, »Frau Eva Horster vom *Grandhotel Horster* in Baden-Baden. Mein Mann hatte einen schweren Autounfall ... Schädelfraktur. Bitte, setzen Sie sich mit der Unfallstation des Krankenhauses in Oberkirch in Verbindung, dort ist er eingeliefert worden. Ich möchte, daß Sie sich um ihn kümmern und die Operation persönlich vornehmen ... Ich weiß, daß dieser Wunsch Ihnen unverschämt vorkommen muß, Herr Professor, aber es geht um meinen Mann, den Vater von drei Kindern ... Ich weiß, welche Strapazen und Unannehmlichkeiten ich Ihnen damit zumute ... das glaube ich Ihnen ja, aber ich möchte, daß mein Mann von dem besten Arzt auf diesem Gebiet operiert wird, und das sind Sie, Herr Professor. Bitte, fahren Sie noch heute, fahren Sie jetzt gleich nach Oberkirch! Selbstverständlich bezahle ich den Chauffeur ... selbstverständlich werden alle Ihre Honorarforderungen erfüllt ... es geht um das Leben meines Mannes, Herr Professor, Geld spielt da überhaupt keine Rolle ... ich danke Ihnen, Herr Professor, ich danke Ihnen!«

Eva legte auf. Ihre Augen hatten einen sonderbaren Glanz. Mit einer mechanischen Bewegung schlang sie den Schal um ihr rotblondes Haar.

»Bitte, rufen Sie das Hotel an, Herr Thomas«, sagte sie, »sorgen Sie dafür, daß ein Zimmermädchen oder irgendeine andere weibliche Kraft sofort herüberkommt und bei den Kindern bleibt ... dann holen Sie Ihren Wagen. Ich will bei meinem Mann sein.«

Urban Horster lag auf dem Operationstisch. Sein Gesicht war abgedeckt, der Schädel kahl rasiert. Im kalten, schattenlosen Licht der Operationslampe zeigte sich die Deformation der Schädeldecke.

Der Narkosearzt hatte eine Dosis Curare gespritzt, um eine vorübergehende völlige Erschlaffung der gesamten Muskulatur zu bewirken. Nur so war es möglich, den Trachealkatheter vorsichtig durch die erschlafften Stimmbänder einzuführen. Mit Hilfe eines aufblasbaren Gummiballs hatte er ihn so gegen die Wände der Luftröhre gepreßt, daß er sich weder verschieben noch verrutschen konnte. Das andere Ende des Katheters verband er außerhalb des Mundes über ein Ventil mit dem Schlauch des Narkoseapparates.

Jetzt hob er den Blick und sah Professor Meyer an.

»Fertig!«

Die Atmung des Patienten hatte nicht für eine Sekunde ausgesetzt. Die Mischung von Lachgas und Sauerstoff drang in die Lungen.

Die Operationsschwester überprüfte noch einmal seine Lage. Der Körper des Patienten durfte während der Operation keinerlei Druck ausgesetzt sein, sein Kopf lag lokker in der Stütze. Noch einmal bestrich sie die Kopfhaut mit Jod.

Professor Meyer hatte sich auf dem verstellbaren Drehstuhl hinter dem Kopf des Patienten niedergelassen. Links neben ihm stand sein Assistent, ein Arzt der Unfallstation. Die Operationsschwester stellte sich zur Rechten des Professors neben den Instrumententisch und reichte ihm das Skalpell.

Bedächtig führte der Professor den ersten halbkreisförmigen Schnitt und schlug den Hautlappen zurück.

Die große Wunde blutete kaum. Der Assistenzarzt betätigte den Sauger. Das Gefäß wurde sichtbar, er ergriff es mit Klemmen.

»Strom!«

Der Assistent legte die Diathermienadel an und trat auf das Kontaktpedal. In wenigen Sekunden war die Blutung gestillt, das Gefäßende verschmort.

Der Schädelknochen lag frei, die Bruchstelle wurde deutlich sichtbar.

Professor Meyer ergriff den elektrischen Bohrer und legte nacheinander mehrere Bohrlöcher in einem Viereck an, dessen eine Seite die Bruchstelle war.

Die OP-Schwester reichte ihm die Gigli-Säge. Mit der Hand sägte Professor Meyer von Bohrloch zu Bohrloch die Knochendecke durch.

»Kreislauf?« fragte er.

»Nicht zufriedenstellend«, antwortete der Anästhesist, »Puls schwach.«

»Geben Sie noch eine Blutkonserve!«

Der Anästhesist hatte schon vor der Operation eine Dauertropfinfusion an eine Knöchelvene angelegt, durch die er dem Patienten während des Eingriffs die noch zusätzlich notwendigen Medikamente direkt zuführen konnte. Jetzt schloß er eine Blutkonserve an.

»Puls immer noch schwach, aber regelmäßig«, konnte er nach einiger Zeit melden.

»Versuchen Sie weiter, den Kreislauf mit allen Mitteln zu stützen!«

Professor Meyer hob das herausgesägte Knochenstück behutsam ab und reichte es der Operationsschwester. Sie legte es sofort in die bereitgehaltene physiologische Kochsalzlösung.

Die Hirnhaut lag frei. Sie war stark gespannt, blauschwarz schimmerte eine Blutung durch.

Die Operationsschwester reichte Professor Meyer ein feines Skalpell.

»Achtung!«

Ganz leicht ritzte er die Dura an, und in dickem Schwall schoß das Blut heraus.

Professor Meyer wartete, bis der Hirndruck schwand

und das Gehirn wieder normale Pulsationen zeigte. Dann, auf einen Wink von ihm, begann der Assistent, die blutenden kleinen Gefäße elektrisch zu verschorfen, bis das Gehirn frei von jeder Nachblutung war.

Vorsichtig untersuchte Professor Meyer das Operationsgebiet, vergewisserte sich, daß kein Knochensplitter ins Hirn gedrungen war, daß es sich bei der Unfallverletzung um einen glatten Bruch gehandelt hatte. Das Gehirn hatte sich infolge der Blutstauung aus Raummangel zusammengepreßt. – Der Professor führte deshalb noch eine Liquorauffüllung durch, um Unterdruckerscheinungen zu verhindern.

Dann setzte er die Knochendecke wieder ein. Das Vernähen des Hautlappens überließ er dem Assistenten.

Für ihn war die Operation beendet.

Eva Horster fuhr auf, als Professor Meyer das Untersuchungszimmer betrat.

Sie erkannte ihn sofort, obwohl sie ihn noch nie gesehen hatte. Dieser große Mann mit dem durchfurchten Gesicht, der hohen Stirn und den klugen Augen hinter funkelnden Brillengläsern konnte nur der berühmte Neurochirurg sein.

»Herr Professor . . .«

Professor Meyer zog sich einen Stuhl heran und setzte sich.

»Wir haben Glück gehabt, gnädige Frau«, sagte er, »die Operation ist komplikationslos verlaufen. Das Allgemeinbefinden des Patienten ist den Umständen entsprechend zufriedenstellend.«

»Wird er . . . gesund werden?«

»Ihr Gatte lebt. Damit sollten wir uns im Augenblick zufriedengeben.«

Eva strich sich eine Locke ihres rotblonden Haars aus der Stirn.

»Sagen Sie mir ganz ehrlich, Herr Professor . . . welche Chance hat er?«

»Eine gute. Aber es hat keinen Zweck, wenn wir uns etwas vormachen. Die Operation ist geglückt. Jetzt kommt es darauf an, ob sein Kreislauf sich erholt und sein Herz durchhält. Außerdem . . .« Er zögerte.

»Ja?«

»Es ist möglich, daß sich noch andere Komplikationen ergeben. Ich hatte noch keine Gelegenheit, den Patienten allgemein zu untersuchen. Aber mein Kollege nimmt an, daß er durch den Unfall auch eine Rückgratverletzung davongetragen hat . . . bitte, erschrecken Sie nicht! Ich kann diese Diagnose noch nicht bestätigen, und selbst wenn sie stimmt, können erst langwierige Untersuchungen ergeben, ob das Rückenmark geschädigt ist.«

»Und was würde das bedeuten?« fragte Eva mit einer Stimme, die ihr selber fremd klang.

»Lähmungserscheinungen. Aber darüber läßt sich jetzt noch gar nichts sagen. Ich nehme an, Sie haben Vertrauen zu mir . . .«

»Ja, Herr Professor.«

»Dann werden Sie sicher damit einverstanden sein, daß der Patient, sobald sein Allgemeinzustand es zuläßt, nach Freiburg in die Universitätsklinik überführt wird.«

Eva Horster nickte. »Wie lange wird es dauern, bis er wieder gesund ist?«

Professor Meyer lächelte. »Noch vor einer Stunde hätten Sie alles darum gegeben, daß er überhaupt am Leben bleibt. Jetzt werden Sie schon ungeduldig und möchten ihn am liebsten gleich mit nach Hause nehmen.«

»Wie lange?« fragte Eva noch einmal.

»Im besten Fall . . . Monate.«

Sie nickte, als ob er ihr nur etwas bestätigt hätte, was sie selber schon geahnt hatte. »Kann ich ihn sehen?« fragte sie.

Der Professor zögerte. »Dazu würde ich Ihnen nicht raten. Sein Kopf ist vollkommen bandagiert, und es ist noch gar nicht abzusehen, wann er wieder zu Bewußtsein kommt . . .«

»Ich werde solange warten«, sagte sie mit fester Stimme.

Es war heller Tag, als Eva endlich zu ihrem Mann geführt wurde. Sie hatte Herrn Thomas längst nach Hause geschickt, weil sie ihm nicht zumuten wollte, die ganze Nacht mit ihr warten zu müssen.

»Sie müssen jetzt sehr tapfer sein«, sagte die Schwester, die sie begleitete.

Eva nickte.

Sie war ganz gefaßt, dennoch blieb sie unwillkürlich auf der Schwelle des kleinen Zimmers stehen, in dem ihr Mann lag. Eine eisige Hand griff nach ihrem Herzen. Sie erkannte ihren eigenen Mann nicht. Sein ganzer Kopf war in weiße Binden eingehüllt, nur die Nasenlöcher und der Mund waren sichtbar. Sein rechter Arm steckte in einem Gipsverband.

»Auch die Augen?« stammelte sie kaum hörbar.

»Ein Bluterguß« sagte die Schwester, »sie sind völlig verschwollen, aber die Augäpfel sind unverletzt. Sie müssen ihm das sagen, wenn er danach fragt!«

Eva trat näher. Auf dem Nachttisch lagen Urban Horsters Brieftasche, sein Geldbeutel, seine Schlüssel und – eine goldene Rose.

»Urban«, sagte sie – und nahm seine gesunde Hand, »mein lieber Urban . . .«

»Du . . .«, sagte er schwach.

Seine Stimme schien aus weiter Ferne zu kommen, und dennoch fühlte Eva ihr Herz bei diesem Klang höher schlagen.

»Du hattest einen Autounfall«, sagte sie, »aber du wirst wieder gesund werden. Du brauchst nichts zu fürchten . . .«

»Bin ich blind?«

»Nein, die Augen sind nur verbunden. Du wirst wieder sehen können . . . schon in ein paar Tagen. Glaube mir!«

»Ja, Eva . . .«

Sie nahm das Schmuckstück, das auf dem Nachttisch lag.

»Die goldene Rose . . . ist für mich? Bist du deswegen nach Straßburg gefahren?«

»Verzeih mir«, sagte er schwach.

»Genug«, sagte die Schwester, die sich während des ganzen Gesprächs nicht von der Tür gerührt hatte. »Sie müssen jetzt gehen, Frau Horster!«

Eva beugte sich über ihren Mann küßte ihn zart auf den Mund.

»Ich komme wieder, Urban . . . bald!«

3

Als Eva erwachte, fiel heller Sonnenschein durch die Vorhangspalten. Aus dem Park tönte das Hämmern der Arbeiter vom neuen Schwimmbad her.

Sie begriff, daß sie zu Hause war, daß sie einen halben Tag und eine ganze Nacht geschlafen haben mußte. Alles, was sie durchgemacht hatte, lag wie ein Alpdruck hinter ihr, der sich im Sonnenschein zu einem Nichts verflüchtigte.

Ihr Mann lebte, er würde gesund werden. Selbst wenn es Monate dauern sollte, er würde gesund werden, sie war sich dessen ganz sicher. Alles würde wieder gut werden.

Das Telefon schrillte.

Ihr erster Gedanke war: Urban. Ob sich sein Zustand verschlechtert hatte?

Sie lief in die Halle hinüber und nahm den Hörer ab.

Eine tiefe, ein wenig heisere Mädchenstimme meldete sich.

»Guten Morgen, gnädige Frau ... hier spricht Lona Simon!«

»Wer?« fragte Eva Horster verständnislos.

»Die Hotelsekretärin!«

»Ach so!« Eva kannte Lona Simon flüchtig vom Sehen, aber sie war ihr durchaus kein Begriff.

»Zwei Herren von der Bank sind hier«, sagte die Hotelsekretärin. »Sie möchten Sie sprechen. Es ist sehr dringend. Darf ich sie zu Ihnen schicken? Oder wollen Sie herüberkommen?«

»Von der Bank?« fragte Eva. »Aber von diesen Dingen habe ich doch keine Ahnung!«

»Es handelt sich um den Kredit, den Herr Horster aufgenommen hat. Einen Kredit von fünfhunderttausend Mark. Wenn ich die Herren richtig verstanden habe, möchten sie Ihnen einen Vorschlag wegen der Rückzahlung machen.«

Irrte sie sich, oder klang aus der Stimme des Mädchens eine Spur Schadenfreude?

Noch begriff Eva Horster nicht, um was es ging, aber eine böse Vorahnung sagte ihr, daß die eigentlichen Schwierigkeiten jetzt erst begannen.

»Ich komme«, erklärte sie kurz.

Sehr nachdenklich und betroffen ging sie nach oben und zog sich an. Es schien ihr bedeutsam, das richtige Kleid für diese Gelegenheit zu wählen. Sie wollte die Herren von der Bank beeindrucken, und sie wußte auch, daß die richtige Aufmachung ihr eigenes Selbstbewußtsein heben würde.

Sie war nahe daran, ihr schwarzes französisches Kostüm zu wählen, aber sie verwarf diesen Gedanken dann doch, weil man es für Trauerkleidung hätte halten können. Endlich entschied sie sich für ein taubenblaues Kostüm und eine weiße Spitzenbluse. Sehr sorgfältig machte sie ihr Gesicht zurecht, bürstete ihr rotblondes, leicht gelocktes Haar, bis es schimmerte. Aber immer noch war sie mit ihrem Aussehen unzufrieden. Sie hätte schön sein können, wenn nicht ein Zug von ängstlicher Spannung in ihrem Gesicht gewesen wäre. Sie versuchte, ihr Spiegelbild anzulächeln, aber es wurde nur eine Grimasse daraus.

Entschlossen wandte sie sich ab, lief die Treppe hinunter, verließ das Haus und ging durch den Park, an der Baustelle des Schwimmbads vorbei, auf das Hotel zu.

Das Vorzimmer war leer.

Eva registrierte es mit Verwunderung. Sie blieb zögernd stehen. Aus dem Chefbüro klangen laute Stimmen, Gelächter, Gläsergeklirr. Mit einem Ruck öffnete sie die Tür. Im gleichen Augenblick wurde es totenstill.

Zwei Herren erhoben sich. Der eine war klein, flink und elastisch wie ein Kastenteufelchen, der andere war ein großer, dicker, schwerfälliger Mann. Lona Simon, die ihnen Gesellschaft geleistet hatte, machte eine Bewegung, als ob sie ebenfalls aufstehen wollte, blieb aber dann doch sitzen.

Mit einem Blick erkannte Eva die Situation. Eine halbvolle Flasche französischer Cognac stand auf dem Tisch, drei Gläser waren gefüllt. Lona Simon hielt eine brennende Zigarette in der Hand. Der enge Rock war ihr bis über die Knie hinaufgerutscht.

»Guten Morgen, meine Herren«, sagte Eva mit einer Sicherheit, über die sie sich selbst wunderte. »Ich hoffe, ich habe Sie nicht zu lange warten lassen.«

»Aber keineswegs«, versicherte der Kleinere der beiden, »wir haben . . .« Er stockte.

»Ich sehe schon«, sagte Eva sarkastisch, »Sie haben sich die Zeit nicht lang werden lassen!«

Sie wandte sich an die Hotelsekretärin.

»Möchten Sie mir die beiden Herren nicht vorstellen, Fräulein Simon?«

»Direktor Presser und Prokurist Klein von der Presser-Bank«, erklärte Lona Simon träge.

Eva Horster reichte den Herren nicht die Hand.

»Ich bin Frau Horster«, sagte sie, »bitte, nehmen Sie doch wieder Platz!«

Mit einem Anflug von Wohlerzogenheit warteten die beiden, bis sie sich gesetzt hatte.

»Fräulein Simon«, sagte Eva scharf, »würden Sie mir, bitte, die Unterlagen bringen!«

»Welche Unterlagen?« fragte Lona frech, ohne sich aus ihrem Sessel zu rühren.

»Die Verträge und die Korrespondenz zwischen meinem Mann und der Presser-Bank.«

Lona Simon hob die sorgfältig gezupften Augenbrauen.

»Ab wann?«

»Das wird gar nicht nötig sein, gnädige Frau«, sagte Prokurist Klein rasch, »es handelt sich um ein ganz unformelles Wechselgeschäft.«

Er bückte sich, nahm eine schwarzlederne Aktentasche auf, legte sie auf seine Knie und öffnete sie.

»Wir sind gekommen, um Ihnen diese Wechsel zu präsentieren!«

Eva merkte, wie ihr Mund trocken wurde.

»Bitte, Fräulein Simon« sagte sie gepreßt, »lassen Sie uns allein!«

»Wie Sie wünschen!«

Die Hotelsekretärin sprang auf und warf mit einer halb trotzigen, halb verächtlichen Bewegung ihre dunkle Haarmähne in den Nacken.

In dieser Sekunde sah Eva die Pflaster, die sie sich über Wangenknochen und Kinn geklebt hatte – aber sie schenkte ihnen keine Aufmerksamkeit und vergaß sie sofort wieder, als das Mädchen das Zimmer verlassen hatte.

Direktor Presser nahm seine Zigarre aus dem Mund.

»Es sind zehn Wechsel«, sagte er, »jeder lautet über

fünfzigtausend. Sie sind korrekt ausgestellt und tragen die Unterschrift Ihres Gatten.«

Prokurist Klein hatte die Wechsel wie einen Fächer ausgebreitet, den er Eva zeigte, ohne ihn aus der Hand zu lassen.

»Aber«, wandte sie ein, »die Wechsel tragen kein Fälligkeitsdatum.«

»Richtig«, erklärte Direktor Presser. »Das Datum werden wir jetzt in Ihrer Gegenwart einsetzen. Sie werden zahlen . . . oder wir werden sie zu Protest gehen lassen.«

Ohne es zu merken, hatte Eva die Hände im Schoß verkrampft. Sie war totenblaß geworden. Unfähig, einen klaren Gedanken zu fassen, starrte sie dem Unglück entgegen, das unaufhaltsam wie eine Lawine auf sie zurollte.

»Aber . . . ich verstehe nicht . . .«, stammelte sie, nur von dem einzigen Wunsch beseelt, Zeit zu gewinnen. »Wie konnte mein Mann . . . warum hat er denn . . .«

»Er brauchte Geld, um das Schwimmbad zu bauen«, erklärte Prokurist Klein nüchtern.

Eva war viel zu bestürzt, um zu merken, daß er einen raschen Blick des Einverständnisses mit Direktor Presser wechselte.

»Aber . . . warum ausgerechnet Wechsel! Und solche Wechsel! Hätte er nicht eine Hypothek . . .«

Direktor Presser schnitt ihr das Wort ab.

»Nein«, sagte er, »das Hotel ist mit Hypotheken schon überlastet. Nur durch ein Wechselgeschäft konnte er das nötige Geld auftreiben.«

»Ich verstehe nicht«, erwiderte Eva, »trotz allem, was Sie mir sagen . . . ich verstehe das Ganze überhaupt nicht! Vor drei Jahren, als wir heirateten, habe ich doch eine nicht unbedeutende Summe in das Hotel gesteckt . . .«

»Stimmt«, antwortete Direktor Presser trocken. »Mit diesem Geld sind Sie als Teilhaberin und mitverantwortliche Gesellschafterin eingestiegen.«

»Ich habe mich nie darum gekümmert«, sagte Eva

schwach, »mein Vormund hat diese Verträge gemacht, ich habe nur unterschrieben. Aber dieses Geld, wo ist es denn geblieben?«

»Sie dürfen nicht denken, daß Ihr Gatte verantwortungslos oder leichtfertig gehandelt hat, gnädige Frau«, sagte Prokurist Klein rasch. »Ein Hotel zu besitzen ist heutzutage eine kostspielige und riskante Angelegenheit. Unsummen werden jährlich allein dadurch verschlungen, daß man es immer im allerbesten Zustand halten muß. Herr Horster hat mit dem Geld, das Sie in die Ehe gebracht haben, längst fällig gewordene Renovierungen durchführen lassen.«

»Aber das Schwimmbad!« rief Eva Horster. »Warum mußte er es bauen, wenn er sich das Geld nur unter solchen ...« sie schluckte, »solchen Bedingungen verschaffen konnte?«

Direktor Presser zuckte die Schultern.

»Das war eine Spekulation. Wahrscheinlich plante er, die Zimmerpreise erheblich hinaufzusetzen, sobald das Becken erst fertig war. Er hätte das Haus auch dann noch vollbekommen und mindestens die Hälfte der Wechsel bis zum Herbst auslösen, die anderen verlängern lassen können. Niemand rechnet schließlich damit, daß ihm ein Unfall zustößt.«

»Ach so«, sagte Eva, »Sie sind also nur deshalb ... weil mein Mann verunglückt ist ... deshalb sind Sie gekommen!«

»Selbstverständlich!« entgegnete Direktor Presser und zog an seiner Zigarre. »Verstehen Sie uns richtig ... wir sind aus Sorge um unser Geld und um das Hotel hier.«

»Mein Mann wird nicht sterben, wenn Sie das glauben«, sagte Eva verzweifelt. »Er hat die Operation gut überstanden und ...«

»Wird Monate brauchen, bis er wieder auf den Beinen ist«, fiel ihr Direktor Presser ins Wort. »Sie brauchen uns nichts vorzumachen, gnädige Frau, wir sind orientiert.«

Eva schwieg; sie fühlte die Blicke der beiden Männer auf sich gerichtet.

»Und wenn ich die Wechsel nun auslöse?« fragte sie endlich.

»Das können Sie nicht.«

»Was werden Sie also tun?«

»Gnädige Frau«, sagte der Prokurist, »ich fürchte, dies Gespräch ist ganz schiefgelaufen. Wir wollen Sie ja weder bedrohen noch bedrängen.«

»Wir sind gekommen, um Ihnen einen sehr kulanten Vorschlag zu machen. Ihr Gatte fällt doch die ganze Saison über arbeitsmäßig aus, Sie selbst verstehen nichts vom Geschäft ... das soll kein Vorwurf sein, sondern nur eine Feststellung. Um Sie aus dieser Klemme zu bringen ... und natürlich, um unser Geld zu retten ... haben wir beschlossen, das Hotel in eigener Regie zu übernehmen. Damit sind Sie aus jeder Verantwortung heraus.«

»Natürlich hat das Hotel mit dem Grundstück einen Wert, der nicht vollständig von den Hypotheken und den Wechseln abgedeckt ist«, sagte der Dicke. »Sobald wir eine Bestandsaufnahme gemacht haben, werden wir sehen, was Ihnen bleibt. Sie bekommen das Geld entweder ausbezahlt und können eine kleine Pension damit beginnen ...«

»Oder«, ergänzte der Prokurist, »Sie lassen es im Hotel stehen und bekommen monatlich Zinsen und Dividenden ausbezahlt, bestimmt so viel, daß Sie mit den Kindern sorglos davon leben können ...«

»Wenn Sie Wert darauf legen«, sagte der Dicke, »werden wir in dem Kaufvertrag ausdrücklich festlegen, daß Ihr Gatte weiter als Geschäftsführer arbeitet, sobald er wieder ganz in Ordnung ist ...« Sie sahen Eva Horster erwartungsvoll an.

»Und wenn ich nicht einwillige?« fragte sie.

»Dann müssen Sie die Wechsel einlösen ... oder wir lassen sie zu Protest gehen«, erklärte der Prokurist.

»Danke«, sagte Eva und stand auf, »ich danke Ihnen, meine Herren, daß Sie sofort zu mir gekommen sind!«

Die beiden wechselten einen erstaunten Blick.

»Soll das heißen . . .?« fragte Prokurist Klein.

»Ja. Bevor ich in dieser Angelegenheit irgend etwas entscheiden kann, muß ich Rücksprache mit meinem Mann nehmen.«

»Aber warum wollen Sie Ihren Gatten mit diesen Dingen beunruhigen?« fragte der Dicke. »Aus Ihrem Gesellschaftervertrag geht klipp und klar hervor, daß Sie allein genauso zeichnungsberechtigt sind wie Ihr Mann!«

»Das glaube ich Ihnen«, sagte Eva gefaßt, »aber ich möchte trotzdem . . .«

»Setz die Daten ein, Fritz«, sagte der Dicke, »los, setz die Daten ein . . .«

Der Prokurist warf Eva einen Blick zu, mit dem er wohl andeuten wollte, wie sehr er diesen Ausgang des Gesprächs bedauerte, der aber auf sie wie die reinste Heuchelei wirkte. Dann öffnete er seine Mappe, zog die Wechsel wieder heraus und begann, flink zu schreiben.

»Das bedeutet für Sie«, sagte der Dicke kalt, »daß Sie das Geld innerhalb von drei Tagen bezahlen müssen. Aber wir sind keine Unmenschen. Sollten Sie zu der Einsicht kommen, daß es so nicht geht . . . unser Angebot bleibt für Sie offen.«

Schweigend öffnete Eva die Tür und ließ die beiden Herren hinaus.

Als Eva die Garage am Haus aufschloß, um ihren kleinen Wagen herauszuholen, kam Alice, ein gutmutiges älteres Mädchen, gerade vom Spaziergang zurück. Sie schob den Kinderwagen mit der kleinen Babsy vor sich her, und die Kleine jauchzte auf und streckte ihre Ärmchen der Mutter entgegen.

In diesem Augenblick war es Eva, als wiche ein Alpdruck von ihrer Seele. Eine heiße Welle von Freude durchströmte sie. Waren dieses Kind, ihr Mann, ihre Liebe, ihre kleine Familie nicht viel wichtiger als alle geschäftlichen Sorgen? Was bedeutete ihr schon das Hotel? Nichts, gar nichts. Es war ja völlig bedeutungslos, ob sie es aufgeben mußten oder nicht – diese unerwartete Entwicklung der Dinge war vielleicht ein Geschenk des Himmels.

Evas Hochgefühl hielt an, bis sie das Krankenhaus betrat. Es steigerte sich noch, als der diensthabende Arzt, ein Dr. Krüger, ihr sagte, daß der Patient eine ruhige Nacht verbracht hatte.

»Sie dürfen ihn fünf Minuten sprechen«, mahnte er, »länger nicht. Daß ihm jede Aufregung schaden würde, brauche ich Ihnen wohl nicht ausdrücklich zu sagen.«

»Natürlich nicht«, sagte Eva rasch und begriff selbst nicht, wie sie auch nur für eine Sekunde die Idee hatte erwägen können, mit dem Schwerkranken über die Zukunft des Hotels zu sprechen.

»Leider sieht es so aus, als ob seine Wirbelsäule tatsächlich auch etwas abbekommen hat«, berichtete Dr. Krüger. »Aber das besagt nicht, daß das Rückenmark geschädigt ist ... Wenn alles gutgeht, werden wir den Patienten in etwa einer Woche nach Freiburg überführen lassen können, und der Professor wird ihn schon wieder auf die Beine bringen.«

»Wichtig ist nur, daß er lebt und wieder zu uns zurückkommt«, sagte Eva mit fester Stimme, »und wenn er sein ganzes Leben im Rollstuhl sitzen müßte ...«

Der junge Arzt sah sie an, Bewunderung und Mitleid im Blick. Er hätte einiges darauf sagen können, denn er wußte, was für eine furchtbare Belastung ein gelähmter Mensch für seine Familie bedeuten kann. Aber er zog es vor zu schweigen. Er öffnete die Krankenzimmertür und trat hinter Eva ein.

»Hallo, Herr Horster«, sagte er fröhlich, »Sie haben Besuch! Ich bringe Ihnen Ihre Frau.«

Urbans Kopf war noch völlig eingebunden, auch die Augen waren von dicken Verbänden bedeckt. Bei den Worten des Arztes bewegte er stumm die Lippen und die linke Hand.

Eva war mit zwei Schritten bei ihm, ergriff seine Hand und zog sie an die Lippen.

»Urban«, sagte sie, »Geliebter . . .«

»Ich habe Angst . . .«, sagte Urban Horster kaum hörbar.

»Aber das brauchst du nicht, wirklich nicht«, versicherte Eva mit fester Stimme. »Du bist in guten Händen . . . in den allerbesten, glaube nur.«

»Ich habe Angst, daß ich . . . ein Krüppel bleiben werde!«

»An so etwas darfst du gar nicht denken! Die Ärzte sind sicher, daß du wieder gesund werden wirst, und ich bin es auch!«

»Das Hotel«, sagte Urban Horster, »du mußt dich um das Hotel kümmern.«

»Natürlich«, versprach sie, »das werde ich auch.«

»Die Presser-Bank . . .«

Sie fiel ihm ins Wort.

»Ich weiß Bescheid. Es ist alles in Ordnung. Du brauchst dir wirklich keine Sorgen zu machen.«

»Du darfst dir das Hotel nicht abknöpfen lassen, hörst du? Du darfst nicht . . .«

Urban Horster machte eine vergebliche Anstrengung, sich aufzurichten.

»Aber nein«, versicherte Eva hastig, »natürlich nicht! Die Herren waren sehr verständnisvoll. Sie . . . sie haben mir versprochen, mit ihren Forderungen bis zum Herbst zu warten!«

Eva drückte noch einmal die kraftlose Hand ihres Mannes und gab ihm einen zarten Kuß auf die spröden Lippen. Dann stand sie auf und verließ, von Dr. Krüger begleitet, das Zimmer.

Auf dem Gang blieb sie stehen.

»Herr Doktor«, sagte sie, »ich werde morgen und übermorgen wahrscheinlich nicht kommen können . . .«

Zu ihrer Erleichterung stellte er keine Fragen.

»Das macht gar nichts. Besuche tun den Patienten nur halb so gut, wie die meisten Angehörigen glauben. Wir werden Ihrem Mann einfach sagen, daß Sie die nächsten Tage nicht kommen dürfen, weil er sich zu sehr für seine Geschäfte interessiert. Das wird ihm wahrscheinlich eine Lehre sein.«

»Ja«, sagte Eva, »ja! Ich danke Ihnen, Herr Doktor!«

Sie reichte ihm die Hand, und er hielt sie länger fest, als nötig gewesen wäre.

»Haben Sie Sorgen?« fragte er.

Sie hob mit einer stolzen, entschlossenen Bewegung den Kopf.

»Ich werde damit fertig werden!«

Eva hatte begriffen, daß es für sie nur einen einzigen Weg gab, wenn sie das Leben ihres Mannes und ihre Liebe retten wollte: Sie mußte das Geld auftreiben, um die Wechsel einzulösen.

Es gab einen einzigen Menschen, an den sie sich um Hilfe wenden konnte: den Rechtsanwalt Konrad Kilius, ihren Jugendfreund. Er hatte sie sehr geliebt, und bevor Urban Horster in ihr Leben getreten war, hatte sie selbst geglaubt, einmal seine Frau zu werden. Ihre Absage hatte ihn schwer getroffen. Sie wußte, wie sehr sie ihm damals weh getan hatte, und niemals wäre sie auf den Gedanken gekommen, wieder eine Verbindung mit ihm aufzunehmen oder ihn gar um Hilfe zu bitten, wenn sie nicht in diese äußerste Notlage geraten wäre.

Eva kehrte nicht in ihr Haus zurück, weil sie fürchtete, dort der Kinder wegen vielleicht nicht ungestört sprechen zu können. Sie fuhr vor dem Hotel vor, gab einem der Hausdiener die Autoschlüssel und bat ihn, den

Wagen zur nächsten Tankstelle zu bringen, fahrbereit machen zu lassen und ihn vor ihr Haus zu stellen.

Dann ging sie durch die Hotelhalle und trat in das Chefbüro. Sie setzte sich hinter den Schreibtisch ihres Mannes, nahm den Hörer des Haustelefons ab und wählte die Nummer des Vorzimmers.

Die Hotelsekretärin meldete sich.

»Bitte, Fräulein Simon«, sagte sie, »verbinden Sie mich mit Rechtsanwalt Konrad Kilius in München.«

Als sie die Stimme von Konrad Kilius hörte – eine sehr männliche, gepflegte Stimme, deren Klang sie fast vergessen hatte –, gab es ihr einen kleinen Schlag aufs Herz.

»Hallo«, sagte er ungeduldig, und noch einmal: »Hallo . . .«

Endlich fand sie die Kraft zu antworten.

»Hier spricht Eva«, sagte sie mühsam.

»Eva!« rief er freudig überrascht.

Sie räusperte sich, um ihre Stimme freizubekommen.

»Ich bin in großen Schwierigkeiten, Konrad. Du bist der einzige Mensch, der mir helfen kann . . . vielleicht!«

»Was ist? Sprich deutlicher!«

»Nicht jetzt, nicht am Telefon. Ich komme zu dir.«

»Bist du in München?«

»Nein, ich bin noch in Baden-Baden. Aber wenn du Zeit für mich hast . . . ich kann nach sechs Uhr bei dir sein.«

»Hast du überhaupt meine neue Adresse? Ich wohne München-Bogenhausen, Holbeinstraße 21 . . .«

»Ich werde es schon finden. Bis nachher dann!«

»Fahr vorsichtig!« hörte sie ihn noch sagen, als sie schon im Begriff war aufzulegen.

Typisch Konrad, dachte sie, immer war er so besorgt um mich, immer zärtlich, voll Rücksichtnahme. Der ideale Ehemann. Nur daß ich ihn nicht geliebt habe und niemals lieben werde. Mein Gott, warum ist das Leben nur so kompliziert!

Eilig drückte sie ihre Zigarette aus, stand auf und trat ins Vorzimmer.

Lona Simon sah ihr erwartungsvoll entgegen.

»Ich habe das Gespräch bekommen«, sagte Eva, »danke. Bitte, bestellen Sie mir jetzt ein Einzelzimmer im *Königshof* in München. Mit Bad. Ich bin wahrscheinlich morgen abend wieder zurück, spätestens übermorgen. Wenn etwas Wichtiges sein sollte, können Sie mich im *Königshof* erreichen.«

Sie ging, ohne eine Antwort abzuwarten.

4

Rechtsanwalt Konrad Kilius bewohnte ein schönes, altes Haus. Kanzlei und Wohnung lagen auf dem gleichen Stock. Obwohl in der Kanzlei, wie Eva von unten gesehen hatte, noch Licht war, entschloß sie sich, am Privateingang zu klingeln.

Die Tür wurde so rasch geöffnet, als ob Konrad Kilius nur auf ihre Ankunft gewartet hätte, und dann stand er ihr gegenüber, ein schlanker, blonder Mann mit leicht gebeugten Schultern, in dessen klugem, schmalen Gesicht reine Freude leuchtete.

»Eva, mein Liebling«, sagte er und zog sie in seine Arme.

Das Gefühl der Erleichterung und des Geborgenseins war so groß, daß sie sich seine Umarmung widerstandslos gefallen ließ. Während er sie fest umschlungen hielt und sanft hin und her wiegte, wie ein unglückliches Kind, spürte sie plötzlich, wie ihre mühsam erzwungene Haltung zerbrach. Hilflos begann sie zu weinen, heiße, erlösende Tränen.

»Weine nur«, sagte er, »wein dich nur aus! Es wird ja alles wieder gut!«

Endlich, nach langen Minuten, gewann sie ihre Fassung zurück. Sie löste sich aus seiner Umarmung, zog ein Batisttüchlein aus ihrer Handtasche und wischte sich die Tränen ab.

»Ich bin ja so dumm«, sagte sie, »bitte, verzeih mir ... ich weiß ja selbst nicht, warum ich mich so dumm benommen habe.«

»Niemand braucht sich echter Tränen zu schämen«, sagte er zärtlich.

Er schob seine Hand unter ihren Ellenbogen, führte sie in sein Wohnzimmer, einen großen, gemütlich eingerichteten Raum, dessen breites Fenster den Blick in den Garten freigab. Aber draußen hatte es bereits zu dunkeln begonnen. Er zog den blauen Samtvorhang zu.

Das Licht in der Stehlampe brannte.

Er drückte sie in einen der lederbezogenen Sessel, nahm ihr gegenüber Platz und legte beruhigend seine Hand auf ihre kalten, nervösen Finger.

»Nun sag mir erst einmal, was los ist, ja? Nein, sag mir gar nichts, laß mich raten. Dein Mann hat dich betrogen, das war das Ende all deiner Träume! Und jetzt bist du hier ... damit ich die Scheidungsklage für dich einreiche!«

»Nein«, sagte sie erstaunt, »wie kommst du auf so etwas? Das ist es gar nicht ... Ach, wenn es nur das wäre! Urban ist schwer verunglückt, und heute morgen ... eine Bank hat mir Wechsel über fünfhunderttausend Mark präsentiert. Ich muß das Geld aufbringen oder ... wir verlieren das Hotel!«

Er zog seine Hand zurück.

»Und deshalb kommst du zu mir?«

»Ja, Konrad, glaub' nicht, daß es mir leichtgefallen ist. Aber ... es gibt sonst niemand, der mir helfen könnte ... der mir helfen würde. Ich brauche das Geld und ...«

Sie sah ihn aus verzweiflungsvoll flehenden Augen an.

»Ich bin bereit, jeden Preis dafür zu zahlen! Verstehst du? Jeden!«

»Nein«, sagte er gepreßt, »nein, Eva. Was du von mir forderst, ist unmöglich! Es ist furchtbar!«

»Aber . . .«

»Du spekulierst mit meiner Liebe. Ich kann dir das nicht übelnehmen, denn ich begreife, um was es dir geht. Aber die Rechnung geht nicht auf. Ich liebe dich, ja, ich liebe dich . . . Ich will dich nicht für wenige verzweifelte Stunden besitzen, nicht für eine Nacht oder zwei, nein, fürs ganze Leben. Ich habe seit damals auf dich gewartet, als du dich für den anderen entschiedest. Vielleicht war es falsch, einfach zu warten, vielleicht hätte ich kämpfen sollen . . .«

»Nein«, erwiderte sie, »nein, Konrad. Das hätte keinen Sinn gehabt!«

»Ich weiß . . .«

Sie holte tief Atem.

»Und das Geld«, sagte sie, »du könntest es mir nicht geben? Auch ohne . . .«

Sie brach ab, unfähig, weiterzusprechen.

»Ich könnte dieses Haus verkaufen«, sagte er, »es gehört mir. Aber ich würde mehr damit verlieren als nur das Haus. Ein solcher Schritt würde mich um Jahre zurückwerfen, ich würde einen Teil meiner Klienten verlieren . . .«

Er ging zum Tisch, nahm seine Pfeife, klopfte sie hart gegen die Aschenschale aus.

»Aber ich täte es für dich, wenn du . . . für immer zu mir kämst.«

»Auch ohne Liebe?«

»Ja. Es würde mir genügen, wenn du hier bei mir wärest . . . zu wissen, daß du meine Frau bist. Alles andere . . .« Er zuckte die Schultern.

»Ich gehöre zu Urban!«

Er nahm Tabak aus einem ledernen Beutel und begann

sorgsam seine Pfeife zu stopfen. Sie sah, daß seine Finger zitterten, aber sie empfand kein Mitleid. Nicht einmal ein Schuldgefühl. Er war nicht mehr der Freund; er war der Gegner, mit dem es zu kämpfen galt.

»Du kannst das Geld auftreiben, ich weiß es. Natürlich würde ich die entsprechenden Zinsen zahlen.«

Er setzte sich auf die Lehne eines Sessels, der ihr schräg gegenüber stand.

»Wann brauchst du es?« fragte er.

Er sprach jetzt genauso sachlich wie sie.

»Bis übermorgen.«

»Das wird kaum zu machen sein.«

»Es ist nicht einfach, ich weiß, aber es muß gehen. Schließlich kann ich Sicherheiten bieten. Natürlich lasten Hypotheken auf dem Hotel, aber dieser Bankmensch hat mir selbst gesagt . . . der Wert des Hotels und des Grundbesitzes geht weit über die Hypotheken und die Wechselbelastungen hinaus.«

»Dann begreife ich nicht, warum du nicht einfach diese Bank bittest, die Wechsel zu verlängern.«

»Glaubst du denn, ich hätte das nicht versucht? Aber sie wollen nicht. Weil mein Mann schwerverletzt ist und es Monate dauern wird, ehe er die Leitung des Hotels wieder übernehmen kann.«

Sie strich sich mit einer müden Bewegung eine Locke aus der Stirn.

»Zu mir haben sie kein Vertrauen.«

»Wahrscheinlich zu Recht«, kommentierte er trocken. »Oder verstehst du etwas vom Hotelwesen? Hast du in den letzten Jahren mit deinem Mann zusammengearbeitet?«

»Es gibt nichts, was man nicht lernen könnte.«

»Sicher nicht. Aber man braucht einige Zeit dazu, und gewöhnlich fängt man von unten an und übernimmt nicht gleich die Führung.«

»Ich weiß, daß ich es kann«, sagte sie entschieden. »Ich werde es können, weil ich muß.«

»Eva«, sagte er, »nimm doch Vernunft an! Du hast dich da in eine Idee hineingesteigert, die einfach undurchführbar ist. Du ahnst nicht, wie schnell ein Hotel heruntergewirtschaftet ist ... die Bankleute wissen das, deshalb fürchten sie um ihr Geld.«

»Sie haben kein Vertrauen zu mir ... du solltest mich aber besser kennen!«

»Ich liebe dich, deshalb kann ich dich nicht richtig beurteilen. Vielleicht sehe ich dich sogar völlig falsch. Aber darum geht es ja gar nicht. Eva, warum überläßt du diesen Leuten nicht das Hotel? Ich halte das für die absolut vernünftigste Lösung. Du wirst nicht behaupten, daß dein Herz so an diesem alten Kasten hängt.«

»Es ist kein ... ach, du verstehst mich überhaupt nicht. Urban würde mir nie verzeihen, niemals, wenn ich jetzt versage. Das wäre das Ende unserer Ehe.«

Mit zusammengekniffenen Augen beobachtete er sie nachdenklich durch den Qualm seiner Pfeife.

»Bildest du dir das nicht nur ein?«

»Nein. Ich bin ganz sicher. Das Hotel ... es bedeutet Urban alles.«

»Mehr als du?«

»Ja«, erwiderte sie tonlos.

Er legte die Pfeife auf den Rand des Aschenbechers und richtete sich auf.

»Wenn das so ist«, sagte er langsam »sehe ich vielleicht doch eine Lösung. Ich werde dich mit einem Geschäftsmann zusammenbringen, wenn du mir versprichst ...«

»Alles!« sagte sie heftig.

»Wenn du mir versprichst, zu mir zu kommen, falls du es nicht schaffst. Für immer.«

»Das wird nicht geschehen.«

»Aber wenn ...«

»Dann hat mein Leben ohnehin keinen Sinn mehr. Ich verspreche dir ... dann werde ich zu dir kommen.«

»Eine deiner liebenswertesten Eigenschaften«, sagte er

mit einem hintergründigen Lächeln, »ist deine entwaffnende Ehrlichkeit. Aber das macht nichts. Für mich wird dein Leben immer wertvoll sein. Du versprichst mir also, falls es schiefgeht, dich scheiden zu lassen? Und meine Frau zu werden?«

»Ja«, sagte sie. »Ja!«

Aber in ihrem Herzen war sie davon überzeugt, daß es niemals dazu kommen würde.

Lona Simon, die Hotelsekretärin, war Urban Horster direkt unterstellt gewesen. Es gab also keinen Vorgesetzten, den sie, da der Hotelier verunglückt, seine Frau verreist war, um Erlaubnis hätte bitten müssen, das Hotel für ein paar Stunden zu verlassen. Wenn sie es trotzdem tat, so hatte sie dazu einen guten Grund.

Sie paßte den Moment ab, als Herr Thomas, der Empfangschef, in dem Speiseraum des Personals sein Mittagessen einnahm und trat zu ihm an den Ecktisch.

»Herr Thomas«, sagte sie mit einem Lächeln, das ihre kleinen weißen Zähne entblößte, »ich hoffe, Sie werden nichts dagegen haben, wenn ich heute nachmittag für ein paar Stunden verschwinde.«

»Ich finde es nicht ganz richtig, wenn Sie ausgerechnet heute nachmittag fortgehen«, erklärte er. »Frau Horster kann jede Stunde zurückkommen.«

»Das wird sie nicht«, sagte Lona, »ich habe den *Königshof* in München angerufen. Sie bleibt noch eine Nacht.«

Lona betrachtete ihre spitzgefeilten, ziegelrot gelackten Nägel und fügte nach einer wohlberechneten Kunstpause hinzu:

»Falls sie überhaupt zurückkommt.«

Herr Thomas starrte sie an.

»Was soll das heißen?«

»Genau das, was ich gesagt habe!«

Lona zog ein Zigarettenpäckchen aus ihrer kleinen weißen Handtasche.

Herr Thomas zog sein goldenes Feuerzeug aus der Jakkentasche, das er sich eigens zugelegt hatte, um auf die reichen Amerikanerinnen Eindruck zu machen und ließ es aufschnappen. Lona beugte sich dicht an das Flämmchen heran.

»Danke«, sagte sie mit einem großen Augenaufschlag.

Herr Thomas steckte sein Feuerzeug wieder ein. Er war noch immer irritiert. Der Appetit war ihm vergangen, er schob seinen Teller von sich.

»Wie kommen Sie auf die Idee, daß Frau Horster vielleicht nicht zurückkommen könnte?«

»Liegt doch eigentlich nahe, finden Sie nicht auch?«

Sie musterte ihn mit verhaltenem Spott durch den Rauch ihrer Zigarette.

»Das kann ich wirklich nicht finden«, meinte er ärgerlich.

»Sie hat einen Geliebten!«

»Sind Sie wahnsinnig?«

»Nicht im geringsten. Frau Horster ist zu ihm nach München gefahren.«

»Nein!«

»Doch. Und nachdem Sie das wissen, werden Sie auch die Berechtigung meiner Frage verstehen, ob sie überhaupt noch zurückkommen wird.«

Sie stand auf und drückte ihre Zigarette aus.

»Denken Sie mal darüber nach, Verehrtester! Und im übrigen, falls etwas Dringendes sein sollte . . . ich fahre jetzt zum Chef in die Klinik.«

Herr Thomas sprang auf.

»Sie wollen ihm doch nicht etwa sagen . . .?«

»Ach was, wo denken Sie hin! Ich will dem armen Mann doch nicht den Todesstoß verpassen. In seinem Zustand kann selbst eine Freudenbotschaft zuviel sein.«

Und damit verließ sie hocherhobenen Hauptes den Speiseraum, beschwingt von dem erhebenden Gefühl, einige sehr wirkungsvolle, explosive Minen gelegt zu haben.

Es war gar nicht so einfach, zu Urban Horster zu gelangen, wie Lona Simon es sich vorgestellt hatte. Die Schwester bei der Anmeldung war nicht bereit, ihr die Zimmernummer zu nennen.

»Ich glaube nicht, daß der Patient überhaupt Besuch haben darf«, sagte sie, »da müssen Sie erst Herrn Doktor Krüger um Erlaubnis bitten.«

»Na schön«, gab Lona nach, »dann sagen Sie mir wenigstens, wo ich den Herrn Doktor finde!«

»Warten Sie, ich werde nach oben telefonieren.«

Es dauerte etwa zehn Minuten, bis Dr. Krüger in die kleine kühle Halle kam. Er sah Lona sofort – sie war nicht zu übersehen.

Donnerwetter! hätte Dr. Krüger beinahe gesagt, denn er war jung und lebenshungrig und ausgesprochen empfänglich für weibliche Reize.

»Assistenzarzt Doktor Krüger«, stellte er sich vor. »Ich höre, Sie möchten Herrn Horster besuchen?«

Trotz seines bewußt sachlichen Tones entging es Lona nicht, daß sie Eindruck gemacht hatte – dafür hatte sie einen sechsten Sinn. Sie lächelte zu ihm auf und reichte ihm die Hand.

»Ja«, sagte sie, »das möchte ich. Aber diese strenge Schwester will es mir nicht erlauben. Sie scheint zu glauben, daß mein Besuch dem Patienten schaden könnte . . .«

»Bestimmt nicht«, meinte Dr. Krüger schmunzelnd, »jeder Mann, der Sie sieht, muß neuen Lebensmut bekommen.«

»Ich wußte, daß Sie so denken würden, Herr Doktor!«

Lona sprang auf. »Bitte, bringen Sie mich jetzt zu Herrn Horsterl«

Lona Simon wußte, daß Urban Horster schwerverletzt war. Dennoch prallte sie unwillkürlich zurück, als sie ihn sah und stieß gegen Dr. Krüger, der hinter ihr ins Zimmer trat.

Diese flüchtige Berührung genügte, um dem jungen Arzt das Blut ins Gesicht zu treiben. Aber ausnahmsweise interessierte sich Lona in diesem Augenblick nicht dafür, welch starken Eindruck sie auf Männer machte.

Sie sah nur Urban Horster, seine leblose, langausgestreckte Gestalt, den bandagierten Kopf und die Augen – diese armen Augen!

Man hatte ihm am Vormittag den Verband abgenommen, und er konnte wieder sehen, aber immer noch war das ganze Gebiet um die Augen herum dick verschwollen, blau und grün verfärbt, und mühsam blinzelte Urban Horster durch schmale Schlitze.

»Lona«, stammelte er, »du?«

Sie hatte ihren ersten Schreck überwunden und lief zu ihm hin, kniete sich neben sein Bett auf den Boden, nahm seine linke Hand und schmiegte ihre Wange hinein.

»Ja, ich bin's, Urban«, stammelte sie, »ich bin's! Ich weiß, was du gedacht haben mußt ... aber ich konnte mich ja nicht mit dir in Verbindung setzen ...«

Er tastete ungeschickt über ihr üppiges schwarzes Haar.

»Daß du lebst ... daß du lebst, Lona! Das ist wie ein Wunder für mich!«

Sie sah zu ihm auf, die großen dunkelbraunen Augen voll Tränen.

»Es war auch ein Wunder«, sagte sie lächelnd, »ich habe gar nichts abbekommen, fast gar nichts. Nur ein paar Schrammen. Ich bin ausgestiegen und zur nächsten Tankstelle gelaufen, von dort habe ich die Polizei benachrichtigt.«

Plötzlich begegnete sie dem skeptischen Blick des Arztes.

»Ich wollte nicht, daß du angezeigt würdest«, fügte sie hastig hinzu, »du hast doch einmal gesagt ...«

»Ja, ja, natürlich ...«

Er streichelte ihr Haar, ihr Gesicht, ihren Hals.

»Und außerdem . . . deine Frau. Ich wollte nicht, daß sie etwas erfährt. Mir wäre es ja gleich gewesen. Aber um deinetwillen.«

»Ich bin so froh, daß du gekommen bist«, sagte er aufatmend und schloß die Augen.

Dr. Krüger gab Lona ein Zeichen.

Sie legte seine Hand sanft auf die Bettdecke zurück und erhob sich.

»Auf Wiedersehen, Liebster«, flüsterte sie und verließ auf Zehenspitzen das Zimmer.

»Herr Horster macht sich dauernd Sorgen um sein Hotel«, sagte Dr. Krüger, als sie draußen auf dem Gang standen und er die Tür ins Schloß gezogen hatte.

»Mit Recht«, erwiderte Lona Simon, »wenn er erst wieder auf den Beinen ist, wird es dahin sein!«

»Das darf er nicht erfahren«, sagte Dr. Krüger, »unter keinen Umständen.«

»Von mir bestimmt nicht«, erklärte Lona, die ihre gewohnte Keßheit schon wiedergewonnen hatte. »Diese Eröffnung werde ich gern seiner Frau überlassen.«

Der Anruf kam genau zwanzig Minuten nach zwei.

Eva Horster zündete sich eine neue Zigarette an, tat ein paar tiefe Züge, und erst als der Apparat zum drittenmal läutete, nahm sie den Hörer ab.

»Hallo«, sagte sie mit leiser Stimme.

»Na endlich!«

Konrad Kilius sprach rasch, geschäftsmäßig, ohne eine Spur von Sentimentalität.

»In zehn Minuten bin ich bei dir und hole dich ab. Warte unten in der Halle auf mich.«

Sie tat einen tiefen Atemzug. »Hast du . . .?«

Aber sie kam nicht dazu, ihren Satz zu Ende zu sprechen, denn er hatte schon aufgelegt.

Aber es war auch nicht nötig, daß er länger zuhörte. Sie konnte sich ihre Frage selbst beantworten: Ja, er hatte einen Mann gefunden, der Geld genug hatte, das Hotel zu retten – jetzt lag es nur noch an ihr, ihn davon zu überzeugen, daß er sein Geld gut anlegte.

Eva war fertig angezogen. Sie brauchte nur ihre Tasche und die Handschuhe zu nehmen und das Hotelzimmer zu verlassen. Als sie einen letzten prüfenden Blick in den Spiegel warf, entdeckte sie in ihren Augen einen neuen, harten Glanz. Aber es blieb ihr keine Zeit, über sich selbst nachzudenken und über das, was in diesen letzten Tagen mit ihr geschehen war.

Sie wartete nicht unten in der Halle, wie Konrad Kilius ihr geraten hatte, sondern trat auf die Straße hinaus. Die Sonne schien, und in der Luft lag der flimmernde Glanz eines verheißungsvollen Vorfrühlingstages.

Einen Augenblick stand Eva leicht geblendet von der unerwarteten Helligkeit, dann erkannte sie Konrad Kilius. Er kam mit großen Schritten, die Schultern leicht gebeugt, die Hände in den Taschen seines kurzen Trenchcoats, auf sie zu. Er lächelte, als er sie begrüßte, aber seine klugen Augen blieben ernst. Mit einer besitzergreifenden Geste schob er seine Hand unter ihren Ellenbogen.

»Ich denke, wir lassen den Wagen stehen«, sagte er, »und gehen die wenigen Schritte bis zur Sonnenstraße zu Fuß. Auf diese Weise sparen wir Zeit, und ich brauche nicht erst wieder nach einem Parkplatz zu suchen.«

Sie stellte keine Fragen, sondern paßte sich seinem raschen Schritt an. Sie wußte, daß er jetzt von selbst reden würde.

»Der Mann heißt Georg Makulis«, sagte er, »kein sehr angenehmer Mensch, aber fünfzig Millionen schwer. Ich denke, das ist für dich das Entscheidende.«

»Ist er interessiert?«

»Ja, durchaus. Ich bin sicher, daß er dir das Geld geben wird.«

Unwillkürlich verhielt sie den Schritt.

»Konrad«, sagte sie, »ich weiß wirklich nicht, wie ich dir danken soll!«

»Gar nicht«, wehrte er ab und zog sie weiter, »ich bin keineswegs sicher, daß ich dir mit dieser Vermittlung einen Dienst erweise.«

»Aber . . .«

»Georg Makulis ist ein gerissener Mensch. Er hat in seinem ganzen Leben noch niemals etwas ohne Hintergedanken getan. Er wird versuchen, dir Sand in die Augen zu streuen, aber du darfst dich nicht verdummen lassen. Er gibt dir das Geld nur, weil er ganz sicher ist, daß du es ihm nicht zurückzahlen kannst.«

»Das verstehe ich nicht.«

»Wirklich nicht? Das Hotel ist ihm nicht so wichtig, er ist scharf auf das Grundstück. Er will daraus teure, elegante Eigentumswohnungen machen. Er rechnet damit, daß du das Hotel herunterwirtschaften wirst, dann kann er das Ganze billig haben.«

»Na, dann verrechnet er sich eben«, erwiderte sie fest.

Georg Makulis war genauso, wie Eva sich ihn nach den Andeutungen des Rechtsanwalts vorgestellt hatte – eher noch unsympathischer. Ein schwerer Mann mit einem ekkigen Kinn, einem schmalen Mund, den er beim Reden kaum öffnete, weil er seine schlechten Zähne nicht zeigen wollte, und tiefliegenden farblose Augen.

Er empfing Eva Horster und den Anwalt mit überschwenglicher, unechter Herzlichkeit, drückte einen feuchten Kuß auf Evas Hand und schob ihr väterlich einen Sessel hin.

»Ah, da haben wir also die kleine Frau mit den großen Sorgen!« sagte er. »Ich bin froh, daß mein Freund Kilius Sie zu mir gebracht hat . . .«

»Darf ich vorschlagen, daß wir uns gleich mit der geschäftlichen Seite unserer Zusammenkunft befassen?« sagte Konrad Kilius kühl.

Georg Makulis sah ihn kopfschüttelnd an.

»Immer ungeduldig, diese jungen Leute, immer ungeduldig!«

Konrad Kilius holte aus der Jackentasche einen Stoß sorgfältig zusammengelegter Papiere hervor.

»Ich habe hier den Vertrag aufgesetzt«, sagte er, »wenn Sie beide ihn durchlesen möchten . . .«

Er gab Eva den ersten Durchschlag, dem Makler das Original.

Sie mußte sich zwingen, den Vertrag aufmerksam zu prüfen – oder wenigstens so zu tun. Sie las die Summe, las ›zahlbar sofort‹ und hätte am liebsten alles andere unbesehen unterschrieben. Aber sie durfte ihre Schwäche nicht so deutlich zeigen.

»Neun Prozent Zinsen«, sagte sie endlich, »das scheint mir ein bißchen hoch!«

»Vollkommen richtig«, stimmte Georg Makulis zu, »ich bin doch kein Halsabschneider! Da müssen Sie sich verhört haben, Kilius . . . machen wir acht Prozent daraus.«

»Wie Sie wünschen«, entgegnete der Rechtsanwalt kühl.

»Ich bin Witwer«, erklärte der Makler, »ein einsamer alter Mann . . . was sollte es für mich einen Zweck haben, Geld zu scheffeln? Mehr als trinken und essen kann der Mensch nicht, sage ich immer . . .«

Er rieb sich die Hände.

»Mit acht Prozent bin ich einverstanden«, erklärte Eva.

»Na schön, dann ändern wir jetzt den Vertrag, und dann unterschreiben wir«, sagte der Makler.

»Du weißt, daß du damit Herrn Makulis ein Vorkaufsrecht auf den gesamten Besitz einräumst«, warnte der Rechtsanwalt.

»Diese Klausel muß bleiben«, sagte Georg Makulis rasch, »darauf muß ich bestehen. Es ist reine Formsache, versteht sich . . . denn es wird sicher nie dazu kommen, daß Sie verkaufen müssen!«

Eva zuckte nicht mit der Wimper.

»Ich bin einverstanden«, erklärte sie.

5

Als Eva nach Baden-Baden zurückkam, erwartete sie im Hotel eine böse Überraschung. Herr Thomas war nirgends zu sehen, und hinter dem Empfangstisch stand ganz allein der junge Assistent Dieter Brüdern. Mit rotem Kopf erklärte er auf Evas erstaunte Frage, daß der Empfangschef erkrankt sei.

»Krank?« fragte sie erstaunt. »Aber was fehlt ihm denn?«

»Ich weiß es nicht«, sagte Dieter Brüdern verlegen, »ich glaube, er ... er hat Ihnen einen Brief geschrieben.«

Er drehte sich um, zog einen dicken weißen Umschlag aus einem der Fächer und reichte ihn ihr mit einer kleinen Verbeugung.

Eva nahm den Brief entgegen. Das Schreiben des Empfangschefs enthielt, mit vielen Höflichkeitsformeln verbrämt, die Kündigung. »Aus gesundheitlichen Gründen muß ich meine Stellung leider sofort aufgeben«, las Eva, »ein Attest des Amtsarztes liegt bei.«

Mit steinernem Gesicht wandte sie sich dem Assistenten zu.

»Ist Herr Thomas noch im Haus?« fragte sie.

»Ich weiß es nicht«, antwortete der junge Mann.

Sie steckte den Brief in die Tasche und ging auf den Lift zu. Ein Boy riß die Türe vor ihr auf.

»Fahr mich nach oben«, sagte sie, »du weißt doch sicher, in welchem Zimmer Herr Thomas wohnt? Zeig es mir bitte!«

Sekunden später hatten sie den fünften Stock erreicht.

Von hier aus führte eine schmale steinerne Stiege unter das Dach, wo die Schlafräume der Angestellten lagen.

Der Boy lief vor Eva her und blieb vor einer der Türen stehen.

Eva drückte die Klinke nieder und trat ohne anzuklopfen ein.

Herr Thomas hatte einen geöffneten Koffer aufs Bett gestellt; er war dabei zu packen.

Er ließ die Krawatten sinken, die er gerade in den geöffneten Koffer hatte legen wollen und starrte Eva mit einem seltsamen Ausdruck von Unglauben und Verwirrung an.

»Es tut mir leid, Sie stören zu müssen, Herr Thomas«, sagte Eva kühl.

Sie trat einen Schritt weiter in das Zimmer, ließ aber die Tür hinter sich angelehnt.

Der sonst immer so beherrschte Mann wurde rot bis an die Haarwurzeln.

»Frau Direktor . . .«, stammelte er.

Es war das erstemal, daß Eva Horster mit diesem Titel angeredet wurde, aber ihre Nerven waren so bis aufs äußerste gespannt, daß ihr das nicht einmal bewußt wurde.

»Sie wollen mich also verlassen, Herr Thomas«, sagte sie, »ausgerechnet in dieser Situation!«

»Aber ich . . . ich wußte ja gar nicht . . .«

Sie sah ihn fest an, bis er den Blick senkte.

»Was wußten Sie nicht?«

»Daß Sie überhaupt zurückkommen würden«, platzte er heraus. Jetzt war es an ihr, verblüfft zu sein.

»Daß ich . . .?« wiederholte sie. »Aber, Herr Thomas . . . Sie konnten doch nicht im Ernst annehmen, ich würde das Hotel im Stich lassen?«

»Das Hotel . . . es wird doch verkauft!«

Sie hob die schmalen Augenbrauen.

»Wie kommen Sie darauf?«

»Stimmt es etwa nicht? Alle sagen es ... die Presser-Bank wird das Hotel übernehmen. Es ist nicht mehr zu halten.«

»Selbst wenn Sie das annehmen«, sagte Eva kühl, »bedeutet das nur eine sehr fadenscheinige Entschuldigung für Ihr Verhalten. Sie hätten zumindest warten müssen, bis ich zurück war und Sie Gelegenheit hatten, persönlich mit mir zu sprechen. Ich bin bereit zu glauben, daß Ihre Gesundheit angegriffen ist ... der Arzt bestätigte das ja ... Aber so krank werden Sie wohl kaum sein, daß Sie nicht mehr imstande sind, zumindest Ihren Nachfolger einzuarbeiten.«

»Frau Direktor«, sagte er erschüttert, »aber das alles ist ...« Er suchte verzweifelt nach den richtigen Worten: »Ein furchtbares Mißverständnis!«

»Sie haben sich in Ihrem Kündigungsschreiben überaus klar ausgedrückt«, entgegnete sie hart, »Sie brauchen nicht zu befürchten, daß ich Sie gegen Ihren Willen halten werde. Aber ich werde dafür sorgen, daß Ihr Verhalten in der Fachwelt bekannt wird. Sie werden sehr viel Zeit haben, für Ihre Gesundheit zu leben ... wenigstens in dieser Saison werden Sie anderswo kaum eine Stellung bekommen.«

Sie drehte sich brüsk um und wandte sich zur Tür.

Was sie erwartet hatte, geschah. Herr Thomas lief ihr nach und versuchte, sie aufzuhalten.

»Frau Direktor, bitte, lassen Sie mich doch erklären ...«

Mit hocherhobenem Kopf verließ sie den Raum.

»Wenn Sie mir noch etwas zu sagen haben, können Sie mich in meinem ... im Büro meines Mannes aufsuchen.«

Sie ging, ohne ihn noch einmal anzusehen.

Eva trat in das Arbeitszimmer ihres Mannes.

Sie drückte auf die Telefontaste, die die Verbindung

mit dem Vorzimmer herstellte, aber niemand meldete sich. Lona Simon war nicht zurückgekehrt.

In der obersten Schreibtischschublade entdeckte sie ein ledernes Notizbuch mit Adressen. Sie schlug den Buchstaben P auf, fand die Privatnummer Pressers und wählte.

Noch bevor sie Hugo Pressers Stimme hörte, klang sein asthmatisches Keuchen an ihr Ohr.

»Hallo, gnädige Frau«, sagte er beflissen, »also das freut mich . . . das freut mich wirklich! Ist die kleine Frau also doch zur Vernunft gekommen . . .«

»Herr Presser«, erwiderte Eva, »ich fürchte, Sie haben mich mißverstanden. Ich bin keineswegs bereit, mich mit Ihnen zu arrangieren. Ich werde die Wechsel einlösen. Ich habe das Geld.«

Einen Atemzug lang blieb es ganz still in der Leitung.

Dann war Hugo Pressers Stimme wieder da, aber jetzt nicht mehr einschmeichelnd, sondern böse und mißtrauisch.

»Das ist ein Bluff!« sagte er.

»Keineswegs. Ich habe das Geld wirklich. Ich habe Sie nur angerufen, um Sie zu fragen, ob es Ihnen genügt, wenn ich es morgen früh auf Ihr Konto überweisen lasse?«

»Nein«, bellte er, »kommen Sie mir nicht so! Das ist eine Verzögerungstaktik. Mit so etwas können Sie mich nicht hereinlegen! Entweder bar . . .«

»Ganz, wie Sie wünschen«, sagte Eva, »aber Sie werden sicher verstehen, daß ich eine solche Summe nicht in der Handtasche herumtragen möchte. Treffen wir uns also morgen früh in meiner Bank . . . um zehn, wenn es Ihnen recht ist?«

»Wenn das ein Trick ist«, meinte Hugo Presser böse, »dann werden Sie etwas erleben, meine Teuerste, dann hilft kein Betteln und kein Flehen, dann werde ich . . .«

»Es bleibt also dabei . . . bis morgen früh, Herr Presser!« unterbrach Eva die Drohungen und legte auf, ehe er noch ein weiteres Wort sagen konnte.

Sie drückte die Zigarette aus, die fast ihre Fingerspitzen verbrannt hätte. Es war ein kühler Abend, dennoch standen ihr feine Schweißtröpfchen auf der Stirn. Erst nach diesem Gespräch begriff sie ganz, was es bedeutet hätte, diesem Dunkelmann ausgeliefert zu sein.

Sie wollte sich gerade erheben, als an die Tür geklopft wurde und Herr Thomas eintrat.

»Entschuldigen Sie bitte, wenn ich störe«, murmelte er, sichtlich verlegen, und wagte nicht, sie anzusehen.

»Ich hatte Sie erwartet«, sagte Eva beherrscht.

Er blieb wenige Schritte vor dem Schreibtisch stehen und starrte auf seine gepflegten, sorgfältig manikürten Fingernägel.

»Ich möchte Sie um Verzeihung bitten, Frau Direktor«, sagte er mit Überwindung. »Ich fürchte, ich habe mich unglaublich benommen. Ich weiß selbst nicht mehr, was in mich gefahren war ...«

»Sie sind also bereit, so lange zu bleiben, bis Sie Ihren Nachfolger eingearbeitet haben?«

»Ich möchte meine Kündigung zurücknehmen ... wenn es jetzt nicht schon zu spät dazu ist.«

Eva hatte Mühe, ihre Erleichterung zu verbergen. Wolfgang Thomas war eine erstklassige Kraft und durchaus nicht von heute auf morgen zu ersetzen.

»Setzen wir uns«, sagte Eva trocken. »Ich habe Ihnen einige sachliche Fragen zu stellen; Sie wissen ja, daß ich erst beginnen muß, mich über verschiedenes zu orientieren.«

Sie ließ sich in der Sitzecke nieder.

»Soviel ich weiß, hat mein Mann früher ein Appartement hier im Haus bewohnt?«

»Ja, Frau Direktor.«

»Was ist mit diesen Räumen jetzt?«

»Wir vermieten sie nur zur Hauptsaison.«

»Sie stehen also leer?«

»Augenblicklich schon!«

»Dann lassen Sie sie herrichten. Ich werde ab morgen hier im Haus wohnen.«

Lona Simon wohnte nicht im Hotel.

Sie hatte sich, dank Urban Horsters Großzügigkeit und der eigenen Skrupellosigkeit, am Stadtrand von Baden-Baden eine Wohnung einrichten können, die eines angehenden Filmstars würdig gewesen wäre.

Aber als sie an diesem Abend von ihrem Krankenbesuch bei Urban Horster zurückkehrte, hatte sie kein Auge für den riesigen Buchara-Teppich, die tiefen modernen Ledersessel, die zarten, geschmackvoll aufeinander abgestimmten Farben der breiten Couch, der Vorhänge und Kissen. Sie war nachdenklich und sehr deprimiert.

Die Situation, die durch den Unfall des Hotelbesitzers entstanden war, war auch für sie außerordentlich kompliziert. Sie war sicher, daß das Hotel in den Besitz der Presser-Bank übergehen würde, aber es reizte sie durchaus nicht, unter der neuen Regie zu arbeiten.

Sie ging zum Musikschrank und suchte nach einer Platte, die der leicht melancholischen Stimmung dieses Abends entsprach und schenkte sich dann einen Whisky ein. Im gleichen Augenblick klingelte es an der Wohnungstür.

Sie öffnete die Tür nur einen Spaltbreit, eben genug, um zu sehen, daß es Prokurist Klein von der Presser-Bank war.

»Bitte, lassen Sie mich ein!« sagte der Prokurist ungeduldig.

»Na, hören Sie mal! Um diese Zeit! Hätten Sie nicht wenigstens vorher anrufen können?«

»Es ist sehr wichtig, Fräulein Simon, also machen Sie keine Umstände!«

Er versuchte, seinen Fuß in den Türspalt zu schieben, aber Lona stemmte sich mit aller Kraft dagegen.

»Wichtig? Für wen?«

»Auch für Sie! Wir brauchen nichts als eine Auskunft von Ihnen, und wir sind bereit, Sie sehr gut zu bezahlen.«

Lona Simon zögerte den Bruchteil einer Sekunde, dann entschloß sie sich, die Tür zu öffnen und den Prokuristen einzulassen.

Er drängte sich an ihr vorbei ins Wohnzimmer. Auf der Türschwelle blieb er verdutzt stehen. Der unerwartete Anblick des eleganten Raumes beeindruckte ihn wider Willen. Er stieß einen Pfiff durch die Zähne aus.

»Donnerwetter!« sagte er. »Sieh mal einer an!«

Er setzte sich und fuhr sich mit dem Taschentuch über die Stirn. Dann beugte er sich zu ihr hinüber.

»Eine einzige Frage ... auf welche Weise und durch wen hat Frau Horster das Geld für die Wechsel aufgebracht?«

Lona Simon machte erstaunte Augen.

»Wirklich?« fragte sie. »Das ist das Neueste, was ich höre!«

»Ach, tun Sie doch nicht so! Mich können Sie nicht hereinlegen.«

»Aber wenn ich Ihnen sage ... ich weiß wirklich nichts davon!«

Der Prokurist atmete auf.

»Ach so. Also doch ein Bluff! Das hätte ich mir denken können.«

»Ich bluffe nicht.«

»Sie nicht. Aber Frau Horster.« Lona nippte an ihrem Glas.

»Alle Achtung«, sagte sie nachdenklich, »das hätte ich ihr gar nicht zugetraut.«

Lona stellte das Whiskyglas auf den Couchtisch.

»Bevor ich überhaupt ein Wort sage, erst einmal eine

andere Frage: Was würde für mich herausspringen, wenn ich etwas wüßte?«

»Ein Tausender auf die Hand.«

»Ein bißchen wenig.«

Lona Simon setzte ihr bestes Pokergesicht auf und betrachtete den Prokuristen unauffällig durch ihre langen, seidigen Wimpern.

»Wenn Sie etwas wissen, was uns tatsächlich hilft, die Auslösung der Wechsel zu verhindern, erhalten Sie zehntausend.«

»Dreißig. Und das ist noch bescheiden.«

»Na schön. Ich sehe schon, Sie sind mit allen Wassern gewaschen.«

»Geben Sie's mir schriftlich.«

»Aber ich bitte Sie . . .«

»Ich bin von Natur aus mißtrauisch, Herr Klein . . . ein Charakterfehler, ich weiß. Aber er hat mich vor einigen Dummheiten bewahrt.«

Der Prokurist stöhnte. Er zog ein Notizbuch und einen Kugelschreiber aus seinem Jackett, schrieb ein paar Zeilen auf eine leere Seite, riß sie heraus und reichte sie Lona.

»Jetzt beruhigt?«

»Durchaus nicht. Wieso schreiben Sie: Falls die Auskünfte von Fräulein Simon dazu beitragen . . .! Das gefällt mir nicht. Nachher werden Sie behaupten, Sie hätten die Einlösung der Wechsel auch ohne meine Hilfe verhindern können, und ich müßte mich um das Geld mit Ihnen streiten. Aber ich hasse Streit, verstehen Sie? Schreiben Sie einfach: Falls Frau Eva Horster nicht imstande ist, die Wechsel rechtzeitig einzulösen und das *Grandhotel Horster* in das Eigentum der Presser-Bank übergeht, erhält Fräulein Simon . . . und so weiter . . .«

Sie zerriß das kleine Schriftstück und ließ die Schnipsel in den Aschenbecher flattern.

»Das ist unverschämt!« schrie der Prokurist.

Lona Simon lächelte.

»Wie Sie meinen . . .«

Sie stand auf, trat an das große Fenster und zog langsam die Vorhänge zu. Ihre Gedanken arbeiteten fieberhaft. Sie war sich ihrer Sache ganz sicher – Prokurist Klein würde letzten Endes auf ihre Bedingungen eingehen.

Das war es nicht, was sie beunruhigte. Sie fragte sich, ob es überhaupt richtig war, diesem Abgesandten der Presser-Bank eine Auskunft zu geben. Wenn es Eva Horster tatsächlich gelingen sollte, das Hotel im Familienbesitz zu erhalten, so war das ja auch für sie selber die beste Lösung. Vielleicht würde Urban Horster schon sehr bald wieder ganz gesund sein und alles konnte so werden wie früher. Selbst im schlimmsten Fall aber würde sie durch diese unerwartete Entwicklung der Dinge wenigstens Zeit gewinnen.

Natürlich war es nicht viel, was sie überhaupt sagen konnte, und dreißigtausend Mark waren für Name und Adresse des Rechtsanwalts Konrad Kilius ein schöner Preis. Lona Simon zweifelte nicht daran, daß er es war, der Eva Horster das Geld gegeben oder wenigstens vermittelt hatte. Wahrscheinlich war das Geschäft auch schon längst unter Dach und Fach, und ihre Auskunft konnte weder schaden noch nützen.

Lona Simon kämpfte einen schweren Kampf mit sich, aber als sie sich umdrehte, war ihr Entschluß gefaßt.

»Ich will nicht Spionin spielen. Weder für Sie noch für sonst jemanden«, erklärte sie.

Der Prokurist packte sie in der Erregung am Arm.

»Aber hören Sie doch . . .«

»Hände weg!« sagte sie eisig. »Und nun gehen Sie endlich!«

Klein wich einen Schritt zurück. Sein Gesicht war vor Wut verzerrt, seine Augen funkelten gefährlich.

»Wenn Sie mir so kommen«, zischte er, »ich kann auch anders!«

Lona Simon warf den Kopf so heftig in den Nacken, daß ihr schwarzes Haar, das sie noch hochgebunden trug, sich löste und wie eine dunkle Flut auf ihre Schultern niederfiel.

»Bilden Sie sich nur ja nicht ein, daß Sie mich einschüchtern können!« rief sie.

»Mit Presser und Co. kann man kein doppeltes Spiel spielen, mit uns nicht!« zischte der Prokurist. »Glauben Sie, ich weiß nicht, was in ihrem törichten Kopf vor sich geht? Sie haben sich bei Urban Horster in ein weiches Nest gesetzt, und Sie wollen Ihren Platz an der Sonne nicht riskieren. Aber damit ist es jetzt vorbei . . . so oder so. Entweder Sie sagen mir, was sie wissen, oder ich werde Frau Horster die Augen öffnen. Ein Wink genügt, und sie wird begreifen, was Sie und der ehrenwerte Herr Horster miteinander getrieben haben!«

Lona Simon war blaß geworden.

»Was ich weiß, hat wahrscheinlich gar keine Bedeutung.«

»Das zu beurteilen, überlassen Sie lieber uns! Von wem hat Frau Horster das Geld?«

»Ich weiß es nicht«, sagte Lona Simon, aber dann, als der Prokurist sich scheinbar zum Gehen wandte, fügte sie rasch hinzu: »Sie hat mit München telefoniert. Gleich nachdem Sie bei ihr waren. Mit einem Rechtsanwalt Konrad Kilius.«

»Und was hat sie gesagt? Los, los, los, Sie haben doch mitgehört!«

»Sie hat ihn um Hilfe gebeten und gesagt, daß sie sofort zu ihm kommen würde.«

»Mehr nicht?«

»Nein.«

»Na, ich denke, das genügt.«

Fritz Klein lächelte boshaft.

»Leben Sie wohl, schönes Kind, und Dank für Ihre Unterstützung. Ziehen Sie eine Lehre aus dem, was Ihnen heute passiert ist. Das nächste Mal, hoffe ich, werden Sie nicht wieder versuchen, überschlau zu sein.«

Lona Simon rührte sich nicht von der Stelle, bis sie hörte, wie die Wohnungstür hinter ihm ins Schloß fiel. Dann ging sie langsam zur Hausbar und goß sich einen zweiten Whisky ein – diesmal einen doppelten.

In ihrem Kopf wirbelte es. Sie kämpfte mit dem Impuls, auf der Stelle Eva Horster anzurufen und sie zu warnen.

Aber sie tat es nicht.

Wie komme ich denn dazu, dachte sie, so sympathisch ist sie mir schließlich nicht. Sie soll ruhig sehen, wie sie allein fertig wird. Mir hilft ja auch niemand. Und außerdem . . . wenn ich ihr morgen früh einen Wink gebe, wird es noch zeitig genug sein!

6

Eva Horster war am nächsten Morgen schon kurz nach sieben Uhr früh auf der Baustelle des Schwimmbads. Eine innere Unruhe hatte sie in der Nacht kaum Schlaf finden lassen.

Sie fühlte sich hilflos. Wenn sie schon vom Hotelwesen sehr wenig verstand, so begriff sie von diesem Bauvorhaben gar nichts. Die Arbeiter grüßten respektvoll, aber es war ihr nicht einmal möglich, den Bauführer unter ihnen zu erkennen.

»Hallo, gnädige Frau«, sagte ein junger Mann in grauer Hose und offenem blauen Sporthemd, der vom Hotel her auf die Baustelle zugekommen war, »Sie wollen sicher sehen, wie weit wir inzwischen sind?«

Eva lächelte unsicher.

»Guten Morgen.«

Sie las in den Augen des jungen Mannes einen flüchtigen Schimmer von Bewunderung, den er jedoch gleich zu unterdrücken suchte.

»Ich bin Herbert Dartner, der Architekt«, stellte er sich vor. »Ich kann Ihnen die erfreuliche Mitteilung machen, daß wir termingemäß fertig werden. Zum ersten Mai.«

»Das ist gut.« Eva atmete auf. »Und wann wird man das Bad fotografieren können? Ich möchte gern Prospekte herstellen lassen, verstehen Sie ...«

»Natürlich. Über dieses Problem haben Herr Horster und ich uns schon ausgiebig unterhalten. Ich habe bunte Zeichnungen angefertigt ... das Schwimmbad von außen und von innen. Ihr Gatte wollte sie als Vorlage für die Prospekte benutzen. Es schien uns so die ansprechendste Lösung. Wenn Sie allerdings anderer Meinung sind ...«

Eva errötete.

»Natürlich nicht. Ich muß zugeben, mich mit dieser ganzen Angelegenheit bisher noch gar nicht befaßt zu haben.«

»Sie haben meine Zeichnungen noch gar nicht gesehen? Wie schade! Aber ich kann Ihnen jederzeit Duplikate zustellen.«

»Das wird nicht nötig sein«, sagte Eva rasch, »sie müssen ja bei den Unterlagen sein.«

Sie nickte Herbert Dartner zu, kletterte den kleinen Erdhügel hinunter, auf dem sie gestanden hatte, und ging auf das Hotel zu. Sie spürte die Blicke des jungen Mannes in ihrem Rücken und mußte gegen die Versuchung ankämpfen, sich umzusehen.

Sie ärgerte sich, weil sie die eigene Unsicherheit so deutlich hatte merken lassen. Es war ja keine Schande, daß sie nicht orientiert war. Warum hatte sie Dartner nicht einfach gebeten, ihr die Zeichnungen noch einmal zuzuschicken? In den Unterlagen ihres Mannes hatte sie sie bisher noch nicht gefunden.

Wenige Minuten später trat sie, diesmal durch den

Hintereingang, in das Büro. Lona Simon war noch nicht erschienen, aber das hatte sie um diese Zeit auch nicht erwartet.

Plötzlich kam ihr der Gedanke, im Vorzimmer nach den Unterlagen zum Bau des Schwimmbades zu suchen.

Lona Simons Schreibtisch wirkte gut aufgeräumt. Sie setzte sich auf den Bürostuhl, zog die oberste linke Schublade heraus – ein ganzer Stoß unerledigter Post flog ihr entgegen.

Sie nahm ihn heraus, sammelte die Blätter auf, die auf den Boden gefallen waren, sah ihn flüchtig durch und suchte weiter.

Als Lona Simon ein halbe Stunde später das Vorzimmer betrat – früher als sonst, denn auch sie hatte eine unruhige Nacht verbracht –, sah sie ihre Chefin zwischen einem Wust von Papieren an ihrem Schreibtisch sitzen.

Lona Simon blieb wie angewurzelt auf der Schwelle stehen und holte tief Atem. Aber es gelang ihr nicht, die Beherrschung zu bewahren. Sie schoß auf Eva Horster zu.

»Was fällt Ihnen ein?« rief sie empört.

Eva maß Lona mit einem so eisig abschätzenden Blick, daß diese unwillkürlich stehenblieb.

»Ich habe die Zeichnungen gesucht, die Herr Dartner von unserem neuen Schwimmbad angefertigt hat. Wo sind sie?«

»Selbstverständlich da, wo sie hingehören«, erwiderte Lona patzig.

Eva tat, als bemerkte sie ihren aufsässigen Ton gar nicht.

»Dann seien Sie bitte so nett und geben Sie sie mir«, sagte sie gelassen.

Lona Simon öffnete den breiten Schrank und holte einen Ordner heraus.

»Hier«, sagte sie und schmetterte ihn auf den Schreibtisch, »sind sämtliche Unterlagen für den Bau. Die Zeichnungen müssen dabei sein.«

»Suchen Sie sie mir nachher heraus und bringen Sie sie mir in mein Arbeitszimmer. Außerdem benachrichtigen Sie bitte den Architekten, daß ich ihn heute nachmittag sprechen möchte . . .«

Sie überlegte kurz.

»Sagen wir um fünf. Ich nehme an, daß wir mit einer bestimmten Druckerei zusammenarbeiten?«

»Mit Spieker und Co.«

»Dann rufen Sie Herrn Spieker an und bestellen ihn ebenfalls für fünf Uhr.«

»Herr Spieker ist zur Zeit in New York«, erklärte Lona Simon, der es wohltat, die neue Chefin spüren zu lassen, daß sie besser unterrichtet war.

»Dann eben seinen Stellvertreter. Außerdem brauche ich die Unterlagen und die Preislisten für die letzten Druckaufträge, die wir dorthin vergeben haben.«

Eva nahm sich eine Zigarette und wartete darauf, daß die Sekretärin ihr Feuer gab. Aber Lona Simon rührte sich nicht. Sie stand herausfordernd da, den Kopf mit der schwarzen Mähne hoch erhoben und sah ostentativ über ihre Chefin hinweg.

Doch Eva wollte nicht nachgeben. Sie spürte, daß sie dieses Mädchen bändigen mußte, ein für allemal, wenn eine Zusammenarbeit überhaupt möglich sein sollte.

»Geben Sie mir bitte Feuer«, sagte sie kurz.

Lona Simon gehorchte widerwillig.

»Danke«, sagte Eva gleichmütig.

»Haben Sie sonst noch Wünsche?«

»Ja. Rufen Sie noch heute vormittag zwei weitere Druckereibetriebe an und erkundigen Sie sich, wie hoch man dort vierseitige Werbeprospekte im Kleinformat, die erste Seite Vierfarbendruck, kalkulieren würde. Bei einer Auflage von zwanzig-, dreißig- und fünfzigtausend.«

»Jawohl, Frau Direktor.«

Lona Simon holte tief Atem, es war ihr anzusehen, daß sie noch etwas sagen wollte – tatsächlich war sie in dieser

Sekunde drauf und dran, Eva vor den Machenschaften der Presser-Bank zu warnen, wie sie es sich vorgenommen hatte. Dann aber unterließ sie es doch. Ihr weiblicher Instinkt siegte über ihren Verstand. Sie gönnte der, wie es ihr schien, allzu selbstsicheren Chefin die Niederlage und die Blamage von ganzem Herzen, auch auf die Gefahr hin, daß sie selber in Mitleidenschaft gezogen wurde.

»Ja?« fragte Eva, der das Zögern des Mädchens nicht entgangen war.

»Nichts, das heißt, ich wollte nur fragen . . . wie geht es Herrn Horster?«

»Er wird morgen in die Universitätsklinik nach Freiburg gebracht.«

»Ist es . . . so schlimm?«

»Ich hoffe nicht. Genaueres werden wir erst wissen, wenn die letzten Untersuchungen durchgeführt worden sind.«

Eva spürte, daß die Sorge Lona Simons um den verunglückten Chef echt war, und da sie die wahren Beweggründe nicht durchschaute, wurde ihr das Mädchen dadurch plötzlich wesentlich sympathischer.

»Wir können nur hoffen und arbeiten«, sagte sie weicher, »hoffen, daß er bald wieder ganz gesund ist . . . und arbeiten, daß er sein Hotel in gutem Zustand vorfindet. Sie werden mir dabei helfen, nicht wahr?«

»Ja, Frau Direktor«, antwortete Lona Simon, die Lider mit den dunklen Wimpern niedergeschlagen.

Eva entging die Verlegenheit des Mädchens.

»Um auf die Post zurückzukommen«, fuhr sie fort, »es ist vielleicht ganz gut, daß sie bisher noch nicht beantwortet ist. Wir wollen sie liegenlassen, bis die neuen Prospekte fertig sind. Inzwischen habe ich eine andere Arbeit für Sie. Suchen Sie die Adressen sämtlicher Gäste zusammen, die sich ab Mai bei uns angesagt haben. Sie müssen alle einen Prospekt mit den geänderten Preislisten bekommen. Ab Mai, wenn das Schwimmbad in Gebrauch genommen werden kann, werde ich sämtliche Zimmer- und Pensionspreise um 30 Prozent erhöhen.«

»Dann müssen Sie aber mit Absagen rechnen.«

»Ich weiß. Aber ich kann es nicht ändern. Es nützt ja nichts, ein volles Haus zu haben. Das Hotel muß wieder rentabel werden.«

Eva Horster ging nicht in ihren Arbeitsraum hinüber, sie fuhr mit dem Empfangschef in den fünften Stock hinauf, um das Appartement zu besichtigen, in dem früher ihr Mann mit seiner ersten Frau gewohnt hatte und das jetzt für sie und die Kinder hergerichtet werden sollte.

Die Zimmer waren gelüftet, geputzt und aufgeräumt, und dennoch legte sich bei der Vorstellung, daß sie ihr schönes Haus verlassen und von jetzt an hier leben sollte, ein schwerer Druck auf Evas Herz.

»Wollen Sie wirklich hierherziehen? Glauben Sie, daß Sie sich wohl fühlen werden?« fragte Herr Thomas teilnahmsvoll.

Eva Horster lächelte.

»Ich werde im Hotel leben, wie es sich für eine richtige Hotelbesitzerin gehört.«

Das Klingeln des Telefons unterbrach ihre Unterhaltung.

Herr Thomas nahm den Hörer ab und meldete sich.

Er lauschte einen Augenblick und sagte dann: »Für Sie, Frau Direktor!« und reichte ihr den Hörer. Lona Simon war am Apparat.

»Ein Rechtsanwalt Doktor Konrad Kilius möchte Sie sprechen, Frau Direktor«, meldete sie mit einer Stimme, die ihre sensationslüsterne Neugier nur zu gut verriet.

»Bitte verbinden Sie mich«, sagte Eva kurz.

»Sie mißverstehen mich, gnädige Frau! Herr Doktor Kilius ist hier im Haus. Er wartet in meinem Büro.«

Eva brauchte einen Atemzug lang, um mit ihrer Überraschung fertig zu werden.

»Ich komme sofort«, sagte sie dann.

Als Lona Simon wenige Augenblicke später den Rechtsanwalt in Evas Arbeitszimmer führte, blieb sie länger, als notwendig gewesen wäre, in dem großen, elegant eingerichteten Raum stehen.

Aber ihre Neugier wurde nicht befriedigt. Alles, was sie miterlebte, war eine kurze und keineswegs aufschlußreiche Begrüßung. Sie zog daraus den Schluß, der ihrem Charakter entsprach.

Aha, sie verstellen sich! dachte sie.

Sie wäre nur zu gern Zeugin des anschließenden Gesprächs gewesen, aber ihr fiel kein Vorwand ein, unter dem sie noch hätte bleiben können, und so unauffällig sie sich auch zu verhalten suchte, Eva Horster war sich ihrer Gegenwart doch bewußt und schickte sie hinaus.

Eva war über den unerwarteten Besuch des Rechtsanwalts eher erschrocken als erfreut.

»Ist etwas passiert?« fragte sie alarmiert, kaum daß die Sekretärin das Zimmer verlassen hatte.

»Ich bin gekommen, um das zu verhindern«, erwiderte Konrad Kilius.

»Das verstehe ich nicht . . .«

»Kannst du auch nicht. Ich werde es dir gleich erklären. Hast du die Wechsel schon eingelöst?«

»Noch nicht.« Eva sah auf ihre Armbanduhr. »Ich bin in einer halben Stunde mit Presser in meiner Bank verabredet.«

»Ich bin nicht ganz sicher, daß er kommen wird.«

»Aber . . .«

»Es ist nur ein Verdacht. Aber diesen Leuten gegenüber ist höchste Vorsicht geboten. Kannst du von deinem Telefon aus durchwählen?«

»Ja, aber . . .«

Konrad Kilius ging ohne ein weiteres Wort zum Telefon, zog ein Notizbuch aus der Jackentasche und wählte die Nummer der Presser-Bank.

»Hier spricht Rechtsanwalt Doktor Konrad Kilius«, sagte er, »Rechtsanwalt Kilius aus München. Bitte verbinden Sie mich mit Herrn Presser. Es ist dringend.«

Eva verstand gar nichts. Beunruhigt beobachtete sie das gespannte Gesicht ihres Freundes.

»Ja, guten Morgen, Herr Presser«, sagte er, und, nach einer kleinen Pause: »Gerade deswegen möchte ich Sie sprechen. Nein, nicht am Telefon. Ich bin in Baden-Baden. Gut, ich bin in zehn Minuten bei Ihnen.«

Konrad Kilius legte den Hörer auf. Er lächelte erleichtert.

»Das hat geklappt«, sagte er.

»Was?« fragte sie. »Wovon sprichst du eigentlich?«

»Komm mit. Ich werde dir unterwegs alles erklären.«

Sie folgte ihm benommen durch die Halle zu seinem Auto, das gegenüber dem Hotel geparkt war. Er ließ sie einsteigen, setzte sich hinters Steuer und fuhr an.

»Möchtest du mir jetzt nicht endlich erklären . . .« drängte sie.

»Augenblick. Wie weit ist es bis zur Presser-Bank?«

»Mit dem Auto fünf Minuten.«

»Sehr gut. Dann haben wir Zeit.«

Dr. Kilius stoppte den Wagen außer Sichtweite des Hotels, zog ein Päckchen Zigaretten aus seiner Manteltasche, bot ihr eine Zigarette an und nahm sich selbst eine.

»Woher hast du überhaupt Pressers Telefonnummer?« fragte sie, nachdem er ihr Feuer gegeben hatte.

»Presser hat sie mir selber gegeben«, antwortete er.

»Aber wieso . . .?«

»Das frage ich dich. Wem hast du erzählt, daß ich dir den Kredit vermittelt habe?«

»Keiner Menschenseele.«

»Bist du ganz sicher?«

»Vollkommen. Ich habe ja niemanden, mit dem ich über diese Dinge sprechen könnte.«

»Dann hast du einen Spion im eigenen Hause.«

»Unmöglich!«

»Bitte, Eva«, sagte er und legte seine Hand auf ihren Arm, »reagiere nicht so furchtbar weiblich. Da du dich entschlossen hast, Unternehmerin zu werden, solltest du es auch einmal mit männlicher Logik versuchen.«

»Aber wer könnte überhaupt ein Interesse daran haben, mir nachzuspionieren?«

»Jemand, der sich einen Vorteil davon verspricht, daß euer Hotel in Pressers Besitz übergeht. Jemand, der sich eine bessere Position von dieser Veränderung erhofft oder dem einfach eine größere Geldsumme in Aussicht gestellt worden ist.«

»Vielleicht fehlt es mir wirklich an männlichem Verstand«, meinte sie, »aber ich begreife immer noch nichts.«

»Hugo Presser hat mich gestern nacht angerufen«, erklärte Dr. Kilius. »Er wußte, daß ich dir den Kredit vermittelt habe und wollte herausbekommen, wer der Geldgeber ist.«

»Aber warum, um Himmels willen?«

»Um die Einlösung der Wechsel noch in letzter Minute zu verhindern. Diese Antwort liegt ja klar auf der Hand.«

»Du hast ihm doch hoffentlich gesagt, daß es dazu zu spät ist?«

»Nein, das habe ich nicht, weil das grundverkehrt gewesen wäre. Solche Leute arbeiten mit Praktiken, die du dir nicht einmal erträumen kannst. Ich gehe jede Wette ein ... wenn ich ihnen nicht ein Fünkchen Hoffnung gelassen, und vor allem, wenn ich sie jetzt nicht angerufen hätte, würdest du um zehn Uhr mutterseelenallein in deiner Bank stehen, und weder Presser noch sein Prokurist würden sich sehen lassen.«

»Dann hätte ich sie eben angerufen ...«

»Und feststellen müssen, daß beide verreist wären, mitsamt den Wechseln, und niemand im Haus zuständig, die Geldtransaktion durchzuführen.«

»Ach so«, sagte Eva beeindruckt. »Aber immerhin ... ich hätte die Überweisung vornehmen können.«

»Und damit den Termin verpaßt. Wie ich dich verstanden habe, muß das Geld ja spätestens heute in Pressers Besitz gelangen.«

»Das stimmt.«

»Na also.«

Er drückte seine Zigarette aus.

»Aber«, sagte sie, »damit hätten sie sich doch ins Unrecht gesetzt. Ich habe Presser doch gestern angerufen ...«

»Hast du einen Zeugen dafür? Nein. Solche Verabredungen müssen mit eingeschriebenen Briefen getroffen werden. Dafür blieb dir nicht mehr die Zeit, und gerade damit haben diese Burschen gerechnet. Sie waren fest entschlossen, dir das Hotel abzuknöpfen!«

»Das hätte ich mir bestimmt nicht gefallen lassen!«

»Du hättest dich gewehrt, das weiß ich. Aber sie hätten es auf einen Prozeß ankommen lassen, dem du weder nervlich noch finanziell gewachsen gewesen wärst.«

»Und jetzt?« fragte sie. »Was werden wir jetzt tun?«

Konrad Kilius ließ den Motor an und löste die Handbremse.

»Ich werde sie schon aus ihrem Bau herauslocken. Du wartest unten im Wagen auf mich. Wenn ich als dein Rechtsanwalt persönlich die Verbindung mit ihnen aufnehme, bleibt ihnen keine Möglichkeit mehr, die Wechsel zu blockieren.«

Sie kurbelte das Fenster herunter und warf ihren Zigarettenstummel hinaus.

»Ach, Konrad«, sagte sie, »wenn ich dich nicht hätte! Ich weiß gar nicht, wie ich dir danken soll!«

»Ich will keinen Dank«, erwiderte er ruhig. »Ich bin nicht einmal sicher, ob das, wobei ich dir jetzt helfe, überhaupt gut für dich sein wird.«

»Aber Konrad, das Hotel ...«

Er unterbrach sie.

»Es geht nicht um das Hotel. Es geht um dich, um deine Ehe und um mich. Vielleicht wirst du mich eines Tages verwünschen, daß ich dir die Möglichkeit gegeben habe, dich in dieses Abenteuer zu stürzen. Denn ein Abenteuer ist und bleibt es. Du spielst mit hohem Einsatz, Eva.«

»Ich weiß . . .«

»Das ist gut. Und vergiß nie, was wir abgemacht haben . . . daß ich auf dich warte, Eva!«

»Mutti«, fragte Teddy, »ist es wahr, was Alice erzählt?«

Eva fuhr ihm mit der Hand durch die kurzgeschnittenen dunklen Locken.

»Woher soll ich das wissen, solange du mir nicht sagst, was sie erzählt hat?«

»Daß wir alle ins Hotel ziehen!«

Jetzt war es heraus. Eva sah die Augen der Kinder mit erwartungsvoller Spannung auf sich gerichtet, und das Herz tat ihr weh.

Sie wußte, daß sie die beiden jetzt furchtbar enttäuschen mußte, aber es ließ sich nicht vermeiden.

Der Gedanke an dieses unvermeidliche Gespräch hatte sie schon lange bedrückt, wenn auch die Sorgen um die Existenz stärker gewesen waren. Sie hätte es gern noch hinausgeschoben, aber da die Kinder selber das Thema angeschnitten hatten, gab es kein Ausweichen mehr. Sie hatte es sich von allem Anfang an, seit sie die Rolle einer zweiten Mutter übernommen hatte, zum Prinzip gemacht, sie niemals zu belügen, und es wäre ihr gerade jetzt doppelt unehrlich erschienen, sie mit halben Versprechungen abzuspeisen.

»Ich glaube, das ist ein Problem, über das wir uns einmal in aller Ruhe unterhalten müssen«, sagte sie vorsichtig. »Also paßt auf . . . euer Vater ist verunglückt . . .«

»Das ist schließlich nicht mehr neu!« warf Susi ein.

»Jetzt sei du mal still und laß Mutti reden!« rief Teddy.

»Vater kann die nächsten Wochen, wahrscheinlich sogar die nächsten Monate, nicht arbeiten«, fuhr Eva fort, »aber jemand muß sich um das Hotel kümmern. Wir haben tüchtige Angestellte, aber niemanden, der es wirklich leiten kann, versteht ihr? Deshalb muß ich das jetzt tun . . .«

»Kannst du das denn überhaupt?« fragte Teddy, ohne Bosheit, sondern nur kindlich interessiert.

»Wenn man etwas wirklich will, dann schafft man es schon. Aber gerade weil ich sehr wenig vom Hotelbetrieb verstehe, muß ich doppelt soviel arbeiten wie jemand, der diesen Beruf richtig erlernt hat. Deshalb, damit ich keine Minute verliere und immer an Ort und Stelle bin, ziehe ich ins Hotel.«

»Und wir?« rief Teddy enttäuscht. »Uns willst du allein lassen?«

»Ihr beide werdet in ein Internat kommen . . . nicht für lange, nur bis euer Vater wieder gesund ist und die Leitung des Hotels übernehmen kann. Dann . . .«

»Nein«, sagte Teddy, »in ein Internat mag ich nicht! Ich will überhaupt nicht hier weg. Meine Freunde . . .«

»Teddy, Liebling, hör mich doch an! Glaubst du denn, ich weiß nicht, daß das für euch alles andere als schön ist? Aber es muß sein, begreifst du denn nicht? Es geht nicht anders!«

»Und Babsy?« fragte er. »Was geschieht mit ihr?«

Eva wollte antworten, aber Susi kam ihr zuvor.

»Hast du denn immer noch nicht begriffen?« rief sie. »Babsy bleibt natürlich bei ihr . . . sie ist ja auch ihr Kind, verstehst du? Wir sind ihr ja immer nur zur Last gewesen, von Anfang an.«

»Susi! Ich verbitte mir . . .«

Susi riß sich von ihr los und warf den Kopf in den Nakken.

»Man wird doch wohl noch reden dürfen! Oder kannst du die Wahrheit nicht vertragen? Mit uns hast du bloß schöngetan, um bei Vater Eindruck zu schinden. Aber jetzt, wo er verunglückt ist, interessiert er dich nicht mehr . . . jetzt hast du ja einen anderen. Da sind wir dir bloß im Weg, du willst freie Bahn haben . . . ja, das ist es!«

Eva mußte sich sehr zusammennehmen, um nicht die Nerven zu verlieren. Sie stand auf, packte Susi an den Oberarmen und schüttelte sie leicht.

»Komm doch zur Vernunft!« rief sie. »Was redest du denn da? Du weißt selbst genau, daß kein Wort davon wahr ist! Wie kannst du dir nur so häßliche Sachen ausdenken!«

»Doch, es ist wahr!« schrie Susi. »Ich habe es ja mit eigenen Augen gesehen! Wie er dich geküßt hat und . . .«

Klatschend fiel Evas Hand auf die Wange ihrer Stieftochter. Sie hatte das nicht gewollt, aber nachdem es geschehen war, bereute sie es nicht.

Susis Gesicht war dunkelrot vor Zorn geworden, ihre Augen hatten sich mit Tränen gefüllt.

»Das wirst du bereuen!« zischte sie.

Sie drehte sich auf dem Absatz um und rannte die Treppe hinauf.

Eva blieb mit hängenden Armen mitten in der Diele stehen.

»Aber du, Teddy«, sagte sie mühsam, »du glaubst das doch nicht . . . dieses scheußliche Zeug, was Susi sich da ausgedacht hat?«

Teddy schüttelte stumm den Kopf und schmiegte sich an die Stiefmutter – und plötzlich weinten beide, heiße, verzweifelte Tränen.

7

Die Besprechung, die Eva Horster an diesem Nachmittag mit dem Architekten Herbert Dartner und dem Buchdrucker Spieker junior, der in Vertretung seines Vaters gekommen war, zu führen hatte, erwies sich als weit schwieriger und langwieriger, als sie gedacht hatte.

Die Kalkulation war nicht das schlimmste. Es stellte sich heraus, daß ein Vierfarbendruck zu teuer kommen würde, aber die beiden Herren versicherten der Hoteldirektorin, daß auch ein Zweifarbendruck durchaus wirksam herauskommen würde. Herr Spieker war auch bereit, Eva Horster auf die große Bestellung einen erheblichen Rabatt einzuräumen.

Die größte Schwierigkeit aber stellte der Text dar. Eva gefiel die Gestaltung der früheren Prospekte überhaupt nicht. Sie hatte eine bestimmte Vorstellung von dem, was sie haben wollte, aber sie konnte es nicht formulieren, weil ihr jede Erfahrung fehlte. So war sie besonders dankbar, daß Herbert Dartner und der junge Spieker ihr nach Kräften halfen.

Endlich, kurz vor zehn Uhr, trennte man sich.

Als Eva nach Hause kam, saß Alice in der Diele und strickte.

»Guten Abend«, grüßte Eva, »was ist los? Warum sind Sie noch nicht zu Bett gegangen?«

»Ich warte auf die Kinder.«

»Was?« fragte Eva erschrocken. »Sind sie nicht zu Hause?«

»Nein«, erwiderte Alice, »sie sind, kurz nachdem Sie weg waren, auch gegangen. Sie sagten, sie wollten zu Ihnen ins Hotel. Es wäre so ausgemacht.«

»Aber nein! Davon ist ja kein Wort wahr!« rief Eva.

Einen Augenblick sah sie Alice entsetzt an, dann stürzte sie hinauf ins Schlafzimmer der Großen.

An Susis Kopfkissen war mit einer Stecknadel ein Zettel gespießt. Eva riß ihn ab und las die kindlichen Worte.

»Such nicht nach uns. Wir sind fort für immer. Du willst uns ja doch nur los sein. Wir kommen nie mehr wieder.«

Eva starrte fassungslos auf die kindlich ungelenken Buchstaben, die vor ihren Augen zu tanzen begannen, dann drehte sie sich auf dem Absatz um und stürzte in das kleine Zimmer nebenan. Sie knipste das Nachtlicht an und lief zu dem Bett ihrer kleinen Tochter.

Babsy schlief friedlich, eine Faust gegen die Wange gepreßt, den rosigen Mund fest geschlossen.

Unendlich erleichtert beugte sie sich über das Kind, drückte ihm einen sanften Kuß auf die Stirn, machte das Licht wieder aus und verließ das Zimmer.

Dann stieg sie, Susis Brief immer noch in der Hand, die breite geschwungene Treppe hinunter.

Alice war aufgestanden und kam ihr bis zum Treppenabsatz entgegen.

»Kann ich jetzt gehen, gnädige Frau?«

Dann erst sah sie das Entsetzen in Evas Augen und fragte erschrocken: »Was ist passiert?«

»Sie sind fort«, sagte Eva mit einer Stimme, die ihr selbst fremd klang, »alle beide!«

»Nein!«

»Doch, Alice«, sagte Eva, »Susi hat mir sogar einen Abschiedsbrief geschrieben . . .«

»Vielleicht ist sie zu ihrem Vater«, meinte Alice.

Eva sah sie mit weitaufgerissenen Augen an.

»Was?«

Alice wurde verlegen unter diesem Blick.

»Ich dachte bloß so«, sagte sie. »Sie hat doch immer sehr an ihrem Vater gehangen, und Teddy hat sie einfach mitgenommen!«

»Aber bis Oberkirch . . . das sind doch beinahe fünfzig Kilometer!«

»Vielleicht haben sie's gar nicht geschafft«, entgegnete Alice. »Ich könnte mir aber vorstellen, daß sie es versucht haben. Vielleicht irre ich mich ja auch.«

»Schon gut, Alice«, sagte Eva, »Sie brauchen sich nicht zu entschuldigen. Es kann schon sein, daß Sie recht haben, nur . . .«

Sie schwieg, weil sie begriff, daß es unmöglich war, Alice ins Vertrauen zu ziehen.

»Soll ich nicht doch die Polizei anrufen?« fragte das Mädchen.

Eva kämpfte noch um einen Entschluß, als das Telefon klingelte. Alice nahm den Hörer ab, reichte ihn der Chefin.

Eva meldete sich, ein wenig atemlos vor Aufregung.

»Krankenhaus Oberkirch«, sagte eine gleichmütige Frauenstimme, »einen Augenblick bitte, ich verbinde . . .«

Dann war Dr. Krüger am anderen Ende der Leitung.

»Hallo, gnädige Frau«, sagte er munter, »falls Sie zwei Kinder vermissen sollten . . . die beiden Ausreißer sind hier!«

»Haben sie«, sagte Eva mühsam, »haben sie mit ihrem Vater gesprochen?«

»Aber nein. Wir haben sie schon vorher eingefangen!«

Eva stieß einen Seufzer der Erleichterung aus.

»Das ist gut! Ich kann Ihnen gar nicht sagen, wie froh ich darüber bin . . . daß sie bei Ihnen sind, meine ich. Ich habe ihr Verschwinden gerade erst entdeckt und mir schreckliche Sorgen gemacht.«

»Das kann ich mir vorstellen.«

Eva sah auf ihre Armbanduhr.

»Ich werde sofort losfahren und werde gegen . . . gegen halb zwölf Uhr dort sein, um sie abzuholen.«

»Aber das ist gar nicht nötig, gnädige Frau. Die beiden Ausreißer waren todmüde. Sie werden gerade ins Bett gesteckt, glücklicherweise haben wir ein Zimmer frei. Wenn Sie morgen früh kommen würden . . .«

»Ich möchte doch lieber . . .«

»Ach was, bis Sie kommen, schlafen die Kinder längst.«

Eva schwieg.

Dann sagte sie: »Also . . . bis morgen!«

»Auf Wiedersehen, gnädige Frau . . .«

»Und noch einmal Dank, daß Sie sich um die Kinder gekümmert haben! Ich werde morgen spätestens um acht Uhr dort sein!«

Schon um sechs Uhr war Eva wieder auf den Beinen, lief ins Hotel hinüber, um nach dem Rechten zu sehen, legte einen Zettel auf Lona Simons Schreibtisch, in dem sie der Sekretärin Anweisungen für den Tag gab.

Punkt sieben Uhr rief sie im Internat Dr. Malter an und erfuhr, daß die wenigen Plätze des Heims auf Jahre hinaus vorbestellt waren und keine Möglichkeit bestand, die Kinder aufzunehmen.

Ziemlich entmutigt versuchte sie es daraufhin beim Landschulheim Hahnenhof. Eine noch etwas verschlafene Sekretärin erklärte sich bereit, Susi und Teddy für den Beginn des nächsten Schuljahres vorzumerken. Als Eva dringlicher wurde und darauf bestand, daß die Kinder sofort aufgenommen werden müßten, erklärte die Sekretärin dies für unmöglich. Eva verlangte daraufhin den Chef, einen Herrn Dr. Hofner, zu sprechen. Nach einigem Hin und Her gelang es ihr, ihn ans Telefon zu bekommen. Sie bemühte sich, ihm die Situation klarzumachen, verschwieg aber wohlweislich, daß die Kinder nur vorübergehend im Landschulheim untergebracht werden sollten.

Mit dieser Taktik hatte sie Erfolg. Herr Dr. Hofner erklärte sich bereit, sofort alles für die Ankunft der Kinder vorzubereiten.

Erleichtert lief Eva in das Privathaus zurück. Als sie an der Baustelle vorüberkam, traf sie den Architekten Herbert Dartner, der sie in ein Gespräch verwickeln wollte. Sie hatte Mühe loszukommen, ohne ihn zu kränken.

Zu Hause packte sie hastig einen kleinen Koffer für Teddy und Susi, nur mit dem Notwendigsten, denn Dr. Hofner hatte ihr gesagt, daß Wäsche und Kleidungsstücke der Kinder mit einem Monogramm gekennzeichnet werden müßten, und dazu blieb jetzt keine Zeit mehr. Eva gab Alice die nötigen Anordnungen und beschloß, in den nächsten Tagen einen großen Koffer nachzusenden.

Mit einer halben Stunde Verspätung traf Eva im Krankenhaus Oberkirch ein.

»Na endlich!« sagte Dr. Krüger zur Begrüßung, »Sie werden schon sehnsüchtig erwartet.«

Eva zwang sich zu einem Lächeln. »Eigentlich kann ich mir das gar nicht recht vorstellen. Das schlechte Gewissen wird wohl stärker als die Sehnsucht sein.«

»Gehen Sie nicht zu streng mit den beiden ins Gericht«, bat der Arzt.

»Das habe ich gar nicht vor.«

Eva hatte sich nicht getäuscht. Susi und Teddy begrüßten sie sehr zurückhaltend, Susi mit trotzig verbissenem Gesicht, Teddy deutlich schuldbewußt.

»Na, na, na«, mahnte Dr. Krüger, »ein bißchen netter könntet ihr zu eurer Mutter aber schon sein! Sie hat sich große Sorgen um euch gemacht.«

»Sie ist nicht unsere Mutter«, erklärte Susi verstockt.

»Sie hat recht, ich bin die Stiefmutter«, sagte Eva.

»Ach so«, meinte der junge Arzt, »und zu einer Stiefmutter, glaubt ihr, kann man ruhig ungezogen sein?«

»Ich habe es nicht gewollt«, murmelte Teddy, »ich . . . aber ich konnte Susi doch nicht allein lassen.«

»Ich weiß schon, Liebling«, sagte Eva, »ich habe dir ja auch gar keinen Vorwurf gemacht.«

»Und mit mir kannst du schimpfen, soviel du willst«, rief Susi, »ich mache mir gar nichts draus!«

Sie schnippte verächtlich mit den Fingern. Dr. Krüger griff ein.

»Hör mal, Susi, bist du nicht eigentlich nach Oberkirch gekommen, um deinen Vater zu besuchen?«

»Ja! Und ich werde ihm alles sagen, was . . .«

»Schade«, unterbrach sie Dr. Krüger, »sehr schade!«

Susi stutzte. »Wieso?« fragte sie, »was soll schade sein?«

»Daß ich dich nicht zu ihm lassen kann. Deinem kranken Vater gegenüber muß man rücksichtsvoll sein.«

»Begreifst du denn nicht, Susi?« fragte Eva. »Dein Vater ist wirklich sehr, sehr krank. Die kleinste Aufregung kann ihm den Tod bringen. Das kannst du doch nicht wollen, nicht wahr? Du hast ihn doch lieb! Versprich uns, daß du Vater kein Wort davon erzählen wirst, daß du von zu Hause weggelaufen bist . . . kein Wort davon, daß wir uns gestritten haben . . .«

»Und daß du uns abschieben willst, damit du mit deinem Freund poussieren kannst,« rief Susi außer sich.

Eva spürte, daß sie zu zittern begann.

»Sie dürfen das nicht glauben, Herr Doktor«, sagte sie mühsam, »Susi bildet sich Dinge ein, die einfach nicht stimmen.«

»Davon bin ich völlig überzeugt«, sagte Dr. Krüger mit Nachdruck. »Also gehen wir, gnädige Frau . . .«

Er führte Eva und Teddy zur Tür. Als Susi nachdrängen wollte, drehte er sich zu ihr um.

»Du bleibst hier«, sagte er scharf.

Urban Horster lag lang ausgestreckt auf seinem Bett. Die Schwellung um die Augen war zurückgegangen, doch fiel es ihm immer noch schwer, die Lider ganz zu öffnen. Das Gesicht wirkte schmal und blaß, die Wangen waren eingefallen.

»Eva . . . du?« Sein Lächeln war gezwungen. »Das ist aber eine Überraschung!«

»Wen hattest du denn sonst erwartet?« fragte Eva ahnungslos.

»Niemanden, nur dich. Aber . . . du hast dich sehr rar gemacht in den letzten Tagen.«

»Ich weiß, Liebster.« Sie streichelte seine Hand. »Ich hatte soviel zu tun. Das Hotel . . .«

»Es geht sicher alles drüber und drunter«, meinte er. »Wenn ich bloß erst wieder gesund wäre!«

»Es dauert ja nicht mehr lange«, tröstete sie und wechselte rasch das Thema. »Rate mal, wen ich dir mitgebracht habe . . . Teddy!«

Auf dieses Stichwort hin öffnete Dr. Krüger die Tür des Krankenzimmers und ließ Teddy herein.

Befangen blieb der Junge in einigem Abstand vom Bett seines Vaters stehen.

»Na, dann laß dich mal anschauen, Teddy, wie geht's dir denn?« fragte Urban Horster.

»Danke, gut, Vati«, sagte der Junge mit rauher Stimme.

»Und wie kommt es, daß du nicht in der Schule bist?«

»Ich will die Kinder heute ins Landschulheim bringen, Urban«, erklärte Eva rasch. »Ich kann mich augenblicklich zu wenig um sie kümmern, und sie sind noch zu jung, als daß man sie sich selber überlassen könnte.«

»Ins Landschulheim?« fragte Urban Horster verständnislos. »Ja, möchtest du denn das, Teddy?«

»Ja, Vati«, behauptete Teddy tapfer.

»Es ist ja nur für die Zeit, bis du wieder bei uns bist, Urban«, sagte Eva, »dann holen wir sie natürlich sofort wieder nach Hause.«

In diesem Augenblick wurde jäh die Tür aufgerissen, und ehe Dr. Krüger oder Eva noch etwas unternehmen konnten, stürzte Susi ins Zimmer und mit einem Aufschrei auf ihren Vater zu. Aber einen Schritt vor seinem Bett blieb sie plötzlich stehen und starrte entsetzt auf den schwerkranken Mann, in dem sie nur mit Mühe ihren geliebten Vater erkennen konnte.

»Ja, da ist auch Susi«, sagte Eva mit mühsam errungener Fassung, »unsere zweite Überraschung! Beinahe hätten wir sie draußen vor der Tür vergessen!«

»Vati!« rief Susi verstört. »O Vati!«

»Na, wie geht's, Susi?« fragte Urban Horster.

»Wie geht es dir, Vati?«

»Es könnte schlimmer sein, Susi.«

»Wann kommst du wieder nach Hause zurück?«

»Wenn ich wieder gesund bin.«

»Und wie lange . . . wie lange wird das dauern?«

»Stell doch nicht solche Fragen, Susi«, mahnte Eva, »Vati wird sich mit dem Gesundwerden beeilen, so sehr er nur kann . . . nicht wahr, Urban? Aber es liegt doch nicht in seiner Macht, den Zeitpunkt zu bestimmen.«

»Eva«, sagte Urban Horster, »ich würde gern mit Presser sprechen. Wenn ich wenigstens mit ihm telefonieren könnte . . .«

»Das ist gar nicht mehr nötig, Urban«, erwiderte Eva ruhig, »ich habe die Wechsel eingelöst.«

»*Was* hast du?«

»Natürlich habe ich einen anderen Kredit dafür aufnehmen müssen. Konrad Kilius hat ihn mir verschafft.«

»Der gute Konrad, sieh mal an!«

»Er hat Mutti geküßt!« platzte Susi heraus.

Eine atemlose Stille folgte diesen Worten.

Urban Horster war es, der das Schweigen brach.

»Das kann ich mir vorstellen«, sagte er, »schließlich ist er ja ein alter Verehrer von Mutti.« Er lächelte schwach. »Hoffentlich hast du ihm klargemacht, Eva, daß du nicht so bald Witwe werden wirst?«

»Aber, Urban«, protestierte Eva, »du weißt doch genau, wie ich zu Konrad stehe!«

»So, jetzt aber Schluß«, mischte Dr. Krüger sich ein, »der Patient braucht Ruhe!«

Wenige Minuten später stand Eva mit den Kindern draußen auf dem Gang. Dr. Krüger war im Krankenzimmer zurückgeblieben.

»Ich weiß, daß du mir jetzt böse bist«, sagte Susi, »aber ich ... ich mußte einfach zu ihm ... und ich mußte es sagen!«

»Sprechen wir nicht mehr darüber. Es ist ja noch einmal gutgegangen.«

»Ich wußte nicht, daß Vater ihn kannte.«

»Das hatte ich dir doch gesagt«, entgegnete Eva ernst. »Ich habe dich doch nie angelogen ... und ich werde es auch niemals tun.«

Susi senkte den Kopf.

»Es tut mir leid«, sagte sie, »alles ... daß ich so war.«

»Das freut mich, Susi!« Eva strich ihrer kleinen Stieftochter über das Haar. »Nun komm aber. Wir fahren jetzt zum Internat.«

8

In den nächsten Wochen spürte Eva sehr deutlich, daß die Mehrzahl der Hotelangestellten sie ablehnten, ihre Anordnungen mit Skepsis aufnahmen oder sogar zu sabotieren versuchten. Wenn sie die Leitung des Hotels zu einem günstigen Zeitpunkt übernommen hätte, würde sie die Hälfte aller Angestellten entlassen und durch neue ersetzt haben. Man nahm sie nicht ernst und zeigte es ihr, behandelte sie wie eine Außenstehende und freute sich, wenn sie sich eine Blöße gab.

Manchmal war Eva der Verzweiflung nahe, aber niemals dachte sie daran, aufzugeben. Sie wollte sich Respekt verschaffen, wollte das *Grandhotel Horster* durch diese Krise hindurchführen und ihrem Mann und ihrer Familie erhalten.

Das Schwierige war, daß es nicht genügte, einfach im alten Trott weiterzumachen. Eva ließ sich die Bilanzen der letzten Jahre vorlegen und stellte fest, daß eigentlich immer mit Verlust gearbeitet worden war. Die Ausgaben für Neuanschaffungen und Renovierungen hatten Jahr für Jahr den Gewinn überstiegen.

Personal zu entlassen oder die Gehälter zu kürzen, verbot sich von selbst. Eva saß nächtelang über den Listen der Ausgaben, um einen Ansatzpunkt für die Einsparungen zu finden, die ihr vorschwebten.

Sie rechnete und rechnete. Sie strich das Gehalt ihres Mannes – zum Glück übernahm die Krankenversicherung voll und ganz die Kosten für seinen Krankenhausaufenthalt, die ärztliche Behandlung und die Operationen. Das nötige Geld für Extra-Ausgaben konnte sie ihm von ihren eigenen Bezügen schicken. Da sie aber außerdem noch für den Internatsaufenhalt der Kinder aufkommen mußte, blieb ihr selbst so gut wie nichts mehr.

Ein Zufall kam Eva zu Hilfe. Die Kurverwaltung von Baden-Baden wandte sich an alle Hotelbesitzer mit einer dringenden Anfrage. Amerikanische Multimillionäre – zwei verschwägerte Ehepaare mit vier Kindern – suchten ein möglichst abgeschlossenes Haus, in dem sie ganz unter sich sein, aber doch die Vorteile der Betreuung durch ein Hotel genießen konnten.

Sofort dachte Eva an ihr Privathaus am Ende des Hotelparks. Sie war drauf und dran, ihren Mann anzurufen und ihn um Rat zu fragen, unterließ es dann aber.

Er war völlig mit seiner Krankheit beschäftigt und hatte in letzter Zeit immer weniger Interesse für die Angelegenheiten des Hotels gezeigt.

So entschloß sie sich, Rechtsanwalt Kilius übers Wochenende zu sich zu bitten.

Es war Freitag abend, als sie ihn anrief, am späten Nachmittag traf er ein.

Sie empfing ihn in ihrem Büro.

»Wie schön, daß du gleich gekommen bist!« sagte sie und reichte ihm beide Hände.

»Na, wo brennt's denn?« fragte er lächelnd. »Kommst du nicht zurecht?«

»Doch. Schon.«

»Bitte, lies das doch einmal.« Sie reichte Konrad Kilius die Anfrage der Kurverwaltung.

Der Rechtsanwalt überflog den Brief.

»Hm«, sagte er, »sehr interessant.«

»Du kannst dir sicher vorstellen, woran ich gedacht habe ... an unser Privathaus.«

»Eine ausgezeichnete Idee! Diese Amerikaner sind offenbar bereit, einen horrenden Preis zu zahlen.«

»Aber was wird Urban dazu sagen? Noch habe ich keine Ahnung, wann er entlassen wird ... sicher aber noch vor Oktober. Und den Kindern habe ich auch versprochen, sie in den Sommerferien zurückzuholen. Kann ich ihnen das überhaupt antun?«

Konrad Kilius hielt ein Streichholz an seine Pfeife, zog andächtig und behutsam.

»Wenn die Dinge so liegen«, meinte er schließlich, »mußt du eben wohl oder übel auf das Geld verzichten!«

Eva, die gehofft hatte, er würde ihr zureden, war tief enttäuscht.

»Also ... umwerfend sind deine Ratschläge wirklich nicht.«

»Wozu brauchst du das Geld überhaupt?« fragte er. »Machst du dir solche Sorgen, ob du den Kredit zurückzahlen kannst? Erinnere dich dran, daß ich dir gleich abgeraten hatte, ihn überhaupt aufzunehmen.«

»Ach, daran denke ich jetzt noch gar nicht«, sagte Eva wegwerfend, »wenn alle Stricke reißen, könnte ich ja immer noch das Privathaus verkaufen.«

»Stimmt«, erwiderte er ruhig, »an diese Möglichkeit hatte ich noch gar nicht gedacht.«

»Aber ich will nicht verkaufen, ich will den Besitz erhalten. Und das kann ich nur, wenn es mir gelingt, das Hotel wieder rentabel zu machen.«

Eva stand auf. »Ich werde jetzt sofort die Kurverwaltung anrufen.«

»Und dein Mann? Die Kinder? Dein Heim? Hast du sämtliche Bedenken so schnell über Bord geworfen?«

»Wir müssen alle Opfer bringen«, sagte Eva, den Telefonhörer schon in der Hand. »Anders geht es nicht.«

Für Konrad Kilius wurde das Wochenende in Baden-Baden zu einer Enttäuschung.

Eva bemühte sich, lieb und nett und dankbar zu sein – aber das Bemühen blieb jeden Augenblick spürbar. Es gelang ihm nicht, zu einem echten privaten Kontakt mit ihr zu kommen. Ihr ganzes Interesse galt nur dem Hotel, und immer wieder kam sie auf geschäftliche Dinge zu sprechen.

Am Sonntag, kurz nach dem Mittagessen, verabschiedete er sich.

»Du hast dich sehr verändert, Eva«, sagte er.

»Ach, das kommt dir nur so vor.«

»Bestimmt nicht. Ich liebe dich sehr, das weißt du ... aber manchmal könnte ich geradezu Angst vor dir bekommen.«

Sie lachte.

»Und Angst um dich«, fügte er ernst hinzu, »du bist wie eine zu straff gespannte Saite. Der kleinste Mißgriff des Schicksals kann sie zum Reißen bringen.«

»Ach Unsinn, Konrad«, sagte sie leichthin, »ich versuche einfach, energisch und tüchtig zu sein. Aber im Kern habe ich mich überhaupt nicht verändert.«

»Vielleicht kommt dein wahrer Kern erst jetzt zum Vorschein. Aber ich warne dich, Eva! Der berufliche Erfolg ist nicht das Wichtigste im Leben, besonders nicht für eine Frau. Die menschlichen Beziehungen haben einen größeren Wert.«

»Soll das ein Vorwurf sein? Habe ich dich vernachlässigt?«

»Ja, Eva. Wenn nicht als Berater, so doch als Freund.«

»Verzeih mir, wenn du kannst«, erwiderte sie ungerührt.

Sie hatte keine Lust, sich weiter in dieses Thema zu vertiefen. Tatsächlich hatte sie die Anwesenheit des Rechtsanwalts als Belästigung empfunden, sein ständiger, wenn auch unausgesprochener Wunsch um Beachtung hatte sie gestört. Nach nichts stand ihr im Augenblick weniger der Sinn als nach Flirt oder gar nach Liebe. Sie bedauerte es nicht einmal, ihn enttäuscht zu haben. Es war viel besser, wenn die Dinge zwischen ihnen klarlagen.

Aber entmutigt war Konrad Kilius trotz allem nicht.

»Denk an unsere Abmachung«, war sein letztes Wort, »ich warte auf dich!«

Sie lächelte und winkte ihm nach, aber im tiefsten Herzen war sie fest davon überzeugt, daß es niemals zu dieser Niederlage kommen würde, die den Sieg seiner Liebe bedeutet hätte.

9

In der nächsten Woche erschien ein Beauftragter der amerikanischen Millionäre, begutachtete das Haus und zeigte sich zufrieden. Eva gelang es, einen sehr günstigen Vertrag auszuhandeln. Allerdings blieb es dabei, daß die Amerikaner das Haus bis Ende Oktober bewohnen wollten und sich auch das Recht vorbehielten, eventuell den Winter über zu bleiben.

Eva unterschrieb, kassierte den Vorschuß, die Miete für einen Monat – jeden Gedanken an ihren Mann und die Stiefkinder, denen sie damit auf absehbare Zeit das Heim nahm, schob sie beiseite.

Es ging ihr nur um das Hotel.

Sie sprach mit dem Architekten Herbert Dartner, der

ihr versicherte, daß das Schwimmbad termingemäß zum 1. Mai fertig sein würde. Die neuen Prospekte mit den erhöhten Zimmerpreisen waren zum Teil schon in alle Welt verschickt worden. Mit einiger Spannung sah Eva Horster den ersten Antworten entgegen.

Sie ließen nicht auf sich warten.

Mit kaum verhohlener Schadenfreude legte Lona Simon ihrer Chefin gegen Ende der Woche einen Stapel Briefe auf den Tisch.

Eva merkte schon an dem Gesichtsausdruck der Sekretärin, daß etwas schiefgegangen war. Sie durchflog die Briefe mit unbewegter Miene. Sieben Absagen waren an diesem ersten Tag gekommen.

Sie las weiter, und allmählich gewann sie ihre Sicherheit zurück. Sie fand Anfragen von Eheleuten, die ihre Kinder mitbringen wollten und Sonderpreise wünschten; es lagen sogar einige feste Bestellungen dieser Art vor.

»Warum haben Sie denn diese Briefe zuunterst gelegt, Lona?« fragte sie.

»Wir nehmen keine Kinder auf, höchstens in Ausnahmefällen«, erklärte die Sekretärin.

»Warum das denn?«

»Weil unsere Gäste Ruhe wünschen. Kinder benehmen sich schlecht im Speisesaal, schreien, lärmen, zertrampeln die Beete . . .«

Eva sah auf.

»Haben Sie wirklich diese Erfahrungen gemacht, Lona?«

»Ich nicht«, erwiderte die Sekretärin, »ich gebe Ihnen nur die Ansicht des Chefs wieder.«

»Nun, Ansichten kann man ändern. Statt der alten Leute, die nichts als Ruhe und ein friedliches Bridge wünschen, werden wir eben von nun an Eltern oder Großeltern mit Kindern aufnehmen, die ihre eigene Kur mit einem Erholungsurlaub für die Kinder verbinden wollen.«

»Das würde der Chef niemals gutheißen.«

Eva hörte gar nicht zu, die neue Idee hatte von ihr Besitz ergriffen.

»Auf diese Weise«, sagte sie, »können wir weit mehr Gäste aufnehmen als sonst. Wir können die Couchen in den Doppelzimmern für Kinder beziehen, zwei Kinder in Einbettzimmer stecken. Ich glaube, das ist überhaupt die Lösung!«

»Und tagsüber wird hier ein Durcheinander sein wie in einem Kindergarten!«

»Stimmt«, sagte Eva und erhob sich. »Deshalb brauchen wir auch eine Kindergärtnerin, die die Kleinen tagsüber beaufsichtigt. Da haben Sie mich auf etwas gebracht, Lona ... Wir werden ein eigenes Kinderspeisezimmer einrichten, so daß die Kleinen auch während des Essens nicht stören können, und ich werde speziell für das *Horster* einen Babysitterdienst aufziehen, damit die Eltern abends getrost ausgehen können!«

Eva war ganz begeistert von ihrem Vorhaben, und Lona Simons skeptisches Gesicht störte sie durchaus nicht. Aber auch Herr Thomas, der sie bisher immer unterstützt hatte, stellte sich zu diesem neuen Plan unerwartet ablehnend.

»Das wäre absolut unüblich«, sagte er.

»Ja, ja, ich weiß!« rief Eva ungeduldig. »Aber das besagt doch nicht, daß es nicht zu machen wäre!«

»In einer Familienpension vielleicht. Aber nicht in einem Hotel der ersten Kategorie.«

Eva war nicht überzeugt, aber ihre Erfahrungen im Hotelwesen waren so gering, daß sie in diesem Fall doch nicht ganz selbständig und gegen den Rat der Fachwelt zu handeln wagte.

Sie nahm sich den Nachmittag frei, um nach Freiburg zu fahren und mit ihrem Mann zu sprechen. Unterwegs verdichteten sich ihre Pläne mehr und mehr. Sie sah alles schon ganz klar und in allen Einzelheiten vor sich und suchte noch nach den richtigen Worten, um es Urban schmackhaft zu machen.

Aber der Pförtner ließ sie nicht zu ihrem Mann.

»Frau Horster?« sagte er. »Bitte, würden Sie zuerst in den zweiten Stock hinauffahren. Herr Professor Meyer wünscht Sie zu sprechen!«

Eva war es, als legte sich ihr eine kalte Hand aufs Herz.

Professor Meyer empfing Eva in seinem Arbeitsraum, einem großen Eckzimmer, das er offensichtlich mit eigenen Möbeln hatte ausstatten lassen.

»Wie geht es meinem Mann?« fragte Eva, sobald die ersten Worte der Begrüßung gewechselt waren.

»Ich bin mit seinem Zustand sehr zufrieden . . .«

»Ja?« fragte Eva ein wenig ungläubig.

»Wirklich, gnädige Frau. Unsere Untersuchungen haben ergeben, daß das Rückenmark des Patienten glücklicherweise nicht beschädigt ist.«

»Und das bedeutet?«

»Daß die Lähmungserscheinungen durch eine entsprechende Therapie behoben werden können.«

»Haben Sie diese Therapie schon angewandt?«

»Ja. Aber wir könnten schon weiter sein, wenn der Patient mehr Vertrauen hätte . . .«

»Mein Mann hat kein Vertrauen zu Ihnen?« fragte Eva erstaunt.

»Sie müssen das verstehen, gnädige Frau. Immerhin handelt es sich um eine ernsthafte Verletzung, das heißt, die Besserung kann nur sehr langsam, Schritt für Schritt vorangehen. Ihr Gatte ist sehr ungeduldig. Er sieht nicht die Erfolge, sondern nur die Rückschläge.«

»Er glaubt nicht daran, daß er wieder ganz gesund werden wird?«

»So ist es. Deshalb möchte ich Sie bitten, in dieser Hinsicht auf ihn einzuwirken.«

»Das werde ich gern tun.«

»Das weiß ich«, sagte Professor Meyer.

»Wie lange wird er noch hierbleiben müssen?«

»Im besten Fall vier Wochen ... im schlechtesten die doppelte Zeit!«

»Ach«, sagte Eva fast erschrocken. Die widerstreitendsten Gedanken und Gefühle überfielen sie bei dieser Auskunft.

Der Professor beobachtete sie aufmerksam durch seine funkelnden Brillengläser.

»Hatten Sie mit einem früheren Termin gerechnet?«

»Nein, das nicht, nur . . .«

Eva errötete. Sie fühlte sich durchschaut. Sie schämte sich vor sich selbst, daß sie sich nicht auf die Heimkehr ihres Mannes einfach freuen konnte. Aber Urbans rasche Gesundung würde alle ihre Pläne über den Haufen werfen. Wie sollte sie unter diesen Umständen ihm gegenüber verantworten, daß sie das Familienhaus auf lange Sicht hin vermietet hatte?

»Sie brauchen mir nichts zu erklären«, sagte Professor Meyer ruhig.

»Sie dürfen nicht glauben, daß ich meinen Mann nicht liebe, nur . . .«

Eva stockte. Es war unmöglich, Professor Meyer die Situation deutlich zu machen.

»Haben Sie Sorgen?«

»Ja«, gab Eva zu. »Ich habe nach dem Unfall meines Mannes die Leitung des Hotels übernommen und . . .«

Sie zögerte weiterzusprechen.

»Allerlei Umstellungen vorgenommen, wie?« ergänzte Professor Meyer ihren Satz.

»Nicht aus Ehrgeiz oder Besserwisserei«, sagte Eva, »es war einfach notwendig. Unumgänglich notwendig.«

»Ich verstehe.« Professor Meyer strich sich mit der Hand über die hohe, durchfurchte Stirn.

»Und nun bedrückt mich einfach der Gedanke, wie ich das meinem Mann klarmachen soll!«

»Auf alle Fälle noch nicht jetzt«, sagte der Professor.

»Er neigt dazu, sich fallenzulassen. Was er braucht, ist Auftrieb, das Gefühl, zu Hause notwendig zu sein ... und die Gewißheit, wieder auf die Beine zu kommen.«

»Das weiß ich ja.«

»Na also. Dann halten Sie ihm weiter alle Sorgen fern. Zeigen Sie ihm nur, daß Sie sich nach ihm sehnen, daß Sie ihn brauchen ... daß Sie sicher sind, er wird bald wieder bei Ihnen sein ...«

»Aber ... wenn er wirklich schon in vier Wochen heimkommt ...«

»Davon habe ich kein Wort gesagt. Es ist möglich, daß er dann entlassen wird. Aber anschließend muß er noch einen Erholungsurlaub machen, und zwar in einem Sanatorium, wo die Behandlung ... Unterwassermassagen und so weiter ... fortgeführt werden kann.«

Eva mußte sich sehr zusammennehmen, um nicht zu zeigen, wie erleichtert sie war.

»Ich werde sehr froh sein, wenn er wieder zu Hause ist«, sagte sie.

Professor Meyer rückte seine Brille zurecht.

»Sie müssen sich allerdings darauf gefaßt machen, daß Ihr Gatte noch einige Zeit unter den Folgen des schweren Schädeltraumas zu leiden haben wird.«

»Wird er Schmerzen haben?«

»Nein, das nicht. Es handelt sich bei diesen Folgen um eine Hirnleistungsschwäche. Bitte erschrecken Sie nicht, sie muß nicht eintreten, aber ich möchte Sie immerhin schon jetzt auf diese Möglichkeit aufmerksam machen.«

Eva konnte ihre Nervosität nicht verbergen. Es fiel ihr schwer, ihre Hände ruhigzuhalten.

»Sie meinen, er wird ... nicht mehr logisch denken können?«

»Das schon. Es hilft Ihnen vielleicht, wenn ich Ihnen die Merkmale einer solchen Beeinträchtigung der Hirnfunktion aufzähle: leichte Ermüdbarkeit, Antriebs- und Konzentrationsschwäche, Vergeßlichkeit, Verlangsamung des Denkablaufs, depressive Verstimmung. Erschrecken Sie jetzt aber bitte nicht. Es ist nicht wahrscheinlich, daß alle diese Symptome gemeinsam auftreten ... vielleicht werden Sie sogar nicht eines bei Ihrem Mann feststellen müssen. Aber da Sie eine ganz besonders tapfere und vernünftige Frau sind, hielt ich es für richtig, Sie auf alle Eventualitäten vorzubereiten.«

Eva stand auf. Sie spürte, daß es um ihre Fassung bald geschehen sein würde.

»Ich danke Ihnen, Herr Professor«, sagte sie mühsam.

»Noch eins«, fuhr er fort, »Ihr Gatte muß unbedingt auf absehbare Zeit hinaus Alkohol meiden. Selbst das kleinste Gläschen könnte ihm schaden.«

Auch Professor Meyer erhob sich.

»Hat man ihm nach dem Unfall den Führerschein entzogen?«

»Nein ...«

»Dann werde ich das beantragen ...«

»Aber Herr Professor!«

»Nur zu seinem eigenen Schutz. Mindestens ein Jahr lang darf er sich nicht mehr ans Steuer setzen. Vergessen Sie nicht, daß seine Reaktionsfähigkeit entscheidend herabgemindert ist.«

»Bitte, Herr Professor«, sagte Eva, »bitte, tun Sie das nicht! Es würde ihn zu stark treffen. Er würde sich ... minderwertig vorkommen.«

»Das ist immer noch nicht so schlimm, als wenn er sein eigenes Leben und das anderer Verkehrsteilnehmer in Gefahr bringt.«

»Ich werde den Führerschein an mich nehmen, Herr Professor, ich werde ihn einschließen, ich werde ...«

»Muten Sie sich da nicht ein bißchen viel zu? Er ist ein Kranker ... und, glauben Sie mir, die meisten Kranken sind leider überaus uneinsichtig.«

»Ich werde ihm die Situation schon klarmachen. Ich übernehme die volle Verantwortung.«

»Überlegen Sie sich die Sache noch einmal, Frau Horster«, meinte Professor Meyer freundlich. »Wir brauchen die Angelegenheit ja nicht von heute auf morgen zu entscheiden. Sprechen Sie jetzt erst einmal mit Ihrem Mann. Ich erwarte mir sehr viel von Ihrem Besuch.«

Urban Horster saß im Schlafrock am Fenster, als Eva eintrat.

»Du bist auf?« rief sie erfreut.

»Nun ja«, sagte er mit einem bitteren Lächeln, »man kann es so nennen . . .«

Er legte das Buch aus der Hand, in dem er gerade geblättert hatte.

Sie zog sich einen Stuhl heran und setzte sich. Sie sah ihn an. Äußerlich war er fast nicht verändert. Sein Gesicht war voller geworden, aber noch ziemlich blaß. Seine Augen hatten den alten Glanz zurückgewonnen. Nur um seine Lippen war ein Zug nach unten, ein zynischer Zug, den sie früher nicht an ihm gekannt hatte.

»Was starrst du mich so an?« fragte er böse.

Sie zwang sich zu einem Lächeln.

»Es tut mir gut, dich anzusehen. Ich liebe dich, Urban. Hast du das ganz vergessen?«

»Wenn das wirklich so wäre, würdest du dich ein bißchen öfter bei mir sehen lassen.«

»Zwischen Baden-Baden und Freiburg liegt doch eine ziemliche Entfernung . . .«

»Dann zieh nach Freiburg. Hier im Nebenzimmer liegt ein Patient, dessen Frau ist von Lörrach hierhergezogen, nur um ihrem Mann nahe zu sein . . .«

»Du scheinst das Hotel zu vergessen, Urban!«

»Willst du mir etwa einreden, daß du dort unabkömmlich bist?«

»Jemand muß sich schließlich darum kümmern.«

»Nimm dir einen tüchtigen Direktor.«

»Das dürfte sich kaum lohnen, Urban. Professor Meyer sagte mir . . .«

»Kommst du schon wieder mit dem Professor an?«

Sie ließ sich nicht unterbrechen.

»Daß du in vier bis sechs Wochen entlassen werden kannst!«

»Als Krüppel?«

Eva spürte, daß sie nahe daran war, die Beherrschung zu verlieren. Sie biß sich auf die Lippen.

»Tu mir den einen Gefallen, Urban«, bat sie, »und benutze dieses Wort nicht noch einmal.«

»Das habe ich mir gedacht«, sagte er bitter. »Du bist nicht die Frau, die es vertragen kann, mit einem Krüppel – oh, entschuldige bitte – mit einem Invaliden, wenn dir das besser gefällt, verheiratet zu sein.«

»Du wirst wieder völlig gesund werden, Urban. Ob du es nun glaubst oder nicht. Nur wenn du so weitermachst, dich gegen deine Genesung sträubst, anstatt mitzuhelfen, wird es ein bißchen länger dauern. Aber anscheinend kommt es dir auf ein paar Wochen mehr oder weniger ja nicht an.«

Jetzt war er endlich alarmiert.

»Was sagst du da?«

»Die Wahrheit. Dein Rückenmark ist nicht verletzt, Urban, deshalb wird die Lähmung auch nicht bleiben. Es liegt an dir, wie lange du noch ein Krüppel bleiben willst.«

»Ist das wahr? Schwörst du mir, daß es wahr ist?«

»Aber ja, Urban! Ich wette, die Ärzte haben dir das schon mehr als einmal erklärt. Wenn du ihnen nur hättest glauben wollen . . .«

Er hob den Kopf. In seinen Augen standen Tränen, aber sein Mund zeigte endlich wieder das vertraute Lächeln.

»Ach, Eva . . . für was für einen Narren mußt du mich halten!«

Sie erwiderte sein Lächeln.

»Ganz ehrlich ... ein bißchen närrisch bist du mir schon vorgekommen.«

»In vier Wochen kann ich also wieder nach Hause?«

»Es können auch sechs werden«, sagte sie vorsichtig, »so genau läßt sich das nicht berechnen. Und dann mußt du erst noch einen kleinen Erholungsurlaub antreten.«

»Das macht nichts, Eva. Das macht gar nichts. Hauptsache, ich weiß, daß es in absehbarer Zeit überstanden sein wird.«

»Das wird es, Urban, ganz bestimmt ... und so lange werde ich schon die Festung halten können!«

»Wird das Schwimmbad rechtzeitig fertig?« fragte er.

»Es wird übermorgen eingeweiht«, erwiderte sie lächelnd.

»Großartig! Dieser Dartner ist ein tüchtiger Kerl, was?«

Es verletzte sie ein wenig, daß er gar nicht daran zu denken schien, wieviel Anteil sie selbst daran genommen hatte, den Bau des Bades voranzutreiben.

»Du mußt die Preise heraufsetzen, Eva«, fuhr er fort. »Bis zu zwanzig Prozent kannst du ruhig gehen. Je schneller sich diese Investition amortisiert, desto besser.«

»Ja, ich weiß ...«

Er wurde plötzlich mißtrauisch.

»Was heißt das? Woher willst du wissen ...«

»Du vergißt, daß ich sehr eng mit Lona Simon zusammenarbeite. Sie hat doch all deine Pläne gekannt.«

Er runzelte die Stirn.

»Mit Lona Simon?« fragte er unbehaglich. »Hör mal, das paßt mir aber gar nicht!«

Sie begriff nicht, was in ihm vorging.

»Urban, über was regst du dich eigentlich auf? Schließlich ist sie seit zwei Jahren deine Sekretärin ...«

»Das ist noch lange kein Grund, daß du jetzt dauernd mit ihr zusammenhockst!«

Sie lachte unbefangen.

»Davon kann doch gar keine Rede sein! Sie ist eine sehr tüchtige Person, aber menschlich ist sie mir durchaus nicht so sympathisch, daß ich mich näher mit ihr einlassen würde.«

»Ich mache mir Sorgen«, murmelte er.

»Aber das sollst du nicht, Liebling«, erklärte sie eifrig, »das brauchst du auch gar nicht. Im Hotel geht alles seinen guten Gang. Wir machen alles genauso, wie du es gewünscht hättest ... und überhaupt, nun bist du ja bald wieder zurück und kannst die Zügel selbst in die Hände nehmen.«

Eva hatte mit ihrem Besuch in Freiburg nicht das erreicht, was sie sich vorgenommen hatte. Sie hatte einsehen müssen, daß sie ihren Mann nicht mit geschäftlichen Sorgen belasten durfte, und er im Augenblick auch gar nicht in der Lage war, die Situation zu übersehen und ihr zu raten.

Sie allein war jetzt für das *Grandhotel Horster* verantwortlich, und sie mußte ihre Entscheidungen ganz allein fällen.

Sie setzte alle Hebel in Bewegung, um eine tüchtige Kindergärtnerin zu finden, die nicht nur ihr eigenes Töchterchen betreuen, sondern gegebenenfalls auch die Kinder der Gäste beaufsichtigen konnte.

Es meldeten sich unerwartet viele junge Mädchen, die durch den Reiz des Hotellebens angelockt wurden. Sie entschied sich für ein Fräulein Veronika Werndel, achtundzwanzig Jahre alt, die auf sie einen ausgesprochen günstigen Eindruck machte. Sie wirkte adrett und sympathisch, konnte ausgezeichnete Zeugnisse vorweisen und schien – was bei der Wahl den Ausschlag gab – Humor und Lebensfreude zu besitzen.

Eva Horster gab sich damit nicht zufrieden. Sie bat das Studentenwerk Freiburg um Vermittlung einer Studentin, die während der Semesterferien, die ja in die Hauptsaison fielen, Fräulein Werndel unterstützen sollte. Sie erhielt daraufhin verschiedene Angebote und schrieb zurück, daß sie bei ihrem nächsten Besuch in Freiburg persönlich mit den Mädchen verhandeln würde.

Drei Tage nach der Einweihung des Schwimmbads ließ sie den Architekten Herbert Dartner kommen und führte ihn in den Speiseraum des Personals. Dieser Raum lag im Souterrain, zum Garten hinaus, war sehr groß und ausgesprochen ungemütlich. Die Tische, an denen die Angestellten des Hotels zu essen pflegten, standen in eine Ecke gedrängt. Der übrige Platz wurde von allerlei Gerümpel beansprucht.

»Na, wie gefällt es Ihnen?« fragte Eva.

»Ziemlich scheußlich«, gestand Herbert Dartner unumwunden.

»Dann sind wir völlig einer Meinung. Ich möchte, daß der ganze Raum umgestaltet wird. Das Gerümpel muß heraus. Ich habe mir das so gedacht . . . die eine Hälfte soll weiter Speiseraum des Personals bleiben, aus der anderen soll ein Kinderzimmer werden.«

»Für Ihre Kinder?« fragte Herbert Dartner verdutzt.

»Natürlich nicht. Wir erwarten diesen Sommer viele kleine Gäste. Ich glaube, daß die meisten Eltern es begrüßen würden, wenn die Kinder hier unten gemeinsam äßen. Und auch einen Raum hätten, wo sie bei schlechtem Wetter spielen könnten.«

Der Architekt lächelte verständnisvoll.

»Auf diese Weise werden sie vor allem den anderen Gästen nicht so auf die Nerven fallen, daran denken Sie doch wohl hauptsächlich?« Eva lächelte.

»Ich bin durchaus nicht so berechnend, wie Sie anzunehmen scheinen . . .«

Er sah sie bewundernd an, und tatsächlich wirkte sie in ihrem ärmellosen, türkisfarbenen Seidenkleid, das prachtvoll mit ihrem rotblonden Haar harmonierte, schöner denn je.

»Sie sind die wunderbarste Frau, die mir je begegnet ist«, sagte Herbert Dartner aufrichtig. »Es dürfte gar nicht so schwer sein, Ihre Vorstellungen zu verwirklichen, gnädige Frau«, fuhr er fort. »Allerdings . . . ist das eine Kostenfrage.«

Eva verzog ihr Gesicht zu einer kleinen Grimasse. »O je! Sie wissen, wie knapp ich bei Kasse bin!«

Der junge Architekt ergriff ihre Hand.

»Ihnen zuliebe«, sagte er warm, »würde ich zum Selbstkostenpreis arbeiten!«

Sie bekämpfte den Drang, ihm ihre Hand zu entziehen.

»Das wäre riesig nett«, erwiderte sie gezwungen. »Später, wenn ich erst aus dem Gröbsten heraus bin, werde ich . . .«

»Sie brauchen mir nichts zu versprechen, Eva!«

Sie hätte gern gegen seine allzu vertrauliche Anrede protestiert, aber sie war klug genug, einzusehen, daß sie ihn nicht verletzen durfte.

»Sie sind ein schrecklich netter Kerl«, meinte sie.

»Und würden Sie diesem netten Kerl die Ehre und das Vergnügen geben, mit ihm auszugehen?«

»Ach, wissen Sie, ich habe so schrecklich viel zu tun . . .«

Sie sah die Enttäuschung auf seinem Gesicht und fügte rasch hinzu: »Wenn ich mal Zeit habe, rufe ich Sie einfach an, ja?«

»Ehrenwort?« Er hielt ihre Hand noch immer fest.

»Abgemacht!«

Plötzlich wurde die Tür aufgerissen, und Lona Simon steckte ihren Kopf herein.

»Frau Direktor«, rief sie, »ich habe Sie überall gesucht . . .«

Dann verstummte sie mitten im Satz, blickte ostentativ von ihrer Chefin zu dem jungen Architekten.

»Pardon, ich störe wohl?«

»Seien Sie nicht albern, Lona«, sagte Eva ärgerlich. »Was gibt es?«

»Ein Anruf für Sie. Ein Herr Georg Makulis möchte Sie dringend sprechen.«

Eva eilte in ihr Büro, wartete, bis Lona Simon die Verbindung hergestellt hatte und nahm dann den Hörer ab.

»Eva Horster«, meldete sie sich. Ihre Stimme klang heiser, und sie mußte sich räuspern.

»Hallo, gnädige Frau«, dröhnte die tiefe Stimme des Maklers, »endlich habe ich Sie erwischt ... Sie scheinen ja sehr beschäftigt zu sein!«

»Ja, ich habe allerhand zu tun.«

»Kann ich mir denken, gnädige Frau, kann ich mir lebhaft vorstellen!«

Eva schwieg. Sie hoffte, daß er möglichst bald zur Sache käme.

»Sie können sich bestimmt nicht denken, warum ich Sie anrufe«, sagte Georg Makulis.

»Nein. Wirklich nicht.«

»Mein Arzt hat mir eine Badekur verordnet«, dröhnte Makulis, »na, was sagen Sie jetzt?«

»Ich hoffe, Sie sind nicht krank«, meinte Eva zurückhaltend.

»Nein, das nicht. Nur ein bißchen angeschlagen, urlaubsreif. Und da dachte ich mir ... schließlich bin ich ja an Ihrem Hotel beteiligt, nicht wahr?«

Eva holte tief Atem.

»Das sind Sie nicht, Herr Makulis. Sie haben mir einen Kredit gegeben, aber von Beteiligung kann keine Rede sein.«

»Wirklich nicht? Da sehen Sie, was einem passieren kann, wenn man so viele Geschäfte gleichzeitig laufen hat. Ein Irrtum also. Tut mir leid.«

»Macht nichts, Herr Makulis.«

»Aber ich hoffe, Sie werden mich ... wenn auch nicht

als Teilhaber, so doch als Freund des Hauses ... bei sich aufnehmen?«

»Als Gast ... jederzeit.«

»Darf ich Sie dann bitten, mir ein Zimmer zu reservieren ... sagen wir für den zwanzigsten Mai?«

»Mit Bad?«

»Aber selbstverständlich. Am liebsten wäre mir ein ganzes Appartement ... falls Sie meinen, daß ich das bei Ihren Preisen erschwingen kann!«

Georg Makulis lachte, als ob er einen blendenden Witz gemacht hätte.

»Sie erhalten eine Bestätigung Ihrer Reservierung mit Preisliste«, entgegnete Eva kühl. »Also dann ... ich erwarte Sie!«

Als sie den Hörer auflegte, spürte sie, daß ihr der kalte Schweiß auf die Stirn getreten war. Sie machte sich nichts vor. Dieser Besuch des Maklers kam nicht von ungefähr, und er hatte nichts Gutes zu bedeuten.

Sie zündete sich eine Zigarette an, nahm ein paar tiefe Züge, ging unruhig im Raum auf und ab.

Dann endlich war sie zu einem Entschluß gekommen und rief die Hotelsekretärin herein.

»Bitte schreiben Sie einen Brief an Herrn Georg Makulis, München ... die Adresse werden Sie im Telefonbuch finden«, bat sie.

Lona Simon hatte sich gesetzt und ihre Beine so weit übereinandergeschlagen, daß ihr enger Rock hoch hinaufrutschte.

Aber Eva Horster beachtete es gar nicht.

»Lieber, Herr Makulis«, diktierte sie, »zu meinem größten Bedauern mußte ich feststellen, daß wir für den von Ihnen gewünschten Termin, 20. Mai, kein Zimmer zur Verfügung haben, das Ihren Ansprüchen genügen könnte. Wir sind schon jetzt bis Ende Oktober völlig ausgebucht ...«

»Aber das stimmt doch gar nicht«, wandte Lona Simon ein.

»Ich habe Sie nicht um Ihre Meinung gefragt«, erwiderte Eva, »schreiben Sie, was ich Ihnen diktiere . . .«

Lona Simon ließ sich nicht einschüchtern.

»Aber wenn er den Braten riecht, kann er doch einfach unter einem anderen Namen ein Zimmer bestellen.«

Eva zuckte die Schultern.

»Das muß ich riskieren«, sagte sie knapp.

10

Eva hatte noch ein schweres Gespräch vor sich, das sie immer wieder hinausgeschoben und am liebsten ganz vermieden hätte. Aber das war nicht möglich. Sie mußte mit Peter Stünzli, dem Chefkoch des *Grandhotel Horster* ein ernstes Wort reden. Sie hatte in mühsamer Kleinarbeit festgestellt, daß die Einkäufe für das Hotel, die durch die Küche getätigt wurden, viel zu teuer waren.

Lona Simon hatte ihr auch eine Erklärung dafür gegeben.

»Das ist gar nicht so ungewöhnlich«, sagte sie. »Der Koch bekommt von den Geschäftsleuten Schmiergelder, zum Dank dafür kauft er zu überhöhten Preisen.«

»Das heißt also praktisch, dieser Zuschlag auf Kosten des Hotels wird zwischen den Geschäftsleuten und dem Koch geteilt.«

»So ungefähr.«

»Aber das ist doch kein Zustand!«

»Das schon. Fragt sich nur, ob es ein guter ist.«

»Ich werde so etwas jedenfalls nicht länger dulden!«

»Da bin ich aber mal gespannt«, hatte Lona Simon gesagt, »ich prophezeie Ihnen schon jetzt, Frau Direktor . . . bei dem geringsten Vorstoß in dieser Richtung wird Peter Stünzli auf und davon gehen.«

Eva wußte, daß eine Kündigung des Chefkochs gerade jetzt, zu Anfang der Saison, einer Katastrophe gleichkommen würde. Dennoch bestellte sie ihn zu sich.

»Wir werden in dieser Saison mehr Kinder als sonst im Hause haben«, begann Eva, »und ich möchte es so einrichten, daß sie gemeinsam und zu ganz bestimmten Zeiten essen. Mittags um zwölf und abends um sechs Uhr.«

»Das geht nicht«, erklärte der Koch wie aus der Pistole geschossen. »Das Menü ist mittags nicht vor halb eins fertig und abends erst um halb acht.«

»Ich habe nicht an das Menü für die Erwachsenen gedacht«, entgegnete Eva. »Es wäre bestimmt rentabler, wenn wir für die Kinder extra kochen würden.«

»Aber . . .«

Peter Stünzli wollte wieder einen Einwand machen, doch sie ließ ihn nicht zu Wort kommen.

»Ich weiß, daß das allerhand Umstände für Sie mit sich bringt«, fuhr sie fort, »aber versuchen Sie doch bitte, meinen Standpunkt zu verstehen. Besonders abends würden die Kinder im Speisesaal stören. Die meisten sind dann schon übermüdet und fangen an, lästig zu werden. Es würde für die Eltern eine große Erleichterung sein, wenn sie sie zu Bett bringen könnten, bevor sie selber zum Essen gehen.«

»Sie sollen ihre Kinder zu Hause lassen«, erwiderte der Koch grob, »dann haben sie ihre Erholung und wir unsere Ruhe.«

»Das mag richtig sein«, sagte Eva vorsichtig, »aber wir sind in dieser Saison darauf angewiesen, Kinder aufzunehmen. Ältere Herrschaften legen keinen Wert auf das Schwimmbad. Sie fürchten den Lärm und die Unruhe, und deshalb . . .«

»Das geht mich nichts an.«

»Herr Stünzli«, sagte Eva geduldig, »die Kinder kommen, ob Sie es nun wünschen oder nicht. Wir können für sie nicht die gleichen Preise berechnen wie für die Erwachsenen. Was den Kindern unten serviert ist, wird oben an den Menüs eingespart. Im übrigen erwarte ich ja nicht, daß Sie es umsonst tun. Ich hatte ohnehin vor, Ihr Gehalt zu erhöhen.«

Eva sah, wie es in den Augen des Kochs aufblitzte.

»Ich hatte an zweihundert Mark mehr gedacht«, sagte sie.

Peter Stünzli verzog den Mund zu einem breiten Grinsen.

»Das hätten Sie mir gleich sagen sollen, Frau Direktor!«

»Sie sind also einverstanden?«

»Ja.«

»Großartig! Damit Sie nicht unter der zusätzlichen Arbeit zusammenbrechen, werde ich Sie übrigens auf einem anderen Gebiet entlasten.«

»Sie?«

»Ja. Ich. Ich werde in Zukunft den Einkauf für die Küche übernehmen!«

Eva beobachtete den Koch bei dieser Bemerkung scharf, und es entging ihr nicht, daß sein Gesicht sich verdüsterte. Lona Simon hatte also recht gehabt – er arbeitete tatsächlich in die eigene Tasche.

»Davon verstehen Sie doch nichts!« meinte er verächtlich.

Sie sah ihm fest in die Augen. »Vielleicht mehr, als Ihnen lieb ist.«

»Sie wollen also morgens um fünf Uhr auf den Markt fahren?«

»Genau das.«

»Sie werden sich einen schönen Schund andrehen lassen.«

»Ich bin sehr damit einverstanden, wenn Sie mich die erste Zeit begleiten und mich in bezug auf Qualität beraten«, schloß sie das Gespräch.

Eva lernte viel in den nächsten Wochen, Dinge, von denen sie früher nicht einmal eine Ahnung gehabt hatte. Aber das Übermaß an Arbeit, das sie übernommen hatte, zehrte an ihren Kräften. Sie wurde schmal dabei, bläuliche Schatten lagen unter ihren Augen, ihr schönes Gesicht wirkte fast durchsichtig. Völlig erschöpft sank sie abends ins Bett, schlief tief und traumlos, um frühmorgens, wenn der Wecker klingelte, kaum ausgeruht wieder aufzustehen.

In dieser Zeit erwies es sich als ein besonderer Segen, daß sie Veronika Werndel hatte, die die kleine Babsy gewissenhaft und liebevoll betreute. Fräulein Veronika kümmerte sich auch um die ersten kleinen Gäste, die im Mai kamen. Es waren vorläufig vier, und sie aßen zusammen an einem Extratisch im großen Speisesaal.

Herbert Dartner hielt sein Versprechen. Die Umwandlung des Personalspeiseraums ging rasch voran, und was er aus dem ehemals so trostlos ungemütlichen Souterrainzimmer machte, grenzte an Zauberei. Nicht nur für die Kinder, sondern auch für das Personal hatte er einen Aufenthaltsraum geschaffen, in dem man sich wohl fühlen konnte.

An einem Sonntagabend, Mitte Mai, fand die Einweihung für das Personal statt. Für die Gäste gab es an diesem Abend kalte Platten, die schon am Vormittag vorbereitet worden waren, so daß fast alle Angestellten des Hauses Gelegenheit hatten, dabeizusein. Zu dieser Feierlichkeit wurde die Schiebetür zwischen beiden Räumen geöffnet und das Kinderzimmer mit einbezogen, weil es sonst an Platz gefehlt hätte.

Eva Horster spendierte Bier, Wein und Sekt, und sie nahm selbst an Herbert Dartners Seite an dem kleinen Fest teil. Kurz nach neun brach Eva auf, und der junge Architekt heftete sich an ihre Fersen.

Sie gingen in die Hotelbar, tranken Champagner und plauderten.

Herbert Dartner hatte sich diesen Abend eigentlich anders vorgestellt. Die Räumlichkeiten des *Grandhotel Horster* waren nicht gerade geeignet für einen Flirt mit der Chefin. Die Anwesenheit des Barmixers störte ihn. Aber das war Eva gerade recht. Sie legte Wert auf Distanz, denn sie spürte sehr gut, daß der junge Architekt Feuer gefangen hatte.

Kurz vor zwölf Uhr machte sie Anstalten, in ihr Appartement zu gehen.

»Schon?« fragte Herbert Dartner enttäuscht.

»Sie vergessen, daß ich morgen um fünf Uhr aus den Federn muß.«

»Und wenn Sie mir zuliebe darauf verzichten würden?«

»Herr Dartner, ich . . .«

»Sprechen Sie nicht weiter«, unterbrach er, »ich habe längst gemerkt, daß Sie sich nichts aus mir machen.«

»Das stimmt nicht. Ich bin Ihnen sehr dankbar.«

»Klingt ein bißchen schwach, finden Sie nicht auch?«

»Sie sind mir sehr sympathisch, Herr Dartner . . .«

»Um Himmels willen, sagen Sie wenigstens Herbert zu mir!«

»Herbert«, wiederholte sie gehorsam, wenn auch ohne Wärme.

Er ließ plötzlich die Schultern sinken.

»Es ist nicht Ihre Schuld«, sagte er in verändertem Ton, »ich habe mir eben falsche Hoffnungen gemacht . . .«

»Aber Sie wissen doch, Herbert . . . Sie haben von Anfang an gewußt, daß ich verheiratet bin.«

Er hob den Kopf.

»Ist es nur das?«

Sie mußte unwillkürlich lächeln.

»Nur?«

»Sie weisen mich also zurück, weil Sie glauben, Ihrem Gatten Treue zu schulden?«

»Ich liebe meinen Mann«, entgegnete Eva mit fester Stimme.

»Sind Sie sicher, daß er diese Liebe verdient?«
»Ganz sicher. Ich würde ihn niemals betrügen.« Und mit diesen Worten verabschiedete sie sich von ihm.

11

Urban Horsters Genesung machte jetzt rasche Fortschritte. Anfang Juli erhielt Eva einen Anruf von Professor Meyer aus Freiburg. Er teilte ihr mit, daß ihr Mann aus der Universitätsklinik entlassen und in ein Sanatorium im Schwarzwald, das er selbst für ihn ausgesucht hatte, überführt werden könnte.

Im Hotel herrschte Hochbetrieb. Eva begann die Arbeit fast über den Kopf zu wachsen. Dennoch ließ sie es sich nicht nehmen, persönlich nach Freiburg zu fahren und ihren Mann in das Sanatorium zu bringen.

Sie hatte vor, ihm bei dieser Gelegenheit vorsichtig von den Veränderungen, die sie während seiner Abwesenheit im Hotel vorgenommen hatte, zu erzählen. Aber Professor Meyer riet ihr, den Patienten keinesfalls zu beunruhigen, weil er Aufregungen immer noch nicht gewachsen sei.

In spätestens vier Wochen würde sie Urban heimholen können, und bis dahin war immer noch Zeit zu einem offenen Gespräch.

Sie ahnte nicht, daß eine andere Frau ihr zuvorkommen sollte.

Urban Horster war eine Woche im Sanatorium, als Lona Simon ihren freien Tag dazu benutzte, ihn zu besuchen. Sie fand ihn auf einem Liegestuhl im weitläufigen Park des Sanatoriums.

Als er sie sah, erhob er sich sofort und kam ihr mit ausgestreckten Händen entgegen. Sie flog an seine Brust.

»O Urban«, stammelte sie, »Urban! Wie froh ich bin!«

Er umfaßte ihre Oberarme und schob sie ein Stück zurück, so daß er in ihr braunes, frisches Gesicht sehen konnte.

»Worüber denn?« fragte er lächelnd. »Was für ein Glück ist dir begegnet?«

»Du, Urban!« Sie strahlte ihn aus ihren dunklen Augen an.

Er legte seinen Arm um ihre Schultern, zog ihn aber gleich darauf so hastig wieder zurück, als ob er sich verbrannt hätte. Ein heftiges Begehren war in ihm aufgestiegen. Seine Stimme klang heiser, als er jetzt weitersprach.

»Es ist abscheulich langweilig hier. Lauter alte, kranke Leute!«

Sie hatte seine Reaktion sehr wohl bemerkt, aber sie verstand es, ihre Genugtuung zu verbergen.

»Was hast du denn von einem Sanatorium erwartet?« fragte sie neckend. »Schöne, unglückliche junge Mädchen, die auf deinen Trost warten?«

Er hielt es nicht länger aus.

»Findest du es nicht furchtbar heiß hier draußen?« fragte er. »Gehen wir doch lieber nach oben ... auf mein Zimmer.«

Sie machte erstaunte Augen.

»Geht das denn?«

»Aber ja. Erstens bin ich noch Patient, und zweitens bist du ja meine Sekretärin! Wir haben also zwei gute Gründe ...«

»Nein, nein, das möchte ich nicht ... nicht schon jetzt!«

»Warum bist du dann überhaupt gekommen?«

»Um dich zu sehen, Urban ... um mit dir zu plaudern!«

»Mach keine Geschichten«, sagte er und grub seine Hand in ihren nackten Arm. Trotz der Hitze fühlte sich ihre Haut kühl und glatt an.

»Fahren wir doch lieber ein bißchen spazieren«, schlug sie vor.

»Ich habe keinen Wagen.«

»Aber ich!«

Mit einer raschen, geschickten Bewegung machte sie sich von ihm frei.

»Da staunst du, wie?«

»Du hast dir ein Auto gekauft?« fragte er verblüfft.

»Aber nein! Wo denkst du hin! Woher sollte ich denn das Geld haben! Seit du krank bist, bin ich ja lediglich auf mein Gehalt angewiesen . . . das ist ziemlich wenig für ein verwöhntes kleines Mädchen wie mich.«

»Ich bin ja bald wieder zurück«, tröstete er sie.

»Hoffentlich! Du kannst mir glauben, ich habe eine karge Zeit hinter mir. Viel Arbeit gab's und wenig Brot . . .«

»Na, na, na,« mahnte er. »Überarbeitet hast du dich doch noch nie!«

»Mir scheint, du ahnst gar nicht, was inzwischen im *Horster* vor sich gegangen ist«, entgegnete sie spöttisch.

Er verstand sie nicht.

»Hat meine Frau Schwierigkeiten?«

»Gemacht, ja, und zwar jede Menge . . . Sie hat das ganze Hotel umgekrempelt, sie hat einen wahren Affenstall daraus gemacht. Aber sie verdient sich dabei dumm und dämlich, das muß ihr der Neid lassen. Um so gemeiner, daß sie dich hier darben läßt.«

»Ich begreife kein Wort . . .«

»Na, dann setz dich mal erst!«

Lona Simon wies mit einer Handbewegung auf den Liegestuhl.

»Ich möchte nicht verantworten, daß du am Ende noch vor Schreck umfällst!«

Er zögerte, sah sie an und setzte sich dann.

»Deine Frau hat aus dem Hotel einen Kindergarten gemacht. Wir haben Kinder jeden Alters, jeder Herkunft, jeder Nation und jeder Hautfarbe im Haus. Alle Zimmer sind überbelegt. Es wimmelt nur so von Kindern.«

»Aber . . .«

»Hör dir nur erst alles an! Unsere guten alten Stammgäste sind daraufhin natürlich weggeblieben ... und die wenigen, die trotzdem kamen, sind vorzeitig abgereist. Aber das läßt sie kalt. Bei ihr dreht sich alles nur noch um die Kinder. Sie haben einen eigenen Speisesaal, für sie wird extra gekocht, und zwei Kindergärtnerinnen sind engagiert, die sich von früh bis spät mit den Kleinen beschäftigten ...«

»Aber das ist doch ...«

»Und damit nicht genug! Das Hotel ist so überbelegt, daß wir keinen Platz für Reisegesellschaften haben! Gestern habe ich einen Brief an Direktor Gautier von *Round the World* schreiben müssen. Sie möchte ihn sprechen, und rat' mal, warum? Ich bin sicher, sie will den Vertrag mit ihm lösen!« schloß Lona Simon triumphierend.

Urban Horster war blaß geworden.

»Nein«, stöhnte er, »nein! Aber das ist doch Wahnsinn!«

»Genau das versuche ich dir ja die ganze Zeit zu erklären!«

»Wenn sie mich wenigstens um Rat gefragt ... wenn sie mir ein Wort von alledem erzählt hätte!«

»Das hat sie wohlweislich nicht getan. Sie konnte sich ja an allen fünf Fingern ausrechnen, daß du es ihr verbieten würdest!«

Urban Horster erhob sich mühsam.

»Lona«, sagte er mit belegter Stimme, »ich muß sofort zurück!«

»Ins Haus?« fragte sie. »Ist dir nicht gut?«

»Nein. Nach Baden-Baden. Ins Hotel ... in mein Hotel!«

»Aber Urban«, sagte sie, über die Wirkung ihrer Worte nun doch erschrocken, »ich dachte, du müßtest noch ... der Professor hat doch verordnet ...«

»Das zählt jetzt nicht. Ich kann keinen Tag, keine Stunde länger hierbleiben. Wo steht dein Wagen?«

»Vor dem großen Tor«, sagte Lona zögernd, »auf dem Parkplatz.«

»Bring mich nach Baden-Baden. Sofort!«

»Aber Urban, du kannst doch nicht einfach . . .«

»Doch. Die Rechnung kann ich von Baden-Baden aus begleichen. Ich werde einen Brief schreiben und alles erklären.«

»Aber warum willst du dich nicht wenigstens verabschieden?«

»Weil ich keine Lust habe, irgend jemandem Rede und Antwort zu stehen!« Er ging mit großen Schritten über den knirschenden Kies auf das Gartentor zu, als ob er nie krank gewesen sei.

Plötzlich verengten sich seine Pupillen, Schweiß trat auf seine Stirn, er schwankte.

»Urban!« rief Lona entsetzt. »Was ist mit dir? Was hast du?«

Sie versuchte, ihn zu stützen, aber sie konnte den schweren Körper nicht halten. Er sackte in sich zusammen und glitt zu Boden.

Einen Augenblick war Lona Simon starr vor Schreck. Dann rannte sie auf das Sanatorium zu, um Hilfe zu holen.

Als Urban Horster aus der Ohnmacht erwachte, lag er auf seinem Bett. Das helle Licht des Sommertages flutete durch die weitgeöffnete Balkontür in das freundliche kleine Zimmer. Der Sanatoriumsarzt Dr. Blücher beugte sich über ihn.

»Es ist alles in Ordnung, Herr Horster«, sagte er, »bleiben Sie ganz ruhig liegen . . . entspannen Sie sich!«

Urban Horster versuchte sich aufzurichten. »Aber ich muß . . .«

»Nichts müssen Sie! Sie sind noch Patient und haben die Pflicht, sich zu schonen.« Urban Horster ließ sich zurücksinken. Er hatte das dumpfe Gefühl, handeln zu müssen. Aber er fühlte sich noch zu schwach. Irgendwie war es ihm angenehm, daß er noch einmal jeder Verantwortung enthoben war.

»Schließen Sie die Augen!« sagte der Arzt. »Ich habe Ihnen eine Spritze gegeben. Gleich werden Sie sich besser fühlen«

»Bin ich denn noch . . . so krank?«

»Nein. Aber Sie sind auch noch nicht ganz gesund. Das ist alles.«

Urban Horster schloß gehorsam die Augen. Er versuchte sich zu erinnern, was geschehen war. Aber alles drehte sich in seinem Kopf.

Plötzlich kam ihm ein Bruchstück der Erinnerung zurück.

»Lona!« rief er unterdrückt. »Wo ist Lona?«

»Ich bin hier, Herr Horster«, hörte er die klare Stimme seiner Sekretärin. »Ich habe Sie auf Ihr Zimmer bringen lassen.«

»Das ist gut«, sagte er, ohne die Augen zu öffnen.

»Herr Doktor«, hörte er Lona sagen, »würden Sie mich wohl ein paar Minuten mit dem Patienten allein lassen?«

»Sie dürfen Herrn Horster nicht aufregen«, sagte der Arzt zögernd.

»Aber das weiß ich doch! Nur ein paar Minuten . . . bitte!«

»Also schön. Aber ich warte draußen.«

Urban Horster hörte die Schritte, die sich entfernten, das Geräusch der zuschlagenden Tür. Dann war Lonas Stimme ganz nahe bei ihm.

»Liebling«, flüsterte sie, »es tut mir so leid!«

Er tastete nach ihrer Hand.

»Es ist ja nicht deine Schuld!«

Sie strich ihm zärtlich mit den Fingerspitzen über den Handrücken.

»Ich hätte dich nicht so aufregen dürfen . . . Aber ich dachte . . . du müßtest endlich die Wahrheit wissen. Was deine Frau mit deinem Hotel angestellt hat, meine ich.«

»Ich bin froh, daß du es mir gesagt hast«, murmelte er, »daß ich es jetzt weiß.«

»Aber du darfst nichts unternehmen, hörst du?« flüsterte Lona eindringlich.

»Was könnte ich denn schon . . .«

»Du bist noch nicht gesund genug. Deine Frau ist ein Drachen. Wenn du mit ihr fertig werden willst, mußt du ganz auf dem Posten sein.«

»Ja, ja«, sagte er schläfrig.

»Warte bis dahin, Urban! Und wenn sie dich besucht . . . hörst du mir noch zu?«

»Ja, sprich nur . . .«

»Dann laß dir nicht anmerken, daß du alles weißt. Versprichst du mir das?«

»Ich verspreche es dir . . .«, sagte er schwach.

»Vergiß es nicht!«

Sie küßte ihn zärtlich auf die Stirn, den Mund, die geschlossenen Augen.

»Leb wohl, Liebster . . . du weißt, ich werde immer auf deiner Seite stehen.«

Dann schlüpfte sie aus dem Zimmer.

Wenige Sekunden später war Urban Horster eingeschlafen.

In Baden-Baden angekommen, brachte Lona zuerst den Leihwagen in die Garage zurück, dann ging sie die wenigen Schritte bis zum Hotel zu Fuß. Sie sehnte sich zwar nach einem heißen Bad und einem Kognak, aber sie wußte, daß sie jetzt sofort mit Eva Horster sprechen mußte, wenn sie glaubhaft wirken wollte.

Es ging auf Mitternacht zu. Sie fand die Chefin in der schon verlassenen Bar, wo sie die Tagesabrechnung des Mixers einer Prüfung unterzog. Nur noch an dem kleinen Ecktisch, an dem Eva Horster saß, brannte eine abgeschirmte Lampe.

»Guten Abend, Frau Direktor«, sagte Lona laut.

Eva hatte die Sekretärin nicht kommen hören. Sie schrak zusammen.

»Sie, Lona? Noch so spät?«

»Ich muß Sie unbedingt sprechen, Frau Direktor!«

»Dann setzen Sie sich zu mir, Lona . . . Also, was gibt es?«

Die Sekretärin setzte eine Schulmädchenmiene auf.

»Mir ist etwas Schreckliches passiert«, gestand sie.

»Mit der Korrespondenz? Haben Sie etwas verwechselt?«

»Nein, das nicht . . . überhaupt nichts dergleichen!«

Lona Simon machte eine Kunstpause. Aber Eva drängte sie nicht zum Reden.

Sie saß still und müde da und wartete ab. Ihr rotblondes Haar schimmerte im Lampenlicht.

»Ich war heute nachmittag bei Herrn Horster!« platzte Lona heraus.

Sie beobachtete Eva Horster dabei aufmerksam durch die halbgesenkten Lider, aber die Chefin reagierte überhaupt nicht. Entweder war sie zu erschöpft oder wußte sich glänzend zu beherrschen.

»Ich hatte eine Autotour gemacht«, erzählte Lona, »mit einem Bekannten . . . plötzlich fiel mir auf, daß wir ganz in der Nähe des Sanatoriums waren, und da dachte ich, geh doch mal auf einen Sprung rein und sag Herrn Horster guten Tag! Ich setzte also meinen Bekannten in einem Gasthof ab und fuhr . . .«

Jetzt unterbrach Eva den Bericht.

»Sagen Sie mal . . . wozu erzählen Sie mir das alles?«

»Die Hauptsache kommt ja noch!«

»Dann möchte ich Sie bitten, sich kurz zu fassen. Sie wissen, ich habe einen arbeitsreichen Tag hinter mir. Wie geht es meinem Mann?«

»Das ist es ja eben! Also, er sah blendend aus, wirkte ganz gesund und schien sich auch über meinen Besuch zu freuen . . . Und dann fing er an, mich mit Fragen nach dem

Hotel zu löchern. Na, ich erzählte ihm natürlich, daß alles bestens steht, daß wir überbelegt sind und auf vollen Touren arbeiten . . .«

Eva hatte schon begriffen.

»Und daß wir den Betrieb umgestellt haben, nicht wahr?«

»Ich habe mir nichts dabei gedacht, wirklich nicht! Ich erwähnte das mit den Kindern auch nur so am Rande, ich konnte ja nicht wissen, daß er keine Ahnung hatte . . .«

»Entschuldigen Sie sich nicht dauernd«, sagte Eva, »erzählen Sie lieber, was geschehen ist.«

»Er hat sich furchtbar aufgeregt und wollte sofort mit mir nach Baden-Baden fahren. Ich versuchte natürlich, ihm das auszureden, aber dadurch wurde er noch wütender . . . und dann, dann fiel er auf einmal um!«

Evas klare Augen wurden dunkel vor Schreck.

»Um Gottes willen!« rief sie und sprang auf. »Ich muß sofort anrufen!« Lona Simon legte ihr die Hand auf den Arm.

»Das ist wirklich nicht mehr nötig, Frau Direktor! Der Arzt hat ihn gleich ins Bett gepackt. Es ist wieder alles mit ihm in Ordnung . . . wirklich! Ich habe ausführlich mit Dr. Blücher gesprochen, und er bat mich, Ihnen das zu bestellen!«

Eva ließ sich wieder in ihren Sessel zurückfallen. Sie bedeckte das Gesicht mit den Händen.

»Es tut mir so furchtbar leid, Frau Direktor«, sagte Lona Simon zerknirscht.

Eva strich sich über die Stirn und hob den Kopf.

»Wenn Sie mir nur vorher gesagt hätten, daß Sie zu meinem Mann fahren wollten!«

»Ich hatte es ja nicht vor, es ergab sich nur ganz zufällig . . .«

»Schon gut« Eva erhob sich, ein wenig schwankend vor Müdigkeit.

»Wir sprechen morgen weiter darüber!«

Aber zu diesem Gespräch sollte es nicht kommen, denn als Eva in die Hotelhalle trat, erwartete sie eine neue böse Überraschung.

Georg Makulis stand, umgeben von seinen Koffern, am Empfangstisch.

»Guten Abend, Frau Direktor«, sagte er mit einem bösen Lächeln. »Sie werden sich sicher freuen, daß ich doch noch eine Unterkunft im *Grandhotel Horster* bekommen habe!«

Eva erstarrte. Es dauerte einen Moment, bis sie ihre Fassung wiedergewonnen hatte. Sie hob den Kopf und sah Georg Makulis fest in die Augen.

»Die Freude liegt ganz auf meiner Seite«, behauptete sie mit erzwungener Herzlichkeit.

Der Makler ließ sich nicht täuschen.

»Ah, wirklich?« meinte er mit einem spöttischen Lächeln.

»Ich hoffe, daß Sie sich in unserem Hause wohl fühlen werden«, erwiderte Eva beherrscht.

Sie wandte sich an den Empfangschef.

»Geben Sie mir bitte die Zimmerschlüssel. Ich werde unseren Gast selbst nach oben begleiten. Sorgen Sie dafür, daß das Gepäck sofort hinaufgebracht wird.«

Herr Thomas überreichte ihr die Schlüssel und verbeugte sich.

»Sehr wohl, Frau Direktor!«

Eva ging schon auf den Lift zu.

»Kommen Sie, Herr Makulis!«

Sie öffnete die Kabinentür, trat ein und hielt sie offen, bis Georg Makulis ihr gefolgt war.

»Ich hoffe, Sie hatten eine angenehme Reise, Herr Makulis«, sagte sie konventionell.

»Vor allem eine angenehme Ankunft«, erwiderte Georg Makulis mit unverhohlenem Spott. »Auf unsere Begegnung hatte ich mich schon seit langem gefreut.« Eva tat, als verstünde sie ihn nicht.

»Wie schmeichelhaft für mich«, entgegnete sie gelassen.

Der Aufzug hielt, sie öffnete die Tür und trat auf den Gang hinaus.

»Ich habe es seinerzeit sehr bedauert, Ihre Zimmerbestellung nicht annehmen zu können«, log Eva, ohne mit der Wimper zu zucken. »Tatsächlich sind wir seit Monaten ausgebucht. Aber Sie wissen ja sicher, wie es in einem Hotel zugeht ... es kommt immer wieder zu unvorhergesehenen Umstellungen. Sie haben wirklich Glück gehabt, daß wir Ihren Wunsch doch noch erfüllen konnten.«

»Glück?« Georg Makulis lachte. »Ich nenne das Köpfchen. Wenn ich die Bestellung nicht über mein Züricher Büro und auf einen anderen Namen vorgenommen hätte, wäre ich bestimmt nicht bei Ihnen untergekommen.«

Eva sah ihn mit großen Augen an.

»Jetzt verstehe ich Sie wirklich nicht mehr, Herr Makulis!«

»Das sollte mich wundern!«

Der Makler trat hinter Eva in das elegante, geräumige Appartement.

»Seien wir doch mal ehrlich, gnädige Frau ... mein Besuch paßt Ihnen ganz und gar nicht!«

»Wie kommen Sie darauf?«

»Es ist Ihnen vom Gesicht abzulesen. Sie sind eine schlechte Lügnerin, Frau Horster, was natürlich durchaus nicht gegen Sie spricht!«

Eva biß sich auf die Lippen.

»Nun, wenn ich ganz aufrichtig sein soll ...«

»Sehen Sie, so sind Sie mir lieber! Immer heraus mit der Sprache!«

»Ich fürchte, daß Sie sich bei uns nicht sehr wohl fühlen werden. Sie sind doch Junggeselle, nicht wahr?«

»O nein! Geschieden, zum dritten Mal.«

»Also doch nicht gerade das, was man einen Familienvater nennt. Es wimmelt zur Zeit im Hotel von Kindern . . .«

»Na und? Glauben Sie, das wird mich stören?«

»Ja. Eben das fürchte ich.«

»Da tun Sie mir aber Unrecht. Ich habe es zwar selber bisher noch nicht zu Nachwuchs gebracht, bin aber trotzdem . . . oder vielleicht gerade deshalb . . . ein großer Kinderfreund.«

Eva warf den Kopf mit dem schimmernden rotblonden Haar in den Nacken.

»Das nehme ich Ihnen nicht ab, Herr Makulis!«

Er lachte selbstgefällig und keineswegs gekränkt.

»Also . . . was wollen Sie wirklich hier?« fragte Eva. »Es gibt Hunderte von Hotels in Deutschland. Warum wollen Sie sich ausgerechnet hier niederlassen? Und dazu noch während der Hauptsaison, wo nur Leute reisen, die ihren Urlaub nicht auf eine günstigere Zeit verlegen können?«

Georg Makulis strich sich über das Kinn.

»Ist Ihnen noch nie der Gedanke gekommen, daß Sie, als Frau, einen großen Eindruck auf mich gemacht haben könnten?«

»Nein«, entgegnete Eva kühl.

»Aber es ist tatsächlich so, und deshalb . . .«

Sie fiel ihm ins Wort.

»Konnten Sie es nicht länger aushalten und sind Hals über Kopf hierhergereist?« ergänzte sie. »Das nehme ich Ihnen schon wieder nicht ab, Herr Makulis.«

Er lachte.

»Wir haben eine ganz klare geschäftliche Abmachung getroffen«, sagte Eva, »und ich habe diesen Vertrag bisher in keinem Punkt verletzt. Sie haben pünktlich Ihre Zinsen erhalten, und Sie werden auch die Rückzahlung Ihres Kredites genau auf den Tag bekommen. Es ist deshalb wirklich nicht nötig, daß Sie sich persönlich überzeugen, wie die Dinge hier stehen, ich schwöre Ihnen . . .«

»Aha!« sagte er. »Endlich lassen Sie die Katze aus dem Sack! Sie wollen mich nicht hier haben. Warum haben Sie mir das nicht gleich gesagt?«

Eva merkte, daß sie ihm in die Falle gegangen war.

»Herr Makulis«, sagte sie hilflos, »versuchen Sie mich doch zu verstehen . . .«

»Ich verstehe Sie nur zu gut, gnädige Frau!«

Es wurde an die halboffene Tür geklopft, und zwei Hausdiener trugen das Gepäck des Maklers herein.

»Na endlich«, sagte Georg Makulis, »danke!«

Er wandte sich wieder an Eva.

»Übrigens habe ich meine Sekretärin mit nach Baden-Baden gebracht. Aber sie wohnt nicht im Hotel, sondern in der Pension *Schwarzwaldblick.* Ich habe diese Anordnung mit Rücksicht auf den Ruf Ihres Hauses getroffen . . .«

»Danke, Herr Makulis.«

»Sie werden aber hoffentlich nichts dagegen haben, wenn sie tagsüber zu mir heraufkommt. Ferien ohne Arbeit kann ich mir leider nicht leisten.«

»Das geht in Ordnung«, sagte Eva mit steifen Lippen.

Georg Makulis lächelte zufrieden.

»Dann also . . . gute Nacht, gnädige Frau! Ich bedanke mich für den herzlichen Empfang.«

Eva zwang sich, sein Lächeln zu erwidern.

»Ich wünsche Ihnen eine angenehme Nacht, Herr Makulis«, sagte sie und verließ das Zimmer.

12

In Evas Herz kochte es. Georg Makulis war der letzte Mensch, den sie im *Grandhotel Horster* zu sehen wünschte. Aber sie hatte keine Möglichkeit, ihn hinauszuweisen.

Sie fuhr in den fünften Stock hinauf, betrat ihr Appartement und zog sich aus. Obwohl sie todmüde war, wußte sie, daß sie keinen Schlaf finden würde. Erst die Eröffnung Lona Simons, daß Urban von der Umstellung im Hotel erfahren hatte und daß ihm dieses Wissen einen Rückfall eingebracht hatte, und dann die unerwartete und unerwünschte Ankunft ihres Gläubigers! Das war zuviel auf einmal gewesen.

Obwohl Mitternacht längst vorüber war, entschloß sie sich, Konrad Kilius in München anzurufen. Sie war erleichtert, daß er sofort an den Apparat kam und seine Stimme alles andere als verschlafen klang.

»Habe ich dich nicht geweckt?« fragte sie. »Bitte, sei nicht böse über den späten Anruf! Ich mußte einfach mit jemandem sprechen!«

»Ich habe noch gearbeitet«, sagte Konrad Kilius. »Was gibt's, Eva? Ist etwas passiert?«

»Etwas ganz Scheußliches! Stell dir vor, Georg Makulis ist heute abend hier eingetroffen und hat sich in einem Appartement eingemietet. Ich habe keine Ahnung, wie lange er bleiben will. Jedenfalls hat er auch seine Sekretärin mitgebracht. Das kann doch nur bedeuten, daß er einen längeren Aufenthalt plant.«

»Konntest du das nicht verhindern?«

»Eben nicht. Ich hatte ihm schon einmal abgeschrieben . . . sehr höflich, in aller Form. Aber diesmal hat er das Appartement über Zürich und unter einem falschen Namen bestellt.«

»Ach so . . .«

»Hör mal, Konrad, kann man da gar nichts machen? Gibt es denn keine Handhabe, ihn hinauszuweisen?«

Konrad Kilius schwieg einen Augenblick. Dann sagte er: »Eva, Liebes, worüber regst du dich eigentlich so auf? Er kann dir doch nichts anhaben!«

»Doch! Er kann Unruhe stiften, das Personal schikanieren . . .«

»Dann kannst du immer noch eingreifen.«

»Wenn er hier erst alles durcheinandergebracht hat? Ich stehe mitten im Kampf, Konrad, es geht um die Existenz des Hotels! Ich kann und darf kein Risiko eingehen!«

»Erkundige dich morgen, für wie lange Makulis seine Zimmer bestellt hat. Sobald diese Frist abgelaufen ist, kannst du ihn höflich, aber unnachgiebig rauswerfen. Behaupte einfach, daß andere Gäste schon auf die Zimmer warten.«

»Und wenn er dann wiederkommt? Sich wieder unter einem anderen Namen anmeldet?«

»Informiere deinen Empfangschef, daß du diesen Herrn auf keinen Fall mehr in deinem Hotel haben willst. Wenn er erst Bescheid weiß, um was es geht, wird er die Situation schon retten.«

Eva seufzte. »Wenn du mir das nur früher geraten hättest!«

»Du hast mich nicht gefragt.«

»Also meine Schuld«, sagte sie resigniert, »na ja, da kann man nichts machen. Jedenfalls danke ich dir, Konrad . . . und schlaf gut!«

»Eva!« hörte sie ihn noch rufen.

Aber sie hatte genug. Sie legte den Hörer auf die Gabel zurück.

Eine Gewißheit hatte ihr dieses Gespräch gebracht: Es gab wirklich niemanden, der ihr helfen konnte. Sie mußte allein mit ihren Problemen und dem gewinnsüchtigen Herrn Makulis fertig werden.

In den nächsten Tagen schien es, als seien Evas Sorgen unbegründet gewesen. Georg Makulis benahm sich höchst zurückhaltend und unauffällig.

Vormittags machte er Kur, mittags aß er im Speisesaal, und nachmittags diktierte er auf seinem Zimmer. Dem Personal gegenüber verhielt er sich äußerst korrekt.

Er stellte keine besonderen Ansprüche und betonte immer wieder seine Zufriedenheit.

Selbst die Kinder schienen den Makler nicht zu stören, im Gegenteil, er gab sich wirklich als Kindernarr. Er suchte sie ins Gespräch zu ziehen, zeigte sich väterlich und verständnisvoll. Besonders mit einem neunjährigen Jungen namens Otto Kerst, einem sonst sehr unzugänglichen verwöhnten Einzelkind, schloß er Freundschaft.

Eva paßte das zwar nicht, aber sie sah keinen Grund einzuschreiten, besonders da Ottos Eltern das Vertrauensverhältnis zwischen ihrem Sohn und »Onkel Georg« gutzuheißen schienen.

Aber ihr inneres Unbehagen blieb, und sie war dauernd auf der Hut.

»Wissen Sie eigentlich, wer dieser Georg Makulis ist?« fragte sie ihre Sekretärin.

Lona Simon, die zur Diktataufnahme in das Chefzimmer gekommen war, hob den Kopf.

»Und ob!« sagte sie keck. »Ein Kapitalist reinsten Wassers, wie?«

»Er hat mir den Kredit gegeben, mit dessen Hilfe ich den Verpflichtungen der Presser-Bank nachkommen konnte.«

Lona Simon pfiff durch die Zähne.

»Und was will er hier?«

»Unheil stiften.«

Lona legte den spitzen Bleistift an die Nase.

»Sieht aber doch eigentlich recht gutmütig aus.«

»Ja, so möchte er wirken«, sagte Eva bitter, »in Wirklichkeit . . . soll ich Ihnen sagen, warum er mir geholfen hat?«

Lona Simon schaltete schnell.

»Er will sich das Hotel unter den Nagel reißen.«

»Schlimmer noch«, sagte Eva, »er hat es nur auf das Grundstück abgesehen. Er will das Hotel abreißen lassen und ein modernes Appartementhaus an seinem Platz errichten.«

Lona Simons dunkle Augen wurden groß.

»Und das haben Sie gewußt, als Sie sich mit ihm einließen?«

»Ich brauchte das Geld, wie nötig, das wissen Sie selbst doch genausogut wie ich.«

»Ich muß schon sagen ... Sie haben Mut!« erklärte Lona Simon beeindruckt.

»Lona, Sie müssen mir helfen!«

»Gegen Herrn Makulis? Mit Vergnügen. Ich wüßte nur nicht, wie.«

»Ich glaube, es wäre schon ein gewisser Schutz, wenn das Personal wüßte, wer dieser Georg Makulis ist und was er hier will ... was er überhaupt vorhat!«

Lona tippte sich mit dem Zeigefinger an das Kinn.

»Hm«, sagte sie, »ich verstehe.«

»Ich kann natürlich keine Betriebsversammlung einberufen, um das zu verkünden. Ein solch offizieller Appell würde auch kaum die gewünschte Wirkung haben.«

»Soll ich die Geschichte unter die Leute bringen?«

Eva war erleichtert, daß Lona so schnell begriffen hatte.

»Ja,«, sage sie, »ja, Lona, damit würden Sie mir einen großen Gefallen erweisen.«

Die Sekretärin pustete sich eine Locke aus der Stirn.

»Es wird mir ein Vergnügen sein.«

»Aber machen Sie es bitte nicht so, daß Ihre Kollegen den Eindruck haben, daß wir eine ... na, sagen wir ... Zweckpropaganda betreiben.«

»Das brauchen Sie mir nicht erst einzuschärfen, Frau Direktor! Ich weiß schon, wie man so etwas macht. Ich werde den größten Klatschtanten im Hause die Geschichte anvertrauen und sie schwören lassen, es nicht weiterzuerzählen ... dann weiß es spätestens heute abend das ganze Hotel, und gerade weil es ein Gerücht ist, wird jeder es glauben.«

»Sehr gut, Lona!«

Das junge Mädchen war schon Feuer und Flamme.

»Ich werde sagen«, überlegte sie eifrig, »Sie möchten nicht, daß jemand davon erfährt, damit keine Beunruhigung unter dem Personal entsteht ... das klingt doch glaubhaft, wie?«

»Unbedingt.«

Lona Simon sprang auf. »Na dann, also ... auf in den Kampf!« Ihre Aversion gegen Eva hatte sie für den Moment ganz vergessen.

Der Plan klappte, wie ihn die beiden Frauen ausgeheckt hatten. Für Eva stellte das eine gewisse Beruhigung dar. Sie konnte jetzt wenigstens sicher sein, daß das Personal gewarnt war. Mehr war im Augenblick nicht zu tun.

Es sollte sich bald herausstellen, daß sie sich nicht getäuscht hatte. Kaum eine Woche nach seiner Ankunft startete der Makler seinen wohlüberlegten Angriff; denn eines wußte er genau: Wenn er Eva Horster treffen wollte, dann war das nur über die Kinder möglich. Auf sie hatte sie die Zukunft des Hotels gestellt, und nur durch sie war sie zu ruinieren.

13

Eva hatte Teddy und Susi aus dem Internat geholt, und die beiden Kinder waren glücklich, wieder zu Hause zu sein. Susi hatte zwar ein schiefes Gesicht gezogen, als sie erfuhr, daß die Privatvilla vermietet war. Aber die Geschwister lebten sich beide rasch im Hotel ein, genossen die Ferien und das Zusammensein mit den zahlreichen Gästekindern.

Am 29. Juli rief Dr. Blücher an und bat Eva, ihren Mann

nach Hause zu holen. Urban Horsters Zustand hatte sich inzwischen erheblich gebessert, und ein weiterer Sanatoriumsaufenthalt schien überflüssig geworden zu sein.

Eva nahm diese Botschaft mit gemischten Gefühlen auf. So sehr sie sich auf die Heimkehr ihres Mannes freute, ängstigte sie sich doch davor, ihm das verwandelte Hotel zu zeigen. Aber sie hoffte trotz aller Zweifel, daß er verstehen würde, was und warum sie es getan hatte, und daß er sie loben würde.

Eine Stunde nach dem Mittagessen wollte sie mit den Kindern das Hotel verlassen, als ihr auffiel, daß Teddy seltsam blaß, fast grün im Gesicht war.

»Ist dir nicht gut?« fragte sie besorgt.

»Doch, doch«, behauptete Teddy, aber sein Gesicht war von Schmerz verzerrt.

In diesem Augenblick wurde die Tür aufgerissen und Lona Simon stürmte ins Zimmer.

»Es ist etwas Schreckliches passiert!« rief die Sekretärin. »Einige Kinder sind krank geworden . . . nach dem Mittagessen! Typhus!«

»Nein!«

Eva schrie es fast. Sie hatte im selben Augenblick, als Lona Simon das verhängnisvolle Wort »Typhus« ausgesprochen hatte, begriffen, daß dies die endgültige Katastrophe für das *Grandhotel Horster* bedeuten würde.

»Leider doch«, sagte die Sekretärin und zuckte die Schultern.

Ihre Ruhe machte Eva rasend. Sie hätte das Mädchen am liebsten an dem langen schwarzen Haar gezerrt, um einen Ausdruck der Erregung in dieses ungerührte Gesicht zu zwingen.

Aber sie wußte, daß sie sich zusammennehmen mußte, um jeden Preis. Wenn sie jetzt die Nerven verlor, war nichts mehr zu retten.

»War der Arzt schon da?« fragte sie.

»Nein. Noch nicht.«

»Ist er wenigstens verständigt?«

»Ich nehme doch an, daß . . .«

»Was Sie annehmen, interessiert mich nicht! Dort steht das Telefon . . . benachrichtigen Sie Doktor Winterbaumer! Er soll kommen. Sofort. Machen Sie ihm klar, wie dringend es ist.«

Erst jetzt wurde ihr bewußt, daß die beiden Kinder Zeugen dieses Gesprächs geworden waren. Sie wandte sich um, aber nur noch Susi war im Zimmer.

»Wo ist Teddy?« fragte sie.

»Auf der Toilette«, antwortete Susi.

In ihrem altklugen Gesichtchen stand ein seltsamer Ausdruck.

Aber Eva hatte jetzt keine Zeit, sich um sie zu kümmern. Sie wandte sich an Lona, die gerade den Telefonhörer aufgelegt hatte.

»Kommt Doktor Winterbaumer?« fragte sie.

»Er ist in fünf Minuten hier.«

»Wenn überhaupt noch kein Arzt nach den Kindern gesehen hat«, sagte Eva, »dann ist es vielleicht gar kein Typhus . . . wie kommen Sie überhaupt darauf?«

»Alle sagen es.«

»Wer? Alle?«

»Die Gäste. Sie behaupten . . .« Lona Simon stockte.

Eva zündete sich eine Zigarette an. »Na, reden Sie schon!«

»Ich wiederhole nur, was ich gehört habe«, erklärte Lona Simon, »nicht daß Sie denken, es sei meine eigene Meinung! Also, es wird gemunkelt, daß man den Kindern verdorbene Lebensmittel zu essen gegeben hätte . . .«

»Also . . . das ist doch . . .!«

»Ich weiß nicht, wer das aufgebracht hat. Der Koch ist natürlich außer sich, er will kündigen . . . und ich wette, daß auch die meisten Eltern schon abgereist wären, wenn eben nicht die Kinder so krank wären.«

Eva hatte das Gefühl, als schwanke der Boden unter ihr.

»Mein Gott!« stöhnte sie.

Lona Simon beobachtete sie mit kaum verborgener Schadenfreude.

»Wird es nicht Zeit für Sie, Frau Direktor?« fragte sie sanft. »Sie wollten doch fahren.«

»Jetzt nicht. Ganz unmöglich. Ich muß wenigstens warten, bis der Arzt . . .«

»Soll ich Herrn Direktor Horster abholen?«

Eva überlegte sich den Vorschlag des Mädchens.

»Nein«, sagte sie dann, »das geht auch nicht. Wer weiß, wie die Dinge sich entwickeln. Ich werde Sie wohl noch brauchen.«

»Aber dann . . .«

»Stellen Sie eine Verbindung zum Sanatorium her. Verlangen Sie Doktor Blücher . . .«

Eva lief ins Badezimmer. Der kleine Teddy saß, vor Schmerzen gekrümmt, auf der Toilette.

»Wie geht es dir, mein armer Schatz?« fragte sie.

Teddy konnte nicht sprechen. Susi antwortete an seiner Stelle.

»Er hat schrecklichen Durchfall!«

Eva legte die Hand auf die Stirn des Jungen. Sie war mit kaltem Schweiß bedeckt.

»Wenigstens kein Fieber«, sagte sie.

Aber auch das war keine wirkliche Beruhigung, denn sie hatte keine Ahnung, wie sich Typhus im Anfangsstadium äußerte.

»Frau Direktor«, rief Lona Simon vom Zimmer her, »ich habe die Verbindung . . .«

Eva lief zum Telefon und meldete sich. Dann bedeckte sie die Sprechmuschel mit der Hand und wandte sich an die Sekretärin.

»Gehen Sie ins Büro hinunter, Lona, bleiben Sie auf Ihrem Posten, aber geben Sie am Empfang Nachricht, daß man sofort heraufruft, wenn der Arzt das Haus betritt!«

»Ja, gnädige Frau, was gibt es?« fragte Dr. Blücher durch das Telefon.

Eva gab die Sprechmuschel frei.

»Leider etwas sehr Ungutes«, erwiderte sie. »Mein Sohn ... mein Stiefsohn ... ist erkrankt. Und ich wage nicht, ihn allein zu lassen, bevor der Arzt da war.«

»Etwas Schlimmes?«

»Ich kann es noch nicht übersehen.«

»Sie werden also erst später eintreffen?«

»Wenn es mir irgend möglich ist, ja. Aber es kann sein, daß ich heute gar nicht mehr wegkomme.«

»Nun, dann wird es besser sein, ich sage Ihrem Gatten, daß Sie erst morgen kommen. Es wäre schlecht, wenn wir ihn unnötig warten ließen.«

»Ja. Das ist sicher richtig. Haben Sie Dank für Ihr Verständnis. Bis morgen also.«

Eva hängte ein.

Das Telefon klingelte wieder. Eva nahm den Hörer ab.

»Herr Doktor Winterbaumer ist gerade angekommen«, meldete der Empfangschef. »Er fragt, ob er zuerst nach Teddy sehen soll ...«

Eva zögerte. Sie hätte gern Gewißheit über den Zustand ihres Sohnes gehabt. Aber sie wußte, daß die anderen Eltern genausosehr um ihre eigenen Kinder bangten.

»Nein«, sagte sie, »er soll zuletzt zu mir kommen ...«

Teddy, immer noch grün im Gesicht, schwankte ins Zimmer.

»Hast du dir die Hände gewaschen?« fragte Eva.

Er schüttelte den Kopf.

»Das mußt du aber tun. Komm mit! Ich gebe dir ein Desinfektionsmittel ins Waschwasser.«

Sie führte den Jungen ins Badezimmer zurück, blieb bei ihm und kontrollierte, daß er sich die Hände gründlich wusch.

Dann zog sie ihn aus und brachte ihn zu Bett.

»Jetzt bleib schön liegen, mach die Augen zu, Teddy ... gleich kommt der Doktor ...«

Als Eva sich den Wirtschaftsräumen näherte, hörte sie schon von weitem die aufgebrachte Stimme des Kochs.

»Das ist unzumutbar!« schrie er. »Ganz und gar unzumutbar! Ich habe die Chefin gewarnt ... niemand kann mir nachsagen, daß ich sie nicht gewarnt hätte. Es mußte ja so kommen ...«

Er stockte mitten im Satz, als Eva die Tür zur Hotelküche öffnete und eintrat.

Sie warf einen raschen Blick durch den Raum, stellte fest, daß alle den Vorfall diskutiert und niemand gearbeitet hatte. Es herrschte größte Unordnung, und das ungespülte Geschirr stapelte sich. Selbst jetzt, bei ihrem Eintritt, waren zwar alle verstummt, aber niemand versuchte, sich auch nur den Anschein einer Tätigkeit zu geben.

Peter Stünzli, der Koch, hatte sich als erster gefaßt.

»Gut, daß Sie kommen, Frau Direktor!« rief er. »Da kann ich gleich meine Kündigung vorbringen ... jawohl, ich kündige, und zwar fristlos. Niemand kann mir zumuten, länger in diesem Hause zu arbeiten!«

Er riß sich mit einer theatralischen Geste die hohe Mütze vom Kopf, schleuderte sie zu Boden und begann, die Bänder seiner Schürze zu lösen.

»Herr Stünzli«, sagte Eva beruhigend, »ich verstehe Ihre Erregung durchaus. Dennoch würde ich mir an Ihrer Stelle diesen Schritt noch reiflich überlegen.«

»Ich weiß genau, was ich zu tun habe. Ich dürfte längst nicht mehr hiersein. Schon damals, als diese Sache mit dem Kindermittagstisch aufkam, hätte ich auf und davon gehen sollen!«

»Diesen Moment«, sagte Eva Horster, »haben Sie aber verpaßt, Herr Stünzli. Und jetzt, fürchte ich, ist mit dem Weglaufen nichts mehr geholfen. Sie würden sich damit nur ins Unrecht setzen. Wer, glauben Sie, engagiert einen Koch, an dessen Verpflegung eine ganze Schar Kinder erkrankt ist?«

»Das ist eine Lüge«, donnerte der Koch, »eine hundsgemeine Lüge! Mein Essen war in Ordnung!«

»Lieber Herr Stünzli, das müssen Sie erst beweisen!«

Der Koch trat auf Eva zu und ballte die mächtigen Fäuste, als ob er sie schlagen wollte. Atemlose Stille herrschte auf einmal in der Küche. Aber Eva begegnete seinem Blick mit Festigkeit, sie wich auch nicht einen Schritt zurück.

Der Koch ließ seine Fäuste sinken und wurde plötzlich verlegen wie ein ertappter Schuljunge.

»Herr Stünzli«, sagte Eva sanft, aber eindringlich, »ich weiß, daß Ihnen kein Fehler unterlaufen ist. Aber was geschehen ist, ist geschehen, und mit Schreien und Toben schaffen Sie die unangenehmen Tatsachen nicht aus der Welt.«

»Wie denn?«

»Indem Sie mit mir zusammen den Fall in aller Ruhe untersuchen. Meines Erachtens steht nicht einmal fest, ob die Erkrankung der Kinder überhaupt mit dem Mittagessen zusammenhängt. Man weiß ja nie, was Kinder alles in den Mund nehmen ... vielleicht haben sie an giftigen Blättern gekaut, oder was weiß ich. An uns liegt es, zu beweisen, daß das Mittagessen in Ordnung war.«

Sie wandte sich an eine der Küchenhilfen.

»Bitte, holen Sie Schwester Veronika, Sie hatte die Aufsicht, nicht wahr? Ich bin sicher, daß sie uns helfen kann.«

Die Küchenhilfe wischte sich die Hände an der Schürze ab und verschwand.

»Ich verstehe immer noch nicht ...«, sagte der Koch.

»Die Kinder hatten heute mittag Suppe, Spinat, Frikadellen, Kartoffeln und Karamelpudding, stimmt das?«

»Ja.«

»Was ist aus dem Speisezimmer zurückgekommen?«

»Salzkartoffeln.«

»Na, ich denke, das wird uns kaum weiterbringen. Ich habe noch niemals gehört, daß jemand durch den Genuß von Salzkartoffeln krank geworden ist.«

»Sie sind erst heute früh geschält worden und waren vollkommen in Ordnung.«

»Wo sind sie?«

»In einer Schüssel im Kühlschrank. Ich wollte sie heute abend aufbraten.«

»Bitte, holen Sie sie heraus.«

Eva ging mit dem Koch zum Kühlschrank und sah zu, wie er die Schüssel mit den Kartoffeln herausnahm.

»Spinat ist nicht übriggeblieben?« fragte sie.

Der Koch runzelte die Stirn.

»Ich glaube doch«, sagte er und begann, den Inhalt des Kühlschranks zu untersuchen.

»Den hat der Fritz gegessen!« rief eines der Mädchen.

Eva wandte sich an den Lehrjungen. »Stimmt das, Fritz?«

»Es war nur ganz wenig.«

»Ein Teller voll!« rief das Mädchen wieder.

Fritz war puterrot geworden und warf der Angeberin einen giftigen Blick zu.

»Du weißt, daß du nichts heimlich essen darfst«, rügte Eva ihn, »aber im Augenblick ist das nicht so wichtig. Mich interessiert nur . . . wie hat der Spinat geschmeckt?«

»Prima.«

»Und du hast dich nachher nicht schlecht gefühlt?«

»Nein.«

»Na, dann denke ich, können wir den Spinat von unserer Liste streichen.«

»Hier sind noch drei Frikadellen«, sagte der Koch.

»Stellen Sie sie zu den Kartoffeln. Wir müssen sie untersuchen lassen. Und was ist mit dem Karamelpudding?«

»Davon sind zwei Portionen zurückgekommen, aus dem

großen Speisesaal sieben. Ich habe alle unter das Personal verteilt.«

Eva sah die Leute prüfend an.

»Und Beschwerden hat niemand?«

Einige sahen zu Boden, wichen ihrem Blick aus, andere schüttelten die Köpfe.

»Und wie steht es mit der Suppe?« forschte Eva weiter.

Der Koch holte wortlos einen kleinen Topf aus dem Kühlschrank und stellte ihn auf den Tisch.

»Hier ist sie. Aber es kann nichts dran fehlen. Ich hab' vorher abgeschmeckt. Auch die im großen Speisesaal haben davon gegessen. Aber niemand ist krank geworden.«

Eva nahm den Deckel vom Topf.

»Ist das die Suppe, die aus dem Kinderzimmer zurückgekommen ist? Oder haben Sie sie mit der anderen zusammengeschüttet?«

»Die stammt nur aus dem Kinderzimmer.«

»Sehr gut. Lassen Sie bitte die Reste in Marmeladengläser füllen und beiseite stellen. Ich werde sie nachher Doktor Winterbaumer mitgeben, um sie chemisch untersuchen zu lassen.«

Schwester Veronika Werndel kam herein, gefolgt von der jungen Küchenhilfe.

»Frau Direktor«, rief sie, »das alles ist so entsetzlich! Sie können sich gar nicht vorstellen, wie leid es mir tut . . .«

»Doch, das kann ich. Die Angelegenheit ist für uns alle gleich unangenehm.«

»Sie müssen mir glauben, daß ich bestimmt nichts damit zu tun habe!«

»Daran zweifle ich keinen Augenblick, Schwester Veronika. Aber ich glaube, Sie müßten uns helfen können. Haben Sie selbst von allen Gängen heute mittag gegessen?«

»Ja. Außer Suppe. Suppe esse ich nie, weil . . . na ja, ich möchte nicht dick werden.«

»Und alles ist Ihnen gut bekommen?«

»Durchaus. Es hat ausgezeichnet geschmeckt. Alle Kinder haben mit gutem Appetit gegessen.«

»Wer von den Kindern ist nun eigentlich erkrankt, Schwester Veronika? Alle? Nein, das kann nicht sein. Susi ist ganz munter.«

Erschrocken fügte sie hinzu: »Und Babsy fehlt doch hoffentlich auch nichts? Davon hätten Sie mich doch benachrichtigt?«

»Nein, Babsy ist ganz vergnügt, auch Otto Kerst und die kleine Helga Müller sind gesund. Alle anderen hat es erwischt.«

»Nun denken Sie mal ganz ruhig nach, Schwester Veronika, lassen Sie sich Zeit mit der Antwort! Haben Helga, Otto, Susi und auch Babsy genau das gleiche gegessen wie die anderen?«

»Bestimmt«, sagte Herr Stünzli mit Überzeugung, »und das beweist, daß die Erkrankung nicht mit meinem Essen zusammenhängen kann?«

»Nein«, sagte Schwester Veronika, »nein, leider nicht . . .«

Alle starrten sie an.

»Die vier haben keine Suppe gegessen«, sagte Veronika Werndel fast schuldbewußt, »genau wie ich!«

»Quatsch«, rief Herr Stünzli, »völliger Quatsch! Ich habe die Suppe aus dem großen Kessel geschöpft . . . Es sind heute mittag bestimmt mehr als zwanzig Portionen im großen Speisesaal davon bestellt worden, und niemand ist krank geworden! Ich selber habe einen Teller davon gegessen und . . .«

»Vielleicht kommt's daher,«, meinte Schwester Veronika zaghaft, »daß die Kinder eben doch zarter sind.«

»Meine Suppen kann jeder essen! Selbst ein Baby!« schrie der Koch aufgebracht.

»Ja«, platzte Fritz, der Kochlehrling, heraus; »aber nur, wenn sie nicht vergiftet sind!«

Alle blickten ihn an, und er wurde krebsrot.

»Wie meinst du das?« fragte Eva scharf.

»Na, das ist doch ganz klar! Wenn die Suppe in Ordnung war, als sie vom Herd kam . . . und wenn allen anderen nichts passiert ist . . . dann muß eben der Inhalt der Schüssel, die ins Kinderzimmer kam, vergiftet worden sein!«

Der Koch nahm einen Löffel voll Suppe, hielt ihn sich unter die Nase und schnupperte daran.

»Riecht merkwürdig«, sagte er.

Er wollte kosten, aber Eva hielt ihn zurück.

»Tun Sie das nicht . . . bitte nicht. Das hätte mir gerade noch gefehlt, daß auch Sie krank werden! Die chemische Untersuchung wird Klarheit bringen.«

Aber Eva Horster wußte genau, daß es ihnen allen sehr wenig helfen würde, wenn sich herausstellen sollte, daß die Suppe vergiftet war. Die Vorstellung, daß den Kindern eine vergiftete Suppe serviert worden war, würde bestimmt nicht zur Beruhigung der Gäste beitragen.

Später saß Eva mit Dr. Winterbaumer zusammen in ihrem kleinen Wohnzimmer.

Die zugebundenen Marmeladengläser mit den Speiseresten standen zwischen ihnen auf dem Tisch.

»Sehr vernünftig, daß Sie die Überreste der Mahlzeit sichergestellt haben, Frau Horster«, sagte der alte Arzt.

»Bitte, sagen Sie mir ganz ehrlich, um was für eine Krankheit es sich bei den Kindern handelt.«

»Um eine Lebensmittelvergiftung.«

»Was?«

»Ich wußte, daß Sie das nicht gern hören würden, gnädige Frau. Aber leider kann ich Ihnen nichts anderes sagen. Alle Anzeichen deuten darauf hin, daß die Kinder etwas Unbekömmliches gegessen haben.«

»Aber . . . Sie sagten doch . . . Vergiftung!«

»Sie haben mich falsch verstanden, gnädige Frau. Ich nehme nicht an, daß die Speisen vergiftet waren, sondern daß die Kinder durch eine ... vielleicht nicht mehr ganz frische ... Speise vergiftet worden sind.«

»Aber das ist ausgeschlossen! In meiner Küche ...!«

Dr. Winterbaumer legte beruhigend die Hand auf Evas Arm.

»Nehmen Sie es nicht so tragisch, gnädige Frau!«

»Aber es ist tragisch, Herr Doktor! Noch ist es mir gelungen, die Eltern der erkrankten Kinder zu beruhigen, sie wenigstens zum Abwarten zu überreden ... und auch das, fürchte ich, nur, weil keines der Kleinen im Augenblick transportfähig ist. Wenn sich wirklich herausstellen sollte, daß jemand aus dem Hotel schuld ist, werden alle ihre Koffer packen! Schlimmer noch, die Sache wird sich im Nu herumsprechen, und es wird Absagen hageln. Wir wären ruiniert!«

Eva hatte sich bis jetzt mühsam beherrscht. Nun aber konnte sie nicht länger verhindern, daß ihr Tränen in die Augen stiegen.

»So schlimm wird's schon nicht werden«, tröstete Dr. Winterbaumer.

Aber er fühlte selbst, daß das nicht überzeugend klang.

Eva straffte die Schultern.

»Was haben Sie den Eltern gesagt? Über Art und Ursache der Erkrankung?«

Dr. Winterbaumer lächelte.

»Ich habe mich lateinisch ausgedrückt. Das ist immer die wirkungsvollste Methode, wenn man selbst noch keine rechte Klarheit gewonnen hat.«

Eva erhob sich und reichte dem alten Arzt die Hand.

»Ich danke Ihnen, Herr Doktor. Das war sehr anständig von Ihnen.«

»Es tut mir leid, daß ich nicht mehr tun konnte. Ich habe natürlich nicht verhindern können, daß die Eltern die Erkrankung der Kinder mit den im Hotel genossenen Speisen in Verbindung gebracht haben ... diese Schlußfolgerung ergab sich ja von selbst.«

14

Als Eva das Kinderschlafzimmer betrat, saß Susi in der Nähe des Fensters und las. Sie legte den Finger auf die Lippen, als sie ihre Stiefmutter sah.

»Teddy schläft«, flüsterte sie.

Eva beugte sich über den Jungen. Sein Gesicht wirkte eingefallen, die Nase seltsam spitz, aber die Haut hatte schon eine bessere Farbe bekommen.

»Kann ich jetzt runtergehen?« fragte Susi.

»Nein. Bitte, bleib noch etwas bei ihm.«

Auf Zehenspitzen verließ Eva das Zimmer.

Als sie auf dem Gang stand, glaubte sie, das Telefon in ihrem Zimmer klingeln zu hören. Sie drehte sich um und lief zurück. Sie hatte sich nicht geirrt, es klingelte tatsächlich.

Eva lief um die Betten herum und zum Nachttisch – an diesem Morgen hatte sie ihre Sachen in das große Doppelzimmer des Appartements räumen lassen –, nahm den Hörer ab und meldete sich.

»Gut, daß ich Sie endlich erreiche, Frau Direktor«, sagte Herr Thomas, der Empfangschef, »ich wollte Sie nur benachrichtigen . . . Herr Direktor Horster ist eben eingetroffen!«

»Mein Mann?«

»Ja. Er ist schon auf dem Weg nach oben. Er muß jeden Augenblick bei Ihnen sein.«

Eva rang nach Fassung. »Danke«, sagte sie endlich, »ich danke Ihnen, Herr Thomas.«

Langsam ließ sie den Hörer auf die Gabel sinken.

Fast im gleichen Augenblick öffnete sich die Tür, und Urban Horster erschien. Er lächelte.

»Na«, fragte er, »überrascht? Oder hat dein Nachrichtendienst funktioniert?«

»Urban«, rief sie, »o, Urban . . . gut, daß du endlich wieder da bist!«

Sie flog ihm in die Arme und umklammerte ihn, halb weinend, halb lachend.

Er war es, der sich als erster aus dieser Umarmung löste.

»Na«, sagte er und sah sich um, »hier haust du also . . .«

Sie lächelte zu ihm auf.

»Nein, Urban«, sagte sie, »hier werden wir leben! Ich habe nebenan gewohnt, in dem kleinen Einzelzimmer.«

»Du hast also unser Haus wirklich vermietet?«

»Warum fragst du das? Du weißt es ja längst. Ich mußte es tun. Die Amerikaner zahlen mit harten Dollars . . . und außerdem, es war wirklich besser, daß ich im Hotel wohnte.«

»Du hättest mich wenigstens fragen sollen!«

»Als wenn ich das nicht gewollt hätte! Aber die Ärzte haben es mir immer wieder verboten.«

»Das kann ich glauben oder nicht.«

Sie umklammerte seinen Arm.

»Urban«, sagte sie, »bitte . . . bitte . . . mach mir jetzt keine Vorwürfe. Ich werde dir alles erklären, was ich getan habe, und warum ich es tun mußte. Jetzt bist du da und kannst die Zügel wieder in deine Hände nehmen.«

»Das werde ich auch tun«, entgegnete er hart, »da kannst du dich drauf verlassen.«

»Das sollst du ja auch! Nur schimpf nicht mit mir. Ich habe schreckliche Sorgen.«

»Ach ja, Teddy! Ist er wirklich krank?«

»Nicht nur er«, erwiderte Eva, »einundzwanzig Kinder. Doktor Winterbaumer sagt . . .« Sie mußte schlucken.

»Er sagt, es handelt sich um eine Lebensmittelvergiftung. Aber ich kann es nicht glauben, es ist einfach nicht möglich! Du kennst doch Peter Stünzli . . . es ist doch einfach undenkbar . . .«

Urban trat auf sie zu und nahm sie in die Arme – eine

Sekunde zuckte sie zurück, dann aber ließ sie ihren Kopf erschöpft an seine Brust sinken.

»Eva, Liebes«, sagte er zart, »worüber machst du dir Sorgen? Jetzt bin ich ja wieder da . . . ich, dein Mann! Ich werde die Sache schon wieder in Ordnung bringen.«

Sie hätte ihm so gern alles überlassen, sie liebte ihn, sie wünschte nichts sehnlicher, als endlich wieder nur Frau und Mutter sein zu dürfen. Aber sie konnte sich nicht zu der Überzeugung durchringen, daß er alles richtig machen würde.

»Was hast du vor?« fragte sie leise.

»Höchst einfach! Ich werde mich bei den Eltern der Kinder entschuldigen, werde ihnen versprechen, daß der Schuldige bestraft wird.«

»Aber du weißt doch gar nicht, wer es war . . . und ob es überhaupt jemand war!«

Er lachte. »Das ist völlig gleichgültig, Eva. Hauptsache, die Gäste glauben mir!«

»Und du bist sicher, daß sie sich mit einer solchen Erklärung zufriedengeben werden?«

»Natürlich nicht. Die meisten werden abreisen . . .«

»Und sie werden das, was sie hier erlebt haben, überall erzählen!« fiel sie ihm ins Wort.

»Das läßt sich nicht ändern, ist auch nicht so wichtig.«

Sie sah ihn erstaunt an.

»Ich versteh' dich nicht, Urban!«

»Immer noch nicht? Willst du nicht begreifen, daß ich auf Gäste dieser Art gar keinen Wert lege? Das *Grandhotel Horster* war immer ein Haus ersten Ranges . . . kein Kindergarten!«

Sie zuckte zusammen. »Urban . . .«

»Ich weiß, du hast es gut gemeint«, sagte er begütigend, »du hast getan, was du konntest. Es ist nicht deine Schuld, daß dir die nötige Erfahrung gefehlt hat!«

Sie schluckte diese Kränkung, machte sich aber unwillkürlich von ihm los.

»Urban«, sagte sie beherrscht, »ich fürchte, du hast immer noch nicht ganz verstanden ... Wir haben von diesen Kindern gelebt! In der Vorsaison haben wir, seit Jahren zum erstenmal, wieder ein wirklich gutes Geschäft ...«

»Wie wahr!« unterbrach er sie spöttisch. »Ich war zu taktvoll, dir das so offen zu sagen ... *du* bist es, Eva, die uns in den Ruin geführt hat! Wärst du nicht auf diese Schnapsidee mit den Kindern gekommen ...«

»Aber es ist doch nicht meine Schuld, daß sie erkrankt sind!«

»Nicht? Stammt also diese herrliche Idee mit dem gesonderten Kindermittagstisch nicht von dir?«

»Ja, ja, und tausendmal ja! Es war eine gute Idee, wir haben goldrichtig gelegen. Wenn diese schreckliche Geschichte nicht passiert wäre ...«

»Aber sie ist passiert, und jeder, der auch nur das geringste vom Hotelfach versteht, hätte dir voraussagen können, daß dies oder etwas Ähnliches geschehen würde.«

Plötzlich wurde es Eva bewußt, daß sie nicht wie Eheleute, die nach langer Trennung endlich wieder vereint sind, miteinander sprachen, sondern wie zwei erbitterte Feinde.

Sie streckte die Hand aus und berührte seinen Arm.

»Urban«, sagte sie, »findest du wirklich, daß dies der richtige Moment für einen Streit ist?«

»Wer streitet denn?« gab er zurück. »Doch du und nur du! Weil du nicht einsehen willst ...«

Sie schnitt ihm das Wort ab.

»Laß uns zusammenhalten, Urban«, bat sie, »wenigstens so lange, bis diese Angelegenheit geklärt ist. Danach können wir uns immer noch in aller Ruhe darüber unterhalten, wie es weitergehen soll.«

Einen Augenblick sah es aus, als ob er eine heftige Entgegnung auf der Zunge hätte. Aber er sprach sie nicht aus.

»Schön«, sagte er gefügig, »also ... was erwartest du von mir?«

»Geh zu den Eltern, versuch sie zu beruhigen. Sag ihnen, daß alles getan wird, um den Fall zu klären. Bring sie dazu, daß sie uns weiter vertrauen ... daß sie bleiben!«

Er lächelte.

»Also, so hast du dir das gedacht! Ich soll die Suppe auslöffeln, die du dir eingebrockt hast?«

»Du kannst doch so gut mit Menschen umgehen«, schmeichelte sie, »viel besser als ich. Bitte, tu mir den Gefallen!«

»Gegen meine innere Überzeugung?«

»Es geht um das Hotel, Urban ... um *dein* Hotel!«

»Gerade deshalb bin ich der Ansicht, wir sollten froh sein, wenn wir die Leute auf diese Weise loskriegen. Dann haben wir endlich wieder Platz für seriöse Gäste.«

»Aber sie sind seriös, Urban! Es spricht doch nicht gegen sie, daß sie Familie haben und daß sie sich auch in den Ferien nicht von ihren Kindern trennen wollen.«

»Dann sollen sie sich gefälligst auch um sie kümmern und die Verantwortung nicht fremden Menschen aufhalsen!«

Eva war so erschöpft, daß sie beinahe in Tränen ausgebrochen wäre.

»Willst du mir helfen oder nicht?« fragte sie müde.

»Willst du tun, was ich dir sage, und diese Leute nach Hause schicken oder nicht?« stellte er die Gegenfrage.

»Nein, Urban, das kann ich nicht.«

»Weil du nicht zugeben willst, daß du einen Fehler gemacht hast!«

»Nein, Urban, weil es falsch wäre ... der Anfang vom Ende. Glaub mir doch!«

»Na schön, wenn du so dickköpfig bist, dann sieh zu, wie du allein fertig wirst.«

Eva wollte noch etwas sagen, aber in diesem Augenblick klopfte es, und der Hausdiener brachte die Koffer herein. Sie hatte das Gefühl, daß der Mann draußen gelauscht hatte, und dieser Eindruck steigerte ihr Unbehagen.

»Wenn du mit den Kindern sprechen willst«, sagte sie nur noch, »sie sind nebenan. Ich werde mich um die Gäste kümmern.«

Und sie machte sich auf diesen schweren Gang.

Die Eltern der Kinder, besorgt, verärgert, verwirrt, wußten eigentlich selbst nicht recht, was jetzt zu tun war. Sie alle hatten sich bisher so wohl im *Grandhotel Horster* gefühlt, die Betreuung der Kinder war eine solche Erleichterung, besonders für die Mütter gewesen, daß sie nur ungern ihren Aufenthalt beendeten.

So hatten sie den überzeugenden Worten Evas, die um den guten Ruf des Hotels kämpfte, kein wirkliches Argument entgegenzusetzen.

»Sie wissen, wie entsetzlich mir das Ganze ist«, erklärte sie immer wieder, »glauben Sie mir, ich kann mir den Vorfall genausowenig erklären wie Sie selbst. Ich habe alle Essensreste Doktor Winterbaumer zur chemischen Untersuchung mitgegeben ... Ich bin sicher, daß diese Untersuchung Klarheit schaffen wird. Entscheiden Sie jetzt noch nichts, warten Sie das Untersuchungsergebnis ab ... dann können Sie immer noch Ihren Entschluß fassen. Ich weiß, wie furchtbar das alles ist, ich bin ja selbst eine Mutter ... vergessen Sie bitte nicht, daß auch mein Sohn erkrankt ist!«

Die Eltern reagierten ganz verschieden, je nach Temperament und Erziehung. Einige entschuldigten sich fast dafür, daß Eva durch die Kinder solchen Ärger hatte, andere zeigten sich einsichtig und objektiv, aber es gab auch aufgebrachte Väter, die die Hoteldirektorin mit einer Kanonade von Beschimpfungen und Vorwürfen empfingen, mit der sie ihre eigene Sorge abreagierten.

Aber alle gaben schließlich nach und versprachen, mit

der Abreise noch zu warten. Eva hatte das Gefühl, das Schwierigste geschafft zu haben. Doch sie war sich auch darüber im klaren, daß sie, wie auch immer das Untersuchungsergebnis ausfallen mochte, nicht allein mit dieser Sache fertig werden konnte.

Ihr Mann wollte ihr nicht helfen, also mußte sie sich nach einer Unterstützung von anderer Seite umsehen, und wieder gab es nur einen Menschen, von dem sie hoffen konnte, daß er ihr zur Seite stehen würde. Konrad Kilius.

Eva fuhr ins Erdgeschoß hinunter und öffnete die Tür zum Chefbüro. Sie traute ihren Augen nicht.

Urban hatte auf seinem alten Platz hinter dem schweren Schreibtisch Platz genommen. Ihm gegenüber saß Lona Simon, die Beine übereinandergeschlagen, so daß der enge Rock nicht nur ihre Knie, sondern dazu noch ein gutes Stück der Oberschenkel freigab.

Beide starrten Eva an, die in der offenen Tür stehenblieb – aber niemand machte Anstalten aufzustehen, sich zu entschuldigen, ihr die Situation zu erklären. Sie saßen einfach da, Urban Horster mit bösen, fest zusammengepreßten Lippen, Lona Simon mit unverhohlenem Spott in den dunklen Augen.

Langsam drehte Eva sich um und ging. Es war ihr, als ob sie einen brutalen Schlag ins Gesicht bekommen hätte.

Sie konnte ihre Beherrschung gerade noch bewahren, bis sie die Tür des geräumigen Doppelbettzimmers im fünften Stock hinter sich geschlossen hatte. Dann brach sie zusammen. Sie warf sich über das Bett, verbarg den Kopf in den Armen und weinte bitterlich.

Sie weinte so heftig, daß sie gar nicht hörte, wie sich die Tür zum Nebenzimmer öffnete und nackte Füße sich ihrem Bett näherten. Erst als sie eine zaghafte Hand auf ihrem Haar fühlte, wurde ihr bewußt, daß sie nicht allein war.

Sie warf sich herum und sah ihren kleinen Stiefsohn vor sich.

»Mutti«, fragte der Kleine erschrocken, »was ist denn passiert?«

Eva trocknete ihre Tränen ab, versuchte ihr Schluchzen zu unterdrücken.

»Nichts, gar nichts, Teddy ... geh rasch wieder in dein Bett!«

»Aber ich habe dich weinen hören!«

Eva zwang sich zu einem Lächeln.

»Ja, Teddy«, sagte sie, »ja, ich habe geweint ... aber jetzt ist es schon wieder vorbei. Du weinst doch auch manchmal!«

»Ja«, gab er zu, »aber bei mir ist das was anderes. Ich bin ja auch noch nicht erwachsen.«

»Vielleicht bin ich es auch noch nicht ganz.«

»Hast du geweint wegen der ... Suppe?«

Eva richtete sich auf.

»Wie kommst du drauf?«

Teddy schlug die Augen nieder.

»Nur so«, stammelte er, »weil ... ich dachte eben ...«

Eva begann, die Wahrheit zu ahnen.

»Teddy«, bat sie, »du weißt etwas ... sag es mir! Was du auch getan hast ... niemand wird mit dir schelten. Ich muß die Wahrheit wissen!«

Susi schoß aus dem Nebenzimmer und stürzte sich auf Teddy.

»Nichts wird er sagen«, schrie sie, »kein Wort! Er weiß auch gar nichts, glaub mir!«

»Pfui, Susi«, sagte Eva, »erst einmal lauscht man nicht ...«

»Die Tür stand ja offen!«

»Und zweitens sollte ein kleines Mädchen nicht lügen. Laß mich jetzt mit Teddy allein!«

»Nein!« schrie Susi. Dann wandte sie sich an ihren Bruder. »Wenn du Mutti was sagst, bist du ein alter Petzer, und ich werde nie mehr ein Wort mit dir sprechen!«

Eva stand auf. Sie ging auf Teddy zu, zog ihn eng an sich und wehrte Susi ab.

»Du bist sehr unvernünftig, Susi«, sagte sie, »wenn du dich weiter so benimmst, werde ich deinen Vater rufen.«

Teddy und Susi sahen sich an.

»Gut«, sagte Susi schließlich, »wir wollen dir alles sagen.«

»Aber wir können wirklich nichts dafür!« rief Teddy. »Es war Otto Kerst, er hat die Sache ausgeheckt.«

Eva hob den Jungen hoch.

»So«, sagte sie, »jetzt bringe ich dich erst mal wieder ins Bett . . . und dann werden wir die ganze Sache durchsprechen! Fühlst du dich eigentlich schon besser?«

Teddy schmiegte sein Gesicht an die Wange der Stiefmutter. »Viel besser!«

Eva hatte den Jungen schon in das Nebenzimmer getragen.

»Das ist fein! Schlag die Decke zurück, Susi . . . ja, so ist's recht!«

Sie legte Teddy sanft wieder in sein Bett und deckte ihn zu.

»Und jetzt erzählt mir, aber schön der Reihe nach . . . was hat Otto Kerst getan?«

»Er hat mit den anderen Jungen eine Wette abgeschlossen«, sagte Susi, »eine richtig blöde Wette! Er hat ein Glas Wasser aus dem Schwimmbecken getrunken . . . ja, aus dem Schwimmbecken! Und dann hat er mit den anderen gewettet, sie könnten das nicht!«

»Um ein Eis!« sagte Teddy. »Er wollte jedem von uns ein Eis spendieren, wenn wir es doch fertigbrächten.«

»Sie wollten es natürlich alle gleich beweisen«, erzählte Susi, »aber da hat Otto Kerst gesagt, dann würden sie bestimmt von Schwester Veronika erwischt . . . und er hat ihnen gesagt, er würde eine Flasche mit Wasser in die Suppe schütten! Wenn die Jungen jeder ihren Teller aufäßen, dann hätten sie gewonnen.«

»Und das habt ihr getan?« fragte Eva.

»Ja«, antwortete Teddy.

Er sah das nachdenkliche Gesicht seiner Stiefmutter.

»Wir haben uns ja nichts dabei gedacht«, sagte er. »Wir haben ja nicht geahnt, daß man von Wasser krank werden kann.«

Eva strich Teddy über die braunen Locken.

»Da wäre ich auch nicht drauf gekommen«, meinte sie.

»Aber es war bestimmt gar kein Wasser«, sagte Susi, »es war etwas anderes, Giftiges.«

»Hast du das gesehen?« fragte Eva.

»Nein. Aber gedacht habe ich es mir. Denn sonst hätte Otto Kerst doch auch von der Suppe gegessen. Er ißt sie doch jeden Tag. Aber als er ablehnte, da habe ich mir auch lieber nichts geben lassen.«

»Und du hast Teddy nicht gewarnt?«

»Doch, aber Jungen können so blöd sein. Er wollte nicht auf mich hören.«

»Ich dachte, du gönntest mir bloß das Eis nicht«, sagte Teddy leise. »Bist du jetzt sehr böse, Mutti?«

»Nein, gar nicht . . . Im Gegenteil, ich danke euch, daß ihr mir die Wahrheit gesagt habt.«

Eva schloß die Verbindungstür sorgfältig hinter sich, bevor sie sich durch die Telefonzentrale mit Konrad Kilius in München verbinden ließ.

Es dauerte eine Weile, bis seine Sekretärin ihn ans Telefon holen konnte.

Aber dann war er, wie immer, von einer gleichzeitig sachlichen und besorgten Aufmerksamkeit, die ihr guttat.

Sie erzählte in knappen Worten alles, was sich in den letzten Stunden zugetragen hatte.

»Ich bin sicher, daß die beiden nicht lügen«, schloß sie, »soviel Phantasie haben sie gar nicht, sich eine solch haarsträubende Geschichte auszudenken.«

»Und was willst du jetzt tun?«

»Das weiß ich eben nicht. Ich dachte, du könntest mir raten.«

»Paß auf, Eva«, sagte er, »unternimm jetzt erst mal gar nichts, ja? Halt dich zurück, wenn es auch schwerfällt. Warte, bis ich komme.«

»Wann?«

»Ich werde in einer halben Stunde losfahren ... bin also noch am späten Abend in Baden-Baden!«

»Oh, Konrad«, sagte Eva dankbar, »wenn ich dich nicht hätte!«

»Mich wundert es, ehrlich gestanden, daß du mich überhaupt noch brauchst!«

»Wieso?«

»Nun, immerhin ist dein Mann doch jetzt zurückgekommen, wie du mir eben erzählt hast.«

»Er ... Konrad, das werde ich dir erklären, wenn du kommst.«

»Bis nachher dann!« verabschiedete sich Konrad.

Eva legte auf, zündete sich eine Zigarette an und ließ sich erschöpft in einen Sessel sinken.

Sie seufzte schwer. Das Telefon neben ihr klingelte, sie nahm den Hörer ab, hoffte, daß es ihr Mann sein würde. Aber es war Dr. Winterbaumer, der sich meldete.

»Hallo, gnädige Frau«, sagte er.

»Ich habe jetzt das Ergebnis der chemischen Untersuchung vorliegen.«

»Bitte sagen Sie mir, was dabei herausgekommen ist! Es lag an der Suppe, nicht wahr?«

»Ich bewundere Ihre hellseherischen Fähigkeiten, Frau Horster. Ja, es kann tatsächlich nur die Suppe gewesen sein. Sie enthielt ... na, raten Sie mal, was?«

»Ein Gift?«

»Nein. Ol ricini, zu deutsch: Rizinusöl.«

»Rizinusöl?« rief Eva. »Jetzt verstehe ich alles!«

»Dann sind Sie klüger als ich.«

»Nein, nein! Ich habe nur in der Zwischenzeit einiges erfahren. Sagen Sie, Herr Doktor ... ist Rizinusöl in diesen Mengen schädlich?«

»Nein. Durchaus nicht. Ich werde heute abend noch einmal ins Hotel kommen, um die Eltern persönlich zu beruhigen. Die Kleinen werden sich morgen wieder puppenmunter fühlen, und einige werden schon heute einen Riesenappetit entwickeln.«

»Dürfen sie alles essen?«

»Was ihr Herz begehrt. Alle Diätvorschriften sind überflüssig.«

Eva atmete hörbar auf.

»Ich danke Ihnen, Herr Doktor Winterbaumer, ich danke Ihnen von ganzem Herzen! Bitte, kommen Sie bald!«

»Ist schon versprochen, gnädige Frau ... gegen fünf bin ich dort.«

15

Nachdem Eva in der Küche ihre Anweisungen gegeben hatte, schlenderte sie in den Park hinaus. Sie tat, als ob sie nichts Besonderes im Sinn hätte – tatsächlich aber hielt sie nach dem kleinen Otto Kerst und seinen Eltern Ausschau, und es war kein Zufall, daß sie sie am Rand des Schwimmbeckens fand.

Herr und Frau Kerst waren beide nicht mehr ganz jung, sie gingen auf die Fünfzig zu. Otto war ein Nachkömmling, und wahrscheinlich lag es daran, daß es ihnen nur schwer gelang, den Jungen zu zügeln. Er war ein Wildling schlimmster Sorte, und Schwester Veronika hatte mehr als einmal über seinen schlechten Einfluß auf die anderen Kinder geklagt.

Aber heute platschte er allein im Schwimmbecken herum. Außer der kleinen Babsy, die in Sichtweite der Kindergärtnerin im Gras krabbelte, war kein anderes Kind weit und breit zu sehen. Seit langem war es nicht mehr so still im Park des *Grandhotel Horster* gewesen.

Herr Kerst erhob sich, als er Eva auf sich zukommen sah.

»Ein herrlicher Tag«, sagte er, »kommen Sie, setzen Sie sich zu uns, wenn Sie Zeit haben. Ein bißchen frische Luft wird Ihnen guttun!«

»Danke«, sagte Eva.

Sie nahm in dem Liegestuhl Platz, den Herr Kerst ihr schnell aufgestellt hatte.

»Wir können Ihnen gar nicht sagen, wie leid uns diese ganze Sache tut«, erklärte Frau Kerst. »Wir wissen doch, was Sie alles für die Kinder getan haben. Bestimmt haben sie sich die Krankheit nicht hier geholt, sondern irgendwo in der Stadt.«

»Lieb von Ihnen, daß Sie das sagen!«

Eva wußte immer noch nicht recht, ob sie reden oder besser schweigen wollte, bis der Rechtsanwalt da war.

»Nur unser Otto ist nicht krank geworden«, sagte Herr Kerst stolz. »Der Junge hat eben eine Bärengesundheit!«

Eva konnte sich nicht länger zurückhalten.

»Daran liegt es nicht«, entfuhr es ihr, »er hat nur nicht von der Suppe gegessen.«

»Es lag an der Suppe?« fragte Frau Kerst erstaunt. »Was war denn damit nicht in Ordnung?«

»Darüber würde ich eigentlich sehr gern mal mit Otto reden.«

»Mit unserem Otto?«

»Ja. Teddy und Susi behaupten, er hätte etwas hineingeschüttet.«

»Das kann doch nicht wahr sein,« rief Frau Kerst.

»Leider doch. Aber bitte, regen Sie sich nicht auf. Es war sicher nur ein Dummejungenstreich.«

Aus dem Gesicht von Herrn Kerst war alle Freundlichkeit verschwunden.

»Haben Sie Beweise für Ihre Anschuldigung?«

»Teddy und Susi sagen, daß die meisten Kinder davon gewußt haben. Wenigstens die größeren. Man braucht also nur ein wenig auf den Busch zu klopfen, um diese Geschichte bestätigt zu bekommen. Aber ich dachte mir, es wäre besser, erst mit Ihnen zu reden.« Herr und Frau Kerst sahen sich an.

»Komm mal her, Otto!« rief Herr Kerst.

Es dauerte eine ganze Weile und bedurfte immer dringenderer Mahnungen, bis Otto sich endlich entschloß, dem Ruf des Vaters zu folgen. Zögernd trat er auf die Gruppe zu, ein Junge mit kurzgeschnittenem weißblonden Haar, scharfen hellen Augen, Sommersprossen auf der Nase, dem das schlechte Gewissen geradezu auf der Stirn geschrieben stand.

»Was muß ich wieder von dir hören?« fragte Herr Kerst. »Raus mit der Sprache, junger Mann . . . was hast du heute mittag in die Suppe geschüttet?«

Es war Herrn Kerst anzumerken, wie schwer es ihm fiel, den strengen Vater zu spielen, und Eva hatte fast Mitleid mit ihm.

»Wasser«, sagte Otto.

»Wasser?« wiederholte sein Vater konsterniert.

»Aus dem Schwimmbecken.«

»Nein, Otto«, mischte Eva sich ein, »sag die Wahrheit! Es war kein Wasser . . . also, sag schon!«

Der Junge schwieg.

»Ich habe die Flasche gefunden«, behauptete Eva.

»Das ist unmöglich«, platzte Otto heraus, »die habe ich doch . . .« Er merkte, daß er sich verplappert hatte.

»Was hast du mit ihr getan?« fragte Herr Kerst.

»Ich hab' sie vergraben. Hinten im Park.«

»Und was war darin?«

»Du brauchst es nicht zu sagen, wenn du nicht willst«,

erklärte Eva Horster, »die chemische Untersuchung hat es schon bewiesen. Es war Rizinusöl.«

»Otto!« rief Frau Kerst entsetzt. »Stimmt das?«

Der Junge nickte stumm.

»Wie kommst du dazu, solche Sachen zu machen?« fragte Herr Kerst entgeistert.

Der Junge zuckte die Schultern. »Es war ja nicht meine Idee.«

»Es hat dich also jemand angestiftet«, fragte Eva rasch, »wer?«

»Herr Makulis!«

Georg Makulis! Als der kleine Otto Kerst diesen Namen nannte, war es Eva, als fiele es ihr wie Schuppen von den Augen. Gleichzeitig hatte sie das Gefühl, im Grunde ihres Herzens die Wahrheit von Anfang an geahnt zu haben.

»Warum willst du uns weismachen, daß ausgerechnet Herr Makulis dich zu diesem bösen Streich angeregt hätte?«. fragte Herr Kerst.

Er hatte die Stimme gesenkt und gab sich Mühe, die Beherrschung zu bewahren.

»Das ist doch ganz und gar unglaubhaft!« erklärte seine Frau. »Ein ausgewachsener Mann denkt sich doch nicht solche Sachen aus.«

»Herr Makulis hatte vielleicht seine Gründe dafür«, warf Eva ein.

Herr und Frau Kerst sahen sie ungläubig an.

»Gründe?« fragte Herr Kerst. »Was kann es für Gründe geben, fremde Kinder zu vergiften?«

»Sie sind nicht vergiftet worden«, erwiderte Eva. »Rizinusöl ist kein Gift.«

»Aber immerhin . . .«, warf Frau Kerst ein.

Eva ließ sich nicht unterbrechen.

»Er wollte auch bestimmt die Kinder nicht damit treffen, sein Anschlag war gegen mich gerichtet . . . gegen das Hotel. Er wollte bei den Gästen den Eindruck erwekken, daß den Kindern nicht einwandfreie, vielleicht sogar verdorbene Speisen vorgesetzt würden.«

»Wenn es ihm darauf ankam«, meinte Herr Kerst nachdenklich, »dann ist ihm sein Vorhaben bisher ja ziemlich geglückt.«

»Eben«, bestätigte Eva, »und deshalb, denke ich, sollten wir nicht länger auf Otto herumhacken, sondern anerkennen, daß er sich zur Wahrheit durchgerungen hat.«

»Sie glauben ihm wirklich?« fragte Frau Kerst.

»Warum hätte er denn von sich aus seinen Kameraden einen solchen Streich spielen sollen? Er hätte doch gar keinen Nutzen davon gehabt!«

»Nein. Aber einen Spaß.«

Eva Horster wandte sich an Otto.

»Was hat Herr Makulis dir dafür gegeben, daß du die Flasche mit dem Rizinusöl in die Suppe geschüttet hast?«

»Nichts! Das ist ja eben die Gemeinheit! Er hat mich übers Ohr gehauen.«

Wieder wollte Frau Kerst etwas einwerfen, aber Eva brachte sie mit einem mahnenden Blick zum Schweigen.

»Was solltest du denn dafür kriegen?«

»Ein Fahrrad!« erklärte Otto prompt. »Eine ganz tolle Kiste mit Gangschaltung und allen Schikanen! Er ist ja mit mir sogar in ein Fahrradgeschäft gegangen und hat es mich aussuchen lassen.«

Frau Kerst konnte sich nicht länger zurückhalten.

»Davon hast du uns aber vorher keinen Ton erzählt!« rief sie.

»Ihr hättet euch ja doch nur aufgeregt«, erklärte Otto, »und ich dachte, wenn ich das Fahrrad erst habe . . . Herr Makulis hatte mir versprochen, mit euch zu reden, damit ich es behalten darf.«

»Und warum hat er es dir dann noch nicht gegeben?«

»Weil er behauptet, ich hätte es dumm angestellt. Ich hätte den anderen nichts davon sagen dürfen, daß ich überhaupt etwas in die Suppe schütten wollte. Aber wie hätte ich das denn anfangen sollen? Das soll er mir erst mal vormachen, der widerliche alte Knacker!«

»Noch eine Frage«, sagte Eva, »woher hattest du denn das Rizinusöl?«

»Das habe ich gekauft.«

»Von deinem Taschengeld?«

»Nein. Herr Makulis hat mir das Geld gegeben. Er ist auch mit mir bis zur Engelapotheke gegangen. Aber dann ist er draußen stehengeblieben.«

Eva biß sich auf die Lippen. Sie mußte sich eingestehen, daß das Beweismaterial gegen Herrn Makulis gering war. Nur auf die Aussage eines kleinen Jungen hin war er nicht zu entlarven.

»Hättest du dich bloß nicht mit diesem Mann eingelassen!« sagte sie.

»Wollen Sie uns einen Vorwurf daraus machen?« fragte Herr Kerst scharf. »Schließlich ist Herr Makulis Gast des Hotels. Wir konnten doch nicht ahnen, daß wir es mit einem Verbrecher zu tun hatten!«

»Mein Mann meint es nicht so«, sagte Frau Kerst rasch, »ihm tut das Ganze natürlich furchtbar leid. Genau wie mir. Wir werden die Konsequenzen ziehen und abreisen.«

»Das würde ich nicht für richtig halten«, erwidert Eva. »Es würde bedeuten, daß Sie mich in dieser Situation im Stich lassen.«

»Sie wollen doch den anderen Gästen nicht etwa mitteilen, daß Otto . . .!« rief Frau Kerst entsetzt. »Bitte, Frau Horster, das werden Sie uns doch nicht antun!«

»Auch wenn ich Ottos Namen nicht erwähne«, erwiderte Eva, »wird das ganze Hotel in kürzester Zeit Bescheid wissen. Nicht nur Teddy und Susi, sondern auch die meisten anderen Kinder haben von Ottos Streich gewußt . . . wenn sie auch nicht ahnten, um was es sich bei der Flüssigkeit, die er in die Suppe geschüttet hat, wirklich handelte. Daß sie bisher noch nichts davon haben verlauten lassen, liegt bestimmt nur daran, daß sie noch nicht ganz auf dem Posten sind. Aber daß sie die Sache für sich behalten, ist wirklich nicht zu erwarten.«

Herr und Frau Kerst sahen sich an.

»Also ... was sollen wir tun?« fragte Herr Kerst.

»Otto muß sich entschuldigen!«

»Ich?« schrie Otto. »Nein, das kann ich nicht!«

»Du mußt«, sagte Eva entschieden. »Wenn man einen Schaden angerichtet hat, muß man versuchen, ihn wiedergutzumachen!«

Sie sah auf ihre Armbanduhr.

»Ich werde jetzt ins Haus gehen und sagen, daß das Ganze ein Dummejungenstreich war. Ich werde alles tun, um die aufgebrachten Gemüter zu besänftigen, und ich werde auch keinen Namen nennen ... aber dann, Otto, bist du an der Reihe.«

Jetzt war es um Ottos Fassung geschehen, er brach in wildes Schluchzen aus.

Frau Kerst nahm ihren Sohn an der Hand.

»Ich werde dich begleiten, Otto ... niemand kann dir etwas tun!«

»Ich weiß, wie unangenehm dieser Gang für Sie ist«, sagte Eva. »Aber wenn mein Sohn so etwas ausgefressen hätte ... ich würde nicht anders handeln.«

»Sie haben recht«, meinte Herr Kerst seufzend, »rufen Sie uns dann?«

»Ja, das werde ich tun.«

Urban Horster hatte sein Diktat beendet.

»So, das ist alles, Lona«, sagte er, »mach dich gleich ans Werk ... die Briefe müssen heute noch raus.«

Lona stand auf und strich mit einer koketten Bewegung ihren knallroten Pullover glatt.

»Ich kann dir gar nicht sagen, Urban, wie froh ich bin, daß du endlich wieder da bist.«

»Wenigstens ein Mensch, der sich über meine Heimkehr freut.«

»Sag das nicht! Durch das ganze Personal ist ein einziges Aufatmen gegangen. In den letzten Monaten war es hier wirklich unerträglich!«

Lona Simon ging um den Schreibtisch herum, legte ihren Arm um Urban Horsters Schultern und küßte ihn zärtlich auf die Stirn.

»Nicht«, wehrte er ab, »meine Frau! Du weißt, sie kann jeden Augenblick hereinplatzen!«

»Hast du Angst vor ihr?«

»Nein. Aber eine Scheidung könnte ich mir im Augenblick nicht erlauben.«

»Du liebst sie also nicht mehr?«

»Das steht doch gar nicht zur Debatte. Sie ist meine Frau, Lona!«

Lona Simon lächelte boshaft. »Augenblicklich sieht es so aus, als ob sie auch deine Chefin wäre!«

Er runzelte ärgerlich die Stirn. »Warum sagst du so etwas?«

»Nur, um dir die Situation ganz klarzumachen. Sie hat deinen Unfall benutzt, um die Leitung des Hotels an sich zu reißen. Sie ist niemals das gewesen, was du in ihr gesehen hast . . . ein zartes, hilfloses Püppchen. Sie ist eine rothaarige Teufelin! Du wirst kein leichtes Spiel mit ihr haben, Urban.«

»Laß das nur meine Sorge sein. Ich werde sie genau dahin zurückschicken, wohin sie gehört . . . in unser Haus, zu den Kindern.«

»Das wird schon daran scheitern, daß das Haus auf lange Sicht hin vermietet ist!«

»Na, wenn schon! Ich werde diese Amerikaner eben hinauswerfen.«

Lona Simon machte ein erstauntes Gesicht.

»Ja, geht das denn so einfach?«

»Das Haus gehört mir. Eva hatte gar kein Recht . . .«

»Du irrst dich, Urban«, fiel ihm Lona ins Wort, »ich habe das selbst schon nachgeprüft! Das Haus gehört theoretisch immer noch zum Hotelbetrieb, es ist als Wohnung des Leitenden Direktors registriert und wird auch steuerlich so geführt. Deine Frau ist aber seinerzeit mit ihrer Mitgift, das heißt, ihrem Erbe als Teilhaberin, in das Hotel eingestiegen . . .«

»Als stille Teilhaberin!«

»Nein, sie besitzt ein Mitspracherecht. Du kannst es selbst im Vertrag nachlesen. Nur hast du das inzwischen wahrscheinlich vergessen, weil sie niemals Gebrauch davon gemacht hat.«

»So klug wie du, meine liebe Lona«, sagte er, »bin ich glücklicherweise schon lange. Meine Frau kennt den genauen Wortlaut des Vertrages gar nicht. Ihr Vormund hat ihn seinerzeit für sie aufgesetzt . . . sie hat ihn unterschrieben, ohne ihn überhaupt durchzulesen.«

»Mag sein«, erwiderte Lona unbeeindruckt, »inzwischen hat sie aber genügend Gelegenheit gehabt, sich zu orientieren. Ganz davon abgesehen, daß die Leute von der Presser-Bank ihr das sehr deutlich klargemacht haben, als sie sie seinerzeit dazu zwingen wollten, das Hotel aufzugeben.«

Er rückte von ihr ab und stand auf.

»Allmählich habe ich den Eindruck, daß auch du ganz auf ihrer Seite stehst.«

»Ich?«, rief Lona. »Bist du verrückt geworden? Ausgerechnet ich?«

»Dieser Verdacht ist absolut nicht so abwegig wie du tust«, erwiderte er kalt, »du scheinst dich jedenfalls während meiner Abwesenheit ganz gut mit ihr verstanden zu haben.«

»Ja, hätte ich ihr denn ins Gesicht springen sollen?«

»Das hätte eigentlich eher auf deiner Linie gelegen!«

Sie schüttelte sich mit einer wilden Bewegung das schwarze Haar in den Nacken.

»Ach, Urban, was seid ihr Männer doch für Trottel! Kennst du deine Frau wirklich so schlecht? Ich habe mich nie mit ihr verstanden, ich habe mich einfach gefügt ... sie hätte mich hinausgeworfen, wenn ich ihr Widerstand geleistet hätte.«

»Dann hätte sie ohne Sekretärin dagestanden!«

»Du unterschätzt deine Frau, Urban, glaub mir doch, und nichts ist gefährlicher! Sie ist mit allen hier im Haus fertiggeworden ... mit Herrn Thomas, mit dem Koch, mit den Stubenmädchen. Es gibt niemanden, der nicht versucht hätte, sich gegen sie aufzulehnen, aber niemand ist gegen sie angekommen.«

Urban Horster ließ sich nicht überzeugen.

»Dann hättest du eben kündigen sollen. Damit hättest du ein Beispiel gegeben, dem viele gefolgt wären.«

Sie war zu klug, ihn zu fragen, wovon sie nach der Kündigung hätte leben sollen.

»Wenn ich geahnt hätte, daß das in deinem Sinne gewesen wäre«, sagte sie ruhig, »hätte ich es getan. Aber ich hielt es für besser, die Festung zu halten ... für dich, Urban!«

Er zündete sich eine Zigarette an.

»Wenn das die Wahrheit ist, warum verteidigst du dann meine Frau immerzu?«

Sie nahm ihm die Zigarette aus dem Mund und schwang sich auf die Schreibtischkante:

»Das tue ich doch gar nicht. Ich versuche dir nur klarzumachen, daß sie sehr gefährlich ist und daß du einen gerissenen Schlachtplan ausarbeiten mußt, wenn du sie wieder aus dem Hotel hinausdrängen willst.«

»Sie liebt mich«, sagte er selbstgefällig, »und wird immer das tun, was ich von ihr verlange.«

»Bisher hatte ich aber nicht den Eindruck.«

»Stimmt, ich habe mich dumm benommen. Ich habe sie ausgelacht, was natürlich falsch war. Heute abend werde ich ihr sehr lieb für alles danken, was sie für mich und das Hotel getan hat und ihr versichern, daß ich ihre Mitarbeit nun nicht mehr brauche. Sie wird erleichtert und beruhigt ins Privatleben zurückkehren.«

»Und wenn nicht?«

»Du weißt doch genau, was ich bereits in die Wege geleitet habe. Ich gebe zu, das Schicksal hat mir dabei in die Hand gespielt. Nach dieser Vergiftungsaffäre werden die lieben kinderreichen Familien sich schleunigst davonmachen, damit werden die Zimmer frei für unsere alten seriösen Gäste . . .«

»Die aber lange nicht soviel einbringen werden«, warf Lona ein.

»Laß das nur meine Sorge sein!«

Lona rutschte vom Schreibtisch hinunter, ging auf ihn zu und schmiegte sich an seine Brust.

»Es wird alles wieder so werden wie früher, auch mit uns«, flüsterte sie. »Versprich es mir!«

Er preßte sie an sich. »Natürlich, Liebling . . . es soll noch viel schöner werden!«

Sie machte sich mit einer geschmeidigen Bewegung von ihm frei.

»Nicht hier, Liebster . . . du weißt doch, deine Frau . . .«

»Verdammt!«

»Komm heute abend zu mir, ja? Es ist deine erste Nacht zu Hause.«

»Gerade deshalb muß ich . . .«

»Nein, du mußt nicht! Wenn du mich liebst . . .«

»Schön«, gab er nach, »ich komme!«

»Wann?«

»Sobald ich mich freimachen kann!«

Sie ging zur Tür, drehte sich dann noch einmal um und warf ihm eine Kußhand zu.

»Ich werde dich erwarten!«

Die besorgten und empörten Eltern ließen sich leichter beruhigen, als Eva erwartet hatte. Dazu trug vor allem die Tatsache bei, daß alle Kinder sich inzwischen wesentlich besser fühlten und begeistert waren, als sie erfuhren, daß sie aufstehen und auch wieder essen durften.

Eva hatte sich nicht getäuscht. Fast überall fiel, wenn sie ihre Erklärung von dem »Dummejungenstreich« anbrachte, sogleich der Name Otto Kerst.

Die Kinder, die eingeweiht waren, begriffen sofort, daß es nur Otto gewesen sein konnte, der das Rizinusöl in die Suppe geschüttet hatte, und sie wetteiferten miteinander, nun schleunigst zu erzählen, wie alles gewesen war.

Der letzte Rest von Zorn richtete sich darauf gegen Otto Kerst, und Eva hatte Mühe, den Jungen in Schutz zu nehmen. Sie war oft drauf und dran, den Namen Georg Makulis zu erwähnen, tat es dann aber doch nicht. Die Beweise gegen den Makler standen auf zu schwachen Füßen, sie wollte ihm auf keinen Fall Anlaß für eine Verleumdungsklage geben, nahm sich aber vor, mit Konrad Kilius darüber zu sprechen. Vielleicht genügte die Aussage des kleinen Jungen doch, ihn wenigstens zum Verlassen des Hotels zu bewegen.

Als sie endlich erschöpft, aber unendlich erleichtert, in ihr Appartement zurückkehrte, stand Urban vor dem Schrankspiegel. Er hatte sich ein frisches Hemd angezogen und band sich gerade eine Krawatte um.

Sie trat hinter ihn und legte ihm den Kragen zurecht.

»Ach, Urban«, sagte sie, »du ahnst nicht, was sich inzwischen alles ereignet hat!«

»Ich nehme an, du wirst es mir erzählen.«

»Willst du dich nicht zu mir setzen?«

Er küßte ihre Hand. »Leider, Eva, habe ich nicht viel Zeit. Ich muß noch einmal fort.«

»Wohin denn?«

»Rein geschäftlich. Es wird dich kaum interessieren.«

Sie lächelte ahnungslos.

»Doch, Urban, ich habe sehr viel dazugelernt. Ich bin nicht mehr das Heimchen am Herd. Ich bin eine Geschäftsfrau geworden.«

»Dann sieh nur zu, daß du dich ganz schnell wieder änderst, ja? Ich habe dich nämlich so geliebt, wie du warst!«

Sie sah ihn forschend an. »Und jetzt ... liebst du mich also nicht mehr?«

Er drehte sich zu ihr um und nahm sie in die Arme. »Eva ... wie kannst du denn so etwas sagen?«

»Entschuldige«, murmelte sie, »aber ich hatte es so verstanden.«

Sie schmiegte sich eng an ihn, genoß die Illusion, beschützt und geborgen zu sein.

Ein wenig unbehaglich machte er sich aus ihrer Umarmung frei.

»Ich liebe dich, wie du bist ... ein bezauberndes und sehr weibliches Wesen. Die Geschäftstüchtigkeit paßt nicht zu dir!«

»Vielleicht nicht. Aber wenn ich sie nicht entwickelt hätte, bestünde das *Grandhotel Horster* heute nicht mehr ... oder es hätte zumindest seinen Besitzer gewechselt.«

Er zog sich sein Jackett über.

»Du übertreibst.«

»Bestimmt nicht«, sagte sie eifrig, »du hast ja keine Ahnung, was inzwischen passiert ist! Ich hätte dir so gerne alles erzählt und dich um Rat gefragt, aber die Ärzte ...«

Er küßte sie flüchtig auf die Stirn.

»Ich weiß, daß du dich sehr bemüht hast«, erwiderte er »und bei der nächsten Gelegenheit werden wir einmal ausführlich über alles sprechen. Glaub mir das eine ... ich bin dir von ganzem Herzen dankbar.«

Sie errötete vor Freude.

»Es war doch selbstverständlich ...«

»Nein, keineswegs«, widersprach er, »es gibt nicht viele Frauen, die sich in einer solchen Situation so bewährt hätten wie du. Ich möchte dir etwas ganz Schönes zur Belohnung schenken. Überleg dir mal in Ruhe, was du dir wünschst.«

»Vorläufig«, sagte sie lächelnd, »können wir uns leider

keine Sonderausgaben leisten. Wir werden noch sehr zu kämpfen haben, bis wir endlich aus den Schwierigkeiten heraus sind.«

»*Ich* werde kämpfen müssen, Eva, nicht du. Du kannst dich getrost wieder ins Privatleben zurückziehen. Du warst sehr tapfer, aber jetzt hast du eine Erholung verdient.«

Wirst du denn auch allein fertig werden? hätte sie beinahe gefragt. Aber sie unterdrückte es.

»Und wie soll es nun weitergehen?« fragte sie laut.

»Es ist natürlich schade, daß du unser Haus vermietet hast . . . nein, nein, ich mache dir keinen Vorwurf daraus, immerhin bezahlen ja diese Amerikaner ein beachtliches Stück Geld dafür. Aber ich werde mich jetzt umsehen, damit ich eine passende Wohnung für dich und die Kinder finde.«

»Teddy und Susi sollen nicht wieder ins Internat?«

»Natürlich nicht. Du hast ja jetzt Zeit, dich um sie zu kümmern. Alles, was das Hotel betrifft, kannst du getrost mir überlassen. Ich habe dir ja schon gesagt, daß es gar nichts schadet, wenn die Kinderinvasion aufhört! Sollen sie ruhig abreisen, ich werde . . .«

Sie unterbrach ihn.

»Aber sie reisen gar nicht ab, Urban, sie bleiben!«

Er war im Zimmer auf und ab gegangen, jetzt blieb er mit einem Ruck vor ihr stehen.

»So? Das ist ja das Allerneueste! Warum hast du mir das nicht schon längst gesagt?«

»Ich wollte es ja, als ich ins Zimmer kam! Es hat sich nämlich inzwischen herausgestellt, daß es sich gar nicht um eine Vergiftung handelt, sondern . . .«

Er schnitt ihr mit einer Handbewegung das Wort ab.

»Egal! Ich werde auch andere Mittel und Wege finden, das Hotel von diesen Leuten zu säubern.«

»Aber, Urban, wir leben von ihnen! Laß dir doch mal von Lona die Abrechnungen zeigen, du wirst sehen, wir haben noch nie zuvor so viel verdient, als seit wir Familien mit Kindern ins Haus genommen haben!«

»Seit das Schwimmbecken fertig ist, willst du wohl sagen!«

»Nein! Hast du dir denn nicht die Korrespondenz angesehen?«

»O doch! Du hast es fertiggebracht, die Stammgäste zu vergraulen, indem du die Preise in einer Weise erhöht hast . . .«

»Aber muß ich es dir denn immer wieder sagen? Wir brauchen diese Einnahmen, Urban! Ich habe einen großen Kredit aufnehmen müssen.«

»Darf ich fragen, warum?«

»Weil ich das Geld, das du von der Presser-Bank aufgenommen hast, zurückzahlen mußte. Sie haben, sobald sie von deinem Unfall erfuhren, die Wechsel gekündigt . . . ich hatte gar keine andere Wahl.«

»Das hätte ich mir denken können«, sagte er bitter, »du hast also wahrhaftig die Stirn, mir die Schuld an dem ganzen Schlamassel zuzuschieben!«

»Nein, Urban, wirklich nicht, nur . . .«

Plötzlich geriet er außer sich.

»Sei endlich still! Ich ertrage deine Rechthaberei nicht länger! Du hast dich in Dinge eingemischt, von denen du nichts verstehst, und jetzt willst du mir Vorträge darüber halten, wie ein gutes Hotel zu führen ist . . . ausgerechnet mir, der von der Pike auf gelernt hat!«

Sie lief auf ihn zu und wollte ihn besänftigen.

Aber er stieß sie in wildem Zorn von sich.

»Laß mich in Ruhe . . . du machst mich wahnsinnig!«

Sie stolperte und wäre beinahe zu Boden gefallen. Entsetzt sah sie ihn an, wartete auf ein entschuldigendes Wort.

Aber er riß nur wütend seinen Mantel vom Haken und stürmte aus dem Zimmer.

Sie blieb allein zurück, tief verletzt und in auswegloser Verzweiflung.

Eva lag auf ihrem Bett, mit geschlossenen Augen, die Hände unter dem Kopf verschränkt, als das Telefon klingelte.

Sie hoffte, daß es Konrad Kilius sein würde, als sie den Hörer abnahm. Aber Herr Thomas meldete sich.

»Was gibt's«, fragte sie müde.

»Herr Makulis möchte Sie dringend sprechen, gnädige Frau!«

»Ich werde in einer halben Stunde bei ihm sein«, sagte Eva seufzend, »bestellen Sie ihm das.«

Sie erhob sich mühsam. Ihre Glieder waren schwer wie Blei. Sie zog sich um, machte sich frisch und wählte ein schneeweißes Kleid, das ihr rotblondes Haar und ihren hellen Teint wunderbar zur Geltung brachte.

Gerade wollte sie das Zimmer verlassen, als an die Tür geklopft wurde. Sie öffnete und stand Konrad Kilius gegenüber.

Ihr war es, als hätte sie sich noch nie so gefreut, ihn zu sehen.

»Konrad«, rief sie, »endlich!«

Er beugte sich über ihre Hand. »Na, wo brennt's denn? Was ist passiert?«

»Mehr, als ich dir in zwei Worten erzählen kann. Ich muß sofort zu Georg Makulis hinüber. Er will mich dringend sprechen.«

»Soll ich dich begleiten?«

»Das wäre eine große Hilfe für mich!«

»Dann mußt du mir aber die Vorgeschichte erzählen!«

Eva tat es. Zwischen Tür und Angel berichtete sie, was der kleine Otto Kerst gestanden hatte.

»Ich habe selbstverständlich den Namen Georg Makulis nicht erwähnt«, schloß sie, »ich habe auch den Kersts nichts davon gesagt, daß er mich gewissermaßen in der Hand hat.«

»Ausgezeichnet. Also gehen wir, damit wir es hinter uns bringen!«

16

Als Eva an die innere Doppeltür zum Appartement des Maklers klopfte, öffnete Georg Makulis sofort. Sein mächtiger Kopf war rot, fast violett angelaufen, und er war – merkwürdig genug, da er sie doch erwartet hatte – schon fürs Zubettgehen umgezogen. Er trug einen grellgelben Schlafrock über seinem Pyjama.

»Guten Abend, Herr Makulis«, grüßte Eva kühl. »Mein Empfangschef sagte mir, daß Sie mich zu sprechen wünschten. Sicher haben Sie nichts dagegen, wenn Rechtsanwalt Kilius an diesem Gespräch teilnimmt. Ich hatte ihn gebeten, wegen dieser peinlichen Vergiftungsaffäre, die sich ja glücklicherweise aufgeklärt hat, nach Baden-Baden zu kommen!«

»Sehr gut«, sagte der Makler grollend, »ausgezeichnet! Sie haben guten Grund, gleich einen Rechtsanwalt mitzubringen!«

»Ja, das denke ich auch«, erwiderte Eva. »Dürfen wir uns setzen?«

Ohne eine Aufforderung abzuwarten, durchschritt sie den Vorraum und nahm in dem kleinen Wohnzimmer Platz. Rechtsanwalt Kilius folgte ihrem Beispiel.

Georg Makulis stellte sich, die Hände in die Hüften gestemmt, vor sie hin.

»Ihnen wird die Frechheit schon vergehen, Frau Horster«, schnaubte er, »Sie haben Ihr Spiel zu weit getrieben! Ich werde Sie vernichten, verstehen Sie, ich werde Sie zerquetschen wie eine Laus!«

»Vorsicht, Herr Makulis!« warnte der Rechtsanwalt.

Aber der Makler war nicht zu bremsen.

»Sie haben mich verleumdet«, schrie er, »Sie haben mich unmöglich gemacht! Wissen Sie, was heute abend passiert ist? In Ihrem Speisesaal?«

»Nein«, sagte Eva, »das weiß ich nicht. Ich war auf meinem Zimmer.«

»Man hat mich geschnitten, man hat mich links liegenlassen ... ja, man hat mich sogar beschimpft. Man hat mir die ungeheuerlichsten Anschuldigungen an den Kopf geworfen!«

»Darf ich wissen, um was für Anschuldigungen es sich dabei handelt?« fragte Konrad Kilius.

»Das wird Ihnen Frau Horster erzählen. Wenden Sie sich an Sie! Aber das wird Sie teuer zu stehen kommen, Frau Direktor, ich werde Sie wegen Verleumdung verklagen!«

»Sie irren sich«, erwiderte Eva, »ich habe Sie nicht verleumdet.«

»Lügen Sie doch nicht! Sie sind es doch, die das Gerücht aufgebracht hat, ich hätte den kleinen Otto Kerst bestochen, die Kinder zu vergiften.«

»Von diesem Gerücht habe ich gehört«, sagte Eva, »ich habe es aber nicht weiterverbreitet. Sie werden keinen Menschen finden, der das behaupten kann.«

»Sie ... Sie Kanaille!«

Eva verzog keine Miene.

»Tut mir leid, Herr Makulis, Sie haben sich an die falsche Adresse gewandt. Wenn Sie sicher sind, daß das Gerücht nicht auf Wahrheit beruht, so würde ich Ihnen raten, den kleinen Otto zu verklagen ... oder seine Eltern, ich bin nicht sicher, ob man einen neunjährigen Jungen vor Gericht ziehen kann. Auf alle Fälle dürfte es ein sehr interessanter Prozeß werden.«

»Unabhängig davon«, sagte der Rechtsanwalt, »wird meine Mandantin Sie wegen Beleidigung verklagen, falls

Sie sich nicht sofort für die ausfallenden Worte bei ihr entschuldigen.«

»Ich . . . mich entschuldigen?«

»Selbstverständlich. Andernfalls muß ich Sie auffordern, das Hotel noch heute abend zu verlassen.«

In diesem Augenblick geschah etwas sehr Sonderbares.

Georg Makulis stürzte mit erhobenen Fäusten auf den Rechtsanwalt zu. Aber er erreichte ihn nicht. Einen halben Schritt vor ihm blieb er plötzlich stehen. Alles Blut wich aus seinem Gesicht, er wurde grau-weiß. Er öffnete den Mund, als wolle er noch etwas sagen oder nach Luft schnappen.

Dann sackte er in sich zusammen und stürzte zu Boden.

Eine Sekunde lang standen Eva Horster und Konrad Kilius starr vor Bestürzung und blickten auf den schweren, leblosen Körper des Maklers, auf das aschgraue, verzerrte Gesicht.

Dann beugte sich der Rechtsanwalt über Georg Makulis, versuchte, seinen Puls zu fühlen und den Kopf des Maklers aufzurichten. Eva rannte ins Bad und kam wenige Augenblicke später mit einem gefüllten Wasserglas zurück.

»Hier«, stammelte sie, »gib ihm das! Oder ob ein Kognak besser wäre?«

»Weder noch«, erklärte Konrad Kilius beherrscht.

Er stand auf und legte seinen Arm stützend unter ihre Ellenbogen.

»Er ist tot, Eva!«

»Nein!«

Evas Augen waren dunkel vor Entsetzen.

»Nun«, sagte der Rechtsanwalt nüchtern, »ich möchte bezweifeln, daß dieser Tod einen Verlust für die Menschheit bedeutet . . . oder gar für dich persönlich, Eva!«

Sie biß sich auf die Lippen, und er spürte, daß sie am ganzen Körper zitterte.

»Ausgerechnet jetzt«, sagte Eva mühsam, »und hier im Hotel! Was sollen wir bloß tun, Konrad?«

»Einen Arzt anrufen«, erklärte der Rechtsanwalt. »Weißt du, ob Georg Makulis krank war? War er in Behandlung?«

»Ja. Bei unserem Hotelarzt Doktor Winterbaumer.«

»Ausgezeichnet. Ruf ihn an . . . oder soll ich?«

Er war schon am Telefon.

Eva straffte die Schulter. »Nein, laß nur. Das mache ich . . .«

»Gut wäre es auch, wenn wir deinen Mann benachrichtigen könnten.«

»Er ist nicht im Haus.«

»Wo können wir ihn erreichen?«

»Ich weiß es nicht.«

Eva wählte mechanisch die Nummer des Arztes. Sie atmete auf, als er sich selbst meldete.

»Herr Doktor«, sagte sie, »es ist etwas passiert . . .«

»Doch nicht wieder mit den Kindern?« fragte der alte Arzt alarmiert.

»Nein. Mit Georg Makulis. Er ist . . . zusammengebrochen. Ich glaube, er ist . . . tot!«

Dr. Winterbaumer verlangte keine weiteren Erklärungen.

»Ich komme sofort«, sagte er kurz.

Er hatte schon eingehängt, ehe Eva noch eine Frage stellen konnte. Sie wandte sich an Konrad Kilius.

»Wäre es nicht besser, wir würden ihn aufs Bett legen?«

»Lieber nicht«, wehrte dieser ab, »lassen wir alles so, wie es ist. Der Arzt soll sich ein klares Bild von der Situation machen können.«

Eva blickte auf Georg Makulis nieder. Aller Zorn war aus ihrem Herzen gewichen. Sie empfand nur noch Schrecken und Mitleid. Dieser reiche, dieser skrupellose, selbstbewußte Mann . . . jetzt hatte ihn sein Schicksal ereilt.

»Aber«, sagte sie, »das ist doch so . . . unmenschlich!«

»Er merkt es nicht mehr, ob er weich oder hart gebettet ist, Eva. Und wenn wir hier irgend etwas verändern, könnten wir uns selbst schaden.«

Eva begriff, und jeder Blutstropfen schien aus ihrem blassen Gesicht zu weichen.

»Du meinst, es könnte zu einem gerichtlichen Nachspiel kommen?«

»Kaum. Aber immerhin zu einer kriminalistischen Untersuchung.«

»Mein Gott . . . auch das noch!«

Eva preßte die geballte Faust vor den Mund.

»Versteh mich nicht falsch, Eva«, sagte er rasch. »Wahrscheinlich wird uns das erspart bleiben, aber immerhin, es besteht eine winzige Möglichkeit, und deshalb scheint es mir besser . . .«

Eva schien ihm gar nicht zuzuhören. Sie drehte sich um, ging zur Tür und schob den Riegel vor.

»Warum tust du das?« fragte er erstaunt.

»Ich möchte verhindern, daß jemand vom Personal . . . du ahnst nicht, wie in einem Hotel geklatscht wird.«

»Daran habe ich jetzt wirklich nicht gedacht!«

Konrad Kilius zündete eine Zigarette an, steckte sie Eva zwischen die Lippen und nahm sich selbst eine.

»Danke«, sagte sie schwach. »Ob ich wenigstens das Fenster aufmachen kann?«

»Aber ja!«

Er ging selbst zum Fenster, aber er kam nicht mehr dazu, die Flügel aufzustoßen, denn in diesem Augenblick wurde an die Tür geklopft.

»Wer ist da« fragte Eva.

»Der Arzt!«

Eva öffnete die Tür, ließ Dr. Winterbaumer ein und schob dann den Riegel wieder vor.

»Ich bin froh, daß Sie so schnell gekommen sind, Herr Doktor«, sagte sie dankbar. »Das ist Doktor Kilius, mein Rechtsanwalt ... Doktor Winterbaumer, der Hotelarzt.«

Konrad Kilius streckte dem Arzt die Hand entgegen, aber der alte Herr ergriff sie nicht. Er sah mit einem seltsamen Ausdruck von Eva Horster auf den Toten.

»Sie haben es also für nötig gehalten, erst Ihren Anwalt zu verständigen und dann erst mich?«

»Aber nein«, erklärte Eva rasch, »Sie mißverstehen die Situation! Georg Makulis wollte mit mir sprechen, und da ich Schwierigkeiten befürchtete, ließ ich mich von meinem Anwalt begleiten. Wir, Doktor Kilius und ich, waren dabei, als der Makler zusammenbrach.«

»Es ist kaum zehn Minuten her«, sagte Konrad Kilius. »Frau Horster hat Sie sofort und zuerst angerufen. Untersuchen Sie den Toten und überzeugen Sie sich selbst.«

Dr. Winterbaumer beugte sich über Georg Makulis, prüfte den Puls, hob die Augenlider.

»Bitte«, sagte er dann, »helfen Sie mir, ihn aufs Bett zu legen . . .«

»Das wollten wir schon vorhin tun, doch Doktor Kilius meinte . . .«

»Vollkommen richtig. Aber jetzt bin ich ja da, und somit hat sich die Situation geändert.«

Eva wandte sich ab, während die beiden Männer sich bemühten, den schweren Körper hochzuheben und zum Bett zu tragen. Sie hatte ihre Zigarette, bevor der Arzt anklopfte, ausgedrückt. Jetzt zündete sie sich eine neue an.

Sie zuckte zusammen, als Konrad Kilius hinter sie trat.

»Reg dich nicht auf, Eva«, sagte der halblaut, »es kommt alles in Ordnung!«

»Ich bin so froh, daß du bei mir bist«, sagte sie, »daß ich nicht allein zu sein brauche!«

Sie drückte, ohne ihn anzusehen, seine Hand. Schweigend warteten sie, bis Dr. Winterbaumer die Untersuchung beendet hatte. Erst als der Arzt seine Bereitschaftstasche schloß, stellte Konrad Kilius eine Frage.

»Haben Sie eine Erklärung für diesen unvermittelten Zusammenbruch?«

»Ich nehme an, daß er sich aufgeregt hat«, erwiderte der Arzt zögernd.

»Ja, sehr«, gab Eva unumwunden zu.

Konrad Kilius blickte sie warnend an, aber sie achtete nicht darauf.

»Sie wissen vielleicht schon, was der kleine Otto Kerst behauptet; Makulis war überzeugt, daß ich die Urheberin dieser Behauptung sei. Er schimpfte mich wütend an. Als Doktor Kilius ihn zurechtwies und mit einer Beleidigungsklage drohte, brach er zusammen.«

Sie wandte sich an den Rechtsanwalt.

»Ich habe nichts zu verbergen, Konrad. Doktor Winterbaumer ist ein alter Freund des Hauses, ich habe absolutes Vertrauen zu ihm.«

»Dafür danke ich Ihnen, Frau Horster«, erklärte der Arzt mit Würde. »Im übrigen darf ich Ihnen sagen, daß dieser Zusammenbruch für mich durchaus nicht überraschend kommt. Georg Makulis litt an einer Erkrankung der Herzkranzgefäße. Schon die kleinste Aufregung konnte ihm den Tod bringen.«

»Das . . . habe ich nicht gewußt«, stammelte Eva.

»Dich trifft keine Schuld«, erklärte der Rechtsanwalt, »selbst wenn du gewußt hättest, daß er schwerkrank ist . . .«

»Vielleicht hätte ich mich dann doch anders verhalten«, meinte Eva.

»Wissen Sie, ob Herr Makulis Verwandte hat?« fragte Dr. Winterbaumer.

»Nein. Aber seine Sekretärin wird es wissen. Sie wohnt in einer Pension in Baden-Baden und kommt täglich hierher.«

»Dann würde ich Ihnen raten, diese Dame zu benachrichtigen. Ich stelle jetzt den Totenschein aus. Wahrscheinlich legen Sie Wert darauf, daß der Tote so bald wie möglich aus dem Haus kommt ...«

»Vor allem darauf, daß die anderen Gäste nicht beunruhigt werden.«

»Versteht sich. Wo ist ihr Gatte? Er ist doch heute zurückgekommen.«

»Ja«, sagte Eva, »aber er ist nicht da. Er hatte eine Verabredung.«

Sie errötete bei dieser Erklärung, die sie nun schon zum zweitenmal innerhalb einer knappen Stunde abgeben mußte. Es war ihr so peinlich, als handelte es sich um eine Lüge.

Dr. Winterbaumer sah sie mitleidig an, aber er äußerte sich nicht dazu.

»Ich würde Ihnen raten, sich mit einem Bestattungsinstitut in Verbindung zu setzen«, sagte er. »Sicherlich kann der Tote noch diese Nacht aus dem Haus gebracht werden.«

»In der Nacht?« fragte Eva betroffen.

»Ja, in der Nacht und durch die Hintertür. Man merkt, daß Sie noch nicht lange in der Hotelbranche tätig sind, Frau Horster«, erwiderte Dr. Winterbaumer mit einem kleinen Lächeln. »Das ist der einzige Weg, den es für einen Toten im Hotel gibt ... gleichgültig, ob es sich nun um einen Gast, einen Angestellten oder den Besitzer handelt. Ein Hotel ist nur für die Lebenden da.«

Eva schauderte zusammen, obwohl es erstickend heiß im Zimmer war.

»Ich werde Ihnen ein Beruhigungsmittel verschreiben«, erbot sich der Arzt.

»Nein, danke«, erwidert sie, »sehr lieb von Ihnen, Herr Doktor. Aber ich glaube, ich werde auch das durchstehen.«

Es war seltsam. Urban Horster hatte sich unendlich auf ein ungestörtes Zusammensein mit Lona Simon gefreut. Aber als er jetzt vor der Tür des Appartementhauses stand, in dem sie wohnte, war ihm plötzlich jede Lust vergangen.

Er begriff selbst nicht, was mit ihm los war. Aber vor das

verlockende Bild Lonas schob sich immer wieder ein anderes: das Bild seiner Frau.

Urban Horster hatte ein schlechtes Gewissen.

Er war schon im Begriff, sich umzudrehen und zum Hotel zurückzukehren, als der Türöffner summte.

Es war zu spät. Lona Simon mußte sein Kommen vom Fenster aus beobachtet haben.

Er öffnete die Haustür, betrat den Lift und fuhr nach oben.

Lona Simon empfing ihn in einem enganliegenden Hausanzug aus schimmernder weißer Seide, unter dem sich ihre Figur so plastisch abzeichnete, daß es ihm den Atem verschlug. Sie hatte ihr schwarzes Haar zu einem lockeren Zopf geflochten, der ihr über die Schulter herabbaumelte und ihr etwas aufreizend Kindliches verlieh.

Mit lächelnder Genugtuung beobachtete sie die Wirkung, die sie in diesem Aufzug auf ihn erzielte.

»Endlich!« sagte sie.

Er mußte an sich halten, sie nicht an sich zu reißen.

»Ich habe leider nur wenig Zeit«, sagte er gepreßt.

Sie sah ihn erstaunt an. »Wieso?«

»Nun, schließlich«, meinte er verlegen, »ist es mein erster Abend zu Hause!«

Sie lächelte schon wieder. »Wem sagst du das? Glaubst du, ich hätte es auch nur für eine Sekunde vergessen?«

»Natürlich nicht, Lona . . .«

»Du machst dir anscheinend keine Vorstellung, wie sehr ich mich auf diesen Abend gefreut habe!«

»Ich auch!«

»Aber?«

»Lona . . . wir müssen vernünftig sein!«

Ihr Lächeln vertiefte sich.

»Das bin ich immer, Urban! Was möchtest du trinken? Einen Whisky? Oder, zur Feier des Tages, Champagner?«

Sie war ihm voraus in den großen, geschmackvoll und

kostspielig eingerichteten Wohnraum getreten und machte sich an der Bar zu schaffen.

»Danke, für mich nichts.«

»Nun, auch wenn du noch so schnell wieder fort mußt . . . für einen kleinen Schluck wird die Zeit bestimmt reichen.«

Ohne auf seinen Protest zu achten, machte sie zwei Gläser mit Whisky, einem Eiswürfel und einem Schluck Wasser zurecht und stellte sie auf den Couchtisch. Sie ließ sich in einen der modernen Ledersessel sinken, schleuderte die Pantoffel von den Füßen und bewegte spielerisch ihre Zehen mit den rotlackierten Nägeln.

»Cheerio!« sagte sie munter. »Willst du dich nicht setzen?«

»Lona . . .«

»Komm, komm . . . ich kann nicht ewig den Kopf in den Nacken legen und zu dir aufsehen! Im Sitzen plaudert es sich besser. Setz dich und erzähl mir alles, was du auf dem Herzen hast.«

Er folgte ihrer Aufforderung.

»Lona«, sagte er, »du weißt, ich habe dich sehr gern . . .«

»Mehr nicht?«

»Jetzt ist nicht der Zeitpunkt für Liebeserklärungen!«

»Wieso denn nicht?« fragte sie ungerührt. »Tu dir nur keinen Zwang an. Ich höre sie immer gern.«

»Es geht jetzt nicht um dich und mich, Lona, sondern um meine Frau!«

»Auf einmal?«

Ihre Dickfelligkeit ärgerte ihn.

»Nein, immer schon«, erwiderte er heftig. »Ich habe Eva schmählich vernachlässigt . . .«

»Das solltest du ihr erzählen, nicht mir!«

Er erhob sich mit einem Ruck.

»Ich danke dir für deinen Rat. Ich werde ihn sofort befolgen.«

Mit wenigen großen Schritten war er an der Tür.

»Urban!«

Lona war aufgestanden und lief ihm auf nackten Sohlen nach.

»Urban! Du kannst mich doch nicht so einfach verlassen«

Er drehte sich zu ihr um, und schon hing sie an seiner Brust.

»Urban, was ist denn los mir dir? Liebst du mich nicht mehr? Hast du mich über?«

Ohne jede Anstrengung zauberte sie Tränen in ihre Augen.

»Und das, nachdem ich so lange auf dich gewartet habe!«

Er packte ihre Handgelenke und versuchte, sich aus ihrer Umarmung zu befreien.

»Auch meine Frau hat auf mich gewartet . . .«

»Die?« stieß Lona hervor. »Hast du eine Ahnung! Die hat sich die Zeit bestimmt nicht lang werden lassen!«

Er runzelte die Stirn. »Was soll das heißen?«

»Nichts. Entschuldige, daß ich davon angefangen habe.«

Lona Simon ging zum Couchtisch zurück und nahm einen tiefen Schluck aus ihrem Glas.

»Das war nicht fair von mir, Urban«, sagte sie. »Du hast ganz recht. Geh zu deiner Frau. Vergiß mich. Du wärst schön dumm, wenn du sie laufen ließest. Immerhin, ihr gehört das halbe Hotel. Du kannst dir gar nicht erlauben, dich mit ihr zu zerstreiten.«

Er spürte genau, daß es richtig gewesen wäre, sich nicht auf eine Debatte einzulassen, sondern einfach zu gehen. Aber er blieb, wider Willen und wider sein besseres Wissen.

»Es geht nicht ums Hotel . . .«, sagte er.

»Ach, nicht?« fragte sie erstaunt. »Um was dann?«

»Meine Frau hat während meiner Abwesenheit sehr viel getan, sie muß geschuftet haben wie ein Pferd . . .«

»Das brauchst du mir nicht zu erzählen«, entgegnete Lona freundlich, »das weiß ich besser als du. Sie hat wirklich keine Mühe gescheut, die Leitung des Hotels an sich zu reißen.«

»Sie hat es für mich getan!«

»Glaubst du.«

Er trat auf sie zu, packte sie an den Schultern und schüttelte sie, so daß der Whisky aus dem Glas, das sie in der Hand hielt, überschwappte.

»Rede schon!«

Lona Simon setzte sich auf die Sessellehne und schlug die Beine übereinander.

»Du hast mich heute morgen gefragt«, begann sie, »warum ich deiner Frau nicht die Stirn geboten, warum ich nicht gekündigt habe . . .«

»Aber darum geht's jetzt doch gar nicht mehr!« rief er ungeduldig.

»O doch. Ich bin dir die wahre Erklärung nämlich schuldig geblieben. Ich hielt es für meine Pflicht, auszuharren, damit du bei deiner Rückkehr keine bösen Überraschungen erleben solltest. Deine Frau hatte es nämlich von Anfang an darauf abgesehen, dich aus der Leitung des Hotels völlig zu verdrängen.«

»Das ist doch Wahnsinn!«

»O nein. Sie hat alles sehr schlau berechnet. Natürlich hoffte sie, daß du nie mehr zurückkehren oder zumindest nie mehr voll arbeitsfähig sein würdest.«

Lona Simon nahm einen tiefen Zug aus ihrer Zigarette.

»Als sich dann herausstellte, daß du doch wieder gesund werden würdest, hat sie alles darangesetzt, dich wenigstens noch für ein paar Wochen in einem Sanatorium verschwinden zu lassen . . .«

»Das ist nicht wahr!«

Lona Simon zuckte die Schultern.

»Glaub' mir oder glaub' mir nicht. Das ist schließlich

deine Sache. Aber wenn du nicht endlich anfängst, deine Frau so zu sehen, wie sie wirklich ist . . .«

»Ich kenne sie besser als du, Lona«, sagte er heftig. »Zu einer solchen Denkweise wäre sie nie und nimmer fähig.«

»Meinst du? Na, dann kann ich dir nicht helfen. Du findest wohl auch nichts Besonderes dabei, daß sie deine Kinder, kaum daß du verunglückt warst, in ein Heim gebracht hat? *Ihre* Tochter aber hat sie bei sich behalten.«

Urbans Kehle war wie ausgetrocknet. Er hatte sich vorgenommen, nichts zu trinken, aber er konnte es nicht durchhalten. Er nahm ein Glas vom Tisch und führte es an die Lippen.

»Was willst du eigentlich von mir, Lona?« fragte er. »Wozu erzählst du mir das alles?«

Sie riß die Augen auf.

»Hast du vergessen, daß du es unbedingt wissen wolltest?«

»Die Wahrheit, ja. Aber keine böswilligen Verleumdungen.«

»Wenn du es so auffaßt, dann bin ich nur froh, daß ich dir das andere nicht erzählt habe.«

»Wovon redest du jetzt schon wieder?«

»Ach, es ist mir nur so herausgeschlüpft. Daß eine gutaussehende Frau . . . denn gut aussehen tut sie ja wirklich, Freunde hat, ist schließlich . . .«

»Was für Freunde?«

»Das ist doch ganz gleichgültig, Urban.«

»Nein, das ist es nicht!«

»Doch. Die Namen können dir nur etwas nützen, wenn du dich endlich entschließt, dich scheiden zu lassen.«

Er starrte sie an.

»Was sagst du da? Von Scheidung war doch nie die Rede!«

»Ich weiß, aber es ist endlich an der Zeit, daß wir darüber sprechen. Oder wie stellst du dir unsere Zukunft vor? Soll alles immer so weitergehen? Verlangst du, daß ich auf Jahre hinaus nichts anderes bin und bleibe als deine Geliebte?«

»Quäl mich nicht so!« bat er verzweifelt. »Es ist alles schwierig genug für mich.«

»Aber das ist wohl nicht meine Schuld, oder?«

»Nein, natürlich nicht!«

»Die Schwierigkeiten, in denen du steckst, verdankst du deiner Frau. Ich sehe nicht ein, warum ich dafür büßen soll.«

»Aber das verlangt doch niemand von dir!«

»Doch, du!« behauptete sie. »Ich hatte mich so auf diesen Abend gefreut, aber du kommst nur, um mir zu erzählen, daß du keine Zeit hast ... daß du zu deiner Frau mußt. Also geh zu ihr, mach ihr den Hof, schließlich ist sie die Chefin, und ich bin nur ein unbedeutendes, kleines Mädchen.« Sie stand auf und tat so, als wollte sie ihm die Türe weisen. Aber sie war ganz sicher, daß er jetzt nicht mehr die Kraft haben würde zu gehen, und sie hatte sich nicht verrechnet.

Er riß sie in die Arme.

»Lona«, stammelte er, »Lona ... du darfst mich nicht fortschicken! Ich liebe dich doch!«

»Mehr als deine Frau?«

»Dich ... nur dich!« beteuerte er. Aber er war sich im selben Augenblick seines schmählichen Verrats bewußt, und Scham schnürte ihm fast die Kehle zu.

»Ich wußte es«, jubelte Lona, »oh, ich habe es gewußt!« Sie schmiegte sich an ihn, und unter ihren leidenschaftlichen Küssen vergaß er Scham, Zweifel und Reue.

17

Alles war erledigt. Die Sekretärin des Maklers war benachrichtigt worden, und sie war sofort ins Hotel gekommen, um seine Papiere zu ordnen und seine Sachen zusammenzupacken. Der Direktor des Bestattungsinstituts hatte versprochen, den Toten noch in dieser Nacht abzuholen.

Eva Horster und Konrad Kilius saßen in einer Nische der Hotelbar bei einer Flasche Wein zusammen. Sie warteten auf Urban. Eva hatte Anweisung gegeben, sie sofort zu benachrichtigen, wenn ihr Mann nach Hause kam.

»Eigentlich«, sagte Konrad Kilius, »kannst du dir gratulieren, Eva . . .«

»Wozu?« fragte sie müde.

Sie hatte Zeit gefunden, sich umzuziehen und zurechtzumachen, aber ihr Gesicht zeigte immer noch die Spuren der überstandenen Aufregungen.

»Daß Georg Makulis tot ist.«

»Wie kannst du so etwas sagen, Konrad!« wehrte sie ab. »Der Tod eines Menschen . . . nein, auch wenn er noch so schlecht war . . . Anlaß zu Freude kann er niemals sein.«

Er lächelte. »Aber immerhin zu einer gewissen Erleichterung, nicht wahr?«

»Na ja«, erwiderte Eva, »meine Sorge soll es ohnehin nicht mehr sein. Ich werde mich wieder vollkommen aus dem Hotelbetrieb zurückziehen und alle Entscheidungen Urban überlassen.«

»Ist das dein Ernst?« fragte er erstaunt.

»Ja«, erwiderte sie ruhig.

»Es ist noch gar nicht lange her, da hast du ganz anders gesprochen!«

»Ich glaube, du hast mich falsch verstanden. Tatsächlich ist es mir immer nur um eins gegangen . . . um meine

Ehe. Ihretwegen habe ich mich in die Arbeit gestürzt, als es nötig war, und ihretwegen gebe ich sie jetzt auch wieder auf.«

Auf der Stirn des Rechtsanwalts bildete sich eine steile Falte.

»Dieser Urban«, sagte er, »er verdient es ja gar nicht, eine Frau wie dich zu haben. Ich wette, er weiß es nicht einmal zu schätzen.«

Eva fuhr ihm sacht mit der Hand über die Stirn.

»Seit wann geht Liebe nach Verdienst, Konrad?«

»Nun paß mal auf, Eva, ich glaube, jetzt muß ich mal zu dir sprechen, nicht als Freund, sondern als Rechtsanwalt. Du bist Teilhaberin des Hotels . . .«

»Ja, ja, ich weiß, das war ich immer.«

»Du darfst dich nicht ausschalten lassen. Du hast ein Recht, mitzuarbeiten und mitzubestimmen. Auch dein ererbtes Geld steckt ja in dem Hotel. Denk doch an deine Tochter!«

Eva wollte etwas erwidern, aber sie kam nicht mehr dazu.

Urban Horster hatte die Hotelbar betreten und seine Frau und den Rechtsanwalt in der Nische entdeckt. Er preßte die Lippen fest aufeinander, und in seinen blauen Augen blitzte es unheilverkündend.

Ohne Gruß trat er auf die beiden zu. Das Bild, das sie ihm boten, schien den Verdacht zu bestätigen, den Lona Simon ihm eingeimpft hatte.

»Ich sehe, du hast dir die Zeit nicht lange werden lassen, Eva!« sagte er böse.

Konrad Kilius wollte aufspringen, aber Eva legte ihm die Hand auf den Arm und hielt ihn zurück.

»Es hat sich während deiner Abwesenheit allerhand ereignet, Urban«, antwortete sie beherrscht. »Willst du nicht Konrad begrüßen? Und dich zu uns setzen?«

Urban Horster verlor die Nerven.

»Sprich nicht zu mir wie zu einem Schuljungen!« brüllte er.

Der Barmixer blickte herüber, und auch einige der Gäste wandten sich ihnen zu.

»Nein«, sagte Eva mit gedämpfter Stimme, »nur wie zu einem Mann ... zu *meinem* Mann ... der mich in einer entscheidenden Situation im Stich gelassen hat!«

»Georg Makulis ist tot«, erklärte der Rechtsanwalt. »Setz dich endlich, Urban ... oder willst du unbedingt Aufsehen erregen?«

Mechanisch ließ sich Urban Horster auf einen Stuhl sinken.

»Georg Makulis«, wiederholte er, »ist das nicht der Makler, der ...?«

»Genau«, bestätigte Konrad Kilius, »der Mann, mit dessen Kredit deine Frau das Hotel über Wasser halten konnte.«

Urban Horster zündete sich eine Zigarette an. Es war sehr viel an diesem ersten Tag nach seiner Entlassung aus dem Sanatorium auf ihn eingestürmt. Er hatte Mühe, seine Gedanken zu ordnen.

»Und?« fragte er. »Was wird das für Folgen haben?«

»Das ist noch nicht abzusehen.«

Urban nahm einen tiefen Zug aus seiner Zigarette.

»Nun, jedenfalls scheint mir dieser Tod zu einem recht günstigen Zeitpunkt erfolgt zu sein«, meinte er.

Eva hob die Augenbrauen.

»Wie meinst du das?«

»Na ja, er war doch dein Geschäftspartner, nicht wahr? Und er ist genau in dem Moment gestorben, da ich die Leitung des Hotels wieder übernehmen werde. Damit bist du aus dem Obligo.«

»Das verstehe ich nicht«, sagte Eva.

»Eva bleibt doch auch den Nachfolgern von Georg Makulis verpflichtet«, erklärte der Rechtsanwalt. »Sie werden in den bestehenden Vertrag einsteigen müssen.«

»Eben nicht«, widersprach Urban Horster, »ich werde

den Vertrag durch einen neuen, der zwischen mir und den Geldgebern geschlossen wird, ersetzen.«

»Wieder ein Schritt auf dem Weg, deine Frau aus der Leitung des Hotels auszuschalten, wie?« fragte Konrad Kilius. »Du vergißt nur, daß sie deine Teilhaberin ist und daß du gar kein Recht hast, über ihren Kopf hinweg Entscheidungen zu treffen.«

»Bitte, Konrad«, sagte Eva, »bitte ... das alles haben wir doch schon besprochen!«

»Ich bin durchaus Manns genug, das Hotel selbst zu führen«, erklärte Urban. »Meine Frau wäre ausgelastet genug, wenn sie die Erziehung meiner Kinder ernst nehmen und sie nicht fremden Menschen überlassen würde.«

»Glaubst du etwa, ich hätte das gern getan?« rief Eva.

»Dann wirst du jetzt froh sein, dich wieder deiner Familie widmen zu können.«

»Das bin ich ... von ganzem Herzen!«

»Freut mich, das zu hören. Dann brauchen wir wohl auch keinen Rechtsanwalt mehr, der sich in unsere Privatangelegenheiten einmischt.«

»Gilt das mir?« fragte Konrad Kilius.

»Ich bin sicher, du hast mich sehr gut verstanden.«

Eva war blaß bis in die Lippen geworden.

»Ich pflege die Menschen, die mir in der Not beigestanden haben, nicht mit einem Fußtritt zu entlassen, wenn ich sie nicht mehr brauche«, sagte sie. »Wenn Konrad mir nicht das Geld verschafft hätte, säßen wir heute nicht hier, Urban ... weder du noch ich! Das Hotel wäre in den Besitz des Presser-Bank übergegangen, und wir stünden auf der Straße ...«

»Verdammt noch mal«, fluchte Urban Horster, »mußt du mich immer und immer wieder an deine Heldentaten erinnern? Wenn du so weitermachst, kann das ja heiter werden!«

Der Mixer war an ihren Tisch getreten.

»Ein Anruf für Sie, Frau Direktor!«

»Entschuldigt mich, bitte . . .«

Eva stand auf und ging an den Apparat, der in einer Nische hinter der Bar stand. Schon wenige Augenblicke später kehrte sie an den Tisch zurück. Sie kam nicht dazu, irgend etwas zu erklären.

»Was war das für ein Anruf?« herrschte Urban Horster sie an. »Ich wünsche nicht . . .«

Sie schnitt ihm das Wort ab.

»Die Herren vom Bestattungsinstitut. Sie warten in der Halle, und da ich ihnen den Auftrag erteilt hatte, glaubten sie, sich auch weiterhin an mich halten zu müssen. Ein verständlicher Irrtum, nicht wahr?«

»Die Herren vom Bestattungsinstitut?« wiederholte Urban verblüfft.

»Ja«, entgegnete Eva ruhig. »Sie möchten wissen, ob sie den Toten jetzt schon abholen können. Georg Makulis, falls du die Zusammenhänge immer noch nicht begreifst.«

»Aber . . .«, sagte Urban konsterniert, »wieso . . . ich verstehe nicht . . .«

»Meinst du nicht, es wäre besser, du kämst jetzt deinen Pflichten nach, Urban?« fragte Konrad Kilius mit kaum verhohlenem Spott. »Du hast ja gehört, die Herren warten oben. Du wolltest doch, daß Eva ins Privatleben zurücktreten soll . . . oder nicht?«

Urban Horster warf dem Rechtsanwalt einen haßerfüllten Blick zu und stand auf.

»Soll ich mitkommen?« fragte Eva rasch.

»Danke. Nicht nötig.«

Er verbeugte sich formell und ging.

»Scheint ein schwieriger Fall zu sein, dein Ehemann«, sagte Konrad Kilius.

Eva seufzte.

»Ich habe mir Urbans Heimkehr anders vorgestellt«, bekannte sie, »ich müßte lügen, wenn ich das leugnen würde. Aber es war mein Fehler. Ich bin vielleicht wirklich zu . . . zu selbstherrlich geworden. Ich muß mich ändern.«

»Du bist eine wundervolle Frau!«

»Nein, ganz und gar nicht. Nur eine Frau, weiter nichts.«

»Stimmt nicht, Eva. Du glaubst, deine Ehe erhalten zu können, wenn du wieder ganz in den Schatten deines Mannes zurücktrittst. Aber weißt du, was statt dessen passieren wird? Urban kann das Hotel nicht halten. Er ist gesundheitlich noch nicht ganz auf der Höhe, und er folgt nicht seiner Vernunft, sondern nur dem Wunsch, alles anders zu machen als du. Die Dinge werden ihm über den Kopf wachsen, er wird den Kredit nicht zurückzahlen können. Und was dann?«

»Du brauchst nichts zu befürchten, Konrad. Ich weiß selbst genau, was ich zu tun habe und welches Risiko ich eingehe. Aber ich weiß auch, um was ich kämpfe . . . und dieses Ziel ist mir jedes Opfer wert.«

Am nächsten Morgen erwachte Eva erst, als das Licht des Sommertages in breiten Bahnen in ihr Schlafzimmer fiel. Sie fuhr hoch, hatte das Gefühl, verschlafen zu haben und warf einen erschrockenen Blick auf den Wecker – acht Uhr vorbei!

Sie hatte schon die Bettdecke zurückgeschlagen, um hastig aufzuspringen, als sie sich erinnerte: Sie brauchte nicht mehr in aller Frühe aufzustehen, um auf den Markt zum Einkaufen zu fahren, sie brauchte nicht mehr mit dem Chefkoch die Speisefolge des Tages abzusprechen, nicht einmal mehr ins Büro zu gehen. Ihr Mann war zurück, und er hatte die Leitung des Hotels wieder in die Hand genommen.

Eva ließ sich in die Kissen zurücksinken und verschränkte die Arme hinter dem Kopf. Es war schön, ausruhen zu dürfen. Die Last, die sie in den letzten Monaten fast niedergedrückt hatte, war von ihren Schultern genommen.

Die Tür des Nebenzimmers wurde geöffnet, und Teddy und Susi, noch in ihren Schlafanzügen, stürmten herein.

»Vati«, brüllte Teddy. »Vati!«

Als er das Bett seines Vaters leer sah, blieb er so plötzlich stehen, daß Susi gegen ihn prallte.

»Euer Vater ist schon fort!« sagte Eva lächelnd. »Aber wie wäre es, wollt ihr nicht ein bißchen zu mir ins Bett kommen? Heute habe ich endlich mal wieder Zeit für euch!«

Teddy ließ sich das nicht zweimal sagen. Mit einem Satz war er bei seiner Stiefmutter. Susi blieb zögernd stehen.

»Schau doch mal nach Babsy«, bat Eva das Mädchen, »sie ist sicher auch schon wach ... ich hätte euch alle drei so gern mal zusammen bei mir! Und dann lassen wir uns das Frühstück ans Bett bringen!«

Dieser Verlockung konnte auch Susi nicht widerstehen. Ihr altkluges Gesichtchen leuchtete auf. Sie lief davon, um Babsy zu holen.

Es wurde für alle vier ein sehr vergnügliches Frühstück, und Eva fühlte sich so entspannt wie seit langem nicht mehr.

»Wie wäre es, wenn wir einen Ausflug machen würden?« schlug Susi vor.

»Ausflug ... fein, fein!« jubelte Babsy.

Eva gab der Kleinen einen zärtlichen Kuß. Jetzt fiel ihr erst auf, welche Fortschritte sie in der Zeit gemacht hatte, in der sie sich nicht um das Kind hatte kümmern können.

»Wie wäre es, wenn wir alle zusammen verreisen würden?« schlug Eva vor.

»Für länger?« fragte Susi.

»Bis zum Ende der Ferien.«

»Und Vati?« fragte Teddy.

»Der kann uns besuchen, wenn er Zeit hat. Wir fahren ja nicht weit. Nur in Vaters Jagdhaus im Schwarzwald. Meint ihr, das würde euch Spaß machen?«

»Aber da ist kein Schwimmbad«, wandte Susi ein.

»Dafür sind wir mitten im Wald. Wir können schöne

Spaziergänge machen ... und einen kleinen See gibt es auch in der Nähe.«

Nachdem die Kinder sich an den Gedanken gewöhnt hatten, waren sie Feuer und Flamme. Eva mußte schließlich ihre Begeisterung dämpfen.

»Freut euch nicht zu früh«, mahnte sie, »es war ja nur ein Vorschlag! Erst müssen wir Vati um Erlaubnis bitten.«

»Der wird schon einverstanden sein«, sagte Teddy hoffnungsvoll.

Und Susi schlug vor: »Ruf ihn gleich an und laß ihn herkommen!«

»Also ... erst einmal weiß ich nicht, wo er ist ... und zweitens, finde ich, wird es Zeit, daß wir alle uns anziehen. Hopp, hopp, auf mit euch!«

Eva schwang sich aus dem Bett und hob Babsy hoch in die Luft empor.

»Dich, mein Spätzchen, wird Mutti heute selbst schönmachen!«

Es machte Eva Spaß, die Kleine anzuziehen. Zum Schluß bürstete sie Babsys feines blondes Haar, bis es schimmerte und band eine lustige blaue Schleife hinein.

Dann nahm sie sie wieder mit ins Schlafzimmer, setzte sie auf den Teppich und gab ihr Bauklötzchen zum Spielen, während sie sich selbst anzog. Sie wählte ein blaues, ärmelloses Leinenkleid mit rundem Ausschnitt, das zu der optimistischen Stimmung dieses Morgens paßte.

Gerade wollte sie einen letzten Blick in den Spiegel werfen, als die Tür aufgerissen wurde und ihr Mann hereinstürmte.

»Du willst verreisen?« fragte er barsch.

»Guten Morgen, Urban!« sagte sie lächelnd.

Er biß sich auf die Lippen. »Guten Morgen.«

»Es war wunderbar, mal wieder auszuschlafen ... seit langem habe ich mich nicht so wohl gefühlt wie heute!«

»Lenk nicht ab«, sagte er rauh, »ich will wissen ...«

Babsy, die sich kaum noch an den Vater erinnern konnte, war über den bösen Ton in seiner Stimme erschrokken. Sie begann zu weinen. Eva bemühte sich, die Kleine zu beruhigen und brachte sie dann rasch zu Schwester Veronika ins Kinderzimmer.

»So«, sagte sie, als sie zurückkam, »jetzt sind wir allein und können in Ruhe über alles sprechen. Wie kommst du darauf, daß ich verreisen will?«

»Die Kinder haben es mir gesagt.«

»Aber ich habe sie doch ausdrücklich darauf aufmerksam gemacht, daß wir dich erst um Erlaubnis bitten müssen!«

»Warum willst du fort?«

»Deinetwegen, Urban!«

Sie sah, daß sich sein Gesicht verfinsterte.

»Nein, nein«, fügte sie rasch hinzu, »nicht so, wie du denkst! Es ist nur . . . sieh mal, ich bin heute früh schon zweimal angerufen worden . . . von Angestellten, die mich um eine Anordnung oder um einen Rat fragten. Ich kann doch nicht jedem einzelnen erklären, daß ich hier nichts mehr zu sagen habe. Außerdem würde es nur Unruhe und Verwirrung stiften. Wenn wir aber jetzt sagen, daß ich in Urlaub gegangen bin, wird das jedem einleuchten. Auf diese Weise wird der Übergang ganz reibungslos verlaufen.«

Er sah sie mit einem seltsamen Blick an.

»Du willst also wirklich abtreten?«

»Ja. So war es doch abgemacht!«

»Und es fällt dir nicht schwer?«

Sie lächelte.

»Ein bißchen schon . . . Im Grunde genommen bin ich aber sehr erleichtert, daß ich die Verantwortung abgeben darf . . . daß ich mich endlich wieder um die Kinder kümmern kann . . . und auch um dich!«

»O, Eva«, sagte er erschüttert, »Eva, verzeih mir! Ich . . . was war ich doch nur für ein Trottel!«

Er trat auf sie zu und nahm sie in die Arme, hielt sie wie einen kostbaren, zerbrechlichen Gegenstand.

Sie barg ihren Kopf an seiner Brust.

»Wenn ich nur wirklich überzeugt sein könnte, daß du mir noch einmal verzeihst!«

»Tausendmal, Urban! Ich liebe dich doch!« Sie hob ihr Gesicht zu ihm auf. »Spürst du das denn nicht?«

»Doch, aber . . . ich fühle mich so . . . so minderwertig. Ich habe versagt. Statt dir für alles, was du für mich getan hast, zu danken . . .«

»Das habe ich doch gar nicht erwartet, Urban!«

»Aber es wäre richtig gewesen. Statt dessen . . .«

Sie strich ihm sacht über die Schläfen.

»Wir wollen es vergessen, Urban . . . wir wollen noch einmal ganz von vorn anfangen, ja?«

»Ja, Eva, das verspreche ich dir! Es soll alles ganz anders werden . . . ich werde mich ändern . . .«

»Nicht zu viel«, bat sie lächelnd, »sonst erkenne ich dich am Ende nicht mehr wieder!«

»Oh, Eva!«

Endlich fanden seine Lippen ihren Mund zu einem versöhnenden Kuß. Lange hielten sie sich fest umschlossen. Dann löste sie sich aus seinen Armen.

»Ich bin ja so froh, Urban«, sagte Eva, »daß doch noch alles gut geworden ist! Ich war eine Zeitlang sehr verzweifelt.«

»Sprich nicht mehr davon«, sagte er heftig, »du wirst nie mehr meinetwegen leiden müssen . . . nie mehr!«

18

Eva verbrachte mit den Kindern ein paar wunderbare Tage in dem kleinen Jagdhaus, das in einem versteckten Winkel des Schwarzwaldes lag. Sie hatte das Mädchen Alice mitgenommen, das die Hausarbeit besorgte, so daß

Eva viel Zeit blieb, sich um die Kinder zu kümmern. Es machte sie sehr glücklich, daß es ihr auch allmählich gelang, das Herz von Susi zurückzugewinnen.

Im Jagdhaus gab es kein Telefon. Aber jeden Abend, wenn die Kinder schon im Bett lagen, lief Eva ins Dorf hinunter, um vom Wirtshaus aus mit ihrem Mann zu telefonieren. Aber sie sprachen kaum über das Hotel, sondern nur über sich selbst, die Kinder und ihre Liebe.

Eines Mittags, als Eva und die Kinder vom Beerensammeln heimkamen, sahen sie schon von weitem ein Auto auf dem Grasplatz vor dem Jagdhaus stehen.

»Vati!« schrie Teddy sofort. »Vati ist zu Besuch gekommen!«

Alle begannen zu laufen, auch Babsy stapfte an der Hand ihrer Mutter so schnell voran, wie ihre kleinen Beine es zuließen.

Erst als sie näher gekommen waren, erkannten sie, daß sie sich getäuscht hatten. Es war ein fremdes Auto mit einer Münchner Nummer.

»Komisch«, meinte Susi, »wer kann das sein?«

Sie warf ihrer Stiefmutter einen mißtrauischen Seitenblick zu.

»Ich weiß es auch nicht«, sagte Eva, »aber wir werden es gleich erfahren.«

»Vielleicht gehört das Auto bloß jemandem, der im Wald spazierengegangen ist«, meinte Teddy.

Aber Eva spürte eine böse Ahnung, die sie sich selbst nicht erklären konnte.

Als sie ins Haus traten, kam Alice ihnen schon in der Diele entgegen.

»Besuch für Sie, gnädige Frau! Ein Herr ... er wartet im großen Zimmer.«

»Wer ist es denn?«

»Ich habe den Namen nicht richtig verstanden ... Markurios oder so! Er hat nur gesagt ...«

»Makulis vielleicht?«

»Ja, das war's!«

»Nehmen Sie die Kinder bitte mit in die Küche! Ihr könnt Alice helfen, die Beeren auszulesen und zu waschen«, sagte Eva, »ich versuche, den Herrn so schnell wie möglich loszuwerden.«

Sie warf einen Blick in den Spiegel, bevor sie das große Zimmer, das im Jagdhaus als Wohn-, Speise- und Spielzimmer diente, betrat. Ihre Haut war durch frische Luft und Sonne zart gebräunt. Sie kämmte sich rasch. Dann straffte sie die Schultern, öffnete die Tür und trat ein, um den ungebetenen Gast zu begrüßen.

Im ersten Augenblick sah sie nur den Rücken eines großen, hageren Mannes, der am Fenster stand und auf die Waldwiese hinausschaute. Dann drehte sich der Fremde um und blickte ihr entgegen. Er hatte ein scharfgeschnittenes Gesicht, mit einem kantig vorspringenden Kinn und dunklen, stechenden Augen.

»Entschuldigen Sie diesen Überfall, Frau Horster«, sagte er formell, »ich bin Georg Makulis junior!«

»Darf ich Ihnen mein Beileid zum Tod Ihres Vaters aussprechen?« sagte Eva. »Es ist tragisch, daß er gerade in unserem Hotel . . .«

Makulis junior schnitt ihr mit einer Handbewegung das Wort ab.

»Es war kein echter Verlust für Sie und für mich auch nicht!«

Eva, durch die grausame Härte dieser Worte betroffen, wußte darauf nichts zu sagen. Eine kurze Stille entstand.

»Wollen wir uns nicht setzen?« fragte Eva dann.

»Ja, gern.«

»Darf ich Ihnen etwas anbieten?«

»Danke, nein. Ich möchte das, was ich Ihnen zu sagen habe, so schnell wie möglich hinter mich bringen.«

Eva nahm sich eine Zigarette aus der Tischdose und zündete sie an. Sie hatte dabei Mühe, ihre Hände ruhigzuhalten.

»Ja, bitte?« fragte sie beherrscht.

»Ich bin der Erbe meines Vaters«, erklärte Makulis junior, »der einzige Erbe. Ich habe somit die Rechte und die Verpflichtungen meines Vaters übernommen. Zwischen Ihnen und ihm bestand ein Vertrag . . .«

»Er besteht noch«, sagte Eva Horster, »ich habe mich bei meinem Rechtsanwalt erkundigt. Er ist – durch den Tod Ihres Vaters nicht erloschen, sondern Sie sind als Erbe in seine Rechte eingetreten.«

»Richtig. Nur daß meine Pläne mit denen meines Vaters in keiner Weise übereinstimmen.«

»Das ändert aber nichts an dem bestehenden Vertrag.«

»Stimmt. Vielleicht ist es Ihnen nicht bekannt, daß mein Vater Ihnen den hohen Kredit nur eingeräumt hat, in der Hoffnung, Sie würden nicht imstande sein, das Geld zum vereinbarten Termin zurückzuzahlen . . .«

»Doch, das weiß ich«, sagte Eva, »mein Rechtsanwalt hat mich schon vor Vertragsabschluß darauf aufmerksam gemacht. Aber ich brauchte den Kredit so kurzfristig und dringend, daß ich ihn dennoch annehmen mußte.«

»Nun, dann brauche ich mich über diesen Punkt nicht näher auszulassen«, meinte Georg Makulis junior. »Mein Vater hat auf Ihr Hotel und vor allem auf Ihr Grundstück spekuliert. Meine Geschäfte liegen auf einem anderen Gebiet. Deshalb liegt mir alles daran, das Geld so bald wie möglich wieder zurückzubekommen.«

»Das wird nicht vor dem vereinbarten Termin möglich sein.«

»Es war auch nicht meine Absicht, das zu verlangen.«

Eva sah den Besucher erstaunt an.

»Dann verstehe ich gar nichts mehr!«

»Ich habe die Bilanz des Hotels prüfen lassen, Frau Horster. Das Haus hat unter Ihrer Leitung einen entscheidenden Aufschwung genommen. Die Spekulation meines Vaters wäre also ein Fehlschlag gewesen. Er hat Sie unterschätzt, Frau Horster.«

Eva streifte die Asche ihrer Zigarette ab.

»Wenn das ein Kompliment sein soll, danke.«

»Es ist lediglich die Feststellung einer nachweisbaren Tatsache. Sie sind eine sehr tüchtige, eine bemerkenswert tüchtige Frau. Ich habe volles Vertrauen zu Ihnen . . .«

»Danke!« sagte Eva noch einmal.

Wider Willen tat ihr die Anerkennung eines so kühl rechnenden Geschäftsmannes gut.

»Was mich beunruhigt«, fuhr Makulis junior fort, »ist etwas ganz anderes. Es ist mir zu Ohren gekommen, daß Sie sich aus der Leitung des Hotels zurückziehen wollen?«

»Das stimmt.«

»Und warum haben Sie sich dazu entschlossen, wenn ich fragen darf?«

»Ich habe mich um das Hotel ja nur gekümmert, weil mein Mann einen Unfall hatte. Das war nur als Zwischenlösung gedacht. Da er wieder zurück ist, sehe ich keinen Grund, länger weiterzuarbeiten!«

»Aber Ihr Gatte ist unfähig! Das müßten Sie doch selbst wissen!« protestierte Makulis junior erregt.

»Er hat sein Fach von Grund auf gelernt, während ich . . .«

»Er gehört zu den Leuten, die sich immer nur damit begnügen, im alten Trott weiterzumachen. Aber das genügt nicht, nicht in unserer Zeit. Es kommt nicht von ungefähr, daß eins der großen Hotels nach dem anderen in den Besitz der Banken übergeht. Man kann heutzutage nicht mehr . . .«

Eva unterbrach ihn. »Wäre es nicht richtiger, Sie würden das alles meinem Mann erzählen?«

»Aber das habe ich ja schon getan! Deshalb bin ich bei Ihnen!«

»Mein Mann hat Sie geschickt?«

»Nein, im Gegenteil, er wollte mich davon abhalten, zu Ihnen zu fahren. Aber ich will mein Geld zurückhaben, und Sie sind der einzige Mensch, der mir dafür garantieren kann, daß ich es bekomme. Sie haben den Vertrag mit meinem Vater unterschrieben, nicht Ihr Mann! Sie allein sind haftbar und verantwortlich, Frau Horster!«

Eva drückte umständlich ihre Zigarette aus. Sie brauchte Zeit zum Nachdenken.

»Was wollen Sie also von mir?«

»Habe ich das nicht schon klar genug gesagt? Ich verlange, daß Sie nach Baden-Baden zurückfahren und daß Sie die Leitung des Hotels wieder übernehmen.«

Eva sah den Sohn ihres verstorbenen Gläubigers nachdenklich an.

»Gut«, willigte sie ein, »ich werde nach Baden-Baden fahren. Aber mehr kann ich Ihnen nicht versprechen. Ohne Rücksprache mit meinem Mann kann ich keine Entscheidung treffen.«

»Machen Sie sich doch nichts vor, Frau Horster«, sagte Georg Makulis junior grob, »Ihnen bleibt gar keine Wahl. Entweder Sie tun, was ich von Ihnen verlange und kümmern sich wieder um die Leitung des Hotels, oder ich kündige Ihnen den Kredit. Sie wissen, in dem Vertrag, den Sie mit meinem Vater abgeschlossen haben, gibt es einen Passus . . .«

Eva unterbrach ihn. »Danke. Darüber brauchen Sie mich nicht zu belehren.«

Georg Makulis verzog keine Miene. »Um so besser«, meinte er nur.

»Aber Sie vergessen eins«, erklärte Eva, »es bleibt uns ja immer noch die Möglichkeit, den Kredit Ihres Herrn Vaters abzulösen.«

»Haben Sie das Geld? Mir sollte es sehr recht sein.«

»Ich bin sicher, daß wir einen anderen Geldgeber finden würden«, behauptete Eva.

Er zuckte die Schultern.

»Versuchen Sie es. Von mir aus. Wenn ich mein Geld

zurückhabe, ist mir alles andere egal. Das ist dann Ihre Sache.«

Eva erhob sich. »Ich denke, damit ist alles gesagt.«

Auch Georg Makulis junior stand auf.

»Darf ich Sie gleich mit nach Baden-Baden nehmen?«

»Danke«, lehnte Eva ab, »ich fahre lieber in meinem eigenen Wagen.«

»Ganz wie Sie wollen, Frau Horster, nur überschätzen Sie bitte meine Geduld nicht.«

»Wo kann ich Sie erreichen, wenn wir zu einem Entschluß gekommen sind?«

»Ich werde heute im *Golfhotel* in Baden-Baden übernachten.«

Eva erschrak. »Sie erwarten also noch heute unseren Bescheid?«

»Spätestens morgen früh. Aber ich will nicht kleinlich sein. Für die Ablösung des Kredits würde ich Ihnen noch acht Tage Zeit lassen.«

»Sehr großzügig von Ihnen«, erwiderte Eva Horster trocken.

Doch ihr Spott prallte an ihm ab. Mit einem kurzen Gruß wandte er sich zur Tür, und wenige Minuten später hörte Eva den schweren Motor seines Wagens aufheulen.

Lona Simon saß auf Urban Horsters Schreibtisch, die Beine übereinandergeschlagen und rauchte eine Zigarette.

»Ganz ehrlich«, sagte sie, »ich verstehe nicht, worüber du dich ärgerst, Urban! Du bildest dir doch wohl nicht ein, daß dieser Georg Makulis junior von sich aus auf die Idee gekommen ist, dich unter Druck zu setzen? Es liegt doch klar auf der Hand, daß wieder einmal deine liebe Frau dahintersteckt.«

»Halt den Mund!«, fuhr er sie an.

Sie riß die großen dunklen Augen auf.

»Na, so etwas«, schmollte sie, »diese Töne kenne ich ja gar nicht bei dir!«

Er saß mit finsterem Gesicht da und kaute an seiner Unterlippe.

»Entschuldige schon«, sagte er, »aber du fängst an, mir auf die Nerven zu gehen.«

»Wenn es so ist«, gab sie schnippisch zurück, »kann ich dich genausogut allein lassen!«

Sie glitt vom Schreibtisch und ging mit wiegenden Hüften zur Tür. Aber als er keine Anstalten machte, sie zurückzurufen, drehte sie sich wieder um.

»Sag mal, findest du es eigentlich anständig, deine Wut ausgerechnet an mir auszulassen?«

»Ich kann es nur nicht ertragen, daß du dauernd auf meiner Frau herumhackst«, sagte er.

»Ich?« rief Lona Simon. »Und daß sie dir einen Knüppel nach dem anderen zwischen die Beine wirft, das hältst du wohl für vollkommen in der Ordnung.«

»Sie hat nichts dergleichen getan.«

Sie lachte. »Nanu? Auf einmal? Ausgerechnet *du* verteidigst sie?«

»Wieso ausgerechnet? Schließlich bin ich ihr Mann.«

»Das fällt dir aber ziemlich spät ein«, entschlüpfte es ihr.

Fast im gleichen Augenblick merkte sie, wie ungeschickt diese Bemerkung gewesen war und biß sich auf die Lippen.

»Noch ist es nicht zu spät, Lona«, sagte er mit Nachdruck.

Sie war sehr blaß geworden.

»Du willst dich also . . . mit ihr versöhnen?«

»Das habe ich schon getan. Und ich denke nicht daran, mich je wieder gegen sie aufhetzen zu lassen. Du hast genug Unheil angerichtet.«

»Ist das der Dank?« rief sie empört. »Der Dank für all meine Liebe?«

»Nein, das ist die Quittung für deine Intrigen. Hättest du nicht alles darangesetzt, mich gegen meine Frau aufzuwiegeln, wäre es niemals zu einer Entfremdung zwischen uns gekommen. Du, Lona, und nur du warst der böse Geist in unserer Ehe.«

»Ich verstehe schon. Und deine Frau ist der reinste Engel, wie?«

Er überhörte ihre Ironie.

»Ja«, erwiderte er, »du hast vollkommen recht. Sie ist eine wunderbare Frau. Sie hat in den letzten Monaten das Schicksal des Hotels auf geradezu einzigartige Weise gemeistert . . .«

»Entschuldige, daß ich dich unterbreche«, sagte Lona Simon, »aber es ist noch nicht allzulange her, da hast du anders gedacht. Da fandest du es furchtbar, was sie aus deinem Hotel gemacht hat. Dieser Kindergarten, die ganze Umstellung, die Änderungen, die sie eingeführt hat . . . all das kannst du doch nicht plötzlich gutheißen!«

»Nicht alles, aber doch manches«, erwiderte Urban Horster. »Vielleicht war ich wirklich hinter dem Mond zurück, vielleicht hatten wir alle es uns zu sehr angewöhnt, im alten Trott dahinzuschlendern. Hast du mal die Bilanzen der letzten Monate studiert, Lona? Da müßtest du zugeben, daß wir noch nie zuvor so gut abgeschnitten haben.«

»Bravo!« Lona Simon klatschte in die Hände. »Das war eine Meisterleistung auf dem Drahtseil . . . der große Balanceakt, die Wendung um hundertachtzig Grad!«

Sie beugte sich so weit vor, daß er den Ansatz ihres Busens in dem tiefen Ausschnitt ihrer weißen Spitzenbluse sehen mußte.

»Nun mal ganz ehrlich, Urban . . . glaubst du eigentlich selbst, was du da sagst?«

»Ja. Nur ein Dummkopf beharrt ständig auf der gleichen Meinung, ein intelligenter Mensch kommt immer wieder zu neuen Erkenntnissen.«

»Das ist ja wunderbar«, spottete Lona Simon, »dann begreife ich gar nicht mehr, über was du dich eigentlich aufregst. Dann überlaß doch deiner unerhört tüchtigen Lehrmeisterin weiter die Leitung des Hotels! Sicherlich kannst du dich noch als Assistent hier nützlich machen ... wenn nicht, dann gehst du einfach in den Ruhestand. Dein Hotel ist ja bei ihr in den besten Händen.«

Zu ihrer Überraschung lächelte er nur.

»Immer wieder die alte unverbesserliche Lona!« sagte er. »Begreifst du wirklich nicht, daß du mit deiner bösen Zunge nichts mehr ausrichten kannst? Du scheinst ganz vergessen zu haben, daß meine Frau sich schon aus der Leitung des Hotels zurückgezogen hat ... sie hat alles wieder in meine Hände gelegt.«

Lona Simon ließ sich nicht erschüttern.

»O ja, ich weiß! Ein sehr geschickter Schachzug. Mich wundert nur eins ... daß du naiv genug bist, ihr das zu glauben.«

»Eva ist aufrichtig. So aufrichtig, wie ein Mensch nur sein kann! Aber das wirst du nie verstehen, Lona, du bist noch nie den geraden Weg gegangen.«

Sie strich ihm zärtlich mit der Hand über das Haar.

»Du tust mir leid, Urban«, sagte sie heuchlerisch, »du bist ein guter und kluger Mann. Aber dieser Frau bist du einfach nicht gewachsen.« Er drehte ärgerlich den Kopf zur Seite.

»Hör auf damit, Lona ... ich bitte dich, hör auf!«

»Aber ich muß doch reden«, erwiderte sie, »verstehst du das denn nicht? Ich kann dich doch nicht mit offenen Augen ins Unglück rennen lassen!«

»Danke, ich kann sehr gut selbst auf mich aufpassen.«

»Nein, gerade das kannst du nicht! Du kannst ja nicht einmal zwei und zwei zusammenzählen! Deine Frau hat also nachgegeben, sie hat die Sanfte, die Fügsame gespielt. Ich wäre da an deiner Stelle sofort mißtrauisch geworden. Aber du nicht, du hast ihr natürlich jedes Wort geglaubt! Als dann dieser Georg Makulis junior hier auftauchte, da hast du den Braten noch immer nicht gerochen. Wie kann man nur so naiv sein!«

Er runzelte die Stirn.

»Du willst also allen Ernstes behaupten, daß meine Frau diesen Menschen hierhergeschickt hat?«

»Aber was denn sonst! Sie hat sich das sehr schlau ausgedacht, alle Achtung! Jetzt kann sie wiederkommen und sagen: Du weißt, ich wollte es nicht, aber wenn Makulis darauf besteht, was bleibt mir anderes übrig? – Dann mußt du sie vor deiner Nase dulden und kannst ihr nicht einmal einen Vorwurf daraus machen. Sie hat sich ja wieder einmal für das Wohl des Hotels geopfert.«

Er schob seinen Schreibtischsessel mit einem Ruck zurück und stand auf.

»Ja, Lona, ich glaube dir ... daß du es so gemacht hättest! Dir sähe eine solche Intrige ganz ähnlich, sie paßte tadellos in dein Programm. Aber es kann ein Fehler sein, von sich auf andere zu schließen. Eva würde nie so denken oder so handeln.«

»Du armer Narr!« entfuhr es ihr. »Entschuldige«, fügte sie hastig hinzu, »so habe ich das nicht gemeint. Aber du bist wirklich völlig verblendet! Was willst du denn jetzt tun?«

Er trat dicht vor sie hin.

»Sehr einfach. Erst einmal zwischen dir und mir reinen Tisch machen.« Sie wich vor ihm zurück.

»Was habe ich denn mit allem zu tun?«

»Das habe ich dir doch wohl klar und deutlich gesagt, und ich denke nicht daran, es noch einmal zu wiederholen. Ich habe Zeit genug mit dir verschwendet.«

Sie starrte ihn ungläubig an.

»Soll das heißen ...?«

»Genau, Lona. Du warst immer schon sehr schnell von Begriff. Es ist aus zwischen uns ... aus und vorbei.«

»Aber ... das kann doch nicht dein Ernst sein!«

»Und ob! Ich hätte längst mit dir Schluß machen ... ich hätte niemals mit dir anfangen dürfen, Lona.«

Ihre dunklen Augen füllten sich mit Tränen.

»Hast du denn alles vergessen, Urban? Waren wir denn nicht glücklich miteinander ... so glücklich?«

»Wir haben uns ein Glück gestohlen, das uns nicht zustand. Wir wußten beide, daß wir es früher oder später bezahlen müssen. Heute ist es soweit. Spar dir deine Tränen und deine Szenen. Es ist vorbei.«

Die Haut über ihren Backenknochen spannte sich, ihre Augen wurden schmal.

»So einfach stellst du dir das also vor?«

»So einfach ist das, Fräulein Simon! Gehen Sie jetzt bitte wieder an Ihre Arbeit! Falls Sie allerdings kündigen wollen ... ich würde Ihnen nichts in den Weg stellen.«

»Wirklich nicht?« fragte sie böse. »Zu liebenswürdig von Ihnen, Herr Hotelier! Am liebsten möchten Sie wohl, daß ich jetzt für immer und alle Zeiten aus Ihren Augen verschwinde? Aber den Gefallen tue ich Ihnen nicht. Ich werde gehen ... nur keine Angst, ich habe es nicht nötig, mich aufzudrängen ... aber erst werde ich mit Ihrer Frau reden! Ich habe ihr nämlich manches zu erzählen, was sie interessieren wird!«

Diese Drohung lockte ihn aus der Reserve. »Lona!« rief er.

Sie hielt seinem Blick stand, ohne mit der Wimper zu zucken und lächelte herausfordernd.

Er packte sie an den Schultern.

»Au«, rief sie, »laß los, du tust mir ja weh!«

Er lockerte seinen Griff, und sie schmiegte sich aufschluchzend an seine Brust.

»Urban«, flüsterte sie mit tränenerstickter Stimme, »Urban, das kannst du mir doch nicht antun! Ich liebe dich doch!«

»Wir müssen vernünftig sein, Lona«, sagte er, aber seine Stimme klang nicht mehr ganz so sicher.

Sie klammerte sich leidenschaftlich an ihn.

»Ist es wirklich vernünftig, alles kaputtzumachen, was zwischen uns war? Alles Schöne zu zerstören? Warum bist du so zu mir? Was habe ich dir denn getan?«

Es fehlte ihm die Kraft, hart zu bleiben, sie von sich zu stoßen. Er streichelte sie tröstend.

»Nun weine doch nicht, Liebling«, bat er. »Mach es uns doch nicht so schwer!«

Beide waren so sehr mit sich selbst beschäftigt, daß keiner von ihnen merkte, wie die Türe von außen geöffnet wurde.

Eva war zurückgekommen und geradewegs in das Arbeitszimmer ihres Mannes gegangen. Jetzt stand sie wie angewurzelt im Türrahmen, unfähig, ins Zimmer zu treten oder sich zurückzuziehen, unfähig, auch nur ein einziges Wort hervorzubringen.

Erst als sie sah, wie ihr Mann sich über das Mädchen beugte und sie zärtlich küßte, kam wieder Leben in sie.

»Entschuldige bitte, Urban, wenn ich störe!« sagte sie mit schneidender Stimme.

Urban Horster und Lona Simon fuhren auseinander.

»Du . . . du bist zurück?« fragte Urban Horster fassungslos.

»Es sieht ganz so aus«, erwiderte Eva kalt. »Ich habe etwas Dringendes mit dir zu besprechen. Aber ich sehe, daß du augenblicklich anderweitig beschäftigt bist. Ich erwarte dich oben in meinem Zimmer.«

Sie verschwand so lautlos, wie sie gekommen war und zog die Tür sachte hinter sich ins Schloß.

Erst draußen auf dem Gang verlor sie die Fassung. Sie spürte, wie die Beine unter ihr nachgaben, sie mußte sich gegen die Wand lehnen, um nicht zusammenzubrechen.

Sie fühlte sich so elend und verzweifelt wie noch nie.

Eva war kaum fünf Minuten in ihrem Zimmer, als ihr Mann erschien. Er blieb an der Tür stehen.

»Was machst du denn da?« fragte er.

Sie hatte ihre Kleider mit den Bügeln aus dem Schrank genommen, holte jetzt einen Stoß Pullover und legte ihn auf das Doppelbett.

»Ich räume um, wie du siehst!«

»Aber . . . warum?«

Sie richtete sich auf und sah ihn voll an.

»Glaubst du, ich möchte noch eine Nacht mit dir zusammen im gleichen Zimmer verbringen?«

»Eva, bitte . . . laß mich dir doch erklären . . .«

»Ich weiß alles, Urban, du kannst dir deine Worte sparen. Ich weiß jetzt, wo du den ersten Abend nach deiner Rückkehr warst . . . warum du mich nicht ein einziges Mal im Jagdhaus besucht hast . . . und wahrscheinlich auch, warum du unseren Hochzeitstag nicht mit mir zusammen verbringen konntest. Du warst mit ihr damals in Straßburg, nicht wahr?«

Sie schlug sich mit der Hand vor die Stirn.

»Mein Gott, wie konnte ich nur so blind sein! Ich wette, alle haben es gewußt, das ganze Hotel . . . nur ich, ich hatte nicht den leisesten Verdacht!«

»Eva«, sagte er hilflos, »du irrst dich, glaub mir doch! Es ist alles ganz anders . . .«

»So?« fragte sie. »Wirklich? Du willst mir also ins Gesicht hinein behaupten, daß Lona Simon nicht deine Geliebte ist?«

»Sie war es, Eva, aber . . .«

»Danke«, unterbrach sie, »das genügt mir.«

»Ich werde Schluß mit ihr machen, ich verspreche dir . . .«

»Glaubst du, das nützt jetzt noch das geringste? Bildest du dir ein, man könnte so etwas einfach auswischen . . . vergessen? So tun, als ob nichts gewesen wäre?«

»Ich bitte dich um Verzeihung, Eva, mehr kann ich nicht tun.«

»Vielleicht werde ich dir eines Tages verzeihen . . .

wenn es nicht mehr ganz so weh tut. Aber das ändert nichts an der Tatsache, daß unsere Ehe zerstört ist. Du bist es, Urban, der sie zerbrochen hat.«

»Ich habe ihr gekündigt.«

»Das ist mir gleichgültig. Ob sie hier ist oder anderswo . . . ändert das denn etwas an der Tatsache, daß du mich mit ihr betrogen hast?«

»Ich kann nicht mehr tun, als dich um Verzeihung bitten.«

»Ich weiß, mehr kannst du nicht. Aber das ist nicht genug.«

»Willst du dich scheiden lassen?«

»Ja. Deine Freundin kann sich freuen. Du wirst bald wieder ein freier Mann sein und Lona heiraten können. Alle Heimlichkeiten werden für euch ein Ende haben. Ist das nicht wunderbar?«

»Ich schwöre dir, Eva, ich habe niemals auch nur mit dem Gedanken gespielt, dich zu verlassen und . . .«

»Nein, du hast mich nur betrogen.«

Eva atmete tief, um sich zu beruhigen, dann nahm sie sich eine Zigarette und zündete sie an, noch ehe ihr Mann dazu kam, ihr Feuer zu geben.

»Was hat das alles für einen Zweck«, sagte sie müde. »Wem nützt es etwas, wenn wir es uns noch schwerer machen? Was geschehen ist, ist geschehen und läßt sich nicht mehr ändern. Es wäre besser, wir würden sachlich miteinander reden.«

Der sanfte Ton ihrer Stimme gab ihm neue Hoffnung.

»Eva«, sagte er, »nur das eine mußt du mir glauben . . . ich liebe dich und habe dich immer geliebt.«

»Das interessiert mich nicht mehr, Urban. Für mich ist eins nur wichtig . . . das Geschäft. Du wirst verstehen, daß ich gern mein Geld retten möchte.«

Er hob die Augenbrauen. »Dein Geld? Das Geschäft? Wovon redest du eigentlich?«

»Ich glaube, ich habe mich klar genug ausgedrückt. Der junge Makulis war bei mir . . .«

»O ja, ich weiß. Er will, daß du wieder die Leitung des Hotels übernimmst.«

»Ich habe das abgelehnt. Aber inzwischen hat sich die Sachlage doch entscheidend geändert.«

»Heißt das . . .?«

»Ja. Ich werde mich wieder um das Hotel kümmern, denn ich habe seinerzeit den Kredit aufgenommen, und nur ich bin dafür verantwortlich, daß er termingemäß zurückerstattet wird.«

»Ich glaube, in dieser Sache habe ich wohl auch noch ein Wörtchen mitzureden, Eva.«

»Nein«, erwiderte sie kalt, »das hast du nicht. Ich bin und war gleichberechtigte Teilhaberin des *Grandhotel Horster.* Durch den Kredit, den ich dem Hotel verschafft habe, ist mein Anteil erheblich größer geworden als deiner. Wenn jemand hier zu bestimmen hat, dann bin ich es.«

»Ich bin noch immer dein Mann, Eva, vergiß das nicht!«

»Nicht mehr lange, Urban, darüber waren wir uns doch klar . . . und genau so lange und keinen Tag länger werde ich mich auch um das Hotel kümmern, genau gesagt: bis zu dem Moment, wo der Kredit zurückgezahlt ist. Dann werde ich aus deinem Leben verschwinden, und du kannst wieder schalten und walten wie du willst.«

»Das hast du dir fein ausgedacht«, sagte er zornig, »aber überschätze dich nicht! Ich werde dir einen Strich durch die Rechnung machen. Der Herr im Haus bin nämlich immer noch ich!«

Sie streifte die Asche ihrer Zigarette ab und sah ihn mit einem Blick an, in dem all die Verachtung und der Zorn lagen, die sie für ihn empfand – aber auch ihre schwerverwundete Liebe.

»Nun gut«, entgegnete sie, »wenn du nicht willst, dann kann ich nichts machen. Es war ein ehrlicher Vorschlag. Aber bitte, legen wir ihn ad acta.«

Er verstand sie nicht.

»Na, endlich«, sagte er, »ich wußte ja, daß du vernünftig sein würdest.«

»Wie gut du mich kennst, Urban«, erklärte sie mit unverhohlenem Spott. »Also hör zu: Ich ziehe mich zurück, ich werde die Scheidung sofort einreichen.«

»Tu, was du nicht lassen kannst«, entgegnete er böse.

»Du machst dir hoffentlich klar, daß ich damit auch aus dem Hotel aussteige, das heißt, du wirst in absehbarer Zeit meinen Anteil auszahlen müssen.«

»Dein schäbiges Geld wirst du auf Heller und Pfennig zurückbekommen!«

»Fein«, erwiderte sie äußerlich ungerührt, »ich fürchte nur, du nimmst dir da ein bißchen viel vor. Denn auch Makulis wird auf Rückzahlung seines Kredites bestehen ... und zwar innerhalb von acht Tagen. Das hat er mir klar und deutlich zu verstehen gegeben.«

»Du setzt mir also das Messer an die Kehle?«

»Nicht ich ... Georg Makulis«, sagte sie sanft. »Wenn du mir nicht glaubst, ruf ihn an. Teile ihm die veränderte Sachlage mit. Er ist bis morgen früh im *Golfhotel*.«

»Das ist also deine Rache!« schrie er außer sich. »Du schreckst nicht davor zurück, mich zu ruinieren. Und dich, ausgerechnet dich habe ich Lona gegenüber verteidigt.«

»Das war reizend von dir, Urban. Ich bin zu Tränen gerührt.«

Er konnte sich nicht länger beherrschen und stürzte auf sie zu.

»Du Kanaille!« brüllte er.

Sie wich keinen Schritt zurück.

»Rühr mich nicht an, Urban«, sagte sie kalt, »ich warne dich! Dein Schuldkonto ist längst überzogen. Willst du wirklich noch mehr auf dein Gewissen laden?«

Er sah sie an, als ob er sie schlagen wollte. Dann drehte er sich auf dem Absatz um und verließ das Zimmer. Krachend fiel die Tür hinter ihm ins Schloß.

Sie ging zum Telefon und bat die Zentrale, sie mit

Herrn Georg Makulis im *Golfhotel* zu verbinden. Der Makler kam so schnell an den Apparat, als ob er auf ihren Anruf gewartet hätte.

»Hier ist Eva Horster«, sagte sie, »ja, Frau Eva Horster ... ich wollte Ihnen nur mitteilen, daß die Angelegenheit in Ordnung geht ... ja, ich werde die Leitung des Hotels wieder übernehmen ... ja, ab sofort!«

Als sie den Hörer auflegte, war es um ihre Fassung geschehen. Sie warf sich quer über das Bett und brach in Tränen aus. Sie war die Siegerin geblieben und hatte dennoch alles verloren.

Urban Horster war in die Bar hinuntergegangen. In dieser Nachmittagsstunde war er der einzige Gast. Er trank einen Whisky und rauchte eine Zigarette, um seine Nerven zu beruhigen.

Er fühlte sich tief deprimiert. Alles war schiefgegangen, und er war ehrlich genug, die Hauptschuld daran bei sich selbst zu suchen.

Der Zorn auf seine Frau verrauchte allmählich. Eva hatte recht, das mußte er sich eingestehen. Wenn er sich damals nicht von Lona zu jener Fahrt nach Straßburg hätte überreden lassen, wäre er nicht verunglückt. Wenn er nicht monatelang im Krankenhaus hätte liegen müssen, hätte Eva nie daran gedacht, sich in die Führung des Hotels einzumischen. Und wenn er wenigstens gleich bei seiner Heimkehr mit Lona Schluß gemacht hätte, würde seine Frau nichts von dieser Affäre erfahren haben.

Er hatte sich verantwortungslos und töricht benommen – jetzt durfte er sich nicht beklagen, daß Eva ihm nun die Rechnung präsentierte. Hätte er wenigstens im Gespräch mit ihr nicht die Beherrschung verloren!

Niedergeschlagen und nachdenklich kehrte er in sein Büro zurück, setzte sich an den Schreibtisch, stützte den Kopf in die Hände und grübelte vor sich hin.

Er blickte auch nicht auf, als die Tür vom Nebenzimmer aus geöffnet wurde und Lona Simon eintrat.

»Das hat aber lange gedauert!« meinte sie. »Hast du etwas erreicht?«

»Was suchst du hier noch?« erwiderte er müde. »Du solltest längst fort sein.«

Sie lächelte unbekümmert.

»Aber Urban, die Kündigung kann doch nicht dein Ernst gewesen sein!«

»Vielleicht nicht, aber inzwischen hat sich einiges geändert. Meine Frau ist jetzt der Chef im Hause.«

»Und das läßt du dir gefallen?«

»Ich habe keine Wahl.«

»Aber, Urban, ich hätte dich . . .«

»Sei still. Alles, was du jetzt sagen könntest, ist sinnlos. Meine Frau wird dich keine Minute länger im Hause dulden, und das ist ihr gutes Recht.«

»Sie hat dich also fertiggemacht«, stellte Lona höhnisch fest, »genau wie ich es dir prophezeit habe! Siehst du jetzt endlich ein, daß sie mit diesem Makulis unter einer Decke steckt?«

»Nein«, entgegnete er, »das stimmt nicht. Sie hat gar nicht daran gedacht, wieder ins Hotel einzusteigen. Erst als sie uns beide überrascht hat . . .«

»Urban!« rief Lona Simon. »Und das läßt du dir weismachen? Daß sie uns erwischt hat, ist doch nur ein Vorwand. Sie wollte von Anfang an nichts anderes, als dich aus der Hotelleitung verdrängen.«

»Das stimmt nicht, Lona«, widersprach er ruhig, »deine Phantasie geht wieder einmal mit dir durch.«

»Na schön, wenn du mir nicht glauben willst, lassen wir das Thema fallen. Dann sag mir aber wenigstens . . . was willst du jetzt tun?«

»Was *kann* ich tun?«

»Dich wehren! Mit Zähnen und Klauen gegen sie ankämpfen.«

»Wozu? Sie will sich scheiden lassen.«

Lona Simon holte hörbar Luft.

»Urban«, rief sie, »das ist ja herrlich! Dann können wir doch . . .«

»Nein«, fiel er ihr ins Wort, »wir können nicht! Wenn ich jetzt gehe, habe ich nicht nur das Hotel verloren, sondern auch mein Gesicht. Ich würde ein Niemand sein, ein armer Schlucker. Möchtest du mich unter diesen Umständen wirklich noch heiraten?«

Sie zögerte. »Na ja«, gab sie dann zu, »das wäre nicht gerade der Wunsch meiner schlaflosen Nächte.«

Er lachte auf. »Jetzt bist du wenigstens ehrlich!«

»Ich war es immer, Urban, jedenfalls dir gegenüber.« Sie krauste die Stirn. »Du meinst also, es läßt sich da gar nichts machen?«

»Nein«, sagte er, »nichts. Die Würfel sind gefallen . . . und ich habe die niedrigste Punktzahl geworfen. Bestimmt hat meine Frau diesen Makulis schon im *Golfhotel* angerufen.«

»Im *Golfhotel*?«

»Ja, da wohnt er. Bis morgen früh.«

»Er bleibt also über Nacht hier . . . spricht das nicht Bände?«

Lona Simon trat auf ihn zu und rüttelte ihn an den Schultern.

»Und du glaubst immer noch nicht, daß das Ganze ein abgekartetes Spiel ist? Daß man dich um dein Hotel betrügen will?«

Er nahm ihre Hände von seinen Schultern.

»Nein, Lona. Gib dir keine Mühe. Meine Frau ist ein anständiger Mensch. Ich habe mir alles selbst zuzuschreiben. Soll ich dir ein Zeugnis ausstellen?«

»Das wäre nett. Vielleicht kann ich es noch brauchen.«

»Also schön, dann schreib . . .«

»So eilig ist es nicht. Schick es gelegentlich an meine Adresse.«

Sie gab ihm einen flüchtigen Kuß auf die Stirn.

»Leb wohl, Urban . . . und viel Glück im Kampf mit dem Drachen!«

Sie verließ das Zimmer so rasch, daß er gar nicht begriff, was vorgegangen war. Erst Minuten später wurde ihm klar, daß dies das Ende war – das Ende einer leidenschaftlichen Affäre.

20

Lona Simon war zäh, viel zäher, als Urban Horster sich auch nur vorstellen konnte. Sie war nicht so rasch bereit, den Kampf aufzugeben.

Sie nahm sich ein Taxi und fuhr ins *Golfhotel.* Sie wollte mit Georg Makulis junior sprechen.

Georg Makulis saß mit einigen anderen Herren an der Bar, als ihm ein Page des Hotels Lona Simon meldete.

»Was will die Dame denn?« fragte er.

Er drehte Lona Simons Visitenkarte zwischen den Fingern hin und her, zeigte sich deutlich unangenehm berührt.

»Fräulein Simon möchte Sie geschäftlich sprechen, Herr Makulis«, erklärte der Page.

»Geschäftlich bin ich in meinem Münchner, meinem Züricher und meinem Pariser Büro zu erreichen, nach vorheriger Anmeldung über mein Sekretariat, versteht sich. Richten Sie das bitte der Dame aus.«

»Sie wollen sie also nicht empfangen?«

»Das habe ich doch wohl deutlich genug ausgedrückt!«

Der Page errötete. »Fräulein Simon ist . . . sehr hübsch«, sagte er stotternd.

Die Herren, die Zeugen dieses Gesprächs geworden waren, lachten.

»Seien Sie nicht herzlos, Makulis«, meinte der eine, »schauen Sie sich das schöne Kind doch einmal an ... wer weiß, vielleicht versäumen Sie wirklich etwas, wenn Sie sie unbesehen fortschicken!«

Georg Makulis junior verzog sein hageres, scharfgeschnittenes Gesicht.

»Also gut, bringen Sie sie herein. Aber machen Sie ihr bitte klar, daß ich nur fünf Minuten Zeit habe!«

Der Page atmete auf. »Sehr wohl, mein Herr, ganz wie Sie wünschen!«

Er beeilte sich, die Bar zu verlassen. Das Gelächter der Herren klang ihm in den Ohren.

Aber es dauerte gute drei Minuten, bis Lona Simon erschien, und die Spannung der Herren hatte sich inzwischen noch gesteigert. Als sie anmutig und mit hocherhobenem Kopf in den matt beleuchteten Barraum trat, glich es einem gekonnten Auftritt auf der Bühne.

Einige der Herren hielten unwillkürlich die Luft an, einer pfiff hörbar durch die Zähne.

Georg Makulis rutschte von seinem Barhocker und ging ihr entgegen.

Lona Simon war vor ihrem Besuch im *Golfhotel* in ihre Wohnung gefahren und hatte sich umgezogen. Sie trug einen fließenden, schwarzen Samtrock, dazu eine weiße Spitzenbluse, deren Ausschnitt ihren schönen Hals und ihre schlanken Arme wunderbar zur Geltung brachte. Ihr üppiges schwarzes Haar bauschte sich um den Kopf, ihre dunklen Augen funkelten hinter den dichten Wimpern. Lächelnd streckte sie Georg Makulis die Hand entgegen.

»Herr Makulis?« sagte sie fragend. »Es ist reizend, daß Sie mich zu dieser ungewöhnlichen Stunde empfangen . . .«

Er verzog seinen schmalen Mund zu einem gezwungenen Lächeln.

»Es blieb mir nichts anderes übrig. Ich hätte den jungen Mann, den Sie so beeindruckt haben, sonst wohl kaum losgekriegt.«

Lona Simon tat erstaunt.

»Oh, ich störe also?«

»Natürlich«, sagte er grob, »aber da Sie nun einmal da sind, können Sie mir erzählen, was Sie auf dem Herzen haben! Kommen Sie, setzen wir uns!«

Er führte Lona an einen kleinen Ecktisch, so weit wie möglich von der Bar und den neugierigen Blicken der übrigen Herren entfernt.

»Nun, mein Fräulein?« fragte er. »Was für ein Geschäft wollen Sie mir vorschlagen?«

Lona Simon legte mit einer unbefangenen Geste ihre Hand mit den korallenroten Nägeln auf seinen Arm.

»Seien Sie mir bitte nicht böse, Herr Makulis . . . Die Geschäfte waren nur ein Vorwand!«

»Sie wollen also kein Geld?«

»Geld? Ich?« Sie lachte. »Sie sind es wohl gewohnt, daß alle Menschen Geld von Ihnen wollen?«

»Ja, und es überrascht mich sehr, wenn sie jetzt behaupten . . .«

Sie fiel ihm ins Wort.

»Ich brauchte einen Grund, um zu Ihnen vorzudringen! Sie sind ein großer Mann, und ich bin ein unbedeutendes kleines Mädchen . . .«

»Was wollen Sie nun wirklich von mir?«

»Sie kennenlernen!« Sie sah ihm unverfroren in die Augen. »Frau Horster war so bezaubert von Ihnen . . .«

»Sie kennen Frau Horster?«

»Ja. Sonst könnte sie mir ja nicht von Ihnen erzählt haben.«

Er zündete sich eine Zigarette an.

»Entschuldigen Sie, aber das Ganze kommt mir einigermaßen merkwürdig vor. Frau Horster hat auf mich durchaus nicht den Eindruck einer klatschsüchtigen Frau gemacht, ganz abgesehen davon, daß ich sie erst heute nachmittag kennengelernt habe.«

»Das weiß ich. Aber Sie stehen doch seit dem Tode Ihres Vaters mit ihr in Verbindung . . .«

Lona Simon beobachtete ihn lauernd unter ihren langen Wimpern hervor.

»Auch das nicht.«

Sie konnte ihre Enttäuschung nicht verbergen. »Schade«, meinte sie, »sehr schade!«

Er starrte sie aus seinen dunklen, stechenden Augen an.

»Wollen Sie mir nicht die Wahrheit sagen?«

Sie zuckte die Schultern. »Warum nicht? Mir scheint, ich habe jetzt wirklich nichts mehr zu verlieren.«

Sie öffnete ihr Samttäschchen, zog ein Päckchen heraus, nahm sich eine Zigarette und hielt sie so lange spielerisch in der Hand, bis er sich doch dazu aufraffte, ihr Feuer zu geben. Sie nahm einen tiefen Zug und blies den Rauch durch die Nase.

»Ich hatte gehofft«, sagte sie, »daß die Idee, Frau Horster sollte die Leitung des Hotels auch weiterhin übernehmen, von ihr selbst ausgegangen wäre . . .«

»Von Frau Horster?«

»Ja. Ich persönlich war davon überzeugt!«

»Irrtum. Frau Horster war im Gegenteil keineswegs entzückt von dieser Forderung.«

»Das habe ich mittlerweile begriffen.«

Georg Makulis junior streifte die Asche seiner Zigarette ab.

»Darf ich fragen, was Sie für ein Interesse an dieser ganzen Angelegenheit haben, Fräulein Simson?«

»Simon«, berichtigte sie, »aber Sie dürfen ruhig Lona zu mir sagen . . .«

Er ließ sich nicht ablenken. »Also?«

»Ich bin Sekretärin im *Grandhotel Horster*, daß heißt, ich war es, bis heute.«

»Sie haben gekündigt?«

»Man hat mir gekündigt. Frau Horster hat mich vor die Tür gesetzt.«

»Und warum?«

»Was weiß ich? Vielleicht weil meine Nase ihr nicht paßte.«

Er sah sie nachdenklich an.

»Das nehme ich Ihnen nicht ab. Ich bin selber Arbeitgeber und weiß, daß es nicht so einfach ist, eine unliebsame Angestellte loszuwerden. Es gibt Gewerkschaften und Arbeitsgerichte.«

»Sie würden mir also raten, mich zur Wehr zu setzen?«

»Das kommt ganz darauf an, was Sie angestellt haben.«

Sie mimte Entrüstung. »Ich? Glauben Sie wirklich, daß ich . . .«

»Ja. Sie sind nicht der Typ, den ich als eine zuverlässige und verantwortungsbewußte Sekretärin bezeichnen möchte. Was war also los? Haben Sie in die Kasse gegriffen? Nein, dann hätte Frau Horster es nicht bei einer Kündigung bewenden lassen. Ich möchte eher annehmen, Sie sind ihrem Gatten zu sehr entgegengekommen, stimmt's?«

Lona Simon lächelte ohne eine Spur von Gekränktheit.

»Sie sind ungemein scharfsinnig, Herr Makulis.«

»Und jetzt wollen Sie ihr eins auswischen, nicht wahr? Indem Sie ihrem Mann den Beweis zu bringen versuchten, daß nicht ich, sondern Frau Horster selbst . . . also, ich muß wirklich sagen, eine sehr schlau eingefädelte kleine Intrige. Es tut mir fast leid, daß ich sie durchkreuzen muß.«

Lona Simon war nicht so schnell zu verwirren. Sie wagte einen neuen Vorstoß.

»Sie müssen ja gar nicht, Herr Makulis.«

»Sie verlangen also allen Ernstes, daß ich behaupte . . .«

»Und warum nicht?«

»Das, mein liebes Fräulein, kann ich Ihnen ganz genau sagen. Ich will das Geld wiederhaben, das mein verstorbener Vater in das *Grandhotel* gesteckt hat. Das ist aber nur möglich, wenn ich Frau Horster zum Zuge kommen lasse, wenn ich ihr die Chance gebe, weiter selbständig zu arbeiten ... nicht aber, wenn ich ihr Knüppel zwischen die Beine werfe.«

»Sie scheint Sie ganz schön eingewickelt zu haben!«

»Sie hat auf mich den Eindruck einer intelligenten, fähigen, anständigen Frau gemacht, und ich glaube nicht, daß ich mich in ihr getäuscht habe.«

»Sie wollen mir also nicht helfen?«

»Bilden Sie sich im Ernst ein, Sie wären mir fünfhunderttausend Mark wert?«

»Sie haben recht«, entgegnete sie ruhig. »Das wäre ein schlechtes Geschäft für uns beide!«

Georg Makulis sah sie prüfend an.

»Langsam«, sagte er, »fangen Sie an, mir zu gefallen. Sie sind ein wirklich bemerkenswertes Mädchen.«

Er winkte den Kellner herbei. »Champagner bitte!«

Er wandte sich wieder an Lona Simon.

»Haben Sie noch niemals darüber nachgedacht, ob es nicht vielleicht ein Fehler ist, Ihre jungen Jahre in einem Büro zu verplempern? Daß Sie es nicht nötig haben, die Geliebte eines sicherlich gutaussehenden, aber durchaus mittelmäßigen Hoteliers zu spielen?«

»Das ist jetzt sowieso vorbei.«

»Sie wollen also die Brücken hinter sich abbrechen?«

»Das habe ich schon getan.«

»Sie haben keinerlei Verpflichtungen mehr hier in Baden-Baden?«

Lona Simon zögerte. »Nicht in diesem Sinn. Nur eine sehr schöne Wohnung ...«

»Die Ihnen dieser Horster eingerichtet hat.«

»Ja.«

»Dann packen Sie noch heute nacht Ihre Sachen zusammen und seien Sie um Punkt acht Uhr mit Ihrem Gepäck hier im *Golfhotel.* Möbel, Teppiche, Bilder und alles andere, was Sie zusammengehamstert haben, lassen Sie zurück. Schreiben Sie einen Brief an diesen Horster, daß er sich das Zeug wieder abholen kann.«

»Aber warum? Es gehört mir und . . .«

»Sie brauchen es nicht mehr. Ich werde mich von nun an Ihrer annehmen, und ich möchte nicht Ihretwegen Schwierigkeiten bekommen. Bestimmt hatte Herr Horster nicht das Recht, Ihnen größere Gegenstände zu schenken, wahrscheinlich hat er die meisten Dinge sogar dem Hotelbetrieb entzogen . . .«

»Stimmt.«

»Na, sehen Sie! Wenn seine Frau dahinterkommt – und das ist nur eine Frage der Zeit – wird sie bestimmt alles wieder von ihnen zurückverlangen. Sie wird es jedenfalls versuchen. Aber ich will keinen Skandal. Haben Sie mich verstanden?«

»Ja.«

Der Kellner brachte einen Eiskübel mit der Flasche Champagner, stellte Gläser auf den Tisch, öffnete die Flasche mit gedämpftem Knall und goß einen Schluck in das Glas des Geschäftsmannes.

Er kostete. »Könnte kühler sein. Aber schenken Sie schon mal ein!«

Als der Kellner gegangen war, hob er sein Glas Lona Simon entgegen. »Auf Ihre Zukunft!«

Sie trank. »Was haben Sie mit mir vor?«

»Ich werde Sie als Geliebte engagieren!«

Sie öffnete den Mund zum Protest, aber er schnitt ihr mit einer Handbewegung das Wort ab.

»Sagen Sie jetzt nicht, das käme Ihnen zu plötzlich. Sie suchen ja gerade im Augenblick eine neue Stellung. Es schadet auch nichts, daß Sie nicht in mich verliebt sind, das wäre nur störend . . . ich bin ja auch nicht in Sie verliebt. Was ich brauche, ist eine offizielle Geliebte, eine reizvolle junge Frau wie Sie, bei deren Anblick den anderen Männern, und besonders meinen Geschäftsfreunden, die Augen aus dem Kopf fallen.«

»Sie wollen also gar nicht wirklich, daß ich . . .?«

»Nein. Ich habe eine sehr nette Frau, und ich denke gar nicht daran, sie zu betrügen.«

Lona Simon konnte nur mühsam ihre Erleichterung verbergen.

»Ich verstehe«, sagte sie.

»Das hatte ich nicht anders von Ihnen erwartet.«

Georg Makulis erhob noch einmal sein Glas.

»Also dann . . . auf gute Zusammenarbeit, Lona!«

Sie stieß mit ihm an, und schon in diesem Augenblick waren ihre Gedanken damit beschäftigt, sich die unübersehbaren Vorteile und Möglichkeiten auszumalen, die diese neue Stellung ihr bot. Sie hatte keineswegs die Absicht, für alle Zeiten bei diesem eiskalten Mann zu bleiben, aber immerhin, was er ihr anbot, war ein Sprungbrett – ein Sprungbrett in das reiche und sorglose Leben, das sie sich seit jeher erträumt hatte.

Lona befolgte die Anordnungen ihres neuen Chefs nicht ganz. Zwar packte sie in dieser Nacht nur ihre private Habe, Kleider, Mäntel, Schmuck und Wäsche zusammen, zwar schrieb sie wirklich einen Brief – aber nicht an Urban Horster, sondern an seine Frau. Sie konnte es sich nicht verkneifen, Eva Horster noch eine letzte Demütigung zuzufügen.

Eva erhielt diesen Brief zwei Tage später mit der Morgenpost, und ihr Gesicht wurde starr, als sie ihn las. Dann ging sie in das Büro ihres Mannes und reichte ihm wortlos den Brief.

»Es geht dich an, Urban«, sagte sie.

Er erkannte Lona Simons Handschrift und erschrak.

»Was . . . will sie?« fragte er.

»Lies selbst!«

Eva drehte sich um und verließ den Raum.

Als Urban Horster die flüchtigen, mit versteckten und offenen Bosheiten gespickten Zeilen seiner ehemaligen

Geliebten gelesen hatte, sprang er auf. Beinahe hätte er dem Impuls gehorcht, seiner Frau nachzulaufen und ihr alles zu erklären, aber was gab es da zu erklären? Daß er Lona Möbel und Teppiche geschenkt hatte, entsprach der Wahrheit. Erst jetzt begriff er ganz, wie unverantwortlich seine Handlungsweise gewesen war. Er fand keine Worte, mit denen er sich hätte entschuldigen können.

Noch am gleichen Tag ließ er die Möbel abholen und ins Hotel bringen, zur Ausstattung einiger renovierungsbedürftiger Zimmer.

Eva sah, was im Hause vor sich ging, aber sie ließ es sich nicht anmerken. Sie verlor kein Wort mehr über die ganze Angelegenheit, ging mit stillem, verschlossenen Gesicht durch das Hotel, behandelte ihren Mann wie Luft, und sprach nur dann mit ihm, wenn es aus geschäftlichen Gründen dringend notwendig war.

In den nächsten Wochen machte Urban Horster immer wieder zaghafte Versuche, sie zu versöhnen, aber alles prallte an Evas starrer, unnatürlicher Ruhe ab. Es war, als ob die bittere Enttäuschung einen eisernen Panzer um ihr Herz geschmiedet hätte. Sie glaubte selbst, daß jedes Gefühl für ihren Mann in ihr erstorben wäre.

Die Kinder waren immer noch mit Alice im Jagdhaus.

Eines Tages trat Urban zu seiner Frau, als sie gerade dabei war, die Küchenvorräte zu inspizieren.

»Kann ich dich einen Augenblick sprechen, Eva?« fragte er.

»Bitte«, sagte sie kurz, »was gibt es?«

»Nicht hier«, erwiderte Urban, »komm zu mir ins Büro.«

Sie warf einen Blick auf die neugierigen Gesichter des Küchenpersonals. Jeder im Haus wußte, daß es mit der Ehe des Chefs nicht mehr stimmte, und jeder war begierig, einen neuen Anlaß zum Klatsch zu finden.

»Gut«, willigte Eva ein, »sobald ich Zeit habe.«

Erst Stunden später kam sie zu ihm, sehr kühl und sehr blaß in einem hellgrünen, silbergemusterten Seidenkleid.

»Du wolltest mich etwas fragen?« sagte sie hochmütig.

»Ich habe heute einen Brief von Susi bekommen«, begann er das Gespräch, »die Kinder langweilen sich im Jagdhaus. Sie möchten wieder nach Hause.«

»Das kommt nicht in Frage.«

»Ich würde sie auch gern wieder hier haben«, erklärte er.

»Und wer, glaubst du, soll sich hier um sie kümmern? Schwester Veronika hat mit den Gästekindern genug zu tun. Nein, sie sind im Jagdhaus viel besser aufgehoben. Wenn die Ferien um sind, kommen die beiden Großen wieder ins Internat.«

»Das halte ich nicht für richtig«, wandte er ein. »Sie könnten doch genausogut hier . . .«

»Nein, das können sie nicht. Jetzt weniger denn je.«

»Susi schreibt, du hättest ihnen versprochen . . .«

»Stimmt, aber damals lagen die Umstände noch anders. Damals wußte ich noch nichts von Lona Simon.«

Er sprang auf. »Was, um Himmels willen, hat Lona Simon denn mit den Kindern zu tun?«

»Sehr viel. Sie hat unsere Ehe zerstört. Ich will nicht, daß die Kinder Zeugen unserer Entfremdung werden.«

»Ach, so ist das also . . . ich bin der Grund, warum sie nicht herkommen dürfen?«

Sie merkte, daß sie das Problem überspitzt hatte.

»Das habe ich nicht gesagt«, erklärte sie.

»Nun, es gibt Dinge, die man nicht auszusprechen braucht, es genügt, sie den anderen fühlen zu lassen.«

»Es ist mir ganz neu, daß du so feinfühlig bist.«

Er trat auf sie zu.

»Eva, bitte! Ich weiß, ich habe dich betrogen, ich weiß, ich habe mich schlecht benommen . . . aber glaub mir, ich bereue es. Ich bereue aufrichtig, was ich getan habe. Kannst du mir wirklich nicht verzeihen?«

Sie sah ihn lange an.

»Ich wollte, ich könnte es«, sagte sie, »aber es gibt Dinge, über die eine Frau nicht hinwegkommen kann!«

»Eva! Es ist doch alles vorbei ... Lona Simon ist weg, sie kommt nicht wieder ... bitte, versuch doch zu vergessen!«

»Ich kann es nicht, Urban.«

»Du läßt mir also kein Fünkchen Hoffnung?«

»Wenn ich es täte, würde ich lügen. Es ist besser, du findest dich damit ab, daß unsere privaten Beziehungen beendet sind.«

Sie wandte sich um und verließ das Zimmer.

Als Eva am nächsten Morgen vom Markt zurückkam und sich in ihrem Zimmer umzog, fiel ihr ein, daß sie noch Anordnungen für ein bevorstehendes Festbankett, das der Lions-Club im Hotel geben wollte, mit ihrem Mann besprechen mußte.

Sie überlegte, ob sie ihn durch einen Pagen suchen lassen sollte und warf einen Blick auf ihre Armbanduhr. Es war noch vor sieben. Gestern abend war es spät geworden, wahrscheinlich würde er eben erst aufgestanden sein.

Sie war seit langem nicht mehr in seinem Zimmer gewesen, scheute davor zurück, schalt sich aber selbst als albern. Sie empfand nichts mehr für ihn, was hatte sie also zu befürchten, wenn sie ihn aufsuchte?

Mit entschlossenen Schritten ging sie über den Gang und klopfte an seine Tür. Von drinnen kam keine Antwort. Wahrscheinlich schlief er noch.

Sie drückte die Klinke nieder, die Tür ließ sich öffnen. Eva trat ein. Überrascht blieb sie auf der Schwelle stehen.

Das Bett war zerwühlt, das Zimmer leer – sonderbar leer, schien es ihr. Urbans Reisewecker stand nicht auf dem Nachttisch, seine Hausschuhe waren nirgends zu sehen, auch nicht sein Morgenrock, den er meist achtlos über einen Stuhl zu schleudern pflegte.

Sie warf einen Blick in das Bad – auf der Glasscheibe über dem Waschtisch fehlten die Toilettenutensilien ihres Mannes. Sie lief zurück, sah in den Schrank – auch er war leer. Kein Anzug hing mehr auf den Bügeln.

Panik ergriff sie. Sie lief zum Lift, drückte auf sämtliche Knöpfe, ertrug das Warten nicht länger und rannte zu Fuß hinunter.

Ihr Mann war fort, er hatte sie verlassen!

Plötzlich begriff sie, daß sie ihn immer und trotz allem noch liebte, daß sie niemals so verletzt gewesen, sich niemals so in ihre Ablehnung verbohrt hätte, wenn sie wirklich innerlich mit ihm fertig gewesen wäre.

Herr Thomas stand hinter dem Empfangstisch. Sie lief zu ihm hin.

»Wann ist mein Mann abgereist?« fragte sie atemlos.

»Ich weiß es nicht.«

»Aber ... das müssen Sie doch wissen ...«

»Als ich meinen Dienst antrat, war er schon fort. Der Nachtportier sagte es mir.«

»Warum haben Sie mir das nicht gleich gesagt?«

»Ich habe es nicht für so wichtig gehalten ...«

»Sie ... haben nicht ...? Aber es *ist* wichtig, es ist ungeheuer wichtig ... für mich, für die Kinder, für das Hotel!«

Herr Thomas verzog keine Miene, wandte sich um und zog einen Brief aus einem der Fächer.

»Herr Horster hat eine Nachricht für Sie hinterlassen ...«

Eva riß ihm den Brief aus der Hand, aber bevor sie ihn öffnete, trat sie einige Schritte beiseite. Sie wollte nicht beobachtet werden.

Liebe Eva, las sie, *ich habe es vorgezogen, bei Nacht und Nebel zu verschwinden, und ich nehme an, daß du diesen Entschluß mit Erleichterung zur Kenntnis nehmen wirst. Ich gebe zu, es ist meine Schuld, daß es so weit mit uns gekom-*

men ist. Du hast wirklich allen Grund, mich zu hassen. Aber ich kann deinen Haß nicht ertragen, und noch weniger deine Verachtung.

Ich überlasse dir das Hotel und verzichte für alle Zeiten auf meinen Anteil. Ich weiß, du wirst es unseren Kindern erhalten.

Sobald ich eine Stellung gefunden und eine feste Adresse habe, werde ich mich mit deinem Anwalt in Verbindung setzen, damit du die Scheidung einreichen kannst. Selbstverständlich nehme ich alle Schuld auf mich, ich bin ja auch wirklich der einzig Schuldige.

Ich wünsche dir viel Glück. Mich macht es froh, daß ich doch noch etwas für dich tun konnte, nämlich aus deinem Leben zu verschwinden . . .

Eva ließ den Brief sinken und sah mit blicklosen Augen ins Leere.

Sie konnte nichts anderes denken als: Er ist fort für immer, und ich bin es, die ihn aus dem Haus gejagt hat.

Sie merkte gar nicht, daß ein früher Gast von der Straße her durch die Drehtür kam. Erst als er vor ihr stand, erkannte sie ihn, ihren Rechtsanwalt und Jugendfreund Dr. Konrad Kilius.

»Eva«, sagte er, »was ist geschehen? Ich bin so schnell wie möglich hergekommen! Dein Mann rief mich gestern abend an . . .«

»Mein Mann?« wiederholte sie tonlos.

»Ja, er sagte mir, ich sollte mich um dich kümmern, du brauchtest mich. Mehr konnte ich nicht aus ihm herausbringen, er hat gleich wieder aufgelegt.«

»Er ist fort«, sagte sie, »er hat mich verlassen.«

Sie reichte ihm den Brief. Rechtsanwalt Kilius überflog ihn.

»Donnerwetter«, sagte er, »das finde ich anständig! Eine sehr großzügige Lösung. Hätte ich deinem Mann gar nicht zugetraut.«

»Ich muß ihn finden.«

»Aber, Eva, warum denn? Sei doch froh . . .«

»Ich liebe ihn, Konrad. Erst jetzt weiß ich es . . . ich habe nie aufgehört, ihn zu lieben.«

Sein Gesicht verdüsterte sich. »So stehen die Dinge also!«

»Ja, genau so. Wenn du mein Freund bist, mußt du mir helfen, ihn zu suchen.«

Konrad Kilius hatte sich schon wieder gefaßt.

»Aber wie denn? Der Brief enthält doch nicht den geringsten Anhaltspunkt!«

»Ich glaube doch. Fällt dir nicht auf, daß er nicht geschrieben hat: Grüß die Kinder von mir? Erkläre ihnen alles? Gib ihnen einen Kuß?«

»Daran hat er wahrscheinlich gar nicht gedacht.«

Sie schüttelte den Kopf.

»Das glaube ich nicht. Ich glaube vielmehr . . . ja, ganz bestimmt . . . er ist zum Jagdhaus gefahren, um sich von ihnen zu verabschieden. Bitte, fahr mich zu den Kindern! Gott gebe, daß ich Glück habe . . . daß er noch dort ist!«

Eva, die sonst eher eine übervorsichtige Fahrerin war, trieb Konrad Kilius diesmal unentwegt zur Eile an.

Aber als sie das Jagdhaus erreichten, war Urbans Auto nirgends zu sehen.

»Er ist schon fort!« rief sie maßlos enttäuscht.

»Ich glaube eher, er ist überhaupt nicht hier gewesen!«

»Doch, doch, ich bin ganz sicher!« sagte Eva. »Er kann doch nicht einfach ohne Abschied von den Kindern . . .«

»Vielleicht wollte er es ihnen und sich nicht unnötig schwermachen!«

Eva antwortete nicht, sie legte die Hand auf den Arm des Freundes.

»Still«, bat sie, »sei mal einen Moment ganz still!«

Jetzt war das Geräusch eines sich nähernden Autos deutlich zuhören.

»Er kommt«, sagte Eva, »er kommt jetzt erst!«

Sie legte die Hand auf den Türgriff.

Konrad Kilius ging um das Auto herum und half ihr aussteigen.

»Mach dir doch nichts vor, Eva, er ist lange vor uns abgefahren, er müßte längst hier sein, wenn er . . .«

Eva trat, mit beiden Armen winkend, dem Taxi entgegen. Aber außer dem Chauffeur war niemand im Wagen.

»Guten Morgen, Fräulein«, sagte der Fahrer, »suchen Sie jemanden?«

»Ja, meinen Mann!«

»Tut mir leid, der Wagen ist leer.«

»Das sehe ich selbst! Aber . . . was wollen Sie hier? Hat Sie jemand herbestellt?«

»Genau! Der Herr, den ich gefahren habe. Fahren Sie ins Dorf, hat er gesagt, trinken Sie eine Tasse Kaffee, und in einer guten halben Stunde können Sie mich wieder abholen!«

»Also . . . er ist doch da!«

Eva drehte sich um und rannte auf das Jagdhaus zu.

Konrad Kilius folgte ihr nicht. Er zündete sich eine Zigarette an, trat zu dem Fahrer des Taxis, der ausgestiegen war und ebenfalls zu dem kleinen Haus gehen wollte.

»Lassen Sie sich Zeit, mein Freund«, sagte Konrad Kilius, »da drinnen würden wir beide jetzt nur stören . . .«

Er hielt dem Fahrer sein Zigarettenpäckchen hin. Der Mann bediente sich und lächelte verständnisinnig.

»Ach, so ist das? Versöhnung?«

»Vielleicht«, entgegnete Konrad Kilius, »vielleicht aber auch . . . das Ende einer Ehe!«

Urban Horster saß, die kleine Babsy auf dem Schoß, umringt von den beiden Großen, auf der Terrasse des Hauses.

»Nimm mich mit, Vati . . . ich habe ja jetzt noch Ferien!« bat Susi.

»Wann kommst du zurück?« fragte Teddy.

Beide Kinder begriffen, daß dieser unerwartete Besuch ihres Vaters, dieser Abschied etwas Besonderes zu bedeuten hatte. Sie waren verstört. Nur Babsy schaukelte selig und ahnungslos auf den Knien ihres Vaters.

Urban Horster beantwortete keine der Fragen.

»Ich glaube, ich habe das Taxi gehört, ich muß aufbrechen, Kinder! Versprecht mir, daß ihr brav bleibt und eurer Mutter folgt . . .« In diesem Augenblick stürmte Eva auf die Terrasse.

Urban fuhr hoch, Babsy rutschte von seinem Schoß und klammerte sich haltsuchend an sein Hosenbein. Susi und Teddy rannten ihrer Stiefmutter entgegen.

»Urban!« rief sie mit leuchtenden Augen. »Habe ich dich also doch noch gefunden!«

»Ich versichere dir, daß ich keine silbernen Löffel mitgenommen habe . . .«

»Bitte«, sagte sie, »laß jetzt die Witze! Es ist mir ernst! Wie konntest du mir einen solchen Brief schreiben!«

»Das weißt du wirklich nicht?«

»Doch«, sagte sie, »doch . . . ich habe mich abscheulich benommen. Verzeih mir, Urban!«

»Ich? Dir?«

»Ja. Denn ich . . . ich habe dir längst verziehen. Ich . . . ich war nur so verbohrt, daß ich es dir nicht zeigen konnte.«

»Du hattest allen Grund, mich zu hassen.«

»Man haßt nur Menschen, die man liebt . . . Ist dir dieser Gedanke nie gekommen? Wenn du mir gleichgültig gewesen wärst, hätte ich mich höchstens geärgert. Bitte, komm mit mir zurück!«

»Du traust dir also doch nicht zu, ganz allein mit dem Hotel fertig zu werden?«

»Das ist es nicht, Urban. Man schafft alles, was man ernstlich will. Aber zu zweit geht es leichter. Wenn wir endlich anfangen, am gleichen Strick zu ziehen . . .«

»Es klingt sehr vernünftig, was du sagst!«

»Ich bin dir nicht aus Vernunftgründen nachgejagt, Urban, sondern . . . weil ich dich liebe!«

»Und, was glaubst du, was ich für dich empfinde?«

Die Kinder hatten dieser Auseinandersetzung bisher schweigend gelauscht.

Jetzt sagte Teddy: »Also, jetzt macht es aber nicht so spannend . . .«

»Das ist ja schlimmer als in einem Fernsehfilm!« rief Susi. »Los, gebt euch endlich einen Kuß!«

Urban nahm seine Frau in die Arme, Teddy und Susi drängten sich an sie, und Babsy, die dabei ins Gedränge kam, hob flehend die Arme.

Urban bückte sich und hob seine Jüngste hoch.

»Alice«, rief er, »Alice . . . entlohnen Sie den Fahrer, und schicken Sie das Taxi fort!«

»Es ist noch jemand draußen«, sagte Eva, »Konrad Kilius!«

»Holt ihn herein, Kinder!« befahl Urban. »Ich kann es ihm nicht ersparen . . . er muß uns gratulieren. Heute wird gefeiert!«

»Und das Hotel?« fragte Eva. »Das Bankett?«

»Soll uns heute gleichgültig sein! Du bist mir wichtiger, Eva . . . wichtiger als alles auf der Welt!«

Band 12339

Marie Louise Fischer

Die andere Seite der Liebe

Als sie 18 Jahre alt ist, erfährt Natalie, daß ihr Vater als Mörder ihrer Mutter verhaftet worden ist. Nun, da er aus der Haft entlassen werden soll, beteuert er ihr seine Unschuld. Bei dem Versuch, ihren Vater zu rehabilitieren, bleiben Natalie bittere Erfahrungen nicht erspart. Freundschaften gehen in die Brüche, auch ein geplante Verlobung findet nicht statt. Doch unbeirrt geht die junge Frau ihren Weg...

Band 12306

Hedwig Courths-Mahler

Armes Schwälbchen

Die kleine Sanna von Bora wächst bei Verwandten auf, da ihre Eltern in Indien leben und glauben, daß das Klima dort für ihre Tochter nicht zuträglich ist. Schweren Herzens wurde sie zurückgelassen bei Onkel und Tante, den Cousinen Hella und Käthe und dem Cousin Rolf, dem sie in inniger Freundschaft zugetan ist. Denn er ist nicht so kaltherzig wie die anderen, sondern freundlich und gut, genauso wie sein Erbonkel Joachim. Da dieser nur wegen des zu erwartenden Erbes von Rolfs Eltern umschmeichelt wird, verbergen Sanna und Rolf ihre Zuneigung zu ihm. Doch Onkel Joachim weiß sehr wohl zwischen wahren und falschen Gefühlen zu unterscheiden...

Band 12349

Hedwig Courths-Mahler

Harald Landry, der Filmstar

Seit die schöne und wohlsituierte Rose Marba über Nacht zur mittellosen Waise geworden ist, hat sie sich in ein ängstliches und gehemmtes Wesen verwandelt. Sie versucht zwar, sich mit gelegentlichen Filmarbeiten über Wasser zu halten, doch ihre Kamerascheu macht ihr dabei schwer zu schaffen. Da begegnet sie eines Tages dem von den Frauen vergötterten Filmidol Harald Landry. Auch Roses Herz fliegt ihm spontan zu. Doch der blendend aussehende Don Juan der Leinwand hat mit der Liebe abgeschlossen, seit er von einer Frau betrogen und in ein dunkles Geheimnis verstrickt wurde. Gelingt es der unerfahrenen Rose, mit ihrer Liebe den Panzer aufzubrechen, hinter dem sich der wahre Harald Landry verbirgt?

BASTEI
LÜBBE

Band 12347

Victoria Holt

Treibsand

Eine Frau auf der Suche nach ihrer spurlos verschwundenen Schwester

Lovat Stacy in der Grafschaft Kent ist ein Landsitz wie aus dem Bilderbuch: mit Dienerschaft und Pferden, prunkvollen Himmelbetten, geheimnisvollen Speichern und einem traumhaften Blick auf die Klippen von Dover. Hier verdient sich Caroline Verlaine als Musiklehrerin ihren Lebensunterhalt. Doch der wahre Grund ihres Aufenthalts in der idyllischen Landschaft ist ein anderer: Hier ist ihre Schwester bei Ausgrabungsarbeiten spurlos verschwunden. Caroline stürzt sich in Nachforschungen, bis sie selbst vom Treibsand unheimlicher Ereignisse erfaßt wird...

BASTEI LÜBBE